RUTH
JONES

NUR
WIR DREI

Roman

Aus dem Englischen von
Julia Walther

HarperCollins

Die Originalausgabe erschien 2020 unter dem Titel
Us Three bei Bantam Press, London

Das Zitat auf S. 245 stammt aus:
E. E. Cummings, *Like a perhaps hand: Poems – Gedichte.* Übersetzt von Lars Vollert,
Verlag C.H. Beck, München 2013.

1. Auflage 2021

Deutsche Erstausgabe

Gesetzt aus der Stempel Garamond
von GGP Media GmbH, Pößneck
Druck und Bindung von CPI books GmbH, Leck
Printed in Germany
ISBN 978-3-7499-0229-3
www.harpercollins.de

Für meine kühnen und bildschönen
Schlechtwetterfreundinnen

Omne trium perfectum
Aller guten Dinge sind drei

PROLOG

2017

Die Schuhe waren ein großer Fehler gewesen. Ihre Zehen waren inzwischen taub, und jedes Mal, wenn der Absatz eines Stilettos auf den harten Asphalt traf, fuhr ihr die Erschütterung durch Mark und Bein. Wieder einmal hatte Eitelkeit über Bequemlichkeit gesiegt. *Ganz toll, Lana.*

Sie stöckelte den Bessemer Place entlang, der parallel zu St Theodore's verlief. Jahrzehnte zuvor, zu Teenagerzeiten, war diese Gasse einer ihrer Lieblingsorte gewesen, weil man hier heimlich süßen Cider trinken und eine rauchen konnte. Lana seufzte. Ihr Herz tat weh vor Verlust und Trauer, und die schmerzenden Füße machten alles nur noch schlimmer.

Als sie die Ecke erreichte, wo der Bessemer Place in die Hauptstraße mündete, sah sie mehrere schwarz gekleidete Gestalten auf die Kirche zustreben – manche allein, manche zu zweit, wieder andere in Grüppchen, alle in Trauer vereint. Der Gottesdienst würde bestimmt gut besucht sein. Beim Gedanken an das, was ihr bevorstand, stockte Lanas Herz wie ein stotternder Motor: die Beerdigung ihres wunderbarsten Freundes.

»Lana«, erklang eine Stimme hinter ihr.

Zögerlich. Traurig.

Judith.

Es war zu erwarten gewesen, dass sie sich begegnen würden. Nach einem Augenblick der Unentschlossenheit entschieden sich beide im letzten Moment gegen eine Umarmung.

»Ich kann nicht fassen, dass es wirklich wahr ist, du?« Lanas Stimme zitterte, während sie ungeschickt in ihrer Tasche nach dem Fläschchen mit Bachblüten-Rescue-Tropfen suchte und den Inhalt wie einen Whisky in sich hineinkippte.

»Die Familie möchte, dass wir mit vorne sitzen«, sagte Judith.

»Oh Gott, ich weiß nicht, ob ich das schaffe …«, stammelte Lana panisch. »So nah am Sarg und … Ich kann einfach nicht gut umgehen mit …«

»Heute geht es aber nicht um dich, Lana, schon vergessen? Es geht um Catrin«, fuhr Judith sie an.

Lana schluckte eine Erwiderung hinunter. Die unangenehme Spannung zwischen ihnen wuchs. Dann, ohne Vorwarnung und zum denkbar schlechtesten Zeitpunkt, spürte Lana plötzlich, wie sich die vertraute Hitze vom Hinterkopf über den Nacken hinunter ausbreitete, als hätte man sie an eine Steckdose angeschlossen. »Verdammte Hitzewallungen«, murmelte sie und zerrte die schwarze Seidenstola von ihren Schultern, um sich damit Luft zuzufächeln.

»Hier, kannst du dir ausborgen.« Widerwillig zog Judith eine Art spanischen Fächer aus ihrer Tasche.

»Danke.« Lana öffnete ihn mit einer schwungvollen Flamencogeste, begann zu fächeln und genoss die kühlende Brise. Nach einer Minute klang die Hitzewallung ab.

»Sollen wir dann mal reingehen?«, fragte Judith einen Hauch versöhnlicher.

»Ja.« Lana hielt Judiths Blick fest. »Wir schaffen das. Oder?«

TEIL I

1986

Einunddreißig Jahre zuvor

1

CATRIN

Catrins Vater hatte seine »Miene der Vernunft« aufgesetzt. Diesen Gesichtsausdruck zeigte der achtundvierzigjährige Huw Kelly – halb Waliser, halb Ire – jedes Mal, wenn Catrin oder ihr Bruder auf irgendeine Art von Reise ohne elterliche Begleitung aufbrachen.

Catrin machte im Alter von fünf Jahren das erste Mal die Bekanntschaft der Miene der Vernunft, und zwar vor ihrem Schulausflug mit Mrs. John ins Museum von Coed Celyn. Danach war ihr dieser Gesichtsausdruck vor sämtlichen Hockey-, Netzball- und Schwimmwettkämpfen begegnet, vor Zeltlagern und Jugendfreizeiten in Belgien, Pilgerfahrten nach Lourdes und den Skiferien in Österreich im letzten Schuljahr. Die Miene der Vernunft war auch bekannt als das Das-sind-die-Fakten- und Was-im-Notfall-zu-tun-ist-Gesicht. Dahinter verbarg sich jedoch, kaum verhohlen, die Miene des verängstigten Vaters, der auf sein kostbares Gut hinabblickte, das mit jedem Tag, der verging, noch wertvoller wurde, und der in diesem Moment dachte: *Wenn dir irgendetwas zustößt, ist mein Leben vorbei.*

Huw hatte guten Grund, sich Sorgen zu machen, denn Catrin würde jetzt zu ihrer Großen Reise aufbrechen: ein Monat Inselhopping in Griechenland, begleitet von Judith Harris und Lana Lloyd, ihren besten Freundinnen seit dem fünften Lebensjahr. Die drei Mädchen hätten nicht unterschiedlicher sein können, doch sie kannten sich in- und auswendig und waren heute noch genauso eng befreundet wie in ihren ersten Schulwochen. Während ihrer dreizehnjährigen Freundschaft hatten sie kaum einen Tag verbracht, ohne sich zu sehen, und allen drei war klar, dass sie in völlig unterschiedliche Richtungen auseinandergehen würden, wenn sie von der Großen Reise zurückkehrten: Catrin nach Cardiff, um Medizin zu studieren, Judith zum Studium der Wirtschaftswissenschaften nach London, und Lana wollte in Guildford eine Ausbildung als Musicalschauspielerin machen. Was vor ihnen lag, war also mehr als bloß ein Urlaub. Es war ihr großes Finale, die letzte Gelegenheit, gemeinsam Zeit zu verbringen, bevor das nächste Kapitel ihres jungen Lebens aufgeschlagen wurde. Das Ziel der Großen Reise zu finden war alles andere als leicht gewesen: mit dem Rucksack durch Australien? Mit dem Wohnmobil durch Neuseeland? Obsternte in Frankreich? Judith hatte Interrail vorgeschlagen – interessiert an der Geschichte und Bedeutsamkeit europäischer Großstädte wie Hamburg und Nizza –, wohingegen Catrin unbedingt Paris und Rom sehen wollte. »Die sind so romantisch«, seufzte sie sehnsüchtig.

»Aber nur wenn man steinreich ist!«, hatte Lana gewarnt und damit der Begeisterung ihrer Freundin sofort einen Dämpfer verpasst. »Wir drei haben ein Budget von zehn Pfund am Tag. Und ich würde mich lieber im Meer waschen und am Strand schlafen, als einen Monat in einem stinkigen Zug voll notgeiler Fremder zu verbringen.«

»Schön formuliert«, meinte Judith sarkastisch, und Catrin seufzte noch einmal.

»Hört zu«, sagte Lana einlenkend. »Wie wäre es denn mit Inselhopping? In Griechenland gibt's jede Menge Geschichte und so Zeug, also kommst du auf deine Kosten, Jude. Und Cat, wenn du auf diesen ganzen romantischen Mist stehst, was wäre idyllischer als ein Sonnenuntergang auf Skiathos? *Mir* reicht ein Strand mit Bar und fertig. Was meint ihr?«

Widerwillig hatten die beiden zugestimmt. Sie waren es gewohnt, dass Lana bekam, was sie wollte, aber ärgerlicherweise hatte sie auch meistens recht.

»Perfekt!«, hatte Lana lächelnd verkündet. »Dann machen wir also Inselhopping.«

»Und den trägst du *immer* am Körper, hörst du? Selbst wenn du schläfst!« Huw hielt seiner Tochter einen höchst unattraktiven, khakifarbenen Geldgürtel hin.

»Beim Schwimmen kann ich den aber nicht anlassen, Dad, oder unter der Dusche. Sonst werden doch die ganzen Travellerschecks und das Bargeld nass«, erwiderte Catrin.

»Wo sie recht hat, hat sie recht, Huw.« Liz, Catrins Mutter, zog das Preisschild von der Sohle eines neuen Flipflops ab.

»Elizabeth, wir haben das besprochen.« Huw nannte seine Frau immer beim vollen Vornamen, wenn es ihm ernst war. »Catrin soll an jedem Ort sofort das nächstbeste Tresorfach ausfindig machen – ob nun in der Jugendherberge in Athen oder einer Taverne auf Kos, egal …«

»Ich glaube nicht, dass es in Crackhöhlen Tresorfächer gibt, Dad«, mischte sich Catrins einundzwanzigjähriger Bruder Tom ein, der verschlafen in die Küche geschlurft kam und die Frühstücksflocken suchte.

»Sehr hilfreich, Tom«, seufzte Huw.

»Solltest du nicht eigentlich um neun bei der Arbeit sein?«, fragte Liz. Ihr studierender Sohn jobbte während der Ferien in einer Bäckerei, was Liz großartig fand, brachte er doch alle möglichen Leckereien mit nach Hause.

»Hab mir den Tag freigenommen. Damit ich mich von Froschkopf verabschieden kann.«

»He!« Lachend warf Catrin eine Toastrinde nach ihm. Tom nannte sie Froschkopf, seit ihre Eltern sie einen Tag nach der Geburt aus dem Krankenhaus mit nach Hause gebracht hatten. Catrins dreijähriger großer Bruder hatte das Baby zehn Sekunden lang stumm angesehen, um dann der Welt zu verkünden, es sähe aus wie ein Frosch.

Doch Catrin Kelly besaß nicht die geringste Ähnlichkeit mit einem Frosch, selbst wenn sie es gewollt hätte. Sie hatte den hellen irischen Teint ihrer Großmutter geerbt, »den du *unbedingt* mit Faktor fünfzig schützen musst, wenn du in der Sonne bist«, hatte Liz sie immer wieder ermahnt. Die lachenden grünen Augen – die Catrin mochte – hatte sie ebenfalls von Oma Kelly, genau wie die rotblonden Haare, die sie allerdings nicht mochte. Vor allem weil es sich dabei um eine Unmenge widerspenstiger Korkenzieherlocken handelte. Als sie zwei Jahre alt gewesen war, waren sie plötzlich auf ihrem Kopf aufgetaucht und hatten Catrin seither nicht mehr verlassen. Egal wie viel Antilockenzeug sie auch reinschmierte, sie trotzten der Schwerkraft. »Ich wünschte, ich hätte deine Haare!«, sagten die Leute oft. Woraufhin Catrin höflich lächelte und dachte: Nein, tust du nicht – das ist, als würde man mit einer Highlandkuh auf dem Kopf rumlaufen.

Wenn es um ihre körperlichen Merkmale ging, wusste Catrin einen ganzen Katalog an Beschwerden vorzubringen: Sie fand ihre Nase zu »koboldhaft«, ihre Beine zu kurz und ihre Knie zu sehr nach innen gedreht. Das alles sah natürlich niemand außer ihr. Auch war sie blind, was ihre anderen Vorzüge anging, wie ihre Offenherzigkeit, ihr großes Einfühlungsvermögen und ihre unbeirrbare Loyalität denen gegenüber, die sie liebte. Catrins Eltern hielten sie für das schönste Mädchen der Welt, sowohl innerlich als auch äußerlich.

»Stell dir mal vor – vielleicht sehen wir dich nie wieder, weil du dich in irgendeinen griechischen Hippie verknallst!«, fuhr Tom fort.

»Niemand verknallt sich hier in irgendwelche Hippies«, widersprach Huw wenig überzeugend. »Und hör auf, deinen Bruder mit Essen zu bewerfen.«

»*Gibt's* in Griechenland überhaupt Hippies?«, fragte Liz nachdenklich.

»Könnt ihr das jetzt bitte mal ernst nehmen, alle miteinander!«, rief Huw genervt, und wie immer, wenn er sich ein wenig aufregte, war der irische Akzent seiner Kindheit deutlich zu hören. Er reichte Catrin den Geldgürtel. »Probier ihn mal an, damit ich dir zeigen kann, wie man die Weite einstellt.«

»Okay.« Catrin nickte. Im Lauf der Jahre hatte sie gelernt, dass es ihr das Leben sehr vereinfachte, ihrem Vater seinen Willen zu lassen, wenn er so nervös war. Das würde ihn für den Moment zumindest ein bisschen beruhigen, auch wenn sie jetzt schon wusste, dass sie den Gürtel vor ihrer Abreise unter dem Bett verstecken und garantiert nicht benutzen würde.

»Danke noch mal für gestern Abend«, sagte sie, während sie sich das Ding um den Bauch schnallte. »Alle fanden es klasse.«

»Ach, das war uns ein Vergnügen, stimmt's, Huw? Du hast so nette Freunde.« Liz strahlte.

»So ist es«, murmelte Huw, dessen Kopf immer noch leicht verkatert war von der Abschiedsparty, die er organisiert hatte.

»Judith ist nicht lange geblieben«, nuschelte Tom, den Mund voller Frühstücksflocken. »Wir wollten doch noch Armdrücken machen und so.«

»Armdrücken!«, rief Liz. »Meine Güte, kein Wunder, dass du keine Freundin hast, wenn du mit jungen Frauen auf Partys Armdrücken machst!«

»Sie musste früh zu Hause sein«, erklärte Catrin. »Du weißt doch, wie ihre Mum ist – auaaa! Dad, nicht so fest! Du bist zu grob.« Huw zerrte mit solchem Eifer an dem Gürtel, dass Catrin fast das Gleichgewicht verlor.

»Ich teste nur, wie stabil er ist«, meinte Huw mehr zu sich selbst.

»Judith wird froh sein, mal eine Weile von dieser Frau wegzukommen, wenn ihr mich fragt«, meinte Liz. »Wie sie es mit der aushält, werde ich nie begreifen.«

»Ihr Dad ist aber ganz in Ordnung. Hab neulich im Klub 'ne Runde gegen ihn gespielt«, kam von Tom. »Redet nicht viel, aber beim Billard hat er's echt drauf.«

»Hm, aber sag heute lieber nichts zu ihr, ja?«, bat Catrin ihn. »Es war schwer genug, Jude überhaupt so weit zu kriegen, dass sie mitkommt. Ganz schön harte Arbeit, bis Lana ihr klargemacht hatte, dass Patricia ohne sie auskommt. Dad, das schneidet jetzt echt ein. Ich glaub, wenn du so weitermachst, kommt Blut.«

»Entschuldige …«

Es klingelte, und Catrins Eltern wechselten einen Blick. »Ah, das wird Father O'Leary sein«, sagte Huw bemüht heiter auf dem Weg zur Haustür.

»Was will *der* denn?«, fragte Tom.

Mit verlegener Miene wandte sich Liz an Catrin. »Na ja, dein Vater dachte, nachdem du es am Sonntag nicht zum Gottesdienst geschafft hast …«

»Mum – im Ernst, wie oft denn noch?«, stöhnte Catrin. »Ich geh nicht mehr in die Kirche!«

»Sie ist jetzt eine ausgewachsene Atheistin, wie ich«, meinte Tom.

Liz schlug mit einem Geschirrhandtuch nach seinem Arm und flüsterte durch zusammengebissene Zähne: »Schluss mit diesem Unsinn, Thomas Kelly! So was zu sagen, wenn ein Priester draußen steht!«

Und wie bei einer Jekyll-und-Hyde'schen Verwandlung drehte sie sich mit einem strahlenden Lächeln Richtung Tür – »Father O'Leary!« –, als selbiger die Küche betrat und ihnen allen eifrig zunickte. Er war ein untersetzter, kurz gewachsener Mann, der aussah, als käme er in einem Boxring genauso gut klar wie auf der Kanzel.

»Liz, alles bestens? Wie geht's denn so?« Father O'Leary stammte aus Cardiff, und sein breiter Dialekt in Kombination mit der zwitschernden, hohen Stimmlage überraschte jeden bei der ersten Begegnung. Irgendwie erwartete man bei einem Mann Gottes etwas anderes.

Huw stand hinter ihm und warf seinen Kindern einen warnenden Blick zu, sich in Gegenwart von Christi Vertreter auf Erden ja zu benehmen. »Catrin Mary, machst du Father O'Leary eine Tasse Tee?«, rief er mit aufgesetzter Fröhlichkeit, wobei er nun wiederum klang wie ein waschechter Ire aus Cork – wie meistens, wenn er sich in der Nähe von Kirchen, Priestern oder Nonnen befand.

Catrin, die immer noch den khakifarbenen Geldgürtel trug, erwiderte Huws Blick trotzig. »Aber natürlich, liebster Vater, selbstverständlich!«, flötete sie zuckersüß.

Der Priester legte seine liturgische Stola um und schien Catrins Sarkasmus nicht zu bemerken. Sie ging zum Wasserkocher.

Catrin liebte ihre Eltern von ganzem Herzen, aber dieses Getue wegen der Kirche machte sie wahnsinnig. Sie war nicht wirklich Atheistin so wie Tom, sie war schon irgend*etwas* – nur wusste sie nicht mehr genau, was. Als kleines Mädchen hatte sie die ganze Dramatik des Gottesdiensts geliebt, das schöne Kleid zu ihrer Erstkommunion, sich Sünden für die Beichte auszudenken und endlose Ave-Marias in schneller Abfolge herunterzubeten wie ein glücksbringendes Mantra. Doch je älter sie wurde, desto mehr begann Catrins Glaube zu bröckeln. Klar, sie mochte die *positive* Seite von Jesus – er schien ein Mann mit guten Werten zu sein: freundlich, mitfühlend, nicht nachtragend. Aber der Rest? Nein danke. Dieses ganze Gerede von Schuld und Vergeltung. Also hatten sie sich in der Familie auf einen Kompromiss geeinigt: Catrin würde weiter sonntags in die Kirche gehen, bis sie achtzehn war, doch danach war es nur fair, sie ihre eigene Entscheidung treffen zu lassen. Da sie dann ja erwachsen war, sozusagen.

Sie hatte nie jemandem davon erzählt, nicht einmal Judith und Lana, aber am ersten Sonntag, an dem sie nicht zum Gottesdienst gegangen war, hatte sie auf ihrem Bett gelegen und geheult. Forderte sie das Schicksal heraus? Würde ihr nun etwas Schlimmes zustoßen, jetzt, wo sie eine … hm, was genau war sie denn jetzt? Eine Heidin? Ein gottloses Monster? Die katholischen Schuldgefühle, die sie seit ihrer Kindheit verinnerlicht hatte, ließen sich nicht so leicht abschütteln. Ihre Eltern versuchten kein einziges Mal, sie sonntagmorgens zum Mitkommen zu überreden, was sie ihnen hoch anrechnete. Doch an Weihnachten schaffte sie es nicht, die Mitternachtsmette ausfallen zu lassen. »Ich fühl mich so scheinheilig«, hatte sie zu Judith gesagt, die das nicht nachvollziehen konnte.

»Ich versteh nicht, wo das Problem liegt. Kannst du nicht einfach in die Kirche gehen, wenn dir danach ist? Du weißt schon, ein bisschen wie beim Aerobic-Kurs?«

»Vielleicht«, hatte Catrin erwidert. Doch irgendwie fühlte sich das nicht richtig an.

Der Wasserkocher schaltete sich ab, und Catrin goss den Tee auf. »Dann geht es heute Nachmittag also los, was, Kate?« Father O'Leary hatte es in achtzehn Jahren nicht geschafft, sich ihren Namen zu merken.

»So ist es, Father«, antwortete Liz an Stelle ihrer Tochter.

»Mein Name ist Catrin«, murmelte diese sinnloserweise, während Liz schnell weitersprach.

»Huw bringt die Mädchen um eins nach Bristol zum Flughafen, und von dort aus fliegen sie direkt nach Athen, stellen Sie sich das mal vor!« Seit Catrin der Kirche den Rücken gekehrt hatte, wollte ihre Mutter anscheinend nicht mehr, dass sie dem Priester selbst antwortete. Vielleicht um zu verhindern, dass sie womöglich in einer vom *Exorzist* inspirierten Tirade Blasphemisches von sich geben könnte.

»Ah, Athen. Klasse. Also, dann …«

Catrin war seltsam fasziniert von Father O'Learys Art zu sprechen. Als würde er sie ständig mit seinen Worten in den Arm piksen. Kurze, staccatoartige, gestelzte Sätze. Wie eine Aneinanderreihung von Achtelnoten. Nebenher nahm er sein Kruzifix aus der Tasche und legte es behutsam auf den Küchentisch. Unauffällig entfernte Liz Toms Schachtel mit den Frühstücksflocken. »Deine Mum und dein Dad – die möchten, dass ich ein kleines Gebet für dich spreche, ja? Um dich auf deiner Reise zu begleiten, wie …«

Tom sah seine Schwester an und verkniff sich nur mühsam das Lachen. Peinlich berührt erwiderte sie seinen Blick.

»Darum lasst uns alle die Köpfe senken, ja?« Die Stimme des Priesters wechselte in eine andere Tonlage, eine Oktave tiefer. Sie klang nun beschwörend und geheimnisvoll, seltsamerweise obwohl er die Worte nach wie vor mit derselben Maschinenpistolengeschwindigkeit ausstieß. »Heiliger Jesus Christus, du bist das Licht und die Hoffnung. Bring, oh Herr, unsere Dienerin Catherine …«

»Ich heiße Catrin, das …«

»Pssst«, zischte Liz mit fest zusammengekniffenen Augen.

»… dass sie in deiner Obhut sicher sei, wie der Heilige Christophorus, Schutzheiliger aller Reisenden, wenn sie selbst auf Reisen geht in das ferne Griechenland und so weiter.«

Tom konnte sich nicht länger beherrschen und prustete los.

»Amen.«

Huw und Liz sagten im Chor »Amen.«

»Entschuldigung, darf ich etwas fragen?«, unterbrach Catrin.

»Nein. Pssst«, sagte Huw. Der Priester hatte sich wieder seiner Trickkistentasche zugewandt und kramte darin herum.

»Aber wie kann das Gebet funktionieren, wenn er meinen Namen falsch sagt? Ich meine, hat er ihn denn wenigstens bei der Taufe richtig hingekriegt?«, flüsterte Catrin.

Inzwischen versuchte Tom seinen Lachanfall mit dem Tower-von-London-Geschirrhandtuch seiner Mutter zu dämpfen, indem er es, so weit es ging, in den Mund stopfte.

»Voilà!«, sagte Father O'Leary und hielt eine kleine blaue Schatulle in der Hand, an deren einer Ecke sich schon die Folie ablöste. Er klappte sie auf. Darin lag auf einem Polster aus grauem Plastikschwamm eine kitschige, silberfarbene Halskette.

Catrin beugte sich vor und begriff, dass es sich um einen dieser billigen Sankt-Christophorus-Anhänger aus dem verstaubten Schrank hinten in der Kirche handelte, die dort verkauft wurden.

»Na, was sagst du dazu?« Father O'Leary strahlte, als würde er ihr den Koh-i-Noor-Diamanten präsentieren.

»Der soll dich auf deiner Reise beschützen!«, verkündete Huw.

»Wie hübsch!«, rief Liz. »Dann wollen wir ihn dir mal umhängen, ja? Damit er seine Aufgabe erfüllen kann!«

Catrin sah ihre Mutter ungläubig an.

Tom liefen die Tränen übers Gesicht. »Der ist absolut bezaubernd, Karen«, sagte er. Und niemand bemerkte seinen Sarkasmus. Außer Catrin natürlich. Die nun ausgerüstet mit ihrem khakifarbenen Geldgürtel und einem nickelversilberten Sankt-Christophorus-Anhänger dastand, der eher einem SOS-Medaillon ähnelte, nur nicht ganz so subtil.

»Hey, wenn das nicht perfekt passt!«, befand Father O'Leary.

Im Flur klingelte das Telefon.

»Ich geh ran!«, kreischte Catrin, die unbedingt der Küche entfliehen wollte. Mit einem Satz war sie draußen und griff nach dem Hörer. »Catrin Kelly, hallo?«

»Cat, ich bin's, Lana.«

»Oh, Gott sei Dank! Hör zu, je schneller wir hier wegkommen und uns nach Griechenland absetzen, desto besser. Meine Familie hat echt ein Rad ab. Meine Mutter ist doch tatsächlich …«

»Süße, wir haben ein Problem.«

Catrin hielt den Atem an.

»Was ist los?«, fragte sie.

Am anderen Ende der Leitung hörte sie Lana seufzen.

»Judith. Sie kommt nicht mit, verdammt.«

2

JUDITH

Nachdem Judith den Blick ein letztes Mal prüfend durch ihr Zimmer hatte schweifen lassen, hob sie den prallvollen Rucksack hoch, um zu testen, wie schwer er war. Dann wuchtete sie ihn auf die Schultern. Sie konnte es nicht erwarten wegzukommen. Die Aussicht auf diese Reise hatte ihr geholfen, den Prüfungsdruck auszuhalten. Ein kleines Licht im ansonsten sehr düsteren Einheitsgrau aus Lernplänen, Pulverkaffee, Büffelnachtschichten und allgemeinem Stress. Jetzt konnte sie all das hinter sich lassen: Bald säße sie im Flugzeug nach Athen auf dem Weg ins Abenteuer ihres Lebens, zusammen mit ihren beiden besten Freundinnen.

Ein lautes Klappern hinterm Haus riss sie aus ihren Gedanken. Vom Fenster aus sah sie, wie ihr Vater die Katzen rief, wobei er mit einem Löffel gegen den blechernen Fressnapf schlug. Das tat er jeden Morgen im selben Tempo und Rhythmus. Er liebte diese Katzen. »Betty! Betty! Kommt schon! Twister! Frühstück!«

Judith beobachtete, wie er sich streckte und mit einem tiefen Seufzer den Blick über ihren bescheidenen Hinterhof schweifen ließ. Ich weiß, du bist unglücklich, dachte sie, und fühlte einen Stich in der Brust: Würde er ohne sie klarkommen? Als spürte er ihre Anwesenheit, drehte er sich um und blickte zum Fenster hinauf. »Alles gepackt?«, rief er.

»Glaub schon!«, antwortete sie so fröhlich wie nur möglich, um seine Traurigkeit zu vertreiben.

»Noch Zeit für ein Spiel, bevor du startest?«, fragte er lächelnd.

Zwanzig Minuten später hockten sie auf zwei Campingstühlen in der Sonne, jeder mit einer Tasse kräftigem walisischem Tee neben sich. Judith trank ihren mit drei Stück Zucker und sahniger Milch, er seinen schwach und schwarz. Das Backgammonbrett lag zwischen ihnen auf einem alten Beistelltisch, den Judiths Vater mal vor dem Sperrmüll gerettet hatte. Sie mussten ihn stets mit einem gefalteten Bierdeckel stabilisieren. In einträchtigem Schweigen saßen sie da, wie immer, wenn sie spielten. Judith würfelte und machte ihren Zug. Betty und Twister lagen auf den warmen Steinplatten zu ihren Füßen und genossen ein Nickerchen nach dem Frühstück.

Während Judith einen Stein übers Brett schob, warf sie ihm einen verstohlenen Blick zu: dem Vater, den sie wie ihren eigenen liebte, seit sie sechs war. Für einen Außenstehenden wäre sie ohne Weiteres als sein Fleisch und Blut durchgegangen: Ihre dichten, dunklen, schulterlangen Haare, momentan mit einer Schildpattspange hochgesteckt, hatten dieselbe Farbe und Struktur wie seine – zumindest als er noch jünger war. Ihre großen rehbraunen Augen und das leichte Stirnrunzeln verliehen ihr oft einen ernsten Gesichtsausdruck, seinem nicht unähnlich. Doch wenn sie lächelte, wirkte ihre Freude ansteckend.

Mit Sportreporterstimme flüsterte sie nun: *»Jetzt wird es eng, meine Damen und Herren. Backgammonweltmeister George Andrew Harris läuft Gefahr, seinen Titel zu verlieren!«*

Lachend griff er nach seinen Würfeln.

Ihr Stiefvater hieß nicht wirklich George.

Und auch nicht Andrew oder Harris. Aber als er 1973 aus Zypern nach Wales kam, stellte er rasch fest, dass niemand Georgios Andreas Charalambos aussprechen konnte. Und das, obwohl Namen wie Rhosllanerchrugog oder Llanfairpwllgwyngyllgogerychwyrndrobwllllantysiliogogogoch den Walisern keinerlei Schwierigkeiten bereiteten. Als Kind liebte Judith die Geschichte, wie aus Georgios George wurde. Wie der Vorarbeiter auf der Baustelle, wo er die erste Arbeit fand, ihm erklärt hatte: »Kumpel, den Namen musst du ändern. Die Leute hier haben es nicht so mit Fremdwörtern.« So wurde aus ihm über Nacht der gute, alte George Andrew Harris. Und wann immer er das erzählte, tat er es mit lachender Stimme, als wäre es ein Witz. Doch Judith wusste, insgeheim vermisste ihr Vater seinen echten Namen. Mehr als einmal hatte sie ihn leise zu den Katzen sagen hören: »Mein Name ist Georgios Andreas Charalambos. Freut mich, Sie kennenzulernen!«

Sie beendeten das Spiel. Er hatte sie gewinnen lassen – was Judith genau wusste, auch wenn sie sich nichts anmerken ließ. Während sie das Brett wegräumte, nahm er die roten Würfel – *seine* Würfel –, zog eine kleine geschnitzte Schatulle aus seiner Tasche und legte sie behutsam hinein.

»Wo hast du denn die Schachtel her?« Judith bewunderte die Handwerkskunst.

»Ach, die hab ich beim Aufräumen im Schuppen gefunden.« Er ließ den Deckel zuklappen. »Muss ich vor Jahren mal gemacht haben, als mir langweilig war.« Er überreichte ihr das kleine Holzkästchen. »Ich möchte, dass du die Würfel mitnimmst. Wer weiß – vielleicht spielst du auf deiner Reise ja mal Backgammon.«

Judith wusste, was er damit meinte: Vielleicht spielst du Backgammon, wenn du auf deiner Reise *nach Zypern kommst.*

Es war seltsam, dass sie nie wirklich über seine Heimat sprachen. Sie hatte es oft versucht, bekam auf ihre Fragen jedoch immer nur einsilbige Antworten und einen abrupten Themenwechsel.

Aus den wenigen Informationsschnipseln, die sie im Lauf der Jahre gesammelt hatte, wusste sie, dass er aus einem Ort namens Kakopetria stammte, dort aber keine Familie mehr hatte. Er war Einzelkind, und seine Eltern waren gestorben, bevor er Zypern verließ. Das sei so lange her, dass es ihm vorkäme wie ein anderes Leben, hatte er gesagt. »Ich bin doch jetzt ein waschechter Waliser, oder?«, scherzte er gern.

Judith strich über die weichen Kanten der kleinen Schachtel, die er liebevoll glatt geschmirgelt haben musste. »Aber wenn ich deine Würfel mitnehme«, sagte sie, »kannst du ja gar nicht spielen, während ich weg bin.«

»Mit wem sonst sollte ich denn spielen?« Er lachte. »Niemand ist so gut wie du!«

Es war ein höchst seltsamer Augenblick. Jeder Außenstehende hätte vermutet, dass er mit seiner achtzehnjährigen Stieftochter einen kleinen Scherz machte, um sie aufzumuntern, bevor sie zu ihrer Großen Reise aufbrach. Doch Judith wusste, dass es um mehr ging. Sie konnte nur nicht genau sagen, um was.

Er griff nach ihrer Hand und hielt sie fest. »Du wirst so viele Abenteuer erleben, Judi-moo.« Das war, so lange sie denken konnte, sein Spitzname für sie gewesen.

»Ich weiß, wir haben uns wahnsinnig viel vorgenommen.«

Er hielt inne, dann lächelte er. »Nicht bloß in diesem Urlaub. In deinem Leben!«

Judith runzelte die Stirn. »Dad, ist alles in Ordnung?«

Seine Unterlippe zitterte, und er sah aus, als wollte er noch mehr sagen. In diesem Moment jedoch klopfte es nachdrücklich am Tor zum Hinterhof. Die Katzen sprangen erschrocken auf.

»Hallo? Mr. Harris, sind Sie da?«, rief eine unbekannte Stimme.

George erhob sich, ging zum Tor und schob die beiden Riegel zurück. Draußen stand eine Polizistin.

»Oh, Gott sei Dank, Sie sind da. Ich glaube, Ihre Klingel funktioniert nicht …«

»Worum geht es? Etwas ist passiert?«, fragte George. Wie immer, wenn er aufgeregt war, holperte sein Englisch.

»Sie *sind* doch Mr. Harris, nehme ich an?«

»Ja«, antworteten Judith und George gleichzeitig.

Die Polizistin holte tief Luft. »Nun, Sir. Also, es tut mir sehr leid, aber es geht um Ihre Frau.«

3

LANA

Die achtzehnjährige Lana Lloyd machte auf dem Soziussitz von Gareth Metcalfs Honda 500 eine ausgesprochen gute Figur. Und das wusste sie auch. Andere beschrieben sie oft als »Surferbraut«, obwohl sie in ihrem ganzen Leben noch auf keinem Surfbrett gestanden hatte. Aber sie war groß und schlank, besaß eine blonde, stufig geschnittene Lockenmähne, helle, haselnussbraune Augen, ein umwerfendes Lächeln und fühlte sich absolut wohl in ihrem Körper.

Gareth und sie hatten vor ihrem Aufbruch zum Flughafen zusammen eine letzte Runde gedreht, auf ihrer Lieblingsstrecke über die Heads of the Valleys Road. Lana hatte die Arme fest um Gareth geschlungen, wie immer berauscht von der Geschwindigkeit und Kraft, mit der das Motorrad die kurvenreiche Straße meisterte. Der Blick von dort aus über die Waliser Täler war atemberaubend. Eines der besten Gefühle der Welt.

Lana und Gareth hatten sich vor knapp einem Jahr kennengelernt, als sie das zweite Mal mit ihrem neuen alten Klapper-Fiesta unterwegs war. Auf dieses Auto hatte Lana ewig gespart, jeden Penny, den sie bei ihrem Samstagsjob im

Süßwarenladen und beim sonntäglichen Kellnern verdiente. Der Wagen war mehr als ihr ganzer Stolz – er war ihre Fahrkarte in die Freiheit. Er, nein, *sie*, trug den Namen Diana, weil die Karre sich benahm wie eine launenhafte Prinzessin. Und da Lana von klein auf gelernt hatte, unabhängig zu sein, und weil sie ihren armen Dad nicht belästigen wollte, der immer bis zum Hals entweder in Windeln oder Schichtarbeit steckte, beschloss Lana, dass es eine gute Idee wäre, sich einige grundlegende Automechanikerkenntnisse zuzulegen. Sie wollte niemanden rufen müssen, sollte Diana mal eine Panne haben.

Also machte sie sich auf den Weg zu Whitley's Werkstatt in dem kleinen Industriegebiet am Stadtrand. Als sie auf den Hof fuhr, bot sich ihr das Bild dreier konzentriert arbeitender Mechaniker, die an unterschiedlichen Fahrzeugen beschäftigt waren: Einer hing über einen Motor gebeugt, der zweite lag unter einem Transporter, und der dritte hantierte im Innenraum eines Wagens herum. Im Hintergrund lief nicht zu überhören Radio 1, wo Simon Bates gerade in seiner Sendung *Unser Lied* der Welt die traurige Geschichte eines tragischen Pärchens erzählte.

Lana schlug die Autotür zu, um auf sich aufmerksam zu machen, und rief, ein wenig zu laut: »Jungs, darf ich euch mit Diana bekannt machen? Sie ist schon ein bisschen in die Jahre gekommen und braucht viel Zuwendung!«

Der Kerl unter dem weißen Lieferwagen rollte kurz auf seiner Montageliege heraus und flüsterte: »Bin sofort bei Ihnen, ist gleich zu Ende.« Dann rollte er zurück unters Fahrzeug.

Lana stand da, etwas verwirrt, während Simon Bates seine Geschichte zu einem melodramatischen Finale brachte: *»Die Schiebetüren des Krematoriums schlossen sich langsam …«*, berichtete er, während bereits die ersten Takte von »Against all Odds« von Phil Collins ertönten, *»und Jessie wusste, dass* *sie ihn nun für immer verloren hatte. Es war Zeit, sich ein … letztes … herzzerreißendes … Mal zu verabschieden!«* Die Musik wurde lauter, und Collins fing an zu singen:

»How can I just let you walk away?

Just let you leave without a trace?«

Der Mechaniker, der den Kassettenrekorder im Maestro reparierte, applaudierte. Der ältere Mann an dem blauen Cavalier hob den Kopf und wischte sich die Tränen aus den Augen. »Oh, das war gut! Alle Achtung!« Und schließlich tauchte der Typ unter dem Lieferwagen auf seinem Rollbrett wieder auf. »Ja, das muss man ihm lassen, bei Bates gibt's keine schlechten Geschichten!« Er sprang auf die Füße, wischte sich die öligen Hände an einem Lappen ab und lächelte Lana an. »Tut mir leid deswegen, aber wir hören uns das jeden Tag an.«

Sprachlos stand Lana da.

»Unser Lied«, erklärte er. »Also, weshalb bist du hier?«

Lana brauchte eine Weile, um zu begreifen, weshalb sie kein Wort herausbekam. Lag es am Schock mitzuerleben, wie sich drei gestandene Männer von einem solch sentimentalen Quatsch zu Tränen rühren ließen, oder hatte ihr vielmehr der umwerfende Anblick, der sich ihr bot, die Sprache verschlagen: dieser große *Unser Lied*-liebende Mechaniker mit der sonnengebräunten Haut und den muskulösen Armen? Er sah ein bisschen älter aus als sie – vielleicht Anfang zwanzig? – mit seinen ölverschmierten, aber wunderschönen Händen, dichten dunklen Locken und grauen Augen. Wie gebannt starrte Lana ihn an, bis er ihre Träumereien unterbrach.

»Soll ich mir den Wagen mal ansehen?« Er zeigte auf ihr Auto und wischte sich dabei immer noch die Hände sauber.

»Ja, bitte«, blökte sie.

Ich klinge wie ein Schaf, dachte sie und versuchte sich zusammenzureißen.

Doch dann lächelte er. Und sie wünschte, er hätte es nicht getan, denn sie merkte, wie sie rot wurde. Sein Lächeln war das hinreißendste und faszinierendste, das ihr je untergekommen war.

»Dann mach mal die Motorhaube auf«, meinte er auf dem Weg zu Diana. »Wie das geht, weißt du, oder?«

»Äh, nein, nicht wirklich.«

»Griff unterm Lenkrad. An dem musst du ziehen.«

»Okay.« Sie folgte seinen Anweisungen und hörte das satte *Kloink* der Entriegelung. Dann sah sie zu, wie er geschickt den zweiten Haken löste und die Haube nach oben klappte, wo er sie mit dem Stab arretierte. »Ist es okay, wenn ich mir was aufschreibe?« Sie wedelte mit Notizblock und Stift.

»Nur zu«, antwortete er, offenbar beeindruckt.

»Sag, wer hat dir die Karre gekauft? Geschenk von Mummy und Daddy, ja?«

»Ha! Du machst Witze, oder? Ich hab vier Geschwister. Wenn ich Glück habe, krieg ich zum Geburtstag einen Fünfeurogutschein vom Drogeriemarkt!«

»Oh, verstehe.« Er fing an, den Motor zu checken. Dann zeigte er ihr, wie man den Messstab abwischte, bevor man den Ölstand überprüfte – »aber das musst du machen, wenn der Motor kalt ist, okay?« –, und wie man Scheibenwisch- und Kühlwasser auffüllte. Er erklärte ihr den Sicherungskasten und wie man Starterkabel verwendete. Und zum Schluss, wie man einen Reifen wechselte.

»Uff, hoffentlich muss ich das nie machen!« Lana hatte eine Reihe komplizierter Diagramme gezeichnet.

»Weißt du was, gib mal her.« Er zeigte auf ihren Block und den Stift. Als sie ihm beides reichte, kritzelte er einige Zahlen darauf. »Das da ist die Nummer von der Werkstatt hier. Die solltest du an einem sicheren Ort aufbewahren – vielleicht im

Handschuhfach –, und du kannst uns immer anrufen, falls du mal eine Panne hast.«

»Oh, danke.« Dann sah sie, wie er umblätterte und eine weitere Nummer notierte. Dazu einen Namen. Gareth.

»Und das bin ich.« Als er ihr den Block zurückgab, berührten sich einen Augenblick lang ihre Finger. »Wenn du mal eine Tour machen willst, ruf mich an. Wenn du dich geschickt anstellst, zeig ich dir, wie man mit der Handbremse Schleudern übt und einen Kavaliersstart hinlegt!«

Sie sahen sich in die Augen. Lana lächelte.

»Oder, wenn du magst, Gareth, können wir das alles überspringen«, sagte sie, »und heute Abend zusammen ins Kino gehen?«

Zehn Monate später waren sie das, was ihr Vater »fest liiert« nennen würde. War es Liebe? Lana wusste es nicht. Insgeheim war sie aber sehr zufrieden damit, dass Gareth ihr Freund war. Im Gegensatz zu den *Jungs* aus der Schule, mit denen ihre Mitschülerinnen ausgingen, war Lanas Kerl ein echter Mann. Älter – wenn auch nur drei Jahre – und sooo viel sexier.

»Du stehst eben eher auf härtere Typen, was, Lana?«, hatte Catrin sie aufgezogen, als sie im Juni von ihrer Schulabschlussfeier nach Hause spaziert waren.

»Ja, tue ich«, hatte sie ganz sachlich geantwortet, als hätte man sie gefragt, ob sie ihren Tee mit Zucker trinke.

»Oh Gott, erinnerst du dich noch an diesen Cormack von der Achterbahn auf dem Jahrmarkt?«, fuhr Catrin fort. »Der mit der gepiercten Zunge und dem Schlangentattoo am Bein?«

»Hör bloß auf!«, gab Lana grinsend zurück. »Den kannst du kaum als meinen Freund bezeichnen! Ich hab mich ja nur eine Woche lang mit ihm getroffen.«

»Während du gleichzeitig mit dem stellvertretenden Manager vom Dixies Grill zusammen warst«, mischte sich Judith ein.

»Genau, und *der* war nun wahrlich kein junges Gemüse, wenn wir ehrlich sind«, fügte Cat hinzu.

»Hey, was wird das hier?«, hatte Lana lachend gefragt. »Eine Runde auf Lana rumhacken? Dennis war fünfundzwanzig! Und ich kann mich nicht daran erinnern, dass du dich damals beschwert hättest, Catrin Kelly – schließlich hat er dir jede Menge Zwiebelringe umsonst zukommen lassen, hab ich recht?«

»Oh ja, stimmt.«

»Lana legt sich eben nicht so gern fest«, fuhr Judith fort. »Ich meine, warum sich mit *einem* Bad Boy begnügen, wenn man eine ganze Handvoll haben kann, was, Lana?«

Zu diesem Zeitpunkt hatten sie alle drei schon einiges intus gehabt, und Lana wusste genau, wenn sie diese Bemerkung nicht lachend abtat, konnte sich daraus einer ihrer albernen Streits entwickeln. Also ging sie nicht weiter darauf ein, sondern wechselte das Thema.

In Sachen Jungs waren Lana und Judith noch nie einer Meinung gewesen. Als Gareth und Lana ein Paar wurden, machte Judith keinen Hehl daraus, dass sie mit ihm nicht besonders viel anfangen konnte. Aber auch Lana hatte nie viel von Judiths Exfreund Matthew Price gehalten. Der war stellvertretender Schülersprecher und, in Lanas Augen, bieder, stumpfsinnig und stinklangweilig. Zumindest die äußerliche Anziehungskraft konnte sie nachvollziehen, denn er war recht muskulös und spielte Rugby in der Landesliga. Als Matthew vergangene Weihnachten mit Judith Schluss machte, verlor Lana keine Zeit, ihr zu erklären, dass das ein Segen sei. »Dieser Typ war so selbstverliebt! Es ist ein Wunder, dass er sich noch nicht selbst geheiratet hat.« Doch statt dankbar für Lanas Unterstützung zu sein, fuhr Judith sie an: »Pah! Jemand, der mit einem Mechaniker mit schlechtem Mittelschulabschluss und einer Vorliebe für Hubba Bubba zusammen ist, hat wohl kaum das Recht, *meinen* Männergeschmack zu kommentieren!«

An dieser Stelle musste Catrin einschreiten, bevor die Sache aus dem Ruder lief. »Kommt schon, Mädels. Wir sind vielleicht nicht immer begeistert von unseren jeweiligen Freunden, aber wir sollten nicht zulassen, dass das unsere Freundschaft kaputt macht, oder?«

Lana und Judith dachten beide insgeheim, dass Catrin leicht reden hatte, denn sie hatte noch nie einen richtigen Freund gehabt. Doch es wäre gemein, in diesem Moment darauf hinzuweisen. Die liebe Catrin. Immer diplomatisch. Wenigstens fand *sie* Gareth ganz okay und nicht nervig wie Judith.

***

Lana fand Gareth auch okay – sie würde ihn die nächsten Wochen wirklich vermissen. Und den Rückzugsort seiner kleinen Wohnung ebenso. Gareths Apartment lag über dem alten Waschsalon von Coed Celyn, was *Koid Kellin* ausgesprochen wurde und wörtlich übersetzt »Holly Wood« bedeutete. Die Wohnung war das genaue Gegenteil von Lanas eigenem Zuhause, das durch die ständig wachsende Familie aus allen Nähten platzte.

Kurz vor Lanas viertem Geburtstag war ihre Mutter plötzlich gestorben. Lana konnte sich kaum noch an sie erinnern. Danach waren sie drei Jahre lang nur zu zweit gewesen – sie und ihr Dad, Keith. Dann war, scheinbar aus dem Nichts, Janis aufgetaucht, und aus zwei wurden drei. Janis war toll. Sie war immer geduldig und nett zu ihrer kleinen Stieftochter und behandelte sie wie ihr eigenes Kind. Bald jedoch war eine kleine Schwester unterwegs, gefolgt von einer weiteren und dann noch einer und noch einer, bis Lanas Status als Einzelkind nur noch eine ferne Erinnerung war, denn sie war nun das älteste von fünf Mädchen.

Inzwischen teilte sie ihr Zimmer mit ihrer neunjährigen Schwester, die pausenlos redete. Alles in Lanas Familie war *laut* und *chaotisch* und *dramatisch*. Es war nicht so, dass ständig gestritten wurde, aber alle BRÜLLTEN die ganze Zeit. Manchmal sehnte sich Lana nach Ruhe wie nach einer kalten Limonade auf einem staubigen Radausflug. Weshalb sie regelmäßig Zuflucht in Gareths kleiner Wohnung suchte. Sie liebte diesen Ort. Ja, die Bude war schäbig und hässlich eingerichtet, es gab keine Heizkörper, sondern nur einen alten Gasofen, den sie von Zimmer zu Zimmer trugen, wenn es kalt war, und nie genug Heißwasser für ein richtiges Bad. Innen an den Fenstern sammelte sich im Winter die Feuchtigkeit, und wenn man sie im Sommer öffnete, wurde einem von dem heftigen Waschmittelgeruch, der vom Salon heraufwehte, fast schlecht. Trotzdem liebte Lana die Wohnung.

Auf dem Rückweg nach Coed Celyn nahm Gareth die Abkürzung durch die Victoria Road. Dabei sahen sie das Polizeiauto vor Judiths Haus stehen. Er drosselte das Tempo und hielt an. »Willst du reingehen und nachsehen, was los ist?«

»Ich weiß nicht – geht bestimmt um die Nachbarn. Judith hat erzählt, die streiten sich dauernd.«

Doch gerade als Gareth den Motor aufheulen ließ, um wegzufahren, kam eine Polizistin aus dem Haus, gefolgt von Judith und ihrem Vater.

Lana rief: »Jude?«

»Meine Mutter«, antwortete Judith mit bleichem Gesicht. »Sie ist in der Notaufnahme.«

»Verdammte Scheiße!«

»Sie glauben, es ist ein Herzinfarkt«, sagte Judith. »Aber sie machen noch Tests.« Sie war sich bewusst, dass ihr Vater nur wenige Schritte entfernt stand und zur Eile drängte. Die Polizistin hatte angeboten, sie mitzunehmen. »Hör zu, ich muss los.«

»Möchtest du, dass wir mitkommen? Ins Krankenhaus?«, bot Lana an.

»Sei nicht albern. Du musst den Flug kriegen!« Judith versuchte zu lächeln.

Es dauerte einen Moment, bis Lana kapierte und rief: »Jude, wir fliegen doch nicht ohne dich, du dummes Huhn!«

»Lana, ich komm nicht mit.« Sie klang fast schon ärgerlich. »Wie könnte ich unter den Umständen?«

»Aber wir können einen späteren Flug nehmen oder erst morgen starten … oder nächste Woche!«

»Lana, kapierst du nicht, selbst wenn es meiner Mutter so weit gut geht«, fuhr Judith fort, »wird sie jemanden brauchen, der sich um sie kümmert.«

Lana seufzte. »Es fühlt sich so … Ich weiß auch nicht … so *endgültig* an.«

Judith umarmte ihre Freundin fest. »Du und Catrin, ihr werdet superviel Spaß haben. Und ich will mindestens zehn Postkarten, verstanden?«

Lana nickte. Ihre Kehle war so eng, dass sie nicht antworten konnte. Die Reise, die sie ein ganzes Jahr bis ins kleinste Detail geplant hatten, war innerhalb von Minuten zerschlagen worden. Das war alles so unfair.

»Komm schon«, sagte Gareth leise. »Du solltest Catrin Bescheid sagen.«

Es hatte keinen Sinn, noch weiterzureden. Lana nickte und stieg wieder aufs Motorrad, wo sie sich nun noch fester an ihren Freund klammerte, auf der Suche nach Trost.

4

JUDITH

Laut den Sanitätern, die sie eingeliefert hatten, war Patricia Harris um zehn Uhr morgens an der Hauptstraße von Coed Celyn am Boden liegend aufgefunden worden. Auf dem Heimweg von ihrer Schicht in der Küche des Sandringham-Hotels hatte sie »in den Armen und in der Brust plötzlich diesen heftigen Schmerz verspürt und gedacht, oh Gott, es passiert wieder«. Der Krankenwagen war wenige Minuten nachdem ein Passant den Notruf gewählt hatte an dem Schuhladen eingetroffen, vor dem sie zusammengebrochen war. Als der Sanitäter die üblichen Fragen zur Krankengeschichte stellte, hatte Mrs. Harris erklärt, sie hätte in den vergangenen zehn Jahren drei Herzinfarkte erlitten. Es war also durchaus möglich, dass es sich hier nicht um einen gewöhnlichen Schwächeanfall oder niedrigen Blutzuckerspiegel handelte.

»Bleiben Sie bei mir, Schätzchen, ja?«, hatte Patricia die Schwesternschülerin Nolly angefleht, »nur bis meine Familie hier ist.«

Nolly hatte nicht gewagt, Nein zu sagen. Sie fand Mrs. Harris gleichzeitig Furcht einflößend und faszinierend: eine achtundvierzigjährige Frau, mit ein Meter sechzig etwas unterdurchschnittlich groß und mit vierundsechzig Kilo knapp überdurchschnittlich schwer, attraktiv auf eine verbrauchte, erschöpfte Art – mit einem Gesicht, das definitiv schon bessere, attraktivere Tage gesehen hatte. Der graue Ansatz ihrer garantiert nicht mehr natürlich dunkelbraunen Haare trotzte der Farbe, die sie so rigoros jeden Monat auftrug. Dazwischen leuchtete ihre Kopfhaut hindurch, als wolle sie sagen: *Dem Alter entkommst du nicht, gute Frau!* Ihr Make-up war altmodisch: dunkler Lidschatten auf dem Oberlid und falsche Wimpern, die schon mehrfach benutzt worden zu sein schienen. Ihr Lippenstift sah aus, als hätte er den Tag als blasses Pfirsichrosa begonnen, und der dunkelrote Nagellack war teilweise abgesplittert. Sie erinnerte Nolly an den Sechzigerjahrelampenschirm in der guten Stube ihrer Großmutter.

Was sie an Mrs. Harris jedoch am meisten faszinierte, war die Tatsache, dass der Arzt bei ihr absolut nichts finden konnte, obwohl die Patientin darauf *bestand*, lebensbedrohlich krank zu sein. Laut dem EKG und der Messung von Blutdruck und Sauerstoffsättigung gab es keinerlei Anzeichen, dass mit ihrem Herz etwas nicht stimmte. Also riet man Patricia, sich auszuruhen und ihren Hausarzt aufzusuchen, sollte sie sich wieder unwohl fühlen. Sie beklagte sich, dass sie nicht aufhören könne zu zittern, und bat darum, dass ihr BITTE jemand einen Rollstuhl organisiere, da sie Sorge hatte, beim Versuch zu gehen womöglich zu stürzen.

»Da kommen sie!«, rief sie mit schwachem Lächeln, als George und Judith eine Stunde später auftauchten. »Mein Mann und meine wunderbare Tochter, dem Himmel sei Dank!« Sie kämpfte mit den Tränen. »Oh, George, ich hatte solche Angst!«, rief sie. »Dieses junge Fräulein hier war ein absoluter Engel.« Sie deutete auf Nolly, die die Angehörigen höflich anlächelte und begann, die Diagnose zu erläutern. Doch bevor sie richtig zu Wort kam, wurde sie von Patricia unterbrochen. »Schätzchen, ich will nicht noch mehr Ihrer kostbaren Zeit in Anspruch nehmen! Kommen Sie her.« Und in einer überschwänglichen Geste der Dankbarkeit küsste sie die Krankenschwester fest auf beide Wangen, ehe sie ihr einen Einpfundschein in die Hand drückte.

»Oh, wir dürfen kein Trinkgeld annehmen«, sagte Nolly.

»Los, stecken Sie das ein!« In Patricias Stimme schwang ein Hauch Drohung mit.

Die Schwester tat wie geheißen und verabschiedete sich rasch.

Judith und George standen stumm da, unsicher, was sie als Nächstes tun sollten.

»Ihr habt euch aber ganz schön Zeit gelassen«, schimpfte Patricia leise, nun gar nicht mehr die schwächliche, rührselige, Trinkgeld verteilende Patientin von eben.

»Die Polizei kam zu uns«, erwiderte George. »Wir wussten nicht, dass du …«

»Ich lag gute zehn Minuten auf diesem Bürgersteig – weitere fünf, und ich wäre tot gewesen! Das hat mir der Mann im Krankenwagen gesagt!«

»Wie kommt es dann, dass sie dich nicht hierbehalten?«, fragte Judith.

»Bist du jetzt etwa Ärztin, mein Fräulein? Expertin für medizinische Angelegenheiten?«

Judith öffnete den Mund zu einer Erwiderung, wurde jedoch von Patricia unterbrochen, die zischte: »Bringt mich gefälligst nach Hause, Herrgott noch mal. Ich muss mindestens eine Woche lang das Bett hüten.« Bei diesen Worten sah sie weder ihren Mann noch ihre Tochter an.

»Ich geh mal ein Taxi rufen«, bot Judith an und wechselte ein trauriges Lächeln mit George.

Als sie sich dem Empfangstresen näherte, sah sie, wie die Schwesternschülerin Patricias Pfundschein in eine Spendenkassette steckte. *Um traurige Kinder glücklich zu machen …*, stand auf dem Sockel. Judith griff nach dem Hörer des Taxirufapparates und wartete auf ein Freizeichen. »Entschuldigen Sie«, sagte sie zu der Schwesternschülerin, »darf ich Sie kurz etwas fragen? … Meine Mutter – hatte sie einen Herzinfarkt?«

Nolly lächelte freundlich zurück. »Ähm … nein. Hat sie Ihnen das nicht erzählt? Wir glauben, es war hormonell … Das Herz haben wir nur wegen ihrer Krankengeschichte überprüft.«

»Welche Krankengeschichte?«

Nolly blickte sich um. Für sie war das alles noch sehr neu. Verstieß sie gegen die ärztliche Schweigepflicht? Sicher nicht, schließlich handelte es sich hier um die Tochter der Patientin. »Na ja, sie hat dem Sanitäter gesagt, sie hätte bereits drei Herzinfarkte hinter sich«, antwortete sie leise. Judiths verwirrter Gesichtsausdruck ließ die junge Frau unsicher werden. »Äh … deshalb haben wir die Untersuchungen gemacht?«, fuhr sie zögernd fort. Es klang mehr nach einer Frage als nach einer Aussage.

»Meine Mutter hatte noch nie in ihrem Leben einen Herzinfarkt«, erwiderte Judith.

»Celyn Taxiservice. Wohin möchten Sie?« Die Stimme der Taxizentrale knisterte durch die Leitung.

»Ähm, ja, Victoria Road, bitte.« Judith bebte vor Wut, zumindest fühlte es sich so an. »Drei Personen. Auf den Namen Harris.«

Die Schwester schenkte ihr ein mitfühlendes Lächeln und sah zu, wie Judith den Hörer auflegte und zu ihren Eltern zurückkehrte.

Auf der Heimfahrt im Taxi sprach Judith kein Wort. Nicht dass sie in Anwesenheit ihrer Mutter je viel geredet hatte, aber dieses Mal blieb sie völlig stumm. Ihr Vater genauso. Patricia bemerkte nichts, sondern unterhielt sich angeregt – manche würden es sogar als Flirten bezeichnen – mit dem Taxifahrer. Sie schilderte ihm ihren dramatischen Vormittag und erklärte, sie habe einen leichten Herzinfarkt erlitten und müsse zu weiteren Tests ins Krankenhaus. Man habe sie dort jedoch erstklassig behandelt, ein Hoch auf das britische Gesundheitssystem. Der Fahrer war ganz von ihr eingenommen. Er fand Patricia charmant. Das war immer so.

Auf dem Beifahrersitz kämpfte Judith mit ihrer Wut. Am liebsten hätte sie laut geschrien, so unfair fand sie es, eine Mutter wie ihre zu haben. Eine Mutter, die absichtlich den lang ersehnten Urlaub ihrer Tochter sabotierte. Eine Mutter, die schamlos log, um zu verhindern, dass ihre Tochter irgendeine Art von Glück fand.

Ich hasse sie, dachte Judith stumm, immer und immer wieder, wie ein Mantra, während sie frustriert die kleine Würfelschachtel in der Hand hin und her drehte. Sie hatte sie wie einen Glücksbringer in der Tasche mit sich herumgetragen, seit George sie ihr am Morgen überreicht hatte.

Als sie vor dem Haus anhielten, stieg George aus, bezahlte den Fahrer und öffnete Patrica die Tür.

Nun wieder ganz Patientin, sollten zufällig irgendwelche Nachbarn zusehen, nahm Patricia den angebotenen Arm und ließ sich von ihrem Mann langsam ins Haus führen.

Judith ging voraus. Sie wollte so viel Distanz wie nur möglich zu ihrer Mutter schaffen. Drinnen durchquerte sie das Wohnzimmer Richtung Küche. Ihr Rucksack stand neben dem Kamin und wartete geduldig darauf, zu seinem großen Abenteuer aufzubrechen. Sie ging zur Spüle, um sich ein Glas Wasser einzuschenken. Durchs Fenster konnte sie das Backgammonbrett draußen auf der Terrasse sehen, nur halb weggeräumt, weil die Polizei gekommen war.

Aus dem Wohnzimmer hörte sie die vertraute Stimme ihrer Mutter, die auf George herumhackte: *Tu dies … Lass das … Pass doch auf … Nörgel, jammer, höhn …* Der altbekannte Soundtrack von Judiths häuslichem Leben. Sie holte tief Luft und ging nach nebenan.

»Ich setze mal Teewasser auf«, sagte George, als Judith das Zimmer betrat. Ihre Mutter saß nun schlapp in einem Sessel, die Augen geschlossen, den Kopf nach hinten gelegt.

»Und was passiert jetzt?«, fragte Judith leise.

»Muss nächste Woche wieder hin, Termin beim Facharzt«, murmelte Patricia monoton.

Judith nickte. Wartete kurz. »Und sie haben gesagt, es war ein Herzinfarkt, ja?«

»George, Schatz, bring mir ein Alka Seltzer, ja?«, rief Patricia Richtung Küche. Manchmal konnte ihre Mutter so nett und normal klingen. »Und zwei Veganin. Ich spüre, dass sich da eine Migräne anbahnt.« Wie geschickt sie unwillkommenen Fragen auswich, war beeindruckend.

»Du musst Beryl bei der Arbeit für mich anrufen. Ihr sagen, was passiert ist …«

»Aber was genau *ist* denn passiert, Mutter?«, fragte Judith ganz ruhig.

Patricia ignorierte die Frage. Wieder einmal. »Natürlich könntest auch *du* anbieten, ein paar meiner Schichten zu übernehmen. Ruf Beryl an, Schätzchen, und sag ihr Bescheid. Ich werde sicher zwei Wochen krankgeschrieben sein, meint der Arzt.«

George kehrte mit Alka Seltzer und Schmerztabletten zurück und reichte sie Patricia, die beides ohne Dank entgegennahm, hinunterschluckte und seufzte. Dann blickte sie ihre Tochter herausfordernd an. »Nun, worauf wartest du noch?

Je früher Beryl informiert ist, desto schneller kann sie Ersatz für mich organisieren.«

Judith hielt ihre zitternden Hände fest und legte los: »Mum, du weißt schon, dass ich jetzt eigentlich auf dem Weg zum Flughafen sein sollte, oder? Mit meinen Freundinnen? In den Urlaub, den wir seit einem Jahr planen.«

Patricia sah sie an. Kalt. Ohne Mitgefühl. »Und was erwartest du jetzt von mir, Fräulein?«, fragte sie. »Ich kann ja schließlich nichts dafür, wenn ich mitten in der Stadt einen Herzinfarkt bekomme! Entschuldige bitte, dass ich krank bin, entschuldige, dass ich an der Schwelle des Todes stand!«

»Klar, nur dass du eigentlich nicht krank warst, hab ich recht? Du hattest keinen Herzinfarkt. Und auch keinen der drei davor, wie du es dem Arzt gegenüber behauptet hast!«

»Pat, wovon redet sie?«, wollte George wissen.

»Ich habe keine Ahnung«, erwiderte Patricia. »Würdest du jetzt bitte Beryl anrufen, bevor es zu spät ist. Ich will der Frau keinen Ärger machen.«

Judith blickte auf dic Wanduhr, die über dem Kopf ihrer Mutter hing.

Sie traf ihre Entscheidung im Bruchteil einer Sekunde.

Mit zwei Schritten war sie beim Kamin, nahm ihren Geldbeutel und den Pass vom Sims und wuchtete sich den Rucksack auf den Rücken.

»Was zum Teufel tust du da?« Ihre Mutter klang ungläubig.

»Ich verreise.«

Patricia, plötzlich wieder topfit, sprang auf und versuchte den Rucksack zu Boden zu zerren.

»Du wirst dieses Haus nicht verlassen, junge Dame!«, keifte sie, doch Judiths Trotz und Entschlossenheit verliehen ihr Kraft. Patricia hatte keine Chance.

»Oh doch, das werde ich.« Mit großen Schritten hielt sie auf die Tür zu. »Du hast in meinem Leben schon genug kaputtgemacht.« Sie versuchte, in den schmalen Flur hinauszutreten, was mit dem unförmigen Gepäckstück auf dem Rücken gar nicht so einfach war.

»George, jetzt steh hier nicht dumm rum, verdammt noch mal!«, kreischte Patricia, und George ging auf Judith zu.

»Lass mich, Dad, es hat keinen Sinn ...«

Doch George wollte sie gar nicht am Gehen hindern. Er öffnete die Tür, um sie hinauszulassen.

»Oh, verstehe, so ist das also?« Patricia lachte das höhnische Lachen, das Judith so gut kannte. »Wie immer – gegen mich verschworen! Ihr solltet euch schämen, ihr beide!«, rief sie und drückte im selben Moment auf die Tränendrüsen.

Judith sah George an. Sie musste der Versuchung widerstehen, selbst zu weinen. »Tschüss, Dad. Wir sehen uns im August, ja?«

George umarmte sie fest, wortlos hielt er sie an sich gedrückt, als hinge sein Leben davon ab. Dann sah er ihr tief in die Augen und ließ sie schließlich los.

»Wenn du jetzt durch diese Tür gehst, Judith Harris«, zischte Patricia, »dann wird es das letzte Mal sein, hast du mich verstanden.«

»Viel Glück beim Arzt, Mum! Werd schnell wieder gesund!«, rief Judith, nun fast hysterisch, als sie aus dem Haus trat. Sie war nur wenige Schritte gegangen, als sie hörte, wie drinnen das Alka-Seltzer-Glas an der Wohnzimmerwand zerschellte.

»KOMM JA NIE WIEDER ZURÜCK, HÖRST DU MICH?«, schrie Patricia.

Judith ging die Straße hinunter. Inzwischen hatte es angefangen zu regnen. Sie fühlte sich wie nach einem Boxkampf. Niedergeschlagen, besiegt und sehr, sehr allein.

Eine Viertelstunde später stand sie an der Bushaltestelle und starrte mit tränenüberströmtem Gesicht entsetzt auf den Fahrplan. Da hörte sie auf einmal eine Stimme:

»Wie geht's deiner Mutter?«

Es war Gareth, der mit seinem Motorrad angehalten hatte, während das Auto hinter ihm wegen der Verzögerung ungeduldig hupte. Aus irgendeinem Grund ärgerte es sie, ihn dort zu sehen. Er rollte in die Bushaltestelle.

»Hab ihn knapp verpasst«, sagte sie mit zitternder Stimme. »Den Bus, meine ich. Damit wäre ich noch rechtzeitig in Cardiff gewesen, um den Zug nach Bristol zu erwischen und dann, keine Ahnung, vielleicht ein Taxi, aber jetzt hab ich den ganzen verdammten …« Sie fing wieder an zu weinen.

»Oh. Verstehe.« Gareth zögerte. »Aber ich dachte …«

»Hör zu, Gareth, was willst du?«, fuhr sie ihn an. Sie stand da, völlig fertig, und der Rucksack und die nassen Klamotten zogen sie runter, genau wie ihr bleischweres Herz.

Er löste den Riemen des Ersatzhelms, den normalerweise Lana trug. »Steig auf, ich fahr dich.« Er ließ den Motor aufheulen, bereit zum Start.

Sie wusste nicht, was sie sagen sollte. Bei den wenigen Gelegenheiten, bei denen sie sich begegneten, wechselten Judith und Gareth normalerweise kaum ein Wort. Und nun bot er an, ihr einen Riesengefallen zu tun. Sie blieb stumm. Unschlüssig.

»Na los, beeil dich«, sagte er. »Wir haben ja nicht den ganzen Tag Zeit!«

Eine halbe Stunde später brausten sie auf der M4 Richtung Bristol und Flughafen.

5

LANA

Da sie jetzt nur zu zweit zum Flughafen gebracht wurden, war ein Platz im Auto frei. Liz Kelly brauchte keine Extraeinladung. Sie erzählte Lana, sie hätte von Anfang an ihre Tochter unbedingt zum Flughafen begleiten wollen, aber leider sei Huws Ford Sierra ja nicht der geräumigste Wagen. »Ich habe sogar mit dem Gedanken gespielt, den Zug zu nehmen und dann mit Huw nach Wales zurückzufahren, aber meine gesamte Familie hat behauptet, ich würde ein Drama daraus machen!« Sie lachte. »Es ist zwar traurig, dass Judith nicht mitkommt, aber so kann ich mich wenigstens richtig von meiner Tochter verabschieden. Am Gate. Wie in den ganzen Filmen immer.«

Catrin verdrehte die Augen.

Von Coed Celyn bis zum Flughafen von Bristol brauchte man mit dem Auto gute zwei Stunden. Die Fahrt kam ihnen aber deutlich länger vor, weil Mr. und Mrs. Kelly während der gesamten Zeit redeten. Lana saß mit Catrin auf der Rückbank. Bei einigen der absurden Äußerungen vorne im Wagen lächelten sie sich müde an, doch die meiste Zeit hockten die beiden Mädchen einfach nur da, hörten zu oder hingen ihren

Gedanken nach. So ganz hatten sie die Neuigkeit immer noch nicht verdaut, dass ihre beste Freundin nicht mit auf diese lang ersehnte Reise kommen würde.

»Sie hat auf mich noch nie wie jemand mit schwacher Pumpe gewirkt«, meinte Huw, die Brille auf der Nase, die Hände fest am Lenkrad, während sie gemächlich die M4 entlangrollten, mit fünf Stundenkilometern weniger als erlaubt waren.

»Ja, eben.« Liz nickte. »Ich meine, sie ist nun wahrlich nicht dick, oder, Huw? Also ich würde sie nicht als *dick* bezeichnen …«

»Nein, nicht wirklich dick – aber auch nicht dünn. Ich würde es …« Er stockte und suchte nach dem richtigen Wort, schließlich wollte er nicht, dass seine Beschreibung von Patricia Harris zu positiv klang, denn um ehrlich zu sein hatte er sie immer ziemlich attraktiv gefunden. Wie eine etwas vulgäre Jackie Kennedy. »Ich würde sagen, ihre Proportionen sind … stimmig.«

»Pfff, das klingt wie ein Möbelstück!«

»Ähm, na gut … dann *wohlgestaltet?«*

»*Wohlgestaltet?* Was ist denn das für ein Wort?« Liz lachte.

»Dann nennen wir es eben *kurvig!«*, gab Huw schließlich nach und bereute es sofort, weil er verdächtig rot anlief.

»Gütiger Herr im Himmel, stehst du etwa auf sie, Huw?«

»Entschuldigt bitte, aber diese Unterhaltung ist total daneben«, mischte sich Catrin zu Huws großer Erleichterung ein. »Ihr redet hier über Judiths Mutter!«

»Entschuldigung, ja, verzeih.« Liz bekreuzigte sich. »Möge der Herr ihrer gemeinen Seele Frieden schenken.«

»Und sie ist auch nicht tot!«, rief Catrin. Manchmal waren ihre Eltern echt unmöglich.

»Es ist doch so«, fuhr Liz fort, »alles, was dein Vater sagen will, ist, dass Patricia Harris nicht nach einem *typischen* Kandidaten für einen Herzinfarkt aussieht, stimmt's, Huw?«

Und schon waren sie wieder mittendrin. Jetzt unterhielten sie sich über die verschiedenen Leute, die sie kannten, die einen Herzinfarkt erlitten hatten, und verglichen deren Statur mit der von Patricia Harris. Dann diskutierten sie diverse Diäten, wobei Liz die Vorzüge des F-Plans anpries, wenn es darum ging, Pfunde loszuwerden. »Ich sag dir, Huw, da isst man morgens, mittags und abends Backofenkartoffeln, und diese Frau hat damit zwanzig Kilo abgenommen!«

Eine Stunde später saßen Catrin und Lana in der Flughafenlounge, wo sie missmutig ihren zweiten Kaffee tranken, auf die Informationstafel starrten und darauf warteten, dass ihr Gate angezeigt wurde. Lana meinte irgendwann, es hätte keinen Sinn, dass sie *alle* warteten, und schlug vor, Mr. und Mrs. Kelly könnten doch den Heimweg antreten. Davon wollte Huw aber nichts wissen. »Und was ist, wenn der Flug gestrichen wird, während Liz und ich fröhlich über die Severn Bridge gondeln, und ihr beide hier auf einer Flughafenbank strandet?«

Lana fragte sich, ob Catrins Eltern insgeheim ganz froh wären, sollte die Reise tatsächlich ins Wasser fallen. Doch noch viel mehr beschäftigte sie, ob Catrin selbst sich das wohl wünschte. »Es fühlt sich alles so falsch an«, flüsterte Catrin verloren. »Als stünde die Reise unter einem schlechten Stern.«

»Sei nicht albern«, erwiderte Lana, wenn auch ohne rechte Überzeugung.

Plötzlich jedoch schreckte sie eine vertraute Stimme auf. »Hallo, Mädels!«

Als sie sich umdrehten, bot sich ihnen ein seltsamer Anblick: Auf sie zugelaufen kam … Gareth! Und neben ihm, Pass in der Hand, Rucksack auf dem Rücken, strahlendes Lächeln im Gesicht: Judith.

»Mein Gott, Judith! Du bist ja doch gekommen!«, kreischte Catrin.

»Süße! Ich versteh nicht … Was ist mit deiner …«, stammelte Lana.

»Lange Geschichte«, meinte Judith bloß.

»Hab sie an der Bushaltestelle bei Liptons aufgegabelt«, erklärte Gareth mit Heldenlächeln. »War ein bisschen knapp, es noch hierher zu schaffen. Wahrscheinlich krieg ich einen Strafzettel, aber das war's allemal wert.«

»Heiliger Strohsack!«, staunte Huw.

»Danke, Gareth«, sagte Judith leise und ein bisschen verlegen, während Lana einen dicken Kuss auf Gareths strahlenden Mund drückte.

»Hab ich nicht den besten Freund auf der ganzen Welt?«, wollte sie wissen.

»Gate dreiundzwanzig!«, rief Liz hysterisch. Wie ein Habicht hatte sie die Anzeigetafel nicht aus den Augen gelassen. »Gate dreiundzwanzig! Kommt schon! Gut gemacht!«

Judith und Lana quietschten vor Aufregung und schnappten sich ihr Gepäck. Catrin, offenbar völlig überwältigt davon, dass es tatsächlich endlich losging, umarmte rasch ihre Eltern und folgte dann ihren zwei besten Freundinnen Richtung Abfluggate. Sie waren nicht weit gekommen, als Catrin plötzlich stehen blieb. Lana und Judith waren schon einige Schritte voraus, ehe sie es bemerkten. »Was ist los?«, rief Lana ihr über die Schulter zu.

»Ich schaff's nicht«, flüsterte Catrin. Ihre Stimme ging im allgemeinen Flughafenlärm beinah unter.

»Wie meinst du das?« Judith wich den entgegenkommenden Passagieren aus.

»Ich bin einfach … Ich hab jetzt schon Heimweh. Ihr zwei seid viel mutiger als ich.«

»So ein Quatsch«, entgegnete Lana. »Du bist schon viel weiter gereist als Jude und ich. Du warst auf Mallorca!«

»Und in Jugoslawien«, fügte Judith hinzu, die keinen Hehl

aus der Tatsache machte, dass sie Catrin immer um ihre Familienurlaube beneidet hatte.

»Das Weiteste, was wir zwei je geschafft haben, war diese ätzende Jugendfreizeit in Belgien«, meinte Lana.

»Und in den Zoo von Bristol, um genau zu sein«, fügte Judith mit schiefem Lächeln hinzu. Catrin gelang es zurückzulächeln.

Letzter Aufruf für die Passagiere Harris, Kelly und Lloyd, gebucht auf Flug AF369 nach Athen, ertönte eine blecherne, nasale Stimme über die Lautsprecher. *Bitte begeben Sie sich umgehend zu Gate Nummer dreiundzwanzig. Boarding endet in fünf Minuten.*

Alle drei ignorierten es.

»Ach, Cat! Komm mal her«, sagte Judith. »Lana, du auch! Einmal fest drücken, kommt schon!« Sie umarmten sich zu dritt mitten im Getümmel der Urlaubsreisenden. »Wir werden eine *supergute* Zeit haben, ja?«

»Ja, sie hat recht«, pflichtete Lana ihr bei.

»'tschuldigung«, schniefte Catrin. »Ich weiß, es ist albern …« Ein Schluchzer entfuhr ihrer Kehle, und sie kam sich vor wie eine müde Vierjährige.

»Also, dann weißt du ja, was wir zu tun haben?« Lanas Augen blitzten schelmisch.

»Nein, Lana«, stöhnte Judith grinsend. »Wir singen *nicht* dieses Lied. Nicht hier!«

Catrin musste trotz ihres Kummers lachen. »Wir müssen zum Flugzeug!«

»Nicht bevor wir nicht das Lied gesungen haben. Ihr wollt es doch auch«, erwiderte Lana. »Es funktioniert immer!«

Damals, 1973, als die Mädchen sich in der Klasse von Mrs. John kennengelernt hatten, hatte Catrins Vater sich zur Melodie von »She'll be Coming Round the Mountain« ein albernes Lied ausgedacht. Seither war es so etwas wie ihre

Hymne geworden. Nun standen sie da, das Trio aus drei besten Freundinnen, gegenseitig die Arme um die Schultern gelegt, und stimmten – zwei von ihnen zuerst eher widerwillig – ihren Song an.

Catrin Kelly, Judith Harris, Lana Lloyd!
Fielen in den Graben zu den Raben.
Ihre Kleider furchtbar stanken
Seht nach Coed Celyn sie wanken.
Catrin Kelly, Judith Harris, Lana Lloyd!

»Ab nach Griechenland!«, rief Lana.

»Ab nach Griechenland!«, fielen Judith und Catrin mit ein. Dann rannten sie zu ihrem Gate.

6

CATRIN

Catrins Sorgen waren völlig unbegründet. Drei Wochen später hatte sich ihre Angst vor Heimweh spurlos in der heißen Ägäisluft aufgelöst. Sie konnte nicht glauben, dass sie diese Reise je infrage gestellt hatte – es war einfach nur genial. Alle drei hatten mehr als genug Sonne getankt und ernährten sich vorwiegend von Ouzo und Oliven.

Auf Skiathos waren sie versehentlich an einem FKK-Strand gelandet, wo sie von einem nackten Schotten mit Walrossschnauzbart gerügt wurden, nicht nackt genug zu sein. Und auf Kos hatten sie naiverweise das Übernachtungsangebot einiger freundlicher junger Männer angenommen, die sich als armenische Terroristen entpuppten. Sie hatten sich für eine griechische Nacht auf Paros in Togas gekleidet und in einer Strandbar auf Mykonos die königliche Hochzeit von Fergie und Prinz Andrew verfolgt. Lana hatte dabei aus voller Kehle die Waliser Nationalhymne geschmettert, um ihre republikanische Einstellung zum Ausdruck zu bringen.

Die Samaria-Schlucht auf Kreta stand ganz oben auf Catrins To-do-Liste für die gesamte Reise. Sie hatte in der *National Geographic* ihres Vaters darüber gelesen und war von den Fotos dieser uralten Schlucht, die sich zwischen den

Lefka Ori und dem Volakias-Berg hindurchschlängelte, absolut fasziniert gewesen. Der Tagesausflug war nicht billig, aber Catrin versprach Lana und Judith, sie würden keine einzige der achtzehnhundert Drachmen bereuen. Trotz Lanas Protest am Abend zuvor – sie wollte noch ein paar Bier in Lexi's Bar trinken – hatte Catrin darauf bestanden, früh ins Bett zu gehen. »Wir müssen um sechs aufstehen und die Wanderung dauert mindestens acht Stunden. Ihr werdet mir noch dankbar sein.« Dann hatte sie jeder auf dem Balkon noch ein Glas Sprite eingeschenkt und die Canastakarten gemischt.

Der Bus parkte neben einer Reihe von Cafés an der Nordseite von Hafens von Chania. Angelina, die Reiseleiterin, begrüßte lächelnd jeden Teilnehmer mit einem *kalimera* und hakte die Namen auf ihrer Liste ab. Bei den Fahrgästen handelte es sich um eine bunte Mischung unterschiedlicher Altersgruppen und Herkunftsländer. Catrin war beeindruckt, wie munter alle waren angesichts der Tatsache, dass es gerade mal sieben Uhr morgens war.

Nach einem letzten Durchzählen sah Angelina auf ihre Uhr. Dann tippte sie auf das Mikro in ihrer Hand, um zu überprüfen, ob es eingeschaltet war, und verkündete, dass zwar noch zwei Teilnehmer fehlten, sie aber nicht länger warten konnten.

Mikos, der Fahrer, schloss die Türen und ließ den Motor an.

Gerade als sie losfahren wollten, hämmerte jemand wild gegen die Seite des Busses, sodass Mikos auf die Bremse trat. Die Türen öffneten sich wieder, und ein junger Kerl – knapp zwanzig, relativ dunkler Teint – kletterte an Bord. Atemlos, mit Shorts und Unterhemd bekleidet und einem kleinen Rucksack auf dem Rücken. Er sah aus, als wäre er stundenlang gerannt. »Sorry, tut mir so leid.« Er konnte kaum sprechen.

Angelina lächelte ihn mitfühlend an. »Und Sie sind Mr. … Cook? Oder Mr. …«

»Blythe. Mr. Blythe«, antwortete der junge Mann. »Eddie hat's nicht geschafft. Er ist Cook. Also, so heißt er, *der* Cook auf Ihrer Liste. Mr. Cook.«

Angelina wirkte ein bisschen verwirrt. Sie hakte seinen Namen auf ihrem Clipboard ab und bat ihn, sich einen Platz zu suchen. Er steuerte auf das hintere Ende des Busses zu. Catrin, die von der Aufregung kurz abgelenkt worden war, las inzwischen wieder in ihrem Reiseführer über das verlassene Dorf Samaria, das sie auf halber Strecke ihrer Wanderung erreichen würden.

Auf einmal eine Stimme neben ihr.

»Ist hier noch frei?« Es war der Nachzügler.

»Äh … ja!« Sie nahm ihre Sonnenbrille und die Strickjacke an sich, um ihm Platz zu machen, insgeheim enttäuscht, dass sie nun nicht mehr zwei Sitze für sich hatte, um sich auszubreiten.

Er schob seinen kleinen Rucksack in das Gepäckfach oben, zusammen mit dem Sweatshirt, das er zuvor um den Bauch gebunden getragen hatte, ehe er sich auf den Sitz plumpsen ließ.

Nachdem er einige tiefe Schlucke aus seiner Wasserflasche getrunken hatte, seufzte er erleichtert. »Schon besser«, sagte er zu niemand Bestimmtem.

Hinter ihrem Reiseführer versteckt, beobachtete Catrin neugierig, wie ihm ein Schweißtropfen über Stirn und Nase rann, um dann auf seiner Oberlippe hängenzubleiben. Der Typ wischte ihn mit dem Handrücken weg, ehe er sich ihr zuwandte.

»Ich heiße Solomon«, sagte er.

Und Catrin war völlig überwältigt von seinem unerwartet schönen Lächeln.

Sie unterhielten sich die gesamte Fahrt über, während Judith und Lana auf den Sitzen vor ihnen schliefen. Catrin war fasziniert von seinem kaum wahrnehmbaren nordenglischen Dialekt und wie er strahlte, wenn er über Dinge sprach, die ihn begeisterten. Sie hatten jede Menge Gemeinsamkeiten. Unglaublich viele, um genau zu sein.

Auch er war auf Reisen, bevor die Uni losging – und zwar ein ganzes Jahr Weltreise mit seinem Kumpel Eddie. »Der nicht erschienene Mr. Cook?«, fragte Catrin lächelnd.

»Genau der.« Solomon grinste. »Er sollte eigentlich mitkommen, aber der Idiot hat gestern Abend so viel gesoffen, dass er sich heute Morgen überhaupt nicht mehr rühren konnte. Er war in dieser Bar, Lexi's?«

Catrin lachte bei der Vorstellung, dass Lana ohne Probleme Eddie hätte sein können, wenn sie selbst am Abend zuvor nicht ein Machtwort gesprochen hätte. »Ja, das kenne ich«, meinte sie.

»Ich hätte wahrscheinlich bei ihm bleiben sollen, um mich zu vergewissern, dass es ihm gut geht – er könnte inzwischen tot sein! Aber ich freu mich schon die ganze Reise über auf diesen Ausflug zur Samaria-Schlucht.«

»Ich auch«, sagte sie.

»Und Eddie weiß das! Ich hab das erste Mal davon gelesen, da war ich zehn oder so.«

»In der *National Geographic*?« Solomon sah sie überrascht an.

»Genau! Woher weißt du das?«

»Ich auch!«, antwortete sie.

Es gab in ihrer Unterhaltung eine Menge Ich-auch-Momente, sowohl von Catrins als auch von Solomons Seite. Zwei Biografien in eine fünfundvierzigminütige Busfahrt gequetscht. Sie hatten beide einen älteren Bruder namens Tom, eine Vorliebe für Elvis Presley und eine Katzenhaarallergie.

»Und ja, mir ist klar, dass das irgendwie Ironie des Schicksals ist«, sagte Catrin.

»Wie bitte?« Solomon sah sie verwirrt an.

»Dass ich Cat heiße, mich aber von Katzen fernhalten soll!«

»Ach so, ja!« Seine Augen leuchteten auf, während sie weitere Gemeinsamkeiten entdeckten: Beide waren auch nicht im Ansatz künstlerisch begabt, beide waren gute Schwimmer, und sie interessierten sich beide für Landkarten und Globen. Aber das Verrückteste – so *richtig* verrückt – war, dass sie beide Linkshänder und nichtpraktizierende Katholiken waren, die im Oktober ein Medizinstudium beginnen würden.

»In Cardiff. Und du?«, erwiderte sie, als er sie nach ihrer Uni fragte.

»Cambridge. Trinity«, antwortete er, ein bisschen verlegen.

»Wow – ein Superschlauer also.« Sie lachte.

»Nein, nicht wirklich. Nur Glück gehabt. Ein Cousin von mir hat in Cardiff studiert«, sagte er und wechselte damit das Thema. »Ihm hat's total gut gefallen.«

»Ja, ich freu mich auch schon drauf. Und es ist weit genug weg von zu Hause, damit ich das Gefühl habe, mein eigenes Ding zu machen, aber nah genug, falls mir mal das Essen ausgeht oder ich mir den Waschsalon nicht leisten kann.« Catrin lächelte.

Es war, als hätte sie einen lange verschollenen Freund wiedergefunden. Wenn er redete, sah sie ihn heimlich von der Seite an. Aber nicht so, wie sich Fremde anschauen, die während der Busfahrt zu einer kretischen Schlucht höflich Konversation machten. Diese Blicke kamen ihr fast schon voyeuristisch vor: Sie sog ihn in sich auf, die Struktur seines kurz geschorenen schwarzen Haars und wie er es zerzauste, wenn er versuchte, sich an einen Namen zu erinnern. Die dunklen Brauntöne seiner lachenden Augen, in denen goldene Flecken tanzten. Sie war gerade dabei, mit dem Blick den Umriss seiner Lippen nachzufahren, als ihr klar wurde, dass er ihr eine Frage gestellt hatte.

»Entschuldige, was?« Sie fühlte sich ertappt.

»Die Agia-Irini-Schlucht? Hab mich nur gefragt, ob du da schon warst«, sagte er. »Sie ist viel kürzer als die Samaria – nur drei Stunden oder so. Und es ist lange nicht so viel los dort, weil weniger Leute davon wissen.«

»Oh, verstehe – aber um ehrlich zu sein, ich musste die Mädels zu dem Ausflug heute schon ziemlich überreden, deshalb bezweifle ich, dass sie sich noch eine Schlucht anschauen. Ich könnte natürlich allein hinfahren …«, überlegte sie und war sich dabei sehr wohl bewusst, dass sie darauf wartete, dass er seine Begleitung anbot. Lächerlich – schließlich kannte sie ihn gerade mal eine halbe Stunde.

»Ja, warum nicht? Du wärst dort auf jeden Fall absolut sicher«, erwiderte er. Ihr Hinweis war wohl zu subtil gewesen. Doch dann überraschte er sie total. »Ich würde ja anbieten mitzukommen«, sagte er, »aber wir fliegen heute noch heim. Abendflug um elf. Hab diesen Ausflug gerade noch so reingequetscht.«

»Oh!« Sie konnte ihre Enttäuschung nicht verbergen. Und glaubte bei ihm etwas Ähnliches wahrzunehmen.

Bevor sie mehr herausfinden konnte, wurde ihr Gespräch jedoch abrupt beendet, weil Angelina die Ankunft am Eingang des Nationalparks verkündete. Lana und Judith streckten sich gähnend. »Ahhh, ich hatte einen Wahnsinnstraum«, murmelte Lana verschlafen. »Da war dieser Hund, und er hatte meine Schuhe an!«

Solomon stand auf und zog seinen Rucksack aus dem Gepäckfach. Catrin hatte das Gefühl, dass er sich gerne weiter unterhalten oder vielleicht sogar gefragt hätte, ob er sich ihnen bei der Wanderung anschließen dürfe, doch die Leute hinter ihm warteten schon ungeduldig darauf, den Bus zu verlassen.

Also verabschiedeten sie sich gehetzt und etwas unbeholfen. »War schön, mit dir zu reden!«, sagte er noch, ehe er sich in Bewegung setzte.

»Ja, gleichfalls. Viel Spaß bei der Wanderung!« Catrin wusste, dass sie übertrieben begeistert klang.

»Wer war das denn?«, fragte Judith, nachdem Solomon außer Hörweite war.

»Ach, niemand«, antwortete sie. »Nur so ein Typ.«

Lana jammerte fast die gesamten ersten vier Kilometer über. Ihr war kalt. Ihr war heiß. Sie war müde. Ihre Füße taten weh. Ihr Kopf tat weh. Sie hatte Durst. Sie hatte Hunger. Als sie in Neroutsiko ankamen, der ersten natürlichen Quelle entlang der Strecke, hatte sich bereits eine Schlange durstiger Wanderer gebildet, die alle dringend ihre Wasserflaschen auffüllen wollten. »Ich will mich hinsetzen«, verkündete Lana.

»Ach, Lana, leg doch mal 'ne andere Platte auf, Mensch!«, stöhnte Judith. »Du bist ja schlimmer als eine Dreijährige.«

Catrin, die einen aufkommenden Streit witterte, schaltete sich schnell ein. »Weißt du was, wenn du's schaffst, noch ein paar Minuten weiterzugehen, dann kommen wir an die kleine Kapelle von Agios Nikolaos, eine Art Rastplatz. Und da gibt's auch noch mehr Wasser.«

»Solange wir da auch was essen können«, murmelte Lana schmollend.

»Natürlich.«

»Mama, sind wir bald da?«, zog Judith sie auf. Lana schnipste gegen ihren Arm, und sie wanderten weiter.

Eine Viertelstunde später erreichten sie die kleine Kapelle und löschten ihren Durst an der Quelle.

»Kommt, lasst uns eine Sitzgelegenheit finden«, schlug Catrin vor im Versuch, die Freundinnen aufzumuntern.

Hinter der Kapelle fanden sie ein kleines Stückchen staubiges Gras neben einer Gruppe majestätischer Zypressen. Catrin holte etwas Fladenbrot und Tsatsiki aus ihrem Rucksack und schnitt einen Apfel in sechs Teile. Sie verteilte alles wie eine geduldige Mutter und spürte, wie die Anspannung sofort nachließ.

»Erstaunlich, was ein bisschen Essen und Trinken bewirken kann«, sagte sie mehr zu sich selbst und ließ sich mit geschlossenen Augen nach hinten sinken. Sanft in der Sonne dösend, wurde sie vom Unterhaltungsgemurmel naher Wanderer und dem Gesang der Heidelerchen eingelullt.

»Die höchsten Zypressen auf ganz Kreta!«

Catrin öffnete die Augen, sah blinzelnd empor und erkannte Solomon, der die Aussicht bewunderte.

»Oh, hallo.« Es überraschte sie, wie sehr sie sich darüber freute, ihn wiederzutreffen. Gleichzeitig hatte sie Angst, ziemlich verschwitzt auszusehen.

»Hi, wie geht's?«, begrüßte ihn Lana. »Du warst mit im Bus, richtig?«

»Ja, ich heiße Solomon. Ihr könnt mich aber Sol nennen, wenn ihr wollt.«

»Warst du schon drin?« Judith zeigte auf das alte Gebäude.

Beim Betreten der kühlen Stille der Agios-Nikolaos-Kapelle bestaunten die vier die zarte Schönheit der Ikonen an den Wänden. Catrin las aus ihrem Reiseführer vor, mit betont vornehmem Tonfall, als wollte sie die anderen beeindrucken. Sie ließ sie wissen, dass »diese winzige Kapelle auf besonders heiligem Grund gebaut ist, auf dem einst Apollo verehrt wurde«. Schweigend standen sie da, die Luft um sie herum schwer und bedeutungsvoll.

Dann zerstörte Lana den feierlichen Moment: »Sol, weißt du was, in Coed Celyn haben wir eine Disco namens Apollo«, verkündete sie. »Letztes Jahr wurde dort ein Typ erstochen. Danny Rhys. Hat sich bei Eryl, auch bekannt als Heroin-Eryl, eine Motorsense ausgeliehen und nie zurückgegeben.«

Catrin warf ihr einen vernichtenden Blick zu.

»Ach ja, stimmt«, meinte Judith, die Catrins Verlegenheit nicht bemerkte. »Und das ist an sich schon komisch, weil man gar nicht davon ausgehen würde, dass Eryl überhaupt eine Motorsense besitzt.«

Das Bild, das ihre Freundinnen hier abgaben, war Catrin total peinlich. Sie sah Sol an. Was musste er von ihnen denken?

»Ich weiß auch nicht«, sagte er ernst. »Nur weil jemand heroinabhängig ist, muss das ja nicht unbedingt heißen, dass er ein schlechter Gärtner ist.« Es folgte eine kurze Stille, dann grinste er. Lana und Judith fingen an zu lachen. Er war ihnen überraschend sympathisch. Und Catrin merkte, wie ihre Haut kribbelte.

Sie machten sich wieder auf den Weg, und Sol und Catrin gingen ganz automatisch mit etwas Abstand vor Lana und Judith, die nicht gerade die schnellsten Wanderer waren. Das störte Catrin jedoch nicht im Geringsten. Sie war glücklich, mit Sol die Schlucht entlangzulaufen, sich mit ihm zu unterhalten, über einen Stein zu stolpern, um einen Grund zu haben, sich an ihn zu lehnen, und dann weiter mit ihm zu reden.

Als sie das verlassene Dorf Samaria erreichten, spazierten sie zwischen den Ruinen umher und streichelten die neugierigen Krikri-Ziegen, die sich dort angesiedelt hatten. Es gab Bänke im Schatten, also suchte sich Catrin einen Platz und packte ihren Proviant aus. »Hast du keinen Hunger?«, wollte sie von Sol wissen, der mit leeren Händen im Schoß dasaß.

»Bin am Verhungern«, gab er zu. »Aber ich hatte keine Zeit mehr, mir was zu kaufen.«

Lächelnd breitete sie ihren Teil des Picknicks zwischen ihnen beiden aus. »Bedien dich«, forderte sie ihn auf, und er verschlang das griechische Brot, noch ehe sie »Taramosalata« sagen konnte.

Eine Stunde später kamen sie an einem Ort vorbei, wo Leute kleine Pyramiden aus Kieselsteinen errichteten und dabei ihre geheimen Sehnsüchte und Gebete flüsterten. Das wollten sie sich natürlich nicht entgehen lassen, also bauten Catrin und Sol auch welche. Sie verrieten dem anderen nicht, was sie sich wünschten, gestanden einander aber hinterher ihre katholischen Schuldgefühle, die sich bei so einem doch eher heidnischen Ritual meldeten.

Die Wanderung dauerte nun schon sieben Stunden, und Catrin war klar, dass sie bald zu Ende gehen würde.

Als sie durch den schmalen Durchgang, auch bekannt als »eiserne Pforte«, traten, streckten sie lachend die Arme aus, um zu beweisen, wie wenig Platz zwischen den beiden Felswänden war. »Wie zwei riesige Wachmänner«, fand Catrin, »die uns vom Gelände begleiten.«

»Genau, das trifft's!« Sol lachte. »Hey, gib mir mal deine Kamera.« Er machte einige Aufnahmen von ihr – der menschlichen Füllung im Bergsandwich. Doch bevor er Catrin den Apparat zurückgab, sprach er einen fremden Wanderer an: »Entschuldigen Sie, würden Sie ein Foto von uns beiden machen?« Allein bei diesem *von uns beiden* schmolz sie fast dahin und wünschte, dieser fotografisch festgehaltene Moment würde nie vorbeigehen, während das glückliche Bild auf Film gebannt wurde: sie beide, die Arme einander um die Schultern gelegt als Zeichen einer neuen Freundschaft.

Als sie sich voneinander lösten und Catrin ihre Kamera

entgegennahm, gab es diesen winzigen, wortlosen Moment zwischen ihnen. Es war nur ein Blick, doch in diesem Blick pulsierten eine Million Herzschläge. Und sie wussten beide, das hier war viel mehr als nur Freundschaft.

Sie erreichten das andere Ende der Schlucht, wo sie schweigend auf das einst überflutete Dorf Agia Roumeli und das träge türkisfarbene Meer zuspazierten. Catrin hatte mit Lana und Judith vereinbart, sich am Ende der Wanderung in einem Café namens Irene's zu treffen. Sol meinte, er könne mit ihr noch eine halbe Stunde warten, doch dann müsse er die Fähre nach Sfakia kriegen. »Ich wünschte, ich könnte bleiben«, sagte er. »Ich würde deine Freundinnen gerne wiedertreffen. Mit denen kann man bestimmt viel Spaß haben.«

»Ist das der einzige Grund?«, neckte sie ihn. Ein bisschen Angst hatte sie diesbezüglich aber tatsächlich.

»Du weißt doch genau, dass es nicht so ist.« Sein Blick rügte sie sanft.

Sie bestellten jeder eine Orangina, die der Kellner sofort mit zwei Gläsern voller Eiswürfel brachte. Sol bat ihn um einen Stift und ein Stück Papier, auf das er seine Telefonnummer kritzelte. »Ich fänd's wirklich schön, wenn wir in Kontakt bleiben könnten, Cat«, sagte er.

Sie betrachtete den kleinen, vom Bestellblock des Kellners abgerissenen Zettel. Ein dünnes, billiges Stückchen Papier. Unbedeutend und doch so kostbar. »Schreib deinen Namen noch dazu«, sagte sie. »Womöglich hab ich den vergessen, bis ich nach Hause komme.« Sie lachten. In Wahrheit wollte sie mehr als nur eine Zahlenreihe auf Papier, um sich an ihn zu erinnern.

Er nahm den Zettel wieder an sich und schrieb noch etwas darauf, wobei er die Worte mit der Hand vor ihrem Blick abschirmte. Dann faltete er das Papier zusammen und schob es unter ihr Glas. Warf einen Blick auf die Uhr. »Es tut mir so leid, aber ich muss los.« Es war ihm anzuhören, wie sehr ihn das wurmte. »Wenn ich die Fähre nicht bekomme, verpasse ich den Flug. Eddie wird sich sowieso fragen, wo ich bleibe. Ich hatte eigentlich versprochen, schon vor einer Stunde zurück am Hostel zu sein.«

»Was?« Catrin lachte. »Du hast ihm gegenüber behauptet, du könntest die Samaria-Schlucht in fünf Stunden durchwandern?«

»Haben welche schon geschafft.« Lächelnd griff er über den kleinen Cafétisch nach ihrer Hand. »Ich habe den Tag heute sehr genossen«, sagte er leise und lehnte seine Stirn sanft an ihre.

»Ich auch«, flüsterte sie, aus Angst, ihre Stimme könnte kippen.

Urlauber spielten am nahe gelegenen Strand, plantschten im Wasser. Der Geruch von süßem Tabak lag in der Luft, wo er sich mit dem Duft von Sonnencreme, Kaffee und frisch gepressten Zitronen mischte. Ein Baby lachte, und aus einem Lautsprecher in Irene's Café tönte blechern griechische Musik. Es war ein perfekter Sommerferientag.

Und die perfekte Kulisse.

Für den perfekten Kuss.

Er verabschiedete sich nicht. Sie sah zu, wie er an Bord der Fähre ging und winkte. Catrin winkte zurück und wandte den Blick erst ab, als sie das Kielwasser der Fähre nicht mehr sehen und das Knurren der müden Motoren nicht mehr hören konnte. Als sie wusste, dass er wirklich weg war, nahm sie das kostbare Stück Papier unter dem Glas hervor, faltete es auf und las. Unter seinen Namen und seine Telefonnummer hatte er geschrieben:

Als wir heute unsere Steinpyramiden gebaut haben, war mein Wunsch, dich wiederzusehen. Und ich glaube, das wird geschehen.

Sie rang nach Luft, so überwältigt war sie von seinen Worten.

Aus der Ferne rief jemand ihren Namen. Beim Aufblicken sah sie Judith und Lana auf sich zukommen. Rasch faltete sie den Zettel wieder zusammen und schob ihn tief in die Tasche. »Wie geht's euren Füßen?«, rief sie und konnte ein Lächeln dabei nicht unterdrücken.

7

LANA

Das geschäftige Treiben von Nikosia war etwas so ganz anderes als die verschlafenen griechischen Inseln, aber insgeheim hatte Lana gar nichts gegen ein bisschen Großstadtgetümmel einzuwenden. Sie waren nun seit zwei Tagen auf Zypern und heute auf dem Weg nach Kakopetria, dem Heimatdorf von Judiths Vater George Harris. »Glaubst du, dieses Ding hier bringt uns da wirklich hin?«, hatte Lana gescherzt, als sie an der Platia Solomou in den uralten gelb-grünen Bus stiegen und zur zweistündigen Fahrt ins Troodos-Gebirge aufbrachen.

Lana teilte sich einen Doppelplatz mit Catrin, weil Judith beschlossen hatte, allein ganz vorne zu sitzen. Sie brauche Zeit zum Nachdenken, hatte sie gesagt. Das hier war schließlich eine große Sache, ins Heimatdorf ihres Vaters zu fahren, auch wenn es dort niemanden mehr gab, den sie besuchen konnte, nachdem Georges Eltern längst verstorben waren und er keine Geschwister besaß. Es gab also keinen wirklichen Grund hinzufahren. Außer dass Kakopetria der Ort seiner Kindheit war. Und den wollte Judith sehen. George hatte etwas so Rührendes an sich, wobei Lana nie herausgefunden hatte, woran es lag.

Als sie auf den kleinen Dorfplatz von Kakopetria einbogen, drehte sich Judith zu ihnen um und strahlte. Wenigstens schien die Fahrt ihre Laune verbessert zu haben. Die drei jungen Frauen stiegen aus und sahen sich um. So viel ruhiger als das lebendige, laute Nikosia. Sie atmeten die frische Bergluft ein und streckten sich.

»Ich muss dringend mal pinkeln«, sagte Lana.

»Du musst *immer* dringend mal pinkeln.« Judith lachte. Sie machten sich auf den Weg zu einem hübsch angestrichenen Restaurant namens Taverna Lenia.

Unter den schattigen Zweigen einer Zitronenverbene saß um drei zusammengeschobene Tische eine große zypriotische Familie, die ein spätes Sonntagsessen im Freien genoss. Die Erwachsenen unterhielten sich lachend, während diverse Kinder bei ihren Eltern oder Tanten oder Onkeln auf den Knien saßen und immer wieder weitergereicht wurden wie bei einem Reise-nach-Jerusalem-Spiel. Eine Frau stillte unauffällig ihr Baby, und ein etwa sechsjähriger Junge drehte an einem Zauberwürfel herum.

Ein müde wirkender Kellner von Mitte vierzig kam mit zwei großen Platten voll Essen heraus, für die er auf den Tischen kaum Platz fand, sodass er erst einige leere Teller einsammelte. Beim Näherkommen hatte Lana das Gefühl, uneingeladen eine Party zu stören. Doch als sich der Kellner nach ihnen umdrehte und lächelte, strahlte sein Gesicht ein freundliches Willkommen aus.

»Jassas!«

»Hallo«, sagte Judith. »Ein Tisch für drei?«

»Tria!«, schaltete sich Catrin ein, die drei Finger hochhob. *»Parakalò.«*

»Oh, und haben Sie eine Toilette?«, fügte Lana hinzu, die kurz davor war, in die Hose zu machen.

»Komme mit! Bitte«, sagte er, und sie folgten ihm nach

drinnen, wo er ihnen Plätze an der Bar anbot. Lana steuerte sofort die Toilette an, doch als sie zurückkam, waren Catrin und Judith verschwunden.

»Sie sind daraußen«, klärte sie der Kellner auf. »Mit neue Freunde.«

Man hatte die beiden eingeladen, sich zur Großfamilie auf der Terrasse zu gesellen. So saßen sie nun alle mit am Tisch, umgeben von krabbelnden Kindern, während man ihnen Zivania einschenkte. Lana fand diesen ungewöhnlichen zyprischen Schnaps seltsam wohltuend und sagte auch zu einer zweiten Runde nicht Nein.

Eine der Anwesenden, Maria, sprach sehr gut Englisch und fungierte als Übersetzerin. Sie erzählte, dass ihre Familie diese Treffen mehrmals im Jahr veranstalte. Diesmal war der Anlass eine Taufe am nächsten Tag, einem Feiertag der Kirche am Ort. Man würde eine Ikone des Erlösers in einer Prozession durchs Dorf tragen und außerdem die kleine Katerina taufen.

Die Familie war fasziniert von den drei jungen Frauen. Sie hatten noch nie von Wales gehört, wobei einer der älteren Männer, Themis, der in Lanas Augen sehr weise aussah, immerhin wusste, wer Richard Burton war. Es wurde ringsherum anerkennend genickt, als sie erzählten, dass sie alle im Herbst studieren würden. Die Tatsache, dass Catrin Ärztin werden wollte, machte besonderen Eindruck.

»Ey! Giatros!«, jubelten sie.

Onkel Leonades sagte etwas, was den ganzen Tisch zum Lachen brachte. Maria übersetzte, er habe Probleme mit seinen Hühneraugen, falls Catrin mal einen Blick darauf werfen wolle.

Der Nachmittag wurde zu einer jener unerwartet netten Zusammenkünfte, ungeplant, einzigartig und unvergesslich.

Nachdem der Kellner die Teller des Hauptgangs unter viel Applaus und Dank an den Koch abgeräumt hatte, brachte er verschiedene Platten mit köstlich aussehenden zyprischen Desserts – *baklava, galaktoboureko* und eine Art Pudding aus Maismehl namens *mahalepi*, der mit Rosenwasser serviert wurde.

Während sie es sich alle schmecken ließen, flüsterte Themis Maria etwas zu.

»Mein Onkel möchte wissen, weshalb ihr euch habt ausgesucht ausgerechnet Kakopetria, wenn ihr in den Discos von Limassol sein könntet?«

Sie lachten alle, und da Judith sich umgeben von ihren neuen Freunden mutiger fühlte, erklärte sie vorsichtig ihre Verbindung mit Kakopetria: dass ihr Vater hier aufgewachsen war, bevor er 1973 nach Wales zog. Die Freude war groß, als der Gesellschaft klar wurde, dass Judith in Wirklichkeit Zypriotin war! Sie stellte es jedoch schnell richtig. »Er ist mein Stiefvater«, sagte sie, »also stimmt es nicht wirklich.«

»Ah, *to vima tou patéra!*«, erklärte Maria, und alle nickten ein wenig verlegen. Lana hatte den Eindruck, dass Stiefeltern auf Zypern nicht besonders häufig vorkamen. »Wie heißt dein Vater? Vielleicht kennen wir seine Familie«, wollte Maria wissen.

»Das ist unwahrscheinlich«, antwortete Judith. »Er war Einzelkind, und seine Eltern sind gestorben, als er etwa zwanzig war. Ich bin mir nicht ganz sicher – er redet nicht viel darüber.«

Maria übersetzte für die anderen, und Lana spürte, dass ihre Neugier geweckt war und sie mehr Informationen wollten.

»Äh … Er nennt sich jetzt George Harris – sein zweiter Name ist Andrew. Aber er hat seinen Namen geändert, als er nach Großbritannien kam.«

»Klar, weil wir in Wales alle so verdammt faul sind, wenn es darum geht, ausländische Namen richtig auszusprechen!«, warf Lana ein, vom Zivania ein bisschen angeheitert.

Nachdem Maria gedolmetscht hatte, folgte ein verzögertes Lachen.

»Aber sein echter Name – sein griechischer Name – ist Georgios Andreas Charalambos«, sagte Judith, der man anhören konnte, wie stolz sie auf ihre griechische Aussprache war.

Doch statt des leisen Applauses für ihre Anstrengungen, mit dem Judith gerechnet hatte, folgte schockierte Stille. Dann brach rings um den Tisch Gemurmel aus. Nur die Kinder wandten sich wichtigeren Dingen zu, wie zum Beispiel sich eine zweite Portion *mahalepi* zu gönnen, während niemand hinschaute.

»Entschuldigung, kannst du den Namen noch mal sagen?«, bat Maria.

»Ja – Georgios Andreas Charalambos. Ich habe hier sogar ein Foto von ihm.« Sie holte das Foto von sich und George vom Passbildautomaten heraus, das sie immer im Geldbeutel trug. »Das ist zehn Jahre her. Wir haben damals einen Tagesausflug zu den Dan-yr-Ogof-Höhlen gemacht.«

Die Familie reichte das Bild herum, begleitet von erschrockenen Lauten, gefolgt von schnellen Wortwechseln zwischen einzelnen Familienmitgliedern. Dazu besorgte Blicke, erhobene Stimmen, Kopfschütteln und die Suche nach Autoschlüsseln. Eine der Frauen fing an zu weinen und wurde von einer anderen getröstet, die sich bekreuzigte, ehe sie Judith das Foto zurückgab.

Die drei Urlauberinnen sahen sich verwirrt an.

»Was ist denn los?«, wollte Lana wissen. Das hatte doch nichts Gutes zu bedeuten!

Niemand antwortete ihr.

»Also, vielleicht sollten wir gehen«, sagte sie, mehr an Judith und Catrin gewandt als an die anderen.

»Nein«, erwiderte Maria. »Wartet. Bitte.« Und ihr Mann, der gerade ins Auto stieg, rief ihr etwas zu.

»*Entáxei! Naí!*«, antwortete sie und wandte sich an Judith. »Wir glauben …« Maria blickte in die familiäre Runde am Tisch. Alle schienen auf Judiths Reaktion auf das zu warten, was sie jetzt erfahren würde. »Wir glauben, dein Vater, Georgios Charalambos, er könnte der Bruder einer Freundin sein.«

Die drei versuchten das Gehörte zu begreifen.

»Wie bitte?«, fragte Lana, da Judith offenbar zu schockiert war, um zu sprechen.

»Mein Mann Nico hat einen Freund, Iannis, der hat eine Frau. Sie heißt Sofia«, fuhr Maria fort, dann machte sie eine Pause, damit sie ihr folgen konnten. »Vor einigen Jahren hat Sofias Bruder – Georgios –, er hat Kakopetria verlassen, um für ein Jahr nach England zu gehen. Aber er ist nie zurückgekommen. Wir glauben …«

Und Lana beendete für sie den Satz: »Ihr glaubt, dass Sofia Judiths Tante ist!«

8

JUDITH

Eine Viertelstunde später stieg eine Frau – Mitte dreißig, mit der gleichen geraden Nase und den gleichen freundlichen braunen Augen wie Judiths Vater – aus Nicos Auto, dicht gefolgt von zwei verwirrten, verlegenen Kindern und einem Mann, von dem Judith annahm, dass er der Ehemann war.

Judith starrte Sofia an und musste das Bedürfnis zu lachen unterdrücken. War das eine Art hysterische Reaktion? Im Gegensatz dazu zitterte und weinte Sofia – *Tante Sofia* – wie ein Baby.

»Hallo … Ich bin … Ich bin Judith«, brachte sie heraus, unsicher, was sie als Nächstes tun sollte. Ihre Welt stand seit gerade eben kopf. Ihr Vater war nicht der, für den sie ihn gehalten hatte, und innerhalb von zehn Minuten hatte sie eine komplette zypriotische Familie bekommen. Nervös streckte sie die Hände aus. Mehr Ermutigung brauchte Sofia nicht, um Judith in die Arme zu schließen, die in ihrem ganzen Leben noch nie so fest gedrückt worden war. Es folgte eine lange Reihe inniger Umarmungen, Gesicht-in-den-Händen-Halten und lautem Weinen, bis Sofia sich schließlich beruhigte. Die nichts ahnende Familie, die sich nur zu einem sonntäglichen Mahl in großer Runde versammelt hatte, war auf einmal

Zeugin eines Dramas aus dem echten Leben geworden. Sie applaudierten von ihren Zuschauerplätzen aus. Catrin und Lana stimmten ebenfalls mit ein, während sich vor ihnen ein Happy End abspielte.

Wenigstens hoffte Judith, dass es ein Happy End sein würde.

Als ihnen klar wurde, dass sie nicht ewig dort herumstehen konnten, übernahm Maria das Kommando und schlug Judith und Sofia vor, sich zum Reden in die Taverne zu setzen. Catrin erwähnte an dieser Stelle, dass es beinahe fünf Uhr war und sie immer noch keine Übernachtungsmöglichkeit hatten. »Während Jude und Sofia quatschen, können Lana und ich ja eine Unterkunft suchen, in Ordnung?«

Als Maria das übersetzte, kehrte wieder Leben in Sofia zurück. Dieses Thema stand nicht zur Diskussion. »Sie sagt, ihr müsst bei ihr übernachten«, erklärte Maria. »Alle drei.«

»Ernsthaft?«

»Natürlich! Ihr seid Familie«, antwortete Maria lächelnd.

Und so kam es, dass Judith eine Stunde nachdem sie Tante, Onkel und zwei kleine Cousins bekommen hatte, zusammen mit Catrin und Lana auf dem Weg zu Sofias kleinem Bauernhof war, eineinhalb Kilometer außerhalb des Dorfes gelegen, um dort die Nacht zu verbringen. Maria hatte eingewilligt, sie als Dolmetscherin zu begleiten, was Judith verdammt nett von ihr fand. Schließlich sollte sie eigentlich bei ihrem eigenen Familienfest sein. Andererseits, wie Lana gemeint hatte: »Ich wette, sie brennt darauf, alles über George zu erfahren!«

Auf dem Hof wurden sie von einer Schar Hühner und einer Ziege mit zwei Zicklein begrüßt, die herbeigerannt kamen, um zu sehen, was los war. Drinnen lud Iannis, Sofias Mann, sie alle ein, sich in die Küche zu setzen, während er

Kaffee kochte und sie mit Wasser versorgte. Sofia stellte einen großen Teller voll Kekse, genannt *koulouraki*, und *glyka* – eingelegte Feigen, Kirschen und Walnüsse – auf den Tisch.

»Wenn das so weitergeht, komme ich dick wie ein Wal zurück nach Hause!«, raunte Lana Catrin zu, die sich am liebsten gleich auf die Leckereien gestürzt hätte.

Als schließlich alle um Sofias Küchentisch versammelt waren, begannen sie mit Marias Hilfe, das Rätsel um Georgios Andreas Charalambos zu lösen.

»Ihr habt ja vielleicht von dem Krieg gehört«, sagte Maria.

»Wie, der mit Hitler und so?«, fragte Lana, woraufhin Catrin ihr heimlich unterm Tisch gegen das Schienbein trat. Natürlich nicht *dieser* Krieg.

»Nein, du meinst den hier auf Zypern, richtig?«, sagte Judith. »Mitte der Siebzigerjahre?«

»Genau. 1974. Die türkische Armee ist in den Norden des Landes einmarschiert, und viele Familien mussten gehen. Es wurde sehr schlimm.«

»Papagálos«, sagte Iannis, der neben Maria saß und nervös rauchte.

»Wer ist Papagálos – ein Priester oder so was?«, wollte Judith wissen.

Maria lächelte traurig. »Nein, *papagálos* bedeutet Papagei – seine Familie, sie hatten einen Papagei, und sie ließen ihn zurück, weil sie dachten, die Kämpfe würden nur kurze Zeit andauern, und bald könnten sie wieder nach Hause. Doch sie gingen nie zurück. Das ist vielen, vielen Familien passiert. Sie haben alles verloren.«

»Das ist echt traurig«, meinte Catrin, die wütend auf einer kandierten Kirsche herumlutschte.

»Aber ich verstehe das nicht.« Judith versuchte im Geiste die Daten abzugleichen. »George, mein Dad – er hat damals gar nicht hier gelebt.«

»Nein«, sagte Maria mit traurigem Lächeln. »Weil Georgios ist ein kluger junger Mann, und er erkennt lange Zeit vor dem Krieg, dass es Ärger gibt zwischen den Türken und den Griechen, und er denkt, es ist gefährlich, im Norden zu bleiben. Also sagt er zu seiner Mutter: *Wir müssen weg, lass uns zu Theíos Nicolaus, unserem Onkel in Kakopetria, gehen, wo wir sicher sind*. Und genau das tun sie 1971 – sie ziehen aus Petra im Norden hierher, in dieses Haus. Lange vor dem Krieg.«

Judith warf Lana einen Blick zu. Die Freundin rauchte eine von Iannis' Zigaretten und lauschte ganz gebannt, während Maria Sofias Geschichte weiter übersetzte.

»Sie wohnen hier fast zwei Jahre. Georgios, er hatte gute Arbeit als Beamter bei Regierung vor Ort. An manchen Tagen fährt er nach Nikosia …«

»Du liebes bisschen, ich hoffe, er hat nicht diesen Bus genommen«, ließ sich Lana vernehmen. »Dafür muss man aus hartem Holz geschnitzt sein!«

»Sei still!«, zischte Catrin.

»Ich kann mir meinen Vater gar nicht als Beamten vorstellen«, meinte Judith nachdenklich. »Er arbeitet jetzt in einer Fabrik. Elektronik.«

Maria übersetzte für die anderen, und Judith glaubte einen Hauch von Enttäuschung in deren Gesichtern zu sehen. Dann fuhr sie mit Sofias Geschichte fort.

»Doch dann gibt es immer mehr Unruhe auf Zypern mit Kämpfen, und alles ist … wie sagt man, *unsicher?* … Georgios, er hat Angst, dass er verliert seine Arbeit. Also er beschließt nach England zu gehen, um zu arbeiten – für ein Jahr vielleicht, Geld verdienen, und dann wieder nach Hause zu kommen.«

Maria legte ihre Hand auf die von Sofia, um sicherzugehen, dass sie fortfahren sollte. Sofia nickte.

»Das war im Sommer 1973. Er ist gegangen, und sie hat ihn nie wiedergesehen.«

»Verdammter Mist! Das sieht George gar nicht ähnlich, einfach zu verschwinden. Auf mich hat er immer so einen anständigen Eindruck gemacht«, platzte Lana heraus, was ihr wieder einen strengen Blick von Catrin einbrachte.

»Zuerst er hat ihnen noch geschrieben«, sagte Maria. »Sie hatten damals kein Telefon, deshalb nur Briefe. Und Geschenke!« Maria lächelte, während Sofia von den Geschenken erzählte, die ihr Bruder nach Hause geschickt hatte – eine Schneekugel mit Big Ben darin, Yardley-Seife für ihre Mutter, eine Dose mit Walkers-Shortbread-Keksen, sogar ein Paar Gummistiefel! »Die ganze Zeit er hat Geschenke geschickt.«

»Und wusstet ihr, wo er lebt?«, fragte Judith.

»Nein, er sagte immer wieder, er würde eine Adresse nennen, wenn er etwas Festes gefunden hatte. Aber er zog so viel umher, es hatte keinen Sinn.« Sofia trank einen Schluck Wasser. »Und dann schreibt er und sagt, er hat Arbeit«, fuhr Maria fort. »Er ist Arbeiter auf Baustelle, und das Geld ist gut. Er sagt, er wird noch acht Monate bleiben, dann kommt er heim, mit Geld für sie alle.«

»Nur hat er das nie getan …«, sagte Judith.

»Nur hat er das nie getan«, wiederholte Maria, und sie saßen schweigend da, um all das zu verdauen.

»Okay, dann war der Grund offensichtlich, dass er meine Mutter kennengelernt und sie geheiratet hat …«, sagte Judith. »Da war ich ungefähr fünf oder sechs.«

»Ich weiß noch, wie sie in die Schule gekommen ist und erzählt hat, dass sie einen neuen Daddy hat«, meinte Catrin. »Erinnerst du dich, Lana? Mrs. Owen war damals unsere Lehrerin.«

»Oh Gott, ja.« Lana wandte sich mit leuchtendem Gesicht an Judith. »Und ich war so neidisch auf dich, weil du Brautjungfer sein durftest und ein schönes Kleid tragen.«

Doch Judith schenkte ihren Freundinnen keine Beachtung. Sie versuchte die ganzen Puzzlestücke aus Informationen zusammenzusetzen.

»Ich weiß, dass sie total schnell geheiratet haben, weil sie sich Hals über Kopf verliebt haben«, sagte sie mit Blick zu ihren Freundinnen. »Schwer vorstellbar inzwischen.«

»Hals über Kopf?«, fragte Maria, die diese Formulierung nicht kannte.

»Meine Mutter, Patricia, hat gesagt, George und sie wären sehr verliebt gewesen und hätten deshalb so schnell geheiratet.«

Als Maria das für Sofia übersetzte, holte diese tief Luft und schüttelte den Kopf.

»Aber ich verstehe nicht, warum ihn das abgehalten hat, nach Zypern zurückzukehren, mit ihr – mit uns!«, sagte Judith. »Wir hätten euch damals alle kennenlernen können! Ein ganzes Leben lang Familie sein!« Ihre Stimme kippte. »Die ganze Zeit über hatte ich Cousins und eine Tante … Das hätte geholfen. Sehr geholfen.«

Catrin drückte tröstend Judiths Hand, doch die begriff nach und nach, welche Auswirkungen die Lügen ihres Vaters hatten. »Warum hat er mir nichts von euch erzählt?« Verärgerung mischte sich in ihre Stimme. »Und warum hat meine Mutter euch nie erwähnt? Es tut mir leid, ich glaube, ich pack das alles nicht.«

»Schon gut, Süße«, flüsterte Lana. »Das ist ein echter Schock, ich weiß.«

Sofia sprach leise mit Maria, als würde sie ihr etwas anvertrauen. Alle bemerkten, wie Maria Sofia eindringlich ansah, unsicher, ob sie den nächsten Teil wirklich weitergeben sollte. »Sofia will, dass ich euch von Cleoniki erzähle.«

»Na toll!«, meinte Judith leicht sarkastisch. »Dann war das also noch gar nicht alles!« Catrin warf ihr einen mitfühlenden Blick zu.

Sofia stand auf und kramte in einer Schublade herum, während Maria fortfuhr.

»Auf Zypern haben wir etwas namens *proxenia*. Wie ein Vermittlungsheirat? Für Sohn und Tochter von zwei Familien.«

»Ein bisschen wie *Blind Date*!«, warf Lana ein.

Maria schaute sie verwirrt an.

»Das ist eine Fernsehsendung auf ITV mit Cilla Black«, murmelte sie. »Nicht wichtig.«

Maria nickte und fuhr fort: »Also, Georgios hatte *proxenia* mit Cleoniki, bevor er ging, und sie waren ein gutes Paar – sie waren, wie du sagst ›Hals über den Kopf‹. Also sie wurden verlobt. Cleo sagt, sie würde warten, bis Georgios nach einem Jahr zurückkommt aus England, und sie würden dann heiraten.«

»Oh mein Gott!« Judith konnte kaum glauben, was sie da hörte.

»Aber eines Tages, Georgios schreibt Sofia einen kurzen Brief – *diesen* Brief hier.« Sofia reichte Maria nickend einen verblassten Briefumschlag mit britischer Briefmarke. Es dauerte einige Augenblicke, bis sie den Inhalt übersetzt hatte.

Liebste Sofia – ich kann Dir nicht erklären, weshalb ich tun muss, was ich tue, aber bitte glaube mir, es ist das Beste. Ich kann nicht nach Zypern zurückkehren. Niemals. Und ich kann Dir nicht mehr schreiben, und auch nicht meiner liebsten Mutter. Mit meinem ganzen Herzen tut es mir leid, dass ich Dich verletze und Cleoniki verletze, die einen besseren Mann verdient hat als mich. Ich wünsche Dir ein friedliches Leben. Ich schicke Dir etwas Geld, aber das kann nie wiedergutmachen, was ich getan habe. Bitte verzeih mir in Deinem Herzen und vergiss, dass Du mit einem so feigen, schwachen Bruder verflucht bist. Für immer in Liebe, möge Gott Dich schützen, Georgios

Judith sah, wie Lana Catrin anschaute, die Augenbrauen hochzog und gedehnt flüsterte,

»Verdammte S-C-H-E-I-S-S-E!«

Nun überwog Neugier ihren Ärger. »Okay, also hatte er offensichtlich meine Mutter geheiratet und konnte deshalb nicht zurückkehren und Cleoniki heiraten«, stellte sie fest. »Aber das ist doch sicher nicht das Verbrechen des Jahrhunderts, oder? Menschen ändern ihre Meinung oder etwa nicht?«

»Stimmt, wie mein Cousin Lenny«, warf Lana ein. »Er wurde von seiner Verlobten Meryl vor dem Traualtar versetzt – sie hat sich mit seinem eigenen Bruder aus dem Staub gemacht!« Alle starrten sie an. »Das war echt schrecklich. Wobei, das Essen im Restaurant gab's trotzdem für alle, weil das sonst totale Verschwendung gewesen wäre.«

»Halt den Mund, Lana«, raunte Catrin.

»Die hatten sogar eine Eisskulptur und so.«

»Ich meine«, fuhr Judith fort, ohne Lana Beachtung zu schenken, »du hättest das doch sicher verstanden? Du hättest ihm verziehen?«

Als Maria das übersetzte, fing Sofia an zu weinen.

»Sie sagt, natürlich! Vielleicht es hätte zuerst Ärger gegeben, aber später Vergebung. Die ganze Zeit hat Sofia geglaubt, und ihre Mutter auch, dass Georgios etwas Schlimmes getan hat. Dass er vielleicht im Gefängnis war. Oder noch schlimmer, dass er sich das Leben genommen hat. Sie hatten keine Ahnung, was sein könnte so schlimm, dass er sich von seiner Familie trennt, von seinem Heimatland. Er hat Zypern geliebt.«

»Ítan gálos anthrópos«, weinte Sofia. *»Gálos anthrópos!«*

»Sie sagt, er war ein guter Mann«, flüsterte Maria.

Judith nahm Sofias Hand und seufzte. »Das ist er immer noch«, sagte sie.

Zu sehr hatte er sich offenbar geschämt. Er war nach Großbritannien gekommen, um etwas aus sich zu machen und Geld für seine Familie auf Zypern zu sparen – mit dem festen Vorsatz, zurückzukehren und Cleoniki zu heiraten. Doch stattdessen traf er Patricia, verliebte sich in sie und begann ein ganz neues Leben in Wales, wo er die Vaterrolle für die kleine Judith übernahm. Sofia wünschte nur, er hätte es ihnen erzählt. Allein schon zu wissen, dass er all die Jahre am Leben war, hätte ihnen so viel Kummer erspart. Das Tragischste war jedoch, dass ihre Mutter, Alathea, 1984 in dem Glauben gestorben war, ihr Sohn sei tot. Das war einfach so unendlich traurig.

Mit Blick auf Judith sagte Sofia: *»Thélo na ton do! Thélo na tou milíso! Aderfós mou.«*

»Sofia will wissen, wann sie ihren Bruder sehen kann – wann sie kann mit ihm sprechen?«, übersetzte Maria.

Beim Gedanken daran, ein solches Wiedersehen zu organisieren, verfiel Judith in Panik. Sie kam sich vor, als wäre sie wieder sechs Jahre alt und wollte einfach nur, dass ihr Dad alles wieder in Ordnung brachte. »Ich … Ich weiß nicht …«, stotterte sie. »Bitte sag Sofia, sie soll Geduld haben. Ich muss erst nach Hause fahren, und ich muss nachdenken und mir überlegen, was zu tun ist, aber es wird passieren.«

Maria nickte verständnisvoll.

»Ich verspreche, sie *wird* ihren Bruder wiedersehen.«

Als sie in dieser Nacht auf dem schmalen Feldbett lag, Catrin und Lana tief schlafend auf dem Sofa, starrte Judith hinauf zur Decke. Die Gedanken überschlugen sich in ihrem Kopf. So viel verschwendete Lebenszeit, in der sie nichts von ihrer zyprischen Familie gewusst hatte! Wie sehr sie sich doch wünschte, länger hierbleiben zu können, statt morgen wieder wegzufahren – und wie um alles in der Welt sollte sie fröhlich und unbeschwert den Rest der Reise verbringen, mit dem Wissen, das sie nun besaß?

Wie konnte ihr Leben je wieder das alte sein?

Schlimmer noch, wie sollte sie ihrem Vater beibringen, dass sie jetzt wusste, wer er wirklich war? Und welche Geheimnisse hatte er womöglich sonst noch?

9

CATRIN

»If they could see me now, that little gang of mine …«, sang sie leise vor sich hin, während sie die letzten Shampooreste ausspülte. Das hier war das bisher seltsamste Reiseerlebnis, und doch genoss sie es total: sich mitten in einer Scheune im Troodos-Gebirge über eine alte Zinkwanne gebeugt die Haare zu waschen. Zwei Eimer warmes Wasser, eine Blechdose zum Schöpfen und eine Flasche Vosene-Shampoo. Alles unter Beobachtung einer neugierigen Ziegenmutter und ihrer Zicklein.

Nachdem sie mit den Fingern den Quietschtest gemacht hatte, ob ihre Haare sauber waren, drückte sie das Wasser so gut es ging heraus und griff nach dem verblichenen Handtuch. Als sie in einem alten, gesprungenen Spiegel ihrem Spiegelbild begegnete, lächelte sie. Ihr Lächeln war anders seit der Begegnung mit Sol. Auch wenn es nur ihr selbst auffiel.

Das war jetzt eine Woche her. Sieben volle Tage lebte sie schon mit dem schmerzhaften und berauschenden Wissen, dass es *ihn* auf der Welt gab. Dass *er* irgendwo dort draußen war – vermutlich in seinem Bett in Bayfield, schlafend, atmend, dieses menschliche Wesen, von dessen Existenz sie bis zu jenem schicksalhaften Tag auf Kreta nichts gewusst und das nun dauerhaft von ihren Gedanken Besitz ergriffen hatte. Sie hatte Judith oder Lana noch immer nichts von Sol erzählt. Ihn geheim zu halten bewahrte irgendwie die Magie.

***

Bei ihrem wöchentlichen Anruf zu Hause vor ein paar Tagen hatte sie ein ganz komisches Gefühl beschlichen – als würde sie ihre Eltern irgendwie hintergehen. Indem sie ihr großes, wunderbares Geheimnis für sich behielt, ihnen nicht erzählte, dass die Tochter, die bald nach Hause kommen würde, nicht mehr dieselbe war, die sie vor einem Monat zum Flughafen in Bristol gebracht hatten.

»Sag mal, isst du auch genug Ballaststoffe?« Die Stimme ihrer Mutter durch die knisternde Leitung hatte ihre Gedanken unterbrochen. »Es kommt mir nämlich so vor – und deine Oma gibt mir recht –, dass es da drüben ständig Fleisch hier, Fleisch da gibt, mit den ganzen Souvlakis und Moussakas und Kebabs und sonstigen …«

»Ein Souvlaki *ist* ein Kebab, Mum.«

Doch Catrins Einwurf wurde prompt ignoriert. »Ich meine, das sind bestimmt alles sehr nette Leute, diese Griechen, aber ich mache mir Sorgen wegen ihrer Ernährung. Das Letzte, was du brauchen kannst, ist Verstopfung!«

»Mum!« Catrin merkte, wie sie rot wurde.

Plötzlich brüllte ihr Bruders ihr ins Ohr: »Oma will wissen, ob du dich schon entleert hast!« Dann hörte sie, wie er lachend davonlief, und grinste. Diese Formulierung, die ihre Großmutter oft verwendete, brachte sie beide IMMER zum Lachen. Über Körperfunktionen sprach man im Hause Kelly gern und ausführlich, was ihr Vater als gesund bezeichnete. Catrin fand es einfach nur total peinlich.

»Wir essen viel Salat«, nuschelte sie und bemerkte, dass ihr Münzvorrat, mit dem sie das Telefon gefüttert hatte, fast aufgebraucht war.

»Na, das ist immerhin was. Aber du musst den Salat auch immer gut waschen …«

»Mum, ich hab nicht mehr viel Geld übrig – lass mich noch mit Dad sprechen.«

»Warte kurz, ich rufe ihn.«

Dieses Theater spielten sie jedes Mal. Ihre Mutter tat so, als würde sie Huw holen, doch Catrin wusste genau, dass er immer am Apparat im Schlafzimmer mithörte.

»Hallo, Dad!«, sagte sie.

»Wie geht's meinem kleinen Mäuschen?«, erkundigte er sich fröhlich. Beim Klang seiner Stimme kamen ihr fast die Tränen.

Am liebsten hätte sie ihm alles über Sol erzählt – *»Ich bin ihm begegnet, Dad!«*, wollte sie sagen. *»Ich habe den Mann getroffen, mit dem ich Kinder haben will. Er ist perfekt. Du wirst ihn mögen. Und er liest* National Geographic!« Stattdessen räusperte sie sich und erkundigte sich nach seinen Tomatenpflanzen.

»Ach, Cat, dieses Jahr habe ich eine echte Superernte. Es werden noch genug da sein, wenn du nach Hause kommst, obwohl deine Mutter schon damit droht, sie einzukochen!«

Catrin lächelte, während die Anzeige auf dem Münztelefon ihr signalisierte, dass das Gespräch gleich zu Ende war. »Ich hab dich lieb, Dad«, sagte sie schnell. »Wir werden demnächst unterbrochen!«

PIIIEEEP. Und die Leitung war tot.

Nach diesem Gespräch verspürte sie das erste Mal Heimweh. Nur noch zwei Nächte, dann würden sie wieder zurückfliegen. Abgesehen von der offensichtlichen, alles umfassenden

Vorfreude bei der Aussicht, wieder mit Sol zu sprechen, gab es noch andere, häuslichere Gründe, nach Hause zu wollen. Erstens würde sie dann wieder in ihrem eigenen Bett schlafen. Zweitens würde sie nicht mehr aus dem Rucksack leben – egal wie oft sie ihn ausschüttelte, sie fand ständig Sand in ihrer Kleidung, vor allem in den Unterhosen. Drittens würde ihre Mutter für sie Shepherd's Pie kochen. Und schließlich würde sie ihre Filme entwickeln lassen und endlich dieses Foto von sich und Sol in der Samaria-Schlucht anschauen können. Hoffentlich hatte sie die Augen während der Aufnahme nicht geschlossen. Sie kam auf Fotos nie gut rüber. Na ja, ich kann mich ja jederzeit rausschneiden, dachte sie. Schließlich war es Sol, den sie sehen wollte.

Nun blickte sie sich in der Scheune nach einem Ort um, wo sie das Abwasser hinkippen konnte, aber sie entdeckte nichts. Also packte sie die Griffe der Wanne und zog sie zum Eingang – verflixt, war das schwer! Als sie spürte, dass sie beobachtet wurde, hob sie den Kopf und sah den zwölfjährigen Andreas und seine zehnjährige Schwester Danoulla Beine baumelnd auf zwei leeren Holzfässern sitzen. Die beiden starrten zu ihr rüber und bliesen dabei riesige, beeindruckende pinkfarbene Kaugummiblasen. Sie lächelte die Kinder an und versuchte sich an einem wenig selbstbewussten *»Kalimera!«*

Nichts.

Doch plötzlich sprangen sie von den Fässern, weil ihre Mutter Sofia nahte, auf Griechisch mit ihnen schimpfend, dass sie dem Gast nicht halfen. Ehe Catrin sich's versah, nahmen Andreas und Danoulla ihr die Wannengriffe aus der Hand und wankten damit davon. Sofia entschuldigte sich mehrfach lächelnd und winkte Catrin ins Haus. *»Éla! Éla!«*

In der Kühle der bescheidenen Küche goss Lana gerade für alle Türkischen Kaffee ein, während Judith dicke Scheiben von einer großen Wassermelone abschnitt. Auf dem Tisch hatte Sofia ein Frühstück aus Stücken frischen Halloumis, dem köstlichen Sesambrot, nach dem sie inzwischen alle süchtig waren, reifen, saftigen Tomatenscheiben und einer Tonschüssel voll Joghurt vorbereitet. Daneben stand ein kleiner Krug mit Honig von den eigenen Bienen.

»Sofia hat diesen Halloumi selbst gemacht«, berichtete Judith beeindruckt. »Und das Brot auch.«

»Naí!« Offensichtlich verstand Sofia den Kern ihrer Unterhaltung, denn sie nickte eifrig. Dann nahm sie eine große Pfanne aus einem Regal über ihrem Kopf, um die Eier zu braten, die sie gerade frisch aus dem Hühnerstall geholt hatte.

»Sofia, du bist so nett«, sagte Lana.

Catrin griff nach ihrem kleinen Wörterbuch und versuchte ins Griechische zu übersetzen: *»Eísai evgenikós!«*

Sofia lächelte zurück und drängte sie zuzugreifen. »Andreas! Danoulla!«, rief sie, und Sekunden später sprangen die beiden herein wie hungrige Welpen, entledigten sich ihrer Kaugummis und setzten sich an den Tisch.

Nach dem Frühstück spazierten sie zu dem kleinen Dorffriedhof, um das Grab von Georges Mutter zu besuchen.

»Alathea Kassia«, las Catrin vor. »Die Griechen haben so schöne Namen.« Sie sah zu, wie Judith sich über das Grab beugte und das Foto ihrer Großmutter berührte, das in einem goldenen Rahmen den Grabstein zierte. Alathea lächelte sie mit ihrem sonnengebräunten Gesicht verschmitzt an, voller Lebensfreude. »Das machen die Katholiken gern – Fotos auf den …«

»Catrin Kelly, sei still!«, flüsterte ausnahmsweise einmal Lana. »Judith soll hier einen Moment Ruhe haben. Da braucht sie dein Geplapper nicht.«

»’tschuldigung«, sagte Catrin.

Judith kniete neben dem Grab und pflanzte ein rosafarbenes Alpenveilchen aus Sofias Garten ein. Liebevoll drückte sie die Erde um den Ballen herum fest. Zwischen den Stängeln steckte eine kleine Karte, auf der stand: *»Gia ti giagiá mou«* – »Für meine Großmutter«. Catrin spürte einen Kloß im Hals, während sie stumm ihrer traurigen Freundin zusah. Und als sie Lana einen Seitenblick zuwarf, sah sie, dass es dieser ähnlich ging. Für beide war die Tragweite dessen, was Judith durchmachte, einfach überwältigend. Anschließend betraten sie die Kirche, wo jede für sich feierlich eine Kerze anzündete. Dieses Ritual hatte Catrin in ihrer Kirche zu Hause früher immer geliebt. Es war eine so schlichte, traditionelle Geste und gleichzeitig so bewegend und voller Symbolik. Sie beobachtete das Flackern der kleinen Flamme und schloss die Augen, um ihr persönliches Gebet zu sprechen.

Es war ein Dankgebet für die geheime und magische Begegnung mit Sol – *Bitte, lieber Gott, mach, dass ich ihn wiedersehe* –, aber auch für ihre beiden wunderbaren Freundinnen und die tolle Zeit, die sie miteinander verbracht hatten. »Ich glaube, wir sind alle drei gesegnet, uns zu kennen«, flüsterte sie. »Das glaube ich wirklich.« Dann bekreuzigte sie sich aus katholischer Gewohnheit heraus, ehe sie eine einzelne Träne wegwischte, die ihr über die Wange kullerte.

10

LANA

Iannis bestand darauf, sie zum Flughafen von Larnaka zu fahren, von wo aus ihr Flieger nach Athen ging. Der Abschied von Sofia, Danoulla und Andreas war hart. Die beiden Kinder hatten die lustig klingenden Gäste ins Herz geschlossen, selbst in dieser kurzen Zeit, und Geschenke für alle drei gebastelt: einige hübsche *komboloi*-Perlen und einen kleinen handbemalten Stein mit einem großen roten Herzen darauf. Im Gegenzug schenkte Catrin ihnen ihre Ausgabe von *Stolz und Vorurteil*, worüber sie sich unerklärlicherweise sehr freuten. Lana spendete ihr Waliser Rugbyshirt, in dem sie oft geschlafen und das sie nie gewaschen hatte. Die beiden wussten nicht so recht, was sie damit anfangen sollten. Doch als Judith ihnen die kleine Backgammonwürfelschachtel überreichte, die George für *sie* gemacht hatte, waren sie völlig aus dem Häuschen. Sofia ebenso. George sei schon immer geschickt in handwerklichen Dingen gewesen …

Sofias Geschenk für Judith war eine kleine griechische Ikone, die sie laut Sofia beschützen würde, sowie ein »böses Auge« an einer dünnen Silberkette, um unfreundliche Geister abzuwehren. Catrin meinte, das klänge für sie aber gar nicht gut, wobei beides deutlich netter anzuschauen war als ihr kitschiger Sankt-Christophorus-Anhänger. Das ergreifendste Geschenk jedoch war ein wunderschöner geflochtener Goldring, den Sofia aus einer kleinen Schatulle in der Schublade holte. Er hatte einst Georges Mutter gehört, und zuerst wollte Judith ihn nicht annehmen – doch Sofia ließ nicht locker. Er passte perfekt an Judiths Ringfinger.

Nach vielen Umarmungen und jeder Menge Tränen schickte Sofia sie schließlich mit zwei großen Tupperschüsseln voll selbst gemachtem Essen los: eine mit süßen Köstlichkeiten wie *baklava, galaktoboureko* und *koulourakia* und eine mit Salzigem – Oliven, *koukouras, dolmades*, Halloumischeiben, sowie zwei Laibe köstliches Sesambrot.

»Ich sag dir was, Cat«, flüsterte Lana, als sie in Iannis' Wagen stiegen. »Die Kochkünste dieser Frau werde ich sehr vermissen!«

Sie kamen mitten am Vormittag in Athen an und nahmen sich als kleinen Luxus jede ein Einzelzimmer in einem netten, günstigen Hotel namens Maxine's. Dort luden sie ihr Gepäck ab, ehe sie sich auf den Weg zur Akropolis zu einer letzten Runde Sightseeing machten. Sofias nicht enden wollender Tupperfestschmaus reichte ihnen den ganzen Tag. Abends um sechs duschten sie und zogen die einzigen noch halbwegs sauberen Klamotten an.

»Und nun, meine Damen, zeigen wir Athen mal, wie man Party macht!«, verkündete Lana. »Wir werden dieser Reise einen würdigen Abschluss verpassen.«

Einige Stunden später landeten sie in einer Tequilabar namens Demetri's. Lana hatte mehr getrunken als die anderen beiden und war inzwischen völlig breit.

»In diesem Zustand macht sie mir ein bisschen Angst«, brüllte Judith Catrin über die Musik hinweg zu. Der fiel die

Kinnlade hinunter, als sie über die Schulter ihrer Freundin Richtung Bar blickte.

»Oh Gott, schau mal da!«

Judith drehte sich um. Entsetzt sah sie Lana anzüglich auf einem Tisch tanzen, angefeuert von ein paar irischen Kerlen.

»Ich glaube, sie will strippen!«

Die beiden Freundinnen rannten hinüber und kämpften sich durch die Menge.

»Lana, komm sofort da runter!«, rief Judith, aber Lana lachte nur und machte weiter.

Es war Catrin, die schließlich zu ihr durchdrang. »Lana Lloyd!«, brüllte sie. »Du hörst jetzt auf, dich so aufzuspielen, und kommst SOFORT von diesem Tisch runter!« Mit diesen Worten packte sie Lana am Arm und zerrte sie von der improvisierten Bühne.

Die jungen Iren buhten sie aus und wandten sich wieder ihrem Bier zu.

»Catrin Kelly, du bist eine Spielverderberin!« Lana schmollte.

»Komm schon«, meinte Judith. »Ich glaube, du solltest was essen. Diesen ganzen Tequila irgendwie aufsaugen.« Judith und Catrin nahmen ihre betrunkene Freundin zwischen sich und manövrierten sie aus der Bar hinaus auf die geschäftige, touristisch belebte Straße. Kurz darauf kamen sie zu einer kleinen, ruhigen Taverne.

»Tisch für drei, *parakalò*«, sagte Catrin zum freundlichen Ober, der sie herzlicher nicht hätte begrüßen können.

Sie teilten sich eine große Schüssel *makaronia* und gefüllte Paprika und stopften sich mit endlosem Nachschub an griechischem Brot voll, bis Lana deutlich nüchterner war, wenn auch immer noch ziemlich angeheitert. Sie war nun in ihrer »emotionalen« Phase, wie immer nach einer gewissen Menge Alkohol. Das kannten ihre Freundinnen bereits. So bestand sie darauf, gemeinsam *»Calon Lân«* und *»I Bob Un Sydd Ffyddlon«* zu singen, einschließlich der Harmonien, und sie wussten, dass Widerspruch zwecklos war.

Stavros, der Besitzer, fand es hinreißend, genau wie die anderen Gäste, die kräftig Beifall klatschten, als die Mädchen ihre Vorführung beendet hatten. Lana bestellte für jede von ihnen einen Metaxa, obwohl Judith schimpfte, dass sie nichts mehr trinken sollte.

»Ach, sei doch keine alte Langweilerin«, meinte Lana bloß. »Heute ist unser letzter Abend. Wer weiß, wann wir dazu mal wieder Gelegenheit haben?«

Judith gab nach. »Auf uns drei!«, rief sie, als die Drinks gebracht wurden, und darauf stießen sie gemeinsam an.

Kurz darauf wurde Catrin plötzlich ganz still.

»Was ist denn los?«, wollte Judith wissen.

Catrin holte tief Luft und legte los. »Mädels«, sagte sie nervös, »ich muss euch was sagen.«

Judith und Lana sahen sich an.

»Dann schieß los«, ermunterte Lana sie neugierig.

»Okay, also …« Catrin zögerte. Und dann sprach sie es aus. »Ich hab mich verliebt.«

»Was?«, stammelte Judith.

»In eine Frau?«, nuschelte Lana. »Denn das is' in Ordnung, weißt du, Süße, ich hab mich schon seit 'ner Weile gefragt, ob …«

»Lana, sei still«, unterbrach Judith sie. »Erzähl weiter, Cat.«

Gebannt saßen die beiden da, während Catrin die Geschichte der Samaria-Schlucht vor ihnen ausbreitete und wie sie Solomon Blythe geküsst hatte.

»Er ist wunderschön«, flüsterte sie mit Tränen in den Augen. »Er hat mir das hier gegeben.« Aus ihrem Geldbeutel holte sie den dünnen Papierfetzen mit Sols Worten und seiner Telefonnummer. »Seht her!«

Sie starrten einen Moment lang darauf, dann rief Lana: »So, so, so, Catrin Kelly! Wer hätte das gedacht!« Sie beugte sich vor, um ihre Freundin zu umarmen, genau wie Judith.

»Süße, ich freu mich so für dich.« Auch Judith war ganz ergriffen.

»Ich auch«, meinte Lana strahlend.

Catrin erzählte ihnen von ihrem Plan, Sol gleich am Tag nach ihrer Rückkehr anzurufen. Und wie es ihr jedes Mal, wenn sie an ihn dachte, kribbelig in den Magen fuhr. »Wer weiß, wie's mir dann geht, wenn ich tatsächlich mit ihm spreche«, seufzte sie.

»Sag mal, wie hast du's denn geschafft, das so lange vor uns zu verheimlichen?«, wollte Judith lächelnd wissen.

»Ich glaub, ich hab einfach Zeit gebraucht, um es zu begreifen. Um ehrlich zu sein fühlt es sich immer noch total unwirklich an.«

»Also«, erklärte Lana inzwischen wieder betrunken, während sie ihre Sachen zusammensuchte, »im Grunde bist du ja immer noch Single, der Abend ist noch jung, also lasst uns feiern und den Athenern zeigen, was wir draufhaben.«

»Nein, Lana«, widersprach Judith. »Wir bringen dich jetzt ins Bett.«

»Aber wir sind achtzehn Jahre alt. Wir sollten Party machen!«

»Tut mir leid, aber Judith hat recht«, fand auch Catrin. »Wir müssen wenigstens ein *bisschen* schlafen, sonst wird der Heimflug morgen der Horror.«

Lana schmollte den ganzen Weg zurück zum Hotel und versuchte unterwegs, ihre Freundinnen in jede Bar zu zerren, an der sie vorbeikamen. Vor Demetri's saßen die Iren von vorhin. Sie erkannten Lana und riefen ihr zu, sie solle da weitermachen, wo sie eben aufgehört hatte. Aber Judith zog sie rasch weiter, bevor Lana in Versuchung geraten konnte.

Zurück im Hotel, halfen sie Lana in ihr Zimmer, zogen ihr die Schuhe aus und legten sie ins Bett. Lana murmelte noch etwas von »zwei saulangweiligen Kühen«, bevor sie in tiefen Schlaf fiel.

Doch sobald Catrin und Judith die Tür leise hinter sich geschlossen hatten, schlug Lana die Augen auf, wartete, bis deren Schritte verklungen waren, und setzte sich wieder auf.

***

Acht Stunden später fand in ihrem Kopf ein Boxkampf statt. *Bumm, zack, zack, bamm.* Ohne die Augen zu öffnen, tastete sie verzweifelt auf dem Nachttisch herum. Hatte sie dort nicht am Abend zuvor eine halbe Dose Diätcola abgestellt, als sie sich zum Ausgehen fertig gemacht hatte?

Vergangene Nacht.

Oh Gott.

Ihre Finger fanden die Dose, und sie führte sie zitternd langsam an die Lippen, während sie den Kopf vom Kissen hob. Die abgestandene süße Mischung aus Chemie und Wasser war wie Nektar in ihrem ausgetrockneten Mund, und in diesem Moment das Köstlichste, was sie je getrunken hatte. Mühsam zog sie sich im Bett hoch und öffnete vorsichtig die Augen, um einen Blick zu wagen.

Er war nicht im Bett. Lana stieß einen tiefen Seufzer der Erleichterung aus. Doch sie war noch nicht aus dem Schneider. Sie räusperte sich und rief: »Hallo?«

Nichts.

An seinen Namen konnte sie sich nicht erinnern. »Bist du noch da?«

Nichts.

Nachdem sie schließlich sicher war, dass er weg war, rutschte sie an die Bettkante, um aufzustehen. Was sie unbedingt etappenweise tun musste. Bloß keine plötzlichen Bewegungen, sonst würde sie sich übergeben. Welcher Idiot hatte Tequila erfunden?

Widerlich, einfach widerlich.

Sie versuchte die Arme vor sich auszustrecken, um dann vorsichtig auf die Füße zu kommen. »Na, siehst du«, flüsterte sie. »Geht doch.« Langsam tapste sie zum Fenster und zog zaghaft den billigen Nylonvorhang beiseite, um etwas Tageslicht hereinzulassen.

Draußen erwachte Athen gerade zum Leben. Ein sonniger Sommermorgen, eine wunderbare Stadt, ein herrliches Land, am letzten Tag ihrer Reise mit ihren zwei besten Freundinnen. Eigentlich sollte sie supergut drauf sein.

Stattdessen versank sie in tiefster, dunkelster, elendster Verzweiflung.

Was, um alles in der Welt, hatte sie getan?

11

JUDITH

»Können wir bitte mal kurz Pause machen?«, bat Lana, nachdem sie einen weiteren Bissen hinuntergeschluckt hatte.

Sie saßen im Schatten vor Paulinas Café neben dem Hotel, wo Catrin und Judith ihre sehr, sehr, sehr verkaterte Freundin mit Omelette und Pommes fütterten.

Zufrieden, dass Lana fürs Erste genug gegessen hatte, schob Judith den Teller weg, und Catrin reichte ihr die Teetasse.

»Ich kann's echt nicht fassen«, meinte sie.

»Der Tequila ist schuld. Da verlier ich einfach die Kontrolle.«

»Lana, du kannst das nicht bloß auf den Alkohol schieben.« Judith war sich durchaus bewusst, dass sie wesentlich strenger mit ihrer Freundin war als Catrin. Aber sie ärgerte sich. Sie konnte nicht anders. Als sie Lana am Abend zuvor ins Bett gebracht hatten, waren sie sicher gewesen, dass sie augenblicklich tief und fest eingeschlafen war. Doch anstatt süße Träume zu träumen, hatte Lana sich, wie sie jetzt wussten, noch einmal hinausgeschlichen, auf der Suche nach den Iren, vor allem nach einem gewissen Damian oder Dorian oder wie auch immer – Lana war sich nicht ganz sicher. Sie hatte ihn zusammen mit einer Flasche Metaxa mit auf ihr Zimmer genommen und die ganze Nacht Sex gehabt.

»Habt ihr wenigstens ein Kondom benutzt?« Catrin war wie immer die Vernünftige.

»Anscheinend.«

»Was soll das heißen, ›anscheinend‹?«, fuhr Judith sie an, die Lanas Gleichgültigkeit auf die Palme brachte.

»Ich hab ein paar benutzte im Müll …«

»Schon gut, schon gut, keine Details bitte«, seufzte Judith. Sie bereute ihre Frage.

»Ich weiß auch nicht, er hatte so was an sich … Ihr wisst schon, wenn ein Typ irgendwie selbstbewusst und lustig ist … Das macht total an, oder?«

»Echt?«, fragte Catrin verwirrt.

»Und er hatte diesen nordirischen Akzent. Und er war megafit – er arbeitet auf dem Bau. Habt ihr seine Brustmuskeln gesehen?«

»Lana!«, schimpfte Judith. »Du hast einen Freund.«

»Ich weiß, ich weiß.« Lana starrte auf den Boden.

Nun sagte keine mehr etwas, alle drei saßen in Gedanken versunken da. Der Kellner unterhielt sich mit ein paar Gästen an einem der Nebentische, lachte, räumte Teller und Gläser ab und war sich der Spannungen an Tisch fünf gar nicht bewusst.

»Oh mein Gott«, sagte Lana, als ihr plötzlich eine Erinnerung durch den schmerzenden Kopf schoss. »Mir ist gerade was eingefallen …«

»Was denn?«, fragte Catrin interessiert.

»Als er … Ihr wisst schon …«

»Was?« Catrin riss die Augen auf.

»Ach, Lana, sei still«, meinte Judith. Sie war Catrin immer einen Schritt voraus und wusste, dass Lana etwas Ekliges erzählen würde.

»Am Ende, als er … Na, ihr wisst schon …«

»Jetzt sag halt«, drängte Catrin naiv.

»Also, mir fiel gerade ein, dass er jedes Mal, wenn er … kam, dann hat er gesagt … Er sagte, ›*The Irish are coming, the Irish are coming!*‹« – ihr Belfaster Akzent war beeindruckend – »und dann so eine Art *Yee-hah!* Wie ein Cowboy!«

Zum Glück unterbrach der Ober Lanas Bericht, indem er ihnen einen frischen Aschenbecher hinstellte und sich erkundigte, ob sie gerne noch mehr Tee hätten. Was sie nicht wollten. »Nur die Rechnung, bitte«, sagte Judith.

»Ich glaube, es war, weil ich ihn vermisst habe«, jammerte Lana.

»Wen? Gareth?« Catrin kam nicht mehr mit.

»Oh, wie nett«, meinte Judith zynisch. »›Tut mir leid, Gareth, ich hab dich so vermisst, deshalb hab ich mit 'nem Bauarbeiter aus Dublin gevögelt‹.«

»Belfast, um genau zu sein«, nuschelte Lana.

»Na, *das* macht natürlich einen Unterschied!« Judiths Tonfall troff vor Sarkasmus.

Mehr Schweigen.

Judith wusste genau, weshalb sie sich über Lana ärgerte. Erstens sollte es nicht diese Art von Reise sein. Sie waren sich davor alle einig gewesen, dass es hier um *sie* ging, dass die drei Freundinnen *Catrin-Kelly-Judith-Harris-Lana-Lloyd* zusammen Spaß hatten, Sehenswürdigkeiten besuchten, neue Dinge erlebten und Zeit miteinander verbrachten. Weil sie womöglich nie wieder so ausgiebig Gelegenheit dazu haben würden! Ehe sie sich's versahen, wären sie wieder zu Hause, dann weg an die Uni, und das Leben, wie sie es all die Jahre über gekannt hatten – sich beinahe jeden Tag zu sehen, seit sie fünf waren –, würde enden. Und jetzt hatte sich nicht nur Catrin in irgendeinen Typen auf einem Tagesausflug verliebt, sondern Lana hatte auch noch einen One-Night-Stand mit einem Kerl aus einer Bar. War sie eifersüchtig? Nein, sie glaubte nicht. Nur enttäuscht.

Weil es bei dieser Reise um Freundschaft gehen sollte. Nicht um Sex oder die Suche nach einer Ferienliebe. Wenn sie das gewollt hätten, hätten sie gleich zwei Wochen in Shagaluf buchen können wie Becky Williams und ihre Gang. Sie waren besser als die. Zumindest hatte Judith das geglaubt.

»Er hatte einen riesigen …«

»Sei still!«, unterbrach Judith sie. »Ich will das echt nicht wissen.«

Catrin schien das anders zu sehen. Aber sie fragte lieber nicht nach.

»Hört zu, Mädels. Ich hab Mist gebaut, okay? Ich geb's ja zu und sage offen, ich hab mich total danebenbenommen. Ich hätte nicht so viel trinken sollen, und dann hätte ich das auch nicht gemacht, okay? Ich hätte mit Danny oder Donny oder wie auch immer er heißt, nicht gevögelt. Wenn ihr also wollt, dass ich mich schlecht fühle, das tue ich, okay? Und es tut mir leid.«

Nach einer kurzen Pause meinte Catrin: »Wir sind aber nicht wirklich die, bei denen du dich entschuldigen solltest, oder?«

»Hey, Moment mal. Gareth werde ich das ganz sicher nicht erzählen, klar?«

»Nein, wenn ich recht darüber nachdenke, dann wäre das wohl keine gute Idee«, sagte Catrin.

»Offensichtlich«, keiften Judith und Lana im Chor. Manchmal war Catrin echt nicht ganz bei Trost.

»Aber, Mädels, bitte …«, fuhr Lana fort. »Versprecht mir, dass ihr keiner Menschenseele etwas davon erzählt – dafür verspreche ich euch, dass so was nie, nie wieder vorkommt.«

Judith stöhnte und nickte widerstrebend.

»Natürlich.« Catrin griff nach einer leeren Marlboro-Schachtel auf dem Tisch. »Lasst uns schwören«, sagte sie.

»Was machst du denn da?« Judith war immer noch genervt.

»Wie wir's als Kinder getan haben. Als wir uns bei dem Curly-Wurly-Einwickelpapier geschworen haben, immer Freunde zu bleiben. Wisst ihr nicht mehr? Lasst uns bei dieser Zigarettenschachtel schwören, niemals ein Sterbenswörtchen zu verraten. Ich weiß, es ist nicht dasselbe, aber es muss reichen. Sprecht mir nach …«

»Tut mir leid, aber ich bin nicht in Stimmung«, sagte Judith nun etwas besänftigter. »Du hast recht, Lana, du hast dich idiotisch benommen, aber wir machen alle mal Fehler.« Sie umarmte ihre Freundin. »Vergessen wir's einfach, okay?«

»Nicht so fest, Jude, sonst kotz ich dir über den Rücken«, murmelte Lana.

Der Kellner brachte ihnen die Rechnung. Catrin griff in den Rucksack, um ihren Geldbeutel herauszuholen. Lana warf eine Handvoll Drachmen aus der Hosentasche auf den Tisch, und Judith tat es ihr gleich.

»Was ist denn los?«, fragte sie Catrin, die inzwischen angefangen hatte, den Inhalt ihres Rucksacks auf dem Tisch zu stapeln.

»Irgendwie landet er immer ganz zuunterst«, erklärte sie lächelnd, während sie eine Sonnenbrille, ein Buch und eine Flasche Insektenspray herausnahm. Doch je mehr sie auspackte, desto schwächer wurde ihr Lächeln, bis sich Panik auf ihrem Gesicht widerspiegelte. »Er ist weg!«, rief sie. »Mein Geldbeutel! Vor zehn Minuten hatte ich ihn noch!«

Judith kippte den Rucksack vollends aus und ging systematisch alle Taschen durch, bevor sie gemeinsam unter dem Tisch und ringsherum nachsahen. Ohne Erfolg. Sie mussten es sich eingestehen: Catrins Geldbeutel war verschwunden.

»Wie ärgerlich«, meinte Lana, die sich sehr bemühte, mitfühlend zu klingen, während sie immer noch mit ihrem Kater kämpfte.

»Wer könnte den bloß geklaut haben?«, fragte Judith.

»Direkt vor unserer Nase. Eine Frechheit«, fügte Lana wenig hilfreich hinzu und schirmte die Augen vor der Sonne ab.

»Hör zu, mach dir keine Sorgen«, sagte Jude. »Wenigstens ist heute unser letzter Tag, und Lana und ich können dein Omelett bezahlen.«

»Das verdammte Omelett ist mir egal!«, kreischte Catrin, die inzwischen völlig hysterisch war. »Kapiert ihr nicht? Da war Sols Nummer drin!«

12
CATRIN

Huw holte die drei am Flughafen ab, und Catrin weinte, als sie ihn entdeckte.

»Hey, seht euch nur mal an, ihr drei!«, rief er und kämpfte beim Anblick seines kleinen Mädchens mit einer Flut von Gefühlen. »Brauner als dein Onkel Tim, wenn er aus dem Solarium kommt.«

Die Heimfahrt war eine Mischung aus hysterischem Gelächter und nachdenklichem Schweigen. Sie sangen alle gemeinsam aus voller Kehle *»MAE HEN WLAD FY NHADAU«*, als sie die Grenze zu Wales überquerten, und erzählten Huw einige der Geschichten aus ihrem Urlaub – selbstverständlich zensiert –, wobei sie Themen wie den Zypernskandal, den Bauarbeiter aus Belfast und natürlich die traurige Geschichte von Solomon Blythe vermieden. Kurz sprachen sie auch über die Ergebnisse der Abschlussprüfungen, die sie am nächsten Tag bekommen würden – ein Thema, das sie während der gesamten Reise erfolgreich verdrängt hatten, das jetzt jedoch unausweichlich war.

Als Erste setzten sie Lana ab, deren große Familie sich am Fenster drängte: ihr Dad Keith mit einem Kleinkind im

Arm, ein zweites Kind, das sich an sein Knie klammerte, und zwei weitere, die wild winkten vor Freude über die Heimkehr ihrer großen Schwester. Sie winkten alle zurück, einschließlich Huw, bevor die drei Freundinnen sich am Gartentor gefühlsduselig in die Arme fielen. Lana, die sich eine einzelne Träne wegwischte, flüsterte: »Ich hab euch zwei verdammt lieb!« Dann drehte sie sich um und ging den Weg zur Haustür entlang. Von der Schwelle aus schickte sie ihnen einen theatralischen Luftkuss, ehe sie im Haus verschwand und von ihren kreischenden Schwestern verschluckt wurde.

Judith war als Nächste dran, still und besorgt, was sie zu Hause erwarten würde. Catrin drückte ihre Hand, als sie aus dem Auto stieg. »Du weißt, wo du uns findest«, flüsterte sie. Dann sah sie zu, wie Judith die Haustür aufschloss, *ohne* Willkommensgruß irgendwo. Mit knapp neunzehn Jahren war Judith Harris immer noch Schlüsselkind.

Im Gegensatz dazu erwarteten Catrin vor dem Haus der Kellys jede Menge Luftballons und ein großes Spruchband:

WILLKOMMEN ZURÜCK
CATRIN MARY THERESA

Sie verstand nicht wirklich, weshalb sie auch ihre zweiten Vornamen draufgeschrieben hatten, aber wahrscheinlich weil es mehr Eindruck machte. Siebzehn Familienmitglieder standen bereit, um ihre sichere Heimkehr zu feiern, darunter beide Großelternpaare, ihre fünf Cousins und Cousinen, zwei Tanten und drei Onkel. »Wir haben uns für den kleinen Kreis entschieden«, erklärte ihre Mutter, »weil ich ja weiß, dass du nicht so gerne groß gefeiert wirst.«

Tom packte sie mit einem Rugbygriff und drückte sie zu Boden, sobald er sie erblickte. »Willkommen zu Hause,

Froschkopf!«, brüllte er, und Oma Kelly überschüttete sie mit einem Dutzend Ave-Marias. Trotz dieses ganzen Theaters war es irgendwie total tröstlich, wieder bei ihrer verrückten, wunderbaren Familie zu sein, vor allem jetzt, wo sie an gebrochenem Herzen litt.

Nach etwa einer Stunde Heimkehrfeier, als Catrins Mutter gerade ihre berühmte Eistorte servieren wollte, klingelte es an der Tür.

»Kann bitte mal jemand aufmachen?«, brüllte Liz. »Ich bin gerade dabei, das Baiser zu vergolden!« (So hatte ihre Mutter das schon immer genannt, und Catrin musste lächeln, als sie die vertraute Formulierung hörte.)

Tom tönte: »Ah, das wird Father O'Leary sein.«

»Du willst mich veräppeln«, meinte Catrin. »Den hat sie doch hoffentlich nicht eingeladen?« Sie spähte in den Flur hinaus und sah ihren Vater zur Tür gehen.

Draußen stand, umgeben von all ihren Besitztümern, Judith, die sich größte Mühe gab, nicht zu weinen.

»Es tut mir so leid«, stammelte sie. »Könnten Sie mir zwei Pfund für das Taxi leihen?«

Catrins Mutter ließ die Eistorte stehen (die zum Glück von Tante Treen gerettet wurde), um nachzusehen, was los war. Zwischen Schluchzern erzählt Judith, wie sie in ein leeres Haus gekommen und hinauf in ihr Zimmer gegangen war. Dort hatte sie alle ihre Sachen zusammengepackt vorgefunden, »das ganze Zimmer war leer!« Auf dem Bett lag eine Nachricht von Patricia, die Judith ihnen nun zu lesen gab:

Nimm deine Sachen und lass den Schlüssel da.
Du bist in diesem Haus nicht mehr willkommen.

Liz Kelly machte sich blitzschnell ein Bild von der Situation und schaltete auf Supermum-Modus. Sie wies Tom und Huw an, Judiths Gepäck ins Gästezimmer zu bringen. Sie versicherte Judith, sie könne so lange bleiben, wie sie wolle – »Tia castle, mia castle« (Tom flüsterte leise *casa*, aber Liz bekam davon nichts mit) – und schloss sie fest in die Arme. Dann bestand sie darauf, dass Judith sich zur feiernden Familie gesellte, wo Grampa Lewis ihr sofort einen Teller Würstchen unter die Nase hielt. Wenn es um überwältigende Liebesbeweise ging, gab es bei den Kellys kein Entkommen.

Am nächsten Morgen waren die beiden Mädchen schon um sechs Uhr unten in der Küche.

Catrin hatte kaum geschlafen. Was nicht überraschte in Anbetracht des wilden Gedankenstrudels in ihrem Kopf, während sie verzweifelt versuchte, sich an die Zahlen zu erinnern, die Sol auf den Zettel geschrieben hatte. Schließlich hatte sie dieses Stück Papier lange genug angestarrt. Warum konnte sie sich, verdammt noch mal, nicht daran erinnern? Und wenn sie nicht gerade an Sol dachte, machte sie sich Sorgen wegen ihrer Prüfungsergebnisse – was, wenn sie ihren Abschluss in den Sand gesetzt hatte?

Judith kochte für beide eine Tasse starken Tee, und sie waren sich einig, genau den während ihrer Reise am meisten vermisst zu haben.

Nachdem sie schlürfend einen großen Schluck genommen hatte, wagte sich Catrin vorsichtig an das Thema von Judiths familiärer Situation. »Was hast du denn jetzt vor?«, fragte sie behutsam.

»Sobald ich meine Ergebnisse habe, werde ich meinen Dad suchen. Bei der Arbeit oder wo auch immer. Denn wo war der bitte schön gestern Abend? Er hätte ja herkommen und mich suchen können. Er *wusste*, wann ich zurückkomme, und ich meine, da ist es doch offensichtlich, dass ich entweder bei dir oder bei Lana bin. Außerdem – er hätte schließlich gesehen, dass meine ganzen Sachen weg sind.«

»Aber vergiss nicht, wer weiß, wie ihn deine Mum unter Druck gesetzt hat.«

»Du meinst *Patricia*. Ich nenne sie nicht mehr *Mum*. Sie hat kein Recht darauf, Mutter genannt zu werden.«

Catrin sah, wie Judith zitterte, als sie die Tasse zum Mund führte. Sie streckte die Hand aus, um ihre Freundin zu trösten.

»Ich werde in meinem Leben Erfolg haben, Cat, selbst wenn ich durch die Prüfung falle oder meine Noten nicht gut genug sind …«

»Was nicht passieren wird«, sagte Catrin, aber Judith beachtete den Einwurf nicht.

»Was auch immer dabei rauskommt, ich werde mich aus diesem Loch rausarbeiten. Ich werde nicht länger Opfer meiner traurigen Kindheit und Jugend sein.«

Catrin nickte. Sie hatte Judith noch nie so entschlossen erlebt.

Sie wurden von Liz unterbrochen, die im Morgenmantel die Treppe herunterkam und auf dem Weg zur Küche die Post einsammelte, die durch den Briefschlitz gefallen war. »Nun, wer bekommt also heute seine Prüfungsergebnisse?«, fragte sie betont fröhlich, viel zu laut für die frühe Stunde. Liz hatte einen Hang dazu, das Offensichtliche zu betonen.

»Guten Morgen«, sagte Judith, und Catrin merkte, dass ihre Freundin froh war über den Themenwechsel.

»Wie hast du geschlafen, Judy, Liebes, hast du …?« Doch etwas ließ Liz innehalten, während sie die Post durchsah. »Oh, der hier ist für dich.« Überrascht streckte sie Judith einen rosafarbenen Briefumschlag hin, adressiert an »Judith

Harris, bei Familie Kelly«. Sogar Catrin erkannte die Handschrift sofort: Er war von George.

Catrin und Liz sahen zu, wie Judith langsam ihre Tasse abstellte, den Umschlag öffnete und die Karte aufklappte, auf deren Vorderseite die Worte »VIEL GLÜCK« prangten, eingerahmt von vierblättrigen Kleeblättern. Auf der Innenseite klemmten mit einer Büroklammer befestigt zwei Fünfzigpfundscheine. Judith sagte nichts. Dann reichte sie die Karte an Catrin weiter.

Liebe Judi-moo,

ich musste fortgehen. Es gibt so viel zu sagen, dass es nicht auf diese Karte passt, aber bitte hab Geduld – bis ich Gelegenheit habe, dir alles zu erklären. Ich weiß, heute ist ein großer Tag für dich. Und wie die Ergebnisse auch immer ausfallen, vergiss bitte nie, wie stolz ich auf dich bin. Anbei etwas Geld für was auch immer du als Nächstes vorhast. Es tut mir so leid, Judi-moo. Ich hoffe, du wirst mich eines Tages verstehen und mir verzeihen.
Für immer in Liebe, Dad

Liz fehlten ausnahmsweise die Worte.

Catrin reichte die Karte zurück. »Oh mein Gott, Jude.«

Sie erwartete, dass ihre Freundin weinen würde, doch Judith saß einfach nur da und trank hastig in großen Schlucken den Rest ihres Tees, als würde sie an einem Teetrinkwettbewerb teilnehmen. »Mrs. Kelly, darf ich duschen gehen?«

»Aber natürlich, Liebes. Frische Handtücher sind im Trockenschrank. Nimm dir, was du brauchst.«

»Danke.« Sie ging zur Tür. »Und dann machen wir uns besser auf den Weg, Cat!«, rief sie noch über die Schulter, als stünde nicht gerade ihr Leben kopf. Schon wieder.

Liz starrte ihre Tochter an und flüsterte: »Gib ihr den Ersatzschlüssel vom Brett. Ich möchte nicht, dass eine Freundin von dir je das Gefühl hat, sie wäre bei den Kellys nicht willkommen.«

Catrin spürte eine Welle der Liebe für ihre Mutter mit ihrem großen, großzügigen Herzen in sich aufsteigen.

Zwei Stunden später stand Catrin in der Schule, in der Hand einen grünen Computerausdruck, und starrte auf drei winzige, wie Akrobaten in einem Zirkus aufeinandergestapelte graue Dreiecke.

BIOLOGIE	A	BIOLEG
PHYSIK	A	FFISEG
CHEMIE	A	CEMEG

Sie musste blinzeln, um sicherzugehen, dass sie sich nicht täuschte. Die Welt schien sich auf einmal langsamer zu drehen. Drei As. Drei glatte Einser. *Echt jetzt?*

Als sie aufblickte, sah sie, dass ihre zwei besten Freundinnen genauso glücklich waren. Lana rief: »Ich hab einen Zweier in Englisch! *Ich!*«

Judith brach in Tränen aus. »Ein Einser und zwei Zweier! Ich fass es nicht. Ich habe eine Eins in Wirtschaft!«

Sie verglichen ihre Ergebnisse, schlangen sich die Arme um die Schultern und hüpften kreischend und lachend auf und ab, so aus dem Häuschen waren sie. Sie hatten es geschafft. Sie hatten hart gearbeitet und bekamen nun den Schlüssel überreicht, der ihnen das Tor zum nächsten Abschnitt ihres jungen Lebens öffnete.

Nachdem sie ihren Eltern zu Hause die gute Nachricht überbracht hatte, machte sich Catrin auf den Weg zu Balkwill's, um die Fotos abzuholen, die sie morgens zur Schnellentwicklung abgegeben hatte. Wie es für Coed Celyn typisch war, kannte sie so ziemlich jeden Fußgänger, dem sie unterwegs begegnete, und alle wollten wissen, wie sie in den Prüfungen abgeschnitten hatte. Sie brauchte also Geduld (die Menschen waren einfach nur höflich), um dieselben Sätze mehrfach zu wiederholen. »Ich weiß! Das war echt eine Überraschung! Ja, Cardiff. Medizin … drei Einser, ja! Cardiff … zum Medizinstudium.«

Schließlich gelang es ihr in die Gasse zwischen Milza's Café und der Eisenwarenhandlung abzubiegen, die zum Bessemer Place führte, wo sie unbemerkt den glänzenden Umschlag öffnen konnte, der ihre Fotos enthielt. Während sie die matten, 9x13-Abzüge durchblätterte, die ihre Reise in sechsunddreißig festgehaltenen Augenblicken dokumentierten, setzte Panik ein: Was, wenn sie den falschen Film zum Entwickeln gebracht hatte? Doch dann fand sie eine Aufnahme von sich und Judith und Lana, am Eingang zur Samaria-Schlucht. Also musste das, was sie suchte, kurz dahinter …

Und da war es, zwei Bilder später.

Sie und Sol, strahlend zwischen den Felswänden von Lefka Ori auf der einen und dem Mount Volakias auf der anderen Seite, die Arme umeinandergelegt wie Freunde fürs Leben. Und sie hatte die Augen nicht geschlossen. Sie sahen beide so glücklich aus. Catrin hielt es für das wunderbarste Foto, das sie in ihrem ganzen Leben gesehen hatte.

Als Nächstes machte sie sich auf den Weg zur Telefonzelle an der Highfield Road. Dort holte sie einen Stift und ihr kleines Adressbuch heraus. Seit fast zwei Wochen malte sie sich aus, von hier aus diesen Anruf zu tätigen. An diesem Tag.

Aber nicht bei dieser Nummer.

Sie hatte sich vorgestellt, ihn direkt anzurufen, seine Stimme zu hören, ihn rufen zu hören: »Oh mein Gott, Cat, *ich fass es nicht!*« Stattdessen schob sie fünfzig Pence in den Schlitz und tippte nur drei Tasten.

»Telefonauskunft, wie kann ich Ihnen helfen?«

»Ja, hallo, der Name ist Blythe. Ein Dorf in Northumberland namens Bayfield.« Catrins Herz klopfte so schnell, dass sie sich zwingen musste tief durchzuatmen.

»Wie schreibt man das genau?«

»B-L-Y-T-H–E.« Ihr Mund war auf einmal ganz trocken. Sie konnte das Tippen und Klappern der Tastatur hören, als die Nummernsuche gestartet wurde.

»Ich habe hier in Bayfield nur einen Eintrag unter Blythe – ein Doktor E. Blythe?«

Catrin musste sich auf die Zunge beißen, um nicht laut zu quietschen. »Ja! Ja! Das ist er. Sein Vater heißt Edward!«

»Es tut mir leid, aber diese Nummer ist nicht im Telefonbuch aufgeführt.«

Sie glaubte, sich verhört zu haben. »Was? WIE BITTE?«

»Es tut mir leid, aber ich kann Ihnen die Nummer nicht geben, wenn diejenigen entschieden haben, sie nicht auflisten zu lassen.«

»Nein … NEEEEIIIIIN!«

»Das ist bei Ärzten oft der Fall«, erklärte der Herr von der Auskunft im Versuch, hilfreich zu sein. »Kann ich Ihnen sonst noch irgendwie weiterhelfen?«

Catrin hätte gerne gesagt: *Ja! Finden Sie ihn! Sagen Sie ihm, ich bin ein Idiot, weil ich seine Nummer verloren habe! Sagen Sie ihm, er soll mich anrufen! Flicken Sie mein blödes gebrochenes Herz!*

»Ähm, nein. Das ist alles, vielen Dank.«

Nach einem kurzen Piepsen war das Gespräch beendet.

Und mit ihm Catrins Hoffnungen, Solomon Blythe je wiederzusehen.

13

LANA

Sechs Wochen später

Lana hatte Judith vorgeschlagen, sich an diesem ersten Sonntag zum Mittagessen zu treffen. Da man von Guildford ins Zentrum Londons mit dem Zug nur eine Stunde brauchte, schien es ihr verrückt, sich nicht zu treffen und über die erste Woche Studentenleben auszutauschen. Als Lana ankam, wartete Judith bereits geduldig vor dem Hippodrom, versunken in ein Buch über Globalisierung und völlig unbeeindruckt vom Wochenendtrubel des West End ringsherum.

»Tut mir leid, dass ich zu spät bin!« Lana umarmte die Freundin stürmisch.

»Nur eine Viertelstunde«, meinte Judith lachend. »Das ist für deine Verhältnisse ziemlich gut. Was zum Teufel – hast du dir etwa die Nase piercen lassen?« Judith starrte fasziniert auf den kleinen Silberring in Lanas linkem Nasenflügel.

»Nee, das sieht nur so aus, schau.« Lana zeigte ihr den Klammermechanismus.

»So genau wollte ich es nicht wissen, vielen Dank.« Judith kicherte. »Komm schon, ich bin am Verhungern. Ich hab da dieses nette Bistro entdeckt.«

Sie hakten sich unter und machten sich auf den Weg zu einer winzigen Weinbar am Leicester Square namens Hope and Castle.

»Mein Gott, es ist so schön, dich zu sehen«, sagte Lana, sobald sie sich an einem Ecktisch niedergelassen hatten. »Ich hab *so* viel zu erzählen!«

Judith griff nach der Speisekarte. »Komm, wir teilen uns die Knoblauchgarnelen, ja? Das ist hier das billigste Gericht.«

»Und für mich ein großes Glas vom weißen Hauswein«, fügte Lana hinzu.

»Mensch, Lana, Alkohol zum Mittagessen?«

»Na, wir haben doch was zu feiern, oder? Eine ganze Woche überlebt …«

»Für mich trotzdem lieber Ingwerlimonade, du Schnapsdrossel!«

Der Ober kam und nahm ihre Bestellung auf.

»Also«, begann Lana. »Ich will *alles* von dir hören, aber als Allererstes: Catrin Kelly.« Aus ihrer Tasche fischte sie einen Briefumschlag, der an Lanas Bleibe in Guildford adressiert war.

»Warte!« Judith holte einen identischen, an *sie* adressierten Umschlag heraus. Beide waren erleichtert gewesen zu lesen, dass es ihrer Freundin so weit gut ging, und hofften, der aufregende Start ins Medizinstudium würde gegen den Liebeskummer wegen Sol helfen.

Catrin hatte beiden mehr oder weniger dasselbe geschrieben: Die Erstsemesterparty war super gewesen – sie hatte bei etwas mitgemacht, das sich »Bayerische Stampfer« nannte: »Da zieht man bayerische Tracht an und übergießt sich gegenseitig mit Bier.«

»Wie zivilisiert«, meinte Judith lachend und las weiter.

Catrins Studiengang würde heftig schwer werden, schrieb sie, aber sie sei trotzdem froh, ihn gewählt zu haben. In Anatomie hatte man sie wohl gleich ins kalte Wasser geworfen und ihr eine Leiche namens Gwynnie zugeteilt, »weil sie so bleich ist und weil *gwyn* Walisisch bedeutet«.

»Also echt, kannst du dir das vorstellen?« Judith blickte vom Brief auf.

»Krass, oder?«

»Wie dem auch sei«, fuhr Judith fort, »sie weiß, dass wir uns zum Mittagessen treffen, und will, dass wir sie um halb drei anrufen.«

»Da drüben neben der Tür ist ein Telefon. Ist mir vorhin aufgefallen. Dann behalten wir mal die Zeit im Auge.«

Der Kellner stellte ein gusseisernes Pfännchen mit brutzelnden Knoblauchgarnelen vor sie auf den Tisch und reichte ihnen zwei Gabeln.

»Oh, wunderbar!«, bedankte sich Judith.

»Also dann. Du bist als Nächste an der Reihe, Judith Harris.« Lana spießte eine Garnele auf und schob sie sich in den Mund. »Wir läuft's denn so? Irgendwelche knackigen Typen in deinem Studentenwohnheim? Oder sexy Tutoren? Oder sind das alles stinklangweilige BWLer?«

Judith musste über ihre Freundin lachen und versicherte ihr, wie sehr sie ihr Leben an der London School of Economics liebe. Wie sie jede einzelne Minute genoss: ihr neues Zimmer, das immer noch nach frischer Farbe roch, die Gemeinschaftsküche auf dem Gang voll freundlicher Gesichter, ständiger Kochaktivitäten, verschiedener Akzente und alberner Unterhaltungen. Wie sie bei der Erstsemesterveranstaltung der Griechisch-AG und dem Schwimmklub beigetreten war. Außerdem hatte sie einen ganzen Stundenplan voll interessanter Fächer, und sie war jeden Morgen beim Aufwachen schon gespannt darauf, was sie alles lernen würde. Es war, als hätte sie in ihrem bisher schwarz-weißen Leben zum ersten Mal Farbe entdeckt.

»Oh, Jude, ich freu mich so für dich.« Lana drückte Judiths Hand. »Das hast du echt verdient.«

»Ja, ich glaube auch.« Judith gestand ihrer Freundin, dass sie ihren Studienplatz an der LSE als eine Art Belohnung betrachtete. Dafür, dass sie ihr zerrüttetes Leben zu Hause so tapfer ertragen hatte. Seit ihrer Ankunft in London hatte sie von keinem ihrer Elternteile etwas gehört – aber weshalb sollte sie auch? George war freiwillig vom Erdboden verschwunden, zumindest schien es so. Und Patricia wusste nicht, wo ihre Tochter inzwischen wohnte. Es interessierte sie wohl auch nicht.

Lana konnte es kaum erwarten, Judith vom Leben in Guildford zu berichten. Sie erzählte, dass sie mit »einem Haufen toller Leute« in »diesem verrückten Haus« wohne – Linzi, der afroamerikanische Buddhist mit der »Stimme eines Engels«; Clint, der aus Merseyside kam »und total krasse politische Ideen hat – der ist echt cool!«; und Gerard, der Bühnenmanagement studierte und ein bisschen launisch sein konnte, aber sie respektierte seine Ehrlichkeit. Und dann der Kurs – also, der Kurs war genau so, wie sie ihn sich immer erträumt hatte –, sie hatte sich für Clowntraining, Bühnenkampf und Shakespeare-Sonette eingetragen, abgesehen vom Hauptmodul Musicaltheater, was natürlich ihr Lieblingsfach war.

»Wir studieren als Semesterabschlussaufführung *Schwere Jungs – Leichte Mädchen* ein!« Lanas Augen leuchteten vor Begeisterung.

»Ach so, das«, zog Judith sie auf. »Ich glaube, du verwechselst mich mit jemandem, der sich mit Musicals auskennt.«

»Es ist fantastisch! Ich spiele Adelaide, mit Abstand die beste weibliche Rolle in dem Stück. Und ich will, dass ihr zur

Aufführung kommt, Cat und du. Erste Dezemberwoche. Das macht ihr doch, oder?«

»Natürlich! Und Gareth auch, nehme ich an?«

»Ja, also, falls er bis dahin wieder mit mir spricht.« Lanas Begeisterung ebbte merklich ab. Sie bedeutete dem Kellner, ihr noch ein Glas Weißwein zu bringen.

»Was? Aber ich dachte, er hat dich am Freitag besucht?«

»Hat er auch. Und eigentlich wollte er bis heute bleiben, aber wir hatten einen Riesenstreit.«

Nachdem der Ober den Wein gebracht hatte, erzählte Lana Judith, was passiert war.

Zwei Tage nach ihrer Ankunft in Guildford hatte sie im College am Schwarzen Brett einen Aushang gesehen: Vorsprechen für Burlesquetänzerinnen in einem schicken Klub in der Innenstadt. Lana war hingegangen, und man hatte ihr den Job angeboten. »Ich meine, das ist doch total super – denn dabei geht's auch um Bühnenarbeit. Also verdiene ich Geld – fünfzehn Pfund pro Auftritt, Jude! – mit etwas, was mich in meiner Karriere weiterbringt.«

»Burlesque? Aber ist das nicht so was wie *Striptease?«*

»Mensch, Jude, du bist genauso schlimm wie Gareth. Nein! Das ist eine uralte Kunstform, verstehst du? Eine Darbietungsart mit Tradition.«

Mit hochgezogener Augenbraue lauschte Judith Lanas Ausführungen, wie Gareth sich geärgert hatte, dass der gemeinsame Freitagabend teilweise schon mit ihrem Auftritt belegt war, und wie er gerade mal zwanzig Minuten durchgehalten hatte. »Er ist einfach gegangen! Kannst du dir das vorstellen? Hat gesagt, er hätte es nicht mehr ertragen zuzusehen, wie ich mich ›für eine Horde Betrunkener ausziehe‹. Ich war stinksauer.«

»Tut mir leid, Lana, aber ich kann ihn da verstehen.« Damit wagte Judith sich auf gefährliches Terrain.

»Aber ich hab mich nicht ausgezogen! Außerdem ging es nicht nur darum. Als ich ihn meinen Mitbewohnern vorgestellt habe, hat Clint ihn gefragt, was für Theaterproduktionen er in letzter Zeit gesehen hätte, und Gareth meinte, *Hans und die Bohnenranke*, als er zehn war!«

Judith spuckte vor Lachen beinahe ihre Ingwerlimonade wieder aus. Lana fand das Ganze jedoch überhaupt nicht lustig. »Er hat sich absichtlich blöd gestellt. Wir hatten Sex, und der war schlecht. Wie chinesisches Fastfood. Du weißt, wie ich meine, ganz okay beim Essen, aber hinterher fühlt man sich nicht besonders toll.«

»Armer Gareth.« Judith lächelte. »Und ihr redet immer noch nicht miteinander?«

»Mehr oder weniger. Er ist gestern Morgen weggefahren, dann hab ich ihn abends angerufen. Du weißt ja, wie er ist.«

»Na ja, nicht wirklich«, meinte Judith und spießte die letzte Garnele auf.

»Er schmollt nie lange. Er hat den Tag damit verbracht, sein Motorrad auseinanderzuschrauben, und ich denke, das hat ihn etwas abgelenkt.«

»Hm, vielleicht war es ein bisschen früh für einen Besuch bei dir. Du bist ja erst eine Woche weg.«

»Genau. Außerdem hatte es auch was Gutes, denn …« – jetzt strahlte Lana wieder – »… ich war gestern Vormittag bei diesem unglaublichen Performancekunstkurs, den ich verpasst hätte, wäre Gareth dageblieben, es hat also alles seine Vor- und Nachteile.«

Judith sah ein bisschen verständnislos drein, während Lana den Kurs beschrieb. Er wurde von jemandem namens Belle geleitet, die für Lana »die faszinierendste Frau ist, der ich je begegnet bin«. Belle hatte alle Teilnehmer gebeten, mit der Gruppe eine persönliche, intime Lebenserfahrung zu teilen, die bei den anderen ein starkes Gefühl hervorrufen würde.

Der Gedanke dahinter war, dass sie dies »verbuchen« und später »verwenden« konnten, wenn sie eine Rolle spielten. Eine der Studentinnen im Kurs, Lydia, hatte ihnen erzählt, sie wäre als Zwölfjährige mal von einer Kuhherde in einer Scheune in die Ecke gedrängt worden. Am nächsten Tag hatte ihre Periode eingesetzt. Lana hatte das lustig gefunden, aber da war sie anscheinend im Kurs die Einzige. Belle hatte ihnen erklärt, dass es sich dabei um einen bedeutenden Meilenstein für Lydia gehandelt hatte, bei dem die Kuhherde »das Feminine« symbolisierte und Lydias Position in der Ecke ihren Widerstand gegen die Pubertät. Sie hatte Lydia gebeten, sich in die Mitte des Kreises zu stellen und ihre Erfahrung nachzuspielen. Aber ohne Worte zu benutzen.

Es war elektrisierend. Zumindest hatten das alle anderen hinterher gesagt, und Lana wollte kein Außenseiter sein. Also hatte sie zugestimmt. »Aber insgeheim habe ich gedacht: *Was für ein Haufen Bullshit!*«

»Ganz deiner Meinung!«, sagte Judith, doch Lana sprach schon weiter.

»Ja, aber wart's ab, dann war ich an der Reihe, was mit der Gruppe zu teilen. Ich habe ihnen gesagt, mir fällt nichts ein, also meinte Belle, sie hilft mir, indem sie mir ein paar passende Fragen zu meiner Kindheit stellt, wie ich groß geworden bin und so. Und auf einmal habe ich darüber geredet, wie es war, als meine Mum gestorben ist …«

Einen Moment lang herrschte zwischen ihnen plötzlich Schweigen. Judith war überrascht. Dieses Thema hatte Lana selbst ihr oder Catrin gegenüber noch nie angesprochen, von einer Gruppe Fremder ganz zu schweigen.

»Das ist aber ein bisschen heftig, oder?«, fragte sie.

Lana nahm einen großen Schluck Wein. »Ich weiß auch nicht, Jude, es war … es war irgendwie … kathartisch, wenn du weißt, was ich meine?«

»Was hast du ihnen denn erzählt?«

»Genau das, was passiert ist, schätze ich mal. An einem Tag war sie da, am nächsten nicht mehr. Ich erinnere mich daran, dass ich ganz viele Geschenke bekommen habe und die Menschen um mich herum die ganze Zeit geweint haben, und dass ich mich dauernd an Dad geklammert habe und nicht wirklich wusste, was los ist.«

Sie verstummte, und so saßen sie dann schweigend da, das geschäftige Treiben der Weinbar um sich herum. Lana war es nicht gewohnt, sich verletzlich zu zeigen. Sie fuhr fort, leiser, sanfter, als hätte die übliche bombastische Lana den Schauplatz verlassen. »Ich glaube, es hat mir gefallen, weißt du, als wir nur noch zu zweit waren, Dad und ich. Mein Gott, ich erinnere mich nicht mehr an viel, Jude, ich war ja erst vier. Aber er und ich, wir haben Ausflüge zusammen gemacht – Griffin Park und hoch auf den Brecon –, also zumindest glaube ich, dass es der Brecon war, ich erinnere mich jedenfalls an einen Berg … Aber dann war das vorbei, diese Zeit.«

»Weil Janis aufgetaucht ist.«

»Ja, ich schätze mal.« Lana dachte wieder nach. Sie wusste, dass weder Catrin noch Judith Janis je als ihre Stiefmutter betrachtet hatten, immer nur als ihre Mum. Sie war Teil von Lanas Leben, seit ihre Freundinnen sie kannten – genau wie George Judiths Vater gewesen war. »Ich liebe Janis, weißt du.«

»Na klar tust du das«, bestätigte Judith, die daran nie gezweifelt hatte.

»Aber dann kam das Baby und dann noch eines, und auf einmal war Dad nicht mehr *mein* Dad, er war *unser* Dad. Janis war wie eine Maschine – die offenbar eins pro Jahr produziert!«

Judith grinste, erleichtert, dass die alte Lana wieder zum Vorschein kam.

»Also hab ich ihnen gesagt – den anderen Studenten, meine ich –, ich habe gesagt, jetzt bin ich von Geschwistern *umgeben!* Also ganz im Ernst. Sie kommen mir zu den Ohren raus! Fünf Kinder. Das ist doch widerlich.« Sie übertrieb ihren walisischen Akzent, weil sie wusste, dass sie dann witziger klang. »Und *alles* ist rationiert. Wenn man eine siebenköpfige Familie ist, dann gibt's *nie* genug von irgendwas. Also muss jeder für sich selbst sehen, wo er bleibt ...«

»Und was hat Belle dazu gesagt?«

»Ach, keine Ahnung, sie meinte, ich wäre wahrscheinlich dauernd auf der Suche nach jemandem, der meinen Dad ersetzt, dass ich nie drüber weggekommen bin, ihn an Janis zu verlieren, nachdem Mum gestorben war.«

»Das ist doch totaler Quatsch«, verteidigte Judith ihre Freundin. »Mann, ich hasse es, wenn Leute anfangen, einen zu analysieren ... verdammte Küchenpsychologie. Sie ist schließlich Theaterpädagogin.«

»Ja, vielleicht. Jedenfalls sagt sie dann zu mir, ich soll mal aufstehen. *Zeig uns den Schmerz, Lana*, sagt sie, *wie es sich im Herzen anfühlt, wenn man nach Aufmerksamkeit giert. Zeig uns, wie verzweifelt du bist, Lana, wenn man ...*«

Judith fing an zu lachen, so gut war Lanas Darstellung von Belle, und je mehr sie lachte, desto mehr drehte Lana auf, denn sie hatte Publikum schon immer geliebt.

»*Du rufst um Hilfe, aber du hast keine Stimme ... niemand hört dich ...* Ehrlich, Jude, ich habe in die Runde geschaut, und die anderen in der Gruppe waren so wild darauf zu sehen, wie ich mein Innerstes nach außen kehre, also emotional ... da dachte ich mir: *Okay, entweder stürze ich mich da jetzt total rein, oder ich mache mich aus dem Staub*. Innerhalb von Sekunden habe ich diese Improvisation hingelegt, mit verzerrtem Gesicht wie das Gemälde von diesem Munsch-Typen ...«

»Munch, meinst du. *Der Schrei*«, korrigierte Judith, die vor Lachen kaum noch Luft bekam, während Lana ihre Darstellung wiederholte.

»Genau der. Ich habe meine Arme ausgestreckt, gebettelt, mich gesehnt, während Belle zugeschaut und auf eine Trommel geschlagen hat.«

»Oh mein Gott! Du, Lana Lloyd, bist echt ein Unikum!« Judith liefen die Lachtränen über die Wangen. »Keine ist wie du, keine ist wie du!«

»Die Sache war die, Jude, ich hatte echt Spaß daran, sobald ich mal richtig losgelegt hatte.«

»Klingt so!«

»Oh, verflixt.« Lana sah auf die Uhr an der Wand. »Es ist fast halb drei. Los, komm. Catrin wartet bestimmt schon …«

Judith schlug Catrins neue Nummer in ihrem Adressbuch nach, und die beiden Freundinnen gingen zum Münztelefon am Eingang des Bistros. Lana steckte zwei Zehnpencemünzen in den Schlitz, Judith wählte die Nummer in Cardiff und drehte den Hörer so, dass sie beide Catrin am anderen Ende hören konnten. Es klingelte nur einmal, ehe eine atemlose Catrin abnahm.

»Jude? Lana?«, rief sie.

»Allesamt vollzählig anwesend«, meldete Lana ein wenig zu laut, beschwingt von ihren zwei Gläsern Weißwein und der Aufregung, in Gesellschaft ihrer beiden besten Freundinnen zu sein.

»Sie ist ein bisschen betrunken, Cat«, rief Judith in den Hörer.

»Von wegen!«, rief Lana. »Ich hab noch gar nicht richtig angefangen!«

»Ich bin echt *so* froh, dass ihr beide da seid. Ich muss euch nämlich was erzählen«, sagte Catrin zweihundertfünfzig Kilometer weit entfernt, doch selbst die Distanz konnte die Aufregung in ihrer Stimme nicht dämpfen.

»Was ist passiert?« Judith war nun ganz ernst.

Am anderen Ende hörten sie Catrin tief Luft holen, ehe sie loslegte.

»Mein Gott, Mädels. Das glaubt ihr mir in hundert Jahren nicht …«

14

CATRIN

Der Umzug in ihr Studentenzimmer in New Hall war ein mittelprächtiges Drama gewesen. Vor allem weil ihre Eltern wegen des Auszugs ihres zweiten Kindes von zu Hause insgeheim so durch den Wind waren, dass sie unter höchster Anspannung standen. Die Stimmung war entsprechend geladen, und Catrin musste in dieser Situation großes Fingerspitzengefühl beweisen. Was nicht einfach war, denn sie selbst war ja auch nervös in dieser neuen Umgebung, in der sie sich plötzlich befand. Sie hasste sich dafür, dass ihr ihre Eltern peinlich waren, aber die beiden stellten einfach ein gewisses Risiko dar. Sie hoffte nur, dass keiner ihrer Mitbewohner Zeuge irgendwelcher »Kelly-Spezial-Momente« wurde.

Zu dritt schafften sie es, Catrins Umzugskartons und Koffer in einer Fuhre in ihr Zimmer zu schaffen. Darunter befand sich auch eine große Blechdose mit Kuchen. »Es sind zwei Früchtebrote drin«, erklärte Liz, die sich wie immer dem Thema Essen zuwandte, um von Gefühlen abzulenken, »und deine Oma Kelly hat dir einen Rosinenkuchen gebacken.«

»Oh, ich *liebe* Rosinenkuchen. Vielen Dank!«

»Also dann, sollen wir mal mit Auspacken beginnen?« Liz griff nach Catrins Koffer.

»Nein!« Catrins Versuch, ihre Mutter aufzuhalten, war ein wenig zu energisch, aber im Koffer befand sich das inzwischen gerahmte Foto von Sol und ihr von der Samaria-Schlucht. Bisher war es ihr gelungen, es vor den Augen ihrer Mutter zu verbergen. Das Letzte, was sie jetzt brauchen konnte, waren unwillkommene Fragen.

Vermutlich war es ein Fehler gewesen, das Foto zu rahmen – so erinnerte es sie ständig daran, dass sie diesen wunderbaren Menschen wahrscheinlich nie wiedersehen würde. Zwei Tage zuvor hatte sie ihm einen Brief ans King's College, Cambridge, geschickt – ein allerletzter Versuch in dieser Sache. Ihr war bewusst, dass es noch zu früh war, denn das Semester fing in Cambridge wahrscheinlich erst in einer Woche an, und sie würde Geduld brauchen. In der Zwischenzeit musste sie sich mit ihren Eltern herumschlagen.

»Weißt du, was ich mir gerne anschauen würde?«, erklärte Huw vergnügt. »Die Studentenbar!«

Catrin konnte schlecht Nein sagen, aber sie erklärte ihnen, es müsse ein kurzer Besuch sein. Es war seltsam, diesen typischen Collegeort mit den Augen ihrer Eltern zu sehen. Wären die beiden nicht dabei gewesen, wäre ihr wahrscheinlich die klebrige Schicht aus verschüttetem Bier und Burgersoße gar nicht aufgefallen, die sämtliche Oberflächen zu überziehen schien. Alle Tische und Stühle wirkten irgendwie klebrig, obwohl sie augenscheinlich sauber waren. Doch Catrin war angenehm überrascht, dass ihre Eltern diesen Ort offenbar ehrfürchtig zu betrachten schienen, statt sich angewidert abzuwenden.

»Sucht ihr uns doch schon mal einen Tisch, und ich hole den Kaffee«, schlug sie vor.

Ihr Vater drückte ihr sofort einen Fünfpfundschein in die Hand. »Ich will, dass du heute nichts selbst bezahlst.«

Lächelnd nahm Catrin das Geld. Es hatte keinen Sinn zu streiten.

Fünf Minuten später balancierte sie drei Styroportassen auf einem Tablett. Unterwegs nahm sie noch drei Plastiklöffel und Zuckerpäckchen mit. Als sie gerade den Tisch ansteuern wollte, sah sie ihren Vater auf sich zukommen.

»Schatz, wir brauchen noch einen. Mit Milch, ohne Zucker. Für deinen Freund.«

»Welchen Freund?«

»Ich hab seinen Namen nicht ganz verstanden ...«

Catrin sah zu dem Tisch hinüber, wo sich ihre Mutter angeregt mit einem jungen Mann unterhielt, der mit dem Rücken zu Catrin saß. Dann, als spürte er ihren Blick, drehte er sich um.

Und sie blickte ins Gesicht von Solomon Blythe.

***

Catrin stand da wie ein Reh im Scheinwerferlicht.

Solomon lächelte als Erster. »Hallo, Cat.«

Sie ließ den Kaffeebecher fallen.

Und dann lachten sie beide.

»Wie es aussieht, habt ihr beide eine Menge zu besprechen«, erklärte Huw einige Minuten später, als klar war, dass er und Liz eine lang überfällige Unterhaltung störten. Sie verabschiedeten sich, und kaum waren sie weg, wandte sich Catrin Sol zu. »Äh ... Du bist hier. In Cardiff. Wie kann das sein? Ich fass es nicht!«

Entgeistert lauschte sie seiner Erklärung, während ihr Herz laut klopfte und ihr Gehirn immer noch nicht ganz verarbeitet hatte, dass er ihr tatsächlich gegenübersaß!

»Als ich aus Kreta zurückkam«, sagte er, »war ich total durcheinander. Ich meine, auf eine *gute* Art, aber trotzdem ...

Ich konnte nicht essen oder schlafen, war nervös, hab mich krank gefühlt und war praktisch tagelang zu nix zu gebrauchen!«

»Wie schön, dass ich so eine positive Wirkung auf dich hatte«, scherzte Catrin, insgeheim sehr erfreut.

»Und ich dachte bei mir, Sol, jetzt reiß dich mal zusammen, sobald du von ihr hörst, wird sich alles beruhigen. Ich wusste, dass du erst zwei Wochen später heimkommen würdest, also habe ich beschlossen, Geduld zu haben.«

»Aber dann hast du nichts von mir gehört …«, meinte Catrin niedergeschlagen.

Sol lächelte. »Genau … Daraus hab ich geschlossen, dass du es dir anders überlegt hast.«

»Hab ich aber nicht! Ich hab es mir nicht anders überlegt!«

»Aber das wusste ich ja nicht!« Er lachte. »Ich dachte, du hast halt kein Interesse, denn sonst hättest du dich sicher gemeldet.«

»Oh Gott, ich halt's nicht aus!«, stöhnte sie.

»Das musste ich wohl akzeptieren, oder?«

»Es tut mir so leid«, jammerte Catrin.

»War ja nicht deine Schuld. Wie dem auch sei, etwa eine Woche bevor ich nach Cambridge ziehen sollte, hatte ich eine Art … *Eingebung*. Nennt man das so? Oder einen Moment des Wahns? Das wird sich erst mit der Zeit zeigen, schätze ich mal …«

Er hielt inne, um seine Gedanken zu sortieren. »King's College, Cambridge. Das ist echt der Hammer. Eine Uni mit erstklassigem Ruf – mir war klar, was für ein außerordentliches Glück ich habe, dass man mir dort einen Studienplatz angeboten hat. Aber weißt du, Cat, es war so, ich hatte da dieses nagende Gefühl, dass ich trotzdem immer am falschen Ort sein würde, egal wie toll es dort wäre. Weil ich nicht in deiner Nähe sein würde.«

Sie konnte sich nicht sattsehen an seinem wunderbaren Gesicht und hätte sich am liebsten vorgebeugt, um seine Augenlider zu küssen.

Sol erzählte, dass er plötzlich wusste, was er zu tun hatte. Er setzte sich mit der medizinischen Fakultät des University College Wales in Verbindung, die sich innerhalb von achtundvierzig Stunden bei ihm meldeten und ihn zum Vorstellungsgespräch einluden. Sie erklärten, es sei nicht völlig ungewöhnlich, dass Studenten kurzfristig die Universität wechseln wollten, und sie wären gerne bereit, sich mit ihm zu unterhalten. Eines Morgens vergangene Woche war er hingefahren, hatte noch vor Mittag den Dekan getroffen, und der bot ihm einen Studienplatz an.

Catrin dachte, sie würde gleich in Ohnmacht fallen. »Wie bitte? Versteh ich das richtig? Du kommst *hierher?*«, hakte sie nach. »Nach Cardiff?«

»Na ja, das hängt davon ab«, antwortete Sol, »wie du dazu stehst …«

Sie versuchte es ihm auszureden. Nicht weil sie ihn nicht in ihrer Nähe haben wollte, sondern weil sie das Gefühl hatte, es tun zu müssen. »Wir können uns doch besuchen! Uns am Wochenende sehen. Du musst wegen mir Cambridge wirklich nicht aufgeben …«

»Ich weiß, dass ich das nicht *muss*, aber ich *will*.«

Dann erzählte er ihr von seinem Bruder, der furchtbar in ein Mädchen namens Amy verliebt gewesen war, bevor er zum Studieren wegging. Sie hatten sich alles Mögliche versprochen, einander geschworen, in Kontakt zu bleiben, und am Anfang hatten sie es auch wirklich versucht – im Glauben, dass ihre Liebe die Entfernung überbrücken würde. Am Ende waren sie gescheitert. Dieses Risiko wollte Sol nicht eingehen. »Ich will Hausarzt werden, kein Spezialist, Cat. Mrs. Jones aus Hinterachpfuiteufel oder Major Briggs aus

Kleindörflingen oder wer auch immer aus wo auch immer wird völlig egal sein, ob der Kerl, der vor ihnen sitzt und ihnen ein Rezept für ihr Bluthochdruckmittel ausstellt, fünf Jahre in Cambridge oder in Kamerun studiert hat. Solange er kompetent ist.«

Catrin lachte und streichelte seinen Arm.

»Ich will einfach nur da sein, wo du bist. Ich kann es nicht erklären. Und ich habe es mir auch nicht ausgesucht. Aber ich verspreche dir, du musst nur ein Wort sagen, und ich verkrümel mich. Aber ich hab das Gefühl, dass es dir genauso geht.«

Catrin schwieg einen Moment lang. Dann sah sie zu ihm auf und lächelte. »Deine Eltern werden stinksauer sein.«

Damit lag sie nicht ganz falsch.

Er berichtete ihr tags darauf, seine Mutter hätte nach dieser Nachricht erst einmal gelacht und sein Vater geschwiegen. »Normalerweise liebe ich das Lachen meiner Mutter«, erzählte er Catrin. »Ich nenne es ihr wunderbares jamaikanisches Gegacker. Aber wenn sie sarkastisch lacht, kann einem das echt Angst machen.«

»Oh Gott, was hat sie gesagt?« Catrin hatte bereits jetzt total Bammel vor Sols Eltern. Sie fragte sich, ob sie die beiden je treffen würde und wie anders als ihre eigenen Eltern sie wohl sein würden. Allein schon weil sowohl sein Vater als auch seine Mutter Ärzte waren.

Sol hatte merklich Übung darin, seine Mutter nachzuahmen: »*Du gibst einen Studienplatz in Cambridge auf. In CAMBRIDGE. Um nach Cardiff zu gehen! Ha!* Darauf ich: *Aber Cardiff ist gut, Mum.* Und mein Dad meinte nur: *Aber es ist nicht Cambridge, mein Sohn, oder?*«

»Und was hast du darauf gesagt?«

»Ich habe ihnen erklärt, dass ich das einfach tun muss.

Und dass sie dich lieben werden. Weil du … nun ja, weil du einfach umwerfend bist.«

Er griff über den Tisch hinweg nach ihrer Hand. »Also, was meinst du, Catrin Kelly?«

Am Montag darauf war Sol in eine WG ins Cathays-Viertel von Cardiff gezogen. Den Rest dieses Semesters über sahen er und Catrin sich jeden Tag.

15

JUDITH

Es war ein winziges Fenster in ihrem Leben gewesen, durch das sie sah, wer sie sein und was aus ihr werden könnte. Wie naiv von ihr zu glauben, sie würde diese Chance bekommen.

Wie immer war es ihr nicht vergönnt. Nach drei Wochen wurde ihr der Boden aus Studium und Leben in London so abrupt unter den Füßen weggezogen, dass sie kaum glauben konnte, dass er je existiert hatte.

Es geschah während einer Vorlesung über den Common Market, als ihr Tutor plötzlich den Saal betrat. Judith sah, wie er vor ans Pult ging und dem Wirtschaftsprofessor etwas zuflüsterte. Ihr wurde elend. Noch bevor sie ihren Namen hörte, wusste sie, dass es sich um schlechte Nachrichten handelte.

»Judith Harris?«, sagte der Professor ins Mikrofon. Köpfe drehten sich, und sie fühlte, wie hundert Augenpaare sie anstarrten.

Es hieß, es sei ein Selbstmordversuch gewesen. Judith konnte ihre Zweifel über dessen Glaubwürdigkeit nicht zum Ausdruck bringen, denn wie würde das aussehen – die hartherzige Tochter, die ihrer eigenen armen Mutter misstraute: ihrer eigenen armen Mutter, die zwei Monate zuvor von ihrem grausamen, herzlosen Ehemann verlassen worden (so sagte man) und allein, verzweifelt und deprimiert zurückgeblieben war. Eine Nachbarin hatte sie gefunden, zusammengesackt am Fuße der Treppe, nach der (angeblichen) Einnahme von über dreißig Paracetamol. Es gab auch einen Abschiedsbrief, in dem stand, sie habe einfach keine Kraft mehr.

Nachdem beim Röntgen eine gebrochene Hüfte diagnostiziert worden war, hatte man sie in die Psychiatrie überwiesen. Man ging davon aus, dass Patricia in etwa zwei Wochen entlassen werden würde, sofern sich jemand zu Hause um sie kümmerte. Es bestünde also keine Eile für Judith, sofort zurückzukehren – sie solle sich Zeit lassen, denn ihre Mutter sei im St. Luke's Hospital fürs Erste bestens aufgehoben. Die Universität zeigte Verständnis. Es hieß, man werde Judith den Studienplatz reservieren, oder sie könne ihn um ein Jahr aufschieben.

Sie wartete mit ihrer Rückkehr nach Hause bis zum darauffolgenden Sonntag. Einer der Tutoren hatte einen Cousin in Chepstow und bot an, sie mitzunehmen. Die Kommilitonen auf ihrem Wohnheimflur schickten ihr eine Karte, eine von diesen riesigen, mit dreiundzwanzig Unterschriften von Leuten, die sie kaum kannte und die alle ihr Mitgefühl ausdrückten. Judith hätte heulen können ob der Liebenswürdigkeit, die manche Menschen auf der Welt so selbstverständlich an den Tag legten. Warum ist Liebenswürdigkeit nicht gleichmäßig verteilt? fragte sie sich. Weshalb hatte sie keine nette Mutter – eine wie Liz Kelly oder Janis Lloyd?

Da sie keinen Hausschlüssel mehr besaß, musste sie bei den Nachbarn klingen, um deren Ersatzschlüssel auszuleihen. Noch so eine Demütigung, die ihr Patricia aus der Ferne zuteilwerden ließ. Als Judith das stille Haus betrat, schlug ihr sofort der vertraute Geruch entgegen. Warmer Staub und abgestandenes Essen vermischt mit Zigarettenqualm, alles überlagert von Patricias allgegenwärtigem Chanel N° 5. Sie betrat das Wohnzimmer, Schauplatz ihrer dramatischen Abreise vor beinahe drei Monaten. Nur das schwerfällige Ticken der Uhr auf dem Kaminsims hieß sie willkommen.

Zwei Tage nachdem sie wieder hergezogen war, ging sie zum Arbeitsamt und bewarb sich um einen Aushilfsjob im Welsh Office. Judith dachte pragmatisch: Ihre Mutter könnte noch wochenlang im Krankenhaus liegen.

Sie hatte ein Vorstellungsgespräch bei einer netten Dame aus der Wirtschafts- und Statistikabteilung des Welsh Office, die ihr eine vorübergehende Stelle als Verwaltungsassistentin anbot. Die Arbeit selbst war weit weniger glamourös als die Bezeichnung – die unterste Sprosse einer sehr langen Leiter. Sie nahm Anrufe entgegen, machte Fotokopien, Ablage und verbrachte viele Stunden im Postzimmer. Doch die Tatsache, dass sie an einem Ort arbeitete, der das Wort »Wirtschaft« im Namen trug, gab ihr irgendwie das Gefühl, sich nicht völlig untreu geworden zu sein, dass sie irgendwie immer noch ein seidener Faden mit ihrer Berufsvorstellung verband. Und wenn sie zum nächsten Semester oder auch erst nächstes Jahr an die LSE zurückkehrte, hätte sie wenigstens das Gefühl, die Zeit bis dahin nicht völlig verschwendet zu haben.

Mit ihr zusammen fingen noch drei weitere Aushilfen an, und Judith stellte erleichtert fest, dass alle ganz unterschiedliche Vorgeschichten hatten. Da war zum einen Lyndon, der walisisch sprechende Posaunist, Glenys, die zwischen zwei Lehraufträgen steckte, und Rachel, frischgebackene Biologin. Keinem von ihnen erzählte sie etwas über ihre Situation. Die anderen gingen davon aus, dass Judith eine Beamtenlaufbahn anstrebte und dank des endlosen Fotokopierens und Postsortierens zumindest mal einen Fuß in der Tür hatte. Sie ahnten nichts von ihrem kurzen Universitätsleben, ihrer seltsamen Mutter oder ihrem davongelaufenen Vater aus Zypern.

Judith widerstand der Versuchung, wütend auf George zu sein, weil er abgehauen war, denn tief in ihrem Innern war sie froh, dass er endlich den Mut gefunden hatte zu fliehen. Was jedoch die alltäglichen praktischen Dinge anging, da war sie schon ziemlich sauer. Denn nun musste *sie* diesen ganzen Mist auf die Reihe kriegen. Mit knapp neunzehn. Vielen Dank, Dad.

Wenigstens eine Sache beruhigte sie: das Wissen, dass es keinen Kredit mehr für das kleine Reihenhaus abzuzahlen gab. Als Judith zehn war, hatte George einen überschaubaren, aber doch nicht ganz unerheblichen Betrag beim Fußballtoto gewonnen. Patricia war damals stinksauer. Sie hatte gedacht, der unerwartete Geldsegen würde in Form von Pelzen, Diamanten und einer tollen Auslandsreise auf sie niedergehen. Stattdessen war George, in einem seltenen Anflug von Durchsetzungsvermögen, ohne weitere Diskussionen zur Bank gegangen und hatte den Kredit getilgt. Das bedeutete Sicherheit für sie alle, hatte er argumentiert.

Das war also immerhin etwas. Aber sie musste trotzdem etwas essen, nicht wahr? Und die anderen Rechnungen bezahlen. Also war ihr nichts anderes übrig geblieben, als sich einen Job zu suchen. Darum saß sie nun an fünf Tagen die Woche jeden Morgen und Nachmittag im 67er-Bus, der sie von Coed Celyn nach Cardiff und wieder zurück brachte.

Als sie Patricia das erste Mal im Krankenhaus besuchte, wurde sie mit einem »Von dir will ich keine Hilfe!« begrüßt.

»Tja, du hast leider keine andere Wahl«, erwiderte Judith leise. »Denn ich bin alles, was du hast.«

Das St. Luke's befand sich im Zentrum von Cardiff, daher konnte Judith nach Arbeitsschluss um drei Uhr nachmittags zu Fuß dort vorbeischauen. Ein paarmal versuchte die Clique aus dem Welsh Office sie zu überreden, noch auf ein paar Drinks oder ins Kino mitzukommen. Ihr entging auch nicht, dass Lyndon womöglich ein bisschen auf sie stand. Und ja, sie war durchaus in Versuchung. Er schien ein netter Kerl zu sein. Doch Judith sagte jedes Mal Nein, standhaft in ihrer Loyalität Patricia gegenüber und zu täglichen Krankenhausbesuchen entschlossen. Sie hasste sich selbst dafür, aber sie wusste, sie würde sich noch mehr hassen, wenn sie ihre narzisstische Mutter sich selbst überlassen würde.

Patricia sprach selten, wenn Judith sie besuchte. Während ihre gebrochene Hüfte heilte, war sie auf einen Rollstuhl angewiesen und verbrachte den Großteil der Stunde damit, aus dem Fenster zu starren.

Da die Cardiff University nur ein Stück die Straße runter lag, kam Catrin manchmal mit, je nachdem ob es ihr Lernpensum und der Stundenplan zuließen. Bei diesen Gelegenheiten benahm sich Patricia ihnen beiden gegenüber zuckersüß und unbeschwert. Sie erklärte Catrin, wie dankbar sie sei, dass Judith die Uni aufgegeben hatte, um heimzukommen und sich um sie zu kümmern. »Ich weiß nicht, was ich ohne meine Tochter täte!«, sagte sie dann, und Judith stellte ihre eigene Wahrnehmung infrage, vor allem wenn Catrin ihr hinterher zuflüsterte: »Sie wirkt viel sanfter, Jude, findest du nicht?« Es kostete Judith enorme Willenskraft, nicht zu schreien. Vielleicht war sie ja paranoid, aber ein Teil von ihr fragte sich, ob Catrin ihr tatsächlich glaubte, wenn sie beschrieb, wie anders Patricia sein konnte, wenn Judith allein vorbeikam – so überzeugend war die Vorstellung ihrer Mutter.

Eines Mittwochnachmittags, als sie sich gerade vom Krankenhaus auf den Heimweg machen wollte, erklärte ihr Dr. Sharma, der zuständige Arzt, ihre Mutter könne am Wochenende entlassen werden. Er lächelte, als er das sagte. Und sie lächelte zurück. Beide wussten, dass es ein aufgesetztes Lächeln war. »Sie wird Hilfe brauchen, bis sie wieder ganz auf den Beinen ist«, sagte er. »Aber was ihre psychische Gesundheit angeht, da macht sie große Fortschritte.« Judith bedankte sich und versprach, ihre Mutter am Samstagmorgen abzuholen. Sie würde versuchen irgendwie eine Transportmöglichkeit zu organisieren (vielleicht würde Catrins Vater aushelfen) oder ansonsten ein Taxi bestellen.

Schließlich hielt Patricia es doch noch für angebracht, mit ihrer treu ergebenen Tochter zu sprechen: »Sieh zu, dass du pünktlich kommst«, sagte sie und drehte sich weg.

An jenem Abend im Bus zurück nach Coed Celyn wurde Judith klar, wie sehr sich das Leben verändern würde, sobald Patricia nach Hause kam. Bisher hatte sie das Alleinsein als selbstverständlich betrachtet, es genossen, das Haus für sich zu haben. Doch ab Samstag würde das Szenario ein ganz anderes sein. Sie würde für ihre Mutter ein Bett im Erdgeschoss einrichten müssen, denn bis ihre Hüfte komplett verheilt war, würde sie die Treppe keinesfalls bewältigen können. Judith blickte seufzend aus dem Busfenster, gegen das mitfühlend der Regen prasselte.

»Rutsch mal rüber.« Judith zuckte zusammen und blickte auf. Es war Gareth Metcalf.

»Oh, hallo«, sagte sie, ein wenig verärgert über die Störung. »Wusste gar nicht, dass du Bus fährst.«

»Das Moped ist beim Kundendienst.« Er setzte sich, Beine breit ausgestreckt, offenbar ohne Rücksicht auf Judiths Distanzbedürfnis. »Normalerweise gibt's bei der Arbeit ein Ersatzfahrzeug, aber das ist bis morgen verliehen.«

»Verstehe.« Judith wusste nicht so recht, was sie sonst sagen sollte, wie immer bei den seltenen Gelegenheiten, wenn sich ihre Wege kreuzten. Seit Gareth sie an jenem Abreisetag gerettet hatte, war er in ihrer Wertschätzung etwas gestiegen, aber sie fühlte sich in seiner Gegenwart immer ein bisschen unwohl. Lag es daran, dass sie das Geheimnis von Lana und dem irischen Bauarbeiter in der letzten Nacht in Griechenland kannte? Hatte sie irgendwie ein schlechtes Gewissen – obwohl es überhaupt nichts mit ihr zu tun hatte? Oder lag es an dem Wissen, dass er und Lana sich in letzter Zeit ziemlich oft gestritten hatten? Lana hatte nämlich offensichtlich das Bedürfnis, Judith in ihren Briefen in alle Details einzuweihen. Judith wünschte, sie würde das lassen – denn es ging Judith wirklich nichts an.

»Wann kommt das alte Mädchen denn nach Hause?«, fragte er, und Judith zuckte wieder zusammen. An der Frage war absolut nichts auszusetzen, nur diese Art, wie er Patricia *altes Mädchen* nannte.

»Äh, am Samstag, wie's aussieht«, antwortete sie, den Blick geradeaus gerichtet.

»Krankenwagen?«

»Nein, ich bestelle ein Taxi.«

Der Bus fuhr los, und sie saßen schweigend eine Minute nebeneinander.

»Ich kann sie abholen kommen, wenn du willst«, sagte Gareth plötzlich.

»Wie, hinten auf deinem Motorrad?«

»Nee, du Dummi. Mit dem Ersatzwagen.«

»Oh, verstehe.« Die Vorstellung entsetzte sie. Sie war sich nicht sicher, ob sie es aushalten würde, wenn Patricia unhöflich zu Gareth war oder wie Gareth auf Patricia reagieren würde. »Vielleicht.«

»Verflixt, Lana hat recht, was dich angeht«, erwiderte Gareth grinsend.

»Wie bitte?« Judith versuchte ihren Ärger nicht zu zeigen.

»Dass du es hasst, Hilfe anzunehmen.«

»Das ist total ... Das ist echt unfair«, entgegnete Judith empört. Sie kam sich von ihrer Freundin ein bisschen hintergangen vor, dass diese so über sie sprach. »Ich wollte dir einfach nur meine Mutter nicht antun, das ist alles.«

»Warum?«, wollte Gareth wissen. »Beißt sie?« Er sah sie vollkommen ernst an. Die Vorstellung, wie Patricia wie ein Yorkshireterrier nach ihm schnappte, brachte sie unwillkürlich zum Lachen. »Das nehme ich mal als Ja.« Er wickelte ein Stück pinkfarbenen Kaugummi aus und steckte ihn sich in den Mund. »Willste auch?« Er bot ihr das Päckchen an.

»Wie alt bist du, zwölf?«

»Na, dann eben nicht.« Und die restliche Fahrt über sprachen sie kein Wort.

16

LANA

Applaus. Das schönste Geräusch auf der Welt, witzelte sie oft. Und wenn noch Hoffnung auf eine Zugabe bestand, umso besser. Lana wusste ungefähr, wo ihre Freunde saßen – sie hatte ihnen tolle Plätze im Parkett reserviert: Judith und Catrin mit Gareth und Sol. Als sie bei einer weiteren Verbeugung ins Publikum blickte, versuchte sie die vier ausfindig zu machen. Doch durch die hellen Scheinwerfer und den Staub im Zuschauerraum blieben sie verborgen. Das Wichtigste aber war, dass sie dort unten saßen. Irgendwo. Und Lana hatte eine tolle Show hingelegt, so viel war klar. Sie hatte alles gegeben. Der Adrenalinkick war berauschend.

»*That the guy's only doing it for some doll!*« Verbeugen und lächeln. Und noch mal verbeugen. Und Licht aus. Die Aufführung war vorbei.

Lana rannte zum seitlichen Bühnenabgang hinaus und in die Garderobe, wo sie hektisch die Haarnadeln herauszog, die ihr kleines Vierzigerjahrehochzeitshütchen befestigten, das i-Tüpfelchen des Kostüms ihrer Rolle als Adelaide. Sie wollte sich so schnell wie möglich umziehen und an der Bar ihre Freunde treffen.

Als sie den Raum betrat, applaudierten sie ihr noch einmal. Sie sah Catrin als Erste, die auf sie zugestürmt kam, um sie zu umarmen. »Mein Gott, Lana, du warst umwerfend!«

»Ihr seid tatsächlich gekommen! Vielen Dank! Danke!«

»Bin so stolz auf dich, Kleines«, sagte Gareth und küsste sie. Dann reichte er ihr ein Glas Weißwein.

Sie zögerte, dann murmelte sie: »Könntest du mir vielleicht einen Wodka holen, Schatz? Mit Soda?«

Gareth sah sie verwirrt an. »Seit wann trinkst du Wodka?«

»Seit ein paar Wochen.« Sie lächelte. »Weniger Kalorien.«

Er zuckte mit den Schultern und machte sich brav auf den Weg zur Bar.

»Lana, du erinnerst dich an Solomon?«, sagte Catrin schüchtern, als Sol einen Schritt nach vorn trat.

»Hallo!«

»Na, dann lass dich mal ansehen«, meinte Lana strahlend. »Doch, der ist durchaus akzeptabel!« Dann umarmte sie ihn fest und gab ihm einen schmatzenden Kuss auf den Mund.

»He, du machst ihn ja ganz verlegen!«, rief Catrin lachend.

»Das war eine tolle Aufführung«, fand Sol. »Wie du das alles hinkriegst! Der viele Text – die Lieder!«

»Aber damit rettet man nicht gerade Leben, oder? Wie ihr zwei Medizinwunderkinder hier.« Lana drehte sich um und nahm Gareth den Wodka ab. »Danke, Schatz.« Sie küsste ihn auf die Wange.

»Mir hat das Tanzen am meisten imponiert! Wie du dich da bewegt hast!« Judith war sichtlich beeindruckt.

»Aber ihr habt mich doch in den Schulaufführungen gesehen!« Lana grinste.

»Ja, schon, aber das hier war total professionell! Du wirst mal ein echter Star.«

»Hör schon auf!«, wehrte Lana lachend ab und versicherte sich kurz, dass keiner ihrer Mitspieler in Hörweite war.

Solche Aussagen sind ein bisschen uncool, dachte sie, auch wenn sie wusste, dass Judith es gut meinte.

»Wo wir schon von Stars sprechen«, meldete sich nun Gareth zu Wort, »sollen wir ihr das Geschenk geben?«

»Oh ja!« Judith griff in eine große schwarze Tüte hinter ihrem Stuhl und holte etwas Flaches, Spitzes heraus.

Neugierig stellte Lana ihren Drink ab und begann das Seidenpapier zu entfernen.

»Ich sollte vielleicht noch erwähnen«, meinte Catrin, »dass Sol und ich absolut nichts dazu beigetragen haben. Wir sind wirklich schlechte Freunde.«

»Aber dafür«, fügte Sol hinzu, »haben wir dir eine große Tüte Süßigkeiten mitgebracht.« Alle lachten.

»Was ist denn das?« Lana zog das Seidenpapier weg und hielt einen großen, selbst gebastelten Goldstern in der Hand, auf dem in der Mitte ein Foto von Lana prangte, umgeben von den Worten LANA LLOYD SUPERTOLLER SUPERSTAR! WIR SIND SO STOLZ AUF DICH!

»Gareth hat ihn gemacht, und ich hab ihn angemalt, sozusagen.«

Lana lächelte und versuchte dankbar zu klingen. »Ah, ist der toll – vielen Dank!«, sagte sie.

»Du kannst ihn in deine Garderobe hängen oder so«, schlug Gareth vor.

»Ja, stimmt.«

Sie wurden von einigen der anderen Schauspieler auf dem Weg zur Bar unterbrochen, woraufhin Lana das Geschenk unauffällig unter dem Seidenpapier versteckte. »Du kommst noch mit ins Juno's, oder?«, fragte Kiki, die die Sarah Brown gespielt hatte.

»Ja, vielleicht, mal sehen«, antwortete Lana kühl und vermied es, irgendwen einander vorzustellen. »Vielleicht bleiben wir einfach auch hier.«

Kiki nickte und ging mit den anderen weiter.

»Du warst echt gut, Sarah Brown!«, rief Gareth ihr ein wenig linkisch nach. Doch Kiki bekam nichts davon mit, sodass das Kompliment in der Luft hängen blieb. Lana tat Gareth einerseits leid, andererseits war er ihr peinlich.

»Ich glaub nicht, dass sie dich gehört hat«, sagte Judith lachend zu ihm.

»Oder vielleicht hat sie auch meinen breiten Waliser Akzent nicht verstanden«, erwiderte er ebenfalls lachend. »Also, wer will noch einen Drink?«

»Ich glaub, ich hör nicht recht!«, rief Judith, die offensichtlich gute Laune hatte. »Nutzt die Gelegenheit, Leute. Gareth Metcalf schmeißt 'ne Runde!«

Es war Lanas Idee gewesen, dass Judith bei Gareth einzog. Einige Wochen zuvor hatte sie einen Brief von Catrin bekommen, in dem sie Judiths verzweifelte Lage schilderte: »Ich glaube, es tut ihr überhaupt nicht gut, mit Patricia zusammenzuwohnen«, hatte Catrin geschrieben. »Diese Frau ist pures Gift. Und jetzt, wo George nicht mehr da ist, muss es unerträglich sein.« Da schien es naheliegend, dass Judith und Gareth zusammen eine WG bildeten. Schließlich hatte er ein Zimmer frei, und Judith würde sich garantiert auf die Chance, endlich von zu Hause wegzukommen, stürzen. Doch ihre Reaktion auf Lanas Vorschlag war alles andere als begeistert.

»Nein, Lana, ich glaube eher nicht.«

»Jetzt hör mir doch erst mal zu.« Lana hatte sich nicht davon abbringen lassen. »Wenn du bei deiner Mutter bleibst, drehst du durch. Cat und ich machen uns Sorgen um dich.«

»Mir geht's gut.« Judith nickte. Ganz offensichtlich war das nicht der Fall.

»Außerdem habe ich schon mit Gar gesprochen, und er hat nichts dagegen.«

Das entsprach nicht ganz der Wahrheit. Als Lana ihn das erste Mal gefragt hatte, wollte er davon nichts wissen. »Du machst Witze, oder?«

»Aber sie ist eine meiner besten Freundinnen!«

»Und selbst wenn sie deine beste Freundin ist. Ich meine, was ist, wenn du übers Wochenende heimkommst und ich dich … Du weißt schon?«

»… mich mit nichts als meinen schwarzen Pumps bekleidet an der Badezimmerwand durchvögelst? Also ich in Pumps, nicht du.«

»Ja, genau, so was in der Art.«

»Dann machen wir ein Schloss an die Tür!«

»Nein, Lana, tut mir leid. Das geht für mich einfach nicht.«

Also hatte sie ein paar Tage verstreichen lassen, um sich dann emotionaler Erpressung zu bedienen. Sie musste ihren Trumpf ausspielen und ihn an seinem wunden Punkt treffen: Gareth hatte selbst keine besonders tolle Kindheit gehabt. Er und seine Schwester waren mehr oder weniger von den Großeltern aufgezogen worden, weil ihre Mutter »anderweitig beschäftigt« und der Vater nie auf der Bildfläche erschienen war.

»Es ist doch so, du weißt besser als jeder andere, wie es sich anfühlt, zurückgewiesen zu werden«, hatte sie eines Abends während eines Übernachtungsbesuchs gesagt und dabei nachdrücklich seinen Arm gestreichelt, während sie nebeneinander in ihrem schmalen Studentenbett lagen. Er schwieg einen Moment lang. Und in diesem Augenblick wusste sie, dass sie gewonnen hatte.

»Ach, verdammt, von mir aus!«, gab er schließlich nach. »Aber sie wird mir was zahlen müssen. Und ich kann sie nicht auch noch durchfüttern.«

»Also, viel Miete kann ich ihm aber nicht zahlen«, hatte Judith zu Lana gesagt, als sie schließlich widerstrebend einwilligte.

»Ich weiß!«

»Tut mir leid, wenn ich undankbar klinge. Es ist einfach nur so, Gareth und ich, wir … Also, wir liegen nicht unbedingt auf einer Wellenlänge. Und bei Patricia wohne ich immerhin umsonst.«

»Ach, das wird schon passen. Ihr arbeitet ja beide tagsüber, und abends macht jeder sein eigenes Ding – ihr werdet euch kaum sehen.«

Ihrer eigenen optimistischen Prognose zum Trotz fragte sich Lana dann doch, ob sie nicht vielleicht einen schlimmen Fehler begangen hatte. Schließlich hatte Judith recht. Sie und Gareth lagen wirklich nicht auf einer Wellenlänge. Judith fand ihn ein bisschen gewöhnlich (auch wenn sie es abstritt), und Gareth wiederum hielt sie für etwas eingebildet.

Am Wochenende von Judiths Einzug war Lana deshalb extra nach Hause gefahren, einfach nur, um die Lage ein wenig zu beruhigen, während sich die neuen Mitbewohner aneinander gewöhnten. Die Stimmung war alles andere als harmonisch: Judith und Gareth wechselten kaum ein Wort miteinander oder blieben länger als ein paar Minuten im selben Raum, was Lana versuchte mit hysterischem, bedeutungslosem Geplapper zu überspielen. Da kam ihr plötzlich die rettende Idee.

Lana selbst hatte noch nie in ihrem Leben Pool gespielt, aber sowohl Judith als auch Gareth waren erstklassige Spieler – Judith hatte es von George gelernt und Gareth von seinem Großvater. Am Abend vor ihrer Rückkehr nach Guildford schlug Lana eine Runde Pool im Coach and Horses vor. Zuerst lehnten beide ab, also zog Lana Gareth damit auf, er habe bloß Angst, von einer Frau besiegt zu werden. Und zu Judith sagte sie, sie hätte wahrscheinlich sowieso vergessen, wie man spielte. Die angeborene Lust der beiden am Wettkampf war die Rettung. Nach sechs Runden gähnte Lana vor Langeweile und erklärte das Turnier mit unentschiedenem Ausgang für beendet. Sie war dankbar, dem schäbigen, verrauchten Billard- und Poolzimmer zu entkommen, aber noch dankbarer war sie dafür, dass die beiden Mitbewohner etwas Gemeinsames gefunden hatten und sich gegenseitig zu akzeptieren schienen, wenn auch widerwillig.

Seither hatte sich daraus sogar eine Art Freundschaft entwickelt. Lana war natürlich froh darüber, denn es machte das Leben so viel einfacher. Nun mussten sie und Catrin sich nicht mehr um Judith sorgen, und insgeheim hatte Lana das Gefühl, sich auch wegen Gareth weniger Gedanken machen zu müssen. Seit Lana in Guildford war, gab es zwischen ihnen ziemlich viele Spannungen, ohne dass je etwas ausgesprochen worden wäre. Wenigstens hatte Judith jetzt die Lage zu Hause im Blick und würde sie wissen lassen, falls Gareth anfing sich zu beschweren, dass er sie nicht oft genug sehen würde, oder den Zustand ihrer Beziehung infrage zu stellen.

Als sie am Abend nach der Aufführung in Löffelchenstellung im Bett lagen – Judith schlief unten auf dem Sofa und Cat und Sol in einer Pension in der Nähe –, erkundigte sich Lana bei Gareth, wie es mit dem WG-Leben klappte.

»Hm, sie ist schon ganz okay, wenn man sie etwas besser kennt«, gab er zu. Und innerhalb von zwei Minuten schlief er tief und fest.

Am nächsten Tag trafen sich Lana, Gareth und Judith mit Catrin und Sol bei einem preiswerten Inder zum Mittagessen. Lana war ganz erfüllt von lauter Zuneigung zu ihren beiden besten Freundinnen, zu Gareth und auch zu Neuzugang Solomon. »Müsst ihr wirklich schon gehen?«, jammerte sie, als die vier ihre Sachen zusammensuchten, um aufzubrechen.

»Warum bleibt ihr nicht einfach alle noch eine Nacht hier? Es gibt da diesen tollen Klub, in den wir gehen könnten. Kommt schon, seid spontan!«

»Tut mir leid, Lana«, sagte Catrin. »Wir haben morgen um neun Uhr Vorlesung.«

»Noch dazu Biochemie«, fügte Sol hinzu und nahm Catrins Hand, »bei Professor Chambers. Der wird echt fies, wenn man zu spät kommt oder eine Vorlesung verpasst.«

»Und manche unter uns Normalsterblichen müssen zur Arbeit!«, meldete sich Gareth zu Wort.

»Ja, wir können nicht alle so ein Showbusinessleben führen«, fügte Judith hinzu.

Es war ein kurzes Aufblitzen. Nur ein Funke von Unmut. Vorbei, ehe sie es richtig bemerkte. Aber er war da, und eine Stimme in ihrem Kopf, die sagte: *Ach, ihr blöden Langweiler!*

Sie merkte, wie sie allein wegen des Gedankens rot wurde. Doch er war trotzdem da.

Entfremdete sie sich von ihnen? Gehörten ihre Freunde zunehmend weniger zu ihrem Kreis?

Um das unwillkommene Gefühl zu vertreiben, umarmte sie alle besonders innig und küsste Gareth lang und intensiv, bis er sich schließlich etwas peinlich berührt von ihr löste.

»Hey, schon gut, Weib! Sonst fangen die Leute noch an zu reden!«

Sie lachte. »Na los, dann verzieht euch, alle zusammen!«

Lana sah zu, wie Catrin und Sol, das schwer verliebte Pärchen, ins Auto stiegen, hupten und wild aus dem Fenster winkend losfuhren. Sie hatten einander versprochen, sich alle an Weihnachten wiederzusehen. Und Lana lächelte, als Judith etwas ungeschickt hinten auf Gareths Motorrad kletterte.

»Das geht auch eleganter, Süße!«, rief Lana über das Dröhnen des Motors hinweg. »Du wirst es noch lernen.« Dann winkte sie ihnen nach. Sie lächelte, bis auch diese beiden verschwunden waren und das Knattern des Motorradauspuffs zu einem Flüstern verebbte.

Dann stand sie einen Moment lang allein da und starrte auf die Straße.

Die Unfähigkeit zu formulieren, was genau sie fühlte, brachte sie total durcheinander.

Es war, als hätte man sie von etwas gelöst.

Es war, als wäre sie von etwas befreit.

Am Montagmorgen auf dem Weg zu ihrem Shakespeare-Kurs fühlte sie sich immer noch komisch. Als sie an ihrem Postfach vorbeikam, sah sie einen Umschlag herausragen. Sie kannte die Handschrift nicht, und er war nicht per Post gekommen. Lana riss ihn auf in der Erwartung, er wäre von einem ihrer Tutoren.

Hi Lana – erinnerst du dich? Du hast gesagt, ich soll mich melden, wenn ich mal in der Gegend bin. Das mache ich hiermit. Ich wohne im Collingwood Guest House in der Westbourne Road. Bin fast jeden Abend dort. Oder im Fox and Vivian Pub. Komm doch mal vorbei! Schwelgen wir in alten Zeiten.
Bis dann!
Damian (Damo) Magill

Lana stand wie angewurzelt da. Oh Gott. Der Bauarbeiter aus Belfast.

Auf einmal war alles wieder da. Jene Nacht in Athen. Eine Erinnerung, die sie eigentlich auszulöschen gehofft hatte. Plötzlich ganz klar vor Augen.

»Irgendwann dieses Jahr muss ich zum Arbeiten nach Guildford! Großes neues Einkaufszentrum!«, hatte er über die Musik in der Disco hinweg gerufen.

»Super. Dann komm mich doch mal besuchen!«, hatte sie zurückgerufen. *»Ich werde an der Schauspielschule rumhängen und unerträglich eingebildet sein. Da brauche ich jemanden, der mich daran erinnert, wo ich herkomme.«* Dann hatte sie gelacht, und sie hatten weitergetanzt.

Nun faltete sie den Zettel zusammen und schob ihn in die Tasche, beunruhigt über das Kribbeln, welches die Worte in ihr ausgelöst hatten.

17

CATRIN

Sie hatten gewartet. Sechs Wochen lang. Es war an sich nicht nötig, aber da es Catrins erstes Mal war, wollte sie, dass es unvergesslich sein würde. *Bisher haben wir uns nur geküsst. Und ein bisschen Busenstreicheln und so …*, hatte sie Judith in einem Brief geschrieben, gefolgt von *Aber sag bloß meiner Mutter nichts davon* in Klammern.

Lass dir so viel Zeit, wie du willst! hatte Judith zurückgeschrieben. *Das ist kein Wettrennen. Und um ehrlich zu sein wird das Ganze sowieso ein bisschen überbewertet, wenn du mich fragst. Wobei unsere liebe Lady Lloyd mir da sicher widersprechen würde!*

Auf dieselbe Weise, mit der Catrin die meisten Dinge im Leben anpackte, bereitete sie sich auf den Verlust ihrer Jungfräulichkeit mit positiver Einstellung und hundertprozentiger, strategischer Planung vor. Sol zog sie damit auf, dass die Menge an Recherche, die sie diesbezüglich angestellt hatte, die für jede Arktisexpedition locker in den Schatten stellen würde. Aber Catrin konterte, sie sei eben gerne auf alles vorbereitet: alle Eventualitäten abgecheckt, Häkchen an alle Punkte gesetzt, »damit ich es dann wirklich genießen kann«. Sie hatte ihren Hausarzt aufgesucht und ihn gebeten, ihr die

Pille zu verschreiben, da sie sich nicht allein auf Kondome verlassen wollte, »nur für den Fall«. Sie nahm die Pille Punkt acht Uhr jeden Morgen und blieb dabei, obwohl ihr anfangs ein bisschen übel davon wurde. Sie war sich nicht ganz sicher, ob das etwas mit den alten katholischen Schuldgefühlen bezüglich Verhütung zu tun hatte. So oder so wusste sie, dass der Ausschluss eines Schwangerschaftsrisikos jeden Anfall von Gewissensbissen wert war. Außerdem, sagte sie sich, war sie schließlich keine praktizierende Katholikin mehr! Sie konnte es sich nicht leisten, sexy Unterwäsche zu kaufen, aber sie suchte den schönsten Slip raus, den sie besaß, und den am wenigsten abgetragenen BH.

Und als Sol und sie beschlossen, Lanas Aufführung anzuschauen, hatte Sol ihnen ein Zimmer im Collingwood Guest House in Guildford reserviert, das von der supergeschäftstüchtigen Mrs. Daniels geführt wurde.

»Ich habe Ihnen beiden die Sid-James-Suite gegeben!«, verkündete sie, als sie Sol und Catrin das Zimmer zeigte. »Benannt nach Sid James. *Carry On?* Diese ›Ist ja irre‹-Filmserie? Alle meine Zimmer sind nach berühmten *Carry On*-Schauspielern benannt. Meiner Erfahrung nach gibt das den Leuten das Gefühl, etwas Besonderes zu sein. Frühstück bis acht Uhr, keine Hunde, kein Takeawayessen, und die Toilettenspülung bitte nicht häufiger als einmal pro Nacht betätigen. Viel Vergnügen!« Mit theatralischer Geste öffnete sie die Tür zu besagter Sid-James-Suite, trat zurück, um die beiden Gäste hindurchzulassen, und schloss die Tür hinter ihnen.

Einige Augenblicke lang rührten sie sich nicht von der Stelle, bis sie an den knarrenden Treppenstufen hören konnten, dass Mrs. Daniels sich zurückzog. Dann fielen sie lachend aufs Bett.

Schließlich verstummten sie und sahen sich an. Keiner sagte ein Wort, beide dachten dasselbe.

»Sollen wir's hinter uns bringen?«, flüsterte Catrin.

»Du bist ja so romantisch.« Er lächelte sie an und strich mit dem Finger über ihre Wange.

»Du weißt schon, wie ich's meine … Ich will einfach nur kein großes *Ding* draus machen.«

»Das heißt, du willst, dass es …« – er begann ihren Hals zu küssen – »… ereignislos ist?«

Catrin kicherte. »Nein, aber einfach nur, du weißt schon …«

»Nein?« Seine Küsse wanderten tiefer, und ihr Atem ging schneller. Empfindungen, die sie noch nie zuvor erlebt hatte, durchströmten ihren Körper. War sie krank? War ihr schwindelig? Was genau war das?

»Sol, um ehrlich zu sein hab ich Bammel.«

Er hielt einen Moment lang inne, verbarg das Gesicht in ihrer Halsbeuge und flüsterte: »Würde es irgendwie helfen zu wissen, dass es auch mein erstes Mal ist?«

Catrin setzte sich kerzengerade auf.

»Echt? Aber du hast nie was gesagt!«

»Na ja, du hast auch nie gefragt.« Er grinste sie etwas verlegen an. »Und ich wollte, dass du denkst, ich weiß, was ich tue – weil ja der Mann, also, der soll das ja wissen, oder …? Und ich bin halber Jamaikaner! Ich muss einfach cool sein … Aber um ehrlich zu sein hab ich keinen blassen Schimmer.«

»Oh, also damit geht's mir jetzt *viel* besser!« Catrin strahlte, als hätte sie soeben ein schwieriges Rätsel gelöst. »Denn wenn ich irgendwas falsch mache, merkst du das ja gar nicht, und andersherum gilt dasselbe!«

»Super!« Sol lachte. »Dann lass es uns doch beide zusammen vermasseln!« Dann küssten sie sich und lachten noch mehr. Dann hörten sie auf zu lachen und küssten sich nur noch. Und dann … taten sie alles. Außer es zu vermasseln.

18

LANA

Den ganzen Tag über musste sie an die Nachricht denken. Sie war so abgelenkt, dass ihr Shakespeare-Tutor sie im Sonettkurs beiseitenahm und sich erkundigte, ob alles in Ordnung sei.

»Ja, alles bestens, muss nur erst mal ein bisschen durchschnaufen nach *Schwere Jungs – Leichte Mädchen*«, hatte sie geschwindelt.

»Lana, hör zu, wir nähern uns zwar dem Semesterende«, sagte der Tutor, »aber du hast immer noch zwei ganze Wochen voll Unterricht, vergiss das nicht. Du bist nicht mehr in der Schule, wir schnaufen hier nicht durch. Also konzentrier dich bitte und fang noch mal von vorne an.«

Sie arbeitete an Sonett 64 und war über zwei Zeilen gestolpert:

So blick ich sinnend zu den Trümmern auf,
Einst kommt der Tag, der mir den Freund entreißt.

Trümmer. Steuerte sie darauf zu? Auf einen Trümmerhaufen? Manchmal fragte sich Lana, ob sie sich selbst wirklich kannte. Gefahr und Risiko zogen sie magisch an, aber warum?

Weshalb das aufs Spiel setzen, was sie hatte? Was war da in ihrem Innern, das sie zu dieser seltsamen Art von Selbstsabotage anstiftete? War sie irgendwie sauer auf Gareth und Jude, weil die beiden plötzlich so gute Kumpels waren? Weil dadurch kein Platz für sie mehr war? Verübelte sie den beiden den besseren Draht? War sie auf irgendeine Weise, indirekt, ungerechtfertigt auf der Suche nach jemandem, der *ihr* das Gefühl gab, etwas Besonderes zu sein? Oder war sie schlicht gelangweilt? Hunderte von Gedanken jagten in ihrem Kopf herum. Sie hatte diesen Typ schließlich erst einmal getroffen! Und da war sie betrunken gewesen, verdammt! Sie konnte sich noch nicht mal dran erinnern, wie er aussah. Wenn sie sich also tatsächlich mit ihm treffen würde, was sie nicht vorhatte, wie sollte sie ihn da wiedererkennen? Die ganze Sache war völlig lächerlich.

Sie würde den Brief von diesem Damo direkt in den Müll werfen. Und in zwei Wochen zu Weihnachten nach Hause fahren. Das würde klasse werden. Ein ganzer Monat mit Gareth – in Gareths Bett schlafen, mit ihm in seiner Wohnung sein, einfach nur gemeinsame Zeit verbringen. Judith würde natürlich auch da sein, aber das war in Ordnung, es würde *Spaß* machen! Na klar würde es das. Und wieder richtig mit Gareth zusammen zu sein würde alles verbessern.

»Ich wusste, du würdest kommen«, sagte er, reichte ihr ein Bier und lachte auf eine Weise, die sie gleichzeitig nervig und unwiderstehlich fand. »Prost!«

Sie trank einige Schlucke, um ihre Nerven zu beruhigen.

Lana stand am Tresen einer belebten Kneipe ein Stück die Straße runter vom Collingwood Guest House. Eine halbe Stunde zuvor hatte sie dort an der Rezeption nach Damian Magill gefragt. Gerade als die von *Carry On* besessene Mrs. Daniels sie belehrte, dass die Bauarbeiter für gewöhnlich nicht vor sieben zurückkämen, hörte sie hinter sich eine Stimme: »Na, was hat dich so lange aufgehalten?«

Damian Magill stand in der Tür, in staubigen Arbeitsklamotten, Thermoskanne und Tupperdose in der Hand, eine Ausgabe der *Sun* unterm Arm und eine Zigarette hinters Ohr geklemmt. Was für ein Klischee, dachte Lana. Während sie gleichzeitig seine breiten Schultern, seine Körpergröße, das markante Kinn und seine lachenden grünen Augen wahrnahm. Seine Haut war gebräunt, die Haare dicht und sandfarben, und Lana begriff im selben Moment, dass sie in Schwierigkeiten steckte. Auf der Suche nach passenden Worten fiel ihr nichts anderes ein als: »Na ja, ich kam gerade vorbei, also …«

Er sah sie an und grinste dabei, als würde er sein Abendessen betrachten. Lana hasste ihn sofort. Er war ein bisschen älter als in ihrer Erinnerung. An die dreißig vielleicht?

»Gib mir das schmutzige Geschirr, Damian, und ich spül es dir«, unterbrach Mrs. Daniels und nahm ihm seine Kanne und die Brotdose ab.

»Ach, Sie sind einfach die Beste, Mrs. D!« Er zwinkerte ihr zu. »Damo« war eindeutig ein Charmeur. Und sein breiter nordirischer Dialekt unterstrich sein unerschütterlich selbstbewusstes Auftreten. Kein Wunder, dass Mrs. D Wachs in seinen Händen wurde. Ihhh, Gott bewahre!

»Brauchen Sie vielleicht auch noch was gewaschen?«, erkundigte sich Mrs. Daniels lächelnd. »Ich werfe heute Abend noch die Maschine an.«

»Nein, das passt schon, Sie Engel. Ich lade meine Cousine noch auf eine Tasse Tee ein, und vor zehn liege ich im Bettchen und mache das Licht aus. War ein langer Tag. Na, dann komm, Lana, erzähl mir, was es Neues gibt.«

Cousine? Verdammt.

Drei Minuten später saßen sie an der Bar des Fox and Vivian, das mit vorweihnachtlich Feiernden gut gefüllt war.

»Ich hatte eigentlich nicht vor vorbeizukommen. War nur ein bisschen neugierig«, sagte sie. »Um ehrlich zu sein konnte ich mich gar nicht mehr richtig an dich erinnern.«

»In Athen mit 'ner Menge Kerle gevögelt, was?« Er grinste breit.

»Nein, so habe ich das nicht gemeint, ich …«

»Hey, mir ist das völlig schnuppe, Süße«, sagte er. »Ich mag Frauen, die wissen, was sie wollen.« Dabei betrachtete er sie aufmerksam über den Rand seines Bierglases hinweg.

Lana hielt seinem Blick stand. Sie wollte sich keinesfalls einschüchtern lassen.

Geh nach Hause, Lana, sagte sie sich. Dann als Befehl: *Geh sofort nach Hause!*

»Also dann, ich muss noch Text lernen. War nett, dich wiederzusehen.« Lana trank ihr Bier aus und stellte das Glas auf den Tisch. »Danke für den Drink.«

»Jederzeit. Du weißt ja, wo du mich findest.« Er sah ihr nicht einmal nach, sondern ging zum Spielautomaten hinüber und fütterte ihn mit einigen Münzen.

Draußen in der kalten Luft hörte Lana die gedämpfte Kneipenmusik und wie einige Gäste sangen, sie wünschten, es wäre jeden Tag Weihnachten. Sie steckte sich eine Zigarette an, lehnte sich an die Wand und dachte an eine Frau, von der sie mal in einer Zeitschrift gelesen hatte. Die hatte tatsächlich versucht, Weihnachten zu einem täglichen Ereignis zu machen. Aß jeden Tag Truthahn und so weiter. Völlig bekloppt. Aber war sie, Lana, nicht genauso bekloppt? Was, um alles in der Welt, hatte sie sich dabei gedacht, heute Abend hierherzukommen? Sie schloss die Augen und blies den Rauch aus, wobei sie mit jedem neuen Zug versuchte ihre Nerven zu beruhigen.

Und plötzlich war er da, wieder mit diesem nervigen Grinsen. »Konntest dich doch nicht ganz losreißen, wie ich sehe.«

Sie drückte ihre Kippe aus und grinste nicht zurück. »Ja, so sieht's wohl aus.«

Er nickte – eine wortlose Abmachung zwischen ihnen beiden.

Und das war's.

Zehn Minuten später hatten sie die Tür seines Zimmers im Collingwood Guest House abgeschlossen und rissen sich in verzweifelter Hast gegenseitig die Kleider vom Leib.

Unten in ihren Privaträumen ahnte Mrs. Daniels nichts vom Wiedersehen, das in der Kenneth-Williams-Suite über ihr stattfand, in der zurzeit der charmante Damian Magill logierte, dessen Thermosflasche und Tupperdose sie eben gespült und abgetrocknet hatte. Bereit zum Einsatz am nächsten Tag.

Lana traf ihn am nächsten Abend und am darauffolgenden auch. Bei allen drei Begegnungen ging es nur um Sex – sie sprachen kaum etwas. Als Lana sich am dritten Abend stumm anzog, setzte er sich im Bett auf, um sie rauchend zu beobachten. Den Aschenbecher balancierte er im Schoß. Sie wartete darauf, dass er fragte, ob sie ihn tags darauf wieder besuchen würde. Doch das tat er nicht. In Gedanken söhnte sie sich mit der Tatsache aus, dass das hier drei verrückte Nächte in ihrem Leben gewesen waren, in denen sie sich hatte völlig fallen lassen und sich dem Wahn dieser schmutzigen, lustgetriebenen Kraft hingegeben hatte.

Sie war schon fast an der Tür, als er fragte: »Dann fährst du also bald heim?«

»Morgen in einer Woche, ja.«

»Also, ich bin nur über Weihnachten drei Tage in Belfast. Die Feiertagszulage hier ist einfach zu gut, um sie sausen zu lassen.«

»Und das sagst du mir, weil …?« Sie wusste genau, weshalb, doch sie wollte ihm nicht noch mehr geben.

»Ich sag ja bloß. Falls du deine Meinung änderst, was den Besuch daheim bei deinem Jüngelchen angeht …«

»Er ist kein Jüngelchen – und er könnte es jederzeit mit dir aufnehmen!«

Sofort wurde sie rot und bereute ihre Worte, vor allem als er mit einem herablassenden »Oh, wie süß« reagierte. Dann lachte er in sich hinein, ehe er leise sagte: »Hey, komm mal her.«

»Nein.«

»Komm her!« Nachdrücklicher, aber immer noch lächelnd. Und sie spürte, wie sie wieder von ihm angezogen wurde wie ein Eisennagel von einem Magneten. Langsam ging sie zum Bett hinüber.

»Näher«, flüsterte er, und sie gehorchte. Er fasste sie im Nacken und zog ihr Gesicht sanft zu sich herunter, um sie auf köstliche Art zu küssen. Sein Kuss, so ungern sie es auch zugab, war überirdisch. Dann nahm er einen weiteren Zug von seiner Zigarette und versetzte ihr einen Klaps auf den Hintern. »Jetzt lauf heim, und wir sehen uns dann morgen.«

Einen Moment lang wich sie nicht von der Stelle. Wollte ihm sagen, dass er sich verpissen solle, dass er sie nie wiedersehen würde.

Doch sie wusste, das wäre gelogen.

Und er wusste es auch.

19

CATRIN

Als das Semester vor Weihnachten zu Ende war, willigte Catrin ein, mit Sol nach Northumbria zu fahren und seine Eltern kennenzulernen. Eine beängstigende Aussicht. Sie hatte es so lang wie möglich hinausgeschoben, doch nun gab es kein Entkommen mehr.

»Du weißt genau, warum, Sol!«, hatte sie gesagt. »Sie werden mir immer noch die Schuld für das mit Cambridge geben!«

»Cat, ich versichere dir, sie haben kein Problem damit«, beschwor er sie, doch Cat glaubte herauszuhören, wie seine Stimme beim Wort »Problem« stockte.

»Hör zu, du wirst es mir sowieso nicht glauben, bis du sie persönlich kennengelernt hast, stimmt's? Also lass uns einfach hinfahren.«

Catrins Eltern hatten auch nicht gerade dazu beigetragen, ihre Sorgen zu zerstreuen. Als sie die ganze Geschichte hörten, dass Solomon wegen Catrin seinen Studienplatz in Cambridge aufgegeben hatte, stieß Huw einen langgezogenen Pfiff durch die Zähne aus, und Liz hatte lachend gesagt: »Das ist aber ein *verdammt großes* Opfer, mein Schatz. Ich hoffe, du bist es wert.«

»Vielen Dank, Mum«, erwiderte Catrin verletzt.

»Nein, du weißt schon, was ich meine.«

»He, wir finden, dein Sol ist ein prima Kerl. Das weißt du genau!«, mischte sich ihr Dad ein. »Wir sind sehr glücklich über ihn, und deine Großmutter vergöttert ihn geradezu. Aber wird es seinen Eltern mit dir genauso gehen, das ist der Punkt.«

Manchmal fragte sich Catrin, ob ihre Eltern »nicht alle Tassen im Schrank hatten«, wie ihre Großmutter gerne sagte. Liz und Huw Kelly waren zweifellos ganz anders als Edward und Amelia Blythe. Sie hatte einige gerahmte Fotos von ihnen in Sols Zimmer gesehen, und sie wusste aus seinen Erzählungen, dass beide ziemlich still waren.

»Meinst du still auf eine schüchterne Art? Oder auf eine Still-über-mich-urteilen-Art-und-Weise?«

»Sei nicht albern.«

»Du kannst mir keinen Vorwurf daraus machen, dass ich ein bisschen Bammel habe, Sol. Ich glaube, du bist dir ja selbst gar nicht so sicher«, sagte sie, als sie im Auto Richtung Bayfield zum Heim der Blythes fuhren. Er drückte ihre Hand, doch Catrin entging nicht, dass er ihr nicht widersprochen hatte.

Zwanzig Minuten später bogen sie in die Kieseinfahrt zu einem Einfamilienhaus mit zwei schönen Erkerfenstern ein. »Cat, ich wollte vorher nichts sagen, weil du ausgeflippt und wahrscheinlich nicht mitgekommen wärst …«

»Wie bitte? …« Sie sah ihn entsetzt an. »Sol! Was ist?«

»Na ja, es geht um meine Mum. Sie ist mitunter extrem schüchtern, wenn sie neue Leute kennenlernt, und manchmal kommt das falsch rüber. Du könntest also denken, dass sie dich ignoriert oder unhöflich ist.«

»Sie wird mich *ignorieren?*«

»Du brauchst dir keine Sorgen zu machen. Lass ihr einfach etwas Zeit, um sich, du weißt schon, an dich zu gewöhnen. Sie wird früher oder später umgänglicher.« Mit diesen Worten stieg er aus dem Wagen, um nicht weiter darüber reden zu müssen.

»Aus deinem Mund klingt das, als wäre sie ein Welpe aus dem Tierheim!« Catrin kämpfte mit ihrem Sicherheitsgurt und kletterte vom Beifahrersitz. »Was soll ›früher oder später‹ heißen?«

Doch es war zu spät. Die Eingangstür hatte sich geöffnet, und Dr. Edward Blythe erschien – zweiundfünfzig Jahre alt, in perfekt gebügelter dunkelblauer Bundfaltenhose und teuren Schuhen, das dichte Haar silbergrau, sein attraktives Gesicht glatt rasiert. »Da seid ihr ja!«, verkündete er mit einem Hauch aufgesetzter Fröhlichkeit. Zumindest interpretierte Catrin es so.

»Hallo, Dad!«

Statt auf dem Absatz kehrtzumachen und davonzulaufen, wie sie es am liebsten getan hätte, bemühte sie sich um ein Lächeln und folgte Sol zur Eingangstreppe, wo sie wartete, während er und sein Vater sich umarmten. Catrin wollte es ihm gerade gleichtun, als Edward ihr die Hand hinstreckte und sie mit einem förmlichen »Freut mich, Sie endlich kennenzulernen, Catrin« begrüßte.

»Oh, ja, hallo. Danke schön.« Wofür bedanke ich mich? dachte sie. Dann gingen sie hinein. »Deine Mutter ist in der Küche. Amelia?« Es war etwas seltsam, ihn rufen zu hören, und Catrin zuckte zusammen. »Sie sind da!«

Keine Antwort.

»Geh du besser mal zu ihr.« Edward zeigte den geschmackvoll dekorierten Flur zur Küche hinunter, von wo mehrere laute Schläge zu hören waren.

Sol rollte liebevoll mit den Augen. »Was ist das *aktuelle* Projekt?«

Sie blieben im Türrahmen stehen, um den Anblick in sich aufzunehmen. Doktor Amelia Blythe, die ihr langes jamaikanisches Haar mit einem schlichten Band zurückgebunden hatte und locker zehn Jahre jünger aussah als einundfünfzig, stand heftig schwitzend über den Küchentisch gebeugt, einen Hammer in der Hand. Auf dem Tisch ausgebreitet lag eine auseinandergenommene Kommode. Auf Catrin wirkte sie antik und ziemlich zerbrechlich. Dies schien Amelia jedoch nicht davon abzuhalten, mit voller Wucht auf eines der Seitenteile einzuschlagen.

»Das ärgert mich seit Monaten. Dieses verdammte Ding passt einfach nicht richtig rein!« Nachdem sie dem Holz einen letzten ordentlichen Schlag versetzt hatte, trat sie zurück, um ihr Werk zu begutachten. »So. Das sollte reichen.« Sie legte den Hammer weg, wischte sich die Stirn mit einem Geschirrtuch trocken und brach plötzlich in Tränen aus, während sie ihren jüngsten Sohn begrüßte. »Solomon, Solomon – warum bist du so lange nicht nach Hause gekommen!«

»Hallo, Mum!«

Sie breitete die Arme aus und drückte ihn fest an sich, wie liebende Mütter das eben tun. Catrin würdigte sie keines Blickes.

Also stand sie stumm da und drehte nervös am Knopf ihres Anoraks herum, bis sich das blöde Ding löste und quer durch den Raum flog.

»Entschuldigung … Ich suche ihn nachher«, murmelte sie, an niemand im Speziellen gewandt.

Doch Amelia sah nicht einmal in ihre Richtung, so sehr war sie damit beschäftigt, das bezaubernde Gesicht ihres Sohnes zu studieren, als sähe sie ihn zum ersten Mal.

Sol schien das nicht im Geringsten zu beunruhigen. Vermutlich ist er daran gewöhnt, dachte Catrin.

Sie hatte nicht bemerkt, dass Edward direkt hinter ihr stand, deshalb zuckte sie erneut zusammen, als er sprach.

»So, genug mütterliche Zuneigungsbekundung – trinken wir Tee und tauschen Neuigkeiten aus.«

Amelia wischte sich die Augen trocken und ging zum Schrank, um Tassen und Untertassen herauszuholen.

»Catrin, indisch oder chinesisch?«, fragte Edward, während er den Wasserkessel füllte.

»Wie bitte?«

»Den Tee«, antwortete er. »Bevorzugen Sie indischen oder chinesischen?«

Catrin war total verwirrt. Bei ihr zu Hause tranken sie einfach die gängige englische Marke. »Ähhh …«

»Sie nimmt indischen, Dad. Hör auf anzugeben«, meinte Sol lachend.

»Mit Zitrone oder Milch?«

»Dad!« Sol sah seinen Vater streng an. »Cat, komm mit, wir bringen unsere Sachen nach oben.«

Sobald sie allein im Gästezimmer standen, fand Catrin ihre Stimme wieder. »Sol! Das ist furchtbar! Sie hassen mich!«

»Sie hassen dich doch nicht, du Dummerchen. Sie sind bloß nervös. Genau wie du!«

»Aber deine Mutter hat noch kein einziges Wort mit mir gewechselt.«

»Hör zu, du musst verstehen, Mum ist durch und durch eine Löwenmutter. Sie mag unter der Woche eine erwachsene Ärztin sein, die Leben rettet und Krankheiten diagnostiziert, aber wenn es um ihre Jungs geht, ist sie ein totaler Freak. Sie würde buchstäblich jemanden töten, um uns zu beschützen.«

»Das hilft mir jetzt echt nicht weiter.«

Sol nahm ihr Gesicht in seine Hände. »Du liebst mich doch, oder?«

»Blöde Frage.«

»Siehst du, das ist die einzige Eigenschaft, die du in den Augen meiner Mutter brauchst. Und ich hatte noch nie eine richtige Freundin, also kommt es ihr so vor, als wäre sie nicht länger die einzige Frau im Leben ihres Babys. Frag meinen

Bruder Tom – meine Mutter hat alle seine Freundinnen gehasst.«

»Na toll!«

»Während der ersten Stunde, nicht länger.« Er lachte und küsste sie. »Jetzt verstehst du auch, weshalb wir in getrennten Zimmern schlafen müssen, oder?«

»Oh Gott, natürlich! Auf gar keinen Fall könnte ich in diesem Haus im selben Bett schlafen wie du – selbst wenn es ihnen egal wäre. Und komm ja nicht mitten in der Nacht rübergeschlichen, sonst kriege ich einen Herzinfarkt!«

»Das kann ich leider nicht versprechen«, sagte er und fing an, ihren Hals zu küssen.

»SOLOMON! TEE!«, brüllte seine Mutter von unten, und Catrin erstarrte – plötzlich überzeugt davon, dass Sol und sie nie wieder Sex haben würden.

Ihre Sorgen stellten sich als völlig unbegründet heraus. Sol hatte recht. Sie tranken Tee in dem kleinen Salon – das Frühstückszimmer nannten die Blythes es –, und Catrin war so nervös, dass ihre Tasse jedes Mal klapperte, wenn sie sie wieder hinstellte. Sie musste dringend aufs Klo, traute sich aber nicht zu fragen, weil Sol in ein Gespräch mit seinen Eltern vertieft war und jede Menge Fragen zum Studium beantwortete, natürlich alles voller medizinischer Fachausdrücke. Sie fand einfach keinen guten Moment, um zu unterbrechen, wusste aber, dass sie es tun musste.

»Ich bitte vielmals um Entschuldigung, aber dürfte ich die Toilette benutzen?«, platzte sie heraus, und alle drei sahen sie an.

»Das WC? Natürlich«, erwiderte Edward. »Zweite Tür links.«

Unbeholfen stellte Catrin ihre Tasse samt Untertasse ab – es war der schrecklichste Tee, den sie je getrunken hatte – und machte sich auf den Weg zum Klo.

Während sie dort saß, überlegte sie, ob es ein großer Fehler gewesen war herzukommen, doch sie beschloss Sol zu vertrauen. Schließlich handelte es sich um seine Eltern. Er kannte sie gut. Sie wusch sich die Hände und trocknete sie ab, wobei sie die teure Seife und das makellose, perfekt gefaltete Handtuch wahrnahm. Dieses Haus war so ganz anders als der Ort, an dem sie aufgewachsen war, und auf einmal bekam sie schreckliches Heimweh. Während sie noch das unerwartete Bedürfnis zu weinen unterdrückte, öffnete sie die Tür und erschrak zu Tode. Draußen stand mit verschränkten Armen Amelia und wartete.

»So«, sagte sie, und Catrin fragte sich, was sie falsch gemacht haben könnte.

»Entschuldigung?«

»Mein Sohn sagt mir, du bist die Liebe seines Lebens.«

»Oh … Hat er das?«

»Ist er das für dich auch?«

»Großer Gott, ja. Ich meine, ich … ich liebe ihn mit Haut und Haar, Mrs. … Dr. Blythe. Sein Gesicht und seine Hände und seine Seele und alles! Und sein Herz und, nun ja, *alles* an ihm. Jede einzelne Zelle.«

Amelia starrte sie einen Moment lang an, was sich für Catrin wie eine Ewigkeit anfühlte. »Jeder, der meinem Jungen wehtut, verletzt mich damit noch hundertmal mehr. Kapierst du das?«

»Aber ich will Solomon nicht wehtun«, sagte sie verwirrt. »Warum sollte ich Solomon wehtun wollen?«

Und plötzlich lachte Amelia – das wunderbare jamaikanische Gackern, von dem Sol so oft gesprochen hatte. Auch Catrin lachte, und ehe sie sich's versah, hatte Amelia die Arme um sie geschlungen und wiegte sie vor und zurück. »Willkommen in der Familie, kleine Cat.«

20

JUDITH

Patricia öffnete die Tür in einem schlecht sitzenden smaragdgrünen Nylonkleid, Finger und Hals üppig mit billigen Ringen und Ketten geschmückt. Sie sieht aus wie ein Weihnachtsbaum, dachte Judith. Zur Begrüßung umarmten sie sie sich auf eine linkische, wenig begeisterte Weise – *weil Weihnachten ist.* Aber da Judith und Patricia sich eigentlich nie umarmten, war es eher ein lahmes Rückenklopfen.

Drinnen tauschten sie Geschenke aus. Judith hatte Patricia einen hölzernen Bananenständer und eine Joghurtmaschine gekauft – in der Hoffnung, sie möge sich im neuen Jahr etwas gesünder ernähren. Nicht dass sie ihre Mutter je eine Banane hätte essen sehen oder einen Joghurt, aber es gab für alles ein erstes Mal. Patricia wiederum schenkte ihrer Tochter ein höchst geschmackloses T-Shirt mit der Aufschrift *Schnapp dir diese beiden heißen Dinger* sowie einen Gutschein vom Drogeriemarkt Boots, was zumindest nützlich war, wenn auch wenig einfallsreich.

Eine Stunde später saßen sie beim Weihnachtsessen im Montgomery Hall, dem Hotel, das in Coed Celyn als das vornehmste galt. Dies war seit Judiths zehntem Lebensjahr eine

Art Familientradition. Natürlich waren sie letztes Jahr noch zu dritt gewesen. Judith spürte einen Kloß im Hals, wenn sie daran dachte, wo George dieses Jahr wohl sein Weihnachten feierte. Insgeheim malte sie sich aus, er wäre nach Zypern zurückgekehrt und würde den Tag mit seiner Familie verbringen, *kourabiedes* essen und Kounga spielen, doch sie hatte erst vergangene Woche mit Sofia gesprochen, die enttäuschenderweise – aber wie erwartet – berichtet hatte, von ihrem verschwundenen Bruder noch immer nichts gehört zu haben.

»Bringen Sie mir doch noch etwas Soße, Schätzchen«, sagte Patricia zu der jungen Kellnerin mit übergroßer Weihnachtsmannmütze auf dem Kopf. »Seien Sie so gut.«

»Ja, Mrs. Harris.«

Kaum war sie weg, verschwand Patricias Lächeln, und sie beugte sich über den Tisch hinweg zu Judith hinüber. »Das Personal wird heutzutage gar nicht mehr richtig ausgebildet. Zu meiner Zeit musste man noch anständig bedienen lernen.«

Judith sah sie ungläubig an, während sie auf einem harten Rosenkohl herumkaute. »*Du*? Eine Ausbildung zur Kellnerin?«

»Nichts leichter als das«, antwortete Patricia. Eine weitere Gabel voll Truthahn und Kartoffelbrei wanderte Richtung Mund, gefolgt von einigen großen Schlucken Liebfrauenmilch.

»Na dann, zeig's mir mal«, forderte Judith sie auf. Ihre Beziehung zu ihrer Mutter hatte sich seit ihrem Auszug zu Hause verändert. Sie fühlte sich nicht länger von ihr eingeschüchtert, sondern genoss es tatsächlich häufig, sie aufzuziehen oder kleine Lügen und Angebereien zu entlarven, wie zum Beispiel die Behauptung, sie spräche Walisisch oder hätte einst Prinzessin Margaret getroffen.

»Sei nicht albern! Wofür hältst du mich, für einen Zirkuselefanten?«

»Zirkus*pferd*, Mutter – man sagt Pferd, nicht Elefant.«

Die Bedienung kehrte zurück und begann Soße über Patricias trockenen Truthahn zu löffeln.

»Nicht so zurückhaltend, Kindchen.«

Judith beobachtete den entzückten Ausdruck auf Patricias Gesicht, mit dem diese das Mahl vor sich betrachtete. Sie ist im Grunde wie ein Kind, dachte sie.

Als Mr. Perry, der Hotelmanager, an ihren Tisch trat, um die anwesenden Gäste zu begrüßen, schaltete Patricia sofort auf Flirtmodus. Sie versuchte ihn mit zweideutigen Formulierungen und schamloser Speichelleckerei zu umgarnen, ohne sich bewusst zu sein, dass ihr ein Krümel Salbei-Zwiebel-Füllung am Kinn hing.

Sobald sie ihren Christmas Pudding gegessen hatten, fand Judith den Moment gekommen, den Aufbruch einzuläuten. Sie kannte das Trinkverhalten ihrer Mutter schon lange, und in Anbetracht der Menge an lieblichem Weißwein, die sie bereits konsumiert hatte, wusste Judith, dass Patricia demnächst ihr wahres Gesicht zeigen und anfangen würde zu lästern, zu sticheln und sarkastische Gemeinheiten von sich zu geben. Die normale Patricia würde zum Vorschein kommen. Das Tolle war jedoch, dass Judith, sobald dieser Schalter umgelegt war, heute einfach gehen konnte. Sie musste es nicht länger aushalten.

Also orderte sie ein Taxi und brachte ihre Mutter nach Hause. Pflicht erfüllt. Sie versicherte sich noch, dass es Patricia gut ging, schenkte ihr einen großen Whisky ein und wählte im Fernsehen ein Programm aus der *Radio Times* im Wissen, dass ihre Mutter in einer halben Stunde zum Soundtrack schnarchen würde.

Es war kurz nach drei Uhr nachmittags, als sie die Haustür hinter sich zuzog und in die Weihnachtsfeiertagsstille von

Coed Celyn hinaustrat. Bald würde es zu dämmern beginnen, doch der wolkenlose Himmel und die Wintersonne boten mehr Licht als zu dieser Jahreszeit üblich. Sie machte sich auf den Weg zum Griffin Park und wollte sich dort auf die Schaukel setzen, bis es halb fünf war und somit Zeit, zu Liptons hinüberzuspazieren, um vor der Kneipe auf Lyndon zu warten.

Sie hatten bisher fünf Dates gehabt, wenn man die Weihnachtsfeier vor einem Monat mitzählte. Carol, die Büroleiterin, hatte dafür den Travellers Rest ausgesucht, weil sie sich nicht rechtzeitig um eine Reservierung anderswo gekümmert hatte, und der einzige freie Termin war der 25. November gewesen. Die Räumlichkeiten waren für große Gruppen ausgelegt, für eine »einmalige Weihnachtsfeier« von hundert Büroangestellten, von denen sich wenige tatsächlich kannten oder auch nur denselben Arbeitgeber hatten. Aber, he, wenn interessierte das? *Es ist schließlich Weihnachten!*

Judith hatte an jenem Abend beschlossen, nüchtern zu bleiben. Somit konnte sie es noch nicht mal auf den Alkohol schieben, als »Three Times A Lady« gespielt wurde und sie mit Lyndon, dem Posaunisten, Stehblues tanzte. Am Ende des Abends küsste sie ihn – ein absolut harmloser, flüchtiger Kuss, der weder ihren Puls beschleunigte noch Hunger nach mehr weckte. Trotzdem willigte sie ein, als er fragte, ob er sie wiedersehen dürfe. Warum auch nicht? Sie mochte ihn, er war clever und witzig und sah auch nicht schlecht aus. Wer wusste das schon so genau, vielleicht war das Feuerwerk schon bereit und wartete nur darauf, dass es jemand entzündete.

Er hatte sie zu seiner Schwester zum Essen eingeladen, und obwohl sie Lyndon wirklich mochte, plagten sie Schuldgefühle, weil sie nur aus Verzweiflung zugesagt hatte. Einfach um irgendwohin gehen zu können. Viel lieber hätte sie sich daheim mit einem Buch aufs Sofa gelegt oder irgendein albernes Video geschaut, aber das kam nicht infrage: Lana war für nur zwei Tage nach Hause gekommen, und Judith hatte beschlossen, Gareth und ihr möglichst viel Privatsphäre zu lassen. Deshalb hatte sie auch Catrins Angebot angenommen, Heiligabend bei den Kellys zu verbringen und dort zu übernachten, und Lyndons Einladung für den Abend des ersten Feiertags.

Als sie am Morgen zuvor ihre Übernachtungstasche gepackt hatte, hatte Gareth sie wegen ihres neuen Freundes aufgezogen. »Mir war nur nicht klar, dass du und er, du weißt schon …«

»Sind wir nicht.«

»Noch nicht …?« Er grinste.

Judith zog nervös den Reißverschluss ihrer Tasche zu und sah auf die Uhr. »Wie dem auch sei, ich sollte los, muss noch ein paar Geschenke einpacken … Hab deines unter den Weihnachtsbaum gelegt«, sagte sie. »Ist nichts Besonderes.« Das war nicht mal gelogen. Was sollte sie dem Freund ihrer besten Freundin kaufen – dem sie normalerweise nichts schenken würde –, wenn sie es bloß tat, weil sie plötzlich zusammenwohnten? Sie hatte sich für Socken entschieden. Und eine Großpackung Toblerone.

»Krieg ich was Schönes von dir, Judi-moo?« Es war ein harmloser, neckender Kommentar, doch Judith erstarrte.

»Wie hast du mich gerade genannt?«, stammelte sie.

»Judi-moo …« Sein Lächeln erstarb. »Entschuldige, ich wollte nur Spaß machen …«

»Nein, schon in Ordnung. Mein Dad hat mich immer so genannt, das ist alles.«

»Ist nicht wahr! Männliche Eingebung, was?«, versuchte er einen Scherz daraus zu machen. »Das musst du mir wohl irgendwann mal erzählt haben, nehm ich an.«

»Nein. Nein, hab ich nicht.« Dann lächelte sie. »Aber es ist schon okay. Es macht mir nichts aus.«

»Hier, bitte schön!« Er überreichte ihr eine große, schlecht eingepackte Schachtel. »Du kannst es genauso gut gleich aufmachen. Dann musst du es nicht überallhin mitschleppen.«

Judith stand mit offenem Mund da, völlig überrumpelt. »Na, mach schon, du Tröte!«, sagte er grinsend.

Sie tat wie geheißen, riss das billige Papier ab und bereitete sich innerlich darauf vor, über irgendein albernes Geschenk zu lachen, das er für sie besorgt hatte.

Nur war das Geschenk alles andere als albern.

»Sie ist gebraucht, aber es ist eine gute. Der Typ im Laden hat gesagt, wenn es irgendwelche Probleme gibt, kannst du sie hinbringen, und er kümmert sich drum.«

Judith war sprachlos. Sie öffnete den Deckel der Schachtel, entfernte die Styroporverpackung und nahm vorsichtig den Inhalt heraus: eine Olympus OM10, eine Spiegelreflexkamera, kalt und schwer in ihrer Hand. Und die dazugehörige Ledertasche mit Schultergurt.

»Es sind auch noch ein paar Filme dabei. Damit du gleich loslegen kannst.«

Judith hielt den Kopf gesenkt. Wenn sie jetzt aufblickte oder etwas sagte, würde sie anfangen zu weinen. Die Kamera war wunderschön. Doch das war es nicht, was sie so berührte, und auch nicht die Großzügigkeit des Geschenks – selbst gebraucht war sie sicher nicht billig gewesen. Nein, es war der Gedanke bei der Wahl dieses Geschenks: etwas, was *ihr* Freude machen würde.

Ein wenig verwirrt von Judiths verhaltener Reaktion fuhr Gareth fort: »Lana hat mal erwähnt, dass du früher gerne fotografiert hast. Aber dann wurde deine Kamera auf einer Fähre geklaut oder so was in der Art?«

Judith nickte. Zu mehr war sie nicht in der Lage, denn sie

richtete ihre ganze Aufmerksamkeit darauf, die Kamera in der Hand zu halten, das Gewicht, die unterschiedlichen Oberflächen und die Mechanik zu spüren, die in diesem kompakten, aber komplexen Apparat lag. Doch so sehr sie auch blinzelte, sie konnte die Tränen nicht zurückhalten.

»Sie ist übrigens auch von Lana«, fügte er hinzu, denn er hatte nicht bemerkt, dass sie weinte. »Sie hat sie zwar noch nicht gesehen, sondern nur gesagt, wir machen halbe-halbe, also … Hey! Alles in Ordnung bei dir?«

Eine dicke, fette Träne war auf dem Objektivdeckel gelandet.

»Entschuldige. Tut mir leid …«, murmelte sie, während die Gefühle ihr die Kehle zuschnürten. »Es ist einfach so … entschuldige.« Sie versuchte sich zu räuspern, was in einem Hustenanfall endete, sodass Gareth ihr dreimal auf den Rücken klopfen und ein Glas Wasser holen musste. Was echt beschämend war, aber zumindest als Ablenkung diente.

Als sie sich schließlich wieder im Griff hatte, konnte sie sich endlich richtig bei ihm bedanken und ihm versichern, was für ein wunderbares Geschenk das war, und er solle auch Lana von ihr danken, wobei sie das natürlich auch selbst tun würde, wenn sie ihre Freundin das nächste Mal sah.

»Wann wird das eigentlich sein?«, fragte Judith, dankbar, eine Möglichkeit zum Themenwechsel gefunden zu haben.

»Na ja, wenn du sie morgen nicht mehr erwischst, wer weiß?«, meinte Gareth lachend. »Sie hat versprochen, an Silvester nach der Aufführung zu kommen, aber wir wissen ja alle, wie das mit Lana und Versprechungen so ist.«

Zwei Wochen zuvor hatte Lana plötzlich verkündet, sie habe in Guildford kurzfristig einen Job gefunden und werde nur über die Weihnachtstage heimkommen. Judith hatte seither ein paar hitzige Telefonate zwischen ihr und Gareth mitbekommen. Verständlicherweise war Gareth verletzt wegen

Lanas Planänderung, andererseits war Lana einfach unglaublich ehrgeizig – *und* sie verdiente gerne Geld. Von daher war das auf praktischer Ebene durchaus nachvollziehbar, nur auf emotionaler eben nicht. Judith schwor sich insgeheim, bei der ganzen Sache neutral zu bleiben. Nicht weil sie keine Partei ergreifen wollte, sondern weil sie Sorge hatte, es zu tun. Und das Letzte, was sie wollte, war ihre Freundschaft zu gefährden. Egal mit welchem von beiden.

Als sie den Griffin Park erreichte, beobachtete Judith, wie sich die Sonne auf den Weg ins Bett machte und ihre Strahlen dabei alles, was sie berührten, in ein schwächer werdendes orangefarbenes Licht tauchten. Es war ein wunderschöner Anblick. Den sie allein auf einer Schaukel auf dem verlassenen Spielplatz betrachtete, wo sie als Kind viele Stunden verbracht hatte.

Schluss mit dem Selbstmitleid, Judith Harris, befahl sie sich selbst und holte ihre tolle neue Kamera heraus. Sie hatte am Morgen bereits einige Fotos gemacht – wie Catrin und Sol Pfannkuchen fürs Weihnachtsfrühstück backten und dabei Chaos in der Küche der Kellys anrichteten. Sie hatte ein geniales Bild von den beiden geschossen: die Gesichter mit Mehl bestäubt, Cat hysterisch lachend.

Auf dem Parkgeländer saß ein Rotkehlchen und sang sich mit aufgeplusterter Brust die Kehle aus dem Leib. Judith musste lächeln, als sie es durch den Sucher fand und heranzoomte, bis der kleine Vogel mit seinen Knopfaugen und der roten Brust das ganze Bild ausfüllte. *Klick*. Sie liebte das Gefühl, den verchromten Knopf herunterzudrücken und damit den Blendenverschluss auszulösen. Sie liebte das Geräusch, wie die Mechanik langsam unter dem Druck ihres Fingers arbeitete. Und das reichte aus. Ein Augenblick, der nie zurückkehren würde, eingefangen für die Ewigkeit.

»Judith?«

Die Stimme ließ sie zusammenzucken – so unerwartet in der Einsamkeit des leeren Parks. Und beim vertrauten Klang machte Judiths Herz einen Satz.

Sie drehte sich um.

Und dort stand er.

Sie konnte kaum sprechen.

»Dad?«

Der einzige Ort, der um vier Uhr nachmittags am ersten Weihnachtsfeiertag in Coed Celyn geöffnet hatte, war ironischerweise das Montgomery Hall. Wie Patricia vor Wut schäumen, wie sie geradezu *explodieren* würde, wenn sie sie beide in diesem Moment sehen könnte, nahe beieinander in zwei großen Sesseln im Foyer, eine Kanne Tee zwischen sich.

Judith hatte ihn erst eine Weile anstarren müssen, ehe sie ihren Augen trauen mochte. Immer wieder drückte sie seine Arme, um sich zu versichern, dass er wirklich da war. Er hatte sich einen Bart wachsen lassen und war dünner geworden, aber ja, das war ganz eindeutig, mit absoluter Sicherheit, ohne jeden Zweifel ihr geliebter Vater, Georgios Andreas Charalambos.

»Ich hab dir nichts gekauft«, sagte er. »Ich dachte, Geld ist dir lieber.« Mit diesen Worten zog er ein Bündel Geldscheine heraus, das er ihr hinstreckte.

»Dad, ich will kein Geld von dir – *das hier* ist das beste Weihnachtsgeschenk überhaupt! Dich zu sehen!«

»Nimm es. Bitte.«

Widerwillig nahm sie das Geld. Zweihundert Pfund. »Das ist zu viel«, sagte sie.

»Nein. Es ist nicht annähernd genug. Für das, was ich dir zugemutet habe. Es ist nichts.«

Judith schüttelte den Kopf. »Dad – ich bin *froh*, dass du gegangen bist, verstehst du? Natürlich vermisse ich dich – aber ich will, dass du glücklich bist.« Sie zögerte. »Du bist doch glücklich, oder?«

Und als Antwort lächelte George nur.

***

Er war am frühen Heiligabend von Schottland hergefahren und hatte in einem billigen Motel ein paar Kilometer außerhalb übernachtet. Als er gesehen hatte, wie sie allein Patricias Haus verließ, war er ihr zum Park gefolgt.

»Ich hatte Angst, du würdest wütend sein. Mich wegschicken«, sagte er.

»Du bist ja verrückt. Weshalb sollte ich das tun?«

Lächelnd nahm er einen großen Schluck Tee, als würde die milchige Wärme ihm Mut machen. Dann ordnete er einen Moment lang seine Gedanken. »Judi-moo, ich muss dir was sagen. Etwas, was du nicht von mir weißt.« Er konnte ihr dabei nicht in die Augen sehen.

Judith ertrug es nicht, ihn leiden zu sehen, und unterbrach ihn rasch. »Nein, Daddy, *ich* muss zuerst *dir* etwas erzählen«, sagte sie leise.

Doch George war so darauf konzentriert, die Worte auszusprechen, dass er ihr gar nicht richtig zuhörte. Seit Monaten bereitete er sich auf diesen Moment vor – seit Jahren, um genau zu sein –, und er sprach weiter, fest entschlossen, ihr alles zu gestehen.

»Du musst wissen, als ich jung war, als ich noch auf Zypern gelebt habe …«

Sie nahm seine Hand. »Da hast du in einem kleinen Dorf namens Kakopetria gewohnt, im Troodos-Gebirge …«

»Ja …« Georges Verwirrung wurde größer, als sie fortfuhr.

»Du hattest eine Schwester namens Sofia und *proxenia* mit Cleoniki, der du versprochen warst, aber du bist zum Arbeiten nach Wales gekommen, hast Patricia kennengelernt und dich verliebt, also konntest du nicht mehr zurückgehen.«

Sie hielt kurz inne, damit er ihre Worte verdauen konnte. »Ich habe deinen Brief gesehen. Sofia hat ihn mir gezeigt.« Tränen kullerten nun über ihre Wangen. »Dad, es ist alles in Ordnung«, sagte sie sanft und nahm seine Hand. »Ich kenne deine Geschichte.«

Er wischte sich mit dem Jackenärmel über die Augen und räusperte sich. »Nein, Judi-moo. Ich fürchte, du weißt nicht alles.«

21

GEORGE

Die Pension war ihm von Louis empfohlen worden, einem der Jungs auf der Baustelle. Ein vierstöckiges Reihenhaus mit fünfzehn Zimmern. Ty Marshfield war früher einmal das Heim eines wohlhabenden Kohlenmagnaten gewesen. Jetzt, schlecht instand gehalten und notdürftig geflickt, besaß es nur noch den Schatten seines früheren Glanzes.

»Preiswert und gut, Kumpel, und es gibt ein geniales englisches Frühstück«, hatte Louis gesagt.

Billig war es auf jeden Fall, was ihm nur recht war. Je mehr er sparte, desto schneller würde er wieder im Flugzeug nach Hause sitzen. Zu Cleo. Zu seiner Familie. Sonnenschein jeden Tag, Olivenhaine, *souvlakia* und Backgammon, was ihm momentan alles vorkam wie aus einem früheren Leben.

Das Haus lag nur einen Katzensprung vom östlichen Ufer des River Usk in Newport entfernt, den Massen an dickem, schwarzem Schlamm ständig zu verschlingen drohten, unter einem permanent wolkenverhangenen Himmel. Er hatte das kleinste und billigste Zimmer im ganzen Haus (seine Wahl) ganz oben unterm Dach mit einem Fenster, das nicht richtig schloss. Sein spartanisches Einzelbett hatte ein Nylonlaken, und die einzigen anderen Möbelstücke waren eine Kommode und ein Stuhl, abgesehen von einem kleinen Heizlüfter, der wenig Wärme abgab. Das Badezimmer, das ein Stück den kalten, mit Linoleum ausgelegten Flur hinunter lag, teilte er sich mit drei anderen. Im hinteren Teil des Erdgeschosses gab es einen sogenannten Aufenthaltsraum für die Bewohner – ein kleines Wohnzimmer mit einem abgewetzten Dreisitzersofa, einem roten Resopalklapptisch zum Kartenspielen, zwei unbequemen Stühlen und einem uralten Schwarz-Weiß-Fernseher, der gegen Diebstahl gesichert an die Wand gekettet war.

Unter der Woche wohnten einige andere Arbeiter der Baustelle ebenfalls dort, und George hatte ein paar lose Bekanntschaften geschlossen. Ein paarmal war er sogar mit Jim aus Leicester und Mike aus Lytham St Annes zum Dartspielen im Pub gewesen. Doch freitagabends verschwanden sie alle Richtung Heimat in diversen Ecken des Landes und ließen ihn in Ty Marshfield allein zurück. Daher war er samstag- und sonntagmorgens oft der einzige Frühstücksgast im düsteren Souterrainspeisezimmer.

So waren sie dann das erste Mal ins Gespräch gekommen.

Ihr Name war Patricia. Er hatte gesehen, wie die anderen Männer über Eier mit Schinken hinweg mit ihr geflirtet hatten, und er hatte bemerkt, wie souverän sie mit ihnen umgegangen war: Sie konnte durchaus austeilen, genoss die Aufmerksamkeit, zeigte aber klare Grenzen auf, wenn einer zu weit ging. Louis sagte: »Da würde ich nicht Nein sagen, wenn sich die Gelegenheit böte«, doch der Ehering, den sie am linken Ringfinger trug, wehrte selbst die plumpsten Verführungsversuche ab.

Obwohl er nie in die Neckereien der Jungs mit einstieg, erkannte er durchaus, was die in ihr sahen: das brünette Haar zu einer aufwendigen Hochsteckfrisur aufgetürmt, die vollen dunkelroten Lippen und braunen Katzenaugen, die sexy Lücke zwischen ihren Schneidezähnen und ihr heiseres Lachen, das jedem, mit dem sie sprach, stets das Gefühl gab, ein enger Freund zu sein. Sie war älter als er – vielleicht Anfang dreißig. Und sie wusste, dass sie eine gute Figur hatte. Sie trug unpraktische, aber elegante Röcke und hochhackige Schuhe, die ihre schlanken Fesseln und die schmale Taille zur Geltung brachten. Und Blusen, die sich um ihre herrliche Oberweite schmiegten. In den drei Wochen seit seiner Ankunft hatte er bisher nur höfliche Konversation mit ihr betrieben, doch an diesem speziellen Samstagmorgen sah er ihr zum ersten Mal in die Augen.

Da er an jenem Tag der einzige Pensionsgast war, hatte sie selbst für ihn gekocht und damit Len, dem Besitzer und Frühstückskoch, einen höchst willkommenen freien Tag verschafft. Es war definitiv ein aufwendigeres Mahl als unter der Woche, mit zwei Eiern, Speck und einer dicken Scheibe Black Pudding.

Doch er war nicht allein im Frühstücksraum.

Ein kleines Mädchen – ungefähr fünf oder sechs Jahre alt – saß still mit Malbuch und Stiften an einem Tisch in der Ecke. Sie sah ihn nicht an, als er hereinkam, so vertieft war sie in ihr Bild eines Elefanten, die Stirn konzentriert in Falten gelegt.

Als Patricia mit einer Kanne Tee und dem Milchkännchen erschien, blickte das kleine Mädchen auf.

»Lass Mr. Harris schön in Ruhe, hörst du. Er soll in Frieden sein Frühstück essen.«

Sie stellte den Tee vor ihm ab. »Sie gehört zu mir«, sagte sie. »Judith heißt sie. Musste sie heute mitbringen.«

George lächelte das Mädchen an, das nicht zurücklächelte.

An jenem Nachmittag saßen sie zu dritt in Porthcawl an der Promenade, aßen Eiscreme und blickten auf den Bristol Channel hinaus. Sie ist nur eine Freundin, dachte er. Eine Freundin mit einem kleinen Kind. Er hätte sich nicht auf diesen Ausflug eingelassen, hätte sie nicht erwähnt, dass sie verwitwet sei. Ihr Mann war gestorben, als sie mit der kleinen Judith schwanger war, sagte sie, doch sie trug den Ehering nach wie vor, »um ungewollte Aufmerksamkeit abzuwehren«.

»Bin ich unwillkommene Aufmerksamkeit?«, hatte er gefragt, ehe er richtig darüber nachdenken konnte. Flirtete er womöglich?

»Ich bin mir noch nicht sicher«, antwortete sie. Und zwinkerte ihm zu.

Danach wurden ihre Tagesausflüge zu einer festen Gewohnheit. Judith war immer mit dabei und taute »George mit der lustigen Stimme« gegenüber rasch auf. Er nahm sie mit ins St-Fagans-Volksmuseum in Cardiff, wo Judith im Zigeunerwagen spielte und mit ihm zusammen die kleine Zeile nachgebauter Reihenhäuser der Kohlenminenarbeiter »im Lauf der Zeit« bestaunte. Patricia hatte nichts dagegen, dass er ihren Schützling beschäftigte, während sie sich ausruhte und ein Zigarettenpäuschen einlegte. Butlin's in Barry Island war noch so ein Ziel, genau wie die Penscynor-Vogelgärten und die Dan-yr-Ogof-Höhlen. Diese Unternehmungen waren für beide Seiten von Vorteil: George hatte am Wochenende Gesellschaft und Patricia kostenlose Kinderbetreuung, und das auch noch von einem gut aussehenden Zyprioten.

Eines Sonntagmorgens, als sie ihm sein Porridge servierte, lud sie ihn ein: »Magst du heute Nachmittag zum Tee kommen? Ich und Judi backen ein paar Scones.«

Er hatte zwar keine Ahnung, was das war, sagte aber trotzdem zu – seit er im Sommer in dieses Land gekommen war, hatte er noch nie das Zuhause eines Einheimischen betreten. Außerdem wurde es jetzt im November etwas zu kalt für Ausflüge.

Patricia und Judith wohnten eine zwanzigminütige Busfahrt entfernt in einem Städtchen mit dem seltsamen Namen Coed Celyn. »Das ist walisisch für Holly Wood!«, hatte sie mit kehligem Lachen erklärt, als sie ihm aufschrieb, wie er dorthin gelangen würde.

Als sie die Tür öffnete, fiel ihm sofort auf, dass sie schicker gekleidet war als sonst: mit Fischernetzstrumpfhose unter einem knielangen Crêpekleid. Ihr Lippenstift wirkte dunkler, ihre Haare voller, und statt der üblichen Pumps trug sie flauschige Pantoffeln mit kleinem Absatz.

»Willkommen!«, sagte sie und bedeutete ihm, ihr durch einen dunklen Gang die Stufen hinunter in ihre Wohnung im Souterrain zu folgen. »Da wären wir!« Sie öffnete die Tür.

Vor dem Erkerfenster am Ende des Zimmers befand sich eine Mauer, die nur einen Meter entfernt war, und man sah die Stufen zum Bürgersteig hinauf. Nur ein trauriges bisschen trübes Tageslicht drang herein, noch dazu von tristen grauen Netzvorhängen gefiltert.

Patricia schaltete eine Lampe in der Zimmerecke an und sagte: »Leg deinen Mantel ab und mach's dir bequem.«

Das Zimmer war bescheiden möbliert, aber doch einigermaßen gemütlich, und der Heizstrahler im Kamin gab etwas Wärme ab. Auf einem kleinen runden Tisch mit weißer Tischdecke stapelten sich auf drei Tellern mit Tortenspitze Sandwiches, ein Biskuitkuchen und eine Pyramide aus Scones.

Patricia ging in die Küche, um Teewasser aufzusetzen. Auf dem Weg dorthin rief sie Judith zu: »Versteck dich nicht in deinem Zimmer, junges Fräulein! Komm und sag Hallo zu George.«

Da er sich irgendwie fehl am Platz fühlte, hockte er sich auf die Sofakante, als befände er sich im Wartezimmer eines Zahnarztes.

»Ich habe mein schönstes Kleid an«, ertönte eine leise Stimme, und als er sich umdrehte, sah er Judith im Türrahmen stehen, ausstaffiert in einem fuchsiaroten Partykleid mit Schleife am Rücken.

»Na, so was! Eine Prinzessin!«, sagte er.

Es herrschte kurzes Schweigen, dann durchschnitt der schrille Pfiff des Wasserkochers aus der Küche die Luft.

»Ich habe dir ein Geschenk mitgebracht«, sagte er. »Es ist ein Puzzle.«

Judith hatte noch nie eines gesehen, also kippte er den Inhalt der Schachtel auf den Fußboden.

»Wir müssen diese Teile jetzt zusammensetzen, siehst du, und das Bild von diesem Kreisverkehr machen. Es ist ein magischer Kreisverkehr!«

Judith war begeistert und machte sich sofort ans Werk.

»Wir fangen mit den Ecken an.«

Als Patricia mit der Teekanne und dem Geschirr auf einem Tablett zurückkam, waren Judith und George still und konzentriert damit beschäftigt, das Puzzle zusammenzufügen.

»Also dann, guten Appetit!«, verkündete sie in fröhlichem Tonfall, der irgendwie gar nicht zu ihr passte, und er nahm sich ein Lachscremesandwich.

Später erklärte Patricia ihm, dass Maisie von oben angeboten hatte babyzusitten, damit sie ins Kino gehen konnten. »Wenn du magst, natürlich.«

Die plötzlich veränderte Dynamik brachte ihn aus dem Konzept: zu zweit statt zu dritt.

Ehe er Gelegenheit hatte zu antworten, sagte Judith: »Ich will mitkommen.«

»Tja, das geht nun mal nicht«, fuhr ihre Mutter sie an.

»Ich will *Digby: Der größte Hund der Welt* sehen!«

»Kannst du aber nicht!«, wiederholte Patricia. »George führt deine Mama aus, in einen Film über Spione, hab ich recht, George?«

Er war hin- und hergerissen. Er wollte das Kind nicht enttäuschen, aber was sollte er sagen? »Vielleicht schauen wir uns alle drei nächste Woche *Digby* an?«

Die kleine Judith neigte nicht zum Schmollen. Mit ihren sechs Jahren hatte sie bereits gelernt, mit Enttäuschungen umzugehen, und nickte nur. »Ist gut.«

Obwohl er den Film schon gesehen hatte, gingen sie ins ABC und schauten sich *Leben und sterben lassen* an. Auf dem Weg aus dem Kino griff Patricia nach seinem Arm und bombardierte ihn mit Geplapper – hauptsächlich über Roger Moore und wie viel besser er war als Sean Connery und wie gruselig diese Voodooszene – und hörte erst auf zu reden, als sie bei ihr zu Hause ankamen. Für einen Moment wusste George nicht, was er tun sollte. Ein solcher Abschied war neu, bisher war immer die kleine Judith als Anstandsdame dabei gewesen.

»Also dann, gute Nacht!«, sagte er, als Patricia die Treppenstufen zur Haustür hinaufging.

Sie drehte sich zu ihm um und erwiderte, nun etwas leiser: »Judith übernachtet bei Maisie. Niemand wird uns stören.«

»Oh.«

Eine halbe Stunde später saß sie auf dem Sofa rittlings auf ihm, das Kleid bis über den Rand ihrer Strümpfe und Strapse hinaufgeschoben. Er war völlig überfordert, haltlos, unfähig zu widerstehen. Sein gesunder Menschenverstand hatte keine Chance.

»Ich habe kein … Ich habe nichts dabei für …«

»Keine Sorge, Georgie«, flüsterte sie ihm ins Ohr. »Das ist alles geregelt.«

Das Gefühl ihres Atems auf seiner Haut ließ ihn erschaudern. Sie war eindeutig erfahrener als er, packte seine Hände und schob sie ihre prallen Oberschenkel rauf und runter. »Gefällt dir das?«, fragte sie.

»Gefällt mir«, flüsterte er zurück, während er sich darauf konzentrierte, nicht die Beherrschung zu verlieren. Es war erst das dritte Mal Sex in seinem Leben, und ihr selbstbewusstes Verhalten machte alles noch unwirklicher für ihn. Sie öffnete die Knöpfe ihres Kleides, um ihre vollen Brüste zu befreien, die vom strammen BH kaum gehalten wurden. Dann beugte sie sich nach vorn, hob mit der Hand sein Kinn an und küsste ihn auf den Mund. Das alles war zu viel für ihn, und er konnte sich nicht mehr zurückhalten. Zitternd verfluchte er sich selbst auf Griechisch. Danach konnte er sie nicht ansehen. Schämte sich. Für das, was er getan hatte, und für das, was er nicht getan hatte.

Patricia lächelte ihn an, streckte sich und nahm eine Zigarette aus dem Päckchen. »Keine Sorge«, sagte sie, während sie die Kippe ansteckte. »Wir machen ein kleines Päuschen und starten dann Runde zwei!«

***

Es war keine Liebesbeziehung. Ja, er war fasziniert von ihr, fühlte sich von ihr angezogen, aber er liebte sie nicht. Wenn sie Sex hatten, was inzwischen regelmäßig der Fall war, fragte sie oft: »George, liebst du mich?«, und er antwortete stets mit Ja, was seine Schuldgefühle noch vergrößerte. Cleos Bild schlich sich in seine Gedanken, und er schloss vor Scham die Augen. Was tat er hier?

Nun, da sich der Status ihrer Beziehung geändert hatte, war auch Patricias Verhalten ihm gegenüber in der Öffentlichkeit anders. Während sie zuvor nett und freundlich zu ihm gewesen war – wie zu allen anderen Arbeitern im Frühstücksraum –, fing sie jetzt an, ihn aufzuziehen oder zu ignorieren, sodass er sich ständig fragte, womit er sie verärgert haben könnte. Das konnten Kleinigkeiten sein wie zum Beispiel ihr nicht zu sagen, dass sie am Abend zuvor toll ausgesehen hatte, oder auch nur in ihrer Gegenwart zu gähnen. Es war ermüdend. Und es machte ihn kaputt. George befand sich auf unbekanntem, holperigem Terrain und stolperte ständig.

Für Patricia war es selbstverständlich, dass er Weihnachten bei ihnen in der Wohnung verbringen würde. Nach dem Mittagessen spielte er mit Judith *Mausefalle*, ehe sie sich gemeinsam die Ansprache der Queen ansahen, Patricia neben ihm aufs Sofa gekuschelt. Von außen betrachtet wirkten die drei wie eine perfekte kleine Familie. Doch Patricia genehmigte sich einen Whisky nach dem anderen, und als *Billy Smart's Circus* anfing, war sie schon ziemlich betrunken. Eine unbedachte Bemerkung seinerseits über die Queen und die britische Herrschaft auf Zypern ließ sie völlig ausrasten. »Wenn dir unser Staatsoberhaupt nicht passt, mein Freund, dann verzieh dich doch nach Hause!«

Wie ein Welpe, der negative Schwingungen spürt, verließ Judith still den Raum und legte sich auf ihr Bett. George, der begriff, dass seine Anwesenheit Patricia nur noch mehr aufbringen würde, stand ebenfalls auf.

»Wo willst du denn hin?«, blaffte sie.

»Es tut mir leid«, stammelte er. »Vielen Dank für den schönen Tag.«

Er machte sich Sorgen um Judith, wenn Patricia in dieser Stimmung war, doch es war das kleinere von zwei Übeln. Beim Verlassen der Wohnung folgte ihm ein Schwall von Beleidigungen.

***

Nichts hatte geöffnet. Nicht einmal eine Kneipe. Und es wurde dunkel. Ihm blieb also nichts anderes übrig, als entlang der ausgestorbenen Straßen zu Fuß nach Newport zurückzukehren. Es fuhren keine Busse und kaum ein Auto kam vorbei, das ihn hätte mitnehmen können. Und von denen, die vorbeikamen, hielt keines an.

Drei Stunden später erreichte er Ty Marshfield, schloss die Tür zu seiner kleinen Kammer auf, legte sich aufs Bett und weinte. Als der Morgen des zweiten Weihnachtsfeiertags dämmerte, hatte George eine Entscheidung getroffen. Er würde nach Hause fahren.

Er war auf Tränen vorbereitet, wenn er ihr die Nachricht überbrachte. Mit so vielen hatte er jedoch nicht gerechnet.

Dann sagte sie es ihm.

Sie war acht Wochen überfällig. Es gab keinen Zweifel.

Als er vor dem Standesbeamten stand, dessen Wortschwall George kaum verstand, konnte er an nichts anderes als an Cleoniki denken. Wie *ihr* gemeinsamer Hochzeitstag ausgesehen hätte – das Austauschen der *stephani*, Tanz, Blumen, köstliches griechisches Essen, Sonnenschein und Liebe. Liebe. In diesem Raum war keine Liebe. Und das war ganz allein seine Schuld. Er war ein schwacher Mensch. Ein schwacher, schwacher Mensch.

Er drehte den Kopf, um Patricia anzusehen. Sie wusste nichts von Cleo oder seinem Leben auf Zypern. Er hatte es für sich behalten wollen, heilig und unbeschmutzt. Doch nun spielte das keine Rolle mehr. Denn er würde nie wieder dorthin zurückkehren. Er hatte seine Wahl an jenem Tag getroffen und sein Schicksal besiegelt, als er seiner schmutzigen Lust nachgegeben hatte. Sobald der Brief an seine Schwester Sofia geschrieben und abgeschickt war, löschte er die Vergangenheit aus seinem Kopf und akzeptierte, dass dies nun sein neues Leben war.

»Ja, ich will«, sagte Patricia und schenkte ihm ihr gewinnendstes Lächeln. Sie blühte auf. Die strahlende Braut, in einem Samtanzug mit Fellbesatz, den sie bei einem Festtagsmodenverleih in Cardiff gemietet hatte, die kleine Judith neben sich, eine verwirrte, aber willige Brautjungfer, die keine Ahnung hatte, was wirklich vor sich ging. Maisie aus dem ersten Stock als Trauzeugin, zusammen mit Len aus der Pension, und danach gingen sie alle zum Mittagessen in den Berni Inn. George bezahlte.

***

Es gab keine Hochzeitsreise. Patricia wollte ihr Geld (*sein* Geld, seine Ersparnisse für Zypern) als Anzahlung für ein kleines Haus in der Victoria Street nehmen. Sie hatte bereits eine neue Anstellung für sich in einem Hotel in der Nähe gefunden sowie eine Stelle für George am Fließband einer ortsansässigen Fabrik. Sie schien alles geregelt zu haben.

Als George auf der Baustelle seine Kündigung einreichte, ließ der Vorarbeiter ihn nur ungern gehen. »Du bist ein guter Arbeiter, George«, sagte er. Die Jungs hatten alle zusammengelegt und ihm zehn Pfund als Hochzeitsgeschenk überreicht. »Das wirst du für die Windeln brauchen«, hatten sie gescherzt. Und auch er hatte gelacht. Doch innerlich war er gebrochen. Er ging durch die Welt wie durch einen Nebel, unfähig zu begreifen, wie schnell alles passierte. Es war, als steckte er in einem Albtraum fest, und ihm war ständig übel.

Sie zogen bald darauf ein. Patricia, die froh war, ihre schäbige kleine Wohnung zu verlassen, hatte alles mit neuen Möbeln ausgestattet, die sie auf Pump gekauft hatte. George wurde angesichts des ganzen Schreckens immer stiller. Er versank in Schulden, versank in endloser Trauer. Seine einzige Rettung war die kleine Judi-moo, die er inzwischen liebte wie eine eigene Tochter. Sie konnte ihre Begeisterung für das neue Haus mit seinem kleinen Garten und den Bergen in der Ferne kaum für sich behalten. Wie toll sie ihr neues, größeres Zimmer fand und dass sie gern ihre Schulfreundinnen Lana Lloyd und Catrin Kelly zum Spielen zu sich einladen wollte. Es war ein Neustart für sie alle. Ihre kleine dreiköpfige, bald vierköpfige Familie.

Als Patricia ihm eröffnete, sie hätte eine Fehlgeburt gehabt, konnte er nichts anderes denken als: *Dann hätte ich dich nicht heiraten müssen. Ich hätte dich nicht heiraten müssen.* Doch es war zu spät. Denn nun hatte er geschworen, an ihrer Seite zu bleiben, bis dass der Tod sie scheiden sollte. An eine Frau gekettet, die er nicht liebte.

Ihm war elend. Er schämte sich und fühlte sich gefangen.

Geschieht dir recht, Georgios, dachte er.

Es dauerte fünf weitere Jahre, bevor er die Wahrheit erfuhr. Eine beiläufige Bemerkung, ein nachlässiger Fehler, ein Kommentar Bekannten gegenüber über vergangene Ereignisse, und da war sie – die Enthüllung. Dass es gar nie ein Baby gegeben hatte.

Er hatte ihre Aufrichtigkeit immer infrage gestellt. Kleine Notlügen, die wuchsen und gediehen, bis er Zeuge ihrer absoluten Täuschung wurde. Als er herausfand, dass sie ihn mit der Schwangerschaft belogen hatte, überraschte es ihn nicht. Er hatte begonnen sie zu hassen, und schließlich war sie ihm gleichgültig geworden. Und doch war er geblieben. Als müsste er den Preis zahlen, seine Strafe absitzen, für seine Sünden büßen. All die Jahre.

Erst als Judith das Datum verkündete, an dem sie zu ihrer Reise aufbrechen würde, wusste er – sofort –, dass er da endlich gehen würde. Er bewarb sich auf eine Stelle in Aberdeen, reichte seine Kündigung ein und schwor seinen Chef auf Stillschweigen ein. Sein Bargeld deponierte er in seinem Spind bei der Arbeit. Außerdem packte er eine kleine Reisetasche mit dem Nötigsten und einer Garnitur Wechselkleidung. Am 5. August 1986 verließ George Andrew Harris das Fabrikgelände von BDE Electronics und kehrte nie zurück. Er schrieb Patricia einen kurzen Brief, den er auf dem Weg zur Bushaltestelle in den Briefkasten warf. Darin stand nur:

Patricia,
ich kann nicht mehr mit dir zusammenleben.
Ich wünsche dir alles Gute.
Ich beginne ein neues Leben in Schottland,
Bitte kümmere dich gut um die Katzen und sag Judith,
dass es mir leidtut.
Viele Grüße,
George

Er verließ Coed Celyn und blickte nicht zurück.

Am nächsten Morgen kam eine Karte aus Kreta für ihn im Büro der Fabrik an, unterschrieben von jemandem namens Judi-moo. Georges ehemaliger Chef warf einen kurzen Blick darauf, dann landete sie im Papierkorb.

22

LANA

Sie hatte behauptet, der Job sei eine tolle Gelegenheit und würde sich gut in ihrem Lebenslauf machen. In Wahrheit war sie nicht viel mehr als eine zweitklassige Kinderunterhalterin, die, als Außerirdische verkleidet, in der Pause Eiscreme und Süßigkeiten, alberne Hüte und im Dunkeln leuchtende Zauberstäbe verkaufte. Wohl kaum die erste Sprosse der West-End-Theaterkarriereleiter. Doch sie wusste, Gareth würde den Unterschied nicht kennen und auch sonst zu Hause niemand, und wenn sie den Job annahm, konnte sie länger in Guildford bleiben und *ihn* jede Nacht sehen.

Sie brachte es nicht über sich, seinen Namen auszusprechen. Dadurch würde es nach Beziehung klingen. Er war eine Sucht. Ein Zwang. Sex mit ihm war außergewöhnlich. Es war wütend, kraftvoll, wahnsinnig erotisch und so unglaublich beschämend gut. Noch dazu konnte sie ihn jeden Abend haben. So sehr sie sich auch bemühte zu widerstehen, sich täglich aufs Neue versicherte, dass es heute anders werden würde, so stand sie doch jeden Abend wieder im Pub. Dort würdigte er sie kaum eines Blickes, nahm sie dann aber mit auf sein Zimmer, um zu vögeln, nicht um zu reden – abgesehen von den Kommandos, die er währenddessen gab. Anschließend ging sie wieder. Ihre Würde war am Boden, zerstört von diesem brennenden, unerklärlichen Verlangen, das in ihr tobte.

Ein einziges Mal hatte sie sich beschwert, gesagt, sie könne so nicht weitermachen, die Schuldgefühle seien zu groß. Das hatte er schlicht mit seinem üblichen Desinteresse und gefühlloser Gleichgültigkeit beiseitegewischt. »Für mich kein Problem, Süße. Du willst gehen? Da ist die Tür.«

Es ist nur ein blöder Seitensprung, der bald vorbei sein wird, sagte sie sich immer wieder und richtete ihre Gedanken stattdessen aufs Wiedersehen mit Gareth. Doch als sie an ihren beiden freien Tagen über Weihnachten nach Hause kam, stritten oder schwiegen sie die meisten Zeit, was die Aussicht auf ihre Rückkehr nach Guildford noch attraktiver machte, als sie es ohnehin schon war.

Der schlimmste Streit passierte an Heiligabend. Dabei warf Gareth ihr vor, sie sei schlecht gelaunt und eingebildet, und sie *ihm*, er sei provinziell und hätte keinerlei Ehrgeiz. Er erklärte, er würde sich nicht dafür schämen, dass er nicht ehrgeizig war, und er hätte keine Ahnung, was sie mit »provinziell« meinte – sie sei offensichtlich tatsächlich eine hochnäsige Schauspieltussi geworden. Danach sprachen sie eine halbe Stunde lang kein Wort miteinander, sondern zogen sich in unterschiedliche Zimmer zurück, bis Gareth schließlich kam, sich neben Lana setzte, ihre Hand nahm und leise sagte: »Verdammt, es ist Weihnachten. Lass uns ins Bett gehen.« Sie gab nach.

In dieser Nacht liebten sie sich, das erste Mal seit Wochen – sanft und langsam und süß, so ganz anders als der Sex mit Damian Magill. Lana hasste sich dafür, dass sie Vergleiche anstellte, aber die Wahrheit war: Sie sehnte sich danach, stattdessen von ihrem Belfaster Bauarbeiter gefickt zu werden.

Was war nur mit ihr passiert? Sobald sie die Augen schloss, sah sie ihn vor sich, also starrte sie die ganze Zeit Gareth an.

Als es vorbei war, weinte Lana leise. »Es tut mir leid, dass ich so eine furchtbare Zicke bin«, flüsterte sie und drehte sich von ihm weg, damit er ihre Tränen nicht sah.

»Hey, so schlimm ist es doch auch nicht, Süße.« Er strich ihr über die Haare.

»Alles wird gut, sobald ich das erste Jahr hinter mir habe«, log sie.

»Du arbeitest zu hart. Du hättest diesen Job echt nicht annehmen sollen.«

»Ich weiß. Ich wünschte so, ich hätte es nicht getan.«

So lagen sie eine Weile schweigend da, dann sagte Gareth: »Fahr morgen nicht zurück. Bleib.«

Lana spürte, wie ihr innerlich kalt wurde. »Ich kann nicht.«

»Warum nicht?«

Sie antwortete ihm nicht. Sie wagte es nicht. »Na gut, dann begleite ich dich. Ich habe frei bis zum dritten Januar. Wäre kein Problem.«

»Nein!«, fuhr sie ihn an.

»Lana?«

»Es hätte einfach keinen Sinn.« Verzweifelt versuchte sie, die verräterische Panik in ihrer Stimme zu unterdrücken. »Ich habe pro Tag drei Shows, Gar, ich bin nonstop im Theater!«

»Ich weiß, aber wir würden zusammen schlafen«, flüsterte er und kuschelte sich an sie.

Das musste sie sofort unterbinden. »Hör zu, ich hab Mist gebaut. Du hast absolut recht, ich hätte diesen Job nicht annehmen dürfen, aber das hab ich nun mal. Ich habe meine Lektion gelernt, und ich verspreche dir, an Ostern mache ich keine blöden Ferienjobs in Guildford, einverstanden?«

»Wenn das bloß ein blöder Ferienjob ist, warum musst du dann zurück?«

Das gab ihr den Rest. Sie schob ihn von sich weg und stieg aus dem Bett. »Genau diese Einstellung ist der Unterschied zwischen uns beiden, Gareth – ich will Karriere machen; du weißt nicht mal, was Karriere ist.« Sie schnappte sich ihre Sachen und lief in Judiths Zimmer hinüber, das zum Glück leer war.

Gareth rief ihr hinterher: »Du bist bescheuert!«

Da lag sie nun, in Judiths Bett, starrte an die Decke und dachte darüber nach, wie dieses ganze Schlamassel nicht nur ihre Beziehung mit Gareth beeinflusst hatte, sondern auch ihre Freundschaft zu den Mädels. Seit dem Show-Wochenende hatten sie sich kaum gesprochen, und über Weihnachten würde sie die beiden jetzt gar nicht sehen. Und das war ganz allein ihre Schuld. Als sie schließlich einschlief, war sie erfüllt von Reue, Scham und Wut.

Eine Stunde später wurde sie von einem kurzen Schrei und dem grellen Deckenlicht geweckt.

»Mein Gott! Was machst du hier!«, rief Judith, die in der Tür stand.

Lana schirmte ihre Augen ab. »Dasselbe könnte ich dich auch fragen«, murmelte sie, immer noch im Halbschlaf.

»Es tut mir leid, Lana. Ich weiß, ich habe gesagt, ich bleibe heute Nacht weg, aber …« Judith versagte die Stimme, und Lana sah, dass ihre Freundin geweint hatte.

»Hey, Süße! Was ist los?« Ihre Kehle war trocken und heiser. »Komm her.« Judith setzte sich aufs Bett, ganz verloren, und Lana legte ihr den Arm um die Schultern.

»Ist es wegen Lyndon, dem Posaunisten?«

Der Hauch eines Lächelns umspielte Judiths Mundwinkel, und sie schüttelte den Kopf.

»Ich habe die letzten drei Stunden mit meinem Dad verbracht.«

Judith berichtete Lana von ihrer Überraschungsbegegnung mit George und wie er ihr alles erzählt hatte: dass seine Ehe mit Patricia auf einer Lüge basierte, wie sie ihn vor all den Jahren getäuscht hatte, damit er sie heiratete. »Meine Eltern haben mich angelogen, Lana. *Jahrelang*. Beide! Sie haben sich *nie* geliebt. Ich meine, ich dachte, das auf Zypern sei schlimm genug gewesen, von Sofia und Cleoniki und alledem zu erfahren. Aber das hier? *Das?* Ich hab keine Ahnung mehr, wer ich verdammt noch mal bin.« Dann brach sie erneut in Tränen aus und schluchzte wie ein Kind, während Lana sie fest im Arm hielt. Sie küsste ihre Freundin auf den Kopf und tröstete sie mit beruhigenden Worten, bis Judith sich in den Schlaf geweint hatte.

In dieser Nacht schliefen sie im selben Bett wie damals als Kinder, und am Morgen brachte Lana Judith eine Tasse Tee.

»Du siehst echt furchtbar aus.« Lächelnd strich Lana ihrer Freundin die Haare glatt.

»Na, vielen Dank«, krächzte Judith, immer noch ganz durcheinander. Sie nippte an ihrem Tee. »Übrigens, du hast mir noch gar nicht gesagt, wie es kommt. Dass du in meinem Bett geschlafen hast, meine ich.«

»War Teil einer Charakterstudie für Goldlöckchen«, scherzte Lana in der Hoffnung, die unausweichliche Erklärung doch noch vermeiden zu können.

Doch Judith war ihr schon einen Schritt voraus. »Worüber habt ihr diesmal gestritten?«, fragte sie.

»Ach, Jude, ich weiß auch nicht. Dies und das.« Sie konnte jetzt einfach nicht über ihre Beziehung mit Gareth sprechen. »Hör zu, ich hab eine Show um zwei. Was hast du vor? Wirst du zu Cat gehen?«

Judith verstand den Hinweis. »Ja, vielleicht. Das habe ich mir gestern Abend auch überlegt, aber irgendwie hätte ich das Kreuzverhör nicht ausgehalten. Und Lyndon ist … Ach ja, ich kenne ihn gar nicht richtig, um ehrlich zu sein. Da wollte ich ihm nicht gleich von meinen gestörten Eltern erzählen.«

»Versteh ich.« Lana umarmte ihre Freundin. »Aber schön zu wissen, dass es George gut geht.«

»Ja. Ich ertrage den Gedanken einfach nicht, was er durchgemacht haben muss. Mit einer solchen Lüge zu leben.«

»War doch aber nicht alles schlecht, oder?«, meinte Lana sanft. »Er hat dich als Tochter bekommen. Und das ist ein Riesengeschenk.«

Judith lächelte schwach, als Lana zur Tür ging. »Danke, dass es dich gibt, Lana. Ich weiß nicht, was ich ohne dich und Cat täte.«

»Dafür sind beste Freundinnen doch da, oder?«, erwiderte Lana. »Teil der Stellenbeschreibung.«

Vor dem Zimmer zögerte Lana kurz und lauschte, ob Gareth schon aufgestanden war. Stille. Sie überlegte, ihn zu wecken und ihm Judiths traurige Geschichte zu erzählen. Doch sie wusste ja nicht, wie er sie empfangen würde, und im Moment hatte sie wirklich keine Energie für weitere Streitgespräche.

Zwölf Stunden später, zurück in Guildford, ging die letzte der Feiertagsshows zu Ende, und sie machte sich auf den Weg zurück in ihre WG. An jedem anderen Tag hätte sie es deprimierend gefunden, allein im Haus zu sein, doch heute war sie dankbar für die Ruhe. Für die Gelegenheit, einfach mal für sich zu sein, ihre Wunden zu lecken und sich zu sammeln.

Sie blieb eine Stunde in der Badewanne liegen, ließ immer wieder frisches heißes Wasser nachlaufen und genoss das Opium-Badeöl, das Gareth ihr gekauft hatte.

Mein Gott, was für ein Weihnachten!

Alles ein einziges Schlamassel. Chaos pur. Sie spürte, wie ihr die Tränen kamen, doch sie weigerte sich, sie fließen zu lassen. Stattdessen zog sie rasch den Stöpsel und saß mit an die Brust gezogenen Knien da, bis das Wasser mit einem letzten, nachdrücklichen Gurgeln abgeflossen war. Dann Stille. Sie sollte sich anziehen und zur Telefonzelle gehen, um daheim anzurufen. Sich nach Jude erkundigen, sich mit Gareth versöhnen ... Aber vielleicht nicht heute Abend. Ja, sie würde es morgen tun.

Bald brachte sie die Kälte auf ihrer nackten Haut dazu, aus der Wanne zu steigen. Sie trocknete sich ab, zog ihren Lieblingsschlafanzug aus Flanell an, dicke Ringelsocken und eine kuschelige Strickjacke, die bereits Löcher hatte. Sie wollte es gemütlich haben. Als sie unter dem Bett nach ihren auch nicht mehr gerade neuen Hausschuhen suchte, ertastete sie den großen Goldstern, den Gareth und Judith ihr nach der Aufführung geschenkt hatten. An jenem Abend hatte sie ihn schnell weggepackt, weil ihr das alberne Geschenk peinlich war. Auch jetzt ertrug sie den Anblick kaum, aber dieses Mal wegen ihrer schlimmen Schuldgefühle.

Unten in der Küche war sie froh, dass sie auf dem Heimweg Butter und einen Laib Brot gekauft hatte. Das hier war eindeutig ein Abend für heiße Schokolade und Toast vor dem Fernseher. Ein Damian-Magill-freier Abend. Sie spürte eine Welle der Erleichterung beim Gedanken, dass er immer noch in Belfast war. Vielleicht würden ein paar Tage kalter Entzug sie stärken. Vielleicht wäre sie mit genug Widerstandskraft in der Lage, diese ganze Geschichte endlich zu beenden. Ein winziger Funke in ihr entfachte eine kleine Flamme von Optimismus. Heute war der erste Abend seit Monaten, an dem sie keinen Alkohol getrunken hatte. Heute hatte sie das erste Mal das Gefühl, sie könnte in der Lage sein, aus dieser schrecklichen Abhängigkeit von diesem schrecklichen Mann auszubrechen. Lächelnd schaltete sie auf einen anderen Sender um. Sie drückte die Wärmflasche an den Bauch und biss in ihren gebutterten Toast.

Nach fünf Minuten *EastEnders* klingelte es an der Tür.

Sicher einer ihrer Mitbewohner, der früher als geplant zurückgekehrt war. Aber warum benutzte der dann nicht seinen Schlüssel?

Sie raffte sich vom Sofa auf und tapste in den Flur hinaus. Die Wärmflasche immer noch im Arm, zog sie den Riegel zurück und öffnete die Tür. Draußen stand rauchend, mit einem Sixpack Bier unterm Arm, Damian Magill.

»Netter Schlafanzug«, sagte er grinsend.

23

CATRIN

»Frohes neues Jahr!«

»Ja, frohes neues Jahr!«

»Blwyddyn newydd dda!«

Es war das siebte Pärchen, das ihnen auf ihrem Weg den Berg hinauf entgegengenkam. Und der obligatorische Neujahrsgruß wurde jedes Mal höflich ausgetauscht. Sie hatten gedacht, sie wären die Einzigen, die verrückt genug waren, Pen y Fan am Neujahrsmorgen des Jahres 1987 zu besteigen, aber offensichtlich waren einige andere auf dieselbe Idee gekommen. Sie alle wechselten ein wissendes Lächeln – als gehörten sie einem elitären Klub all jener an, die sich am Abend zuvor nicht betrunken hatten und das neue Jahr so begannen, wie sie es auch weiterführen wollten – mit gesunder Einstellung und einem Gefühl von *carpe diem*.

Es war das beste Weihnachtsfest gewesen, das Catrin je erlebt hatte. Da sich Edward und Amelia anlässlich ihrer Silberhochzeit auf einer Kreuzfahrt befanden, hatten Liz und Huw darauf *bestanden*, dass Solomon über die Feiertage zu ihnen kam. Sol ließ sich nicht zweimal bitten – er liebte die Familie Kelly und hatte sich vom ersten Tag an dazugehörig gefühlt. Inzwischen war er es gewöhnt, sich Aufgaben mit

Cat zu teilen, holte Großmutter Kelly vom Bingo oder einer Kirchenfeier ab oder quatschte mit Catrins Bruder Tom, der Sol »solide« nannte. Was das Übernachtungsarrangement betraf, so waren Liz und Huw überraschend – fast schon besorgniserregend – entspannt gewesen. »Ihr seid doch in einer festen Beziehung!«, hatte Huw gesagt, als zitiere er aus einem Buch. »Und wir sind schließlich nicht von gestern. Deine Mutter und ich haben durchaus Ahnung, was Matratzensport betrifft, nicht wahr, Liz?« Er zwinkerte seiner Frau zu, und Catrin dachte, sie müsste sich übergeben.

»Ganz genau. Glaubst du, wir können uns nicht denken, was ihr da in Cardiff während des Semesters so treibt?«, sagte Liz.

»Mum! Hör auf! Das ist so peinlich!« Sol schien die Situation allerdings höchst amüsant zu finden.

»Aber über Verhütung werden wir nicht sprechen«, fuhr Liz fort.

»Nein, das werden wir nicht!« Cat wäre am liebsten davongelaufen.

»Denn, nun ja, als Katholikin und so – also, es ist eine Sünde, richtig? Deshalb überlassen wir das eurem Gewissen.«

»Andererseits«, mischte Huw sich ein, »wollen wir noch nicht unbedingt jetzt schon Großeltern werden, nicht wahr!«

»Schluss jetzt. Auf der Stelle. Thema beendet!« Catrins Gesicht glühte vor Scham, und sie eilte nach oben, um das kleine Sofa in der Abstellkammer zu beziehen, die sie immer hochtrabend als Büro bezeichneten.

An Heiligabend hatten sie alle zusammen die Mitternachtsmesse besucht, die einfach nur magisch gewesen war, und trotz Catrins Bemühungen, überzeugte Agnostikerin zu bleiben, konnte sie ein unerklärliches Gefühl der Euphorie nicht unterdrücken, als sie Schlange stand, um in der St Theodore's

Church die Kommunion zu empfangen. Zusammen mit dem Mann, den sie liebte, und mit ihrer verrückten, aber wunderbaren Familie. Und mit Judith, einer ihrer beiden besten Freundinnen.

Ein paar Dinge hatten die Festtagsstimmung natürlich auch getrübt: zum einen Judiths schockierende Informationen von George und zum anderen die Spannungen zwischen Lana und Gareth, die vor allem am Silvesterabend im Haus der Kellys zu spüren waren, wo die beiden die ganze Zeit über nicht miteinander gesprochen hatten. Lana war nur ein paar Stunden geblieben, ehe sie verkündete, sie müsse wegen der Matinee am nächsten Vormittag nach Guildford zurück.

Es war noch dunkel draußen, als Catrin und Sol zu ihrer Neujahrswanderung aufbrachen, und im Haus herrschte verkaterte Stille. Sie packten ein Picknick in den Rucksack, zogen so viele warme Sachen an wie nur möglich und machten sich auf den Weg, während die schwache Wintersonne sich bemühte, diesen eisigen Januarmorgen zu erhellen.

Nach drei Kilometern erreichten sie den Gipfel. Das Dreihundertsechzig-Grad-Panorama raubte ihnen den Atem, ebenso wie die frostige Luft und die Tatsache, dass der Aufstieg über eine Stunde gedauert hatte. Sol griff nach Cats Hand, und so standen sie dort in der Stille und sogen die fantastische Aussicht tief in sich auf. Niemand sonst war da. Nur sie beide, eingekuschelt in Wollmützen, Handschuhe, Schals und Liebe.

»Na, komm.« Sol führte sie zu einem Felsen hinüber, auf den man sich setzen konnte. »Sollen wir einen Kaffee trinken?«

»Nein danke, ich brauche gerade nichts«, sagte Catrin völlig fasziniert von dem grandiosen Ausblick.

»Vielleicht wenigstens einen Keks?« Er öffnete den Rucksack.

»Nein, lass uns warten, bis wir wieder unten sind, ja?«

Doch Sol hatte eine Tupperdose mit selbst gebackenem Waliser Kuchen herausgeholt. »Cat, bitte nimm einen.«

Sie sah ihn an, als wäre er nicht ganz bei Trost. »Alles klar bei dir?«

»Ja, ich möchte nur … Ich will bloß, dass du einen Kuchen nimmst.«

»Aber, Sol, ich will jetzt keinen …«

Wieder streckte er ihr die Dose hin. »Bitte, für mich. Schau dir den blöden Kuchen doch wenigstens mal an!« Er wirkte total enttäuscht. »Mann, das läuft echt katastrophal.«

»Was denn?« Verwirrt nahm Cat die Tupperdose und öffnete den Deckel. Darin lag, umgeben von einem halben Dutzend mit Puderzucker bestäubter Küchlein, eine kleine Schachtel, die mit Tesafilm am Dosenboden festgeklebt war. Catrin schnappte nach Luft und flüsterte kaum hörbar: »Sol. Nein!«

»Was? Oh Gott, ich hab's total vermasselt.«

Doch Catrin öffnete die Schachtel. Darin lag auf einem winzigen Bett aus Samt der schönste Ring, den sie je gesehen hatte: schlichtes Silber mit drei winzigen Saphiren. »Nein, ich meinte: nein. Ich kann nicht fassen, was du da tust … Ich glaube, mir wird schlecht.«

»Oh, bitte nicht. Ich will nicht, dass dir schlecht wird!« Panisch nahm er den Ring von seinem kleinen Samtkissen. »Bitte, sag einfach nur, dass wir stattdessen heiraten können?«

Catrin konnte vor lauter Tränen und Kälte nicht richtig sehen, doch innerlich brannte sie vor Freude. Sie brachte nur einfach kein Wort heraus, das war alles.

Sol interpretierte das als Unentschlossenheit, also redete er hastig weiter, um sie irgendwie zu überzeugen: »Ich meine, ich weiß, alle werden sagen, dass wir zu jung sind und nicht wissen, was wir tun, und dass es nur Verliebtheit ist und es da draußen noch so viele andere Menschen gibt, die wir noch kennenlernen werden, und was ist mit unserem Studienabschluss? Aber auf uns braucht das doch keinen Einfluss zu haben, oder? Wir würden einfach ganz normal weitermachen, und wir müssen ja auch kein Haus kaufen oder so, und wir brauchen kein, also, *gar nichts*, nur uns beide, und, oh, Cat, ich liebe dich so sehr, sodass es … Schau, ich …«

Sie wartete geduldig, bis sein Wortschwall versiegte, dann sagte sie: »Oh ja, lass uns unbedingt heiraten«, und versuchte sofort ihren Handschuh auszuziehen, damit sie den Ring anstecken konnte. Leichter gesagt als getan, denn der hatte so eine Schlaufe am Handgelenk, die sich nicht so einfach lösen ließ.

»Warte mal.« Sol half ihr beim Ausziehen – nun ganz praktisch statt romantisch. »Bitte schön.«

Sobald ihre Hand befreit war, sahen sie beide zu, wie er ihr den Ring an den Finger steckte. Dann blickten sie sich ungläubig an.

»Sie werden alle total sauer sein«, flüsterte er, plötzlich von Unsicherheit gepackt.

»Ja, das werden sie«, versicherte Cat ihm. »Aber das ist in Ordnung. Es wird meine Meinung nicht ändern.«

»Wirklich?«

»Wirklich.«

Sie besiegelten den Moment mit einem sanften, schüchternen Kuss.

Als sie sich von ihm löste, sagte Cat: »Dann sind wir jetzt also verlobt?«

»Das sind wir.«

Dann sprangen beide auf, hüpften auf und ab und riefen so laut sie konnten dem stillen Horizont zu: »WIR SIND VERLOBT! WIR SIND VERLOBT!!« Und das Panorama aus Bergen und Feldern funkelte ihnen gratulierend zu.

24

GARETH

Seit Lana am Neujahrstag nach Guildford zurückgekehrt war, hatten sie nur ein fünfminütiges Telefonat geführt, das mehr aus Schweigen denn aus Unterhaltung bestand. Gareth fragte sich inzwischen, ob Fernbeziehungen einfach automatisch zum Scheitern verurteilt waren. Eines Abends redete er lange mit Judith darüber, während sie eine Partie Pool spielten. Das Thema schien sie zu langweilen, doch sie behauptete, ihm gern ein Ohr zu leihen. »Das ist das Mindeste, was ich tun kann, Gar – wenn ich an all die Stunden denke, die ich dich vollgelabert habe … über meine egozentrische Mutter, mein nicht existentes Liebesleben …«

Er lachte. »Das stimmt doch gar nicht.«

»Wenn du Lyndon, den Posaunisten, meinst, tja, da hat sich herausgestellt, dass er gar nicht in meinem Team spielt.«

»Du machst Witze! Er ist schwul?«, fragte Gareth ungläubig.

»So ist es. Ich glaube, tief in meinem Innern hab ich es schon die ganze Zeit gewusst. Er hat es mir heute bei der Arbeit gesagt. Einer seiner Neujahrsvorsätze war, allen gegenüber ehrlich zu sein, also hat er's mir gestanden. Bei seinen Eltern kam's allerdings nicht so gut an. Sie haben seit einer Woche kein Wort mehr mit ihm gesprochen.«

»Armer Kerl.« Gareth visierte eine Kugel an und traf daneben. »Verdammt. Also, was soll ich nun machen? Mit Lana, meine ich.«

Judith seufzte. »Ich weiß es ehrlich gesagt nicht. Ihr müsstet mal wieder mehr als fünf Minuten miteinander verbringen, denke ich. Kann sie übers Wochenende herkommen?«

»Aber das ist erst in fünf Tagen! Vielleicht sollte ich einfach morgen zu ihr fahren. Den Stier bei den Hörnern packen sozusagen. Nicht, dass Lana ein Stier wäre.«

»Nein, und sie ist auch kein großer Fan von Überraschungen!«, warnte Judith, ehe sie kräftig die weiße Kugel anstieß, die wiederum die rote in der Ecke einlochte, wobei eine kleine Kreidewolke aufstieg.

»Aber auf ein bisschen Romantik steht sie schon, oder?«, wollte Gareth wissen. »Mögen nicht alle Frauen Romantik?«

Am nächsten Tag beschloss er, Judiths Rat zu ignorieren, und stieg direkt nach der Arbeit auf sein Moped, um nach Guildford zu fahren.

Der Verkehr war nicht so dicht, sodass er kurz nach sieben mit einer Schachtel Pralinen und einem Lächeln vor ihrer Tür stand. Als er klingelte, war er aus irgendeinem Grund nervös. Er war so aufgeregt, sie zu sehen, dass es ihn fast ein wenig enttäuschte, als Gerard öffnete, in der Hand eine Fünfminutenterrine.

»Sie ist nicht da«, nuschelte er.

»Oh. Noch bei der Probe, ja?«, fragte Gareth.

»Das glaube ich nun wiederum nicht.« Gerards Tonfall war sarkastisch. »Sonst würde *ich* ja nicht hier stehen, oder?«

Am liebsten hätte Gareth ihm die Fünfminutenterrine aus der Hand gerissen und über den arroganten Schädel gekippt. »Äh, ich weiß nicht«, sagte er. »Warum nicht?«

»Weil ich Stagemanager von der Show bin? Die Abendproben fangen erst nächste Woche an.« Gerard seufzte. »Kommste jetzt rein, oder was?« Und ohne auf eine Antwort zu warten, schlurfte er den Flur hinunter, während er rehydrierte Nudeln mit Rindfleischgeschmack in sich hineinschlürfte und die Wohnzimmertür hinter sich schloss.

Was Gareth als Zeichen interpretierte, dass *er* nach oben gehen und warten sollte.

Lanas Zimmer war ein Saustall. Das überraschte ihn nicht. Stattdessen musste er lächeln. Gareth war selbst nicht der Allerordentlichste, aber da er nichts anderes zu tun hatte, beschloss er, während des Wartens ein bisschen aufzuräumen. Er machte ihr Bett, stellte die schmutzigen Tassen zusammen, leerte ihren Aschenbecher und sammelte die Kleidungsstücke ein, die sie im ganzen Zimmer verstreut hatte.

Als er schließlich fertig war, war eine Stunde vergangen, und das Zimmer sah viel besser aus. Von Lana gab es jedoch immer noch kein Zeichen. Also legte er sich aufs Bett und blätterte durch eines ihrer Theaterbücher. Genauso gut hätte er Japanisch lesen können, so viel Sinn ergab der Inhalt für ihn. Er wandte sich dem tragbaren Schwarz-Weiß-Fernseher zu, den er beim Aufräumen unter einem Mantel entdeckt hatte, und spielte am Sendersuchlauf herum, bis er eine grießige Wiederholung von *Fawlty Towers* fand.

Inzwischen hatte er einen Mordshunger. Es ging auf neun Uhr zu, und da er Gerard nicht stören wollte, um zu fragen, ob er vielleicht eine Fünfminutenterrine entbehren konnte, blieb ihm nichts anderes übrig, als die Folie von der Schachtel zu reißen und sich an den Pralinen gütlich zu tun.

Kurz danach musste er eingenickt sein, denn er wurde von

einem lauten Schrei geweckt. Lana war endlich nach Hause gekommen.

»Verdammt! Gareth! Was soll der Scheiß!«

»Tut mir leid, Süße«, sagte er lächelnd. »Ich wollte dich nicht erschrecken.«

»Das ist dir leider nicht gelungen.« Sie rang immer noch nach Luft.

»Hat Gerard dir nicht gesagt, dass ich da bin?«

»Wie bitte? Nein, der schläft.« Sie zündete sich eine Zigarette an und setzte sich, immer noch zitternd, aufs Bett.

»Ich wollte dich überraschen«, sagte er vorsichtig.

Sein Plan zeigte nicht das glückliche, romantische Ergebnis, das er sich erhofft hatte. Sie redeten kaum etwas, außer über ihr Studium und wie vollgepackt mit Proben für *Carousel* das Semester sein würde. Das Seltsame war, dass sie anscheinend ihren Ärger, dass er sie so erschreckt hatte, nicht überwinden konnte. Noch seltsamer jedoch fand er, dass sie keine Erklärung abgab, wo sie den Abend über gewesen war. Es fühlte sich komisch an, sie danach fragen zu müssen, doch als er es tat, winkte sie bloß ab.

»Entschuldige, hab ich das nicht gesagt?«, erwiderte sie vage, während sie sich zum Schlafen umzog. »Probe.«

»Oh.«

»Was denn?« Sie klang genervt.

»Na ja, Gerard hat gesagt, ihr fangt mit den Abendproben erst in Woche vier an oder so ähnlich.«

Flackerte da ein Funke Zweifel in ihren Augen auf, oder bildete er sich das ein?

»Gerard ist ein Idiot«, schimpfte sie. »Wir machen abends Back-up-Gesangsproben. Er denkt, die Welt dreht sich nur um ihn – wenn er nicht gebraucht wird, dann passiert auch nichts. Und jetzt mach mal Platz und zeig mir, weshalb du wirklich nach Guildford gekommen bist.«

Sie hatten Sex, aber es war kurz und unaufregend.

»Tut mir leid«, sagte Lana. »Ich bin einfach total platt.«

»Keine Sorge, morgen ist ja auch noch ein Tag«, antwortete er, als sie sich gemütlich in Löffelchenstellung in ihrem schmalen Bett aneinanderschmiegten. »Ich habe mir den Tag freigenommen, damit wir ein bisschen Zeit zusammen verbringen können.«

»Toll«, sagte Lana.

Und er beschloss, dass er sich den Mangel an Begeisterung in ihrer Stimme auch bloß einbildete.

Am Morgen brachte er sie auf dem Motorrad zum College. Sie schien besser gelaunt zu sein als am Abend zuvor, und zum ersten Mal seit Langem hatte er das Gefühl, dass sich alles wieder einrenken könnte. Anschließend bummelte er ein bisschen durch die Innenstadt, schaute bei einem Motorradhändler vorbei und in einem Plattenladen. Er hatte so lange keinen freien Tag gehabt, dass er fast vergessen hatte, wie entspannend es sein konnte, einfach nur herumzuschlendern.

Wie vereinbart traf er Lana zum Mittagessen, und sie gingen in ein neues vegetarisches Café, das sie entdeckt hatte. Er hasste das Essen, genoss aber die Gesellschaft, und als er sie wieder zum College gebracht hatte, spürte er diese wohlige Wärme wie früher, wenn er mit ihr zusammen war.

Sie hatten vor, abends im Kino einen Film zu schauen, vorher Hotdogs zu essen und danach bald ins Bett zu gehen. Gareth würde am nächsten Morgen um fünf starten müssen, um rechtzeitig bei der Arbeit zu sein. Er musste noch eine Stunde überbrücken, bevor er sie um sieben am College abholte, also beschloss er, sich im Pub ein kleines Bier zu genehmigen. Daran könnte ich mich echt gewöhnen! dachte er lächelnd, als er das Fox and Vivian betrat.

»Seid ihr mit der Zeitung durch, Jungs?«, erkundigte er sich bei zwei Männern an einem Ecktisch.

»Bedien dich«, antwortete einer von ihnen, eher er sich wieder seinem Bier und der Unterhaltung zuwandte.

Gareth blätterte den Sportteil durch, enttäuscht, dass nichts über das letzte Auswärtsspiel von Cardiff City drinstand. Kaum überraschend, schließlich war er in England. Er fand das Kreuzworträtsel und versuchte sein Glück. Bevor Judith eingezogen war, hatte er nie Kreuzworträtsel gelöst, doch sie war süchtig danach, und bald hatte sie ihn damit angesteckt.

Die zwei Männer neben ihm waren ins Gespräch vertieft. Er versuchte nicht zuzuhören, aber ihre Dialekte machten ihn irgendwie neugierig. Einer von ihnen klang ein bisschen wie Sol – aus dem Nordosten Englands? –, nur breiter. Und der andere, war das Glasgow? Nein, irgendwo in Nordirland. Klang wie Dennis Taylor, der Snookerspieler.

Gareth war mit dem Kreuzworträtsel gut vorangekommen, doch jetzt steckte er fest: *senkrecht, zwölf Buchstaben, »heuchlerisch« – S, leer, leer, E-I-N, leer, leer, I, leer, I-G.* Während er über die Lösung nachdachte, drangen wieder Gesprächsfetzen vom Nachbartisch herüber.

»Wart's ab, Punkt Viertel nach sieben kommt sie da durch die Tür. Kannste die Uhr nach stellen«, sagte der Kerl aus Nordirland. »Sie kann's einfach nicht lassen.«

»Aber jeden verdammten Abend?«, meinte der andere grinsend. »Wenn du so weitermachst, fällt er dir noch ab!« Beide lachten.

Gareth blickte kurz auf, begegnete dem Blick des Iren und lächelte höflich zurück, als würde er den Witz zumindest teilweise verstehen.

Dann fiel es ihm ein.

Das Wort, das er suchte: SCHEINHEILIG.

Er füllte die Kästchen aus, dann sah er auf die Uhr. Er sollte langsam los. Also nahm er seine Motorradjacke und stand auf. »Viel Spaß noch, Jungs«, sagte er.

Damian Magill prostete ihm mit seinem Bierglas zu und unterhielt sich dann weiter mit seinem Kumpel.

»Ein bisschen irre war sie aber schon, das musst du doch zugeben. Vor allem die Stelle mit der Gabel.« Sie hatten sich im Arthousekino *Betty Blue* angesehen und kochten nun in der Küche Kakao.

»Gar, sie war keine Irre. Mensch, wo bleibt dein Mitgefühl? Die Frau war emotional völlig durch den Wind. Willst du Toast?«

»Ja, warum nicht.« Er schmiegte sich von hinten an sie. »Und den essen wir dann im Bett, richtig?« Lana drehte sich zu ihm um und küsste ihn.

»Danke, dass du gekommen bist, Gar. Das war echt schön.«

»Hmmmm.«

Es klopfte an der Haustür.

»Ich geh schon«, bot er an.

»Wenn es jemand namens Zoe ist, sag ihr, ich bin in der Badewanne, und bitte sie nicht rein. Wir werden sie sonst nicht mehr los.«

Lächelnd spazierte er den Flur hinunter. Als er die Tür öffnete, brauchte er einen Moment, bis sein Gehirn verarbeitet hatte, was er sah. Der Typ draußen wirkte gleichermaßen sprachlos. Schweigend blickten sie sich an.

Dann sagte Damian Magill: »Ich wollte eigentlich zu Lana. Sie ist heute Abend nicht aufgetaucht.«

Gareths Atem ging schneller, und er konnte seinen Puls in den Ohren hören. Er starrte den Nordiren aus dem Pub an, und ohne den Blick abzuwenden, brüllte er: »Lana! Hier ist jemand für dich!«

Auch als er sie kommen hörte, drehte er sich nicht um, während er eins und eins zusammenzählte.

Ein Lächeln breitete sich langsam auf Damian Magills Gesicht aus. »Na, das ist ja mal interessant«, sagte er mit Blick über Gareths Schulter hinweg, wo Lana wie angewurzelt stehen geblieben war.

Es war fast unerträglich mit anzuhören, wie sie verzweifelt versuchte, die Situation zu retten, indem sie mit zitternder Stimme rief: »Oh, hi, Damo. Bist du wegen des Buches gekommen?«, und sich dabei bemühte, fröhlich und beiläufig zu klingen.

»Welches Buch?« Damian Magill spielte den Verwirrten.

»Das ist Damian, Gar«, fuhr Lana unbeirrt fort und versuchte sich an Gareth vorbeizudrängen. »Er ist ein Studienfreund und …«

Gareth hob den Arm und schob Lana sanft zurück hinter sich. Seine Stimme blieb ganz ruhig, trotz des Adrenalins, das mit Höchstgeschwindigkeit durch seine Adern schoss.

»Fickst du meine Freundin, Kumpel?«

Damian Magill sah ihn grinsend an.

Hinter ihm fuhr Lana vergeblich fort, eine Lüge aufrechtzuerhalten. »Gareth! Wovon redest du? Ich hab dir doch gesagt …«

»Bekomme ich eine Antwort, *Damo*?« Gareth ignorierte sie.

»Was denkst du denn, Jungchen?«, erwiderte Damian Magill, ohne sein Grinsen zu verlieren.

Gareth trat einen Schritt aus dem Haus heraus auf ihn zu.

»Gareth, hör auf!«, rief Lana, doch er ließ sich nicht beirren.

»Ich glaube«, sagte er ganz ruhig, »die Antwort ist Ja – du vögelst meine Freundin.« Und er versetzte Damian Magill einen heftigen Schlag gegen die Schulter.

Das Grinsen des Bauarbeiters verschwand. »Das willst du nicht wirklich.«

»Will ich nicht?« Und Gareth schubste ihn wieder.

Dieses Mal reagierte Damian, indem er zu einem Haken ausholte, doch Gareth duckte sich rechtzeitig, um seinerseits den anderen hart in den Bauch zu boxen. Damian Magill klappte vornüber, woraufhin Gareth erneut ausholte.

»Ist es sie, über die du im Pub geredet hast, du verdammter Scheißkerl? Hast sie Abend für Abend …?«

»GARETH!« Lana kreischte, sie sollten aufhören, doch keiner der beiden nahm Notiz von ihr.

»Ja, so ist es, Kumpel«, sagte Damian. Ihm lief nun Blut aus dem Mundwinkel, der sich zu einem üblen Lächeln nach oben bog. »Und ich verrat dir was, es stimmt, was alle immer über Waliser Mädels sagen: Die wollen so richtig rangenommen werden!«

Gareth stürzte sich wieder auf ihn, angestachelt von der Wut in seinem Körper. Doch auf einmal gewann Damian die Oberhand und hatte ihn im Handumdrehen zu Boden gedrückt.

»Sie war schon in Athen verdammt heiß, musst du wissen, aber mit der Zeit scheint sie immer besser zu werden!« Dann schlug er wieder zu.

Gareth schrie auf vor Schmerz. »VERDAMMT!« Woraufhin der Bauarbeiter noch einmal ausholte. Da wurde er jedoch am Rücken von einem Schlag mit dem Golfregenschirm getroffen, den Lana sich aus dem Flur geschnappt hatte.

Der Schlag war nicht wirklich heftig, doch Damian stürzte zu Boden, wodurch Gareth Gelegenheit hatte, sich aufzurappeln.

Lana stand vor ihm und sah, wie Damian Magill ebenfalls aufstand, nun nicht mehr ganz so kraftstrotzend. »Na dann, war nett dich kennenzulernen, Gareth«, sagte er. »Lana, wir sehen uns morgen.«

»Verpiss dich, Damo!«, kreischte sie.

»Ach, du kommst schon wieder«, antwortete er und wankte die Straße hinunter.

Gareth wollte ihm nachsetzen, aber Lana zog ihn weg.

»Lass mich dein Auge anschauen«, sagte sie leise.

Doch er schüttelte sie ab und starrte sie eine ganze Weile nur an. In seinem Gehirn liefen zig Informationen wild durcheinander, die er verzweifelt versuchte in einen logischen Zusammenhang zu bringen: der Job über Weihnachten, die Launenhaftigkeit, dass sie nicht von ihm in Guildford besucht werden wollte … Alles ergab einen Sinn, bis auf eine Sache.

»Athen?«, fragte er. »Du hast ihn in Athen kennengelernt?«

Sie versuchte nicht, es zu leugnen. Sie versuchte auch nicht, ihn vom Gehen abzuhalten.

Drei Stunden später, zurück in Coed Celyn, war Judith noch wach, als er die Wohnungstür aufschloss.

»Oh Gott, Gar, was ist mit dir passiert?« Entsetzt kam sie auf ihn zu.

Erst in diesem Moment, als er heil zu Hause angekommen war, konnte er schließlich zulassen, dass sein Körper das eben Erlebte wahrnahm. Alles tat ihm weh, sein Schädel pochte. Doch es waren seine gekränkte Würde und sein gebrochenes Herz, unter denen er am meisten litt. Keine körperliche Verletzung konnte schlimmer sein als dieser Schmerz.

»Oh, Judith«, flüsterte er.

»He! Komm mal her!«, sagte sie leise und legte die Arme um ihren Freund, der in sich zusammensackte und stumm weinte. »Alles gut«, beruhigte sie ihn. »Alles wird gut.«

25

CATRIN

»Die ganze Sache läuft aus dem Ruder«, sagte sie. »Die Hochzeit ist erst im Dezember, aber so wie meine Mutter sich aufführt, könnte man meinen, es wäre nächste Woche so weit!«

Am anderen Ende der Telefonleitung hörte sie Sol lachen. Sie hatten Osterferien, und er war zum Lernen heim nach Bayfield gefahren. »Sie lässt mich keine Sekunde in Ruhe«, stöhnte Catrin. »Läuft mir durchs Haus hinterher mit Fragen zu Servietten oder Onkel Glan oder verdammten Zuckermandeln! Ich soll hier ungestört lernen können, Herrgott noch mal. Heute Morgen kam sie mit einem Bild von einem scheußlichen Hochzeitskleid, das sie toll findet, in mein Zimmer gestürmt. Ganz ehrlich, ich würde darin aussehen wie ein Lampenschirm.«

»Wenn's dich tröstet, ich hab hier genau das Gleiche. Sei froh, dass du dich nicht mit einer Horde jamaikanischer Verwandter und ihren Reiseplänen herumschlagen musst. Mein Vater dreht schon total durch beim Versuch, Flüge zu buchen, und dann ruft meine Mutter alle fünf Minuten im Montgomery Hall an, um nachzufragen, ob die Hotelzimmer Waschlappen oder einen Wasserkocher haben.«

»Oh, Sol. Sollen wir einfach durchbrennen und heimlich in Gretna Green heiraten?«

»Sie würden nie wieder ein Wort mit uns sprechen. Außerdem will ich, dass alle meine Freunde Father O'Leary erleben. Der ist einfach umwerfend«, meinte Sol lachend.

»Er ist kein Comedian, hörst du?« Catrin versuchte streng zu klingen. Wobei sie eines zugeben musste: Als sie bei Father O'Leary gewesen waren, um die Ehegelübde zu besprechen und ihre voreheliche Unterweisung zu erhalten, hatte sie es kaum geschafft, sich das Lachen zu verkneifen.

»Die Ehe ist wie ein multinationales Unternehmen«, hatte er in hoher Stimmlage in seinem üblichen Schnellfeuertempo losgelegt. »Man muss investieren, um Gewinne abschöpfen zu können. Solomon, du und Caitlin hier ...«

»Catrin«, hatte Sol ihn korrigiert.

»... Verzeihung, Catherine«, fuhr der Priester fort, »ihr seid beide wie die Geschäftsführer dieses Unternehmens, ja? Die Firmenchefs, könnte man auch sagen, und ihr müsst, nun, immer ein Auge auf die Bilanzen haben, ja?« Father O'Leary schien sehr angetan von seinem Vergleich, den er, wie Catrin und Sol vermuteten, bei jedem Paar anbrachte, das hier in seiner Kirche heiratete. Sie fragten sich auch, ob dieses Bild wohl in der Predigt am Tag selbst auftauchen würde.

»Du fehlst mir«, sagte Catrin nun leise und hielt dabei den Hörer umklammert.

»Ja, du fehlst mir auch«, erwiderte er. »Wie läuft's mit Histologie?«

»Du alter Romantiker! Nicht schlecht, ehrlich gesagt. Ich kämpfe eher mit Neuroanatomie. Verwechsele dauernd meinen *corpus callosum* mit dem *caudate nucleus*. Trotzdem geb ich mir heute Abend mal frei. Lana ist für ein paar Tage zu Hause, deshalb treffen wir uns bei mir zum Pizzaessen.«

»Na, dann viel Glück!«

»Ach, das wird schon passen. Die beiden müssen einfach nur mal ein paar Stunden zusammen verbringen.«

Zwischen Lana und Judith herrschte seit *der Nacht des Streits* ziemliche Eiseskälte. Judith hatte zwar nicht direkt etwas zu Lana gesagt, aber es war klar, dass sie auf Gareths Seite stand.

»Ich kapier einfach nicht, was dich daran so aufregt, Jude«, hatte Catrin geseufzt, als sie sich eine Woche später trafen.

»Die Lügerei!«, erwiderte Judith fassungslos. »Seit ich herausgefunden habe, wie meine Mutter meinen Dad belogen hat, bin ich kein besonderer Fan mehr von absichtlicher Täuschung.«

»Klar, verstehe.« Catrin wusste natürlich, wie sehr Judith unter der Wahrheit über die Ehe ihrer Eltern litt.

»Und, Cat, ganz ehrlich, wenn du Gareth an diesem Abend gesehen hättest! Ich habe noch nie jemanden erlebt, der so fix und fertig war. Das war echt schrecklich.«

Catrin wusste nicht, was sie tun sollte. Sie war hin- und hergerissen. Einerseits konnte sie Judiths Standpunkt verstehen – und den armen Gareth auch. Was da passiert war, war entsetzlich. Doch schließlich war Lana ihre Freundin, und auch wenn sie sich idiotisch verhalten hatte, sollten sie zu Lana halten, oder? »Sie würde für dich dasselbe tun, Jude. Das weißt du genau.«

Doch Judith hatte bloß mit den Schultern gezuckt, und Catrin gab es auf, sie überzeugen zu wollen.

Seither hatte es wenig Kontakt zwischen den dreien gegeben. Zum einen wegen des Gareth/Lana-Dramas, zum anderen weil sie alle in Arbeit versanken. Judith hatte sich entschieden, einige Prüfungen für die Beamtenlaufbahn zu machen, und saß fast jeden Abend über ihren Büchern. Catrin büffelte auf die Tests am Ende des ersten Medizinstudienjahrs hin und musste sich dazu noch um die Hochzeitsvorbereitungen kümmern, und Lana hatte jede Menge Proben.

Am Ende des Frühjahrtrimesters sah sich Catrin Lana in ihrer Collegeaufführung der *West Side Story* an. Judith kam nicht mit. Sie schob es auf den Lernstoff, doch sie wussten alle drei, dass es sich nur um eine Ausrede handelte.

»Sie ist immer noch sauer auf mich, oder?«, fragte Lana traurig.

Catrin versuchte sie zu trösten, merkte jedoch selbst, dass ihrer Stimme die Überzeugung fehlte. »Du kennst doch unsere Judith«, sagte sie. »Die kann niemandem lange böse sein.«

»Wenn ich dort anrufe, geht immer *sie* ran, nie Gareth. Und sie ist nie unfreundlich oder so, aber da ist diese … Spannung. Wenn ich frage, ob ich Gar sprechen kann, sagt sie, er ist unterwegs oder ein paarmal auch, dass er nicht ans Telefon kommt. Das ist so demütigend.« Sie seufzte. »Das hab ich echt versaut, stimmt's?«

Catrin konnte nicht widersprechen, deshalb drückte sie ihrer Freundin nur mitfühlend den Arm.

»Hast du ihn noch mal getroffen? Diesen Bauarbeiter?«, erkundigte sie sich, als sie in jener Nacht zusammen in Lanas Bett lagen. Lana antwortete nicht. »Oh Gott, du triffst dich doch nicht immer noch mit ihm?«

»Ich kann es auch nicht erklären … Er ist einfach …«

Catrin unterbrach sie schockiert. »Bitte, sag jetzt nicht, du bist in ihn verliebt.«

Lana setzte sich kerzengerade auf und schaltete das Licht an. »Wie bitte? Nein! Wenn überhaupt, dann hasse ich ihn. Er ist ein echt furchtbarer Mensch.«

»Dann verstehe ich das nicht.« Catrin war ehrlich verwirrt.

»Schau, ich habe versucht, es zu beenden, wirklich. Kann ich eine rauchen?«

»Nein.«

»Aber der Sex mit ihm … Der macht süchtig. Ich will es nicht weiter tun, aber ich muss einfach … Ich kann nicht aufhören.«

»Heiliger Strohsack, Lana«, flüsterte Catrin, die versuchte zu verbergen, wie sehr sie gerade den Respekt vor ihrer Freundin verlor.

Sie schwiegen eine Weile. Dann machte Catrin einen Vorschlag.

»Weißt du noch, wie wir mal alle während der Fastenzeit auf Schokolade verzichtet haben?«, fragte sie. »Und manchmal war es echt schwer, Nein zu sagen, aber wir haben es geschafft – alle drei –, hab ich recht? Nun, warum versuchst du es nicht auf diese Weise? Lerne der Versuchung des Bauarbeiters zu widerstehen.«

»Er ist kein verdammter Schokoriegel!«, fuhr Lana sie an. »Entschuldige.«

»Schon okay. Ich mache mir einfach Sorgen um dich, mehr nicht.«

»Hör zu, sein Vertrag läuft bald aus, und dann ist er sowieso weg. Dann *muss* ich aufhören, ihn zu treffen. Ich werde keine andere Wahl haben.«

»Klar.«

»Aber genug von diesem trübseligen Thema«, sagte Lana mit bemühter Fröhlichkeit. »Lass uns über deinen Junggesellinnenabschied sprechen.«

»Ach, Lana, der ist doch noch ewig hin.« Catrin gähnte und hatte ein schlechtes Gewissen dabei, die Begeisterung ihrer Freundin so brutal im Keim zu ersticken. »Verschieben wir das, okay?«

Lana zögerte. »Von mir aus. Schlaf gut«, sagte sie.

Doch sie wussten beide, der wahre Grund war, dass Catrins Hochzeit ein Thema war, das nur zu dritt besprochen wurde. Zwei von dreien reichte nicht aus.

An diesem Abend waren sie schließlich alle beisammen. Sie saßen über zwei große Pizzaschachteln auf dem Fußboden von Catrins Zimmer gebeugt, abgeschminkt und im Schlafanzug. Die Situation erinnerte Catrin an ihre Übernachtungspartys, als sie noch jünger waren.

Zuerst war die Stimmung angespannt gewesen. Die frostige, einsilbige Unterhaltung zwischen Judith und Lana machte die Atmosphäre unerträglich. Es war, als würden sie sich überhaupt nicht mehr kennen. Catrin versuchte die Wogen zu glätten, die ihre beiden besten Freundinnen voneinander trennten, doch es war Huw, der schließlich das Eis brach. Ob absichtlich oder nicht, er kam plötzlich ins Zimmer geplatzt und sang aus voller Kehle:

Catrin Kelly, Judith Harris, Lana Lloyd!
Fielen in den Graben zu den Raben.
Ihre Kleider furchtbar stanken
Seht nach Coed Celyn sie wanken.
Catrin Kelly, Judith Harris, Lana Lloyd!

Sie konnten alle drei nicht anders als zu lachen. Der gute alte Dad, dachte Catrin.

Danach entspannte sich die Lage. Gareth wurde nicht erwähnt, abgesehen davon, dass Lana sich etwas unbeholfen bei Judith erkundigte, ob er denn je von ihr sprach. Judith musste verneinen. Dann einigten sie sich darauf, das Thema ruhen zu lassen.

Im verzweifelten Versuch, wieder flache, aber friedliche Gewässer anzusteuern, griff Catrin auf das zurück, was definitiv helfen würde: »Na dann«, sagte sie und zog eine Hochzeitszeitschrift hervor. »Wer will das Kleid sehen, das mir gefällt?«

Es war, als hätte sie mit einem Zauberstab herumgefuchtelt.

Die beiden quietschten vor Freude und Aufregung, während sich die Zeit um zehn Jahre zurückdrehte und sich drei vernünftige junge Frauen in achtjährige Prinzessinnen verwandelten. Da hatte Catrin das Gefühl, dass vielleicht alles endlich wieder normal werden könnte.

26

JUDITH

»Warum kommst du nicht mit?«, fragte sie. »Ein bisschen Sonne tut deinen alten Knochen sicher gut, ein bisschen zypriotisches Vitamin D?«

Gareth lachte. »Hey, das mit dem alt bitte streichen!«

»Du bist aber schon in Versuchung, Gareth, gib's zu«, neckte Judith, als sie ihre Sommersachen in einen Rucksack packte.

»Na klar, wer wäre das nicht? Die Kochkünste deiner Tante klingen fabelhaft.«

»Zypern hat mehr zu bieten als Lammhackklöße!« Sie lachte.

Um zu feiern, dass sie die erste Sprosse auf einer sehr langen Karriereleiter erklommen und auf den Posten einer Verwaltungsangestellten befördert worden war, leistete sich Judith einen Urlaub. Die Vorstellung, ihren Vater wiederzusehen, war aufregend – dazu noch ihre erst vor Kurzem entdeckte Verwandtschaft –, und dabei sieben Tage Sonnenschein zu genießen. Ihr Flieger ging um sieben, und George würde sie abends in Nikosia am Flughafen abholen. Er lebte nun seit fast sechs Monaten wieder in Kakopetria und laut seinen Briefen war es, als wäre er nie fort gewesen.

Nach ihrem Wiedersehen an Weihnachten hatte Judith ihn überredet – nein, ihm *befohlen* –, nach Zypern zurückzukehren und sein Leben wieder dort aufzunehmen, wo er es 1973 verlassen hatte. »Dad, das bist du dir schuldig«, hatte sie liebevoll hinzugefügt. »Und Sofia und mir auch – uns allen!«

Zu Hause hatte man ihn, wie erwartet, mit offenen Armen empfangen. Er fand Arbeit bei der örtlichen Verwaltung und gewöhnte sich erstaunlich schnell wieder an das Leben auf Zypern. Er hatte sich sogar mit seiner früheren Verlobten versöhnt, mit Cleoniki, wobei das etwas Zeit gebraucht hatte. Cleoniki hatte nie geheiratet. Zu verletzt und gedemütigt war sie durchs Georges Verschwinden gewesen, um so eine Erfahrung ein weiteres Mal zu riskieren. Daher hatte sie sich entschieden, den Rest ihres Lebens allein zu bleiben. George war fest entschlossen, ihre Meinung zu ändern, und gab nicht auf, bis er schließlich Erfolg hatte. Doch das hatte seinen Preis. Cleos Bruder weigerte sich, ihm zu verzeihen, und drohte regelmäßig damit, ihn zu verprügeln. »Ich denke, wir müssen einfach Geduld haben«, hatte George Judith in einem seiner Briefe geschrieben. Doch abgesehen davon war das Leben auf Zypern gut, und George wollte es unbedingt mit seiner geliebten Stieftochter teilen.

Wie erwartet war Patricia nicht gerade begeistert von Judiths bevorstehender Reise. »Ich verstehe nicht, weshalb du dir die Mühe machst. Er ist nicht mal dein echter Vater!«, hatte sie gesagt. Doch Judith hatte nur gelächelt. Sie war längst immun gegen die grausamen Sticheleien ihrer Mutter. Und sie war seit sehr langer Zeit nicht mehr so zufrieden gewesen.

»Wann willst du starten?«, fragte Gareth, der seine tägliche Portion Weetabix mit heißer Milch in sich hineinschaufelte. Ihr Flug ging ab Cardiff, und er hatte angeboten, sie mit dem Motorrad hinzubringen. Er wollte nett sein, liebte aber auch jeden Anlass, auf der Autobahn zu fahren und für ein paar erhebende Sekunden Gas zu geben.

»Halb eins? Nur falls Stau sein sollte?«

»Geht klar«, nuschelte er mit vollem Mund, ehe er zurück in sein Zimmer ging. Judith lächelte in sich hinein und packte weiter.

Im Radio lief die Titelmelodie von *Unser Lied*, und Moderator Simon Bates begann eine weitere traurige Geschichte zu erzählen. Über »Leanne« – *das ist natürlich nicht ihr richtiger Name, Leute* –, die mit »Greg« eine lange Zeit wirklich glücklich gewesen war – *auch er heißt nicht wirklich so, Leute*. Simon Bates beschrieb diese offenbar idyllische Beziehung und wie gut alles lief, bis Leanne letztes Jahr nach Griechenland in den Urlaub fuhr, zu viel trank und ihr ein blöder Ausrutscher mit einem Typen passierte, den sie in einer Bar kennenlernte. An dieser Stelle wechselte der Moderator in einen dramatischeren Modus, indem er seine Sätze in die Länge zog und die Geschichte mit bedeutungsvollen Pausen füllte, in denen wieder die Titelmelodie eingeblendet wurde. *Und dieser Fehler würde sie teuer zu stehen kommen …*

Judith ließ sich entsetzt auf einen Stuhl sinken. Das war Lanas Geschichte! »Leanne« war Lana. Und Simon Bates erzählte die ganze traurige Story von Untreue, Reue und gebrochenen Herzen. Im Radio, wo alle es hören konnten!

Sie war wie versteinert, sodass sie gar nicht richtig mitbekam, wie Gareth in ihr Zimmer marschierte. »Hörst du diesen Scheiß?« Mit zitternder Hand drehte er die Lautstärke hoch, ohne ihre Antwort abzuwarten. Simon Bates kam zum Schluss: *Also, Greg, wenn du dort draußen bist und zuhörst: Leanne will, dass du weißt, dass es der größte Fehler ihres Lebens war, dir wehzutun … Und sie wird es bis zum Ende ihres Lebens bereuen.*

»Oh Mann«, murmelte Judith, entsetzt von der Melodramatik.

Gareth drehte sich zu ihr um und sah sie fassungslos an. *Und darum ist das hier für dich, Greg. Von Leanne, die hofft, einfach nur hofft, dass du ihr verzeihst …*

Keiner von beiden rührte sich von der Stelle, während die ersten Takte von Jim Diamonds »I should have known better« erklangen und der Text durch den Raum zu schweben schien. *It's true, I took your love for granted all along. And trying to explain where I went wrong, I just don't know.*

Gareth beugte sich zum Radio hinüber und schaltete es aus.

»Was hast du jetzt vor?«, wagte Judith zu fragen.

Doch er antwortete nicht, sondern ging hinüber in sein Zimmer. Sie wusste, es wäre keine gute Idee, ihm zu folgen.

Kurz darauf hörte sie Gareth die Wohnung verlassen. Er rief noch: »Bin rechtzeitig wieder da, um dich abzuholen.«

Als er zurückkam, erkundigte sie sich, ob alles in Ordnung sei, und er bejahte. Mehr traute Judith sich nicht zu fragen. Keinesfalls konnte er in so kurzer Zeit nach Guildford und wieder zurück gefahren sein, um Lana zu sehen, aber wo war er gewesen? Er sprach kaum ein Wort, während er ihr mit ihrem Rucksack aufs Motorrad half.

Als sie beim Flughafen ankamen, versicherte sie ihm, er brauche nicht mit hineinzukommen, sie käme allein klar.

»Versuch es zu genießen«, sagte er. »Du hast dir eine Auszeit verdient.«

»Danke. Und was ist mit dir? Du hast die Wohnung eine ganze Woche lang für dich allein. Schon irgendwelche Partys geplant?«, fragte sie, obwohl sie genau wusste, dass Partys das Letzte waren, was Gareth jetzt im Sinn hatte. Viel eher würde er die M4 entlangbrettern, um Lana die Meinung zu geigen oder sich mit ihr zu versöhnen.

Seine Antwort war ein trauriges Lachen. »Tut mir leid, dass ich ein bisschen … Du weißt schon. Ich habe damit einfach nicht gerechnet, das ist alles.«

Sie hätte ihn gerne getröstet, wusste aber nicht, wie. »Na, komm her«, sagte sie schließlich und streckte die Arme aus, um ihn zu umarmen.

»Verdammt, ohne dich wäre ich echt verloren«, erwiderte er leise mit kratziger Stimme.

Da ihr diese selten gezeigte Gefühlsregung peinlich war, wechselte sie schnell das Thema. »Also dann, bis in einer Woche!« Als sie sich auf den Weg zur Abflughalle machte, rief Gareth ihr noch nach: »Ich hol dich ab!« Sie drehte sich um, doch da war er schon verschwunden.

Über zweitausend Meilen und zwölf Stunden später saß sie an Sofias gemütlichem Küchentisch in Kakopetria, umgeben von ihrer Familie. Die warme Mainachtluft war erfüllt von einem ganzen Grillenorchester. Die Kinder waren längst im Bett, die Erwachsenen jedoch immer noch bester Laune. Iannis, Sofias Mann, bot an, ihr Metaxa nachzuschenken, aber sie erklärte gähnend, sie müsse jetzt wirklich schlafen.

Im Bett dachte sie über den vergangenen Tag nach – die Freude, George am Flughafen wiederzusehen, ihre angeregte Unterhaltung die ganze Fahrt über nach Kakopetria, als er ihr von seinen Plänen für die kommende Woche erzählte, das emotionale Willkommen, das ihr Sofia und Iannis und die Kinder bereitet hatten. Selbst die Ziegen und Hühner schienen erfreut, sie wiederzusehen. Sie war so froh, hier zu sein, es fühlte sich viel mehr nach einem Zuhause an als Coed Celyn. Und sie hatte auch schon erfolgreich ihr gelerntes Griechisch ausprobiert, die anderen applaudierten bei jedem Satz, an dem sie sich stockend und langsam versuchte. Sie sollte wirklich überglücklich sein – und das war sie auch! Wäre da nicht dieser leise nagende Zweifel wegen Gareth, der einfach nicht verschwand.

***

Am nächsten Morgen wurde sie von Danoulla und Andreas geweckt, die sich ihre lustig klingende Cousine noch einmal anschauen wollten, ehe sie zur Schule gingen. Sie brachten ihr Kaffee und versuchten sich an gebrochenem Englisch. »Goot morrrnink«, sagten sie und rannten kichernd aus dem Zimmer, während Judith ihnen lachend »*Kalimera!*« hinterherrief.

Beim Frühstück tischte Sofia wieder ein Festmahl auf, wie damals vor einem Jahr, als die Mädchen zu Besuch gewesen waren. Judith aß zwei dicke Scheiben Melone und genoss, wie ihr der süße Saft übers Kinn auf die Finger tropfte.

George wirkte wie ein aufgeregter Welpe, glatt rasiert und von der Sonne gebräunt. Er trug ein schickes Hemd zu einer Stoffhose, und Judith dachte, wie anders er aussah als der traurige Fabrikarbeiter damals in Coed Celyn oder der bärtige Ölplattformarbeiter an Weihnachten. George war ein neuer Mann.

Nach ihrem Ausflug durch die Berge und einem Picknick in einem schattigen Hain fuhren sie zurück nach Kakopetria zum Haus von Cleoniki Kyriacou. Sie war eine kleine, schmale Frau Ende dreißig, mit geschwungenen Lippen und strahlenden hellbraunen Augen. Schlicht, aber elegant gekleidet. Judith war gerührt, wie respektvoll George mit seiner Freundin umging, sie höflich auf beide Wangen küsste und sie förmlich begrüßte.

Als er sich umdrehte, um sie mit Judith bekanntzumachen, füllten sich Cleos Augen mit Tränen. Sie öffnete die Arme und drückte sie fest an sich, als begrüßte sie eine verloren geglaubte Heimkehrerin. Judith verstand nur ein paar einzelne griechische Worte, aber George übersetzte für sie. »Sie sagt, du bist wunderschön, wie ein Reh.«

Judith war sich nicht sicher, ob das wirklich ein Kompliment war oder nicht, beschloss aber, es als solches zu nehmen. *»Efcharisto poli«*, erwiderte sie schüchtern, und Cleo schien sie noch mehr ins Herz zu schließen.

Sie blieben zum Tee, und anschließend zeigte Cleo Judith ihren kleinen Garten, auf den sie sehr stolz war. Blühende Geranienbüsche in Töpfen, Alpenveilchen und Pfingstrosen.

»Ich baue eine Gartenbank für sie, da drüben in die Ecke neben den Olivenbüschen.« George platzte fast vor Glück. Judith bemerkte, wie die beiden sich heimlich anlächelten.

Auf dem Weg nach Hause hielten sie an dem kleinen Friedhof an, um Blumen ans Grab von Georges Mutter zu legen. Dieses Mal war es ein glückliches Ereignis, denn Judith und George waren beide von ihrem Zusammensein regelrecht beflügelt. Wer hätte auch ahnen können, dass alles tatsächlich so kommen würde?

Als sie zum Auto zurückgingen, verkündete George, er müsse etwas mit ihr besprechen, und sie setzten sich auf eine kleine Steinbank im Schatten.

Judith erriet bereits, was er sagen wollte, doch sie wollte ihm die Freude nicht nehmen. Sie merkte, dass er die Worte lang geübt hatte, und nachdem er sich gesammelt hatte, platzte er laut heraus:

»Ich habe Cleoniki Kyriacou gefragt, ob sie meine Frau werden will, und sie hat Ja gesagt.«

Judith bemühte sich um ein ernstes Gesicht, denn seine Förmlichkeit war so rührend. »Aha«, neckte sie ihn.

»Ich verstehe, wenn das für dich unangenehm ist, aber …«

»Dad …«

»Aber ich liebe sie, und ich werde sie heiraten, egal ob du …«

»Dad!«

Er hielt inne, und sie nahm seine Hand.

»Das sind wunderbare Neuigkeiten. Ich freue mich so für dich.«

George umarmte sie strahlend. »Ach, meine kleine Judimoo!« Er erzählte, dass sie hofften zu heiraten, sobald das Scheidungsurteil rechtskräftig war.

»Ja, Patricia hat mir sehr ausführlich davon berichtet«, sagte Judith, woraufhin George ein besorgtes Gesicht machte. »Ach, keine Sorge, Dad. Sei nicht böse, aber ich glaube, es ist ihr ziemlich egal. Sie ist letzte Woche mit dem Rattenfänger ausgegangen.«

»Dem Rattenfänger?«

»Erinnerst du dich noch an Norman Protheroe aus der Pickard Road? Der Ungezieferheini? Wir haben ihn immer den Rattenfänger genannt. Er scheint aber ganz in Ordnung zu sein.« Sie und George lächelten sich an.

»Ich hatte gedacht«, fuhr George fort, »dass Cleo und ich nicht in der Kirche heiraten können, weil ich ja geschieden bin. Aber weil meine Ehe mit deiner Mutter nicht in diesem Land geschlossen wurde, erkennt sie die Kirche von Zypern nicht an.«

»Ein praktisches Vorurteil«, sagte Judith.

»Ja. Genau.« Er machte eine kurze Pause. »Es gibt da nur eine Sache«, setzte er vorsichtig an.

»Sag schon«, drängte Judith ihn.

»Ich habe beschlossen, deiner Mutter das Haus zu überlassen. Ich will nicht, dass sie es verkaufen muss, um mir meinen Anteil auszuzahlen.«

»Wie bitte?«, rief Judith, ein wenig zu laut. »Warum kannst du sie nicht dazu bringen, dich auszuzahlen?«

»Judi-moo.« Er streichelte ihre Hand. »Wir wissen doch beide, dass das mit ihrem Einkommen unmöglich ist. Und wenn ich darauf bestehe, dass sie es verkauft, wo soll sie dann hin? Und wie soll sie über die Runden kommen? Nein, sie mag viele Fehler haben, und sie hat wenig Gutes getan und beschimpft mich immer noch, aber ich habe das Gefühl, ich schulde es ihr dafür, dass sie in die Scheidung eingewilligt hat.«

»Du hast echt ein weicheres Herz als die meisten, Dad, so viel steht fest.«

George lächelte. »Weißt du, deine Mutter ist nicht nur schlecht.«

Judith biss sich auf die Zunge.

Kurz darauf kehrten sie zum Haus zurück, und als sie vor dem kleinen Bauernhof anhielten, kam Sofia ihnen bereits entgegengelaufen, um sie zu begrüßen. Sie wirkte sehr aufgeregt, wischte sich die Hände an ihrer Schürze ab und sagte etwas auf Griechisch zu George, der für Judith übersetzte: »Anscheinend haben wir einen Gast!«

Vielleicht Cleos Bruder, um sich zu versöhnen – oder um Ärger zu machen, dachte Judith. Als sie das Haus betrat, brauchten ihre Augen einen Moment, um sich nach der hellen Sonne ans Dämmerlicht zu gewöhnen. Doch schließlich konnte sie ihn erkennen.

»Gareth«, flüsterte sie.

»Hallo, du«, erwiderte er grinsend. »Hab beschlossen, dass ich doch Urlaub brauche.«

27

GARETH

Nach Zypern zu fahren war eine verrückte, total spontane Entscheidung gewesen. Er hatte wirklich vorgehabt, die Woche gemütlich zu Hause zu verbringen, seinen Urlaub zu genießen und ein bisschen am Moped rumzuschrauben. Aber all diese Pläne für eine entspannte, lockere Woche daheim wurden völlig unerwartet infrage gestellt. Er hatte eine Runde mit dem Motorrad gedreht, war über die A470 gebrettert, die sich durch die Brecon Hills schlängelte – die einzige Möglichkeit, den Kopf freizubekommen.

Drei Monate waren seit der Schlägerei mit diesem Typen aus Nordirland vergangen, drei Monate, seit er mit Lana gesprochen oder sie gesehen hatte. Beunruhigend schnell hatte er sich daran gewöhnt, dass sie nicht mehr Teil seines Lebens war. Es war nicht so, als hätte er nicht an sie gedacht, doch wenn er es tat, fühlte er nichts. Bis zu dem Punkt, wo er sich fragte, ob er die ganze Zeit irgendwie unter Hypnose gestanden hatte und die *echte* Lana diejenige war, die er an jenem schrecklichen Abend im Februar erlebt hatte. Der Schmerz, den er damals empfand, zusammen mit der Demütigung, war so überwältigend, dass er eine Woche lang wie in einem Nebel verbracht hatte. Wie konnte er so dumm gewesen sein? So blind?

Doch mit der Zeit fühlte er sich besser. Bis zu *Unser Lied.*

Hatte er unbewusst darauf gewartet? War das die große romantische Geste, auf die er insgeheim gehofft hatte, weil sie irgendwie alles wieder in Ordnung bringen würde? Das fehlende Puzzleteil? *Gab* es überhaupt ein fehlendes Puzzleteil? Hatte er sich lediglich an ein Leben ohne Lana gewöhnt und jeden Gedanken an eine Versöhnung unterdrückt? Oder war sein gebrochenes Herz tatsächlich wieder geheilt?

Die Erleuchtung konnte einem, wie er merkte, in einem ganz unerwarteten Moment kommen: Hier saß er auf seinem Motorrad am Flughafen von Cardiff, während der Motor noch brummte und die Flugzeuge starteten und landeten, und sah zu, wie Judith zur Abflughalle ging. Die Erkenntnis hätte nicht klarer sein können.

Die darauffolgende Aufregung hatte er sehr genossen: Am nächsten Tag das Ticket in dem kleinen Reisebüro an der Hauptstraße von Coed Celyn zu buchen, seinen Rucksack zu packen und zu starten. Er zweifelte keine Sekunde daran, das Richtige zu tun. Das mit dem Urlaub hatte er ernst gemeint – er brauchte dringend welchen. Und Judith hatte ihn schließlich eingeladen. Es hatte sich gelohnt: Der Schock und die Begeisterung auf Judiths Gesicht, als sie ihn in Sofias Küche sitzen sah, waren unbezahlbar.

Er wurde so herzlich aufgenommen. Sofia machte für ihn ein Bett im Wohnzimmer bereit, und er aß alles, was sie ihm vorsetzte, und noch mehr.

»Oh, Mann«, seufzte er zufrieden und rieb sich den Bauch nach einem weiteren fantastischen griechischen Mahl. »Jude hat nicht gelogen, was deine Kochkünste angeht«, sagte er zu Sofia. »Die sind wirklich erstklassig!« Und George übersetzte lachend.

Es war schön, George kennenzulernen.

An ihrem letzten Abend hatte er mit ihm draußen auf der Terrasse gesessen, einen Metaxa getrunken und eine seiner selbst gerollten Zigaretten geraucht. Er wartete darauf, dass Judith mit dem Umziehen fertig war. Sie wollten sich eine ortsansässige Band anhören, die an diesem Abend auf dem Dorfplatz spielte, um ein bisschen echtes zypriotisches Nachtleben mitzunehmen.

»Vergesst nicht, das hier ist Kakopetria«, hatte George lächelnd gewarnt. »Nicht Limassol. Versprecht euch also besser nicht zu viel!«

Der Abend war lau und friedlich. Nur eine kühle Brise von den Bergen erfrischte die Luft. Sie saßen eine Weile schweigend da, jeder in seine Gedanken vertieft.

»Bereit?«, wurden sie von Judith unterbrochen. Sie trug ein cremefarbenes dünnes Top, einen bunten Rock und geschnürte Espadrilles. Die glänzenden braunen Locken hingen ihr lose über die Schultern – nicht wie sonst zu einem Pferdeschwanz zurückgebunden.

Gareth war einen Moment lang sprachlos. »Du siehst …« Er suchte nach dem richtigen Wort.

»Ist es arg komisch?« Panisch blickte sie an sich hinab. »Ich habe mir das Top von Sofia ausgeliehen.«

»Nein! Nein, es ist total cool.«

»Na dann.« Doch er rührte sich immer noch nicht vom Fleck. »Dann komm schon«, sagte sie.

Die Band war seltsam. Und das war noch milde formuliert. Eine Mischung aus traditionellen zypriotischen Instrumenten, die aktuelle Popsongs spielten, und einem Sänger, der wirkte wie eine Mischung aus Sid Vicious und dem Typen von Bucks Fizz. Trotzdem war die Stimmung fröhlich und ausgelassen, und sie verbrachten den Großteil des Abends tanzend und lachend. Gareth hatte schon lange nicht mehr so viel Spaß gehabt, und dabei waren sie nicht einmal betrunken. Sie hatten sich beide an selbst gemachte Limonade gehalten, weil sie am nächsten Morgen nicht verkatert sein wollten, wenn sie um fünf zum Flughafen von Nikosia aufbrachen.

»Ich hatte eine supergute Zeit hier, Jude«, sagte Gareth, als sie sich auf den Weg zurück zum Gehöft machten.

»Ich auch«, erwiderte sie. »Danke, dass du gekommen bist. Ich kann immer noch nicht fassen, dass du hier bist!«

Das Schweigen zwischen ihnen war völlig entspannt. Ab und zu schrie eine Eule, und eine Menge Sterne leistete ihnen Gesellschaft.

Als sie ankamen, waren die anderen schon zu Bett gegangen. Um sie nicht zu stören, unterhielten sie sich nur flüsternd, während sie sich in Sofias gut organisierter Küche heiße Milch mit Honig zubereiteten. Sie hatte ihnen einen Teller köstlicher Mandelkekse hingestellt, noch warm vom Backen. Judith und Gareth machten es sich an entgegengesetzten Enden des großen Sofas bequem und tunkten ihre Kekse in die dampfende Milch. Gareth lümmelte in seiner Ecke, wie er es zu Hause auch tat. Judith hatte die Beine untergeschlagen, genau wie daheim. Beide waren ganz sie selbst in Gegenwart des anderen.

Gareth wurde auf einmal bewusst, dass Judith ihn während seines gesamten Aufenthalts nicht ein einziges Mal nach Lana gefragt hatte. Bei solchen Dingen war sie so rücksichtsvoll. Doch er hatte das Gefühl, ihr eine Art Erklärung zu schulden.

»Du musst nicht darüber reden, wenn du nicht willst«, sagte sie.

»Ich weiß.« Dann schwieg er einen Moment lang, um seine Gedanken zu ordnen. »Es ist vorbei, Jude«, sagte er leise. »Aus und vorbei. Im Grunde bin ich ihr was schuldig dafür, für diese Geschichte mit *Unser Lied* – weil für mich dadurch alles erst richtig klar geworden ist.«

»Das war eine ziemlich beeindruckende Geste.« Judith pustete auf ihre Milch, um sie abzukühlen. »Extrem romantisch.«

»Meinst du? Ich fand es irgendwie ein bisschen … kitschig. Du nicht? Sei ehrlich.«

Er konnte sehen, wie sie mit sich kämpfte. Er prüfte damit ihre Loyalität, was nicht wirklich fair war.

»Ach, ich weiß auch nicht, es passt halt sehr zu Lana«, antwortete sie diplomatisch.

»Ja, vielleicht ist das das Problem. Lana passt nicht mehr sehr zu mir. Versteh mich bitte nicht falsch, ich wünsche ihr nur das Beste, aber das Leben geht weiter.«

»Verstehe.«

»Außerdem gibt es da noch etwas«, fügte er hinzu, unfähig, ihr in die Augen zu sehen.

»Was denn?« Judith trank ihre Milch in kleinen Schlucken wie eine durstige Katze.

Wie sollte er es ihr sagen? Es blieb ihm nichts anderes übrig, als es zu wagen, eine Handgranate zu werfen und damit den Status quo zu zerstören. Sag es. *Sag schon!*

»Na ja, ich … Also … Es gibt da eine andere.«

Judith verschluckte sich ein wenig an ihrer Milch. »Entschuldige«, sagte sie hustend. »Echt?«

»Ich weiß, es ist schwierig für dich, weil Lana deine beste Freundin ist, und, also, ich werde ganz ehrlich zu ihr sein, ich werde es ihr sagen … Ich wollte nur zuerst mit dir reden.«

»Wieso mit mir?«, fragte sie mit gerunzelter Stirn.

Das lief gar nicht gut. Also versuchte er eine andere Taktik.

»Du warst so gut zu mir, Jude, so nett und, also, einfach für mich *da*, und wir sind inzwischen … Na ja, also wir sind jetzt gute Freunde, oder? Auch wenn der Anfang etwas holprig war.«

»Ähm, ja«, erwiderte sie zurückhaltend.

»Die Sache ist die, also … Ich mag dich sehr gern.« Vor lauter Nervosität klang er total nüchtern, so als hätte er ihr gerade mitgeteilt, dass der Wasserkessel kochte.

»Ich mag dich auch gern«, erwiderte sie.

Da wusste er, dass er die Situation völlig falsch eingeschätzt hatte.

»Nein, ich meine … Ich mag dich sehr. Ich liebe dich.« Inzwischen wünschte er verzweifelt, er hätte gar nicht erst damit angefangen.

Sie hörte auf zu trinken, hielt die Tasse fest umklammert und starrte ihn an.

Er brachte den Mut auf, sie anzusehen, und wand sich innerlich, weil er begriff, dass sein Geständnis sie total entsetzt hatte.

»Das tust du nicht«, erwiderte sie mit Nachdruck.

Er war verwirrt. »Äh, doch, ja, das tue ich!«

»Du machst dir was vor, das ist völliger Blödsinn. Du redest Quatsch.« Judith stand auf und nahm ihm die noch halb volle Tasse aus der Hand.

»Ich hatte gehofft, du sagst, dass es dir genauso geht.«

»Gareth!« Sie drehte sich zu ihm um und musste ihren Ärger unterdrücken, um nicht zu laut zu werden. »Hast du heute Abend irgendwas geraucht oder so? Du bist *nicht* in mich verliebt und ich auch nicht in dich. Wir sind Freunde. Wir wohnen zusammen. Das war's! Und jetzt brauchen wir beide Schlaf, wenn wir morgen diesen Flieger kriegen wollen. Schließt du bitte die Hintertür ab?«

»Klar«, antwortete er und wusste nicht, was er noch sagen sollte.

Schweigend spülte sie die Tassen aus, trocknete sich die Hände ab und ging zur Treppe. Dabei kam sie an Gareth vorbei, der belämmert dastand und dem das alles total peinlich war.

»Jude, es tut mir leid. Ich hab mich komplett getäuscht, oder?«

»Ja, das hast du.« Doch sie lächelte ein bisschen. »Aber mach dir keine Sorgen deswegen, okay?« Dann verschwand sie nach oben ins Bett.

Am nächsten Morgen war sie voller Energie und Tatendrang, als wollte sie das klaffende Loch stopfen, das sein Geständnis am Abend zuvor in ihre Freundschaft gerissen hatte. Ihre übereifrige Freundlichkeit vermittelte ihm die stumme Botschaft, das Thema bloß nicht noch mal anzuschneiden. Also ließ er es bleiben. So lief die Heimreise im Großen und Ganzen zivilisiert und freundschaftlich ab, und auf einen Außenstehenden wirkten sie wie die besten Kumpels. Doch sobald sie zu Hause ankamen, war es, als würden sich zwei Fremde eine Bleibe teilen. Höfliche Distanz und ein Gefühl der Fremdheit schufen eine komische Atmosphäre in der Wohnung.

Gareth lag auf dem Sofa, hörte The Clash und fragte sich, wie lange sie es wohl noch schaffen würden, sich so aus dem Weg zu gehen. Inzwischen waren drei Tage vergangen. Judith war jeden Abend unterwegs gewesen – Griechischkurs oder Schwimmen oder irgendeine andere Ausrede. Würden sie je wieder zu dem Zustand von zuvor zurückkehren, oder hatten sie eine unsichtbare Grenze überschritten? Hatte er diese wunderbare, entspannte Freundschaft kaputtgemacht? Nur weil er die Zeichen komplett falsch gedeutet hatte? Was er am Samstag gesagt hatte, konnte er nicht mehr zurücknehmen. Und er wollte es auch nicht – schließlich war es die Wahrheit.

Jude würde wahrscheinlich Lana davon erzählen, was die Lage zwischen den beiden noch schwieriger machen würde. Und ja: Das war alles ganz großer Mist.

Über die Musik hinweg hörte er, wie sie unten die Tür aufschloss und dann ihre Schritte auf der Treppe. Als sie den Flur erreichte, erwartete er, dass sie in ihr Zimmer ging und die Tür hinter sich zuzog wie jeden Abend, seit sie aus Zypern zurückgekommen waren. Doch heute nahmen ihre Schritte eine andere Richtung, und nach wenigen Sekunden stand sie in der Tür zum Wohnzimmer, die Stirn gerunzelt, wie er es von ihr so gut kannte.

Er stand auf und wartete auf die Worte, die sicher gleich kommen würden: *Gareth, ich glaube, es ist am besten, wenn ich mir eine andere Bleibe suche …*

Doch sie sagte nichts. Starrte ihn nur an und kaute dabei auf ihrer Unterlippe herum.

Die Zeit stand still.

Der Song erfüllte den Raum und schien lauter zu werden, als drehte eine unsichtbare Hand am Lautstärkeregler. *»Should I stay or should I go now?«*, schmetterte Joe Strummer aus den Lautsprechern.

Schließlich musste er etwas sagen. »Alles okay?«

Immer noch nichts, außer dass sie nickte.

Und dann tat sie es. Sie kam direkt auf ihn zu, zielgerichtet und entschlossen. Einen bizarren Augenblick lang fragte er sich, ob sie ihn schlagen würde.

Doch ganz im Gegenteil. Sie nahm sein Gesicht in beide Hände, schloss die Augen und küsste ihn langsam. Es dauerte ein paar Sekunden, bis auch er die Augen zumachte und ihren Kuss erwiderte.

»Ich wollte dir nur sagen«, flüsterte sie, »dass du dich nicht getäuscht hast.«

Dann küsste sie ihn wieder, während The Clash im Hintergrund weitersangen.

»So come and let me know, should I stay or should I go?«

28

JUDITH

Als sie in dieser ersten Nacht miteinander schliefen, war das so intensiv, dass Judith dachte, ihr ganzer Körper würde vor Lust explodieren. Anschließend brachte sie kein Wort heraus. Keiner von beiden. Sie lagen einfach nur da, die müden Gliedmaßen ineinander verschränkt, inhalierten mit tiefen, herrlich entspannten Atemzügen den süßen Duft der Haut des anderen und warteten mit weit geöffneten Augen darauf, dass die Sonne auf Zehenspitzen durchs Fenster geschlichen kam. Und Judith wusste einfach, dass ihr etwas wunderbar Unwiderrufliches widerfahren war. Es gab kein Zurück.

»Was tun wir jetzt?«, flüsterte sie schließlich und brach damit das Schweigen.

»Teewasser aufsetzen«, antwortete Gareth und küsste sie auf die Stirn, ehe er aus dem Bett schlüpfte.

Er streckte sich – ein zufriedenes Strecken, wie eine satte Katze –, und sie bestaunte die Tatsache, dass das, was zwischen ihnen geschehen war, ihr nun das Recht gab, seinen Körper ganz unverhohlen zu betrachten. Seine ganze Schönheit in sich aufzunehmen. Denn er gehörte ihr. Und sie ihm. Sie gehörten einander.

Immer noch völlig überwältigt saßen sie im Bett, nippten an ihrem Tee, hielten Händchen und starrten vor sich hin.

»Judith, das letzte Nacht … das war …« Er rang um Worte. »Also, ich glaube, dafür gibt es keine Beschreibung. Es hat sich noch nie, *gar nie* so angefühlt.«

»In mir ist immer noch dieses Summen«, sagte sie. »Als wäre da ein … Ich weiß auch nicht, als würde … Elektrizität durch mich durchfließen oder so was. Wie ein sehr angenehmer anhaltender Stromschlag.«

Beide mussten eine Stunde später zur Arbeit gehen, wo sich keiner von ihnen konzentrieren konnte, weil sie einfach nur nach Hause wollten, sich wiedersehen und genau das wiederholen, was sie in der Nacht zuvor getan hatten. Fast wie um sich zu versichern, dass es auch wirklich passiert war. Das ging tagelang so weiter. Und alles im Geheimen. Um genau zu sein trafen sie wochenlang niemanden, abgesehen von Arbeitskollegen und dem Postboten und der Frau im Lebensmittelgeschäft an der Ecke. Sie verzehrten sich nur nach der Gesellschaft des anderen, völlig aufgegangen in der hedonistischen, nach innen gekehrten Welt Frischverliebter. Catrin rief an, und Lana schrieb Briefe, aber Judith ignorierte beide. Die London School of Economics meldete sich, um nachzufragen, ob sie ihren Studienplatz im Herbst antreten würde. Auch dieses Schreiben ignorierte sie, ließ die Zeit einfach verstreichen und aalte sich im betörenden Rausch des Geliebtwerdens. Nur Gareth zählte, nichts und niemand sonst.

Eines Septemberabends nach der Arbeit wurde sie jedoch jäh aus ihrem geheimen kleinen Liebeskokon herausgerissen. Gareth hatte versprochen, ein Curry zu kochen und hinterher alles abzuspülen, wenn sie die Zutaten einkaufte. Als sie die Tür neben dem Waschsalon aufschloss und zwei Einkaufstüten voller Lebensmittel die Treppe hinaufschleppte, strahlte sie aus mehreren Gründen übers ganze Gesicht. Sie rief: »Hey, Metcalf! Bereit, mich mit deinem Vindalho zu betören?«

Doch statt einer Antwort fing Gareth sie oben an der Treppe ab. Er trug immer noch seinen Arbeitsoverall und wirkte aufgeregt und nervös. »Wir haben Besuch!«, erklärte er betont fröhlich. »Catrin ist da.«

Judiths Magen krampfte sich zusammen, als die Realität in ihre kleine private Welt hereinbrach. Sie setzte ein Lächeln auf und machte sich auf den Weg in die Küche. »Cat!«, rief sie in der Hoffnung, nicht zu falsch zu klingen, während sie die Taschen abstellte, um ihre Freundin zu umarmen.

»Wo hast du denn gesteckt?«, wollte Cat wissen, und über ihre Schulter hinweg wechselten Judith und Gareth einen Blick. Das war knapp gewesen.

»Ach, Süße, es tut mir echt leid! Ich stecke einfach bis über beide Ohren in Arbeit!«

Ihr Blick fiel auf die Notiztafel am Kühlschrank, auf der in Judiths Handschrift groß geschrieben stand: *Ich liebe dich. Bis heute Abend, Kuss.* So unauffällig wie möglich schob Judith sich davor und wischte mit dem Ärmel darüber. Während sie betete, dass Catrin nichts bemerkt hatte.

»Ich habe eure Postkarte aus Zypern bekommen«, sagte Cat. »Wie genial, dass du mitgeflogen bist, Gar!«

»Ja!«, antworteten Judith und Gareth gleichzeitig und wollten unbedingt total normal und wie zwei WG-Genossen klingen.

»Magst du noch einen Tee, Cat?«, fragte Gareth.

»Nein, vielen Dank. Ich wollte nur kurz vorbeischauen. Ich hab einen Termin beim Floristen. Ganz ehrlich, diese ganzen Vorbereitungen für die Hochzeit, das ist echt der Wahnsinn.«

Judith bemerkte plötzlich ihre und Gareths Körpersprache. Sie hätten nicht weiter voneinander entfernt stehen können, wenn sie gewollt hätten.

»Es ist nur so, weil du mir nie geantwortet hast …«

»Tut mir leid!«, murmelte Judith.

»… hab ich dann schließlich meinen eigenen Junggesellinnenabschied organisiert.«

»Oh, Scheiße«, sagte Judith. Lana und sie hatten versprochen, sich darum zu kümmern.

»Ich glaube, Lana hat auch versucht, dich deswegen zu erreichen.«

»Hat sie?«, log Judith. »Oh Gott, ich bin echt zu nichts zu gebrauchen. Es ist nur so, nach meinen Verwaltungsprüfungen waren wir … war ich auf Zypern, und dann die Beförderung … Es tut mir echt leid.«

»Fast drei Monate!«, sagte Catrin, aber sie konnte nie wirklich böse sein. »Na ja, was soll's. Der Plan ist folgender: Ich halte es ganz simpel, nur du, ich, Lana und meine Mutter. Sie hat leider darauf bestanden. Ich habe für uns Zimmer im Angel Hotel in Cardiff gebucht. Nachmittagstee, abends Ausgehen in der Stadt. Meine Mum hat sogar versprochen, mit ins Taurus Steakhouse und ins Kiwi's zu kommen!«

»Wow.« Judith warf Gareth heimlich einen Seitenblick zu, doch er hatte seine Augen fest auf Catrin gerichtet, ein entschlossenes Lächeln auf den Lippen.

»Ich habe für Ende Oktober gebucht. Ich weiß, es sind noch ein paar Wochen bis dahin, aber du wirst ja nächsten Monat wieder an der LSE sein, und ich wollte, dass du dir den Termin notierst.«

Einen Moment lang herrschte Stille. Wie konnte Judith ihr sagen, dass sie nicht zurück an die Uni gehen würde?

Catrin deutete die ausbleibende Reaktion ihrer Freundin falsch. »Du findest die Idee furchtbar, hab ich recht?«

»Was? Nein! Sei nicht albern!«

»Gut. Ich habe Lana Bescheid gesagt, und sie ist dabei. Samstag, der vierundzwanzigste, okay?«

»Super!« Judith schluckte, ehe sie fragte: »Wie geht's Lana denn so?«

Catrin warf Gareth einen schnellen, unbehaglichen Blick zu. »Gut soweit. Du kennst ja Lana, stürzt sich kopfüber in alles rein. Immer Vollgas.«

Gareth betrachtete den Fußboden, und Judith nickte lächelnd, während sie versuchte, sich normal zu verhalten.

»Wie dem auch sei«, fuhr Catrin gespielt fröhlich fort, »ihr werdet euch ja im Oktober sehen. Dann können wir endlich mal wieder richtig quatschen. Das letzte Mal ist viel zu lange her.«

»Ja, das stimmt«, sagte Judith.

Einen Moment später war Catrin aufgestanden. »Also dann. Kann ich noch kurz aufs Klo, bevor ich gehe?«

»Na klar!«

Catrin verließ die Küche und erzählte im Hinausgehen, dass ihr Dad bereits seine Brautvaterrede geschrieben hatte und über seine eigenen Witze lachte, während er sie im Gartenschuppen übte. Judith und Gareth sahen sich in hysterischer Panik an und sagten kein Wort.

Dann verstummte plötzlich Catrins fröhliches Geplapper. Beide begriffen gleichzeitig, was los war.

Judith schloss die Augen und seufzte.

»Scheiße«, flüsterte Gareth.

Und während sie die Luft anhielten, kam Catrin zurück und blieb im Türrahmen stehen. »Jude, dein Zimmer …«

Judith konnte ihr nicht in die Augen schauen.

»Das sieht ganz anders aus.«

»Ja«, krächzte Judith. »Das ist jetzt eine Art Arbeitszimmer … quasi.«

»Aha, und wo …«, fragte Catrin, die die Antwort bereits kannte, »… wo schläfst du dann?«

***

Später am Abend saßen Judith und Gareth auf dem Sofa und versuchten die Nachwirkungen der Tatsache zu verkraften, dass Catrin ihr Geheimnis gelüftet hatte. Sie hatten zugesehen, wie sie über die Situation nachdachte, die Information verarbeitete und den Schaden berechnete. Sie war hin- und hergerissen gewesen zwischen dem einen Gedanken, dass Judith und Gareth Lana gegenüber total unfair waren, und dem anderen, dass die beiden ein tolles Paar abgaben und wirklich gut zueinander passten. Nur einer Sache waren sie sich ganz sicher: Sie würde Lana gegenüber kein Sterbenswörtchen fallen lassen.

»Das ist deine Aufgabe, Jude«, waren ihre Abschiedsworte. »Aber mach es bitte bald. Sonst zieht sich das Ganze bis zu meinem Junggesellinnenabschied oder womöglich noch bis zur Hochzeit, und es wird unerträglich. Wir hatten doch nie Geheimnisse voreinander, richtig?«

Natürlich hatte Catrin recht. Sie konnten nicht einfach so tun, als würde Lana nicht existieren. »Sie ist immer noch eine meiner besten Freundinnen«, sagte Judith zu Gareth, während er ihre Füße massierte. »Und so lange ich Teil deines Lebens bin, so lange ist *sie* Teil deines Lebens. Daran lässt sich nichts ändern.«

»Ich weiß«, erwiderte er leise. »Soll ich es ihr sagen?«

»Nein. Ich muss das machen. Ich meine, ich kenne sie länger als du. Ich schätze mal, *ich* bin hier die Treulosere.«

»Also, erstens ist hier niemand treulos«, widersprach er verärgert. »Sie und ich haben vor Monaten Schluss gemacht, schon vergessen? Und denk daran, *sie* war diejenige, die rumgevögelt hat.«

»Also, was dieses Thema angeht …«

»Oh, verdammt, sag mir jetzt bloß nicht, dass *du* auch rumgevögelt hast.« Er lachte.

»Du lachst, weil du weißt, dass ich so etwas nie tun würde.«

Gareth hörte auf zu lachen und nahm stattdessen ihre Hand, um sie zu küssen. »Ja, das weiß ich. Aber jetzt sprich weiter.«

Judith schwieg einen Moment und stählte sich innerlich für das, was sie sagen musste.

»Jude?« Gareth wirkte verwirrt.

»Also, erst einmal tut es mir leid, dass ich nicht früher mit dir darüber geredet habe, okay?«

»Okay …«, meinte Gareth leise.

Judith holte tief Luft, schloss die Augen und sprach die Worte aus.

29

LANA

Drei Monate später

Präg dir diesen Moment gut ein, dachte sie immer wieder. Sie wollte ihn auf ewig festhalten, in ihr Gedächtnis eingravieren, den Tag, an dem zwei ihrer besten Freunde heirateten. Hier in der St Theodore's Church zu stehen, wo die frostige Dezembersonne durch die Buntglasfenster hinterm Altar schien und sich durch den Weihrauchgeruch alles so heilig anfühlte. Catrin und Solomon knieten vor Father O'Leary, empfingen seinen Segen und den Segen jeder Person in dieser Kirche. Lana selbst war zwar nicht religiös, aber heute empfand sie eine Art Spiritualität, die sie noch nie zuvor gespürt hatte, eine Freude, die sie vollkommen ausfüllte.

Sie warf einen Blick zu ihrer anderen besten Freundin hinüber, die in einem identischen Empirekleid aus königsblauem Samt neben ihr stand. Arme Judith. Sie hasste das Kleid. Lana konnte verstehen, weshalb – sie sah so verdammt unglücklich darin aus und war offenbar froh, sich unter der hübschen Stola verstecken zu können, die zu dem Ensemble gehörte und vor der Dezemberkälte schützte. Lana versuchte sie anzulächeln, um einen Moment der Gemeinsamkeit zu schaffen, einen Moment des *Ist-das-nicht-unglaublich?*, doch ihre Begeisterung wurde nicht erwidert. Sie ließ sich trotzdem nicht beirren. Heute war ein besonderer Tag. Und den würde nichts verderben.

Außer vielleicht Gareth.

Natürlich war es nicht ideal, dass er zur Party am Abend mit eingeladen war. Als Lana das erfuhr, hatte sie protestiert. »Warum musstest du das tun, Cat? Wenn er da ist, verdirbt mir das total den Abend!«

Catrins Reaktion war unerwartet gereizt ausgefallen. »Tja, es ist nun mal nicht deine Hochzeit, oder? Und er ist schließlich unser Freund.«

»Stimmt natürlich«, gab Lana zu, die merkte, dass das ein bisschen egoistisch rübergekommen war.

Während der vergangenen zehn Monate hatte sie viel an Gareth gedacht – vor allem voller Schuldgefühle wegen ihres Verhaltens. Bei den wenigen Begegnungen in der letzten Zeit hatte sie versucht, mit Catrin und Judith darüber zu reden, doch sie waren keine große Hilfe gewesen. Im Grunde war keine von beiden in letzter Zeit überhaupt irgendetwas gewesen: Catrins Junggesellinnenabschied im Oktober hatte sich zu einem ziemlichen Reinfall entwickelt. Dem Himmel sei Dank für Liz Kelly, die ordentlich Tequila mitgetrunken hatte und zu Spaß aufgelegt gewesen war, denn Jude und Cat hatten sich wie zwei langweilige alte Damen aufgeführt. Lana hatte sie mehrmals gefragt, was los sei, aber von keiner eine Antwort bekommen.

»Habt ihr zwei euch irgendwie gestritten, oder was?«, hatte sie schließlich entnervt gefragt.

Nichts. Dass beide nichts tranken, machte es nicht gerade besser. »Das hier ist ein Junggesellinnenabschied, verdammt noch mal!« Aber Judith machte gerade irgendeine ihrer blöden Diäten, und Cat hatte beschlossen, bis zum großen Tag auf Alkohol zu verzichten. Der war nun endlich gekommen. Und Gareth spielte erst einmal keine Rolle. Genauso wenig wie das, was zwischen ihren beiden besten Freundinnen vorgefallen sein mochte.

»Das hätten wir also«, erklärte Father O'Leary und schaute in seine Notizen. »Dann bitte ich jetzt Lara Loin, nach vorne zu kommen, ja? Und ein kleines Liedchen für uns zu singen? Wunderbar.« Er winkte Lana zu sich.

Obwohl sie es inzwischen gewohnt war, vor Publikum aufzutreten, stellte Lana überrascht fest, dass sie vor Nervosität und Ergriffenheit einen Kloß im Hals hatte, als der Gitarrist die ersten Akkorde anschlug. Sie verhaspelte sich, verpasste ihren Einsatz, und der Gitarrist begann von vorn. Was war denn los mit ihr? Sie hatte sich noch nie so verletzlich, so nackt gefühlt. Sie war unsicher, denn das hier war keine laute, bunte Show – hier ging es um aufrichtig empfundene Gefühle und einen Text über das wunderbare Band unzerstörbarer Liebe zwischen Catrin und Solomon. Lana richtete all ihre Aufmerksamkeit auf diese beiden. Nur so konnte sie es schaffen.

Der anschließende Empfang im Montgomery Hall war erstklassig. Lana kam aus einer großen Familie, und so war sie in ihren fast zwanzig Lebensjahren schon auf vielen Hochzeiten gewesen, und das hier war mit Abstand die beste.

Als Huw seine Rede als Brautvater hielt, musste er immer wieder innehalten, um sich zu sammeln. Jedes Mal drückte Catrin seine Hand, was ihn wieder zum Weinen brachte. Schließlich nahm Liz ihm die Karten mit den Stichworten aus der Hand und erklärte: »Mein Mann möchte das Folgende sagen …« Sie hatte sich viel besser unter Kontrolle, und die Witze, die Huw aufgeschrieben hatte, ernteten wohlwollende

Lacher und Applaus. Als sie die letzten Zeilen erreichte, versagte jedoch auch ihr die Stimme, und diesmal war es Edward Blythe, der von Liz übernahm. Es war wie eine Art elterlicher Staffellauf, bei dem der Redestab von einem Elternteil zum nächsten weitergereicht wurde. »Das hier möchte Solomons Schwiegervater abschließend sagen«, erklärte Edward. Und da er ein wesentlich ernsterer Mensch war, ratterte er den letzten Satz völlig monoton und bar jeden Humors herunter. »Sol-sie-ist-meine-einzige-Tochter-und-ohne-sie-bin-ich-verloren-Ich-bin-nicht-bei-der-Mafia-oder-so-deshalb-werde-ich-keine-Rache-üben-oder-dich-verschwinden-lassen-aber-falls-du-ihr-wehtust-Klammer-auf-DeNiro-Akzent-dann-jage-ich-dich-aus-der-Stadt-Klammer-zu-Lachen.«

Es folgte betretenes Schweigen, bis Edward hinzufügte: »Ich glaube, das soll ein Scherz sein.« Nun klatschten und lachten alle erleichtert.

»Dann sollte ich mich besser gut benehmen, was?«, flüsterte Sol, ehe er aufstand, um seine eigene Rede zu halten.

Und während er sprach, verstand Lana ganz genau, weshalb Catrin sich in ihn verliebt hatte. Er endete mit den Worten E. E. Cummings', woraufhin alle mit den Tränen kämpfen mussten:

»Hier ist das tiefste Geheimnis, das keiner kennt
(Hier ist die Wurzel der Wurzel, die Knospe der Knospe
und der Himmel des Himmels eines Baums genannt
Leben; der wächst,
noch höher als Seele hoffen, als Geist verbergen kann)
und dies ist das Wunder, das die Sterne in Bahnen hält
Ich trage dich im Herzen (ich trage dein Herz in meinem)«

»Manche Menschen sind einfach füreinander bestimmt, was, Jude?«, sagte Lana zu ihrer Brautjungferkollegin, sobald das Hochzeitsmahl vorbei war und die Tische für die Disco weggeräumt wurden.

»Scheint so«, antwortete Judith.

Lana war inzwischen betrunken, denn sie hatte sich an all dem Champagner gütlich getan, den Edward und Amelia Blythe spendiert hatten. Judith wiederum wirkte völlig nüchtern.

»Lana, können wir reden?«, sagte sie. »Ich muss dir was sagen.«

»Natürlich! Komm, wir schnappen ein bisschen frische Luft.«

So landeten sie draußen in der kalten Dezembernacht auf den etwas betagten Terrassenstühlen und sahen zu, wie zwei von Catrins kleinen Cousins zwischen den Tischen Fangen spielten, bis einer hinfiel und anfing zu weinen.

»Zu viel Aufregung für einen Tag!«, rief die Mutter.

»Warum sagen Erwachsene immer so einen Quatsch?«, fragte Lana lächelnd. »Wenn ich mal Kinder habe, dann dürfen die sich austoben wie wilde Hunde!«

Schweigend saßen sie einige Minuten da und beobachteten, wie die Abendgäste mit Geschenken unter dem Arm eintrudelten. Sie wirkten frischer und glänzender als einige der bereits Anwesenden, bei denen die Drinks des Tages ihre Spuren hinterlassen hatten.

»Also, sag schon, was ist los?«, fragte Lana.

»Um ehrlich zu sein weiß ich nicht, wo ich anfangen soll.«

»Geht's um deine Figur? Denn ja, du hast ein bisschen zugelegt, aber Jude, du siehst echt toll aus und …«

»Nein, das ist es nicht«, unterbrach Judith sie.

»Was denn dann?«, hakte Lana sanft nach und holte eine Zigarettenpackung aus ihrer Handtasche.

»Würde es dir was ausmachen, nicht zu rauchen? Mir wird da irgendwie übel …«

Das ärgerte Lana etwas, denn sie hatte das Gefühl, ohnehin schon sehr geduldig und nachsichtig ob Judiths seltsamer Verfassung zu sein. »Hat dir doch früher nie was ausgemacht, wenn ich geraucht habe.«

»Ich weiß.«

»Und dein *Mitbewohner* ist Raucher. Gareth raucht. Wie funktioniert das denn dann?«

»Tut er nicht, um genau zu sein. Er hat aufgehört. Vor ein paar Monaten.«

»Wahnsinn.« Es folgte wieder Stille, dann sagte Lana: »Wie geht es ihm denn, dem tollen Gareth Metcalf?« Sie lachte. »Hasst er mich immer noch?« Sie hatte sich geschworen, ihn nicht zu erwähnen, doch die vom Champagner noch angestachelte Neugier war einfach zu groß.

»Ich weiß nicht.« Judith seufzte.

»Diese Sache mit *Unser Lied* … Ich war betrunken, als ich den Brief weggeschickt habe. Ich wollte das eigentlich gar nicht. Ich hoffe, er weiß das?«

In Wirklichkeit war Lana völlig nüchtern gewesen, als sie ihre Geschichte bei Simon Bates' Sendung eingereicht hatte. Doch dass von Gareth so gar keine Reaktion auf diese ihrer Meinung nach romantische Geste kam, hatte sie ziemlich gedemütigt. Ihr Selbstschutzinstinkt hatte sich eingeschaltet und die Aktion zu einem großen Fehler im Rausch umgedichtet.

»Lana«, platzte Judith heraus. »Ich bin schwanger.«

Im Hintergrund konnten sie hören, wie der DJ sich vorstellte.

»Wie bitte?« Lana sah sie mit weit aufgerissenen Augen an, unfähig, das Gehörte zu begreifen. »Das kann nicht sein. Oh mein Gott – Jude! Scheiße!«

»Dann bitte ich jetzt alle, auf die Tanzfläche zu kommen zum ersten Tanz des Brautpaars …« sagte der DJ, während die Gäste applaudierten – dem frischgebackenen Ehepaar Mr. und Mrs. Blythe.

»Weiß Catrin Bescheid?«

»Was? Nein – ja, ich musste es ihr sagen. Hör zu, ich will schon eine ganze Weile mit dir drüber reden, aber es war nie der richtige Zeitpunkt …«

»Ich kapier's nicht«, unterbrach Lana sie. »Ich wusste nicht einmal, dass du mit jemandem zusammen bist.«

»Kommt schon, ihr zwei! Sonst verpasst ihr es!«, rief Huw Kelly, der auf der Suche nach ihnen nach draußen gekommen war – vor lauter Panik, die Brautjungfern seiner Tochter könnten deren ersten Tanz verpassen. Er packte sie beide an der Hand und zog sie durch die Terrassentüren zurück in den Saal, wo sich Catrin und Sol inzwischen etwas linkisch zu den Klängen von Minnie Ripertons »Loving You« bewegten.

»Ah, seht sie euch nur an«, seufzte Huw. »Und das Lied sagt einfach alles Wesentliche, nicht wahr? Es geht doch nichts über ein bisschen Riperton mit diesen ganzen schrillen hohen Tönen.«

Judith und Lana standen neben ihm und hatten den Blick starr auf Catrin und Sol gerichtet, während sie versuchten, in die bewundernden *Ohhs* und *Ahhs* der Menge einzustimmen, die das glückliche Paar umgab.

Als das Lied sich dem Ende zuneigte, applaudierten die Gäste den Frischvermählten, woraufhin Sol und Catrin die anderen auf die Tanzfläche einluden und der DJ zur etwas flotteren Nummer »Never Gonna Give You Up« von Rick Astley überblendete.

»Komm schon, Amelia! Zeigen wir ihnen, wie's geht!«, rief Huw und griff nach der Hand von Solomons Mutter, die vor Vergnügen quietschte.

»Also«, sagte Lana mit vor Neugier leuchtenden Augen, um die Unterhaltung endlich fortzusetzen. »Wer ist der mysteriöse Kerl? Und wie kommt es, dass Catrin Kelly – Verzeihung, Catrin *Blythe* – vor mir von ihm erfährt, du Verräterin!« Lachend versuchte sie die Tatsache zu überspielen, dass sie wirklich ein bisschen gekränkt war. »Und, oh mein Gott, Jude, du bist *schwanger*!«

Judith starrte ihre Freundin an. Mit nichts als Trauer in den Augen wegen dem, was sie gleich tun würde.

»Jude?«, fragte Lana verwirrt.

Doch da erklang eine andere Stimme hinter ihr. »Jude!«

Lana folgte Judiths Blick, und als sie sich umdrehte, stand sie Gareth gegenüber. In Klamotten, die sie an ihm noch nie gesehen hatte, die Haare kürzer, das Gesicht glatt rasiert, mit Hemd und Krawatte. Was so gar nicht zu ihm passte.

»Hi, Lana? Wie geht's denn so?«, sagte er schnell in ungewohnt höflichem Tonfall, ohne ihr dabei in die Augen zu sehen.

Sie erkannte ihn kaum wieder, und sein nervöses Verhalten auch nicht.

»Gareth! Wie schick! Alles klar?«

Er sah toll aus, und sie merkte, wie sie rot wurde. Es war unmöglich, ihn nicht attraktiv zu finden. Seit jenem schrecklichen Abend im Februar sahen sie sich jetzt zum ersten Mal wieder.

Er antwortete ihr nicht, sondern wandte sich mit beunruhigender Vertrautheit an Judith.

»Wo soll ich das Geschenk hinlegen?«, fragte er sie leise.

Und ohne eine weitere Erklärung zu brauchen, ohne Judiths Antwort zu hören, wusste Lana Bescheid.

Sie wusste es einfach.

»Verdammt, Jude, bitte sag mir, dass es nicht Gareth ist«, rief sie über Rick Astley hinweg.

Doch statt einer Antwort sah Judith zu Boden.

»Ich habe gesagt«, rief Lana, lauter nun und mit Blick in Judiths Gesicht, »ist es Gareth? Ist er der Vater? HAST DU MIT GARETH GESCHLAFEN?«

Gareth streckte die Hand aus, um sie Lana auf die Schulter zu legen. »Können wir zum Reden irgendwohin gehen, wo es leise ist?«

Lana schubste ihn weg. »Kümmer dich um deinen eigenen Scheiß. Das hier geht nur mich und meine Freundin was an.«

»Lass uns rausgehen.« Judith drehte sich um und überquerte die Tanzfläche.

Lana, voll in Fahrt und stinksauer, folgte ihr dicht auf den Fersen, wobei sie im Vorbeigehen mehrere Tänzer anrempelte. Ihr Gleichgewichtssinn funktionierte dank des Alkohols nicht mehr so gut. »Lauf nicht vor mir weg, Jude. Sag's mir ins Gesicht!«

Doch Judith ging weiter.

Lana holte sie ein, packte sie an der Schulter und riss sie herum. »SAG'S MIR!«, brüllte sie. Inzwischen hatten die Leute aufgehört zu tanzen und starrten sie an.

Catrin unterbrach ihren Tanz mit Sols Bruder und kam herbeigerannt, um sich zwischen ihre Freundinnen zu stellen. »Mädels, bitte nicht. Nicht jetzt.«

»Wag es ja nicht, mit mir zu sprechen, Catrin Kelly. Du verdammtes Unschuldslamm!«

Ein entsetztes Raunen ging durch die Menge.

»Du wusstest Bescheid!«

Catrin fing an zu schluchzen. »Es tut mir leid, Lana, aber es wäre nicht richtig gewesen, wenn du es von mir erfahren hättest. Ich habe Jude angefleht, es dir zu sagen, aber …«

»Tja, dann wissen wir ja jetzt, auf wessen Seite du stehst!«

»Du verstehst nicht …«

»Ach, Catrin, halt's Maul«, zischte Lana.

»Lass sie in Frieden!«, rief Judith. »Ich wollte es dir selbst sagen!«

»Dann tu's doch. SAG'S MIR. Ich warte immer noch.«

Im Hintergrund trällerte Rick Astley weiter vor sich hin.

»Ja, okay. Ich bin mit Gareth zusammen. Ich liebe Gareth. Okay? Und es tut mir leid, dass ich es dir nicht früher erzählt habe, wirklich.«

Lana starrte sie an, kaute auf ihrer Unterlippe herum und versuchte ihren vom Champagner getrübten Blick scharfzustellen. Sie war sich bewusst, dass alle auf ihre Reaktion warteten. Am besten sollte sie sich einfach umdrehen und gehen.

»Du hättest es nicht auf diese Weise erfahren sollen«, sagte Gareth leise. »Aber jetzt weißt du Bescheid, also …«

Und da erwischte es sie mit voller Breitseite: diese tiefe Demütigung. Nicht nur dass ihre beste Freundin ihren Exfreund liebte, nicht nur dass die beiden ein Baby erwarteten, sondern dass ihre zwei besten Freundinnen ein Geheimnis vor ihr gehabt hatten. Die beiden zusammen hatten sie ausgeschlossen. Sie fühlte sich wie eine verstoßene Fünfjährige.

»Schlampe!«, zischte sie, ehe sie einen fürchterlichen Wutanfall bekam. »DU VERDAMMTE HINTERHÄLTIGE SCHLAMPE!« Mit diesen Worten stürzte sich Lana auf Judith und schubste sie, so fest sie nur konnte.

Judith verlor das Gleichgewicht, stolperte und fiel nach hinten. Im Fallen versuchte sie, irgendwo Halt zu finden. Das einzig Greifbare war der Tisch, auf dem die dreistöckige Hochzeitstorte thronte. Es lief ab wie in Zeitlupe: Gareth, der die Arme ausstreckte, Judith aber nicht auffangen konnte, und der weiß glasierte Kirschbiskuitturm, der durch die Luft katapultiert wurde und sich in drei Einzelteile zerlegte, die wie nasser Ton mit einem dreifachen Platsch auf dem Boden landeten.

Amelia und Liz kreischten am lautesten.

»Lana! Das hier ist mein Hochzeitstag!«, heulte Catrin, die von Sol zurückgehalten wurde.

Gareth half Judith langsam auf die Füße. Ihr Gesichtsausdruck war verwirrt.

»Alles in Ordnung?«

Sie antwortete erst gar nicht.

»Judith!«, rief Gareth.

Dann nickte sie, betäubt, benommen.

Wieder drehte sich Gareth nach Lana um. »Bist du krank im Kopf, oder was?«

Er sah, wie Lana aus dem Saal stürmte, Rick Astley in den Ohren. »*Inside we both know what's been going on …*«

30

CATRIN

»Bist du sicher, dass wir umbuchen können?«, fragte sie ihn erneut. »Ich meine, sie hat Gareth. Und meine Eltern natürlich.« Catrin saß auf einem harten Plastikstuhl im Wartezimmer des Krankenhauses von Coed Celyn.

»Schon gut«, tröstete Sol seine Frau, den Arm fest um ihre Schulter gelegt. »Mein Dad kümmert sich um alles. Wir können am Donnerstag fliegen. Und das auch nur, wenn du das Gefühl hast, sie allein lassen zu können.«

Eigentlich wollten sie am nächsten Tag zum Flughafen fahren, um zu ihrer zweiwöchigen Hochzeitsreise nach Kingston, Jamaika, aufzubrechen. Doch seit zehn Uhr an diesem Morgen verbrachten Catrin und Sol den Großteil ihrer Zeit im Krankenhaus, wo sie darauf warteten, Judith zu sehen. Endloses Warten.

Zuerst hatten sie gedacht, mit ihr wäre alles in Ordnung. Jedenfalls war es ihr gelungen, sie das alle glauben zu machen, und sobald der Schock über Lanas Abgang abgeklungen war, feierten die Gäste weiter. Erst eine Stunde später ging es Judith plötzlich schlecht. Catrin sprach zu diesem Zeitpunkt gerade mit Father O'Leary.

»Ich habe einen Krankenwagen gerufen«, rief Gareth, der auf sie zugestürmt kam. »Da stimmt irgendwas nicht.«

Edward und Amelia Blythe waren sofort an Judiths Seite, sorgten dafür, dass sie bequem lag, und sprachen mit geübter ruhiger Stimme mit ihr – zwei Ärzte, die daran gewöhnt waren, mit Notfällen umzugehen.

Als der Krankenwagen kam, wollte Catrin mitfahren, aber Judith und Gareth ließen es nicht zu.

»Cat, das hier ist deine Hochzeit, verdammt«, flüsterte Judith mit bleichem Gesicht und flacher Atmung. »Ich würde mir nie verzeihen, wenn du die wegen mir verlässt. Mir geht's gleich wieder gut. Sei nicht albern.«

Dann fuhren sie los.

Später am Abend, als sie mit Sol in der Hochzeitssuite des Hotels lag, rief Catrin im Krankenhaus an, um sich nach Judith zu erkundigen.

»Sie ist soweit stabil und schläft jetzt«, antwortete eine freundliche Krankenschwester am anderen Ende der Leitung.

»Und das Baby?«

»Es tut mir leid, ich darf übers Telefon keine Informationen rausgeben, aber ich versichere Ihnen, Ihre Freundin wird gut versorgt.«

Catrin bat die Krankenschwester, Gareth auszurichten, er möge sie anrufen, sobald er etwas Neues wusste.

Doch sie hörten erst am nächsten Morgen von ihm.

»Kommt ihr her, sie besuchen?«, war alles, was er sagte.

Auf dem Weg zum Krankenhaus dachte Catrin wieder darüber nach, was passiert war. Hätte sie es verhindern können? Wahrscheinlich nicht.

Seit sie von Judiths und Gareths Beziehung wusste – und der darauffolgenden Wahnsinnsnachricht, dass Judith schwanger war –, hatte Catrin furchtbar gelitten. Immer und immer wieder hatte sie Judith gebeten, Lana davon zu erzählen. Und jedes Mal hatte Judith erwidert, sie würde auf *den richtigen Moment* warten.

»Warum, um alles in der Welt, sie unsere Hochzeit für den *richtigen Moment* gehalten hat, werde ich nie verstehen, Sol«, sagte sie mit Blick aus dem Autofenster.

»Ja, ich auch nicht«, stimmte er zu.

Es war eine beachtliche Freundschaftsleistung, dass das unsichtbare Dreieck, das Lana, Judith und Catrin verband, immer ein gleichseitiges gewesen war. In all den Jahren, die sie sich kannten, hatte es keine Situation gegeben, wo zwei gegen eine standen. Doch dieses wunderbare Gleichgewicht verschwand an jenem Tag, als Judith mit Catrin allein ihr Geheimnis geteilt hatte. Es wäre natürlich einfacher gewesen, wenn Judith sich ihr nie anvertraut hätte, allerdings wurde ihr schnell klar, dass ihre Freundin keine andere Wahl hatte. Das Brautjungfernkleid musste geändert werden: Da Judith zum Zeitpunkt der Hochzeit im siebten Monat schwanger sein würde, ließ sich der Bauch nur schwer kaschieren. Zum Glück war es eine Winterhochzeit, sodass der Schnitt des Kleides und die dazugehörige Stola helfen würden, die Schwangerschaft zu verbergen.

Sowohl beim Junggesellinnenabschied als auch bei der letzten Kleideranprobe hatten Lana *und* Liz Catrin gegenüber Judiths Gewichtszunahme kommentiert. Diese tat es damit ab, dass sie bei ihrem Bürojob eben die ganze Zeit am Schreibtisch saß und zu viele Kekse naschte. Das schienen sie ihr auch abzukaufen.

Aber Catrin wusste, es gab noch einen anderen Grund, weshalb Judith sie eingeweiht hatte: Sie würde moralischen Beistand brauchen, wenn sie Lana von ihrer Schwangerschaft erzählte. Doch nie in einer Million Jahre hätte sie mit so einer heftigen Reaktion gerechnet.

»Was, wenn das uns drei für immer auseinanderbringt, Sol?«, schluchzte sie, als die Gefühlsachterbahnfahrt der letzten vierundzwanzig Stunden schließlich ihren Tribut forderte. »Lana war nicht nur wütend auf Judith, sie war auch wütend auf mich.«

Dieses Mal schwieg Sol, denn er war nicht sicher, ob sich die Dinge tatsächlich klären würden.

Als sie am Krankenhaus ankamen, stand Gareth draußen und rauchte. Immer noch in seinem zerknitterten Hochzeitsanzug, müde, fertig und zerzaust sog er an seiner Kippe. »Hab wieder angefangen«, meinte er mit schiefem Grinsen.

»Kann ich gut verstehen.« Sol legte Gareth die Hand auf den Arm.

So standen sie einen Moment lang schweigend da, in einer Wolke sauren Tabakrauchs, weil ihnen die Worte fehlten.

»Ach, und ich bin übrigens Papa«, fügte Gareth hinzu, als wären diese monumentalen Neuigkeiten nur einen unbedeutenden Nachsatz wert.

»Wie bitte?«

»Und Judith ist Mama. Seltsam, oder?« Seine Stimme zitterte, kippte.

Catrin versuchte zu begreifen, was sie da hörte. »Oh mein Gott …«

Doch Gareth sprach weiter. »Ja, ein kleiner Junge. Wir nennen ihn Jack. Im Augenblick nur tausendfünfhundert Gramm schwer, also …« Die Worte purzelten aus ihm heraus, punktiert durch Züge an seiner Kippe. Er sah Sol und Catrin beim Sprechen nicht an, als hätte er Angst, dann womöglich zusammenzubrechen. »Er liegt in so einem Brutkasten.«

»Oh Mann«, flüsterte Sol, und Catrin schlug vor Schreck die Hände vor den Mund.

»Ja, hängt immer noch am seidenen Faden, aber ich glaube, er ist ein Kämpfer.« Gareth versuchte zu lächeln. »Das andere hat's allerdings nicht geschafft.«

»Das … das andere?«, stammelte Catrin und wechselte einen Blick mit Sol.

»Es waren … Zwillinge?«

»Ja. Wir wollten das noch ein bisschen für uns behalten. Dass es zwei sind, meine ich.«

»Oh, Gareth«, flüsterte Catrin und schlang die Arme um ihn.

Er schien ungerührt, sein Körper ganz steif. »Es war ein kleines Mädchen«, sagte er. »Und sie war kleiner. Als Jack.«

»Oh Gott«, schluchzte Catrin.

Schweigend standen sie da, jeder tief in Gedanken versunken.

»Ich muss zu ihr«, sagte Catrin schließlich leise. »Ich muss zu Jude.«

»Möchtest du, dass ich hier mit dir warte, Gar?«, bot Sol an.

»Nein, passt schon. Ich muss was erledigen.« Dann drückte er seine Zigarette aus.

»Können *wir* irgendwie helfen? Bei was auch immer …? Ich meine, willst du nicht lieber hierbleiben?«

»Nein. Sagt Jude, ich bin in einer Stunde zurück.« Gareth machte ein paar Schritte, dann blieb er plötzlich stehen. »Wir haben sie übrigens Georgia getauft.«

Bei ihrem Namen versagte ihm schließlich die Stimme, und er wischte sich Tränen der Wut aus den Augen.

31

LANA

Ihre Mutter hatte an diesem Morgen zweimal an ihre Tür geklopft. Beide Male hatte sie gerufen, sie solle sie gefälligst in Ruhe lassen, sie würde noch schlafen. Zum Glück war ihre Schwester Jess zum Übernachten bei einer Freundin, sonst hätte sie keine Ruhe gehabt. Seit Lana aufs College ging, hatte Jess die Herrschaft über das Zimmer übernommen, das sie sich einst geteilt hatten, und Lana vollends aus dem Nest gestoßen. Sie lag mit dem Rücken zur Tür im Bett und starrte die Wand an. Sie fühlte sich so leer, verkatert und allein.

Wie konnte sie nur? fragte Lana sich immer wieder.

Wie konnte Judith, ihre beste Freundin seit ihrem sechsten Lebensjahr, ihr das antun? Das musste schon seit Monaten gelaufen sein – Judith und Gareth, Jude und Gar, die heimlich das glückliche Pärchen spielten, in dem Bett schliefen, in dem *sie* mit ihm geschlafen hatte, Sex hatten, Scherze machten, Essen kochten, ein *Kind* zeugten …

Rückblickend ergab natürlich alles einen Sinn. All die Monate, in denen Judith ihr die kalte Schulter gezeigt hatte, selbst nachdem angeblich wieder alles in Ordnung war zwischen ihnen – der Pizzaabend bei Cat, der Junggesellinnenabschied in Cardiff –, ganz offensichtlich hatte sie schon die ganze Zeit mit ihm geschlafen.

Diebin.

Verräterin.

Treulose, verlogene, hinterhältige Schlampe.

Es tat ihr weh, trotz allem, ihre beste Freundin als Schlampe zu bezeichnen. Aber sie fühlte sich so elend! Und was es noch schlimmer machte, war, dass Catrin auch Bescheid wusste. Sie war doppelt hintergangen worden. Doppelt getäuscht. Ein doppelter Verlust.

Der Schlaf hatte einfach nicht kommen wollen. Die ganze Nacht waren die Gedanken an Judith und Gar in ihrem Kopf gekreist wie ein quälendes Karussell. Sie war es, die ungerecht behandelt worden war. Die Geschädigte. Die zurückgewiesene Freundin.

Nur dass sie nicht mehr seine Freundin war, richtig? Diesen Titel hatte sie in dem Augenblick verspielt, als sie Damian Magill getroffen und ihn in ihr Hotelzimmer eingeladen hatte. Welches Recht hatte sie also, verletzt zu sein? Es war auch gar nicht Gareth, auf den sie vor allem wütend war – zwischen ihnen beiden war es längst vorbei, wenn man ehrlich war.

Nein.

Es war Judiths Verrat, der am meisten schmerzte. Und wenn sie an den vergangenen Abend zurückdachte, wie die beiden besten Freundinnen der Braut in ihren Brautjungfernkleidern dagestanden hatten, umgeben von Hochzeitskram und Blumenarrangements und geschmackvoller Deko … Da spürte sie keine Reue.

Sie wünschte nur, sie hätte sie fester gestoßen.

Unten im Haus ertönte leise die Türklingel. Lana hörte, wie ihre Mutter öffnete. Sie zog sich die Decke über den Kopf, damit die Welt dort draußen verschwand.

Sekunden später Schritte auf der Treppe, die Stimme ihrer Mutter lauter – »Sie schläft noch und wird nicht begeistert sein, wenn du sie weckst« –, dann wurde die Tür aufgerissen.

»Lana!«

Mühsam blinzelte sie, um die Person im Raum zu erkennen. Eine Person, die vor Wut zitterte und sie böse anstarrte.

Gareth.

»Verschwinde!«, brüllte sie und verkroch sich unter der Bettdecke. Doch kurz darauf spürte sie, wie Gareth sie ihr wegriss und nun mit irrem Blick, aber beängstigend ruhig, auf sie herabschaute.

»Das Baby ist gestorben«, sagte er. »Bist du jetzt zufrieden?«

»W-wie bitte?«, stotterte sie und versuchte zu begreifen, was sie eben gehört hatte.

Doch er ignorierte sie und fuhr fort, wobei er ihr bewusst nicht mitteilte, dass es Zwillinge gewesen waren. Das würde sie noch früh genug herausfinden. Jetzt wollte er, dass sie so sehr litt wie nur irgendwie möglich. Er war gekommen, um eine einzige klare Botschaft zu überbringen: »Du lässt Judith von jetzt ab in Ruhe, hast du mich verstanden? Du hältst dich aus ihrem Leben raus. Und aus meinem. Und du wirst sie nie wiedersehen, kapiert?«

»Gareth«, flüsterte sie. Vor Schock konnte sie gar nicht richtig sprechen. »Es tut mir so unendlich leid.«

Er hatte sich aber bereits umgedreht und marschierte zur Tür hinaus.

»Gareth, bitte!«

Und während der harte Dezemberregen gegen die Scheibe ihres Zimmerfensters mit den geschlossenen Vorhängen prasselte, blieb Lana schluchzend, ohne Freunde und völlig allein zurück.

TEIL II

2005

Achtzehn Jahre später

32

CATRIN

Als sie nach der Vormittagssprechstunde bei ihren Eltern ankam, erwischte Catrin ihre Mutter schon wieder dabei, diesmal im Wohnzimmer.

»Mum! Wie oft denn noch? Romy wird das Kleid nicht tragen!«

Liz Kelly starrte sie erschrocken an, wie ein ertapptes Schulmädchen.

»Sieh nur! Es schneidet überall total ein … ach, mein armes Mäuschen.« Catrin zog ihr das schlecht sitzende Kleid aus. »Ganz ehrlich, hör bitte damit auf, ja?« Sie nahm ihre kleine Tochter hoch, die begeistert gurgelte und vor Staunen ganz große Augen machte.

»Was, wenn ich den Saum ein wenig rauslasse und hier ein Stück einsetze?«, bat Liz.

»Nein«, sagte Catrin mit solchem Nachdruck, als würde sie einen unfolgsamen Hund schimpfen.

Seit sie das Datum für die Taufe festgelegt hatten, versuchte Liz Kelly immer wieder, Catrin davon zu überzeugen, dass ihre kleine Enkelin dieses scheußliche Erbstück tragen sollte – ein Taufkleid, das von Urgroßmutter Wilson weitervererbt und bei der Taufe mehrerer Generationen gedient hatte. Einschließlich Catrins. Und der ihres Bruders Tom.

»Du trägst ein Mädchenkleid«, hatte sie ihn geneckt, wann immer sie die Familienalben durchgeblättert hatten, was er mit Zwicken quittierte.

Catrin verstand das Bestreben total, Traditionen aufrechtzuerhalten, das tat sie wirklich. Aber nicht auf Kosten des Wohlbefindens ihrer kleinen Tochter. Romy war inzwischen elf Monate alt und das Kleid offensichtlich für ein Neugeborenes geschneidert.

»Wenn du nicht so lange damit gewartet hättest, das arme Würmchen taufen zu lassen, hätte es perfekt gepasst«, hatte Liz ihr mehrmals vorgeworfen.

Damit lag ihre Mutter nicht ganz falsch, das musste Catrin zugeben, doch sie hatte es nicht absichtlich hinausgeschoben. Es war ein organisatorischer Albtraum gewesen, ein Datum zu finden, an dem alle Zeit hatten. Sols Eltern verbrachten inzwischen die Hälfte des Jahres auf Jamaika, was es nicht einfacher machte. Außerdem gab es da noch die Frage von Romys Paten zu klären. Sols Bruder Tom war wirklich flexibel gewesen und hatte versprochen, Himmel und Hölle in Bewegung zu setzen, um seine Rolle als Patenonkel zu erfüllen. Das Problem waren die Paten*tanten.*

Die Wahl war natürlich offensichtlich.

Doch in Anbetracht der Tatsache, dass sich Judith und Lana seit achtzehn Jahren nicht mehr im selben Raum aufgehalten hatten, war es alles andere als ein Kinderspiel gewesen, sie davon zu überzeugen, nebeneinander an einem Taufbecken zu stehen und für ihr Patenkind gemeinsam den Kampf gegen Beelzebub zu geloben.

Die erste Reaktion von beiden war ein nachdrückliches *Nein* gewesen. Also zumindest nein dazu, sich diese Ehre zu teilen. Jede für sich wären sie natürlich beide sofort bereit.

Doch Lana würde es nicht tun, wenn Judith dabei war, und umgekehrt.

»Man sollte doch annehmen, sie könnten inzwischen einfach miteinander reden und die Vergangenheit hinter sich lassen«, hatte Sol seufzend gesagt.

»Ich weiß!«, stimmte Catrin ihm zu. »Wir sind siebenunddreißig, Herrgott noch mal!«

Catrin hatte sich nichts mehr gewünscht, als den Tag mit ihren *beiden* besten Freundinnen als Patentanten zu verbringen, nicht der einen *oder* der anderen. Es war nicht fair Romy gegenüber, in diese lächerliche Feindschaft hineingezogen zu werden. Müssten achtzehn Jahre nicht lang genug sein, um Kriegsbeile zu begraben, abgerissene Brücken zu erneuern und sich endlich zu versöhnen? Und was gab es für einen besseren Anlass als die Feier zur Ankunft ihrer wunderbaren Tochter auf dieser Welt? Doch jeder Versuch, ihre Freundinnen zu überzeugen, stieß auf Granit.

»Tja, dann entscheide ich mich vielleicht für keine von euch!«, hatte sie gesagt. Diese Ankündigung sorgte wie erwartet für ziemliche Aufregung.

»Warum sollte *ich* leer ausgehen, bloß wegen der verdammten Judith Harris?«, hatte Lana sich beklagt, als sie zu Besuch war. »Das ist nicht fair. Ich habe schließlich keine Kinder …«

»Du bist ja wohl kaum schon in den Wechseljahren«, hatte Catrin sie unterbrochen, doch Lana jammerte unbeirrt weiter.

»Sie klaut mir meinen Freund, und jetzt will sie mir die einzige Chance auf eine Mutterrolle auch noch wegnehmen?«

»Sei nicht so dramatisch, Lana«, rügte Catrin.

»Ich bin Schauspielerin«, murmelte ihre Freundin. »Es ist meine Aufgabe, dramatisch zu sein.«

»Und übrigens hat Judith dir deinen Freund nicht *geklaut*. Außerdem waren wir damals *neunzehn!*«

»Ja, fast zwei Jahrzehnte her, und sie gibt mir immer noch die Schuld an dem, was passiert ist. Es war ein Unfall, verdammt noch mal.«

Catrin kämpfte auf verlorenem Posten.

Also konzentrierte sie ihre Bemühungen auf Judith, als sie zusammen mit Sol die Familie in Richmond besuchte. Noch einmal flehte sie Judith an, es sich anders zu überlegen – oder sonst die einzigartige Gelegenheit zu verpassen, Romys Patin zu werden.

»Das ist Erpressung«, schimpfte Judith.

»Korrekt«, gab Catrin zurück. »Was sein muss, muss sein.«

»Tja, ich mach das nicht. Also wirst du dich entscheiden müssen«, verkündete Judith.

Mehrere Wochen vergingen, ohne dass eine von ihnen nachgab. Natürlich war Catrins Drohung, jemand ganz anderen zu wählen, völlig haltlos – was sie ihnen selbstverständlich nicht auf die Nase binden würde. Also blieb ihr nur eine Wahl: Sie würde beide einladen müssen und dabei verschweigen, dass auch die andere käme.

»Da gehst du aber ein riesengroßes Risiko ein«, warnte Sol. Immerhin lächelte er dabei.

»Das wird sich dann zeigen.«

Termin und Ablauf der Taufe standen fest: elf Uhr, Sonntag, der zehnte – in der St Theodore's Church, wo sonst, mit Father O'Leary als Pfarrer, wem sonst, der verkündet hatte, er wäre nur zu gerne bereit, »die kleine Rosy in der christlichen Familie willkommen zu heißen«.

Die anschließende Feier würde bei den Kellys zu Hause stattfinden. »Dein Vater will einen Caterer engagieren«, berichtete Liz ihrer Tochter. »Ich habe zu ihm gesagt: Was glaubst du, wer wir sind, Huw Kelly – Madonna und Guy Ritchie? Wir machen Fingerfood und fertig.«

Judith und Gareth kündigten an, früher zu kommen, um Patricia noch zu besuchen. Und Lana hatte versprochen, den ersten Morgenzug aus London zu nehmen. Catrin ließ ihre gesamte Familie schwören, ihren Plan nicht zu verraten. Denn sie wusste, wenn Judith herausfand, dass Lana kam, würde sie nach Richmond zurückfahren, ehe jemand auch nur den Mund aufmachte. Und umgekehrt.

Sie kuschelte sich an Romy, die nun einen bequemen Einteiler trug.

»So ist's besser, was, mein Schatz?«, flüsterte sie und sog den wunderbaren Geruch ihrer Babyhaut ein.

Catrin staunte immer noch über Romys Existenz, dieses Kind, das ihnen so lang verwehrt geblieben war und das sie nun sicher in ihren Armen hielt, warm und milchig, lächelnd und weich: zweifellos ihr kleines Wunder.

»Du wirst am Sonntag der Star der Show sein«, sagte sie.

Romy gurgelte fröhlich und strampelte mit den knuffigen Beinchen, so aufregend fand sie das Leben. Dieses kleine Wesen lächelte *alle* an und gab jedem das Gefühl, ein besonderes Händchen für Babys zu haben. Catrin war überzeugt davon, wenn ihre zwei Freundinnen am Sonntag in der Kirche auftauchten, würden sie es nicht schaffen davonzulaufen. Romy würde beide in ihren Bann ziehen.

33

JUDITH

Sie hasste es, wenn Gareth ihr gegenüber verstummte. Seit dem vergangenen Abend ging das schon. Irgendwann würde er die Kurve kriegen, wie er es immer tat. Aber sie fand die Warterei so zäh.

»Möchtest du ein Fruchtbonbon?«, fragte sie im verzweifelten Versuch, die Stimmung aufzulockern.

Doch Gareth hielt den Blick starr auf die Straße gerichtet. »Nein danke.«

Sie wartete ein paar Minuten, ehe sie vorschlug, an der nächsten Raststätte anzuhalten. Ein bisschen frische Luft und eine Runde Beinevertreten würden ihn vielleicht zum Reden ermuntern.

Dort angekommen, bestellten sie zwei Cappuccinos und fanden einen Tisch fern der anderen Gäste. Judith sah zu, wie er die Zuckertütchen aufriss, den Inhalt in den Becher kippte und umrührte.

»Mensch, Gareth, wir müssen darüber reden«, beharrte sie. »Wie kann es sein, dass wir nichts davon wussten? Bist du sicher, dass *du* nichts davon gewusst hast?«

»Das haben wir doch schon durchgekaut.«

Gareth glaubte ihr zwar nicht, aber es stimmte.

Als Jack am Abend zuvor nach Hause gekommen war und ihnen erzählte, er hätte jemanden kennengelernt, waren sie beide verständlicherweise ziemlich aufgeregt. Ihr Sohn. Ihr siebzehnjähriger, hinreißender Sohn, Jack Harris Metcalf, ein Einserstudent, der vor Kurzem seine Fahrprüfung bestanden hatte, hatte endlich eine Freundin! Jetzt nur nicht überreagieren, befahl Judith sich selbst. *Bleib ganz cool.*

»Oh, das ist schön«, sagte sie. »Jemand, den wir kennen?« Sie warf einen Blick zu Gareth hinüber. Er grinste und zwinkerte ihr zu. Das war wieder einer dieser elterlichen Meilensteine.

»Ja, ist es.«

»Lass mich raten«, sagte sie. Und missachtete damit ihr Vorhaben, keine große Sache daraus zu machen. »Ist es Charlotte?«

»Nein.«

»Aha. Dann vielleicht das Mädchen vom Jugendorchester, das du immer im Auto mitnimmst?«

»Ähm, nein, nicht sie.«

»Jude, jetzt lass ihn doch mal ausreden«, unterbrach Gareth sanft.

Jack räusperte sich und senkte den Blick. Offensichtlich war ihm die Aussicht unangenehm, sein Liebesleben mit seinen uralten Eltern zu diskutieren.

Und dann sprach er es aus.

»Es ist Dan.«

Die Zeit schien stillzustehen. Obwohl der Kuckuck der Wohnzimmeruhr acht Uhr rief.

»Wie bitte?«, fragte Gareth, immer noch lächelnd.

»Dan. Ihr wisst schon, Dan Barker.«

»Rugby-Dan?«, fragte Judith. Viele von Jacks Freunden hatten ein beschreibendes Wort vor dem Namen.

»Ja.« Jacks Stimme war ganz ruhig. Bereit für Streit.

»Oh.«

»Aber Dan ist ein Junge«, sagte sie.

»Zehn von zehn Punkten für deine Beobachtungsgabe, Mutter.«

Sie hasste es, wenn er sie »Mutter« nannte. Es klang so herablassend. Als wüsste sie nichts von der Welt.

Gareth stand auf. »Ich gehe ein bisschen raus«, nuschelte er.

»Wohin?«, fragte sie, lauter als beabsichtigt.

»Bloß raus.«

Und er ging. Wodurch Judith und Jack in peinliches Schweigen gehüllt zurückblieben.

»Na, das ist ja besser gelaufen als befürchtet!«, sagte er und versuchte die Nervosität zu überspielen, die in seiner Stimme mitschwang.

»Ich weiß nicht, was ich sagen soll.«

***

Eine von Jacks vielen tollen Eigenschaften war, wie Judith fand, sein mitfühlendes Wesen. Er war schon immer so gewesen. Als er noch ein kleiner Junge gewesen war, hatte sie oft miterlebt, wie er einen gestrandeten Wurm rettete oder eine eingesperrte Biene. Wenn er Gareth dabei ertappte, dass er traurig aussah, oder Judith müde, dann kam er stets angelaufen, um sie zu umarmen oder ihnen ein Glas Saft anzubieten. Die Lehrer in der Schule liebten ihn, nicht nur weil er es akademisch draufhatte, sondern weil er nett zu seinen Mitschülern war. Wann immer jemand Neues in die Klasse kam, wurde er oder sie automatisch in Jacks Obhut übergeben. Inzwischen war er zu einem selbstbewussten, auf stille Art von sich überzeugten und ausgesprochen rücksichtsvollen jungen Mann herangewachsen. Selbst am Abend zuvor, als er ihnen dieses Geständnis gemacht hatte – was für ihn sicher sehr schwierig gewesen war –, lag sein Augenmerk ganz auf Judith. Er saß neben ihr auf dem Sofa, wo es ihr trotz aller Bemühungen nicht gelang, die Tränen zurückzuhalten. Sie flossen einfach.

»Wie kann es sein, dass ich davon nichts wusste?«, flüsterte sie.

»Vielleicht weil ich es dir nicht erzählt habe?«

»Aber ich bin deine Mutter. Ich sollte solche Dinge wissen. Ich sollte es spüren.«

»Wir müssen alle unsere Geheimnisse haben, Mum. Du hast nichts falsch gemacht.«

Sie war immer überzeugt gewesen, dass sein überdurchschnittliches Einfühlungsvermögen daher rührte, dass er ein einzelner Zwilling war. Jack war das Baby, das den Kampf ums Überleben gewonnen hatte. Jenen Kampf, den seine Schwester Georgia verlor. Litt er unter einer Art unbewusstem Schuldkomplex als Überlebender? Versuchte er durch sein Verhalten etwas zu kompensieren? Indem er Feuer löschte, wo immer er sie entdeckte, um irgendwie den Tod seiner Schwester wiedergutzumachen?

Als sie Gareth einmal von diesen Überlegungen erzählt hatte, erwiderte der, das sei Küchenpsychologie und der Grund, weshalb Jack so bemerkenswert war, sei, »dass wir ihn anständig erzogen haben, mehr nicht, Süße«. Vielleicht hatte er recht. Doch was immer der Grund war, Jack war zweifellos eine Seele von einem Menschen.

Selbst Judiths Mutter, die nie irgendein Interesse an Kindern gezeigt hatte, vor allem nicht an ihrem eigenen, war in ihren Enkelsohn völlig vernarrt. Es hatte eine Weile gedauert, aber selbst die hartherzige Patricia war Jacks zärtlichem Wesen hilflos ausgeliefert. Zu sehen, wie er in ihrer Mutter diese weichere, nie erlebte Seite zum Vorschein brachte, war für Judith nicht immer einfach, denn sie konnte sich nicht daran erinnern, als Kind jemals so etwas wie mütterliche Liebe erlebt zu haben.

Am Tag vor Cats und Sols Hochzeit hatte sie schließlich den Mut aufgebracht, ihrer Mutter von der Schwangerschaft zu erzählen.

Es war kaum überraschend, dass Patricia auf die Nachricht, dass ihre neunzehnjährige unverheiratete Tochter »in anderen Umständen« war, nicht gerade positiv reagierte. Sie erklärte Judith, sie schäme sich und wolle weder mit ihr noch mit dem »Bastard« etwas zu tun haben. Obwohl sie damit gerechnet hatte, empfand Judith es immer noch wie einen Schlag ins Gesicht.

Dann, nach dem Verlust von Georgia und Jacks verfrühter Geburt, war Judith viel zu fertig, um auch nur in Erwägung zu ziehen, Patricia davon zu erzählen. Das alles fühlte sich so zerbrechlich und intim an, und sie ging davon aus, dass ihre Mutter ohnehin nur versuchen würde, die Tragödie zu ihrer eigenen zu machen. Also sagte sie nichts, sondern verließ sich darauf, dass das Klatschnetzwerk von Coed Celyn seine Aufgabe erfüllen und Patricia sich irgendwann melden würde. Doch das tat sie nicht.

Es war Gareth, der schließlich die Wogen glättete. Als Jack ein halbes Jahr alt war, machte er mit dem Kinderwagen einen Spaziergang und klopfte an Patricias Tür. Sie öffnete mit gerunzelter Stirn. Gareth schenkte ihr ein breites Lächeln. »Nun schauen Sie mal, wer Sie hier besuchen kommt!«, sagte er, und wie aufs Stichwort fing Jack an zu gurgeln und begeistert zu strampeln.

Es war Liebe auf den ersten Blick, und Patricia verwandelte sich auf der Stelle in eine hingebungsvolle Großmutter. Judith fand nie heraus, weshalb ihre Mutter in der Lage war, ihren Enkel mehr zu lieben als ihre eigene Tochter. Gareth schob es schlicht auf »Altersmilde«.

Als sie noch in Coed Celyn wohnten, ging Patricia mindestens zweimal pro Woche mit ihm spazieren, wobei sie ihm irgendein lächerliches Outfit anzog, das sie aus einem ihrer verstaubten Kataloge bestellt hatte. Sie vergötterte ihn, und deshalb brach es ihr das Herz, als Judith 2001 verkündete, dass sie nach Surrey ziehen würden.

»Was wohl deine Großmutter sagen wird, wenn sie erfährt, dass ihr geliebter Enkelsohn schwul ist«, hatte Judith Jack am Abend zuvor zugeflüstert, als er neben ihr saß und ihr den Rücken streichelte.

»Ach, Nana Pat hat damit garantiert kein Problem. In ihren Augen kann ich nichts falsch machen«, sagte er, und Judith musste ein bisschen lächeln.

Nun sah sie Gareth an, der ihr gegenüber in seine Tasse starrte und den Milchschaum von seinem Kaffee löffelte.

»Ich freue mich wirklich für ihn«, sagte sie. »Ich meine, Dan ist ein netter Junge, oder? Wir mögen Dan doch, oder?« Sie wusste, dass sie ihn unter Druck setzte, aber sie brauchte einfach irgendeine Reaktion.

»Für dich ist das einfach«, entgegnete er. »Du bist eine Frau!«

»Inwiefern macht es, bitte schön, einen Unterschied, dass ich eine Frau bin?«

Doch er konnte ihr nicht antworten.

Sie hielt seine Hand.

Manchmal überkam sie das Gefühl, dass der arme Gareth einfach in ihr stürmisches Leben mit hineingerissen worden war und gar keine Gelegenheit mehr gehabt hatte, auf eigenen Beinen zu stehen. Er hatte sie immer voll und ganz unterstützt, daran bestand kein Zweifel. Als sie vor vier Jahren befördert wurde, war er total stolz, und die ordentliche Gehaltserhöhung kam ihnen auch sehr gelegen. Zuerst hatte sie versucht zu pendeln, doch es dauerte nicht lange, bis die Fahrt nach London mindestens viermal die Woche ihre Spuren hinterließ. Sie war kurz davor, alles hinzuschmeißen, als Gareth einen Umzug vorschlug. Der gute alte bodenständige Gareth, Waliser durch und durch, der selten weit aus Wales herausgekommen war, war bereit, alles hinter sich zu lassen und Engländer zu werden.

»So lange mein Sohn weiterhin beim Rugby für Wales ist«, scherzte er damals. »Wenn er Englandfan wird, enterbe ich ihn!«

»Aber was ist mit deinem Job?«, hatte sie gefragt. »Und mit Jacks Schule?«

»Jack und ich kommen schon klar. Er findet immer Freunde, und mein Job ist wie Haareschneiden – das kann ich überall machen.«

Sie lachte bei der Vorstellung, wie Gareth Haare schnitt und alten Damen Dauerwellen legte, doch sie war sehr gerührt, dass er bereit war, dieses Opfer zu bringen.

Zwei Monate nachdem sie über die Severn-Brücke gefahren und im tiefsten, belaubtesten Surrey angekommen waren, gründete er einen Einmannbetrieb. Jetzt, vier Jahre später, war er der Besitzer von »Metcalf Autos« in Richmond und Chef von zwei Mechanikern und einer Rezeptionistin. Dabei hatte er so was Ähnliches wie Freunde gefunden und beteuerte, Coed Celyn nicht zu vermissen. Doch tief in ihrem Innern war sich Judith da nicht so sicher.

Manchmal fuhr er natürlich noch dorthin zurück. Allein. Einfach nur, um diesen besonderen, stillen Ort aufzusuchen. Doch diese Besuche waren sehr persönlich, und es war wichtig, dass er sie allein machte.

»Ich komm schon klar.« Lächelnd küsste er ihre Hand. »Muss mich nur erst ein bisschen dran gewöhnen, das ist alles. Und natürlich werden wir jetzt nie Großeltern werden.«

Dies war nicht der richtige Augenblick, um darauf hinzuweisen, dass ihr Sohn, nur weil er homosexuell war, nicht zwangsläufig keine Kinder haben konnte. Judith beschloss, das für eine andere Gelegenheit aufzuheben. Wenn sie eines über Gareth gelernt hatte, dann, dass er mit einem Überfluss an Informationen nicht gut klarkam.

»Na, komm«, sagte sie sanft. »Lass uns weiterfahren.«

34

LANA

Adam Pride, der Fotograf, ging ihr wirklich auf den Keks. Sie waren seit vier Stunden hier, und langsam tat ihr der Mund weh vom Lächeln. Er war besessen von der Windmaschine, und die Visagistin ließ auch nicht von ihr ab, machte gefühlt nach jeder Aufnahme an ihren Haaren herum.

»Okay, jetzt will ich wirklich den Sex in deinen Augen sehen«, sagte er. »Du musst mit mir durchs Objektiv hindurch Kontakt aufnehmen.«

Idiot, dachte sie.

»Versuchen wir es mal mit Sitzen.«

Sie gehorchte, ohne sich zu beschweren, obwohl ihre Geduld langsam zur Neige ging. Sie brauchte dringend einen Drink, doch Frankie, die Publicitymanagerin, hatte sie vor dem Shooting beiseitegenommen, um ihr »ganz unter uns« etwas zu sagen.

»Nur damit du Bescheid weißt, Adam ist … also, er ist trocken«, hatte sie mit feierlicher Stimme erklärt. »Deshalb gibt es im Studio keinen Alkohol.«

Frankie hatte schon ein paar dieser Publicitysessions mit ihr gemacht und schnell begriffen, dass Lana Wein brauchte, um das alles zu ertragen.

»Oh, verstehe. Na ja, du kannst ja jederzeit heimlich ein bisschen Wodka in meinen Orangensaft kippen!«, hatte sie fröhlich erwidert.

Doch Frankie hatte das offensichtlich für einen Scherz gehalten. Lana seufzte. Es würde ein sehr langer Tag werden.

***

Vier Outfits, drei unterschiedliche Stylings und noch eine Stunde extra, dann war das Fotoshooting endlich vorbei. Als Nächstes kam das Interview. Die *Sunday Edition* hatte ihren »Top«-Celebrityjournalisten Ryan Pearman für ein ausführliches Porträt geschickt. Bei solchen Sachen war sie immer ein bisschen skeptisch, aber so was gehörte eben dazu. Bei jedem Schauspielengagement war es Teil ihres Jobs, für Presse und Publicity zu sorgen.

Sie traf ihn im Chill-out-Bereich des riesigen weißen Studios. Er war bereits bewaffnet mit zwei Diktafonen (»Nur für den Fall!«), einem zerfledderten Notizbuch, auf dem sie eine Liste hingekritzelter Fragen erspähte, und der glänzenden Pressemappe, die das PR-Team verschickt hatte. Der neue Mehrteiler, für den sie hier warb, war auf großes Medieninteresse gestoßen. Nicht wegen Lana. Das wusste sie durchaus. Sondern wegen ihres Co-Stars, der amerikanischen Filmgöttin Katya Molenski.

Der Film war Katyas Comeback nach einer schwierigen Phase der Drogenabhängigkeit und dem Aufenthalt in einer Entzugsklinik. Nach Abschluss der Dreharbeiten war sie sofort nach Los Angeles zurückgekehrt, sodass sich die britische Presse, was Interviews anging, mit Lana begnügen musste. Sie opferte sich also für die Sache, denn sie wussten beide, dass Ryan in diesem Moment viel lieber Katya gegenübersitzen würde. Doch sie spielte das Spiel mit.

»Also dann!«, fing er an. »Sie spielen hier eine sexsüchtige Frau, die noch eine Rechnung offen hat.«

Die Aufnahmegeräte zeigten abwehrend in ihre Richtung und sorgten dafür, dass jede ihrer Äußerungen auf Band eingefangen wurde.

»Ja, sie ist ein interessanter Charakter«, antwortete Lana.

Inzwischen hatte sie so viele dieser Interviews gegeben, dass sie die Antworten auswendig kannte.

»Als ich das Drehbuch gelesen habe, wusste ich sofort, dass ich diese Rolle unbedingt spielen muss«, log sie. In Wahrheit hätte sie alles angenommen, als ihre Agentin sie wegen des Angebots anrief. Vergangenes Jahr war arbeitstechnisch etwas mager gewesen, und sie hatte die Rolle auch nur bekommen, weil Carrie Heath ausgefallen war. Carrie war Lanas Erzfeindin. Eigentlich mochte Lana sie sehr, sie hatten bei einigen Filmen zusammengearbeitet. Aber Carrie bekam immer die Rollen, die Lana eigentlich gerne gehabt hätte, sodass ihr nur die Reste blieben.

»Ich habe mir Ihren IMDb-Eintrag angesehen. Würden Sie sagen, die Rolle der Myfanwy in *Still Waters* war Ihr großer Durchbruch?«

»Auf jeden Fall. Ich war fünf Jahre lang dabei, und ich werde für diese Chance ewig dankbar sein. Die Leute haben manchmal eine vernichtende Meinung über Seifenopern. Sie denken, das wäre irgendwie zweitklassiges Fernsehen. Aber das ist reiner Snobismus. Ich habe in dieser Serie alles gelernt. Das war echt ein Knochenjob.«

Das sagte Lana immer, wenn man sie nach *Still Waters* fragte. Der wahre Grund, weshalb man sie dort so lange behalten hatte, war, dass sie mit dem Executive Producer schlief. Und der Grund, weshalb man sie feuerte, war, dass sie aufgehört hatte, mit ihm zu schlafen.

»Ich habe da so ein Gerücht gehört …«, sagte Ryan mit listigem Grinsen.

O-oh, und schon geht's los, dachte sie.

»... Sie hätten eine Affäre mit Paul Durrent gehabt, dem Mann ganz oben.«

Darauf war sie immer vorbereitet, und so setzte sie nun ihr strahlendes, charmantes und tausendfach geübtes Lächeln auf. »Ach, Ryan, Sie sollten wirklich nicht so viel auf Klatsch geben.«

»Aber ich bin ein Klatschreporter!«, konterte er lachend. Er gab noch nicht auf.

»Wirklich? Und ich dachte, Sie wären ein höchst professioneller, bestens ausgebildeter, intelligenter Journalist.«

Touché. Jetzt würde er diesen Punkt ruhen lassen. Fürs Erste.

»Besuchen Sie denn ab und zu Ihre Heimat, Lana? Berge und Schafe und Rugby und so?«

Ach du lieber Gott, dachte sie und lächelte.

»Ja, so oft ich nur kann. Jetzt am Sonntag fahre ich zum Beispiel heim. Zur Taufe meines Patenkindes.«

Weshalb erzähle ich ihm das? Nie über persönliche Dinge sprechen, Lana!

»Wirklich? Sie wirken auf mich jetzt nicht unbedingt wie der religiöse Typ.«

»Sie ist die Tochter meiner besten Freundin. Da ist es eine Ehre, gefragt zu werden, finden Sie nicht?«

Recht so, den Ball immer gleich zurückgeben.

»Natürlich. Und wie handhaben Sie solche Ereignisse zu Hause? Wollen da alle ein Foto mit Ihnen machen? Es muss schwierig sein, die berühmte Freundin zu sein!«

»Nicht wirklich, das interessiert dort niemanden. Für sie bin ich einfach die gute alte Lana. Schließlich bin ich auch nur ein ganz gewöhnlicher Mensch.«

»Gewöhnlich, wie die Leute zu Hause?«

Sie zögerte. Mein Gott, was für ein Arschloch, dachte sie.

»Wie meinen Sie das?«, fragte sie, immer noch lächelnd. Doch Ryan Pearman war bereits beim nächsten Punkt.

»Bereuen Sie es, selbst keine Kinder bekommen zu haben?«

Was bildet der sich eigentlich ein! »Nun ja, ich bin erst siebenunddreißig, Ryan. Immer noch ein junger Hüpfer.«

»Aha! Und haben Sie da jemanden Spezielles im Auge? Als Daddy, meine ich? Da Sie ja nun wieder Single sind …«

Innerlich seufzte sie, nach außen hin lächelte sie weise. »Sollen wir noch ein bisschen über die Serie sprechen?«

»Natürlich!«, erwiderte er glatt. »Also, diese Figur, die Sie da in *Devil May Care* spielen …«

»Es heißt *Share. Devil May Share.*«

»Verzeihung. Also, diese Rolle, die Sie spielen, dieses sexsüchtige, knallharte Weib – wie viel von der echten Lana steckt da drin?«

»Nun ja, nichts. Weil sie eine fiktive Person ist.«

»Dann macht Ihnen Sex also keinen Spaß.« Er lachte.

Und sie lachte auch, um zu verbergen, wie angepisst sie war. »Ryan, Schätzchen, verbrennen Sie sich mal nicht die Finger.«

»Dann sind Sie also doch heiß.« Er grinste zurück.

Perversling.

»Tut mir leid, das mit Ihrer Scheidung.« Er bemühte sich um ein mitfühlendes Lächeln.

»Ach, wirklich?«

»Ja. Natürlich. Ich habe das selbst durchgemacht. Wünsche ich niemandem.«

»Aha«, erwiderte sie, denn ihr gefiel nicht, in welche Richtung das hier lief.

»Aber es zweimal zu erleben wie Sie, Lana, ich meine, das ist einfach nur schrecklich. Ihre erste Ehe hielt … Wie lange war das … neun Monate?«

»Acht. Ich war sehr jung.«

»Und Ihre zweite?«

Sie fixierte ihn mit ihrem Blick, fest entschlossen, nicht zu antworten.

»Nur fünf Jahre, habe ich gehört …«

Kümmere dich um deinen eigenen Scheiß, du Widerling.

»Ja, Ryan, offensichtlich kann ich Männer vom Charakter her ganz schlecht einschätzen.« Dann lachte sie. »Ich meine, Sie habe ich zum Beispiel immer für einen anständigen Kerl gehalten!«

Er wusste wohl nicht, wie er darauf reagieren sollte, und so fuhr er einfach fort.

Sie sprachen noch eine Weile darüber, wie viel Spaß der Dreh gemacht hatte, wie Katya Molenski in »echt« war, und ob es stimmte, dass sie sich manchmal wie eine Diva benahm. Lana erklärte, Katya sei ein Schatz, woraufhin er sie nach einigen amüsanten Anekdoten fragte.

»Na ja, einmal musste ich einen Teller Spaghetti essen, und ich habe zu viele auf meine Gabel gewickelt, sodass sie mir beim Sprechen wieder aus dem Mund gefallen sind, und Katya musste so kichern, dass ich auch einen Lachanfall bekomme habe, und auf einmal kamen mir tatsächlich Spaghetti aus der Nase. Es war total eklig, aber echt komisch.«

Die ganze Geschichte war von vorne bis hinten erlogen, aber Lana war inzwischen extrem gelangweilt und wollte einfach nur weg von diesem widerlichen Journalisten.

Bevor er ging, bat er sie noch um ein Foto. »Meine Frau ist ein großer Fan«, erklärte er. Also stellte Lana sich gehorsam neben ihn, sein Arm um ihre Schultern etwas zu eng, während die Stylistin ein schnelles Foto mit seinem Handy machte.

»Also dann, sind wir fertig?«, fragte sie freundlich.

»Aber klar doch, das war wunderbar. Der Artikel wird rechtzeitig zur Ausstrahlung der ersten Folge erscheinen.«

»Perfekt. Vielen Dank, Ryan. Es war mir ein Vergnügen.« Dann drehte sie sich um und ging Richtung Garderobe.

Auf dem Weg dorthin erkundigte sich die Stylistin bei Lana, ob sie Hilfe beim Umziehen brauche.

»Nein, passt schon«, rief sie fröhlich zurück und duckte sich hinter dem Vorhang durch.

»Das war's dann, Leute«, erklärte der Assistent, und alle machten sich ans Zusammenpacken.

Lana fing an sich auszuziehen, konnte es kaum erwarten, aus den fremden Klamotten rauszukommen. Sie stand in Unterwäsche da, als ihr Handy klingelte.

Catrin.

»Ich bin gerade beim Umziehen«, erklärte sie und stellte das Telefon auf Lautsprecher.

»Na, wie ist es gelaufen?«

»Ach, du weißt schon, immer das Gleiche.« Lana beugte sich über das Mikro und flüsterte: »Der Journalist war ein Arsch und der Fotograf auch, aber jetzt ist es überstanden.«

»Dein Leben ist echt verrückt.«

»Ich weiß.«

»Also, wann kommst du am Sonntag an?«

»Hm, ich schätze mal, kurz bevor der Gottesdienst beginnt. Um zwei, richtig? Tut mir leid, dass ich es nicht früher schaffe, aber ich muss am Abend vorher zu dieser Wohltätigkeitsveranstaltung.«

»Keine Sorge«, meinte Catrin. »Aber wenn du bei der Kirche ankommst, nimm die Seitentür, sonst werden dich alle aufhalten. Wir reservieren dir vorne einen Platz.«

»Geht klar.« Inzwischen hatte sie ihre Jeans an und schlüpfte in ihr Oberteil.

»Und, Lana?«, fragte Catrin am anderen Ende.

»Was denn?«

»Nur um noch mal sicherzugehen: Besteht wirklich keine Chance, dass du kommst, wenn Judith auch da ist?«

»Ich kann nicht fassen, dass du mich das überhaupt fragst«,

erwiderte sie verärgert. Doch Catrin gab nicht so schnell auf.

»Das ist jetzt achtzehn Jahre her!«, rief sie.

»Und wenn es hundert Jahre wären!«, brüllte Lana zurück. »Hör zu, wenn du Judith einladen willst, dann mache ich einen Rückzieher. Aber bitte hör auf, mich deswegen zu nerven, Cat.«

»Entschuldige. Man kann's ja mal versuchen.«

Lana packte ihre restlichen Sachen zusammen und verließ den Umkleidebereich. Als sie den Vorhang zurückzog, sah sie Ryan Pearman davor herumstolzieren wie eine hungrige Möwe auf Beutezug. Er lächelte sie an – ein schuldbewusstes Lächeln. Und Lana begriff, dass er gelauscht hatte.

Vollidiot, dachte sie.

35

CATRIN

»Oh mein Gott, ich lieb dich so sehr, Catrin Blythe«, flüsterte Sol und küsste sie mit geschlossenen Augen. Die letzten Zuckungen des Orgasmus durchliefen seinen Körper, dann löste er sich erschöpft aus ihrer gegenseitigen Umarmung.

Catrin hätte ihn gerne länger nah bei sich behalten, doch das sagte sie ihm nicht. Er hatte immer noch seine Socken an. Sie trug nur einen BH. Sie hatten nicht mehr so viel Sex wie früher – und wenn, dann war es eher Routine, ohne Zeit oder Muße für Vorspiel. Vermutlich wie bei jedem Paar mit Kleinkind, dachte sie. Da musste man die Gelegenheit nutzen! Wobei Catrin, verglichen mit einigen ihrer Patientinnen in ähnlichem Alter, noch fast nymphomanisch war.

»Und sie bringen die Torte auf jeden Fall morgens schon, richtig?«, fragte sie in die Dunkelheit des Schlafzimmers hinein.

»Ja«, murmelte Sol, und sie hörte, dass er am Einschlafen war. »Das fragst du mich jetzt schon das dritte Mal, du Spinnerin«, fügte er noch hinzu, aber sein Tonfall war liebevoll.

»Tut mir leid, dass ich so anstrengend bin.« Catrin unterdrückte mühsam die Tränen.

Da wandte er sich ihr zu und küsste sie auf die Nasenspitze. »So bist du immer vor Partys«, sagte er sanft.

»Echt?«

»Ja.« Er streichelte ihre Haare. »Ich glaube, es gibt sogar eine Bezeichnung dafür: Gesellschaftliches-Ereignis-Phobie oder so was.«

»Ernsthaft?«

»Neeeeiiinn!« Er lachte. »Mensch, du glaubst mir auch alles! Und jetzt leg dich hin, damit wir noch etwas Schlaf bekommen. Du musst morgen in Topform sein, wenn Judith und Lana sich gegenseitig an die Gurgel gehen.«

Innerhalb weniger Minuten war er eingeschlafen, während Catrin noch lange mit offenen Augen dalag. Es waren nicht nur Judith und Lana, wegen denen sie sich Sorgen machte: Sie musste sich auch noch einer anderen Sache stellen. Denn die Zeit lief ihr davon.

Vor über zehn Jahren hatte sie sich selbst heftig verflucht, jemals mit der Pille angefangen zu haben. Die ganze Planung, die Vorkehrungen, alles aus der Angst heraus, schwanger zu werden. Eine Angst, die sich später in ein überwältigendes Bedürfnis verwandelt hatte. In Besessenheit. Die sie fast ihre Ehe gekostet hatte. Catrin war einfach davon *ausgegangen*, dass sie Kinder haben würde. Nicht eine Minute lang hätte sie geglaubt, dass es damit Probleme geben könnte. Regel Nummer eins im Leben, hatte Lana früher gern gesagt, nimm am besten gar nichts an. Und sie hatte recht.

Sobald Catrin und Sol ihre Gemeinschaftspraxis ein paar Jahre betrieben hatten, hielten sie es für an der Zeit, eine Familie zu gründen. Also tat Catrin alles, wie im Lehrbuch empfohlen: Pille absetzen, keinen Alkohol mehr trinken, Folsäure einnehmen, ja, sie ging sogar joggen! Sie waren gerade mal dreißig, als sie anfingen es zu »versuchen«. Was großen

Spaß machte. Das würde keiner von beiden leugnen. Sie malten Diagramme, maßen Temperatur, eilten manchmal in der Mittagspause für einen Quickie nach Hause – einmal hatten sie sogar in der Praxis Sex, was allerdings so angespannt und riskant war, dass sie die ganze Zeit dabei lachen mussten.

Doch trotz ihres Einsatzes und ihrer Entschlossenheit passierte nichts. Monat für Monat warteten sie, während Catrin ihren vor Kurzem wiederentdeckten katholischen Gott anflehte, ihr das vertraute dumpfe Pochen im Unterleib zu ersparen, das eine weitere unwillkommene Periode ankündigte.

»Es gibt keine Sonne ohne Regen«, flüsterte ihr Dad ihr während dieser traurigen Zeiten zu, wenn er sie tröstend in den Arm nahm und sie auf den Scheitel küsste wie früher als kleines Mädchen. Doch der Regen fiel sintflutartig, und die Sonne hielt sich von ihrem Himmel fern. Sie wartete und wartete, nur um wieder und immer wieder eine Enttäuschung verdauen zu müssen.

Nach drei Jahren, in denen sie alles versucht hatte – seltsame Ernährungspläne, ungemütliche Stellungen beim Sex, Meditation und noch mehr Gebete –, zogen sie schließlich künstliche Befruchtung in Betracht. Und als Catrin für sich geklärt hatte, dass dies kein Versagen ihrerseits bedeutete, sondern dass sie einfach nur etwas Unterstützung brauchten, erwachte ihr Optimismus erneut.

Der erste Versuch scheiterte jedoch.

Der zweite ebenfalls.

Und dann klappte es auch beim dritten Anlauf nicht.

Also übernahm Solomon das Steuer. Er suchte das Gespräch und erklärte Catrin sanft, dass es an der Zeit war, loszulassen. Sie hatten ihre drei von der Krankenkasse bezahlten Versuche aufgebraucht, nun mussten sie sich andere Möglichkeiten überlegen.

Davon wollte Catrin jedoch nichts wissen und ließ sich in ihrer Mission nicht beirren. Und es *war* eine Mission. Mutter zu werden war alles, wofür sie noch lebte – sie war wie besessen davon. Also machte sie selbst Termine aus, beantragte Kredite, bettelte bei Sols Eltern und bei ihren eigenen um finanzielle Unterstützung, obwohl Sol sie bat, es nicht zu tun. Edward und Amelia waren die Einzigen, die es sich leisten konnten zu helfen, doch sie lehnten liebevoll aus religiösen Gründen ab, was Catrin in höchstem Maße beleidigend fand. Sie drehte total durch, als sie Nein sagten, und weigerte sich, je wieder mit ihnen zu sprechen.

»Sie sind Wissenschaftler, verdammt noch mal! Ärzte!«, kreischte sie.

Sol erlebte eine Seite an seiner Frau, die er nicht kannte, und zog für einen Monat aus. Selbst das konnte Catrin nicht bremsen. Fest entschlossen und verzweifelt fragte sie sowohl Judith als auch Lana unabhängig voneinander, ob sie ihr helfen könnten. Wohlwissend, dass ihre Freundinnen weniger Geld besaßen als sie selbst, war Catrin die Peinlichkeit egal, als beide verneinten, so wenig Würde war ihr geblieben. Weitere Versuche mit künstlicher Befruchtung waren alles, woran sie noch denken konnte. Das ging so weit, dass sie sich selbst vernachlässigte, sich manchmal tagelang nicht wusch, nicht mehr zur Arbeit ging, jeden Tag denselben fleckigen Jogginganzug trug und das Haus kaum noch verließ. Sie verbrachte Stunden mit Anrufen bei Kliniken und Kreditfirmen, bestellte Hunderte von Büchern und Zeitschriften, um sich mit Wissen zu bewaffnen und den Rest der Welt auszusperren. Bis ihre Energie schließlich verpufft war und sie alle Hoffnung aufgab. Sie versank in einem tiefen dunklen Tal der Verzweiflung. Ohne ihre manische Besessenheit verlor sie schlicht den Lebenswillen.

Sol zog wieder zu Hause ein und bat die gemeinsamen

Freunde um Hilfe. Judith kam mit verschiedenen Broschüren vorbei und versuchte mit Catrin über Adoption zu sprechen. Diese jedoch weigerte sich. Eine Woche später tauchte Lana mit einer Flasche Tequila in der Hand auf und erklärte Cat, was sie bräuchte, wäre mal ein Abend außer Haus, um sich abzulenken. Kinder seien schließlich nicht das Einzige im Leben. Catrin brüllte sie an, bis Lana kleinlaut davonlief.

In dieser Nacht brach Catrin in Sols Armen zusammen und weinte sich in einen müden Zustand der Akzeptanz. Es war vorbei. Es war Zeit aufzuhören. Und obwohl eine Decke des Kummers über ihr lag, war dieses Nachgeben seltsam befreiend. Es brachte sie beide wieder näher zusammen, als sie es lange Zeit gewesen waren. In dieser Nacht liebten sie sich zum ersten Mal seit Monaten wieder.

Catrin nahm sich sechs Wochen frei und versprach ihrer Familie und ihren Freunden, sich wieder um sich selbst zu kümmern. Sie putzte das Haus von oben bis unten und brachte Kataloge aus dem Reisebüro mit nach Hause – Sol und sie brauchten dringend Urlaub. Sie kaufte gesunde Lebensmittel ein und backte sogar Brot in ihrem alten Backautomaten. Sie musste ein paar Kilo zulegen, denn durch die Traurigkeit und Selbstvernachlässigung hatte sie ziemlich viel abgenommen. So viel, dass sie es auf die Gewichtsabnahme schob, als in diesem Monat ihre Periode ausblieb. Sol kochte nahrhafte, warme Sachen zum Frühstück, um Catrins Appetit wieder zu wecken. Und dann, eines Mittwochmorgens, saß sie da und betrachtete den Teller vor sich mit gebratenem Speck, Eiern und Pilzen, dazwischen kleine Butterbäche …

… und sie sprang auf und rannte zur Toilette. Es hatte so unendlich lange gedauert, doch als sie gar nicht mehr damit rechneten, hörte der Regen auf, und die Sonne spähte hinter den Wolken hervor, genau wie ihr Dad gesagt hatte.

Drei Tests später wurden sie mit der Nachricht belohnt, auf die sie so lange vergeblich gehofft hatten: Catrin war schwanger.

Bis sie den Ultraschall in der sechzehnten Woche hinter sich hatten, verrieten sie niemandem ein Sterbenswörtchen, um ja nichts zu riskieren. Doch als sich Catrins zunehmender Taillenumfang nicht mehr unter weiten Oberteilen verbergen ließ, wagten sie es endlich, die frohe Botschaft zu verkünden. Selbst zu diesem Zeitpunkt trauten sie sich nicht, sich übermäßig zu freuen, und Catrin verbot ihrer Mutter, auch nur daran zu denken, irgendetwas zu stricken.

Dann, am 26. August 2004, kam Romy Amelia Eliza Blythe auf die Welt. Dieses kostbare, kostbare Geschenk – so kostbar, dass Catrin niemandem außer Sol und ihren beiden Elternpaaren erlaubte, es im Arm zu halten. Noch Wochen nach der Geburt stand Catrin über die Wiege gebeugt und beobachtete jeden Atemzug, das Heben und Senken der winzigen Brust ihrer Tochter. Nach und nach lernte sie jedoch loszulassen und Romy Raum zu geben. Sie musste akzeptieren, dass sie Romy nicht vor jeder Herausforderung beschützen konnte, die das Leben ihr präsentierte. Inzwischen gelang ihr das recht gut – noch ein Grund, weshalb sie in die Taufe eingewilligt hatte. Sie hätte es früher tun sollen, aber besser spät als nie.

Am nächsten Morgen war Sol schon vor ihr aufgestanden und angezogen. Als Catrin im Pyjama noch ganz verschlafen nach unten kam, stand er bereits in seinem besten Anzug, geschützt durch eine Spice-Girls-Schürze, am Herd und machte Rührei. Romy saß in ihrem Kinderstuhl und unterhielt sich mit ihrem Bananenjoghurt.

»Na, ihr zwei seid aber schon munter«, sagte sie und küsste Romy auf den weichen, flaumigen Schopf.

»Ich habe es noch nicht gewagt, ihr das Taufkleid anzuziehen«, erklärte Sol, während er cremiges Rührei auf gebutterten Toast löffelte und ihr reichte. »Ich dachte, wir warten damit am besten bis zur letzten Minute. Sie soll ja nicht mit Frühstück bekleckert sein, wenn Father O'Leary sie übers Taufbecken hält.«

»Sehr weise«, meinte Catrin, die sich noch etwas Pfeffer übers Ei streute. Sie sah zu, wie Sol ihnen beiden Kaffee einschenkte und dann auch an der Frühstückstheke Platz nahm. Romy gurgelte sie beide fröhlich an, und Catrin seufzte zufrieden. Innerlich schickte sie ein kurzes Dankesgebet für ihre wunderbare kleine Familie gen Himmel. »Du siehst hinreißend aus«, sagte sie zu Sol.

»Du auch.« Er lachte. »Auf etwas zerknautschte, verschlafene Weise …«

Sie aßen ihren Rühreitoast. Er war so ein guter Koch. Eine seiner vielen, vielen tollen Eigenschaften. Was hatte sie doch für ein Glück! Das alles durfte sie jetzt nicht kaputtmachen, oder? Jetzt war nicht der richtige Moment, um die Frage zu stellen.

Als könnte er ihre Gedanken lesen, sah er sie an und lächelte.

»Nervös?«

Sie erschrak ein bisschen. »Was? Äh, nein.«

»Gut. Weil du dir überhaupt keine Sorgen machen musst.«

Er sprach von der bevorstehenden möglichen Konfrontation zwischen Lana und Judith bei der Taufe. Sie wünschte, er würde über Babys sprechen. Mehr Babys.

Nein, das hier war nicht der richtige Zeitpunkt. Catrin wusste nicht, wann der sein würde, aber jetzt auf keinen Fall. Und wieder einmal gewann ihre Feigheit, während sie die Nervosität mit einem großen Schluck Kaffee hinunterspülte.

36

JUDITH

Sie kamen gegen Mittag bei ihrer Mutter an. So hatten sie es geplant, um nicht mehr als eine Stunde dort verbringen zu müssen, bevor sie sich auf den Weg zur Kirche machten. Es dauerte eine Weile, bis Patricia die Tür öffnete, und als sie schließlich erschien, sah sie ein bisschen mitgenommen aus.

»Ist gestern wohl spät geworden, Mutter?«, erkundigte sich Judith.

»Spar dir deine Worte«, knurrte Patricia und drehte der offenen Tür den Rücken zu. Sie folgten ihr ins Haus.

Judith und Gareth lächelten sich an. Ihre Mutter machte Judith keine Angst mehr. Bestenfalls fand sie sie unterhaltsam. Längst hatte sie die vielen Verletzungen hinter sich gelassen, die Patricia ihr während ihrer Kindheit und Jugend zugefügt hatte. Auch die größeren Fehltritte im armseligen Leben ihrer Mutter – wie George durch vorgetäuschte Tatsachen zur Heirat zu zwingen oder ihre schwangere Tochter zu verstoßen – hatte sie ihr verziehen. Die Zeiten waren lange vorbei, wo sie in Selbstmitleid gebadet oder Patricias elterliche Versagensliste durchkämmt hatte. Denn glücklich zu sein war die beste Rache: Judith hatte in ihrem eigenen Leben inzwischen ihr Glück gefunden, als Mutter und Ehefrau und als Frau mit einer höchst erfolgreichen Berufslaufbahn. Heutzutage betrachtete sie Patricia als traurige, einsame Verwandte, eher wie eine alternde Tante denn als Mutter, mit der Gareth und sie immer durch Fürsorgepflicht verbunden sein würden, aber mehr auch nicht. Außerdem war sie natürlich Jacks Großmutter, und auch das zählte.

Das Wohnzimmer war ein Saustall. Übervolle Aschenbecher und leere Bierdosen überall. »Sieht aus, als hättest du eine kleine Party gefeiert«, meinte Gareth und fing an aufzuräumen, während Patricia es sich auf dem Sofa bequem machte. Sie hätte nicht weniger erfreut sein können, sie zu sehen.

»Jack lässt dich lieb grüßen«, richtete Judith aus. Die Erwähnung ihres Enkels war immer ein Garant dafür, selbst Patricias eiskaltes Herz zu erwärmen.

»Er ist also nicht mitgekommen?«

»Nein, es ist nämlich so, er …«, setzte Judith an, doch Gareth war schneller.

»Er hat ein Rugbyspiel«, unterbrach er sie und unterband damit geschickt ein Gespräch über Jacks Coming-out. »Soll ich uns Teewasser aufsetzen?«

Die Besuche liefen immer gleich ab. Pflichtbesuche nannte Gareth sie. Judith fand die Einstellung ihrer Mutter zum Leben unverändert negativ. Zwei Jahre zuvor, als Patricia fünfundsechzig geworden war, hatten sie eine Seniorenbuskarte für sie organisiert. Sie hatte sie nicht ein einziges Mal benutzt. Bei Besuchen führten sie stets genau die gleiche Unterhaltung:

Wie geht's deiner Hüfte? *Macht mir das Leben zur Hölle.*

Wie läuft die Arbeit? *Die zahlen mir einen Hungerlohn, und ich schufte wie ein Ackergaul. Ich bin siebenundsechzig, verdammt noch mal.*

Wie geht's *Name einfügen*? *Er ist zu seiner Frau zurück* oder *weiß der Geier, der Mann ist ein Idiot.*

Sie fragte Judith und Gareth nie etwas über ihr Leben, abgesehen von Jack, der Eine-der-nichts-falsch-machen-konnte.

Judith sah zu, wie Patricia sich mühsam aufrappelte, und bemerkte einen Tomatenketchupfleck auf dem Morgenmantel ihrer Mutter.

Vom Kaminsims nahm Patricia zwei neue Zwanzigpfundscheine. »Gib das meinem Jungen«, sagte sie. »Sag ihm, er soll seine Oma besuchen kommen.«

»Mach ich. Danke.« Judith warf einen Blick auf die Uhr. »Wir sollten dann besser mal los, der Gottesdienst fängt in einer halben Stunde an.«

Und dann, völlig ohne Vorwarnung, wich Patricia sozusagen vom Textbuch ab. »Ich hab gehört, ihr fliegt nächste Woche nach Zypern?«

»Äh, ja ... Hat Jack dir das erzählt?« Judith war ziemlich verdattert, da sie in Gegenwart ihrer Mutter ganz bewusst nie über ihren Vater sprach, und obwohl Patricia von ihren Reisen nach Kakopetria wusste, redeten sie nie darüber.

»Nein. George Harris.« Bei den wenigen Gelegenheiten, zu denen Patricia ihren Exmann erwähnte, benutzte sie immer seinen vollen Namen.

Judith konnte kaum glauben, was sie da hörte. »Wirklich?«

Patricia schenkte ihr jedoch keine Beachtung, sondern kramte in der Schublade ihres winzigen Schreibtisches herum und holte einen zugeklebten Umschlag heraus. »Er will das hier haben. Gib es ihm, wenn du ihn siehst. Und sag ihm, er schuldet mir neunzig Pfund.«

Den gesamten Weg zur Kirche fragte sich Judith, was um alles in der Welt ihr Vater bloß von ihrer Mutter erbeten haben könnte. »Ich versteh's nicht, Gar. Die beiden haben seit Jahren keinen Kontakt mehr!«

»Du überlegst doch nicht etwa reinzuschauen, oder?«, erkundigte sich Gareth vorsichtig.

»Na ja, ich könnte ihn über Dampf öffnen.«

»Nein, Jude. Das ist privat.«

»Du bist einfach zu anständig«, erwiderte sie.

Als sie bei St Theodore's ankamen, musste Judith die ganze Geschichte gedanklich erst einmal beiseiteschieben, denn sie wurden rasch von der Menge der Taufgäste verschluckt. In der Nähe des Eingangs hingen ein paar bekannte Gesichter aus ihrer Schulzeit herum, die von ihrer Kleidung her ganz offensichtlich nicht zum Gottesdienst wollten. Die Handykameras gezückt, schienen sie nur zum Zuschauen gekommen zu sein. Judith nahm an, dass Catrin und Sol als ortsansässige Hausärzte einen gewissen Berühmtheitsstatus besaßen. Unter den Nichteingeladenen erkannte sie Becky Williams wieder – noch genauso laut und auffällig wie mit vierzehn. Ihren Unterarm zierte ein Tattoo: das Wort *Serenity* in gotischen Schriftzeichen. Was für unterschiedliche Wege sie doch alle eingeschlagen hatten, musste Judith unwillkürlich denken. »Wie hübsch!«, flüsterte sie Gareth zu, der sie einen Snob nannte.

Sie folgten den anderen in die Kirche und nahmen ihre Plätze ein.

»Pateneltern bitte ganz nach vorne«, verkündete einer der Kollektensammler, also gehorchten sie.

Ihr fiel auf, dass Catrin außerordentlich nervös wirkte. Judith verstand nicht ganz, weshalb. Das hier war ja keine Hochzeit oder so. Sie schob es auf die Anspannung, so viele Freunde und Familienmitglieder auf einmal am selben Ort versammelt zu haben.

Father O'Leary begann mit dem Gottesdienst. Judith bemerkte, dass Catrin immer wieder über die Schulter in den Raum schaute. Wollte sie sichergehen, dass alle da waren?

»Darf ich nun die Familienmitglieder gemeinsam mit den Paten zum Taufbecken hinten in der Kirche bitten.«

Judith begegnete dem Blick von Sols Bruder Tom und lächelte – hier und heute gelobten sie feierlich, Romy im Namen Jesu Christi aufzuziehen. Du lieber Himmel, dachte sie.

Sobald sie ihre Plätze eingenommen hatten, reichte Father O'Leary mehrere laminierte A5-Karten herum, auf denen die Worte des Taufsakraments standen. Vorsichtig hob er Romy aus dem gemütlichen Nest der starken väterlichen Arme und stieg die beiden Stufen zum Becken hinauf. Mit Romy in der Beuge seines linken Arms konnte er mit der Rechten das Wasser segnen. »Im Namen des Vaters, des Sohnes und des Heiligen Geistes …«

Weiter kam er nicht, denn ein Tumult an der Seitentür unterbrach ihn. Alle Köpfe drehten sich nach dem Grund für die Aufregung um, und Judith hörte ein eindringliches, entschuldigendes Flüstern. Ein Schwall von »Verzeihung, Verzeihung … Darf ich kurz hier … Wo ist die … Tut mir leid, dass ich zu spät bin.« Und auf einmal kam eine Frau den Gang zum Taufbecken entlanggeeilt. Judith sah sie, bevor sie Judith sah.

Lana.

Judith packte Gareths Arm, um nicht zu straucheln. So groß war der Schock, ihre einstige Freundin nach all der Zeit wiederzusehen. Sprachlos schaute sie Catrin an. Doch diese erwiderte ihren Blick nicht.

»Sind Sie einer der Gäste?«, erkundigte sich Father O'Leary.

Die Leute begannen zu tuscheln.

»Ja, ich bin die Patentante«, erklärte Lana atemlos, während ihr jemand die Karte reichte.

Doch dann sah sie Judith. Und blieb wie angewurzelt stehen.

»Was zum …«

Catrin unterbrach sie, ehe Lana ihren Satz beenden konnte. »Sollen wir dann weitermachen?«, drängte sie Father O'Leary mit zitternder Stimme.

»Natürlich. Also dann« – er zeigte auf Lana – »wenn Sie dann Ihren Platz bei den anderen Paten einnehmen würden?«

Alles stand still.

Lana starrte Judith an.

Judith starrte Lana an.

»Lana?«, flüsterte Catrin und winkte sie zu ihnen herüber.

Unter dem Druck von dreißig auf sie gerichteten Augenpaaren blieb Lana nichts anderes übrig, als zu tun, worum Catrin sie bat. Mit gesenktem Blick stellte sie sich neben Judith, die den intensiven Geruch von Parfüm gemischt mit Zigarettenrauch wahrnahm.

Dann raucht sie also immer noch, dachte Judith.

Die Zeremonie ging weiter.

Judith nahm nichts davon wirklich wahr, sondern konzentrierte sich vor allem darauf, Lanas Blick nicht zu begegnen. Romy fing an zu weinen, als das Weihwasser dreimal über ihren Kopf gegossen wurde.

»Das ist der Teufel, der aus ihr herausfährt«, flüsterte Catrins Großmutter Kelly, die ein großer Fan von Feuer und Schwefel war.

Als dieser Teil des Gottesdiensts vorbei war, brachte Father O'Leary das Baby zu ihnen zurück. »Wenn nun einer der Paten die Kleine halten würde, während wir die Votivkerzen anzünden?«, meinte er.

Es folgte ein ziemliches Durcheinander. Niemand wusste, was er tun sollte. Wenn Judith sich anbot oder zugunsten der anderen ablehnte, bedeutete das automatisch, sich mit Lana auseinanderzusetzen. Sie hatte das Gefühl, dass es dieser ähnlich ging.

Zum Glück übernahm Sols Bruder. »Komm zu deinem Onkel Tom, meine Süße«, sagte er und nahm sie aus Father O'Learys Armen.

Die beiden Patentanten bekamen jede eine Kerze und ein kleines Zertifikat in die Hand, auf dem Datum und Ort von Romys Taufe notiert war. Judiths Name stand darauf, zusammen mit dem von Tom. Und dem von Lana. Diese ganze Sache war offensichtlich von vornherein geplant gewesen, und sie konnte kaum erwarten, dass es endlich vorbei war. Sie war stinksauer auf Cat und zugleich unglücklich darüber, dass sie nicht einen einzigen Augenblick dieses doch so besonderen Ereignisses hatte genießen können.

Alle zusammen begaben sie sich nun zurück ans andere Ende der Kirche, wo Father O'Leary den Gottesdienst weiterführte. Sobald er geendet hatte, steuerte Judith direkt auf den Seiteneingang der Kirche zu, dicht gefolgt von Gareth.

»Glaubst du, sie wusste davon?«, fragte Gareth. »Catrin, meine ich. Oder denkst du, Lana ist einfach ohne Vorwarnung aufgetaucht?«

»Natürlich wusste sie es! Ihr verdammter Name stand auf der Karte.«

Drüben am Haupteingang strömten die anderen Gäste aus der Kirche, voller Freude und in Feierstimmung, nichts ahnend vom erzwungenen und widerwilligen Wiedersehen, das gerade in ihrer Gegenwart stattgefunden hatte. Lana stand lachend bei einigen von Sols Verwandten, und Judith war schockiert, wie sehr sie sich darüber ärgerte. Lanas nervtötende Lässigkeit. Sie nahm ihr auch übel, wie gut sie aussah. Im Lauf der Jahre war Judith immer mal wieder im Fernsehen über sie gestolpert, daher wusste sie, wie Lana heutzutage aussah. Doch in Fleisch und Blut war das noch mal etwas ganz anderes. Sie warf Gareth einen Blick zu, um zu überprüfen, ob auch er Lana betrachtete. Tat er. Sofort durchfuhr sie ein Stich der Eifersucht. Findet er sie attraktiver als mich? fragte sie sich. Oder war er nur neugierig? Sie verfluchte sich dafür, so unreif zu reagieren. Dann fiel ihr auf, dass Becky Williams ihre Kamera gezückt hatte. *Ach, deshalb sind sie und ihre Mädels hier! Um einen Blick auf Lana Lloyd zu erhaschen! Mein Gott.* Als sich die Kamera auf sie und Gareth richtete, sah Judith weg.

»Ein paar von Mums Freundinnen brauchen eine Mitfahrgelegenheit zu uns nach Hause«, rief Catrin, die nun auf sie zukam, aber mit keiner Silbe erwähnte, was gerade in der Kirche passiert war. »Ich habe eure Hilfe angeboten.«

»Dann wusstest du also Bescheid«, sagte Gareth, ohne auf die Bitte einzugehen. »Dass sie kommt?«

Catrin wurde rot. »Na ja, ich habe euch schließlich alle eingeladen?« Ihr Versuch, blasiert zu klingen, scheiterte jämmerlich.

»Also gut, wir liefern die Freundinnen deiner Mutter ab, aber dann fahren wir heim«, verkündete Gareth, hörbar verärgert.

»Red keinen Unsinn. Ihr seid extra den ganzen weiten Weg hergekommen!« Catrin klang panisch.

»Cat, was hast du dir nur dabei gedacht?« Judith fand endlich ihre Stimme wieder. »Das geht so wirklich nicht.«

»Ich musste doch irgendetwas tun«, verteidigte Catrin sich. Judith schüttelte den Kopf. »Und Lana ist genauso sauer auf mich wie du.«

Gemeinsam sahen sie hinüber zu Lana, die mit ein paar der Gäste Fotos machen ließ. Auf Judith wirkte es, als würde sie mit ihrem Künstlerego alles dominieren.

»Wenn du mich fragst, wirkt sie alles andere als sauer.«

»Bitte kommt«, bat Catrin. »Für Romy, wenn schon nicht für mich.«

Judith zögerte, und Gareth zuckte mit den Schultern. »Deine Entscheidung«, sagte er. »Tut mir leid, Cat, aber ich will nicht in der Nähe dieser Frau sein. Jude, wenn du vorbeischauen möchtest, hole ich dich später ab.«

Sie war hin- und hergerissen. Es kam ihr kleinlich vor, nicht zu gehen.

»Ich bleibe eine Stunde«, willigte sie schließlich ein. »Aber glaub ja nicht, dass ich mit ihr sprechen werde.«

»Gott bewahre«, murmelte Catrin.

Und Judith dachte, wie selten es vorkam, Sarkasmus in der Stimme ihrer liebenswerten Freundin zu hören.

37

GARETH

Vor siebzehn Jahren hatte die Ecke ganz abgeschieden gelegen. Damals wusste er diese Ungestörtheit zu schätzen. Ganz am Rand. Im Schatten einer Magnolie, die zu bescheiden war, um lange zu blühen, außer im April für zwei herrliche kurze, vergängliche Wochen. Wenn möglich versuchte er während dieser magischen zwei Wochen herzukommen, um das Schauspiel mitzuerleben: die majestätischen weißen Blüten, aufrecht stehend wie Kerzenständer. Und jedes Mal dachte er bei diesem Anblick dasselbe: dass der Baum ein Schild tragen sollte, auf dem stand: *Kommt, und seht euch diese Blüten an! Nur für kurze Zeit!* Heute gab es natürlich keine Blütenpracht. Juli war zu spät im Jahr. Dieser Besuch war ungeplant. Doch es erschien ihm der beste Ort, um sich zu verstecken, während Judith ihre Pflicht auf der Feier erfüllte. Normalerweise brachte er Blumen mit. Und einen Flachmann, um einen kleinen privaten Toast auszusprechen. Er begann die vertrockneten Blumen vom letzten Mal wegzuräumen, die ganz verblasst waren.

Im Lauf der Jahre waren es bei jedem Besuch mehr Gräber gewesen. Ein trauriges Zeugnis für das Rad des Lebens, das sich unablässig drehte, für das Sterben, dem niemand entkommen konnte. Grabsteine mit Namen und Daten, die ewige Liebe verkündeten, Versprechen der Erinnerung, Bibelzitate und Gedichte. Es war ein zweischneidiges Schwert: Einerseits war er froh, dass ihr kleines Grab nicht länger allein war, die Gründe dafür aber stimmten ihn traurig. Grabsteine wirken immer brandneu, dachte er. Selbst diejenigen aus den Sechzigerjahren sahen noch perfekt und frisch behauen aus. Ihrer war aus weißem Marmor, bewacht von einem hübschen Engel über den Worten, die sie damals in einem Nebel aus verwirrter Verzweiflung gewählt hatten.

In liebender Erinnerung an
Georgia Metcalf
Geboren und gestorben
Am 13. Dezember 1987
Geliebte Tochter von Judith und Gareth
Zwillingsschwester von Jack
Schlafe sicher im Himmel, kleiner Engel,
bis wir uns wiedersehen

Sie hatten es immer bereut, ihr keinen zweiten Namen gegeben zu haben. Als wäre sie auch da zu kurz gekommen. Hätten sie mehr Zeit zum Nachdenken gehabt, zum Durchatmen, hätten sie sie Georgia May genannt, nach Gareths Großmutter. Doch es war alles so schnell gegangen, und sie waren wie betäubt gewesen.

Gareth war allein aufs Amt gegangen, um die Geburt und den Tod seiner Tochter zu melden. Judith wollte mitkommen, doch es zerriss ihm das Herz, und er ertrug nicht, dass sie denselben Schmerz durchlitt.

Sie brauchte das bisschen Stärke, das ihr blieb, für die Beerdigung. Die fast keine war. Nur er und Jude und Catrin und

Sol und der anglikanische Pastor von All Saints. Sie wollten niemanden sonst dabeihaben. Patricia hatte noch gar nicht von der Geburt erfahren, ganz zu schweigen von der Beerdigung. Sie wollten es klein und bescheiden halten, wie das winzige, bescheidene Leben ihrer kleinen Tochter. Für immer in sein Gedächtnis eingebrannt war das Bild von Georgias weißem Kindersarg, als sie ihn sanft und vorsichtig in die Erde legten.

Vier Monate später gingen Gareth und Judith tatsächlich gemeinsam zum Amt – dieses Mal aus freudigerem Anlass. Zuerst um nun auch die Geburt ihres kleinen Sohnes registrieren zu lassen, der sich nach seinem wackeligen Start ins Leben schnell erholt hatte und nun wuchs und gedieh. Sie hatten den kleinen Kerl mitgenommen, warm eingepackt gegen die Kälte, die trotz des Frühjahrs noch herrschte, und gaben ihm zum Ausgleich zwei weitere Vornamen: *Jack Andreas Harris Metcalf*. Seine winzige Faust umklammerte die ganze Zeit Judiths Daumen, und seine großen, strahlenden, erstaunten Augen blickten umher, als wüsste er, was für ein wichtiges Ereignis ihm heute bevorstand. Ob er sich wohl an sie erinnern wird? fragte Gareth sich oft. Würde ihm eine unbewusste Erinnerung an die Zwillingsschwester bleiben, die mit ihm das sichere Zuhause des mütterlichen Bauches sieben Monate lang geteilt hatte?

Aber sie hatten beschlossen, an diesem Tag noch etwas anderes zu tun.

Sie hatten beschlossen, zu heiraten.

Es fühlte sich richtig an. Sich zueinander zu bekennen, selbst in den Tiefen dieses überwältigenden Kummers, um einen Funken Freude zu finden, der ihnen, zusammen mit dem Geschenk ihres Babys, die Kraft geben würde, hoffnungsvoll in die Zukunft zu blicken. Sie luden Sol und Catrin als Trauzeugen ein, und der kleine Jack war der einzige weitere Gast.

Auch wenn die Zeremonie still und klein war, bestätigte sie doch die große, grenzenlose Liebe, die sie füreinander empfanden.

Hierherzukommen, fast zwei Jahrzehnte nach Georgias Tod, brach Gareth nicht länger das Herz. Im Gegenteil, je älter er wurde, umso mehr hatte er sich auf seine Besuche auf diesem hübschen kleinen Friedhof von Coed Celyn gefreut – mindestens zweimal im Jahr, um ihren Geburtstag herum und während der Magnolienblüte. Manchmal begleitete ihn Jack. Judith nie. Doch es machte keinen Unterschied, ob er allein war oder nicht. Für ihn war es eine Gelegenheit, innezuhalten und nachzudenken. Es brachte ihm Frieden.

Es war ein komisches Gefühl gewesen, Lana bei der Taufe wiederzusehen. Seine Wut auf sie war Teil seiner Lebenslandschaft geworden. Sie brannte nicht mehr so in ihm wie einst, er hatte sich mit ihr arrangiert. Doch sie war nach wie vor da, im Hinterkopf, und selten verging ein Tag, an dem er nicht an die Schuld dachte, die sie in seinen Augen trug.

Inzwischen war es ihm zur Gewohnheit geworden, jeglichen Kontakt mit Lana zu vermeiden – eine ziemliche Leistung, wenn man bedachte, dass Judith und er enge Freunde von Sol und Catrin waren, genau wie sie. Doch sie hatten sich geeinigt, dass sämtliche Treffen mit den Blythes garantiert Lana-frei sein würden. Es ging sogar so weit, dass Lanas Name nie erwähnt wurde.

Oft hatte er sich gefragt, wie er wohl reagieren würde, wenn er sie tatsächlich je wiedertreffen sollte. Ob der Ärger nachgelassen hätte, die Wut sich verkleinert. Aber nein. Sie dort in dieser Kirche stehen zu sehen machte ihm klar, dass er immer noch dasselbe empfand. Und er war seltsam froh darüber. Gareth wusste gerne, woran er war. Er liebte Gewissheit.

Er wünschte nur, er könnte sich wegen Jack genauso sicher sein.

Wegen dem, was er ihnen am Abend zuvor erzählt hatte.

Konnte das eine Phase sein, oder war dieser Gedanke naiv? Was würden die Leute sagen? Was würden sie denken? Dass er als Vater nicht gut genug war, dass er seinen Sohn nicht zu einem richtigen Mann erzogen hatte? Verdammt, in was verwandelte er sich da gerade? Eines dieser Elternteile, die nicht damit umgehen konnten, dass ihr Kind homosexuell war? In seiner Jugend hatte man andere, scheußliche Wörter dafür benutzt – Schwuchtel, Tunte oder Schlimmeres –, mit denen man um sich warf wie mit einem Witz. Im Nachhinein schämte er sich dafür. Scheußlich. Das war er. Engstirnig und zutiefst treulos. Seinem eigenen Sohn gegenüber. Er seufzte.

Und fuhr mit den Fingern die Buchstaben auf Georgias Grabstein nach.

Liebe.

Das war im Grunde alles, was zählte.

Dass Jack Liebe fand.

Mit wem auch immer er wählte.

Tief durchatmen. Gareth beobachtete, wie ein Distelfink zwischen den Gräbern auf der Suche nach Futter herumflatterte. Er landete auf der Hand des kleinen Marmorengels und ruhte sich dort aus, ehe er mit den Flügeln schlug und wieder davonflog.

Auch für ihn war es an der Zeit aufzubrechen. Zeit, Judith abzuholen und nach Hause zu fahren. Zu ihrem wunderbaren Sohn.

38

JUDITH

Im Haus der Kellys fand Judith eine Ecke in Huws Wintergarten und verbrachte den Großteil der Zeit damit, sich mit Cats Oma zu unterhalten. Ab und zu sah sie auf und ließ den Blick durch den Raum schweifen, vergewisserte sich, dass Lana nicht aus Versehen hereinspaziert war. Wobei Judith sich nicht ganz sicher war, was sie tun würde, sollte es doch geschehen. Seit sie das Haus betreten hatte, war sie in höchstem Maße angespannt und wartete ungeduldig darauf, dass Gareth sie abholen kam. Aber wenigstens konnte sie jetzt reinen Gewissens sagen, dass sie ihren Teil beigetragen und guten Willen gezeigt hatte.

Liz Kelly näherte sich mit zwei Tellern hoch aufgestapelter Sandwiches ohne Kruste, die sie ihr anbot. Judith wagte nicht abzulehnen.

»Na, ist das nicht wunderbar?«, sagte Liz. »Was für ein toller Tag.«

Judith nickte, denn sie wollte Mrs. Kellys Begeisterung nicht trüben.

»Dabei geht es hier natürlich nur um Romy«, fuhr Liz fort. »Aber ich habe gerade zu Huw gesagt, wie schön es ist, dich und Lana und Catrin wieder beisammenzuhaben. Was für eine Freude.«

Judith wusste nicht, wie sie reagieren sollte, doch sie wollte keinesfalls unhöflich sein. »Ich kann mich gar nicht erinnern, wann ich das letzte Mal bei einer Taufe war«, erwiderte sie schwach und nahm einen großen Bissen von ihrem Sandwich. »Mhm, diese hier mit Schinken und Ei sind echt köstlich, Liz.«

Bitte, zwing mich nicht dazu, darüber zu reden.

»Ach, hier bist du!«, rief Catrin, die mit einer sehr zufriedenen Romy im Arm den Wintergarten betrat. »Du hast noch gar kein Foto mit dem Star der Show machen lassen!« Mit diesen Worten überreichte sie Romy ihrer Patentante. Die hatte nun alle Hände voll mit Sandwich und Baby und konnte sich nirgends mehr verstecken. »Komm mit vors Haus. Dad hat schon die Kamera bereit.«

Sie konnte schlecht Nein sagen.

»In Ordnung, aber Gareth wird gleich da sein. Wir müssen uns auf den Heimweg machen«, sagte sie an Mrs. Kelly gewandt.

Im Vorgarten gab es eine kleine Bank, die teilweise von zwei Olivenbäumen im Topf beschattet wurde. Diese Bank stand schon da, so lange Judith sich erinnern konnte. Mit vierzehn hatten sie, Lana und Catrin ihre Initialen in die Rückenlehne geschnitzt. Liz Kelly hatte mit ihnen geschimpft, als sie es entdeckte, und sie »drei hirnlose Vandalinnen« genannt. Wobei sie allerdings, wie immer, gelächelt hatte.

»Setz dich mal da hin«, wies Huw Kelly sie an. »In die Mitte, mit ihrer königlichen Hoheit.« Romy thronte bequem auf Judiths Schoß und spielte zufrieden mit den bunten Perlen, die um ihren Hals hingen. »Und Tom«, sagte er zu Sols Bruder, »du stellst dich hinter Catrin.«

»Aber pass auf, dass du auch scharf stellst, Dad«, meinte Catrin, während ihr Vater an der Kamera herumhantierte.

Mit ihrer freien Hand fasste Judith nach hinten und tastete mit den Fingern über das alternde Holz. Schwächer nun, nach Jahren walisischen Wetters, aber immer noch da: *CK, LL, JH* und die Jahreszahl *1982*. Der Ausbruch des Falklandkriegs. Sie erinnerte sich noch daran, wie sie alle Panik bekamen, die Welt würde untergehen. Deshalb wollten sie noch ein Zeichen hinterlassen. Um nicht vergessen zu werden. Und wenn es nur auf der Rückseite einer alten Gartenbank war.

Huw Kelly unterbrach ihre Gedanken. »Ah, jetzt sind wir vollzählig!«, verkündete er, und Judith begriff, dass er über Lana sprach, die auf sie zukam. Ihr Magen krampfte sich zusammen. Hätte Romy nicht auf ihrem Schoß gesessen, wäre sie wahrscheinlich aufgesprungen und davongelaufen.

Weder Judith noch Lana konnten einander jetzt noch ignorieren.

»Judith«, grüßte Lana sie mit einem Nicken, ohne ihr dabei in die Augen zu sehen.

»Alles klar?«, murmelte sie als Antwort und fand, dass sie wie ein beleidigter Teenager klang.

Die anderen spürten die Spannungen und versuchten sie durch übertriebene Fröhlichkeit zu kompensieren.

»Also, Lana, dann setz dich doch mal auf die Bank neben Jude. Patentanten zusammen, richtig?«

Das alles ist so furchtbar, dachte Judith.

Sie gehorchte höflich, während Huw eine Reihe von Aufnahmen machte, doch innerlich wand sie sich. Zum Glück schaltete sich Catrin schließlich ein. »Danke, Dad, das reicht fürs Erste!«

»Na klar.« Er lächelte. »Gut, Tom, wie wäre es, wenn wir beide die Runde machen und die beiden Familien für ein schönes Gruppenfoto zusammentrommeln?«

»Gute Idee.«

»Ich mach das«, sagte Lana.

»Ich kann das gerne übernehmen«, bot Judith gleichzeitig an.

»Sitzen bleiben«, befahl Catrin mit einer Autorität, die Judith selten an ihr erlebte.

Sie sah also zu, wie Huw und Tom Blythe im Haus verschwanden und sie schweigend zurückließen. Zum Glück kriegt Romy von alledem nicht viel mit, dachte sie.

Schließlich räusperte sich Catrin. »Also.«

Keine sagte etwas.

»Ich versuche jetzt seit achtzehn Jahren, das hier zu arrangieren.«

»Die Mühe hättest du dir sparen können.« Lana richtete ihre ganze Aufmerksamkeit auf Romy. »Außerdem hattest du kein Recht dazu.«

»Hey, Lana«, erwiderte Catrin. »Soll ich dir mal was sagen? *Du* hast kein Recht dazu, mir zu sagen, was ich an der Taufe meiner Tochter tun oder lassen kann. Jetzt tut mir wenigstens den Gefallen und nehmt euch gegenseitig zur Kenntnis.«

Nichts.

Aus dem Haus war das Geschnatter der Gäste zu hören, die sich angeregt unterhielten, untermalt von einer von Huw Kellys Perry-Como-Platten.

Plötzlich fing Romy an zu kichern. Dann streckte sie ihre rosafarbene Zunge heraus und prustete lange und triumphierend.

Alle drei versuchten es zu ignorieren, doch das war schlicht unmöglich. Judith knickte zuerst ein, dann Catrin, dann Lana. Das Lachen verstummte rasch wieder, doch zumindest ein Teil des Eises war geschmolzen.

»Seht ihr – nichts passiert, oder?«, fragte Catrin leicht entnervt. »Keine von euch ist tot umgefallen.«

Judith zuckte mit den Schultern. Natürlich hatte Catrin recht.

»Ich möchte einfach nur, dass ihr normal miteinander umgeht, das ist alles. Und ich möchte euch von jetzt an beide zu Anlässen einladen können. Jude, was sagst du?«

»Warum fragst du mich zuerst?«, erwiderte Judith verärgert.

»Ach, werd erwachsen«, sagte Lana, was Judith nur noch mehr aufregte.

»*Ich* erwachsen werden? Ich?«, fauchte sie. »Du bist es doch, die nicht drüber wegkommt, dass sie vor bald zwanzig Jahren mal was mit Gareth hatte.«

»Wir hatten nicht nur was miteinander, wie du es nennst. Das war mehr. Und du hast hinter meinem Rücken was mit ihm angefangen …«

»Hab ich nicht, verdammt noch mal!«, rief Judith. »Und du – du hast mich gestoßen, als ich schwanger war! Ohne dich hätten wir …«

Doch Catrin unterbrach sie. »Nein, Jude. Hör auf. Wir wissen alle, dass das nicht stimmt. Hab ich recht.« Es war eine Aussage, keine Frage.

Judith seufzte, denn Catrins Worte entsprachen der Wahrheit.

Es schien eine Ewigkeit her zu sein, seit die Ärzte ihnen erklärt hatten, es gebe keinerlei Hinweise darauf, dass Judiths Sturz die Fehlgeburt verursacht hatte, keine Beweise, die ihnen gestatteten, Lana die Schuld zu geben. Es sei *einfach der Lauf der Dinge* gewesen. Damals hatte sich Catrin auf diese Information gestürzt, weil sie dachte, nun könne es eine Versöhnung geben. Sol und sie hatten ein unkompliziertes Treffen in ihrer Studentenbude in Cardiff vorgeschlagen und Lana zusammen mit Judith und Gareth eingeladen, um zu sehen, ob sie die abgebrochenen Brücken nicht vielleicht wieder aufbauen konnten. Doch Judith und Gareth hatten die Einladung schlichtweg ausgeschlagen. So sehr Catrin oder Sol auch versuchten, sie zu überreden, sie wollten nie wieder etwas mit Lana zu tun haben, egal was die Ärzte oder ihre Freunde ihnen versicherten.

Sie war inzwischen so in Judiths Denken eingegraben: diese Sache zwischen Lana und ihr. Diese Kluft. Sie hatte sich beigebracht, an ihre eigene Version der Ereignisse zu glauben. Außerdem hatte der Zahn der inzwischen vergangenen Zeit an der starken Verbindung genagt, die einst ihre Freundschaft gehalten hatte. Zuneigung wird auf Distanz nicht unbedingt größer, das war ihr längst klar geworden. Oft verschwand sie einfach. Inzwischen empfand Judith für Lana Lloyd nicht mehr als für die Dame in der örtlichen Reinigung. Ihre Verbindung war abgestorben. Schon vor langer Zeit. Und sie war sicher, dass es Lana genauso ging.

»Ja, nun.« Zu mehr Rückzieher war sie nicht in der Lage.

»Hör zu«, sagte Lana leise. »Ich habe damals versucht, mich zu entschuldigen, immer und immer wieder, aber Gareth und du, ihr habt mich einfach ignoriert.«

Judith nickte, denn was Lana sagte, stimmte.

Wieder saßen sie schweigend da.

Wie sehr wünschte ich, ich wäre nicht hier, dachte sie.

»Jude?«, hakte Catrin nach.

Das alles war so furchtbar unangenehm. Sie kam sich vor, als wäre sie wieder sieben, nicht siebenunddreißig, und würde von einer Lehrerin getadelt.

»Na gut, es tut mir leid, okay? Das mit mir und Gareth. Ich meine, es tut mir natürlich nicht leid, dass wir zusammengekommen sind, aber dass ich nicht von Anfang an ehrlich zu dir war.«

»Ja, das sollte es auch.«

»Lana!«, schalt Catrin.

»Aber wir waren neunzehn, verdammt noch mal!«

»Jude!«, schalt Catrin wieder. Woraufhin ihre zwei Freundinnen in schmollendem Schweigen versanken.

Unterbrochen von Romy, die aus lauter Mitgefühl Schluckauf bekam.

Da kam Catrin ein Gedanke. »Wo wir schon von vergangenen Ärgernissen sprechen, keine von euch hat sich je dafür entschuldigt, meine Hochzeit ruiniert zu haben. Mein Schwiegervater hat Wochen damit verbracht, diese Torte zu backen, und keine von euch hat das auch nur mit einem einzigen Wort erwähnt!«

Judith machte ein betroffenes Gesicht. »Oh, Cat, hör zu …«

Doch Catrin war nun richtig in Fahrt. »Außerdem – ich bin diejenige, die seit achtzehn Jahren zwischen euch in der Luft hängt. Was ist mit mir und Sol? Nie dürfen wir die unaussprechliche andere Freundin erwähnen, je nachdem mit wem wir uns gerade treffen. Könnt ihr euch vorstellen, wie das war? All die Jahre über. Was dich betraf, Jude, existierte Lana gar nicht mehr, und umgekehrt genauso, verdammt …«

»Es tut mir leid, Cat, wirklich, ich …«, versuchte Lana sich zu entschuldigen, aber Catrin redete einfach weiter.

»Schaut her, es ist im Grunde auch egal. Was geschehen ist, ist geschehen, aber können wir hiermit Frieden schließen? Oder zumindest einen Waffenstillstand vereinbaren? Bitte?«

Und während Romy fröhlich auf ihrem Schoß vor sich hin gurgelte, streckte Judith Lana die Hand hin.

»Ein Handschlag? Mensch, Jude! Um Gottes willen, umarmt euch doch bitte!«

»Treib's nicht zu weit, Cat«, meinte Lana, und Judith war zum ersten Mal seit so vielen Jahren mit ihrer Exfreundin einer Meinung, ja, sie war ihr sogar dankbar.

Das Händeschütteln war kurz, ungeschickt, halbherzig und erzwungen. Doch es fand statt.

»Das ist immerhin mal ein Anfang.« Catrin wirkte unglaublich erleichtert.

Genau das war Judith auch, als Gareths Wagen vor dem Haus hielt und die Unterhaltung damit beendete. Sie konnte die Verwirrung auf seinem Gesicht erkennen, als sie rasch einstieg, aber es dauerte noch gute zehn Minuten, ehe sie ihm erzählen konnte, was soeben passiert war. Denn sie konnte es selbst kaum glauben.

39

LANA

Es war die schlimmste Zeit in der Nacht für sie: gegen drei Uhr morgens. Wenn nichts mehr im Fernsehen kam, niemand wach war und die Gedanken in ihrem Kopf Karussell fuhren. Zugegeben, der Wein half auch nicht gerade.

Bei den wenigen Gelegenheiten, wenn es ihr mal gelungen war, dem Alkohol ein paar Wochen lang zu entsagen, war das Leben die reine Freude gewesen. Kein ausgetrockneter Mund am Morgen, kein pochender Schädel, keine Wassereinlagerungen und schlabberigen Oberschenkel. Doch vor allem keine nächtlichen Angstattacken.

Sechs Wochen waren seit der Taufe vergangen. Es war offensichtlich, dass Catrin glaubte, alles könne wieder werden wie zuvor, nur weil Lana und Judith tatsächlich fünf Minuten zusammen verbracht hatten. Das war so typisch Catrin: Sie war heillos optimistisch. Oder, wie Lana es gerne ausdrückte, eine Traumtänzerin.

Judith wiederzusehen war nicht so schlimm gewesen wie erwartet. Dabei hatte sie Jahre damit verbracht, sich die Begegnung auszumalen. Aber genau das sagten die Leute doch immer, oder? Dass die Erwartung eines gefürchteten Ereignisses oft schlimmer ist als das Ereignis selbst.

Judith war gealtert, klar. »Mollig geworden«, wie Lanas Großmutter es genannt hätte, aber Judith neigte immer schon etwas zum Zunehmen. Sie hatte oft genug deswegen rumgejammert und ständig irgendwelche Diäten gemacht. Außerdem benahm sie sich so wichtigtuerisch. Gut, sie war früher auch manchmal etwas arrogant rübergekommen, aber jetzt, mit ihrem wichtigen Job bei der Regierung, da hielt sie sich wohl für was Besseres. Die Vorstellung war schon komisch, dass sie sich einmal so nahegestanden hatten, und doch, wurde Lana plötzlich klar, wenn sie Judith an diesem Tag das erste Mal begegnet wäre, hätte sie sich niemals mit ihr angefreundet. Judith war so gar nicht ihr Fall.

Am Tag der Taufe, nach Judiths Aufbruch, hatte Lana sich erst einmal an den Sekt gehalten. Anders hätte sie Catrins unablässige Überredungsversuche nicht ausgehalten.

»Jetzt, wo ihr wieder befreundet seid, Jude und du ...«, hatte sie gesagt.

»Wir sind *nicht* wieder befreundet, Cat«, erwiderte Lana, doch Catrin schenkte ihr gar keine Beachtung.

»... können wir vielleicht ein Mädelstreffen organisieren? Ein gemeinsames Wochenende irgendwo? Nur wir drei.«

Letztlich hatte sie als einzige Möglichkeit, dem zu entgehen, ihr Heil in der Flucht gesucht und war nach Hause gefahren.

Seither schickte Catrin E-Mails. An Lana und Judith zusammen, in denen sie Vorschläge für eine Reihe ausgeklügelter Zusammenkünfte machte. Lana antwortete nie darauf. Judith genauso wenig, was für sich sprach. Cat hatte sich da in etwas verrannt, und Lana hoffte inständig, sie würde ihre Mission aufgeben. Sie wollte ja nicht hart sein, denn ihr war bewusst, dass Catrin es gut meinte, doch manche Freundschaften hatten eben ein Haltbarkeitsdatum. *Judith Harris und ich? Wir sind wie ein Laib altes Brot, das definitiv vergammelt ist.*

Manchmal dachte Lana sogar Dinge wie: *Ich hab Catrin wahnsinnig gern. Und Catrin hat Judith gern. Also muss Judith schon irgendwas Gutes an sich haben.* Dann fragte sie sich, ob sie nicht vielleicht doch …? Könnten sie all diese verlorenen Jahre des Ärgers einfach auslöschen und wieder von vorn anfangen? Gab es zwischen ihnen immer noch eine Verbindung, die über die Tatsache hinausging, dass sie eine gemeinsame beste Freundin hatten?

In schlaflosen Nächten wie dieser wurde Lana von Judith Harris verfolgt. Sie vergaß die Täuschung, die Schuldgefühle, die Zurückweisung und dachte stattdessen an die besseren Zeiten: wie damals, als sie so sehr lachen mussten, dass sie sich in die Hose pinkelten. Oder als sie versuchten, Catrins Haare blond zu färben und sie stattdessen grün wurden. Die geteilte Angst, als man sie dabei erwischte, wie sie drei Packungen Fruchtbonbons klauten, wie sie Judiths Goldfisch beerdigten, gemeinsam auf Tests büffelten, wie sie ihre Fahrprüfung bestand und alle nach Brecon gefahren hatte. Wie sie an ihrem letzten Schultag geweint hatten. Und natürlich die Griechenlandreise. All das war umgeben von einem rosa Schimmer schwesterlicher Liebe, die sich immer noch so frisch anfühlte, als wäre es erst gestern gewesen.

Von Catrin hatte sie erfahren, dass Judiths Vater schwer krank war. Der arme George. Sie hatte ihn immer gern gemocht. Vielleicht spukte Judith deshalb heute Nacht durch ihre Gedanken. Sie hatte über Catrin als Mittelsperson eine Karte geschickt, aber keine Antwort bekommen. Eine zu erwarten war lächerlich, das war Lana klar. Weshalb sollte Judith auf eine blöde Karte reagieren? Bestimmt hatte sie tausend andere Dinge, um die sie sich kümmern musste.

Trotzdem fühlte sich Lana irgendwie erneut zurückgewiesen. Das war kindisch von ihr. Und egoistisch. Doch ein Teil von ihr wünschte, sie hätte die Karte nie geschickt.

Wieder versuchte sie vergeblich einzuschlafen. Inzwischen war es fünf Uhr morgens, also quälte sie sich wie ein Zombie aus dem Bett, weder müde genug zum Schlafen noch wach genug, um den Tag anzugehen. Es war keine Milch mehr da, also machte sie sich einen starken schwarzen Kaffee und trank ihn am offenen Fenster, während sie die erste Zigarette des Tages rauchte. Auf der Upper Street in Islington herrschte schon reges Treiben, selbst zu dieser frühen Stunde. Sie liebte ihre Wohnung. Sie liebte es, einfach nur hier zu sitzen – manchmal stundenlang – und auf das Londoner Leben hinunterzublicken. Eine Art voyeuristische Anonymität, die sie genoss.

Heute wurde der erste Teil von *Devil May Share* ausgestrahlt. Sie hatte ihn schon beim Vorabscreening für Besetzung und Crew gesehen, und er war gut. Doch sie durfte nicht riskieren, das Glück herauszufordern, indem sie das zu irgendjemandem sagte. Auf jeden Fall gab es eine Menge Hype um den Film, denn die Publicitymaschine lief auf Hochtouren. Inzwischen hatte sie sich daran gewöhnt, ihr Gesicht auf Titelseiten und online zu sehen, denn all das trug dazu bei, »ihr Profil zu schärfen«, wie ihre Agentin es nannte. Am Vormittag sollte sie als Gast bei *Larry Dodge!* erscheinen, einer entspannten Talkshow, die beim Moderator zu Hause gedreht wurde. Vielleicht wäre es besser, noch mal nachzusehen, wann genau sie abgeholt wurde. Sie fuhr also ihren Computer hoch und wartete, bis die neuen E-Mails geladen wurden. Über Nacht waren einige im Postfach gelandet, doch eine sprang ihr sofort ins Auge.

An: Lana Lloyd
Von: Judith Metcalf
Datum: 20.08.2005
Betreff: Kurzes Hallo

Liebe Lana,

ich muss gestehen, ich habe mehrere E-Mails an dich angefangen, seit ich deine Karte wegen meines Dads bekommen habe, und habe alle wieder gelöscht. Weil ich nicht genau weiß, was ich schreiben soll. Außer mich für deine netten Worte zu bedanken.
Es wäre leichter für mich, so zu tun, als hätten wir uns bei Romys Taufe nicht gesehen. Einfach so weiterzumachen wie die letzten achtzehn Jahre auch. Aber Dad hat nicht mehr lange zu leben. Wir fliegen morgen nach Zypern, um uns zu verabschieden. Und das hat mich dazu gebracht, die Dinge neu zu bewerten – was im Leben wichtig ist und so. Deshalb dachte ich, wenn du bereit bist, sollten wir uns vielleicht mal treffen. Nur du und ich. Schauen, ob wir wenigstens wie zwei normale Menschen miteinander umgehen können.

Alles Gute,
Judith

Lana starrte volle drei Minuten auf den Bildschirm und konnte zuerst gar nicht fassen, dass die Mail tatsächlich von Judith kam. Einen verrückten Augenblick lang überlegte sie, ob Cat dahintersteckte. Von wegen durch den Zweck geheiligtes Mittel und so. Aber, nein, das sähe Cat nicht ähnlich. Die Nachricht kam eindeutig von Jude. Und im selben Moment, in dem sie das begriff, wurde sie von einer Welle der Zuneigung für ihre alte beste Freundin erfüllt. Als hätte kein Krümelchen des Ärgers je existiert. Als wäre der ganze Quatsch nie passiert. Sie konnte es kaum erwarten zu antworten.

An:	**Judith Metcalf**
Von:	**Lana Lloyd**
Datum:	**21.08.2005**
Betreff:	**Danke**

Liebe Jude,

ich kann dir gar nicht sagen, wie wahnsinnig ich mich über deine Mail gefreut habe. Ich bin hier und zu einem Treffen bereit, wann immer du willst. Aber ich weiß, du hast jetzt gerade andere Sorgen, also lass uns reden, wenn du von deinem Besuch bei George zurück bist.

Alles Liebe, IMMER!
Deine Lana

Sobald sie auf *Senden* geklickt hatte, schlüpfte sie in eine Jogginghose, schnappte sich etwas Kleingeld und ging hinaus, um Milch zu kaufen.

Sobald sie an der (relativ) frischen Islingtoner Luft war, wurde ihr bewusst, wie schwer die Trennung von Judith auf ihr gelastet hatte. Achtzehn lange Jahre. Sie hatte so getan, als es sei ihr gleichgültig – was sie verdammt gut hingekriegt hatte –, doch die Heftigkeit ihrer Reaktion jetzt machte ihr deutlich, dass sie sich etwas vorgemacht hatte. Sie verspürte diese riesige *Sehnsucht*, Judith wiederzusehen: ihre verlorene Freundin wieder in ihrem Leben zu haben. Diese ganze Sache war lächerlich gewesen, und sie musste laut lachen beim Gedanken, dass es endlich vorbei war.

Immer noch lächelnd betrat sie Mr. Jamalis Vierundzwanzigstundenladen. Er packte gerade die Zeitungen aus.

»Ganz schön früh dran heute, was?«, meinte er, Zigarette im Mundwinkel, während er die Schnur durchschnitt, die den Packen zusammenhielt.

Lana ging zum Kühlregal und nahm eine Tüte Halbfettmilch heraus. »Ist die beste Zeit des Tages, finden Sie nicht?«, erwiderte sie fröhlich. »Davon nehme ich auch gleich eine, danke.«

Als Mr. Jamali eine Ausgabe der *Sunday Edition* vom Stapel zog, fiel das innenliegende Magazin heraus. »Tut mir leid«, sagte er und bückte sich, um es aufzuheben.

Lana jedoch war schneller. Vom Titelblatt auf dem schmutzigen Ladenfußboden blickte ihr ihr eigenes Gesicht entgegen: strahlend, mit viel Make-up, die Haare von der Windmaschine verblasen, in einem Outfit, das sie normalerweise nie anziehen würde. Die darunter prangende Schlagzeile lautete:

LANA LLOYD – SEX, RELIGION UND EIN ACHTZEHN JAHRE DAUERNDER STREIT MIT EINER ALTEN FREUNDIN – Interview von Ryan Pearman im Innenteil

Sie erstarrte. Zum Glück bemerkte Mr. Jamali nichts. Sie ließ das Magazin in der Zeitung verschwinden, nahm ihre Milch, legte Geld auf den Tresen und eilte hinaus.

Zurück in der Wohnung, knallte sie die Zeitschrift auf den Tisch und betrachtete sie mit einer Mischung aus Furcht und Verachtung. Das Bild starrte zurück. Lanas Gesicht. Lanas Name. Und zweifellos Ryan Pearmans Lügen. Zur Beruhigung der Nerven zündete sie sich eine Zigarette an, nahm einen tiefen Zug und schlug dann das Magazin in der Mitte auf. Sie konnte gar nicht alles auf einmal in sich aufnehmen, sondern überflog lediglich den Text, las einzelne Worte und Sätze, während sie versuchte einen Zusammenhang zwischen ihnen herzustellen.

> … zwei gescheiterte Ehen … hat sich hochgeschlafen … angebliche Affäre mit einem Produzenten … weicht Fragen zum Thema Sex aus, um dann sofort eine anzügliche Bemerkung zu machen …

Was für ein verdammtes Arschloch, dachte sie schwer atmend. Doch die Folter war noch lange nicht vorbei.

> Beschreibt ihre Heimatstadt als voll von »gewöhnlichen Leuten« – wobei sie sich selbst offensichtlich für etwas Besseres hält … der Taufe ihrer Patentochter beiwohnt, obwohl sie nicht an »diesen ganzen religiösen Firlefanz glaubt« …

Wie bitte? Aber das waren doch SEINE Worte!

Dann der vernichtende Schlag. Ein Foto von ihr am Tag der Taufe. Keine besonders hohe Auflösung, aber es war eindeutig Lana, die rauchend und lachend vor der Kirche stand. Daneben prangte ein Foto von Judith, die ziemlich fertig aussah.

Wo um alles in der Welt kommen die her?

Dann fiel ihr wieder ein, dass irgendeine Frau vor der Kirche Fotos von ihr gemacht hatte. *Weil du doch jetzt berühmt bist, stimmt's?* Sie hatte behauptet, sie wären zusammen zur Schule gegangen, wobei Lana sich nicht an sie erinnern konnte – Vicky irgendwie? Nein, Becky! Becky Williams – das war's! Damals hatte sie sich nichts dabei gedacht, aber die Schlampe hatte offensichtlich ihre »Story« an die *Sunday Edition* verkauft.

> Und laut einer verlässlichen Quelle zerstritt sich Lana Lloyd vor achtzehn Jahren mit Judith Harris, ihrer besten Freundin, als Judith Lana den Freund ausspannte und kurz darauf ein Kind von ihm bekam … »Lana hat ihr das nie verziehen!«, sagt die Freundin. Das klingt plausibel in Anbetracht der Tatsache, dass Ms. Lloyd nie eigene Kinder bekam. Als ich das Thema anschnitt, sah ich Traurigkeit in ihren Augen. Offensichtlich handelt es sich um einen wunden Punkt, der die Eifersucht erklären würde, die sie ihrer ehemaligen Freundin gegenüber empfindet …

Lana war elend zumute. Das konnte doch nicht wahr sein. Ihr Handy piepste. Eine Nachricht von Catrin:

> Oh mein Gott, Lana, hast du die *Sunday Edition* gesehen????

40

JUDITH

Sie konnte nicht fassen, dass sie zum dritten Mal dieses Jahr nach Zypern flog. Noch dazu aus dem denkbar traurigsten Anlass. Diese Reise, die sie jeden Sommer unternahmen – und manchmal auch im Frühling –, war immer herrlich gewesen. Seit jener Woche im Jahr 1987, als Gareth ihr hinterhergeflogen war, hatten sie Kakopetria als Familie besucht. Und jedes Mal wurden sie mit offenen Armen empfangen. Alle drei liebten sie dieses bezaubernde Dorf im Troodos-Gebirge, und Jack verbrachte total gern Zeit mit seinem *Pappoús* und *Giagiá* Cleo. Judith hatte sich auf jede Reise gefreut. Bis auf diese.

Denn nun saß sie schweigend hier. Kein Lächeln der Begeisterung auf den Lippen ob der Aussicht, zwei Wochen in Sofias wunderschönem Zuhause zu wohnen, glückliche Stunden mit ihrem Vater und seiner Frau zu verbringen, mit den Kindern ihrer Cousins zu spielen, köstliches griechisches Essen zu genießen und zypriotischen Sonnenschein zu tanken.

Nein.

Denn dieses Mal flogen sie hin, um sich zu verabschieden.

Kurz nach Weihnachten waren sie für eine Woche dort gewesen. Und vom Moment ihrer Ankunft an hatten sie gespürt, dass etwas nicht stimmte. Cleo war so ungewohnt still, sie sprach kaum ein Wort. Ihr mädchenhaftes Lachen war verschwunden und ihr Lächeln rar geworden. Und George, der arme George – er hatte so sehr abgenommen. Cleo schien häufig ärgerlich auf ihn zu sein, und Judith überraschte sie mehrmals bei geflüsterten Unterhaltungen in dunklen Ecken. George wirkte blass und verschlossen, außerdem hatte er mit dem Rauchen aufgehört. War ihm Cleos Genörgel deswegen am Ende doch zu viel geworden? An sich war das natürlich gut, aber nahm er es ihr übel? Hatte seine Beziehung zu Cleoniki ihren Glanz verloren?

An einem Tag während dieses Weihnachtsbesuchs hatte Judith ihn danach gefragt, doch er hatte bloß lächelnd den Kopf geschüttelt.

»Ich liebe sie mehr denn je«, hatte er gesagt, »und sie liebt mich, die verrückte Frau!«

Judith beschloss ihm zu glauben und irgendwelche vermeintlichen Spannungen ab sofort zu ignorieren.

»Vermutlich nur der Neujahrsblues«, meinte Gareth.

Doch als sie im Juli wieder hinflogen, sah George wesentlich schlechter aus.

Sie waren noch keine Stunde da, als er fragte, ob Patricia ihr etwas für ihn mitgegeben habe. Judith reichte ihm den verschlossenen Umschlag und wollte unbedingt wissen, was er enthielt. Gareth hatte ihr nachdrücklich eingebläut, sie dürfe ihn unter keinen Umständen öffnen, obwohl sie schwer in Versuchung gewesen war, und sie hatte sich daran gehalten. Sie beobachtete ihren Vater mit Argusaugen, als er ihn vorsichtig aufriss, ein zweiseitiges Dokument auseinanderfaltete und durchlas. Er nickte schweigend und sah sie an.

»Was Interessantes?«, fragte sie in dem schwachen Versuch, ihre brennende Neugier zu verschleiern.

George holte tief Luft und legte los. »Es ist eine Kopie vom Testament deiner Mutter«, sagte er. »Ich habe sie gebeten, eines zu schreiben.«

»Aha«, erwiderte Judith verwirrt. »Weil …?«

»Ich möchte sicher sein, dass Patricia dir das Haus vererbt, wenn sie stirbt. Sie soll da keine Dummheiten machen.«

»Verstehe.« Judith lachte. »Wobei ich nicht glaube, dass das in absehbarer Zeit ein Thema ist, oder, Gar? Als wir sie letzte Woche besucht haben, war sie zwar ein bisschen durch den Wind, aber insgesamt wirkt sie relativ gesund.«

»Ja, vielleicht«, sagte George und senkte den Blick. »Ich fürchte nur … *ich* bin es nicht.«

Dann nahm er ihre Hand und räusperte sich. »Ach, meine liebe Judi-moo«, flüsterte er. Den Rest nahm sie nur noch wie durch einen Nebel wahr.

Sie hörte die Wörter *Krebs* und *inoperabel* und fühlte Gareths Arm um ihre Schultern. Und sie sah Cleo wie in Zeitlupe die Hände heben und ihr Gesicht darin verbergen.

Erst später am Abend, als sie mit Gareth allein war, begriff sie die Nachricht so richtig. Ihr Vater hatte Lungenkrebs. Der Tumor hatte bereits in die Lymphknoten gestreut, und ihm blieben wahrscheinlich nur noch wenige Wochen. Er wusste schon eine ganze Weile Bescheid, hatte es aber vor Cleo verheimlicht, bis er schließlich nicht mehr umhin kam, es ihr zu erzählen. Sie hatte den Rest der Familie informieren wollen, doch er bestand darauf, es so lange wie möglich für sich zu behalten. Er wollte seine Angelegenheiten in Ordnung bringen und dafür sorgen, dass seine zweite Ehefrau und seine Stieftochter versorgt sein würden, wenn er mal nicht mehr war.

»Deshalb hat er Patricia aufgefordert, ein Testament zu machen. Um sicherzugehen, dass sie dir das Haus vererbt«, sagte Gareth sanft, während er ihr übers Haar strich und sie auf den Scheitel küsste. »Er wollte es schwarz auf weiß sehen. Weil er Patricia ja nur zu gut kennt. Der arme Kerl.«

An jenem Abend hatte sie sich in den Schlaf geweint. Ebenso am darauffolgenden. Und an dem danach. Sich eine Woche später von allen zu verabschieden war unmöglich gewesen, und Gareth hatte sie regelrecht von ihrem Vater wegzerren müssen.

Sie hätte dortbleiben sollen. In den nächsten Wochen brachte sie bei der Arbeit sowieso nichts zustande. Catrin kam sie besuchen und war lieb wie immer, obwohl sie ihre eigenen Probleme hatte. Sie brachte eine Karte von Lana mit. Viel stand nicht drauf:

Hallo Judith,
hab das mit George gehört. Tut mir sehr leid.
Herzlich,
Lana

Die Nachricht war kurz, aber trotzdem eine nette Geste. Lana musste viel Stolz überwunden haben, um die Karte zu schreiben. Deshalb hatte sie ihr gestern Abend auch gemailt. Tod und Sterben brachten die Menschen dazu, Dinge zu tun, die sie normalerweise nicht im Traum täten. Das begriff sie gerade. Lanas Antwort war erwartungsgemäß melodramatisch, aber sie war eben Schauspielerin.

Judith fragte sich, ob es ein Fehler gewesen war, ein Treffen vorzuschlagen. Sie waren inzwischen so völlig verschieden: keine Freundinnen aus Kindertagen mehr, sondern erwachsene Frauen. Würde sie es bereuen? Ihre Zweifel wuchsen weiter, als sie den Artikel in der *Sunday Edition* sah. Wollte sie wirklich mit jemandem befreundet sein, der so unberechenbar war? Wie konnte Lana über dermaßen private Dinge in der Öffentlichkeit sprechen? Das war peinlich.

Sie hatte Catrin angerufen, um über den Artikel zu schimpfen. Die hatte Lana erwartungsgemäß in Schutz genommen und behauptet, der Journalist sei ein schmieriger Scheißkerl, der nur schmutzige Wäsche waschen wolle und Lanas Aussagen zur Unkenntlichkeit verdreht habe. Außerdem habe Becky Williams auch noch dazwischengefunkt. Laut Catrin hatte man Becky im Jolly Sailor damit prahlen hören, dass die Zeitung ihr fünfhundert Pfund für ihre »Geschichte« gezahlt hatte. Und sie sich davon ein neues Sofa gekauft hatte. Das war durchaus möglich. Judith nahm nicht an, dass Lana absichtlich bösartig war, es warf für sie nur die Frage auf, wie vertrauenswürdig sie war. Und ob sie eine Freundin wie Lana in ihrem Leben brauchte. Vermutlich nicht. Doch damit würde sie sich nach ihrer Rückkehr von Zypern beschäftigen. Sie konnte es sich ja immer noch anders überlegen.

Iannis holte sie am Flughafen ab. Dieses Mal gab es kein Lächeln, keine kichernden Enkelkinder, nur Feierlichkeit und Trauer und ein überwältigendes Respektsgefühl gegenüber dem bevorstehenden Tod eines Familienmitglieds.

»Er hat nicht mehr lange«, flüsterte Iannis, als er Judith umarmte.

Um sie herum schwärmten Urlauber umher wie Fliegen – Sonnenhüte und Koffer und Begeisterung bei der Aussicht auf zwei Wochen Genuss. Und da standen sie, vier traurige Seelen umgeben von Freude, auf dem Weg zu unausweichlichem Verlust.

Als sie am Haus ihres Vaters ankamen, war Judith überrascht, ihn nicht wie erwartet im Bett anzutreffen. Er lag auf der Couch im Wohnzimmer. Cleo hatte alles so wunderschön für ihn hergerichtet. Und bequem. Umgeben von weichen

Daunenkissen, von Polstern gestützt, damit er immer noch »an allem teilhaben konnte«. Das Zimmer war erfüllt von Blumen aus Cleos Garten, dazu Kerzen und Büschel von Kräutern. Es war wie ein lebender Schrein. Und so unheimlich still.

Doch es gab ihr eine Beschäftigung, und George, der bereits nicht mehr ganz von dieser Welt zu sein schien, lag da, die Augen kaum geöffnet, mit dem Hauch eines Lächelns auf den Lippen, um sie daran zu erinnern, dass er noch nicht von ihnen gegangen war.

Judith setzte sich neben ihn und hielt seine Hand, die erstaunlich warm war.

»Judi-moo«, flüsterte er.

Er war auf jeden Fall sehr gelassen. Dafür sorgten beachtliche Gaben von Morphium.

Die Stunden verloren ihre Struktur. Nur das Sonnenlicht draußen, oder dessen Abwesenheit, verliehen dem Tag einen Rhythmus. Sie sprachen kaum miteinander, aßen fast nichts. Freunde und Familie kamen ins Haus und verschwanden wieder wie vorbeiziehende Geister.

Am fünften Tag ihres Besuchs saß Judith bei George und las, während er schlief. Auf einmal bewegte er sich und wachte auf. Sie fragte ihn, ob er etwas trinken wolle – sie konnte sehen, dass er Mühe hatte zu sprechen. Sie nahm einen Eiswürfel aus einer Schale auf dem kleinen Tisch neben dem Sofa und fuhr damit sanft über seine Lippen.

George sammelte Kraft, und dann flüsterte er: *»Parakalò proséxte o énas ton állon.«* Sie konnte inzwischen genug Griechisch, um zu verstehen, dass er sie alle aufforderte, füreinander da zu sein.

Sie beugte sich näher zu ihm und antwortete: *»S'agapó, Papa«*, als wäre es das Natürlichste auf der Welt. Dabei wurde ihr klar, dass sie ihrem Vater zum ersten Mal auf Griechisch gesagt hatte, dass sie ihn liebte.

Er lächelte ein letztes Lächeln, tat einen letzten Atemzug, und dann verließ Georgios Andreas Charalambos ganz friedlich diese Welt.

Cleo stieß einen übermenschlichen Schrei aus und warf sich auf die Couch. Sofia bekreuzigte sich weinend und laut betend. Gareth nahm Jack in den Arm, der weinte wie ein kleiner Junge. Judith jedoch blieb stumm und dankte im Stillen, dass diese gute, ehrliche Seele, die ihr eigenes Leben so bedeutungsvoll berührt hatte, keine Schmerzen mehr leiden musste.

41

CATRIN

»Tschüss, Dad!«, rief Catrin, als ihre Eltern in Lanas Auto stiegen und fortfuhren.

Liz, Huw und Lana waren zu einem kleinen Kaffeekränzchen da gewesen, um Romys ersten Geburtstag zu feiern. Lana war extra zu diesem Anlass aus London angereist.

»Das musst du wirklich nicht«, hatte Sol die Woche zuvor zu ihr am Telefon gesagt.

»Sie ist meine Patentochter. Natürlich komme ich zu ihrem Geburtstag. Sie soll wissen, dass sie sich auf ihre Tante Lana verlassen kann.«

Sol und Cat hatten darüber gelacht – Lana nahm die Rolle der Patin wirklich sehr ernst. Wobei sie sich beide nicht sicher waren, wie lange das anhalten würde, denn sie hegten den leisen Verdacht, dass es insgeheim vor allem darum ging, Judith auszustechen.

Da die große Feier anlässlich Romys Taufe erst einen Monat zurücklag, hatten sie beschlossen, zu ihrem Geburtstag kein größeres Fest zu veranstalten. Darüber war Catrin sehr froh. Sie hatte nämlich selbst auch eine Entscheidung getroffen: Heute war der beste Tag, um bei Sol das Thema zweites Kind anzuschneiden. Sie konnte es nicht länger hinausschieben.

Und während Romy nun in ihren Armen fast am Einschlafen war, fühlte sie sich irgendwie von ihr beschützt. Also holte sie tief Luft und sprach die Worte aus, eine Bombe, die mitten in ihren Abend platzte.

***

»Waaas?«, fragte Sol ungläubig. »Das ist nicht dein Ernst, oder?«

»Natürlich ist es mein Ernst!«, erwiderte sie lachend, um zu verbergen, wie sehr seine Frage sie verletzte. »Das hier haben wir zusammen gemacht. Warum sollten wir nicht noch eins wollen?« Sie küsste ihre Tochter auf den Kopf, wie um ihre Aussage zu untermauern. Und Romy schnüffelte schläfrig als Antwort.

»Du redest, als ginge es um die Anschaffung eines neuen Autos!«, antwortete Sol wütend.

»Ich will darüber schon lange mit dir reden. Ich wusste einfach nur nicht, wann.«

»Jetzt nicht, ja?« Damit war die Unterhaltung für ihn offenbar beendet, und er beruhigte sich wieder.

»Ist schon in Ordnung, Sol, sie schläft – und selbst wenn nicht, sie würde sowieso nicht verstehen, was wir reden!« Ihr Tonfall war ungewollt herablassend.

»Ich weiß … Aber jetzt ist nicht der richtige Zeitpunkt.«

»Um darüber zu sprechen oder um noch ein Kind zu bekommen?«, hakte sie nach.

Seufzend stand er auf, kam zu ihr und umarmte liebevoll Mutter und Tochter. »Liebling, du weißt, wie ich dazu stehe. Wir haben unser hinreißendes Mädchen hier«, flüsterte er und küsste Cat auf den Scheitel. »Sie ist unser Schatz. Sei nicht vermessen.«

Das machte sie wütend. »Vermessen? Du findest es vermessen, noch ein Kind zu wollen?«

»Bitte, Cat«, flehte er, seine Wortwahl offensichtlich bedauernd. »Ich will einfach nicht, dass du das alles noch mal durchmachst. *Ich* will das nicht alles noch mal durchmachen.«

Mit dieser Reaktion hatte Catrin natürlich gerechnet.

»Ich bringe sie ins Bett, und dann reden wir in Ruhe«, sagte sie und ging mit Romy nach oben.

Beim Verlassen des Raumes hörte sie Sol seufzen, doch sie ignorierte ihn, als er ihr hinterherrief: »Das hat keinen Sinn! Ich werde meine Meinung nicht ändern.«

Als sie eine halbe Stunde später wieder nach unten kam, war sie kampfbereit. Doch auch Sol hatte sich gewappnet. Während ihrer Abwesenheit hatte er Zeit zum Nachdenken gehabt.

»Cat«, sagte er, und sie konnte hören, wie er sich bemühte, ruhig zu bleiben. »Ich kann, ich *will* dieses ganze Prozedere nicht noch mal wiederholen. Das bringt uns nichts außer Schmerz und Enttäuschung …« Seine Stimme klang belegt und panisch »… und ein endloses Gefühl des Versagens. Lass uns das nicht tun, ja?«

Sie wusste, sie war egoistisch, aber sie gab trotzdem nicht nach. »Es tut mir leid, Sol, wirklich. Aber ich muss es versuchen. Und ich werde es mit oder ohne deine Unterstützung tun.«

Stille traf den Raum wie ein Vorschlaghammer.

»Wie bitte?«

»Ich hab genug Geld. Ich habe gespart …«

»Geld? Wovon zum Teufel redest du?«

»Für eine künstliche Befruchtung. Ich habe gespart.« Sie lächelte ihn an. »Ich meine, ich weiß, wir haben Romy auf natürlichem Weg bekommen, aber die Wahrscheinlichkeit, dass das ein zweites Mal klappt, tendiert wohl gegen null, deshalb denke ich, wir sollten es noch mal mit künstlicher Befruchtung versuchen.«

Sol starrte sie fassungslos an. »Hast du den Verstand verloren?«

»Ich habe den ersten Termin bei Dr. Hartland nächste Woche.«

Wie aufs Stichwort fing Romy oben an zu weinen, während gleichzeitig Catrins Handy klingelte – ein lauter, eindringlicher Missklang, der den sich zusammenbrauenden Streit unterbrach.

Ihr Handy verstummte. Romy schrie weiter. Dann fing das Festnetztelefon an zu klingeln. Und die ganze Zeit über starrten Catrin und Solomon sich an. Stillstand.

Schließlich wandte Sol sich ab. »Ich kümmere mich um Romy. Geh du ans Telefon.«

»Wozu haben wir den Anrufbeantworter.« Wahrscheinlich ihre Mutter, und sie wollte in diesem Moment mit niemandem reden, nicht mitten in dieser unfertigen Unterhaltung.

Vom Anrufbeantworter erklang ein Klicken, dann ein Piepsen und Knistern. Dann eine Stimme, weit entfernt, erstickt und den Tränen nah.

»Hallo? Cat? Bist du da? Ich bin's, Jude.«

Catrin wurde aus ihrer Starre gerissen. Sie griff schnell nach dem Hörer. »Jude? Ja, entschuldige, bist du …«

»Er ist gestorben.« Judith rang nach Atem. »Mein Dad ist tot, Cat.«

Dann brach sie zusammen. Über zweitausend Meilen weit entfernt wurde Catrins beste Freundin von Trauer überwältigt, und sie konnte nichts tun, als durch eine knisternde Telefonverbindung nach Zypern Worte des Mitgefühls anzubieten.

»Oh, Jude. Das tut mir so leid. Der arme George, der arme wunderbare George.«

***

»Möchten Sie etwas trinken?«, fragte die Stewardess.

»Einen Kaffee, bitte.« Catrin hielt ihr die kleine Plastiktasse hin. Sie hatte gerade ein Ratatouille mit Reis und ein steinhartes Baguettebrötchen zu Mittag gegessen, gefolgt von einer Schokomousse, alles in kleine Schälchen auf ein Plastiktablett gequetscht. Es war nicht das beste Essen, das sie je gegessen hatte, aber allein die Tatsache, dass sie das erste Mal allein flog, war gerade wichtiger als feine Küche.

Es war Sols Idee gewesen, dass sie zur Beerdigung nach Zypern reisen sollte. Liz und Huw hatten angeboten, sich um Romy zu kümmern, und Sol organisierte eine Vertretung für Catrins Patienten in der Praxis. »Du musst jetzt bei deiner Freundin sein«, sagte er und umarmte sie. Das Thema zweites Kind wurde durch die dringendere Angelegenheit von Judiths Trauerfall praktischerweise in den Hintergrund gedrängt.

»Und vielleicht tut es dir ja auch ganz gut … mal ein Weilchen von zu Hause weg zu sein. Zeit zum Nachdenken, vielleicht ein neuer Blick auf die Dinge.«

»Sol, ich werde meine Meinung nicht ändern«, fuhr sie ihn an.

»Du hast echt nicht mehr alle Tassen im Schrank«, erwiderte er und ging ins Bett.

In den zwei Tagen, bis Catrin nach Cardiff zum Flughafen aufbrach, sprachen sie und Sol kaum ein Wort miteinander. Lediglich über anstehende Dinge wie Flugzeiten und Kinderbetreuung. Ins Flugzeug zu steigen war deshalb eine echte Erleichterung gewesen, fühlte es sich doch an, als würde sie davonlaufen. Und das erfüllte sie insgeheim mit Begeisterung. Zum ersten Mal in ihrem Erwachsenenleben verspürte sie so etwas wie Freiheit, wie Rebellion.

Lana brachte sie zum Flughafen. Sie war nach Romys

Geburtstag noch in Coed Celyn geblieben, um etwas Zeit mit ihrer Familie zu verbringen, und wollte gerne helfen.

»Bist du sicher, dass ich dich nicht überreden kann mitzukommen?«, fragte Catrin, als sie am Cardiff International Airport parkten.

»Ach, Süße, ich habe tatsächlich darüber nachgedacht, aber ich fürchte einfach, es ist noch zu früh, verstehst du?«, antwortete Lana. »Ich meine, es ist nicht so, als wären Jude und ich wieder beste Freundinnen.«

»Ich weiß, aber sie hat dir gemailt! Es klang doch, als wollte sie alles ins Reine bringen!«, bettelte Catrin.

»Ja, und dann hat sie dich angerufen und Theater wegen dieser Zeitungsgeschichte gemacht!«

»Mein Gott, wie oft denn noch! Sie weiß, was Sache ist. Sie hat kein Problem mehr damit«, sagte Catrin, obwohl es nicht ganz der Wahrheit entsprach. Lana hatte keine Kontrolle darüber, was über sie in der Presse geschrieben wurde, und es war die verdammte Becky Williams, die diese Fotos an die *Sunday Edition* geschickt hatte. Doch Judiths vorsichtige Begeisterung über ein Treffen mit Lana war durch dieses Interview deutlich gedämpft worden. Was Catrin Lana absichtlich nicht erzählte. Es hatte so viel Mühe gekostet, die beiden überhaupt wieder zusammenzubringen, dass sie das zarte Pflänzchen einer Annäherung nicht gleich wieder herausreißen würde, bevor es eine Chance gehabt hatte zu wachsen. Und sie glaubte ernsthaft, dass Judith in ihrer Trauer von Lanas Erscheinen bei Georges Beerdigung gerührt wäre, dass es ihr Herz öffnen und die beiden Freundinnen endgültig versöhnen würde.

Doch Lana ließ sich nicht erweichen. »Ich warte, bis sie nach Hause kommt, Cat«, sagte sie. »Und dann vereinbare ich ein Treffen mit ihr. Das ist alles ziemlich heikel, und ich will's auf keinen Fall vermasseln.«

»Ach, verdammt«, wechselte Cat abrupt das Thema, weil ihr plötzlich etwas eingefallen war. »Ich hätte eigentlich Patricia anrufen sollen. Um ihr das mit George zu erzählen.«

»Warum sagt Judith ihr das nicht selbst?«, fragte Lana.

»Sie meinte, sie würde es einfach nicht ertragen. Also habe ich mich angeboten. Du könntest das nicht vielleicht übernehmen, oder?«

Das war vor vier Stunden gewesen. Catrin hatte entschieden, den Streit mit Sol Lana gegenüber nicht zu erwähnen. Weil sie wusste, was ihre Freundin sagen würde. Sie wäre seiner Meinung, würde sie egoistisch und realitätsfern nennen. Oder, schlimmer noch, sie hätte vielleicht Mitleid mit Cat. Das könnte Catrin nicht ertragen. Sie wollte kein Mitgefühl. Also beschloss sie den Mund zu halten und sich auf das zu konzentrieren, was jetzt zählte – Jude beizustehen.

Am Flughafen von Nikosia erwartete Gareth sie bereits. Sie umarmten sich lange.

»Wie geht es ihr?«, flüsterte Cat.

»Um ehrlich zu sein, ich glaube, so ganz hat sie es noch gar nicht begriffen.« Er seufzte. Catrin beschlich das Gefühl, dass er das von Trauer erfüllte Haus vielleicht ganz gern für eine Weile verlassen hatte. »Das ist nichts Schlechtes«, meinte er auf dem Weg nach Kakopetria in Iannis' Wagen. »Die Zyprioten, die sind so überschwänglich in allem, das genaue Gegenteil von der britischen Steifheit. Aber mich strengt das manchmal ein bisschen an, dieses ständige Weinen und die offene Zurschaustellung von Kummer.«

»Das liegt daran, dass du so ein harter Kerl bist!«, neckte ihn Catrin.

Gareth lächelte. »Ich mache mir nur Sorgen um Jude. Sie ist umgeben von dieser ganzen Heulerei, hat aber selbst noch nicht eine Träne vergossen.«

»Ich schätze mal, jeder reagiert anders auf den Verlust eines geliebten Menschen.«

Sie fuhren eine Weile schweigend, jeder in seine Gedanken versunken, die kühle Luft des Troodos-Gebirges, die durch die heruntergelassenen Fenster hereinwehte, tief einatmend.

Dann, völlig unerwartet, sagte Gareth: »Ich habe übrigens mit Sol gesprochen. Er hat mir das mit dem Baby erzählt.«

»Wie bitte?«, erwidert Catrin fassungslos.

»Dass du ein zweites Kind möchtest. Er hat mich angerufen.«

»Gar, er hatte kein Recht, mit dir darüber zu sprechen. Bei allem Respekt.«

»Bei allem Respekt«, gab Gar zurück, »Sol ist mein Freund. Nicht nur ihr Frauen braucht manchmal jemanden zum Reden.«

Catrin seufzte. Sie spürte, wie ein Schluchzen in ihrer Kehle aufstieg und ihre Stimme zu ersticken drohte. Es war schrecklich, nicht mit Sol zu sprechen, und sie vermisste ihn. Jetzt wünschte sie, er wäre mitgekommen, denn ihr Wagemut und ihre Begeisterung fürs »Davonlaufen« waren längst verpufft.

»Catrin, lass mich nur eines dazu sagen«, fuhr Gareth fort, und Catrin war froh, dass er den Blick fest auf die Straße gerichtet hielt, sodass er ihre Tränen nicht sehen konnte. »Sag, wenn ich den Mund halten soll, aber ich weiß, wie es sich anfühlt, okay?«

Natürlich wusste er das. Doch sie brachte nur ein Nicken zustande und ließ ihn weiterreden.

»So ziemlich jeden Tag male ich mir aus, wie es gewesen wäre, zwei Kinder zu haben. Jeden Tag. Und darüber werde ich wohl nie ganz hinwegkommen.«

Sie merkte, wie er ihr einen Seitenblick zuwarf, während er auf ihre Reaktion wartete, um abzuschätzen, ob er zu viel gesagt hatte. Sie schluckte die Angst hinunter, die sie zu verschlingen drohte, und flüsterte: »Manchmal habe ich das Gefühl zu ersticken, Gar. Weil alles so endgültig ist.« Beim Sprechen brach sie schließlich über Catrin herein – diese Flutwelle aus Emotionen, die sich so lange in ihr angestaut hatten. »Es ist alles so *unwiderruflich* – weißt du? Keine Kinder mehr. Und das war's. Akzeptiere es. Mach weiter mit deinem Leben.« Hysterie schlich sich in ihre Stimme. »Und ich schätze mal, ich will einfach nur die *Möglichkeit* am Leben erhalten. Die Tür nicht völlig verschließen, egal wie minimal die Wahrscheinlichkeit ist …«

Gareth nickte. »Ja, das verstehe ich.«

»Es ist einfach nicht fair!«, heulte sie. »Es ist so verdammt gemein!«

Er schwieg. Respektierte ihre Trauer. Dann sagte er leise: »Aber du hast Romy.« Und ohne den Blick von der Straße zu wenden, nahm er ihre Hand und drückte sie. Cat konnte sehen, dass auch er jetzt weinte. »Sie ist fantastisch. Und Jude und ich, wir haben Jack, und *er* ist fantastisch, und … Ich weiß auch nicht … Lass uns das feiern, was wir haben, was meinst du? Nicht das betrauern, was uns fehlt. Denn das ist es nun mal, was das Schicksal uns zugedacht hat, Cat. Und es ist alles andere als schlecht.«

»Ja«, schniefte Catrin, »es ist ein riesengroßes Geschenk.« Es gelang ihr, ihn anzulächeln. In ihrem Verlust fühlten sie sich einander auf traurige Weise verbunden. »Danke«, flüsterte sie, während sich Ruhe in ihr ausbreitete und sie ein seltsames Gefühl der Erleichterung empfand: Erleichterung, weil sie es vielleicht nicht mehr versuchen musste, nicht mehr kämpfen musste. Einfach nur akzeptieren und dankbar sein. Vielleicht hatte Gareth recht.

Zwanzig Minuten später hielten sie vor Sofias Haus. Beim Blick in den Schminkspiegel in der Sonnenblende krächzte Catrin: »Mein Gott, wie sehe ich denn aus!« Sie versuchte die verschmierte Wimperntusche unter ihren verquollenen Augen wegzuwischen.

»Keine Sorge, hier wirst du damit gar nicht auffallen«, erwiderte Gareth traurig lächelnd, als Sofia weinend und mit offenen Armen herauskam, um sie zu begrüßen.

Während der zwei Tage bis zur Beerdigung half Catrin im Haushalt mit, wo sie konnte – vor allem indem sie sich um Danoullas kleinen Jungen Haris kümmerte, der nur ein paar Monate älter als Romy war. Er hatte ein ähnlich entspanntes Naturell, wodurch Catrin ihre Tochter umso mehr vermisste. Gleichzeitig lernte sie, für Romy noch dankbarer zu sein, während ihr Gareths Worte durch den Kopf gingen.

Trotz der Trauer herrschte im Haus auch eine überwältigende Atmosphäre des Feierns, der Zusammenkunft, vielleicht noch verstärkt durch die Hysterie über den erlittenen Verlust. Judith stützte sich in diesen achtundvierzig Stunden sehr auf Catrin und zog oft bewusst deren Gesellschaft der aller anderen vor, Jack eingeschlossen. Er trauerte ganz offen mit seiner zypriotischen Familie und empfand diesen Prozess als sehr heilsam.

»Mum, das ist viel gesünder«, erklärte er ihr. »Einfach alles rauslassen.«

»Jeder, wie es für ihn am besten ist, Jack«, erwiderte Judith. Und Catrin konnte sehen, wie er seiner Mutter auf liebevolle Weise mehr Raum für sich ließ.

Die Beerdigung fand mittags statt, in der kleinen Kirche von Kakopetria. Dieselbe Kirche, in der George und Cleoniki fast achtzehn Jahre zuvor geheiratet hatten. Catrin ging mit

Judith und der restlichen Familie in einem Trauerzug hinter dem Sarg her, während der herrliche Sonnenschein vergeblich versuchte ihren Schmerz zu lindern. Auf dem kurzen Weg wurden sie vom feierlichen Geläut der Kirchenglocke begleitet. Vor der Tür warteten bereits einige Trauergäste stumm und mit gesenktem Kopf; die Kirche selbst war bis auf den letzten Platz besetzt.

Obwohl sie die Sprache des Gottesdienstes nicht verstand, empfand Catrin die wunderbaren Klänge des Altgriechischen als seltsam tröstlich und hypnotisierend. Als Teil der Zeremonie wurden sie eingeladen, zum Sarg zu gehen und ihn zu küssen, ebenso eine Ikone daneben. Catrin konnte sehen, dass Judith die Backgammonwürfel ihres Vaters in der Hand hin und her drehte, um Halt an deren Ecken und Kanten zu finden.

Am Ende des Gottesdienstes stellte sich die Familie in einer Reihe auf, um Beileidsbekundungen entgegenzunehmen. Judith griff nach Catrins Hand und bat sie, bei ihr zu bleiben.

»Aber, Jude, ich gehöre doch nicht zur Familie!«, flüsterte Cat eindringlich.

»Ist mir egal.« Ihre Stimme zitterte. »Ich brauche dich an meiner Seite.«

Um sie nicht weiter aufzuregen – obwohl Cat sich wie ein Kuckuck im Nest vorkam –, stellte sie sich als Kompromiss direkt hinter Judith. Sie wollte Jack oder Gareth nicht verdrängen, und auf keinen Fall wollte sie Cleo oder Sofia oder den Rest der Familie irgendwie beleidigen. Die Trauergäste strömten vorbei, vergossen noch mehr Tränen, küssten Wangen, drückten ihr Mitgefühl und ihren Kummer aus. Judith lächelte höflich mit der Würde und Eleganz eines Staatsoberhaupts.

Und dann geschah es.

An die Stelle von Würde und Eleganz traten wie in Zeitlupe Verwirrung und Schock. Es dauerte einige Sekunden, bis Judith begriff, was sie da vor sich sah, was gerade passierte, und als sie es tat, stand sie wie vom Donner gerührt da.

Lana.

In einem teuren Kleid. Weinend. Die Arme zu einer Umarmung ausgestreckt und ihr Beileid bekundend.

»Jude, es tut mir so leid«, sagte sie mit roten, verheulten Augen. »Dein wunderbarer, einzigartiger Vater.« Sie streckte die Arme immer noch aus – vorsichtig auf eine Umarmung wartend, wie es schien –, während sie hinzufügte: »Ich musste einfach herkommen.«

Judith begann zu zittern.

»Du hast doch gesagt, du kommst nicht!«, flüsterte Catrin voller Panik, weil sie merkte, dass Judith bei Lanas Anblick anfing, nach Luft zu schnappen.

»Es war deine Idee!«, verteidigte sich Lana flüsternd, und man konnte hören, dass es ihr peinlich war, wie schlecht ihr Auftauchen ankam.

Die Situation war einfach nur grässlich. Ein grenzenloser gesellschaftlicher Fauxpas. Die Geste war als solche natürlich gut gemeint – und ja, Catrin hatte sie dazu ermuntert, doch das war ihrerseits ebenfalls ein großer Fehler gewesen. Sie konnte in diesem Moment nur für eines dankbar sein: dass Lana nicht »ÜBERRASCHUNG!« gerufen hatte.

Die Schlange der Trauergäste hinter Lana wurde länger. Eine kleine, untersetzte Frau mit schwarzem Schleier wartete darauf, ihr Beileid zum Ausdruck bringen zu können.

Gareth legte Judith beschützend den Arm um die Schultern. Dann beugte er sich vor und sagte leise zu Lana: »Du bist echt unglaublich. Es ist die Beerdigung ihres Vaters, verdammt!«

»Schon in Ordnung, Gar.« Judith hatte sich wieder im Griff. Sie schüttelte Lana höflich die Hand und signalisierte durch ihre Körpersprache, dass sie weitergehen solle. »Danke fürs Kommen. Sehr nett.« Sie hätte genauso gut mit einer völlig Fremden sprechen können.

Catrin sah, wie Judith sich an die Witwe wandte, die geduldig hinter Lana wartete. Doch Lana rührte sich nicht von der Stelle.

»Die Sache ist die, Jude«, murmelte sie, und Catrin spürte, wie die Anspannung stieg. Jetzt war nicht der richtige Moment für Diskussionen, verdammt noch mal!

»Geh einfach, Lana, geh!«, zischte Gareth.

»Aber ich muss etwas erklären ...«

»Lana, komm, wir beide reden draußen weiter, ja?«, drängte Catrin sanft.

»Es ist nur so, ich bin nicht allein gekommen«, erklärte Lana. »Sondern mit ...«

Catrin blieb die Luft weg, als sie begriff, was Lana meinte.

»Patricia!«, sagte sie, ein wenig zu laut.

Und tatsächlich, die kleine, untersetzte Frau hinter Lana hatte ihren Schleier nun zurückgeschlagen, sodass alle ihr Gesicht sehen konnten. Es war Patricia.

Sie schien nichts von der Aufregung zu bemerken, die sie verursachte. Oder genoss sie sie insgeheim?

»Mein liebes Kind.« Patricia umarmte Judith gegen deren Willen. »Dein armer, armer Papa.«

Catrin musste dem Bedürfnis widerstehen, hysterisch zu lachen. Warum redete Patricia so? Und weshalb um alles in der Welt war sie hier?

Ein Raunen durchlief die Menge der Trauergäste: Ja, bei der geheimnisvollen Witwe handelte es sich tatsächlich um Georges erste Frau. Als Cleo das begriff, fing sie an, auf Griechisch zu schreien und nach Patricia zu schlagen.

Gareth trat zwischen die beiden Frauen, während sich die Trauerfeier in ein Chaos verwandelte.

Inmitten des ganzen Tumults, überwältigt vom Auftauchen ihrer früheren Freundin und ihrer narzisstischen Mutter beim Begräbnis ihres geliebten Vaters, gab Judith schließlich dem enormen emotionalen Druck nach.

Und verließ die Kirche.

42

LANA

Nachdem sie sich am Flughafen von Cardiff von Catrin verabschiedet hatte, ließ Lana seufzend den Kopf aufs Lenkrad sinken. Der Gedanke, Patricia aufzusuchen, um ihr die Nachricht von Georges Tod zu überbringen, erfüllte sie nicht gerade mit Freude. Doch sie hatte es Catrin versprochen. Je früher sie nach Coed Celyn zurückkehrte, desto schneller würde sie es hinter sich haben.

Während der Fahrt dachte sie über Sol und Cat nach. Beim Abholen am Morgen hatte im Haus so eine komische Spannung in der Luft gelegen, eine Distanziertheit, wie sie sie bei den beiden noch nie erlebt hatte. Schlafmangel konnte wohl kaum die Ursache sein – Romy war so ein zufriedenes Baby, und sie prahlten immer damit, dass sie durchschlief und ihren Eltern damit denselben Luxus gönnte. Nein, sie hatten sich offenbar über irgendetwas gestritten. Was Lana beunruhigte. Weil es so selten vorkam. Selbst während der schwierigen Zeit, als sie versuchten ein Kind zeugen, hatten sie das Lächeln nicht verlernt. Lana hatte Cat während der Fahrt danach gefragt, doch die Unterhaltung wurde sofort mit einem *Sei nicht albern, es ist alles in bester Ordnung!* im Keim erstickt. Ganz offensichtlich war es das nicht.

Catrin und Solomons Ehe war eine Konstante in Lanas Leben – eine, vor der sie große Hochachtung hatte. Wahrscheinlich weil sie selbst zweimal geschieden war, waren Cat und Sol für sie der Inbegriff einer funktionierenden Partnerschaft. Ihr wurde immer noch elend, wenn sie an ihren ersten Mann, William, dachte. Ein Gastregisseur am College während ihres Abschlussjahres dort. Er war fünfundzwanzig Jahre älter als sie und verheiratet. Doch Lana hatte Catrin geschworen, er sei der Richtige, und dass es das Chaos und den Schmerz seiner Scheidung letzten Endes wert sein würde. Ihre Hochzeit fand auf dem Standesamt von Guildford statt, und anwesend waren lediglich Lanas Eltern, Catrin, Solomon und Williams Schwester. Williams einzige Tochter blieb fern, denn sie fand es widerlich, dass ihre neue Stiefmutter genauso alt war wie sie selbst. Nach der kurzen Zeremonie luden die zweiundzwanzigjährige Braut und der siebenundvierzig Jahre alte Bräutigam ihre kleine Gästeschar in einen Pub in der Nähe zum Mittagessen ein. Lana schwor Cat, es sei der glücklichste Tag ihres Lebens. Doch zwei Flaschen Wein später heulte sie ihr in der Damentoilette vor, wie sehr sie sich wünschte, Judith wäre ebenfalls da. Zwei Jahre waren seit dem verhängnisvollen Vorfall im Montgomery Hall vergangen.

»Das hier ist der Tag meiner Hochzeit, Cat. Wir drei sollten zusammen hier sein!«, jammerte sie. »Ich hätte sie einladen sollen.«

Catrin tröstete leise ihre Freundin.

»Glaubst du, ihr geht's genauso?«, schluchzte Lana.

»Ich weiß nicht, Süße.«

»Na ja, vielleicht lädt sie mich ein, falls Gareth und sie eines Tages heiraten, und dann können wir wieder von vorn anfangen. Du und ich, wir könnten Brautjungfern sein.« Sie lächelte schwach zwischen den Tränen hindurch. »Du wirst sie überreden müssen.«

Da gestand Catrin es ihr: »Sie sind schon verheiratet«, flüsterte sie.

»Wie bitte?«

»Jude und Gareth. Sie haben geheiratet, kurz nachdem Jack auf die Welt kam.«

Lana hatte das Gefühl, als hätte sie jemand geboxt. Der Schmerz war körperlich spürbar, und sie weinte so sehr, dass sich ihre Brautschönheit bald in rotznasigen, rotgesichtigen, verquollenen Kummer verwandelt hatte.

Catrin entschuldigte sich immer wieder. »Ich konnte es dir einfach nicht sagen, weil ich wusste, wie arg es dich verletzen würde. Und sieh dich nur an! Ich hatte recht.«

Im Nachhinein hatte Lana großes Mitgefühl mit Catrin. Es musste schrecklich gewesen sein, so zwischen ihren beiden Freundinnen zu stehen. Besser ging es ihr deshalb trotzdem nicht.

Lanas Ehe mit William hielt zehn Monate. Sie endete, als Lana auf der *Hello, Dolly!*-Tour etwas mit einem Schauspielkollegen anfing. Die Scheidung ging schnell, und Lana schwor, nie wieder zu heiraten. »Ich bin allergisch dagegen, mich auf Dauer festzulegen!«, scherzte sie gern und ließ sich auf eine Reihe von Affären ein, meist mit älteren, verheirateten Männern wie eben Paul Durrant, dem Produzenten von *Still Waters*.

Erst 1999, als sie einen Drehbuchautor namens Archie Osbourne kennenlernte und sich in ihn verliebte, ließ sich Lana schließlich auf eine zweite Ehe ein. Die Hochzeit war ein Riesenevent. Da Lana inzwischen einen gewissen Celebritystatus besaß, konnte sie einen Deal mit der Zeitschrift *The Gloss* aushandeln, die jede Sekunde des Tages auf Fotos festhielt und dafür die Rechnung fürs Catering übernahm. Dieses Mal hatte Lana kein Bedürfnis, Judith einzuladen. Insgeheim hoffte sie, Judith würde in *The Gloss* davon lesen und bereuen, nicht länger mit ihrer inzwischen berühmten Freundin befreundet zu sein. Sie war nicht stolz auf diese Gefühle, doch sie waren nun einmal da.

In vielerlei Hinsicht war Archies und Lanas Ehe eine gute, und selbst als sie 2004 endete, weil Archie sich und der Welt gegenüber eingestand, dass er homosexuell war, blieben sie immer noch Freunde.

»Ich bin überzeugt davon«, hatte Lana damals zu Catrin gesagt, »dass manche Menschen, wie Sol und du zum Beispiel, für die Ehe gemacht sind, und andere, so wie ich, dazu einfach nicht fähig sind! Es ist ein bisschen wie mit dem Tanzen.« Sie sagte es lachend, wie sie es immer tat, wenn sie sich verletzbar fühlte. Doch Catrins und Sols Ehe war wirklich ein wesentlicher Grundstein in Lanas Leben und etwas, worauf sie sich enorm verließ. »Du weißt schon, dass ihr zwei euch niemals trennen dürft, oder?«, fuhr sie damals fort. »Nicht wegen euch, sondern wegen mir.« Und obwohl sie dabei lachte, meinte sie jedes Wort ernst.

Als sie vor Patricia Harris' kleinem Reihenhäuschen in der Victoria Street hielt, wurde Lana von nostalgischen Gefühlen überwältigt. Zwanzig Jahre war es her, seit sie das letzte Mal hier gewesen war, und als Erstes fiel ihr auf, dass sich nichts verändert hatte. Die Haustür war zwar ziemlich verwittert, aber immer noch dieselbe, und als sie den Messingklopfer betätigte (weil die Klingel nie funktioniert hatte), fühlte sie sich wieder wie damals, wenn sie ihre Freundin vor der Schule abgeholt hatte.

Da sich nichts rührte, klopfte sie erneut und überlegte, was sie tun sollte, falls Patricia nicht zu Hause war. Als auf das dritte Klopfen hin immer noch niemand öffnete, drehte sie sich um und ging zurück zum Auto. Vielleicht konnte sie eine Karte schreiben und durch den Briefschlitz werfen.

»Was wollen Sie?«

Beim Klang der rauen Stimme blieb sie stehen und drehte sich um. Patricia stand im Morgenmantel mit Zigarette in der Hand in der Tür.

»Hallo, Mrs. Harris.« Lana ging zum Haus zurück und fühlte sich dabei wieder wie sechzehn. »Ich bin's, Lana Lloyd.«

»Wer?«

Lana stand nun quasi wieder vor der Tür.

»Lana. Judiths Schulfreundin.« Sie kam sich komisch dabei vor, sich als Judiths Freundin zu bezeichnen. Das war sie seit bald zwanzig Jahren nicht mehr. Doch wie sollte sie es sonst erklären?

Patricia starrte sie an, schien sich einen Moment lang zu konzentrieren und in Gedanken die Akten in ihrem Gehirn durchzugehen, um die Person vor sich einordnen zu können. »Du bist die aus dem Fernsehen«, stellte sie dann fest.

»Ähm, ja. Aber erinnern Sie sich noch an mich von früher?«

Auf einmal wirkte Patricias müdes Gesicht durch ein unerwartetes Lächeln wie verwandelt. Ihre Züge wurden weicher und die Attraktivität von einst schimmerte hindurch. »Aber natürlich tu ich das! Die kleine Lana Lloyd. Komm rein, Kindchen. Entschuldige das Chaos. Langer Abend gestern.« Mit diesen Worten drehte sie sich um, und Lana folgte ihr gehorsam ins Haus.

Das Wohnzimmer war noch genauso wie in Lanas Erinnerung. Der Zigarettengeruch weckte in ihr den Wunsch, eine zu rauchen, obwohl sie gerade versuchte damit aufzuhören. Die Vorhänge waren geschlossen, und der Raum wurde nur von einer kleinen Lampe in der Ecke erleuchtet.

»Setz dich«, befahl Patricia. »Den kannst du einfach auf den Boden schmeißen.« Sie sprach von einem überdimensionalen BH, der schlaff von der Sofalehne baumelte.

Lana hockte sich auf die Kante.

»Was trinkst du?« Patricia war bereits auf dem Weg zum Büfett, auf dem zwei halb volle Flaschen Whisky und Gin standen.

»Oh, für mich nichts, danke«, erwiderte Lana. »Ich muss noch fahren.«

Patricia zog herausfordernd die Augenbraue hoch. »Du hast mich seit über zwanzig Jahren nicht besucht, und jetzt trinkst du nicht mal einen Scotch mit mir?«

Lana wurde von der alten Angst gepackt, wie sie sie als kleines Mädchen in Patricias einschüchternder Gegenwart immer verspürt hatte. Es war Angst, ja. Aber auch eine seltsame Art von Bewunderung. »Na gut. Aber nur einen kleinen.«

Patricia zwinkerte ihr zu. »Braves Mädchen.«

Zu Judiths großem Entsetzen hatten Catrin und Lana als Kinder und Jugendliche der Mutter ihrer Freundin gegenüber immer eine gewisse Ehrfurcht empfunden. Sie fanden sie spannend und unterhaltsam, wenn sie den Mädchen Geschichten aus ihrer abenteuerlichen Jugend erzählte und beide auf eine Weise schockierte, wie es keines ihrer eigenen Elternteile konnte. Als sie fünfzehn waren, holte Patricia einmal einen schweren Glasflakon mit teurem französischem Parfüm hervor. Jede von ihnen durfte sich etwas davon aufs Handgelenk tupfen. Der moschusartige Geruch war exotisch und betörend, als gehörte er zu einer ihnen unbekannten Welt.

»Ihr wisst natürlich, aus was jedes gute Parfüm gemacht wird, oder?«, fragte Patricia.

Alle schüttelten den Kopf.

»Aus Ulchhoden!«, rief Patricia.

Lana hatte laut herausgelacht, Judith war vor Scham rot geworden, und Catrin hatte einfach nur verwirrt dreingeschaut. »Ulch?«, fragte sie.

»Ja! Genau. Aus den Hoden eines Ulchs!«

»Meinen Sie nicht … einen *Elch?*«, fragte Catrin.

Und Lana, die gerade einen Schluck Irish Coffee getrunken hatte (Patricia verlieh ihrem langweiligen walisischen Teenagerleben gerne etwas alkoholischen Glamour), prustete ihn lachend wieder aus.

»Ulchhoden? Elchhoden? Die einen sagen so, die anderen so – ihr wisst jedenfalls, was ich meine!«, erwiderte Patricia. »Großes braunes Vieh mit Hörnern.«

»Geweih«, hatte Judith sanft korrigiert, und es schien eine der wenigen Gelegenheiten zu sein, bei denen sie den Humor ihrer Mutter zu schätzen wusste.

Lana musste bei der Erinnerung lächeln, als Patricia ihr ein angeschlagenes Glas mit viel zu viel Whisky reichte.

»Also«, meinte Patricia. »Ich nehme an, es geht um meine nutzlose hartherzige Tochter.«

Lana befand sich auf unsicherem Terrain. Wie viel wusste Patricia über den Streit zwischen ihr und Judith?

»Äh, Mrs. Harris, dürfte ich vielleicht eine Zigarette schnorren?«

Patricia warf ihr ein Päckchen Superkings und ein Feuerzeug rüber. Beides lagerte offenbar dauerhaft auf ihrer Sessellehne. »Bedien dich.«

Lana steckte sich eine an, wobei ihre Hand, die das Feuerzeug hielt, zitterte. »Es geht um George«, sagte sie und stieß den Rauch aus. »Ich fürchte, er ist am Freitag verstorben.«

Lana hatte damit gerechnet, dass Patricia bestenfalls mit Gleichgültigkeit und schlimmstenfalls mit einem höhnischen Lachen reagieren würde. Sie war *nicht* darauf vorbereitet, dass Patricia einen entsetzten Schrei ausstoßen und sich ans Herz fassen würde. »Mein Georgie, mein liebster, liebster George!« Und mit gesenktem Kopf weinte sie, wobei sie in einer Hand immer noch die Zigarette hielt.

Lana wusste nicht, wie sie damit umgehen sollte. »Ich weiß«, murmelte sie und kam sich in ihrer Rolle als Überbringerin schlechter Nachrichten sehr unzureichend vor. »Es tut mir so leid.«

»Ich habe natürlich damit gerechnet«, schluchzte Patricia durch ihre Tränen hindurch.

»Verstehe«, erwiderte Lana.

»Ich habe gewisse hellseherische Kräfte, musst du wissen.«

Lana verspürte das unkontrollierbare Bedürfnis zu kichern, was jedoch sofort von Patricias abfälligem Tonfall erstickt wurde, als diese fortfuhr: »Wie schade, dass *Madame* nicht den Anstand hatte vorbeizukommen und mir das selbst zu sagen.«

»Nun, das liegt daran, dass sie dort ist. Auf Zypern, meine ich. Eigentlich wollte Catrin Sie besuchen kommen, aber sie musste ihren Flieger kriegen, deshalb hat sie mich stattdessen gebeten.«

Patricia nickte und trank einen großen Schluck Whisky. Dann wischte sie sich über die Augen und sah Lana direkt an. »Also. Wann ist die Beerdigung?«

In diesem Moment schien es wirklich eine gute Idee zu sein. Eine richtig gute, wohlmeinende Idee. Die Chance, den tiefen Bruch ein für alle Mal zu kitten. Die perfekte Gelegenheit, Judith zu zeigen, dass das Leben zu kurz war, um nachtragend zu sein, und in Krisenzeiten jede eine Freundin brauchte. Hatte Judith nicht selbst etwas in dieser Art in ihrer E-Mail geschrieben? Natürlich wurde Lana in ihrer Einschätzung auch von Patricia beeinflusst, die sie mit Whisky abfüllte und Lana ihr Herz über George ausschüttete: Ja, sie hätten ihre Schwierigkeiten gehabt, aber das hätte an der Leidenschaft zwischen ihnen gelegen. Patricia behauptete sehr überzeugend, George sei die große und einzige Liebe ihres Lebens gewesen. Was so ziemlich das Gegenteil von dem war, was Judith vor all den Jahren erzählt hatte, nämlich dass die Ehe ihrer Eltern eine völlig lieblose gewesen sei. Doch unter dem Einfluss von noch mehr Whisky und einem zweiten Päckchen Zigaretten beschloss Lana, Patricias Version nicht völlig auszuschließen.

Einige Stunden später hatte Patricia Lanas Vertrauen vollends gewonnen, woraufhin Lana anfing, ihr vom Ende ihrer Freundschaft mit Judith vor beinahe zwanzig Jahren zu erzählen. »Ich vermisse sie, Trish, wenn ich ganz ehrlich sein soll«, jammerte sie, sentimental vor lauter Scotch.

»Nun, dann ist es Zeit, die Dinge in die Hand zu nehmen. Du und ich, wir haben beide Kriegsbeile zu begraben.«

Selbst im Nebel dieses alkoholischen Nachmittags fand Lana Patricias kämpferische Wortwahl ein bisschen beunruhigend. Nichtsdestotrotz hatte sie bei Patricias verrücktem Plan mitgemacht, und um sechs Uhr am selben Abend hatte sie für sie beide für den darauffolgenden Tag einen Flug nach Nikosia gebucht, damit sie dem Begräbnis von George Charalambos beiwohnen konnten.

Vor der Kirche wandte sich Lana nun an Patricia. »Ich glaube, wir sollten lieber gehen.« Es erschien ihr nur vernünftig, sich zurückzuziehen, nachdem sich die Aufregung über Patricias Anwesenheit inzwischen in der ganzen Kirche verbreitet hatte, was den unmissverständlichen Eindruck erweckte, dass sie absolut nicht willkommen waren.

Einige Minuten später saßen sie auf einer kleinen Bank in der zypriotischen Sonne, und Lana grübelte über den kolossalen Fehler nach, den sie begangen hatte. *Scheiße, was hab ich mir nur dabei gedacht?*

»Was zum Teufel hast du dir dabei gedacht?« Es war Judith, die mit Gareth und Catrin im Schlepptau auf sie zukam.

Bizarrerweise war es Patricia – Lanas neue beste Freundin –, die sie verteidigte.

»He, Moment mal, Fräulein!«, fuhr sie ihre Tochter an, wobei ihr schnurzpiepegal war, dass sie gerade eben erst eine Beerdigungsfeier mit hundert trauernden Zyperngriechen verlassen hatten. »Es war meine Idee. Ich wollte ihm meinen Respekt erweisen. Und sie hat gesagt, sie hilft mir. Also entschuldigst du dich jetzt gefälligst bei ihr, hast du gehört?«

Lana war entsetzt. »Patricia, es ist schon in Ordnung, wirklich …«, murmelte sie. Doch es war sinnlos. Judith stand trotzig da.

»Alles, was du wolltest, Mutter, war für Drama, Chaos und Schmerz zu sorgen. Wie immer. Warum du da mitgemacht hast, Lana, kapiere ich beim besten Willen nicht. Verdammt! Warum, um alles in der Welt, sollte ich *sie* beim Begräbnis meines Vaters dabeihaben wollen?«

Inzwischen hatten sich Trauergäste aus der Kirche um sie versammelt, und die Stimmung wurde ein wenig bedrohlich. Judith war jetzt richtig in Fahrt. »Und wo wir schon mal dabei sind, warum sollte ich *dich* hier dabeihaben wollen, Lana?«

Lana blickte zu ihr auf. Schock und Schmerz durchzuckten ihren Körper.

Catrin mischte sich ein. »Jude, um ehrlich zu sein war ich es, die …«

Doch Lana ließ sie nicht ausreden. »Ich bin hier, weil wir mal beste Freundinnen waren«, sagte sie leise. »Und ich habe deinen Dad sehr gerngehabt, und ich wollte dir eine Stütze sein.«

Judith starrte sie bloß an. War es Verachtung oder Abscheu in ihrem Gesicht?

»Tja, ich will deine Unterstützung nicht, und deine Freundschaft brauche ich ganz sicher nicht.« Judiths Stimme wurde lauter und hysterischer. »Ich bin die ganzen Jahre sehr gut ohne klargekommen, und mit deinem Verhalten heute hast du wieder mal bewiesen, dass du in meinem Leben nichts verloren hast. Und jetzt nimm diese lächerliche Witzfigur von nutzloser Mutter mit und geh.«

Patricia protestierte lautstark. »He, hör mal zu …«

Lana versuchte sich zu entschuldigen. »Es tut mir leid, es war dumm von mir und …«

Doch Judith wollte von alledem nichts hören.

Die Sache war für sie erledigt.

Aus und vorbei.

»Geh einfach«, sagte sie. »Verschwinde!«

Erst Wochen später reagierte Lana auf einen von Catrins Anrufen. Die Demütigung, die sie empfand, war so heftig, dass sie es nicht ertrug, darüber zu sprechen, denn das hätte bedeutet, die Scham noch einmal zu durchleben.

Als sie schließlich die Kraft aufbrachte, sich mit Cat zu treffen, nahm sie jegliche Erwähnung des Themas vorweg: »Bitte sprich nie wieder davon, Cat«, sagte sie. »Ich muss das aus meiner Erinnerung löschen. Ich muss so tun, als wäre es nie passiert.«

»Natürlich«, erwiderte Catrin sanft. »Das verstehe ich.«

Lana hielt inne.

»Sag mir nur eins«, flüsterte sie. »Glaubst du, dass sie mir je verzeihen wird?«

Catrin senkte den Blick und seufzte. »Ich glaube nicht, Süße«, sagte sie. »Um ehrlich zu sein fühlt es sich ziemlich endgültig an.«

Und sie griff nach Lanas Hand, um sie zu drücken.

TEIL III

2017

Zwölf Jahre später

43

LANA

Das Dröhnen wurde lauter. Sie konnte es nicht so recht einordnen. Applaus aus einem entfernten Stadion vielleicht? Oder rollte jemand eine leere Metalltrommel die Straße hinunter? So frustrierend – was zum Teufel war das? Sie durchsuchte ihr mentales Register nach einem vertrauten Vergleichsgeräusch, etwas – irgendetwas –, das ihr dabei helfen würde, sich zurechtzufinden. Das Geräusch steigerte sich zu einem Crescendo und dann *pii-ie-eep*. Ach so. Natürlich. Es war der Wasserkocher. Hatte sich gerade abgeschaltet. Und Lana wachte langsam auf.

»Ich mache Tee – du willst?«

Lana erkannte die Stimme wieder, den Akzent, doch sie konnte weder die Augen öffnen, um nachzusehen, wer da sprach, noch den Mund öffnen, um zu antworten. Mehrere Schichten Mascara vom Abend zuvor hatten ihre Wimpern fest zusammengeklebt. Und ihre Lippen wurden von einem klebrigen Spuckefilm verschlossen. Sie versuchte zu husten, aber … oh mein Gott! Den Kopf zu bewegen war ein großer Fehler – ein Dutzend Steinbrocken rollten in ihrem Schädel herum und stießen rücksichtslos aneinander wie Autoscooter auf dem Jahrmarkt.

Langsam, als wäre sie kein Teil ihres Körpers, hob Lana die Hand zum Gesicht und schaffte es, ihr rechtes Auge mit den Fingern aufzuziehen. Etwas bewegte sich auf sie zu. Sie blinzelte den verschwommenen Klumpen scharf. Es war Michel, einer der Barkeeper aus der Paradise Lounge, und er hatte zwei Tassen in der Hand. Mit dem Ellbogen schob er geschickt drei leere Weinflaschen an den Rand des Nachttischs, um Platz für den morgendlichen Tee zu schaffen.

Mit zitternden Händen und einem immer noch verklebten linken Auge setzte Lana sich auf und griff nach ihrer Tasse, wobei sie die Hälfte des Tees auf dem Weg an die Lippen verschüttete. Die heiße Flüssigkeit auf ihrer Brust ließ sie zusammenzucken, doch es war ihr egal. Sie sehnte sich nur nach der Feuchtigkeit des ziemlich schwachen Gebräus, um ihren Mund wiederzubeleben.

Schließlich fand sie auch ihre Stimme wieder.

»Ich nehme an, wir hatten Sex«, krächzte sie.

»Ich nehme das an, ja«, erwiderte Michel grinsend. »Du sagst mir, ich bin der Beste, mit dem du je hast gemacht Liebe!«

»Oh, verdammt.«

Michel lachte, trank seinen Tee aus und sah auf die Uhr. »Und jetzt ich muss dich verlassen. Wir gehen von Bord in … siebenunddreißig Minuten.«

Mit diesen Worten sprang er auf, küsste Lana auf die Haare und verließ die Kabine, wobei er extrem zufrieden vor sich hin pfiff.

Einige Minuten lang rührte sie sich nicht. Vor allem, weil sie gar nicht dazu in der Lage war.

Denn ihr Kater war ein Monsterkater.

Was einen Monsterkater von einem ganz gewöhnlichen Normalkater unterschied? Nun, zum einen reichte es nicht, unter Übelkeit, hämmernden Kopfschmerzen, trockener Zunge und saurem Aufstoßen zu leiden. Ebenso wenig die unangenehmen, verkrusteten Make-up-Überreste, die statt von Abschminktüchern entfernt worden zu sein nun auf dem Kissenbezug oder in ihren Augenwinkeln klebten. Oder ihren Slip, den sie fünf Stunden zuvor selbstbewusst durchs Zimmer geschleudert hatte, schlaff von einem Zeitschriftenständer baumelnd zu entdecken. Nein. Was einen Kater zu einem Monsterkater machte, war, dass ihn ein undefinierbares Grauen und lähmendes Schamgefühl begleiteten. Für einen Monsterkater musste man beim Aufwachen panisch darüber nachdenken, was während der Filmrissstunden des vergangenen Abends passiert sein könnte, und dabei hoffen, es möge zumindest nichts Illegales gewesen sein.

Im Lauf der Jahre war Lana mehrmals mit Monsterkatern erwacht und hatte sich verwirrt gefragt, weshalb sie Gegenstände im Arm hielt, die eindeutig nicht ihr gehörten. Sie musste sie also am vorangegangenen Abend offensichtlich entwendet haben: einmal eine Rolex-Herrenarmbanduhr, einmal einen Autoschlüssel, einen Squashschläger und einmal sogar eine Wedgwood-Vase … Die Liste war lang. Dann gab es auch bizarre Dinge – darunter einen Käsehobel, ein Heftklammergerät und eine Sherlock-Holmes-Mütze. Es wäre zu peinlich, all diese Gegenstände zurückzugeben, selbst wenn sie gewusst hätte, wem sie gehörten, also waren sie quasi gestohlen. Im Grunde war sie eine Diebin! Sie entschuldigte ihre Vergehen jedoch durch die Regeln des Filmrisses: An etwas, was man nicht bewusst getan hatte, trug man keine Schuld. Was während eines Filmrisses passierte, war Teil des Filmrisses. Sie wusste, dass diese Theorie keinen logischen Sinn ergab, doch es war die einzige Möglichkeit, mit den Schuldgefühlen, die ihre kriminellen Fehltritte nach sich zogen, leben zu können. Abgesehen davon, ihre Beute selbstverständlich an Sozialkaufhäuser zu spenden. Ja, sogar die Rolex.

Ungewollter Diebstahl war jedoch nicht die einzige potenzielle Schattenseite eines alkoholischen Abends. Wie oft war sie an fremden Orten aufgewacht! In einem Gartenschuppen, einer Pferdebox, ja sogar in einem Bauschuttcontainer. Mal hatte sie ihre Schuhe verloren, mal ihren Schlüssel oder ihre Unterhose. Einmal war sie in der Unterhose von jemand *anderem* aufgewacht. Einem Herrenslip, um genau zu sein. Ein anderes Mal war sie kerzengerade in einem geschnitzten Lehnstuhl sitzend zu sich gekommen, mit nichts bekleidet als einem grauen Plastikregenmantel. Wobei der immerhin zugeknöpft war.

Dann gab es da noch die beziehungszerstörenden Risiken, die sie mit betrunkenen Nachrichten oder betrunkenen Anrufen oder E-Mails einging. Oder die ihre Würde gefährdenden betrunkenen Tweets. Sie konnte sich nicht daran erinnern, letzte Nacht irgendjemanden kontaktiert zu haben oder online gegangen zu sein, doch das bedeutete nicht, dass sie es nicht getan hatte. Meist brachte sie erst nach ein paar Stunden Monsterkater den Mut auf, ihr Handy anzuschauen. Sie musste stark genug sein, bevor sie erfuhr, wen sie wie genau beleidigt hatte. Wie oft hatte sie früh am Morgen SMS bekommen, in denen stand: »Melde dich ja nie wieder bei mir – du bist widerlich.« Oder »Hey Sexy! Du warst so notgeil letzte Nacht …!« Doch es hatte auch Tage gegeben, an denen Catrin morgens bei ihr anrief, um zu überprüfen, ob sie noch am Leben war: »Du warst echt schlecht drauf, Lana. Ich dachte schon, du tust … also … du machst womöglich irgendeine Dummheit. Du hast geweint und gesagt, wie einsam du bist und dass dein Leben keinen Sinn hat!«

»Hab ich das?«, staunte sie dann fassungslos. »Daran kann ich mich echt überhaupt nicht erinnern!« Dann lachte sie und schwor sich wieder einmal, unbedingt ihr Handy auszuschalten, bevor sie auch nur einen Tropfen Alkohol anrührte. Allein schon weil sie so viel Mist erzählte, wenn sie betrunken war. Sie war nicht einsam, verdammt noch mal! Sie war eine höchst erfolgreiche Sängerin und Schauspielerin, die auf Luxuskreuzfahrtschiffen die Welt bereiste! Ihr Leben war nicht sinnlos! Also wirklich. So ein Quatsch!

Lana blickte sich unsicher in ihrer Kabine um, auf der Suche nach Hinweisen, was letzte Nacht wohl passiert war. Nichts Auffälliges: Das rote Paillettenkleid, das sie für den Celine-Dion-Abend getragen hatte, lag verlassen auf dem Fußboden neben der Tür zum Badezimmer, und sie konnte den Absatz eines ihrer silbernen Pumps aus dem Ärmel ragen sehen. *Wie ist der denn dahin gekommen?* Offensichtlich hatten sie und Michel irgendwann die Party in ihrer Kajüte fortgesetzt – den Wein musste sie von irgendwo organisiert haben –, doch sie besaß keinerlei Erinnerung an eine Unterhaltung mit ihm, abgesehen von harmlosem Geplänkel nach der Show, während er ihr ein paar Negronis gemixt hatte.

Zugegeben, sie war ein bisschen überrascht, dass Michel mit ihr hatte schlafen wollen, denn sie war davon ausgegangen, dass er Männer bevorzugte. Aber, nun ja, ihr Homoradar war schon immer unzuverlässig gewesen.

Irgendetwas bohrte sich in ihren Nacken. Mühselig befreite sie die störende Haarklammer und begriff im selben Moment, dass sie ihre Perücke nicht mehr trug. *Verdammt.* Entsetzt sah sie das Ding drüben auf ihrem Schminktisch liegen wie ein kleines, krankes Tier: schwarz, pelzig und verängstigt. Ihr musste letzte Nacht zu heiß geworden sein, sodass sie das Teil heruntergezogen und frustriert quer durch den Raum geschleudert hatte. Aber war das vorher oder nachher? Trug sie die Perücke, während Michel und sie Sex hatten? Oder hatte sie sich ihm so präsentiert: mit ihren echten Haaren, platt und strähnig an ihren Kopf geklebt. Wow, attraktiv!

Die *Malaysian Queen* lag seit zwei Stunden vor Anker, und Lana dankte dem Himmel dafür. Kein Wellengang, der ihre Übelkeit noch verstärkt hätte. Aber viel wichtiger: Heute war der erste Tag ihrer vierwöchigen Arbeitspause.

Sobald sie in der Lage dazu war, würde sie aus dem Bett steigen, sich duschen, anziehen, packen und so schnell wie möglich das Schiff verlassen. Sie war nun seit drei Monaten auf See und ein Heimatbesuch längst überfällig. Normalerweise erwartete sie bei ihrer Rückkehr in das neu gebaute Apartment in Cardiff Bay ein Haufen ungeöffneter Post und ein ausgiebiger Tratsch mit Malcolm, ihrem Untermieter. Doch dieses Mal würde es anders sein. Vielleicht hatte sie sich deshalb letzte Nacht so betrunken – um die dunkle Wolke der Vorahnung zu vertreiben, die über ihrem Kopf hing, seit sie vor sechs Wochen per Mail Catrins Einladung erhalten hatte. Genau wie Judith.

Catrin und Solomon Blythe
laden ein zur Feier ihres
30. Hochzeitstages
am
Samstag, dem 2. Juni 2017,
im
Montgomery Hall, Coed Celyn
ab 19 Uhr
u.A.w.g. drcatrinblythe@btinertnet.co.uk

Es war seltsam gewesen, Judiths Namen dort neben ihrem eigenen in der Liste der Empfänger zu sehen.

Beim Gedanken daran zuckte sie immer noch zusammen.

Nicht weil sie Judith in den vergangenen zwölf Jahren nicht gesehen hätte. Um genau zu sein waren sie seit der

Sache mit dem Begräbnis mindestens einmal pro Jahr bei Familienereignissen der Blythes zusammen anwesend, denn Catrin beharrte darauf, beide gleich zu behandeln. Bei diesen Gelegenheiten waren sie immer höflich und freundlich zueinander – *Wie geht's dir? Gut – und dir? Uns geht's gut.* Danach gingen sie sich den restlichen Abend über aus dem Weg. Es konnte gerade noch als zivilisiert gelten und war gerade noch so erträglich. Trotzdem war eine Begegnung mit Judith nie etwas, auf das Lana sich freute, weil es sich so gekünstelt anfühlte. Gareth hatte sie bei solchen Gelegenheiten einfach komplett ignoriert, was wenigstens ehrlich war.

Ein paarmal im Lauf der letzten zwölf Jahre hatte Lana ihren Stolz hinuntergeschluckt und versucht, Judith »die Hand zu reichen« (wie sehr sie diese Redewendung hasste). Und es jedes Mal bereut. 2012 heiratete sie wieder: Paul, einen reichen Fleischpastetenproduzenten, der Gefallen am guten Leben hatte und auf einen Ehevertrag bestand. Die Ehe hielt letztlich nur eineinhalb Jahre, doch sie hatten alle Freunde zur Hochzeit nach Südfrankreich eingeladen. Catrin schlug damals vor, es wäre vielleicht eine gute Gelegenheit, wieder eine Brücke zu Judith zu schlagen. »Alle lieben Hochzeiten«, hatte sie beharrt. »Schick ihr eine Einladung, und dann wird der Ball schon ins Rollen kommen.«

Lana nahm den Rat ihrer Freundin an und setzte Judith und Gareth Metcalf auf die Gästeliste. Doch quasi postwendend erhielt sie Judiths Antwort:

Tut mir leid, aber wir haben an diesem Termin keine Zeit. Gareth ist an diesem Wochenende mit Freunden beim Grand Prix, und ich habe bei der Arbeit eine große Wirtschaftsprüfung und muss deshalb ins Büro. Ich wünsche dir einen schönen Tag.

Lana hatte die Zurückweisung nicht besonders gut verkraftet und sich bei Cat ausgeheult. »Das ist deine Schuld. Warum hast du mich dazu gebracht, sie einzuladen? Jetzt fühl ich mich wie ein Idiot.«

»Gib nicht mir die Schuld. Ich kann ja nichts dafür, dass sie keine Zeit hat!«

»Von wegen keine Zeit«, schimpfte Lana. »Das ist das letzte Mal, dass ich mich um diese Frau bemühe.«

Obwohl sie tatsächlich sauer auf Catrin war, war sie in Wahrheit im tiefsten Innern sehr verletzt. Schließlich war es immer Lana gewesen, die versucht hatte, die Kluft zu überbrücken. Nie Judith. Immer rannte Lana ihr hinterher. Immer entschuldigte Lana sich. *Scheiß auf dich, Judith Harris, und auf dein hohes Ross. Mir reicht's.* Kurz musste sie bei der Vorstellung von Judith als Cowboy verkleidet auf einem Pferd grinsen, doch ihr Lächeln verblasste bald, weil der Schmerz zurückkehrte.

Lana tastete in ihrem Nachttisch herum und fand ganz hinten ein paar Paracetamol-Tabletten. Sie schluckte sie mit dem Rest ihres inzwischen lauwarmen Tees, ehe sie einen vorsichtigen Blick auf ihr Handy warf und durch die verschickten Nachrichten scrollte. Uff. Nichts.

Twitter? Nichts.

Gut gemacht, Lana. Vielleicht lernst du ja doch noch, dich anständig zu benehmen.

Schließlich öffnete sie ihre E-Mails.

Oh Gott.

Da war sie. Eine Nachricht in ihrem Gesendet-Ordner.

An: **Judith Metcalf**
Von: **Lana Lloyd**
Datum: **21.05.2017**
Betreff: **Ich bin so ein Trottel**

Liebe Judith,

Also, ich bin betrunken – da ist ein spanischer Barkeeper in meinem Bad und die ganze Nacht schon denke ich an dich und mich und uns und Cat und an die Party in zwei Wochn, und ich werd da hingehen okay? Und Cat hat gesagt du kommst auch. Jude ich will dass wir wieder Freundinnen sin. Du fehlst mir – glaubst du es is zu spät für uns? Ich weiß nich, ich weiß einfach nich. Aber eins weiß ich: und zwar, dass ich ein Trotl … Trottl. TROTTEL bin. Ich hasse mich.
aBer ich lieb dich Jude wirklich
Lana

Oh Gott. Oh Gott. Oh Gott.

44

CATRIN

Eigentlich hatten sie vorgehabt, ihren fünfundzwanzigsten Hochzeitstag zu feiern. Aber Catrin war damals »unpässlich« gewesen, und das war ganz allein ihre eigene Schuld.

Vor sieben Jahren, mit dreiundvierzig, hatte sie wieder mit dem Joggen angefangen, um der beginnenden Menopause entgegenzuwirken. »Die meisten Frauen kommen erst mit fünfzig in die Wechseljahre!«, hatte sie sich bei Judith beschwert. »Eine meiner Patientinnen hat mit dreiundfünfzig immer noch ihre Periode, das ist doch nicht fair!« Sie versuchte einen Scherz daraus zu machen, doch in Wirklichkeit brach es ihr das Herz. Weil die Wechseljahre etwas so Grausames an sich hatten. Als wäre es nicht schon schlimm genug, akzeptieren zu müssen, dass sie kein zweites Kind bekommen würde. Nun auch noch diese große hormonelle Umstellung, bei der ihr ganzer »Apparat«, wie Lana es nannte, langsam den Betrieb einstellte, das war ein zusätzlicher ziemlich harter Schlag: *Falls du dachtest, du wärst keine richtige Frau mehr, hier kommt die Bestätigung!*

Solomon fand das lächerlich. Daraufhin gab sie zurück, er hätte ja keine Ahnung, weil er »keine FRAU!« sei. Danach beschloss sie den Stier bei den Hörnern zu packen und ihrer Frustration davonzulaufen. Im wahrsten Sinne des Wortes.

Der Anfang war schmerzhaft und langsam. Nach einer kurzen Joggingrunde um den Block rang sie mit hochrotem Gesicht nach Atem und schwor sich, das nie wieder zu tun. Doch irgendetwas trieb sie an weiterzumachen. Bis sie zwei Runden schaffte, dann drei. Es wurde zu einer Art Talisman, dreimal die Woche laufen zu gehen, sonst …

»Sonst was?«, hatte Sol lachend gefragt.

»Ich weiß nicht. Armageddon? Die Apokalypse?«

»Okay, damit komm ich klar.«

Irgendwann war sie bei vier Kilometern. Dann jeden Samstag die Runde durch den Park, dann der erste Zehnkilometerlauf. Ein Jahr später lief sie einen Halbmarathon und im Jahr danach einen ganzen.

Dann, zwei Wochen bevor sie mit einer großen Party ihre Silberhochzeit feiern wollten, hatte Catrin sich für einen Ironwoman angemeldet, wo sie mit einer Gruppe Freundinnen vom Lauftreff antreten wollte. Nach zwei Jahren regelmäßigem anstrengendem Sport ohne Verletzung – abgesehen von der einen oder anderen Blase – fiel Catrin beim Training vom Rad und brach sich den rechten Arm sowie den rechten Oberschenkelknochen.

»Ich glaube, Armageddon wäre mir lieber gewesen«, sagte Sol liebevoll, als sie in der Notaufnahme saßen und auf die Röntgenergebnisse warteten.

Es blieb ihnen nichts anderes übrig, als die Party abzusagen, und sie beschlossen, stattdessen den dreißigsten Hochzeitstag in fünf Jahren zu feiern.

Damals schien das noch in weiter Ferne zu liegen, und doch war es jetzt so weit. Catrin fand, sie klang wie ihre Mutter, aber *die Zeit verging wirklich wie im Flug!* In weniger als einer Woche würden sie achtzig Freunde und Verwandte begrüßen, um mit ihnen im Montgomery Hall edel zu speisen, neunundzwanzigeinhalb Jahre nachdem sie dort ihre Hochzeit gefeiert hatten.

Sie hatten beschlossen, das Fest sechs Monate früher zu veranstalten, vor allem, weil das Wetter im Juni für eine Party passender sein würde. Aber auch weil das Hotel den ganzen Dezember über mit Weihnachtsfeiern ausgebucht war.

»Keine Sorge, an unserem echten Hochzeitstag werde ich dich irgendwohin entführen«, versprach Sol. »Paris oder Rom. Für ein heißes Wochenende.«

»Dürfen wir so was in unserem Alter überhaupt noch?«

»Das will ich doch sehr hoffen«, hatte er lachend erwidert.

Eine Party, wann auch immer sie stattfand, bedeutete den üblichen Stress, Lana und Judith im selben Raum zu haben, doch inzwischen war das Normalität und seit Jahren so gelaufen. Und natürlich bestand immer eine winzige Chance, dass *diese* Party die entscheidende sein würde; dass *diese* Party der Anlass wäre, an dem sich ihre beiden besten Freundinnen endlich wieder vertrugen.

Jetzt war jedoch keine Zeit, darüber nachzudenken. Sie musste ihren vormittäglichen Praxisdienst leisten.

Beim Blick auf ihre Patientenliste entdeckte sie einen Namen, bei dessen Anblick sie stets seufzte: Patricia Harris.

Als Catrin und Solomon die neuen niedergelassenen Ärzte von Coed Celyn wurden, war ihr klar, dass sie ab und zu Patienten würde behandeln müssen, die sie persönlich kannte, einschließlich der Menschen, mit denen sie aufgewachsen war, oder Eltern von Schulfreundinnen und so weiter. Doch obwohl Patricia Harris in der Praxis registriert war, schien sie nie irgendwelche medizinische Versorgung zu benötigen, abgesehen vielleicht von einem seltenen Rezept für ein Antibiotikum. Und bei diesen Gelegenheiten war es Catrin immer gelungen, den direkten Kontakt zu vermeiden. Sie hegte eigentlich keine negativen Gefühle der Mutter ihrer Freundin gegenüber, aber sie fürchtete sich trotzdem vor einer Begegnung, falls Patricia anfangen sollte, auf Judith zu schimpfen.

In den Jahren seit Patricias katastrophalem Erscheinen bei Georges Beerdigungsfeier hatte Catrin gesehen, wie Judiths Wut auf ihre Mutter nach und nach verebbte, bis die Beziehung nur noch aus einer fadenscheinigen Verbindung der Notwendigkeit bestand. Ihr Kontakt beschränkte sich auf einen jährlichen Besuch von Judith und einige seltene Anrufe. Beides wurde von Patricia nicht wertgeschätzt, was üblicherweise dazu führte, dass Judith sich wünschte, sie hätte sich die Mühe gespart.

Catrin behandelte Patricia stets mit professioneller Höflichkeit, wann immer sich ihre Wege tatsächlich einmal kreuzten, doch das Alter hatte Mrs. Harris nicht milder gestimmt. Ihr Hang zu Dramatik war ungebrochen. Wann immer sie Catrin in Coed Celyn traf, machte sie viel lautstarkes Aufhebens darum, sich mit ihr zu unterhalten, normalerweise über völlig unpassende Themen. Dann fing sie an, Catrins beste Freundin schlechtzumachen. Weil Catrin damit einfach nicht klarkam, ging sie ihr am besten aus dem Weg.

Vor zwei Jahren war Patricia jedoch gestürzt, und seither ging es mit ihr gesundheitlich bergab. Aufgrund ihrer eingeschränkten Mobilität verließ sie kaum noch das Haus, sodass Hausbesuche in der Victoria Street nun regelmäßig notwendig waren. Der Soziale Dienst organisierte, dass zweimal am Tag jemand vorbeikam, und wandelte den Frühstücksraum in ein Schlafzimmer um. Dort verbrachte Patricia von nun an neunzig Prozent ihrer Zeit und schimpfte bei geschlossenen Vorhängen auf die Welt.

Catrin war klar, dass Mrs. Harris im Grunde nur eine einsame alte Dame war. Sie hatte keine echten Freundinnen, nachdem sie im Lauf ihres Lebens so viele Menschen verprellt hatte, und ihre einzigen Verwandten – Judith, Gareth und Jack – wohnten hundertfünfzig Meilen entfernt in Surrey. Edwina, ihre Putzfrau, war nett zu ihr, doch selbst diese Beziehung litt unter Patricias forderndem Wesen.

Die Situation war für Judith ziemlich unangenehm, aber es kam für sie auf keinen Fall infrage, ihre Mutter bei sich aufzunehmen. Also verließ sie sich darauf, dass Catrin und Sol »ein Auge auf die undankbare alte Ziege hatten«.

Jedes Mal, wenn jemand aus der Praxis Patricia besuchte, schien es ihr ein wenig schlechter zu gehen. Es wurde sogar darüber nachgedacht, ob sie in einem Altersheim nicht besser aufgehoben wäre.

Vor einem Jahr jedoch änderte sich all das schlagartig, und zwar als Adrian Oliver vor ihrer Haustür stand.

Er verkaufte Betterware-Produkte. Patricia, die zwar einsam, aber immer noch zum Flirten aufgelegt war, bat ihn herein. Sie bestand darauf, dass er einen Whisky mit ihr trank und ein Fischpastensandwich aß. Seine Besuche wurden häufiger, und nach einem Monat kam Adrian täglich vorbei.

Catrin erfuhr von seiner Existenz, als ihn jemand vom Sozialen Dienst bei einem der Besprechungsanrufe erwähnte.

»Er ist wirklich sehr hilfsbereit«, meinte die Pflegerin. »Montiert Regale für sie, wechselt Glühbirnen, streicht Türen …«

Als Catrin Judith davon erzählte, war sie fasziniert. »Dann ist er also Rentner? Wie meine Mutter? In Pension oder so …?«

»Äh, nein, um genau zu sein, ist Adrian angeblich etwa fünfunddreißig oder sechsunddreißig.«

»Verstehe. Aber warum sollte ein Kerl Mitte dreißig, der was auf sich hält, bei meiner Mutter rumhängen?«

»Nun ja, es gibt solche und solche, schätze ich mal«, meinte Catrin.

»Jack meinte, sie sei ein Cougar!« Judith lachte.

»Er tut ihr auf jeden Fall gut«, erwiderte Catrin. »Sie hat seit drei Monaten keinen Hausbesuch mehr angefordert.«

Eines Nachmittags wurde Catrin plötzlich von Neugier gepackt und beschloss spontan mal bei Patricia »reinzuschauen«, um zu sehen, wie es ihr so ging.

Die fast Achtzigjährige öffnete ihr strahlend die Tür, und auch wenn sie nicht mehr wirklich flink auf den Beinen war, war die Verbesserung ihres allgemeinen Zustands doch erstaunlich.

»Komm rein, Schätzchen!«

Das Haus war hell und gut gelüftet, die Vorhänge aufgezogen, und die Atmosphäre war auf eine Art frisch, wie Catrin es dort noch nie erlebt hatte. Patricia kochte ihr sogar eine Tasse Tee, was es früher nie gegeben hätte.

Auf diese Weise ermutigt, wagte Catrin es, das Thema Adrian Oliver anzuschneiden. Als Antwort bekam sie jedoch lediglich zu hören: »Ach, er ist nur so ein junger Kerl, der ab und zu vorbeikommt. Wenn ich ehrlich sein soll, tut er mir ein bisschen leid.«

Damit hatte Catrin nicht gerechnet: Offenbar irrte sich Edwina, die Putzfrau, denn sie hatte behauptet, Patricia sei »ganz vernarrt« in ihn. Ihre Verwirrung legte sich jedoch bald, denn als sie gerade gehen wollte, tauchte Adrian Oliver höchstpersönlich auf.

»Er war einfach so … *lasch*, Jude«, berichtete sie ihrer Freundin noch am selben Abend am Telefon. »Irgendwie ein bisschen *unheimlich*, mit platt gekämmten, fettigen Haaren, einem fischigen Schnauzbart und feuchten Händen.«

»Igitt«, sagte Judith. »Und wie ist er mit meiner Mutter umgegangen?«

»Also, er verehrt sie ganz offensichtlich«, antwortete Catrin unsicher. »Er sagte mir immer wieder, was für eine unglaubliche *Traumfrau* sie sei!«

Judith lachte. »Mir fallen eine Menge Wörter ein, um Patricia zu beschreiben, aber ›Traumfrau‹ ist nicht dabei.«

Sie kamen beide zu dem Schluss, dass Adrian zwar ein bisschen geblendet und seltsam sein mochte, letzten Endes aber harmlos war. Er brachte Patricia zum Bingo, ins Theater und zum Eisessen nach Porthcawl, und wenn sie das glücklich machte, warum dann das Traumpaar stören?

»Mrs. Harris für Sie, Doktor Blythe«, tönte die Stimme von Catrins Sprechstundenhilfe aus dem Lautsprecher.

»Wunderbar. Schicken Sie sie rein«, erwiderte Catrin. Innerlich wappnete sie sich für zehn anstrengende Minuten.

Einige Augenblicke später drückte Adrian Oliver die Tür auf und hielt sie mit dem Fuß geöffnet, damit er Patricias Rollstuhl ins Sprechzimmer manövrieren konnte. Sie war extrem aufgetakelt mit einer Menge Make-up und herausgeputzt wie ein Pfau.

»Hallo, meine Liebe«, begrüßte sie Catrin, als wäre sie die Queen auf königlicher Visite. »Adrian hast du ja schon kennengelernt, richtig?«

»Ja«, antwortete Catrin. »Wie geht es Ihnen beiden?«

»Ach, um mich brauchen Sie sich keine Sorgen zu machen, Doc. Ich bin nur wegen Patsy hier, nicht wahr, Darling?«

»So ist es«, bestätigte Patricia. »Also dann, Schätzchen, du musst mir eines von diesen medizinischen Papieren ausstellen.«

Catrin lächelte. »Oh, und wofür? Eine Reiserücktrittsversicherung?«

Patricia blickte Adrian an und lächelte kokett. »Nein, es soll bestätigen, dass ich noch ganz richtig im Kopf bin und so.«

»Ich verstehe nicht ganz«, erwiderte Catrin.

»Ich übertrage Adie die Vormundschaft.«

»Sie meint Generalvollmacht«, korrigierte Adrian leise.

»Eine Generalvollmacht?« Catrin hatte Mühe, ruhig zu klingen. »Sie stellen … *Adrian* … eine Generalvollmacht über alle ihre Angelegenheiten aus?«

»Ja, so ist es«, antwortete Patricia, als wäre es das Natürlichste auf der Welt. »Und sag meiner nutzlosen Tochter bloß nichts davon.«

»Nun, das darf sie ja nicht, oder, Frau Doktor?« Adrian blickte Catrin triumphierend an. »Denn damit würde sie ihre Schweigepflicht brechen.«

Und Dr. Blythe fühlte, wie ihr ein eisiger Schauer den Rücken hinunterlief.

45

JUDITH

»Sie hat mich gefeuert«, stammelte Edwina am anderen Ende der Leitung, offenbar mit den Tränen kämpfend. »Also, das stimmt nicht ganz. Adrian war es.«

Es war der Abend vor der Party. Gareth lag mit einer fetten Erkältung im Bett, deshalb waren Jack und Dom vorbeigekommen, um Abendessen zu kochen, und hatten angeboten, sie am nächsten Morgen nach Wales zu fahren.

Während der vorangegangenen Monate hatte Edwina Judith oft angerufen, um ihrer Sorge um Patricia Ausdruck zu verleihen. Judith hätte gerne weiterhin den Kopf in den Sand gesteckt in der Hoffnung, es würde alles irgendwie schon gut gehen. Doch schließlich war Patricia immer noch ihre Mutter, und diese Tatsache konnte sie nicht verleugnen.

Sie stellte Edwina auf Lautsprecher, damit alle mithören konnten.

»Aber warum?«, fragte Judith.

»Ich habe keine Ahnung!«, erwiderte Edwina. »Er hat mich vor einer halben Stunde angerufen und mir erklärt, dass *er* sich von jetzt ab ums Putzen kümmert und dass meine Dienste nicht länger erwünscht sind.«

Das allein wäre schon beunruhigend genug, doch zwei Tage zuvor hatte Edwina angefangen, von einer ganzen Menge anderer komischer Vorkommnisse bei Patricia zu Hause zu erzählen. »Zum Beispiel«, hatte Edwina Judith berichtet, »öffnet Adrian alle ihre Briefe mit den Kontoauszügen.«

»Wie bitte?« Judith war sprachlos. »Aber meine Mutter hat immer so ein wachsames Auge auf ihre Ausgaben gehabt.«

»Nun, jetzt nicht mehr. Und er hat auch ihre Bankkarte für den Geldautomaten …«

»Es überrascht mich, dass sie so was überhaupt besitzt!«, wurde sie von Judith unterbrochen.

»Adrian hat sie überredet, eine zu beantragen. Meinte, das sei einfacher. Und letzten Monat kam er plötzlich in 'nem nagelneuen Auto angefahren. Also, er verkauft Betterware, wie kann er sich denn da auf einmal einen neuen Fiesta leisten?«

Als George gestorben war, hatte sich herausgestellt, dass er Patricia nicht nur das Haus überlassen hatte, sondern auch ein ganz ordentliches finanzielles Polster in Form einer Rente, die seine Exfrau für den Rest ihrer Tage absichern sollte. Damals hatte Judith das frustrierend gefunden. »Nach allem, was sie ihm angetan hat, wie sie ihn behandelt hat, Gar! Ich meine, *warum?*«

»Weil er ein anständiger Kerl war«, sagte Gareth.

Dieses Wissen machte Edwinas jüngste Enthüllung noch besorgniserregender, denn falls Adrian Oliver sich in Patricias Leben breitmachte, wie sie vermuteten, dann nahm er vermutlich auch Einfluss darauf, was sie mit ihrem Geld anstellte.

Obendrein lag ihr Catrin ständig in den Ohren, Judith solle ihre Mutter öfter besuchen.

»Sprich mit ihr, Jude. Ich weiß, sie ist nervig, aber du musst sie fragen, was da vor sich geht. Du musst mit ihr reden!«

Das ärgerte Judith ziemlich. Aber vermutlich nur, weil sie wusste, dass Catrin recht hatte, auch wenn sie sich hier für Judiths Empfinden ein wenig zu eifrig ins Zeug legte.

Zugegeben, Judith hatte ihre Mutter seit Weihnachten nicht mehr gesehen, doch vor einem Monat hatte sie mit ihr telefoniert, und da hatte Patricia mit keinem Wort irgendeine dieser Geschichten erwähnt.

»Er bezeichnet sich inzwischen als ihr Pfleger«, fuhr Edwina fort.

»Was – und sie bezahlt ihn dafür?«, fragte Jack, während er etwas Käse auf die französische Zwiebelsuppe rieb.

»Also sie behauptet, dass nicht, aber er war letztes Jahr dreimal im Urlaub. Wie kann er sich das leisten? Ich sag Ihnen, Judith, an diesem Mann ist was faul.«

***

Wie sie nun eine Stunde später beim Abendessen saßen, berichteten sie dem hustenden und schniefenden Gareth von Edwinas Neuigkeiten, und wie immer nahm er erst einmal die Gegenseite in Schutz.

»Schatz, es ist doch so, wenn deine Mutter Geld für ihn ausgeben will, dann ist das doch sicherlich ihre Sache.«

»Ja, natürlich. Und wenn jemand verrückt genug ist, freiwillig Zeit mit meiner Mutter zu verbringen, dann ist das Mindeste, was derjenige verdient, ein nagelneuer Fiesta!«

»Na ja, aber eine Sache ist schon ein bisschen besorgniserregend …«, warf Jack ein.

»Schieß los!«, meinte Gareth, der langsam und bedächtig seine Suppe löffelte.

»Nun ja, angeblich spricht Adrian ganz gern mal dem Whisky zu, und einmal wurde er dabei beobachtet, wie er Oma in ihrem Rollstuhl durch die Stadt geschoben hat …«

»Aber er macht doch oft Tagesausflüge mit ihr, oder?«, schniefte Gareth.

»Ja, aber hör dir das an – sie sind also in der Stadt unterwegs, und Edwina sieht sie von der anderen Straßenseite aus. Sie sagt, Adrian schlingert quer über den ganzen Gehweg, als wäre er besoffen! Kurz darauf bleiben die Räder des Rollstuhls an irgendwas hängen, und Oma fliegt in hohem Bogen raus!«

»Sie landete auf allen vieren vor dem Schnäppchenladen!«, fügte Dom hinzu.

Gareth versuchte, nicht zu lachen. »Tut mir leid, erzählt weiter.«

»Nein, ich weiß, es ist schrecklich«, meinte Judith, »aber auch ein bisschen Laurel-und-Hardy-mäßig! Jedenfalls rennt Edwina rüber, um zu helfen, und Adrian wird richtig pampig, sagt, er hat alles unter Kontrolle, und sie soll sich gefälligst verziehen. Sie meinte, sie konnte seine Whiskyfahne schon auf zehn Meter Entfernung riechen.«

»Donnerwetter!«

»Dann, ein paar Tage später«, fuhr Jack fort, »schaut Edwina bei Patricia vorbei …«

»Ich dachte, sie *hätten ihr gekündigt?*«

»Nein, das war noch vor der Kündigung. Oma ist allein, deshalb denkt Edwina, sie kann ein bisschen offener sein. Wie sich rausstellte, hatte sie am Abend vorher Besuch.«

»Wer, Edwina?«

»Nein, Patricia«, antwortete Dom. »Besuch von Adrians *Mutter!* Sie macht Patricia zur Schnecke und sagt, sie soll gefälligst aufhören, ihrem Jungen Whisky zu geben, dazu hätte sie kein Recht, er sei verdammt noch mal ein trockener Alkoholiker und gehe seit zwei Jahren zu den Anonymen Alkoholikern!«

»Ich fass es nicht!«

»Krass, oder?«, meinte Jack kopfschüttelnd. »Also musste

sie den ganzen Whisky im Haus verstecken und versprechen, ihn nicht mehr an das Zeug ranzulassen.«

»Und ihr seid euch absolut ganz sicher, dass zwischen den beiden nichts Romantisches läuft?«

»Zumindest hab ich das immer gedacht«, sagte Judith, »aber Edwina meinte, ein andermal sei sie vorbeigekommen, und Adrian hätte die Tür aufgemacht, ganz durcheinander und rot im Gesicht … Und wie sie sich immer anschauen, wie verliebte Teenager, und sie nennen sich gegenseitig ›Schatz‹ und ›Liebling‹ und so.«

»Heiliger Strohsack!«

»Gar, das klingt doch wirklich alles ein bisschen verdächtig, oder?«

»Das kannst du laut sagen.«

»Wie dem auch sei«, erklärte Jack gelassen, »wir starten morgen etwas früher und schauen mal bei Oma vorbei. Ich glaube, wir müssen die Sache jetzt in die Hand nehmen, angefangen damit, sie zu überreden, dass sie Mum eine Vollmacht ausstellt. So können wir kontrollieren, was auch immer dieser Adrian mit ihr vorhat. Und wenn er koscher ist, dann ist ja alles prima. Aber lieber auf Nummer sicher gehen, oder?«

In solchen Momenten war Judith besonders froh über die unschätzbare Erfahrung ihres Sohnes, der ein höchst erfolgreicher Immobilienanwalt war.

»Keine Sorge, Mum. Wir wissen doch alle, dass ich sie um den kleinen Finger wickeln kann«, versicherte er ihr. »Wir kriegen das schon ausgebügelt.«

Daraufhin musste Gareth zustimmend ganz heftig niesen.

Am nächsten Morgen beschloss Gareth, dass er zu krank war, um mitzufahren. Voller Selbstmitleid schleppte er seine schmerzenden Knochen zurück ins Bett und schwor sich, die nächsten achtundvierzig Stunden unter der Decke zu bleiben.

Judith hatte Patricia bereits angerufen, um ihr anzukündigen, dass sie auf dem Weg zur Party vorbeischauen würden, weil sie etwas Privates mit ihr besprechen müssten. Als sie gegen Mittag in Coed Celyn ankamen, brachten sie ihr Gepäck ins Hotel und schickten Dominic los, um Blumen und Champagner für die Party zu besorgen. Judith und Jack machten sich währenddessen auf den Weg zu Patricia, wo sie überrascht feststellten, dass Judiths Schlüssel nicht mehr passte.

Als Judith vorsichtig klopfte, deutete Jack auf einen Schlüsseltresor an der Hauswand – eine Neuerung. Ihnen blieb jedoch keine Zeit, darüber zu reden, denn die Tür wurde schwungvoll aufgerissen. Lächelnd stand Adrian da.

»Willkommen! Willkommen!«, rief er und trat beiseite, um sie einzulassen.

Seine Anwesenheit brachte Judith ziemlich aus dem Konzept. Schließlich hatte sie ihrer Mutter ausdrücklich gesagt, dass sie sie alleine sprechen wollte.

»Kann ich Ihnen eine Tasse Tee anbieten?«, erkundigte sich Adrian strahlend, während er seine Hände knetete. Er erinnerte Judith an Uriah Heep in *David Copperfield* von Dickens.

»Für mich nicht, danke. Mum?« Jack war wie immer ein Ausbund an Höflichkeit.

»Nein danke, wir hatten gerade erst Kaffee.«

Sie machten eine Weile Small Talk. Catrins und Sols Party schien Stadtgespräch zu sein.

»Meine Bekannte Tina arbeitet im Montgomery Hall«, flüsterte Adrian verschwörerisch. »Die haben dafür echt alle Register gezogen, sag ich Ihnen. Mit Champagner und allem Drum und Dran.«

»Verstehe«, meinte Judith vorsichtig, denn es kam ihr komisch vor, das Privatleben ihrer Freunde mit einem praktisch Fremden zu besprechen.

»Wäre nett gewesen, eine Einladung zu bekommen!«, murmelte Patricia. »Ich kenne das Mädchen schließlich, seit es fünf ist.«

»Ich glaube, sie mussten die Gästezahl ziemlich beschränken. Wie dem auch sei«, wechselte Judith das Thema, »wir wollen Sie nicht aufhalten, Adrian.«

»Ja, wir müssen was mit Oma bequatschen«, fügte Jack lächelnd hinzu. »Eine private Familienangelegenheit.«

Adrian schluckte nervös und warf Patricia ein hastiges Lächeln zu, ehe er herausplatzte: »Um ehrlich zu sein wurde ich gebeten zu bleiben.«

»Wie bitte?«, fragte Jack.

»Sehen Sie, Mum hat eigene Pläne.«

Judith wusste nicht, was sie am meisten aus der Fassung brachte: die Tatsache, dass Adrian so schamlos ihre Aufforderung missachtete, oder dass er Patricia gerade »Mum« genannt hatte. Sie öffnete den Mund, um zu protestieren, doch Jack unterbrach sie.

»Einen Moment mal.« Sein Tonfall war sanft. »Wenn Adrian sagt, dass du Pläne hast, Oma, was meint er damit?«

»Ich habe einen Freund, der ist Finanzberater«, mischte Adrian sich wieder ein, doch auch hier unterbrach Jack mit kühler Diplomatie.

»Oma, warum sagst du uns nicht, was du willst, statt dass andere für dich sprechen?«

»Ich will, dass Adrian sich für mich um alles kümmert. Ich vertraue ihm voll und ganz. Er ist wie der Sohn, den ich nie hatte.«

»Nennt er dich deshalb Mum?«, fragte Judith, die ihren Sarkasmus nicht verbergen konnte.

»Verzeihung«, sagte Adrian. »Ein Versehen. Hören Sie,

ich weiß, das ist jetzt gewissermaßen ein Schock, aber wenn wir ehrlich sind, verbringe ich deutlich mehr Zeit mit Ihrer Mutter, als Sie das je tun. Ich bin rund um die Uhr verfügbar. Sie weiß, sie kann sich auf mich verlassen.«

»Nun, sie hat ja auch keine andere Wahl, nachdem Sie ihre Putzfrau gefeuert, die Schlösser ausgetauscht und einen Schlüsselsafe an der Tür angebracht haben! Wo wir schon mal dabei sind: Wie lautet der Code dafür?«

Adrian sah Patricia fragend an. »Es ist nicht an mir, diese Information preiszugeben, fürchte ich. Das muss Mum … ich meine, Ihre Mutter tun«, korrigierte er sich rasch.

Judith funkelte zuerst ihn und dann Patricia böse an.

»Oma?«, erkundigte sich Jack höflich. »Wie lautet die Nummer für den Schlüsselsafe?«

Patricia sah verwirrt drein. »Ich … ich weiß es nicht.«

»Himmel Herrgott!«, schimpfte Judith, und wieder einmal legte Jack ihr beruhigend die Hand auf den Arm. »Was, wenn es brennt? Was, wenn jemand ins Haus muss?«

»Die müssen mich einfach nur anrufen, und ich bin sofort da.«

»Oma«, sagte Jack liebevoll. »Würde es dir was ausmachen, wenn Adrian uns den Code gibt?«

»Von mir aus«, gab Patricia widerwillig nach. Und Judith glaubte, den Hauch einer Niederlage auf Adrians Zügen zu entdecken.

»Er lautet 5-9-8-2, okay?«, sagte er lächelnd. »Mein Geburtstag, um genau zu sein.«

»Ach!«, rief Jack unschuldig, was, wie Judith genau wusste, nur gespielt war. »Dann sind Sie ja gerade mal fünf Jahre älter als ich!«

»Hören Sie, es ist am besten, wenn Sie Bescheid wissen. Mum … *Ihre* Mutter hat mich gebeten, für sie eine Vollmacht zu übernehmen …«

»Nein!«, rief Judith, die ihren Ohren nicht traute.

»... und wir sind gerade dabei, das in die Wege zu leiten«, fuhr Adrian ruhig fort.

»Aber dafür brauchen Sie eine ärztliche Bescheinigung«, sagte Jack. »Um zu bestätigen, dass Oma im Vollbesitz ihrer geistigen Kräfte ist.«

»Oh, da mach dir mal keine Sorgen«, ließ sich Patricia vernehmen. »Das haben wir alles erledigt, nicht wahr, Adie?«

»Ja. Um genau zu sein war es Ihre Freundin Dr. Catrin, die das für uns übernommen hat!«

»Catrin?«, murmelte Judith. »Catrin hat das getan? Aber warum hat sie mir das nicht erzählt?«

»Nun, weil sie es nicht darf, nicht wahr? Sie darf es nicht!« Ein schadenfrohes Glitzern lag in Adrians Augen.

»Du darfst bevollmächtigen, wen immer du willst, Oma«, mischte Jack sich betont vernünftig ein. »Ich verstehe nur nicht ganz, weshalb du nicht Mum gefragt hast.«

»Warum sollte ich *ihr* das überlassen?«, zischte Patricia. »Sie kümmert sich einen feuchten Kehricht um mich. Wenn ich Glück habe, schaut sie einmal im Jahr vorbei!«

»Ja, ist das ein Wunder?«, rief Judith.

»Dom und ich waren doch ein paarmal da, Oma«, wandte Jack sanft ein.

»Ja, aber *der hier* kommt jeden Tag! Nichts ist ihm zu viel. Ich wäre längst tot, wenn er nicht wäre!«

»Ach, du übertreibst mal wieder maßlos!«, fuhr Judith sie an.

»Mum ...« Sie wusste, dass Jack sie zur Zurückhaltung mahnte. Sie wusste auch, dass er es gut meinte.

Judith wollte gerade aufstehen und gehen, im Bewusstsein, dass ihre Mutter ihr mal wieder den emotionalen Boden unter den Füßen weggezogen hatte, als Jack sagte: »Oma, ich verstehe, weshalb du Adrian die Vollmacht ausstellen willst, und wenn du Mum dafür nicht einsetzen willst, dann ist das deine Entscheidung.« Judith funkelte ihn an. *Wie bitte?* Er ignorierte sie jedoch und fuhr einfach fort: »Aber wie wäre es, mich einzusetzen? Ich bin schließlich Anwalt und habe jeden Tag mit solchen Dingen zu tun.«

Judith sah, wie Patricia zusammenfuhr und einknickte, Jacks Worte zeigten Wirkung. Sie sah außerdem Adrian rot anlaufen. Ein Muskel in seinem Kiefer zuckte.

»Ich meine, es erscheint mir unsinnig, Adrian mit diesem ganzen rechtlichen Kram zu belasten, wenn ihr doch einfach nur euer Zusammensein genießen könntet.«

Mein Gott, ist der gut, dachte Judith, während sie zusah, wie ihr wunderbarer Sohn nach der Hand seiner Großmutter griff.

Patricias innerer Kampf war auf ihrem Gesicht deutlich abzulesen. Ihr Blick huschte zwischen Jack und Adrian hin und her. »Ich weiß nicht … Ich bin nicht sicher, was …«

»Ich glaube, was Mu… Patricia sagen will, ist, dass wir lange und ausführlich darüber gesprochen haben. Es ist keine einfache Entscheidung, aber sie hat sie jetzt getroffen und ist glücklich damit, hab ich recht, Liebes?« Adrian ergriff in einer Art charmantem Gegenzug Patricias andere Hand.

Der Anblick war einfach lächerlich: zwei Männer ähnlichen Alters, die jeweils die Hand einer Neunundsiebzigjährigen hielten, die ihrerseits versuchte, ein frommes Gesicht aufzusetzen, einer Jungfrau Maria nicht unähnlich.

Jack lenkte als Erster ein.

»In Ordnung«, sagte er. »Oma, das Wichtigste ist, dass du tust, was sich für dich richtig anfühlt.« Mit diesen Worten stand er auf und zog sein Jackett wieder an. »Ruf mich einfach an, wenn du Hilfe bei irgendwas brauchst.«

»Und das war's jetzt?«, flüsterte Judith einige Minuten später, als sie vors Haus traten. »Wir lassen einfach zu, dass er ihr Leben mit Beschlag belegt?«

»Fürs Erste, ja«, erwiderte Jack. »Hat keinen Sinn, hier die Pferde scheu zu machen, bevor wir es nicht müssen. Wenn er denkt, er kommt damit durch, dann haben wir bessere Chancen, ihn dabei zu erwischen.«

»Aber was für ein Spiel hat Catrin denn da gespielt? Weshalb hat sie mir nichts erzählt? Die ganze Zeit diese Hinweise. *Jude, geh deine Mutter besuchen ... Rede mit ihr, Jude* – sie hätte es einfach sagen sollen. Ich bin schließlich ihre beste Freundin.«

»Mutter – bitte erwähn es heute Abend nicht. Das ist Tante Cat gegenüber nicht fair. Es muss eine schreckliche Situation für sie gewesen sein. Arzt-Patienten-Schweigepflicht und das alles.«

»Nun, ich würde sie ja wohl kaum deswegen anzeigen.«

»Darum geht es doch nicht. Adrian würde das tun! Und jetzt versuch bitte, den Streit eine Weile zu vergessen. Konzentrieren wir uns aufs Feiern, ja?«

Judith nickte widerwillig. Feiern war das Letzte, wonach ihr momentan zumute war.

46

CATRIN

»Ihr seht so jung aus!«, sagte Romy, als sie die Luftpolsterfolie von einem eins achtzig mal zwei Meter großen Foto von ihren Eltern aus dem Jahr 1986 abwickelten.

»Es wurde in der Samaria-Schlucht aufgenommen«, sagte Catrin ein wenig wehmütig, während sie das vertraute Bild betrachtete. »An dem Tag, als wir uns begegnet sind.«

»Ich weiß, Mum, das hast du mir bestimmt schon hundertmal erzählt!« Romy klang wie ein typischer genervter Teenager, aber insgeheim war sie sehr stolz auf die Liebesgeschichte ihrer Eltern.

Man hatte sie verpflichtet, bei den Partyvorbereitungen im Montgomery Hall zu helfen. »Dasselbe Hotel, in dem wir unsere Hochzeitsfeier hatten!«, erklärte ihr Dad – zum x-ten Mal! –, und Romy verdrehte bloß die Augen. Alles würde heute vor Nostalgie nur so triefen.

»Sie hätten hier seit den Achtzigern wenigstens mal renovieren können!«, verkündete eine vertraute Stimme, und als Catrin sich umdrehte, sah sie ihre Schwiegereltern hereinspazieren. Edward trug eine große Plastikkiste, und Amelia wirkte unbeeindruckt wie immer. Nach Jahren verkrampfter Momente wusste Catrin jedoch nur zu gut, dass das lediglich die Art ihrer Schwiegermutter war, mit ihrer eigenen Schüchternheit umzugehen.

»Nana! Bampeeeee!«, kreischte Romy und stürzte auf ihre Großeltern zu wie eine aus der Bahn geratene Bowlingkugel.

»Na, wie geht es meiner Lieblingsenkeltochter?«, lachte Amelia und breitete die Arme aus. Es machte Catrin glücklich, wie sehr ihre Schwiegereltern Romy vergötterten. Sols Bruder Tom hatte drei Jungs, die genauso geliebt wurden, aber Cat strahlte vor Stolz, dass Romy ihre einzige Enkelin war.

Nachdem sich alle begrüßt hatten, packten sie die von Edward gebackene jamaikanische Ingwer-Karamell-Torte aus. Seit seiner Pensionierung hatte er das Backen für sich entdeckt, und es verging kaum eine Feier, zu der er nicht einen Kuchen beisteuerte. »Wollen wir mal hoffen, dass keine deiner Freundinnen beschließt, *die* hier zu zerstören!« Er lachte, während Amelia missbilligende Geräusche von sich gab. Sie hatte Judith und Lana den schrecklichen Vorfall vor dreißig Jahren immer noch nicht ganz verziehen.

Dann bot sie an, beim Aufhängen des vergrößerten Fotos von Sol und Cat zu helfen. »Mein Gott, ihr seht so jung aus!«, meinte sie.

»Genau das hab ich auch gesagt, Nana. Das ist der Tag, an dem sie sich das erste Mal begegnet sind!«, rief Romy, dieses Mal jedoch voller Stolz.

Sie befestigten das Bild an zwei großen Haken hinter dem Kopf der Tafel, zusammen mit einem Spruchband, auf dem stand: *Catrin und Solomon – 30 glückliche Jahre*. Größtenteils stimmt das auch, dachte Cat, während sie zusah, wie sich Sol entspannt mit seinem Vater unterhielt und Romy Amelia beim Verteilen der Tischkärtchen nach Sitzplan half. Dreißig *vorwiegend* glückliche Jahre … was für eine Leistung.

In einigen Stunden würden achtzig Gäste, von denen viele

aus unterschiedlichen Ecken des Landes anreisten, hier sein, um mit ihnen zu feiern. Mehr als die Hälfte von ihnen war am Tag der Hochzeit 1987 auch dabei gewesen. Einige von damals weilten nicht mehr unter ihnen, wie ihre Großeltern oder Sols Onkel Ken. Sol würde diejenigen bestimmt in dem Teil seiner Rede mit dem Zwischentitel *Nicht anwesende Freunde* erwähnen. Sie lächelte. Wenn man bedachte, wie sehr er es gewöhnt war, in der Öffentlichkeit zu sprechen, vor allem in seiner jetzigen Position als Ausbilder junger Ärzte, war er ungewöhnlich nervös gewesen wegen des Drucks, einige Worte sagen zu müssen. Die letzten Abende hatte sie ihn in seinem Arbeitszimmer vor sich hin murmeln hören, wobei sie kein Wort verstanden hatte.

»Wir sollten langsam mal nach Hause und uns umziehen, Schatz.« Sol küsste sie auf den Hals.

»Nun lass die arme Frau doch mal in Ruhe!«, kommentierte Edward lachend. »Man könnte meinen, ihr seid frisch verheiratet!«

Drei Stunden später mischten sie sich – gestylt, geschniegelt und geschminkt – an ihren Drinks nippend unter die Gäste. Überall ertönte großes »Hallooo!« und »Du hast dich kein bisschen verändert!«, während sie alte Freunde und Verwandte wiedertrafen, manche nach dreißig Jahren das erste Mal. Eine vierköpfige Jazzband spielte Hits aus den Achtzigern auf einer improvisierten Bühne, und Kellner mit Champagner und Häppchen machten die Runde. Alle waren bestens gelaunt, und die Stimmung war entspannt und nostalgisch.

Drüben an der Tür sah Catrin Judith hereinkommen, mit Jack und seinem Ehemann Dominic im Schlepptau. »Wo ist Gareth?«, rief sie ihnen zu, bis sie mit Sol nah genug war, um alle zu umarmen.

»Männergrippe«, antwortete Jack lachend.

»Nein, das ist nicht fair, es hat ihn wirklich ziemlich erwischt«, sagte Judith, die nicht sehr glücklich wirkte. »Ich hatte ehrlich gesagt fast ein schlechtes Gewissen, ihn alleinzulassen.«

»Der Ärmste«, sagte Catrin mitfühlend.

»Cat, wir waren vorhin kurz bei Patricia ...«

Catrin ahnte, worauf das hinauslief, und betete, dass sie sich täuschte. Zu ihrer großen Erleichterung warf Jack seiner Mutter einen warnenden Blick zu und wechselte rasch das Thema.

»Wie dem auch sei, Dad wollte wirklich gerne kommen, Tante Cat«, sagte er, und Catrin sah, wie Judith den Hinweis begriff.

»Ja, er dachte eigentlich, er wäre bis heute Morgen wieder fit genug um mitzukommen.«

»So was dauert inzwischen einfach etwas länger«, sagte Catrin. »Wir werden alle nicht jünger!«

»Hört auf die Großmutter!« Sol lachte und küsste seine Frau aufs Haar.

»Genau. Aus deinem Mund klingt das, als wärt ihr schon uralt«, meinte Jack.

»Na, das sind wir doch auch!«

»Du vielleicht – ich hab mich gerade erst wieder spritzen lassen.«

Sie drehten sich alle um. Es war Lana. Da stand sie mit einer Magnumflasche Champagner und einem riesigen Blumenstrauß im Arm, den sie fast nicht halten konnte.

»Und vor zwei Nächten hab ich mit einem Kerl gevögelt, der zwanzig Jahre jünger war als ich. An mir ist nichts uralt, mein Freund!«

Judith verdrehte die Augen, aber Jack grinste. Er freute sich offensichtlich über den Neuankömmling. »Tante Lana, hab ich recht?«

»Die Tante kannst du dir sparen, junger Mann!«, erwiderte Lana mit gespielter Empörung.

»Wir sind uns einmal begegnet«, erklärte Jack. »Bei der Beerdigung meines Großvaters …« Prompt sauste die Stimmung in den Keller. »Ich bin Jack – Judiths und Gareths Sohn.«

Natürlich! Die beiden kannten sich ja im Grunde gar nicht. Bei den wenigen Anlässen, zu denen Lana *und* Judith gekommen waren, war Jack nie dabei gewesen. Catrin wurde plötzlich ganz eng in der Brust.

»Ah, der berühmte Jack Metcalf!« Auch Lana war sichtlich bewegt und versuchte verzweifelt, die peinliche Erinnerung an Georges Beerdigung vor all den Jahren zu überspielen. Ihr Blick huschte in Judiths Richtung.

»Judith, alles klar?«, sagte sie mit kurzem Lächeln. »Brautjungfernkollegin.«

»Hallo, Lana«, erwiderte Judith ebenso kurz, während die Luft vor bemühter Höflichkeit nur so knisterte.

Zum Glück eilte Solomon zur Rettung herbei, indem er Dominic vorstellte. »Und das hier ist Jacks Ehemann.«

»Dominic«, verkündete dieser strahlend.

Lana musterte ihn von Kopf bis Fuß mit übertriebenem Augenaufschlag. »Was für ein verdammter, unglaublicher Verlust für die Damenwelt!« Und alle lachten. Mit Ausnahme von Judith, die wieder die Augen verdrehte.

»Darf ich Ihnen die Blumen abnehmen.« Dominic half Lana mit dem Strauß.

»Und ich suche mal ein Plätzchen für die hier.« Jack nahm die Magnumflasche. »Am besten neben unserer. Da hatten wir wohl denselben Einfall, was?«

Die beiden zogen davon, und Jack rief ihnen noch über die Schulter hinweg zu: »Wir kommen wieder!«

Einen Moment lang herrschte angespanntes Schweigen,

das zum Glück durch die Ankunft weiterer Gäste unterbrochen wurde.

»Sol, da kommt dein Onkel Joe.« Catrin nahm die Hand ihres Mannes und beschloss es Lana und Judith zu überlassen, selbst das Eis zu brechen.

Sie eilte davon und ließ eine tickende Zeitbombe zurück.

47

JUDITH

Die Haltung des Kellners drückte Bewunderung aus, offensichtlich kannte er Lana aus dem Fernsehen. Judith überlegte krampfhaft, wie sie dem, was nun kommen würde, entgehen konnte. Sie hatte wirklich gehofft, Lana Lloyd an diesem Abend komplett meiden zu können, doch bisher sah es nicht danach aus.

»Champagner?«, bot der Kellner an, wobei er Judith völlig ignorierte.

»Ohhh, aber gerne doch.« Lana nahm zwei Gläser vom Tablett.

Einen Augenblick lang dachte Judith, das zweite Glas sei für sie, doch innerhalb weniger Sekunden hatte Lana beide Gläser ausgetrunken und stellte sie leer zurück aufs Tablett.

Der Kellner lachte. »Meine Mum und ich, wir sind große Fans. Wir sind förmlich süchtig nach *Still Waters*! Auf dem Gold-Sender läuft das immer noch die ganze Zeit. Ihre Rolle ist echt der Hammer«, erklärte er, während Judith sich bescheiden ein Glas Champagner nahm.

»Mein Gott, das ist Jahre her, aber trotzdem danke, Schätzchen. Möchten Sie ein Selfie machen?«

»Darf ich?«

»Solange Sie mich den Abend über mit Nachschub versorgen. Abgemacht?«

»Abgemacht«, meinte er grinsend, und Lana zwinkerte ihm zu.

Oh Gott, bitte holt mich weg von hier! Judith ließ den Blick über die Gäste in der Nähe schweifen auf der Suche nach jemandem, den sie kannte.

»Wären Sie so freundlich?«, fragte der Kellner Judith. »Ich bin zu zittrig für ein Selfie!«

Er streckte ihr das Telefon hin, ohne sie eines weiteren Blickes zu würdigen, so gebannt war er vom Zauber eines Stars. »Sie müssen nur auf den Kreis ganz unten tippen«, erklärte er, die Augen fest auf Lana gerichtet.

»Vielen Dank, ich weiß durchaus, wie man ein iPhone bedient«, gab sie zurück. Und wurde wieder nicht beachtet.

Sie verzog das Gesicht, als Lana den Arm um den Kellner legte und ihm einen dicken Schmatz auf die Wange gab. »Mach gleich ein paar. Dann ist bestimmt ein gutes dabei.«

Judith blieb nichts anderes übrig, als zu gehorchen. Der Kellner bedankte sich überschwänglich bei Lana, ehe er schließlich mit dem Versprechen abzog, mehr Champagner zu organisieren. Judith registrierte sehr wohl, dass er ihr fürs Fotografieren nicht gedankt hatte.

Sobald sie wieder zu zweit waren, kehrte die unbehagliche Stimmung zurück. Beide standen sie da und ließen den Blick durch den Raum schweifen.

»Nun«, meinte Lana schließlich, ohne Judith dabei anzusehen. »Ist lange her. Wie geht's dir, Jude?«

»Sehr gut, vielen Dank. Und dir?«

»Ja, nicht schlecht. Hab die Schauspielerei aufgegeben. Hat Cat dir das erzählt? Ich mache jetzt Kreuzfahrten. Wird echt gut bezahlt.«

»Verstehe.«

Wieder Schweigen.

»Und was ist mit dir?«

»Ich arbeite immer noch in der Kommunalverwaltung.« Judith bereute ihre Worte sofort. Langweiliger könnte ihr Leben kaum klingen.

»Mann, das müssen inzwischen auch über dreißig Jahre sein – du bist echt beständig, Jude.«

Hör auf, mich Jude zu nennen, als wärst du meine beste Freundin.

»Wo ist Gareth?«

»Er konnte nicht kommen.« Irgendwie kam es Judith nicht richtig vor, ihr zu erzählen, dass er krank war. Die Information schien zu intim zu sein.

»Bullshit. Er ist nicht hier, weil *ich* hier bin, hab ich recht?«, fragte Lana.

Woraufhin Judith der Geduldsfaden riss.

»Also zum einen ergibt das keinen Sinn, weil du sehr wohl weißt, dass Gareth zu einigen von Catrins und Sols Partys gekommen ist, auf denen du auch warst …«

»Und mich jedes Mal komplett ignoriert hat!«

»… und zum anderen, Lana, geht es nicht immer nur um dich!«

Zu ihrem Ärger lachte Lana nur. »Schon gut, beruhig dich! Du brauchst hier keinen auf Theresa May zu machen.«

Judith nahm einen zu großen Schluck von ihrem Champagner, woraufhin ihr prompt die Kohlensäure in die Nase stieg. Nur mühsam konnte sie den Drang zu niesen unterdrücken.

»Hör zu.« Lana senkte die Stimme. »Was diese E-Mail angeht …«

»Schon okay«, meinte Judith. »Du hast ja erklärt, dass du in dem Moment betrunken warst.«

Manchmal gelang es ihr nicht, den höhnischen Tonfall aus ihrer Stimme zu verbannen, so sehr sie es auch versuchte.

»Ja, das war ich. Solltest du vielleicht auch mal versuchen. Bisschen locker werden.«

Ehe sie Gelegenheit hatte zu antworten, kamen Jack und Dominic zurück.

»Und, hat Mum dir von dem Baby erzählt?«

Judith funkelte ihren Sohn warnend an. Die Vorstellung, irgendeine private Familieninformation mit Lana zu teilen, war ihr ein Gräuel.

»Ich dachte, wir behalten das erst mal für uns«, murmelte sie, aber es war sinnlos. Lana stürzte sich auf den Krümel einer Neuigkeit wie ein hungriger Terrier.

»Was höre ich da?«, fragte sie und schnappte sich ein weiteres Glas Champagner von einer vorbeigehenden Kellnerin.

»Wir bekommen ein Baby.« Dominic strahlte seinen Ehemann an. »Mit einer Leihmutter. Sie ist inzwischen im fünften Monat, darum denken wir, wir können darüber sprechen.«

»Wow, das ist ja der Wahnsinn!« Lana standen die Tränen in den Augen. »Herzlichen Glückwunsch, Daddys!« Sie umarmte nacheinander Jack und Dominic, die sich beide stolz bei ihr bedankten. Dann wandte sie sich strahlend an Judith. »Und dir auch, Großmama.«

»Ich glaube, alle nehmen ihre Plätze ein«, erwiderte Judith und ignorierte damit demonstrativ Lanas Glückwünsche. Vielleicht war das gemein. Aber diese frohen Neuigkeiten gingen Lana nichts an. Judith tat so, als bemerkte sie den verletzten Gesichtsausdruck ihrer früheren Freundin nicht. »Kommt schon«, drängte sie ihren Sohn. »War nett, mit dir zu plaudern, Lana.« Und sie drehte sich weg, in der Hoffnung, jegliche weitere Unterhaltung zu vermeiden.

»Judith«, sagte Lana leise und griff sanft nach ihrem Handgelenk, während Jack und Dominic schon mal vorausgingen. »Es ist wirklich nicht nötig, so verdammt unhöflich zu sein.

Du warst doch früher nie so eine Zicke. Sind vermutlich die Wechseljahre.«

Judith starrte sie an. »Ach, Lana, lass gut sein«, erwiderte sie. »Du bist bloß betrunken. Wieder mal.«

»Ja, aber morgen werde ich nüchtern sein und du immer noch eine Zicke!«, gab Lana zurück. Und stolzierte von dannen, um sich ihren Platz zu suchen.

Judith hatte auf einmal einen Kloß im Hals und musste ärgerlicherweise gegen das Bedürfnis zu weinen ankämpfen.

48

SOLOMON

»Und meine Mutter sagt zu ihm: *Mr. Thomas, wie geht es Ihnen?* Und Mr. Thomas sagt: *Nicht so toll, ich habe deswegen auch schon einen Termin bei Dr. Titel*, woraufhin meine Mutter ruft: *HERZLICHEN GLÜCKWUNSCH!* Mr. Thomas sieht sie an und fragt: *Weshalb gratulieren Sie mir dazu, dass ich zum Spezialisten muss?* Und meine Mutter antwortet: *Oh, ich dachte, Sie hätten gesagt, Sie haben jetzt Ihren Doktortitel.*«

Die Gäste lachten, und Sol sprach weiter: »Nicht dass meine Mutter besessen wäre von akademischen Qualifikationen oder so ... Und ich meine, ich bin ja sehr für lebenslanges Lernen, aber Mr. Thomas ist dreiundachtzig!«

Er blickte in die lachenden Gesichter im Raum. Er hatte es geschafft. Alle amüsierten sich bestens, das hier war ein tolles Fest.

»Wie dem auch sei, ich möchte gerne kurz ernst werden«, sagte er und räusperte sich, ehe er auf seine handgeschriebenen Notizkarten blickte. »Wie ihr alle wisst, wollten wir eigentlich zu unserer Silberhochzeit eine Sommerparty wie diese hier veranstalten. Die Einladungen waren schon verschickt und geplant. Doch eine Woche vorher beschließt meine unerschrockene Frau, es wäre eine gute Idee, sich zu einem Ironwoman anzumelden und Geld für ihren geliebten Wohltätigkeitsverein zu sammeln. Was damit endet, dass sie sich nicht nur den Arm, sondern auch noch das Bein bricht. Dabei hatte ich ihr nicht einmal Hals- und Beinbruch gewünscht!«

Alle stöhnten ob seines schlechten Witzes.

»Ich weiß, ich weiß, der war ein bisschen an den Haaren herbeigezogen. Wie dem auch sei«, fuhr er fort, »wie ihr wisst, konnte Cat sich damals mit ihrem Doppelgips kaum bewegen, was sie ziemlich genervt hat, wie ihr euch vorstellen könnt. Sie war echt fertig. In der dritten Woche Krankenstand war zufällig auch noch der Geburtstag einer gewissen kleinen Dame …«

Er wandte sich an Romy, die unter den vielen Blicken rot wurde. »Dad!«, kicherte sie und versteckte sich hinter einem herzförmigen lila Luftballon, auf dem die Namen *Catrin und Solomon* standen. Alle kicherten mit ihr, weil ihre Reaktion so süß war.

»Am Tag ihres siebten Geburtstags kam Romy also in unser Schlafzimmer und brachte die ganzen Geburtstagskarten, ihren Kuchen und die Luftballons mit. Sie legte alles aufs Bett, und sie sagte: *Mummy, du kannst meinen Geburtstag haben, wenn du willst, weil dich das zum Lächeln bringen wird!* Und das tat es. Es brachte Mummy zum Lächeln, stimmt's, Häschen? Und im Grunde hat sie seither nicht mehr damit aufgehört. Außer wenn England Wales beim Rugby schlägt.«

Der Raum war erfüllt von gutmütigen Buhrufen, und Catrin blickte strahlend zu ihm auf.

»Und … ahhh … Sorry!« Er räusperte sich. »Ja, deshalb danken wir dem Himmel jeden Tag aufs Neue für diesen kleinen Rotzlöffelengel …«

»He«, protestierte Romy lachend.

»… der vor zwölf Jahren in unser Leben getreten ist – ja, Leute, SIE IST SCHON ZWÖLF!« Er machte eine kurze Pause. »Die Sache ist die, es sind die Menschen in unserem Leben, die uns zu dem machen, was wir sind, denkt ihr nicht auch?«

Die ausgelassene Heiterkeit im Raum wich einer etwas nachdenklicheren Stimmung.

»Die Eltern und die Großeltern und Paten und die Kinder und Nichten und Neffen und Onkel und Tanten und Cousins und Freunde …«

In diesem Moment bemerkte er, wie Judith Lana einen Blick zuwarf, die ihrerseits Judith ansah, ehe sie die Augen wieder abwendete.

»… im Grunde ihr alle zusammen. Ohne euch wären wir nicht hier. Deshalb möchte ich euch persönlich danken, weil ihr so ein großer Teil unserer Ehe seid und dass ihr die letzten dreißig Jahre für uns da wart … also, einunddreißig Jahre, um genau zu sein.«

Er merkte, wie seine Stimme ins Stocken geriet und sein ganzer Körper plötzlich unkontrollierbar zitterte, als würde Erleichterung einsetzen, diese Rede endlich zu halten, nachdem sie ihm seit Wochen auf der Seele gelegen hatte.

»*Einunddreißig* Jahre, Catrin, seit wir nebeneinander in diesem kretischen Bus auf dem Weg zu einer Schlucht saßen.« Er spürte, wie fest er die Karten mit seinen Stichworten umklammerte. Ein Krampf in der linken Hand. Er versuchte unauffällig, die Finger auszustrecken, was es aber nur noch schlimmer machte. »Und sieh uns nur an«, sagte er mit tränenerstickter Stimme, »meine wunderschöne Frau … Ich liebe dich heute immer noch so sehr wie damals, du …«

Und er brach ab. Zu überwältigt, um fortzufahren. Er wusste, was er sagen wollte, doch die Worte kamen einfach nicht heraus – sein Mund verweigerte den Dienst.

Die Leute um ihn herum fingen an zu lachen, zu klatschen, mit dem Löffel an ihre Gläser zu schlagen, um ihn anzufeuern, die Rede zu beenden. Er blickte auf seine Textkarten und sah, wie sie langsam wie Blütenblätter aus der Hand auf den Tisch vor ihm fielen. Er sah, wie sich das Lächeln auf den Gesichtern seine Eltern in etwas anderes verwandelte – war es Entsetzen? Und er sah Catrin an, die mit offenem Mund den Kopf schüttelte, etwas sagte, doch er konnte nichts hören, wegen dieses *Zischens*, dieses unablässigen *Zischens* in seinen Ohren, und Romy, die bis gerade eben ihren herzförmigen Luftballon festgehalten hatte, fing ängstlich an zu weinen, und vor lauter Panik ließ sie das Band los, an dem der Ballon befestigt war. Solomon sah, wie dieser langsam nach oben schwebte, weiter und immer weiter hinauf, ein großes lilafarbenes Herz, befreit, auf dem Weg in den Himmel und von niemandem mehr erreichbar.

Dann war alles weiß.

Dann war alles nichts.

Und an dem Abend, an dem er dreißig Jahre Ehe mit der einzigen Frau, die er je geliebt hatte, feierte, schlug Solomon Blythes Herz zum allerletzten Mal.

49

LANA

Huw Kellys Apfelbaum stand stolz in der Mitte seines Rasens, die Äste ausgebreitet, an denen die Früchte in der Sommersonne zu reifen begannen.

Lana hatte in der vergangenen Woche so viel geweint, dass ihre Stimme heiser und ihre botoxgespritzten Wangen rot und trocken waren. Herrgott, sie sah bestimmt zum Fürchten aus. Rasch zündete sie sich eine Zigarette an und nahm einen tiefen Zug. Dann fiel es ihr wieder ein.

Wie viele Stunden sie in diesem Garten verbracht hatten.

Wenn sie ganz genau hinsah, konnte sie beinahe ihre beiden Freundinnen und sich sehen, wie sie als Mädchen Fangen spielten. Lieder sangen. Über Jungs quatschten. Ihr Herz war schwer vor Kummer. Es tat weh.

Eine Woche war seit seinem Tod vergangen. Und obwohl sie alle so taten, als wären sie erwachsen und wüssten, was zu tun war, hatte keiner von ihnen auch nur den blassesten Schimmer. Alle steckten sie in diesem Nebel aus Trauer fest.

Lana sagte ihre nächste Kreuzfahrt ab und verlängerte ihren Aufenthalt in der kleinen Pension um die Ecke. Ihre Eltern lebten längst nicht mehr in Coed Celyn. Sie waren vor zehn Jahren nach Mallorca ausgewandert, und Lana sah sie kaum noch. Auch das trug zu ihrem Gefühl der Entwurzelung bei. Wie sehr sie sich im Moment nach Geborgenheit sehnte. Nach einem sicheren Hafen. Einem Zentrum. Einem Zuhause. Denn gerade jetzt wurde ihr Alleinsein besonders deutlich sichtbar.

Sol war tot. Ihr guter alter Freund war tot.

Und Catrin war unfähig zu sprechen, womit sie Lana, ohne es zu wollen, noch mehr isolierte.

Im Grunde sehnte sie sich nur nach einer Umarmung.

Im Lauf der letzten Woche war sie im Haus der Kellys ab und zu Judith begegnet, die sie weiterhin mit höflicher Verachtung behandelte. *Sogar unter diesen Umständen!*

Aber so war es nun mal. Lana fehlte die Energie, sie zu etwas anderem zu bewegen. Und irgendwie schien sowieso nichts davon mehr von Bedeutung zu sein.

Jeden Tag ging sie zu den Kellys rüber, wo Catrin und Romy sich im Auge des tosenden Sturms der Trauer fest aneinanderklammerten, im Wissen, dass Sols Beerdigung hinter dem nächsten Hügel auf sie wartete. Es war einfach alles viel zu grauenvoll, um darüber nachzudenken. Lana wanderte durchs Haus, das erfüllt war von Traurigkeit und Liz Kellys ständigem Nachschub an Tee und Kuchen. Doch Lana brachte nichts davon runter. Sie konnte sich gar nicht erinnern, wann sie das letzte Mal etwas gegessen hatte. Sie lebte von schwarzem Kaffee, Zigaretten und Gin. Leute liefen ziellos im Haus und im Garten herum, murmelten sich sinnlose, traurige Dinge zu.

Sie sah jeden Tag nach Catrin. Mindestens zweimal. Ihre Freundin lag einfach nur zusammen mit Romy in ihrem alten Kinderzimmer, die Tränen versiegt, ohne Worte. Stumm, als hätte jemand die Pausentaste gedrückt.

Gemeinsam gelang es ihnen, sie zu überreden, sich jeden

Tag zu waschen, wenigstens eine Scheibe Toast zu essen und im Garten ein paar Atemzüge frische Luft zu schnappen. Im Grunde hielten sie sie bloß am Leben wie ein kümmerliches Pflänzchen, trugen sie von Sols Tod zu seiner Beerdigung. Abgesehen davon gab es noch andere Aufgaben, wie zum Beispiel, Romy zu einem Tapetenwechsel aus dem Haus zu locken oder in der Apotheke Catrins Schlaftabletten und andere Medizin zu besorgen.

An diesem Nachmittag hatte Lana angeboten, den Einkauf zu übernehmen. Liz brauchte Nachschub an Brot und Milch. Um zu funktionieren. Um ihre Tochter mit endlosen Tassen Tee am Leben zu erhalten. Vor Kurzem war Judiths reizender Sohn mit seinem reizenden Ehemann aufgetaucht. Zusammen mit Gareth. Da sie nicht für unnötige Spannungen sorgen wollte, indem sie sich im selben Raum aufhielt wie er, ergriff sie die Brot-und-Milch-Gelegenheit, um das Haus verlassen zu können. »Ich komme mit«, erklärte Jack. Und Lana dachte: Warum nicht?

Der Laden war zu Fuß nur fünf Minuten entfernt, doch nachdem sie die Lebensmittel besorgt hatten, war Lana noch nicht bereit, gleich zurückzukehren. Um ehrlich zu sein machte sie die ganze Situation ziemlich verrückt, und sie sehnte sich nach einer anderen Umgebung und neuen Gesichtern.

»Du hast nicht zufällig Lust auf einen schnellen Drink im The Crown?«, fragte sie Jack. »Du musst nicht, ich dachte nur …«

»Ja, gern.«

Aus einem wurden schließlich zwei Drinks. Er war ein toller Kerl. Manchmal ertappte sie sich dabei, wie sie ihn anstarrte und gar nicht richtig zuhörte, während er ernst darüber sprach, was nun aus Catrin werden sollte, ohne Sol.

Jack sah Gareth ähnlicher als Jude. Dieselben Augen und

dieselben geschwungenen Lippen. Auf diesen Mund konzentrierte sie sich, während er Worte von sich gab, Gedanken, Meinungen, die sie nicht hörte. Reiß dich zusammen, Lana, dachte sie, denn sie merkte, dass sie Gefahr lief, in selbstzerstörerischer Sentimentalität zu versinken. Weil Jack sie an den jungen Gareth erinnerte, einen Gareth, dem sie einmal so nahgestanden hatte. Daran wollte sie nicht denken.

»Können wir über etwas anderes reden?«, platzte sie plötzlich heraus. »Entschuldige, aber ich bin einfach so erschöpft vom Thema Tod. Egoistisch, ich weiß.«

Jack lächelte. »Natürlich. Verstehe ich gut … Hm, ich habe gestern unsere Leihmutter getroffen. Sie blüht total auf.«

»Ach, das ist schön zu hören. Hat sie so was schon mal gemacht?«

»Sie hat drei eigene Kinder. Und das ist ihre zweite Leihmutterschaft.«

»Wie selbstlos von ihr.«

»Stimmt.«

Dann saßen sie schweigend da, nippten an ihren Drinks und hingen ihren Gedanken nach.

»Wie geht's denn deiner Großmutter inzwischen? Wir haben keinen Kontakt mehr.« Der Gedanke an Patricia war immer noch unangenehm verbunden mit der Erinnerung an die katastrophale Zypernreise vor all den Jahren.

»Ach, du kennst ja Oma Pat. Immer noch ein verrücktes Huhn. Hast du von ihrem jungen Begleiter gehört?«

Und zum ersten Mal in einer Woche lächelte Lana, als Jack ihr die Geschichte von Patricia und Adrian Oliver erzählte.

»Es ist ein ziemliches Schlamassel«, berichtete er. »Es hat sich nämlich herausgestellt, dass der sich Hilfe bei einem Finanzberater geholt hat – einem Typen namens Steven Dean, den er von den Anonymen Alkoholikern kennt.«

»Ach du meine Güte!« Lana lauschte gebannt.

»*Er* war derjenige, der den Ball mit der Vollmacht ins Rollen gebracht hat. Außerdem hat er es geschafft, Patricia davon zu überzeugen, dass es für sie besser ist, das Haus in treuhänderische Verwaltung zu geben, damit ›das Sozialamt es nicht in die Finger kriegt‹. Und, wer hätte das gedacht, die Treuhandverwalter werden auf dem Dokument als Adrian selbst und eine Freundin von ihm namens Tina angegeben, die Oma noch nie gesehen hat. Das Ganze stinkt zum Himmel. Aber solange sie nichts Illegales tun, sind uns die Hände gebunden. Außerdem ist Oma bei klarem Verstand. Sie weiß, was sie tut.«

»Ich bin mir sicher, als wir damals zur Beerdigung geflogen sind, hat Patricia irgendetwas über ihr Testament gesagt … dass George sie aufgefordert hat sicherzustellen, dass Judith das Haus erbt? Ich meine, das ist jetzt ein paar Jahre her, aber sie kann das Haus doch nicht wirklich jemand anderem überschreiben?«

»Das versuche ich Mum die ganze Zeit zu erklären. Mein *pappoús* hat Oma vielleicht *gebeten*, ihr das Haus zu vererben, aber sie hat jedes Recht dazu, ihre Meinung wieder zu ändern. Und das hat sie getan. Da hat Mum nicht die geringste Chance.«

»Sie ist echt ein harter Brocken, deine Großmutter«, sagte Lana. »Ich meine, sie muss doch inzwischen auch an die achtzig sein und macht *immer noch* anderen das Leben zur Hölle.«

Jack lächelte. »Der Kampf ist noch nicht verloren.«

Sie leerten ihre Gläser und machten sich auf den Rückweg.

»Es war wirklich schön, dich ein bisschen kennenzulernen, Jack«, sagte Lana, als sie den Pub verließen.

»Ja.« Er dachte einen Moment lang nach, dann sagte er: »Ist schon echt schade, das mit dir und Mum. Ich denke, sie könnte jemanden wie dich als Freundin brauchen. Jemanden, der sie ein bisschen aufheitert, meine ich. Sie ist manchmal so schrecklich ernst.«

»Na, das ist ja nichts Schlechtes. Den Clown zu spielen hat mich nicht sonderlich weit gebracht, wenn ich ehrlich bin«, gab Lana reuevoll zu. Dann fiel ihr wieder ein, dass sowohl Judith als auch Gareth bei den Kellys sein würden, wenn sie zurückkamen. Und sie spürte, dass sie heute nicht mehr damit klarkommen würde, ignoriert zu werden.

Das Begräbnis morgen würde sie all ihre verbleibende Kraft kosten.

»Jack, ich glaube, ich gehe ausnahmsweise mal früh ins Bett.«

»Wie, du kommst nicht mehr mit zurück?«

Sie lächelte und drückte ihn fest. »Nein, tut mir leid. Wir sehen uns morgen in der Kirche. Du und dein Dad, ihr seid Sargträger, hab ich recht?«

»Ja.«

Sie blickten beide zu Boden, müde vor Kummer, denn es gab nichts mehr zu sagen.

»Gute Nacht, Tante Lana«, flüsterte Jack.

Und Lana kämpfte lächelnd mit den Tränen, als sie sich umdrehte und in Richtung ihrer Pension davonging.

50

JUDITH

Sie wollte zu Fuß zur Kirche gehen. Catrin hatte genug liebe Begleiter um sich im Auto. Und außerdem ertrug sie Leichenwagen irgendwie nicht.

»Aber beim Gottesdienst sitzt ihr bei uns, ja?«, flüsterte Huw Kelly ihr noch zu. »Du und Lana. Wir werden euch da vorne brauchen.«

»Ja, natürlich«, flüsterte sie zurück.

Sie umarmte Gareth und Jack, beide sehr schick in ihren dunklen Anzügen mit dunkler Krawatte, Jack in seinem völlig zu Hause, Gareth hingegen wie ein Fisch auf dem Trockenen. »Er wäre sehr stolz auf euch«, sagte sie und versuchte zu lächeln, ehe sie das Haus verließ, um zu St Theodore's zu gehen.

Sie beschloss den langen Weg zu nehmen und damit die kleine Gasse zu meiden, die parallel zur Kirche verlief. Vor Jahrzehnten hatten sie sich zu dritt dort versteckt, um heimlich Cider zu trinken und Zigaretten zu rauchen. Heute aber ertrug sie keine Nostalgie. Ihr Herz war bereits zu schwer, erfüllt von Verlust und dem stechenden Schmerz der Trauer.

Als sie sich der Ecke näherte, wo die Hauptstraße auf den Bessemer Place traf, sah sie mehrere schwarz gekleidete Gestalten auf die Kirche zugehen – einige allein, manche zu zweit, andere in kleinen Grüppchen, alle durch den Verlust vereint. Die Kirche würde bestimmt aus allen Nähten platzen, und Judiths Herz krampfte sich zusammen beim Gedanken an das, was vor ihnen lag.

Und dann sah sie sie. Unvermeidbar, natürlich. Es hatte auch keinen Sinn, sich zu verstecken.

»Lana.«

»Hey, Jude«, erwiderte sie, und Judith erinnerte sich traurig daran, dass dies früher einmal ein kleiner Beatles-Scherz zwischen ihnen gewesen war. Heute jedoch lachte niemand. Im Lauf der vergangenen Woche hatten sie natürlich ab und zu ein paar Worte gewechselt, organisatorische Dinge geklärt. Aber nur, wenn es sich nicht umgehen ließ, und immer knapp und höflich. Anders konnten sie inzwischen gar nicht mehr kommunizieren. Selbst Sols Tod hatte daran nichts geändert.

Wie sie nun eineinhalb Meter voneinander entfernt standen, verharrten sie einen Augenblick unentschlossen, bis sich beide im letzten Moment gegen eine Umarmung entschieden.

»Ich kann nicht fassen, dass es wirklich wahr ist, du?« Lanas Stimme zitterte, während sie ungeschickt in ihrer Tasche nach der kleinen Flasche mit Bachblüten-Rescue-Tropfen suchte und den Inhalt wie einen Whisky in sich hineinschüttete.

Judith versuchte ihr Missfallen zu verbergen und sagte stattdessen: »Die Familie möchte, dass wir mit vorne sitzen.«

»Oh Gott, ich weiß nicht, ob ich das schaffe …«, stammelte Lana panisch. »So nah am Sarg und … Ich kann einfach nicht gut umgehen mit …«

»Heute geht es aber nicht um dich, Lana, schon vergessen?«, fuhr Judith sie an. Es war fast ein Reflex. »Es geht um Catrin.«

Die Luft zwischen ihnen schien vor lauter Spannungen zu knistern. Wie sehr sie sich wünschte, woanders zu sein. Dann zerrte sich Lana plötzlich die schwarze Seidenstola von den Schultern und fächelte damit ihrem Dekolleté Luft zu. »Verdammte Hitzewallungen«, murmelte sie.

Judith unterdrückte den Impuls zu grinsen, als sich ein Funken Zuneigung zu ihrer alten Freundin in ihrem Herzen bemerkbar machte. Sie kramte in ihrer Tasche herum, bis sie einen spanischen Fächer gefunden hatte, und murmelte: »Hier, kannst du dir ausborgen.«

»Danke.« Lana klappte ihn mit einer Flamencogeste auf und fächelte sich die ersehnte Kühlung zu. Eine Minute später war die Hitzewallung vorbei.

»Sollen wir dann mal reingehen?«, fragte Judith vorsichtig.

»Ja.« Lana sah Judith in die Augen. »Wir schaffen das. Oder?«

51

CATRIN

Ihr fielen unbedeutende Kleinigkeiten auf. Wie der ausgerissene Saum von Father O'Leary's Talar. Und die seltsamen Formulierungen in den Gebeten – Christe, du Lamm Gottes, der du trägst die Sünd der Welt, gib uns deinen Frieden … Warum nennen sie Jesus ein Lamm? fragte sie sich. War er ein Waliser Lamm? Ein Frühlingslamm? Ein Lammkotelett?

Lamm.

Schwamm. Kamm.

Was reimte sich sonst noch auf Lamm?

Auf einmal musste sie lächeln, dann glucksen, dann kichern, und dann lachte sie schallend auf. Dann liefen ihr vor Lachen die Tränen über die Wangen, und die Leute starrten sie an, und jemand sagte etwas – war es Solomons Bruder? Er stand dort vor ihnen allen, las Worte von einem Stück Papier ab … Und alle starrten sie an, weil sie lachte, und das war eine unpassende Reaktion, und sie verhielt sich wie eine verantwortungslose Erwachsene zu einem unpassenden Zeitpunkt, und sie spürte Lanas Arme um sich und dass Judith ihre Hand hielt und zu ihr sagte, sie könne tun, was sie wolle und was immer sich richtig anfühle, weil sie wären da, um auf sie aufzupassen – »Nichts, was du tust, ist falsch, Süße«, sagte Lana, und dann flüsterte Judith: »Du kannst aufstehen und Father O'Leary deine nackten Brüste zeigen, wenn du willst«, und daraufhin musste sie nur noch mehr lachen, bis das Lachen in Weinen umkippte und die Tränen zu Schreien wurden, und die ganze Zeit hielten die beiden sie fest.

Ihre zwei besten Freundinnen auf der ganzen Welt.

Und die Menschen ließen ihn in die Erde hinab, und immer noch hielten die beiden sie fest.

Und sie dachte an Gwynnie, ihre Sezierleiche im Studium, und an seinem Grab flüsterte sie: »Jetzt bist du eine Leiche, Solomon«, während Father O'Leary kurz und schnell etwas von Staub und Asche faselte und dass das Haus des Herrn viele Zimmer habe, und Solomons Mutter weinte und warf Rosen auf den Sarg, und alle sahen sie an und warteten darauf, dass sie das Gleiche tun würde, eine Rose hinabwerfen, doch sie konnte das nicht, denn die Rose, die sie in der Hand hielt, war so hübsch, und sie umklammerte den Stiel.

Sie würde sie mit nach Hause nehmen und Sol schenken.

Nein, das würde sie nicht.

Weil Sol nicht mehr da war.

Und immer noch hielten die beiden sie fest.

Ihre zwei besten Freundinnen auf der Welt.

52

JUDITH

Sie war noch nie so froh gewesen, nach Hause zu kommen. Drei Wochen war sie weg gewesen, und nun spürte sie deutlich ihre Erschöpfung. Bei der Arbeit hatten sie viel Verständnis gezeigt, doch ohne sie wurde es eng, das wusste sie, und ehrlich gesagt war sie froh über die Aussicht, am nächsten Tag wieder hinzugehen und etwas langweilige Ordnung in ihr Leben zu bringen. Auch die lange Trennung von Gareth war ihr schwergefallen. Zur Beerdigung war er zwar gekommen und auch am Wochenende davor, doch die restliche Zeit musste er zu Hause bleiben. Sie hatte seine stoische Ruhe, sein sanftes Gemüt und seine ausgeglichene Art vermisst.

Wie sie nun so im duftenden Badewasser lag, eine flackernde Jo-Malone-Kerze auf dem Fensterbrett, blickte sie zur Zimmerdecke hinauf und seufzte. Erlaubte der tröstlichen Wärme, sie zu umfangen und ihre müden Glieder zu beruhigen.

Es war nicht nur die Trauer, die in ihrer Seele schmerzte, nicht nur der Verlust des wunderbaren Solomon, obwohl das allein schon zehrend genug war. Es war auch nicht der nagende Schmerz, ihre beste Freundin so grausam leiden zu sehen. Nein, noch eine andere Sache kreiste in ihrem Kopf.

Lana.

Nach der Beerdigung, zurück im Haus der Kellys, war Judith nach draußen gegangen, um etwas frische Luft zu schnappen. Sie hatte sich danach gesehnt, der stickigen Atmosphäre voller Whisky, Tränen und Beileidsbekundungen zu entkommen. Offenbar hatte Lana dieselbe Idee gehabt, und Judith sah sie rauchend, mit einem Weinglas in der Hand, allein auf der Gartenbank sitzen. Lana hatte sie noch nicht entdeckt, darum beschloss Judith, sich unbemerkt wieder ins Haus zu schleichen. Sie selbst jedoch wurde vom Türrahmen aus beobachtet, und zwar von Jack.

»Sei nicht so ein Feigling, Mutter«, flüsterte er und reichte ihr ein leeres Glas sowie eine halb volle Flasche Malbec. »Geh einfach hin und sag was.«

Sie kam sich vor wie ein bockiges Schulmädchen, das widerwillig Anweisungen gehorchte.

»Wann fährst du nach Cardiff zurück?«, fragte sie, woraufhin Lana ein wenig zusammenfuhr, so tief war sie in Gedanken versunken gewesen.

»Oh, Judith, hallo … ähhh … morgen, schätze ich mal. Oder am Donnerstag.«

»Verstehe.«

Schweigen.

Judith wartete nicht auf eine Einladung, sondern setzte sich einfach auf die Bank neben sie, goss sich etwas Wein ein und schenkte Lana dann nach – eine kleine, zögerliche Geste.

»Danke«, sagte Lana.

»Ich würde ja einen Toast vorschlagen, aber vielleicht ist das unpassend.«

Lana zuckte mit den Schultern und starrte geradeaus. Dann, einige Augenblicke später, sagte sie plötzlich: »Ich weiß nichts über dich. Catrin erzählt mir nichts.«

»Dito«, erwiderte Judith mit dem Hauch eines Lächelns.

Wieder peinliche Stille.

»Verdammt, das ist ja wie bei einem Tinder-Date.« Lana leerte ihr Glas.

»Ich weiß nicht wirklich viel über Tinder«, sagte Judith und merkte sofort, wie frostig sie klang. Das war eine Angewohnheit von ihr, wenn sie nervös war, und verständlicherweise reagierte Lana abwehrend.

»Nein, du brauchst ja auch kein Tinder, nachdem du seit dreißig Jahren glücklich mit meinem ehemaligen Freund verheiratet bist.«

»Oh Mann, das hier war ein Fehler.« Judith stand auf, um zu gehen, doch Lana streckte die Hand aus und hielt sie sanft zurück.

»Es tut mir leid, das war echt kindisch von mir.«

Judith seufzte und setzte sich wieder hin. »Also gut, lass uns einfach noch mal von vorn anfangen, einverstanden?«

Doch dann passierte etwas ganz Seltsames, völlig Überraschendes.

»Ehrlich gesagt, Jude, lieber nicht.«

Judith war sprachlos. Hatte sie sich vielleicht verhört?

»Die Sache ist die«, fuhr Lana fort, »es gab mal eine Zeit, da hätte ich meinen rechten Arm für ein Friedensangebot von dir gegeben. Gott weiß, wie oft ich es im Lauf der Jahre probiert habe. Endlos habe ich versucht mich zu entschuldigen, zu erklären, wiedergutzumachen, und bei jedem Anlauf stößt du mich weg …«

»Ich weiß«, sagte Judith. Sie war ganz durcheinander von dieser unerwarteten Umkehr ihrer üblichen Dynamik. »Und es tut mir leid.«

»Das weiß ich zu schätzen, wirklich«, sagte Lana, »aber ich glaube, es ist an der Zeit aufzugeben, meinst du nicht? Wir sind inzwischen beide zu alt, zu eingefahren. Und wenn wir ehrlich sind, haben wir absolut null Gemeinsamkeiten.«

Judith nickte, eher aus Schock als sonst was.

»Aus und vorbei, Schluss damit. Ist ja keine Schande, oder?« Dann stand sie auf, tätschelte Judiths Arm und ging zurück ins Haus.

Judith blieb noch eine gute halbe Stunde im Garten sitzen und versuchte zu verarbeiten, was gerade passiert war. Doch so sehr sie sich auch bemühte es abzutun, immer wieder kehrte sie zu der Tatsache zurück, dass *Lana sie* zurückgewiesen hatte. Sie war verletzt und kam sich dumm vor, aber am schlimmsten war das Wissen, dass sie es absolut verdient hatte.

Sie ließ das Badewasser ab und stieg aus der Wanne. Ihr ganzer Körper fühlte sich schwer an – sie musste heute früh ins Bett. Die immer länger werdende To-do-Liste würde warten müssen, egal wie viel während ihrer Zeit in Wales liegen geblieben war. Sie kochte sich einen Kamillentee, sagte Gareth gute Nacht und ging schlafen.

Bis zum darauffolgenden Donnerstag hatte sie ihren alten Schwung zurück und fühlte sich wieder mehr wie sie selbst. Sie war gerade auf dem Heimweg von der Arbeit, als Jack anrief.

»Mum, es gibt Neuigkeiten bezüglich Oma.«

Die ganze Geschichte mit Patricia und Adrian war durch Sols Tod in den Hintergrund getreten. Judith hatte dafür einfach keinen Platz in ihrem Kopf gehabt, der so angefüllt war mit Catrin und was nun aus ihr werden würde und natürlich mit ihrer eigenen Trauer.

»Sind es gute oder schlechte Neuigkeiten?«

»Ich bin mir nicht sicher.«

Jack berichtete, er hätte mal ein wenig über Steven Dean recherchiert, diesen Finanzberater-»Freund« von Oliver, der sich um die Sache mit der treuhänderischen Verwaltung von Patricias Haus und um die Vollmacht kümmerte.

»Laut Handelsregister hat er im Lauf der Jahre bereits mehrere Direktorenposten innegehabt, und zwar bei Unternehmen, die verschiedene Finanzdienstleistungen anbieten …«

»Aha«, sagte Judith.

»Drei davon wurden aufgelöst«, fügte er hinzu.

»Das ist nicht verboten.«

»Und er war zweimal bankrott.«

»Auch nicht verboten.«

»Nein, aber dann bin ich online auf einen Bericht der FSA gestoßen.«

»Financial Services …?«

»… Authority, genau. Wie sich herausstellte, hat dieser Steven Dean eine Haftstrafe verbüßt!«

»Wie bitte?«

»Ja! Sechs Monate wegen Betrugs. Und nicht nur irgendeine Art von Betrug – er hat mehrere Begünstigte um ihre Erbschaft gebracht!«

»Verdammte Scheiße! Oh, entschuldige.«

»Ich liebe es, wenn du fluchst, Mum.«

»Was machen wir denn jetzt?«

»Na ja, diese Information kann Oma ja schlecht ignorieren, oder? Sie ist schließlich immer noch ein schlauer alter Fuchs, und sie wird sicher ihr Geld nicht zum Fenster hinauswerfen wollen. Kannst du morgen hinfahren? Je früher sie Bescheid weiß, umso besser. Ich habe den ganzen Tag Meetings, aber du kannst mit mir in der Mittagspause facetimen, wenn du bei ihr bist. In der Zwischenzeit schicke ich einen Brief an die Anwälte, die das mit der Vollmacht bearbeiten. Die sitzen ausgerechnet in Preston.«

»Also keine Firma am Ort«, sagte Judith.

»Ich habe sie mal gegoogelt, ihr Büro sieht aus wie eine Wellblechbaracke, nur nicht ganz so edel. Die müssen irgendwie mit diesem Steven Dean unter einer Decke stecken.«

»Du meinst, mit denen stimmt was nicht?«

»Sieht so aus.«

»Ich dachte immer, Anwälte sind ehrliche Leute.«

»Ach, Mutter, du bist so naiv.«

»Ich habe ein Monster hervorgebracht.« Sie lachte. »Und was willst du denen sagen?«

»Dass wir über Steven Deans Vergangenheit Bescheid wissen und unsere Bedenken zu der Tatsache äußern, dass sie zweihundert Meilen weit entfernt sind, und fragen, wie sie da eine verlässliche Aussage über den Geisteszustand ihrer Klientin – also Oma – treffen können. Rein rechtlich hat das keinerlei Bedeutung, aber vielleicht schlägt es sie in die Flucht. Sie scheinen keine E-Mail-Adresse zu haben, was ebenfalls alle Alarmglocken losschrillen lässt, aber ich werde ihnen ein Fax mit Briefkopf schicken.«

Und so saß sie keine vierundzwanzig Stunden später in Patricias kleinem Wohnzimmer und versuchte ihre Mutter davon zu überzeugen, dass Adrian Oliver nichts Gutes im Schilde führte, während Jack aus der sicheren Entfernung von Judiths Smartphonedisplay als Streitschlichter fungierte.

»Wir belügen dich nicht«, sagte sie und merkte, dass sie unerwartet Mitleid mit ihrer Mutter hatte, der man heute ihr Alter deutlich ansah. »Jack hat den Beweis. Dieser Freund von ihm – dieser Steven Dean –, das ist ein Krimineller, Mum. Und Adrian … Also, da passen so viele Dinge nicht zusammen. Wie zum Beispiel, dass er deine Bankkarten und Kontoauszüge verwaltet. Edwina sagt, er hat dich letztes Jahr dreimal ins Heim gebracht, damit er in den Urlaub fahren kann. Davon wusste nicht einmal ich etwas.«

»Und, spricht das nicht für sich?« Patricia wandte sich an ihre Tochter. »Du kommst hierher, erzählst irgendwelche Geschichten, hackst auf dem armen Adrian rum, der nichts anderes getan hat, als sich um mich zu kümmern … Natürlich braucht er mal Urlaub!«

»Du hast ihm ein Auto gekauft! Bitte sag mir, dass er nicht auch noch deinen Pensionsfonds in die Finger gekriegt hat – dieses Geld war Dads Geschenk für dich!« Auf diesen Gedanken folgte sofort ein zweiter, noch beängstigenderer. »Oh mein Gott, hat er dich dazu gebracht, einen Kredit auf das Haus aufzunehmen?«

»Mum? Oma?« Jacks Stimme aus dem Handy war zu leise und wurde übertönt, als zwischen Mutter und Tochter ein heftiger Streit ausbrach.

»Ja, ich hab ihm ein Auto gekauft! Damit er mich durch die Gegend fahren kann. Ins Kino, zum Einkaufen, Tagesausflüge – was hast *du* denn je für mich gemacht?«

»Können wir uns bitte alle beruhigen?«, bat Jack von seinem Londoner Büro aus.

»Ich habe dich ertragen. Das hab ich für dich getan. Ich hatte Nachsicht mit dir. Ich habe mit der Schande gelebt, die schlimmste Mutter der Schule zu haben, und es wie eine Märtyrerin ausgehalten. Bei dir hatte ich keine Kindheit, sondern immer nur Arbeit – als verdammte Kammerzofe, als Dienstmagd, als Requisit. Und dann hast du den einzig anständigen Verwandten vertrieben, den ich je hatte …«

»Ja, genau. Komm du ruhig mit dem alten Griechenschwätzer an. Er war ja nicht mal dein richtiger Vater …«

Judith schnappte nach Luft. Die Grausamkeit ihrer Mutter war unfassbar. »Du kannst einem echt leidtun, weißt du das? Du bist eine einsame alte Frau, die die wenigen Menschen vergrault hat, denen sie vielleicht was bedeutet hat, und durch einen kranken Parasiten ersetzt, der so tut, als wäre er dein

Sohn, während er dir den letzten Penny aus der Tasche zieht. Weißt du was, Mum? Ich wünsch dir viel Glück. Ihr beide habt euch verdient. Er wollte mich aus deinem Leben drängen, und *du* willst das auch. Jetzt habt ihr, was ihr wollt.«

Mit diesen Worten stürmte sie aus dem Haus. Im Gehen konnte sie noch hören, wie Patricia Adrian anrief: »Adie, komm schnell. Es war furchtbar!«

Draußen lehnte sich Judith an die Mauer und rang nach Luft. Sie hatte ganz vergessen, dass Jack immer noch online war und die ganze Szene mitverfolgt hatte.

»Na, das lief ja prima«, sagte er.

Woraufhin Judith in Tränen ausbrach.

53

CATRIN

Die anderen hatten sie davor gewarnt. *Es ist noch zu früh*, sagten sie, und *Du wirst es bereuen*, und *Du musst jetzt noch keine Entscheidungen treffen …* Schon lustig, dachte Cat, dass manche Menschen offenbar Experten für Trauer waren. Manche Menschen kannten den Zeitplan. In welchem zeitlichen Ablauf die Dinge nach einem Todesfall zu geschehen hatten. Manche Menschen verhielten sich, als wüssten sie alles besser.

Doch das stimmte nicht.

Bereits in der ersten Nacht, in der sie ohne ihn in ihrem gemeinsamen Bett geschlafen hatte, wusste sie, sie würde umziehen müssen. Eigentlich hatte sie gar nicht allein in ihrem Ehebett geschlafen, das hatte sie noch nie. Denn von jener ersten Nacht an schlief Romy dort bei ihr und drängte sich an ihre Mama wie ein verängstigtes Rehkitz. So war es auch in den darauffolgenden Tagen im Haus ihrer Eltern gewesen. Catrin war sich der Anwesenheit ihrer Tochter während jener Nächte voller Schlafmittel und gefühlsbetäubender Medikamente nur am Rande bewusst. Sie bemerkte das schniefende geliebte Menschlein neben sich kaum, das verzweifelt ihre

Geborgenheit, ihre Hilfe, ihren Trost suchte. Doch Catrin konnte nichts davon bieten, nichts außer neben ihr zu liegen. Sie konnte noch nicht einmal richtig sprechen. Und wenn Atmen nicht unbedingt notwendig gewesen wäre, hätte sie sich die Mühe nicht gemacht.

Um sie herum ging es weiter.

Das Leben.

Wochenlang fühlte es sich so an, als befände sich ihr Kopf unter Wasser: Sie konnte die Stimmen der Menschen im Raum hören, wie sie besprachen, *was wohl am besten sei*, doch die Geräusche waren dumpf, undeutlich, ohne Zusammenhang. Das Lächeln, das alle in ihre Richtung schickten, war zögerlich, als bräuchten sie erst ihre Erlaubnis dazu.

Diese komplette Phase war durchtränkt gewesen von Schock und Diazepam. Nur so konnte sie überleben – mit der Hilfe jeder Menge legaler Drogen –, wobei sie sich nicht ganz sicher war, *wofür* sie eigentlich weiterlebte … außer für das schniefende kleine Rehkitz.

Außer für ihr Kind.

Ja.

Außer für Romy.

Irgendwann begann der Nebel sich ganz, ganz langsam zu lichten. Auf unendlich viele Arten wünschte sie jedoch, er hätte es nicht getan. Denn als alles wieder klar wurde, fing auch alles an zu schmerzen. Ihre Arme, ihre Beine, ihre Brust, ihr Kopf … Alles pochte und kribbelte wie Frostbeulenfinger vor einem Feuer, wie uralte, angeschlagene Bäume, die aus dem Winterschnee auftauchten, fast abgestorben, und sehnsüchtig und verzweifelt auf den winzigen, Leben spendenden Strahl einer blassen Sonne hofften.

Ha. Sonne. Sol. Es gab keinen Sol mehr und auch keine Sonne.

Ihre Welt würde für immer, dauerhaft, unabänderlich düster bleiben. Ja. Das wusste sie. Aber das war in Ordnung. Solange sie nur den Schmerz nicht mehr fühlen musste, diese offene Wunde, die einfach nicht heilen wollte – der Schnitt, die Verbrennung, die fast vollständige Auslöschung ihrer Seele. Ja, solange sie das nicht spüren musste, prima. Smiley, Smiley, Smiley.

Es war komisch, sich ihr altes Kinderzimmer mit ihrer Tochter zu teilen, und gleichzeitig irgendwie das Normalste auf der Welt. Sie erzählte ihr von ihrer eigenen Jugend, wie sie endlose Stunden mit Tante Lana und Tante Judith hier verbracht hatte. Sie hatten Geheimnisse ausgetauscht, gelacht, geflüstert, gestritten. Daraus zog sie eine Menge Trost. Ab und zu ging sie zum Arzt – zu ihrer Vertretung in der Praxis. *(Sie musste dringend mit Sol über einen dauerhaften Ersatz für ihn sprechen – oh nein, das konnte sie nicht, weil Sol ja nicht mehr da war.)* Ja, die Vertretung, die war sehr nett. Sie hieß Alice und hatte eine sanfte Stimme und ein großes Herz. Auch sie hatte in Cardiff studiert, war aber mehrere Jahre jünger als Catrin. Alice verschrieb ihr ein wunderbares Antidepressivum und schickte sie zu einer Gruppe, wo sie einmal in der Woche auf einem orangefarbenen Plastikstuhl in einem Raum voller trauriger Leute saß, genau wie sie, und sie weinten und sprachen von den toten Menschen, die sie geliebt hatten. Doch eines Tages beging Catrin den Fehler zu sagen, dass die Toten jetzt eigentlich nur noch Leichen waren, und das gefiel den anderen nicht, also legte man ihr nahe, nicht mehr zu kommen.

Lana fand das zum Brüllen komisch. »Man hat *dich* aus einer Selbsthilfegruppe für Trauernde rausgeworfen! Dabei warst du doch immer so eine Musterschülerin! Egal bei was, Gitarrengruppe bei Mrs. Dent, Netzball, Schach – du warst *immer* die Brave, Catrin, du bist *nie* rausgeflogen!«

Sie hatte Lana angelächelt, obwohl sie nicht wirklich verstand, was ihre Freundin meinte. Es war, als spräche Lana Französisch oder so.

Wann begannen sich die Dinge zu verändern? Gab es einen konkreten Moment, in dem ihre Trauer beschloss, wie eine Art Nomadenhäuptling weiterzuziehen zur nächsten Phase? Ein weniger schmerzhaftes Stück Land für die Existenz zu suchen? Elisabeth Kübler-Ross – die fünf Phasen der Trauer. Genau, das war's. Daran konnte sie sich noch aus dem Studium erinnern. Doch ihr fiel beim besten Willen nicht mehr ein, welches die Phasen waren … War Wut vielleicht eine von ihnen? Sie spürte keine Wut. Wie konnte sie auf den armen Sol wütend sein? Er ist jetzt eine Leiche, dachte sie wieder und malte sich aus, wie sehr sein Körper nach zwei Monaten in der Erde wohl verwest war, ohne die Hilfe von Formaldehyd wie damals bei Gwynnie.

Nein, es war der Zettel im silbernen Rahmen, der es ausgelöst hatte.

Jede Woche – so sagte man ihr – war Lana, die nur eine halbe Stunde entfernt in Cardiff wohnte, vorbeigekommen, um beim Umzug zu helfen. Zuerst mit Bildern von Häusern. Zu denen sie Catrin und Romy zur Besichtigung fuhr. Wir mieten erst einmal was, okay, Süße? sagte sie. *Ans Kaufen kannst du wieder denken, wenn es dir besser geht …* Sie waren in Lanas Auto unterwegs, manchmal mit Catrins Eltern, zu allen möglichen Behausungen: Cottages, Wohnungen, neuen Gebäuden und Altbauten. Catrin lächelte alle an, während Lana mit der Dame sprach oder Huw mit dem zuständigen Mann, und Romy rannte durch alle Zimmer und tat so, als wäre es ein großes Abenteuer. Sie selbst lächelte immer nur, bis sie wohl ein einziges Mal ein Fünkchen mehr Interesse zeigte als bei den anderen Häusern, und sie sagte Ja, und Romy sagte Ja, und Lana erinnerte sie daran, dass es ja nur für sechs Monate war, dann konnten sie neu überlegen.

Als dann die Zeit des Einzugs kam, wirbelten Lana und ihre Mutter und ihr Vater um sie herum, packten aus, räumten ein, frischten auf, machten wohnlich – während sie selbst stillstand und die drei dieses neue Nest, diesen Neuanfang, dieses Heim einrichten ließ, in dem Sol nie einen Atemzug getan hatte.

Sie hatte für ihr Zimmer um ein nagelneues Einzelbett gebeten. Ein Bett, das keinerlei Erinnerung an ihren toten Ehemann barg. Ein Rechteck mit weichem Stoff und Federfüllung, das nur zum Schlafen benutzt wurde, routinemäßig, funktional. Und an dem Abend, als sie schließlich eingezogen waren, saß sie auf dem nagelneuen Solomon-freien Sofa und sah zu, wie ihre Mutter eine Kiste mit Fotos und Dekosachen und Krimskrams auspackte, die von den Umzugshelfern sorgfältig in Papier eingewickelt worden waren. Liz verteilte sie auf den seelenlosen, sterilen Regalen in ihrem seelenlosen neuen Zuhause.

Es war vielleicht der achte oder neunte Gegenstand, den Liz aus der Schachtel nahm. Es durchzuckte Catrins Körper wie ein Blitz, dieser Schock, dieses plötzliche Erwachen. Sie sah zu, wie ihre Mutter vorsichtig die schützenden Lagen Zeitungspapier entfernte, bis ein kleines, in Goldpapier eingepacktes Geschenk zum Vorschein kam, auf dessen Anhänger die Worte *Alles Gute zum Hochzeitstag, mein geliebter Ehemann* standen.

Liz starrte es an. »Oh mein Gott, Catrin!«, flüsterte sie.

Lana, die auf der Abtropffläche des Spülbeckens saß und aus dem Fenster rauchte, weil es zu kalt war, um rauszugehen, sagte: »Was denn? Was ist los?«

Liz zögerte.

»Liebes, möchtest du, dass ich es wegwerfe?«, flüsterte sie.

»Nein.« Catrin streckte die Hand nach dem ungeöffneten Geschenk aus.

Sie betrachtete es einen Moment, dann holte sie tief Luft und wickelte es aus.

In den Händen hielt sie, in einem silbernen Rahmen, den dreißig Jahre alten Papierfetzen, auf den Solomon damals seine Telefonnummer und eine Nachricht gekritzelt hatte … denselben Zettel, der sicher verborgen in Catrins Geldbeutel gesteckt hatte … derselbe Geldbeutel, den man ihr in diesem Athener Restaurant aus dem Rucksack geklaut hatte und damit ihr achtzehn Jahre altes Herz brach.

»Habe ich euch das nie erzählt?« Ihre Stimme klang krächzend und schwach. »Ein Jahr nach unserer Rückkehr bekam ich ihn zurück – meinen Geldbeutel. Ich bin sicher, das habe ich euch erzählt?«

»Ja, ich erinnere mich«, sagte Liz leise.

»Geld war nicht mehr drin, nur mein Büchereiausweis und das hier …« Sie hielt den schweren Silberrahmen hoch. »Ich habe den Zettel jahrelang in einer Schachtel aufbewahrt. Ihn mehr oder weniger vergessen. Und dann … bin ich wieder darüber gestolpert. Für unseren Hochzeitstag habe ich ihn rahmen lassen … als Geschenk …«

»Für Dad?«, fragte Romy mit vor Traurigkeit ganz großen Augen.

Catrin hielt kurz inne, um Kraft zu sammeln. Dann stammelte sie: »*Solomon Blythe, 091 0665879* … Und dann noch …« Sie blinzelte die Tränen weg, die ihren Blick verschleierten.

Lana sprang von der Spüle und stellte sich hinter ihre Freundin, um die Worte im Rahmen vorzulesen, den Catrin in zitternden Händen hielt.

»Als wir heute unsere Steinpyramide gebaut haben, war mein Wunsch, Dich wiederzusehen. Und ich glaube, das wird geschehen.«

Keiner rührte sich.

Catrin starrte das Papier im Silberrahmen an.

Romy starrte Catrin an.

Liz starrte Romy an.

Und Lana starrte alle an. Bis das Schweigen, schwer vor neuem Schmerz, von Catrin gebrochen wurde.

»Wird es denn geschehen?«, fragte sie in die Runde. »Werde ich ihn wiedersehen?«

Und dann kam sie. Die Erlösung, auf die sie gewartet hatte, die Katharsis durch Tränen, die ihr bisher verwehrt worden war.

»Oh, Sol …«, schluchzte sie und drückte den Bilderrahmen an die Brust. »Mein wunderbarer, wunderbarer Sol …«

54

JUDITH

Sie waren auf dem Weg nach Coed Celyn, um Catrin in ihrem neuen Heim zu besuchen. Judith war ein winziges bisschen eifersüchtig, dass Lana ihr beim Aussuchen geholfen hatte, aber sie begriff zunehmend, dass kleinliche Eifersüchteleien und Missgunst ihr nicht gut zu Gesicht standen. Auf keinen Fall wollte sie sich in ihre Mutter verwandeln, mit der sie nun seit über einem Monat nicht mehr gesprochen hatte.

Als sie gerade in Coed Celyn ankamen, rief Jack an, um zu berichten, dass die Prestoner Anwälte sich endlich gemeldet hatten. Aufgrund unvorhersehbarer Umstände sähen sie sich nicht mehr in der Lage, Adrian Olivers Bevollmächtigungsantrag auszuführen, ebenso wenig wie die Treuhandgeschichte für Patricias Haus.

»Jack, das ist ja fantastisch!«, freute sich Judith.

»Wirklich gut gemacht, mein Lieber!«, rief Gareth vom Fahrersitz aus. »Meinst du, das hat etwas mit dem offiziellen Briefkopf und deinen nachdrücklichen Worten zu tun?«

»Durchaus möglich. Die können nichts Gutes im Schilde geführt haben, wenn sie so schnell klein beigeben. Und selbst wenn nicht, wollen sie vermutlich einfach keinen Ärger bekommen.«

»Zum Glück«, meinte Judith. »Hoffentlich sieht meine Mutter das ein und lässt die Sache auf sich beruhen.«

Gareth schlug vor, es könnte angesichts dieser neuen Entwicklung eine gute Idee sein, mit Patricia Frieden zu schließen, vor allem da es bis Weihnachten nur noch drei Wochen waren. »Den Menschen ein Wohlgefallen und so«, schlug er vor.

»Nun übertreib es nicht gleich, Gareth Metcalf.«

Er grinste. Er wusste, sie gab ihm recht. »Komm, wir laden sie irgendwohin zum Mittagessen ein, dann hast du deine Pflicht erfüllt.«

»In Ordnung. Aber *du* darfst sie anrufen, um das auszumachen.«

Das hielt Gareth für einen guten Kompromiss.

Sie verbrachten die Nacht in Catrins neuem Haus und waren froh zu sehen, dass in ihren Augen wieder ein winziger Hoffnungsschimmer glomm. Romy hatte für sie alle gekocht – eine vegetarische Bolognese –, und sie versuchten aufgekratzt und fröhlich zu sein und *das* Thema zu vermeiden.

Der einzige Moment, in dem die Unterhaltung beinahe auf Sol gekommen wäre, war, als Romy ihnen von der Kreuzfahrt erzählte. »Tante Lana nimmt uns über Weihnachten mit in den Urlaub!«, verkündete sie. »Auf eine Minikreuzfahrt.«

Catrin sah betreten drein. »Also, nein, das haben wir noch nicht endgültig entschieden, mein Schatz.«

»Worum geht's?«, erkundigte sich Judith und versuchte verzweifelt, locker zu klingen.

»Ach, ich weiß auch nicht. Lana meint, es wäre eine gute Idee wegzufahren. Sie arbeitet über Weihnachten auf diesem Teneriffa-Kreuzfahrtschiff, deshalb kann sie uns umsonst eine Kabine besorgen.«

»Na, das ist ja mal eine Idee. Aber ist es eine *gute* Idee?«, fragte Judith.

»Diese Bolognese ist echt klasse, Romy«, unterbrach Gareth, um ein Gespräch um Freundinnenrivalität zu unterbinden. »Und das Rezept hast du aus der Schule, ja?«

Am nächsten Morgen, auf dem Weg zu Patricia, schnitt Judith das Thema noch einmal an. »Gar, ich meine, ganz im Ernst, diese Frau hat so wenig Verantwortungsgefühl.«

»Ja, das sagtest du bereits.«

»Das Letzte, was Catrin jetzt guttäte, ist, von zu Hause wegzugehen. Sie braucht Geborgenheit um sich, Vertrautes.«

»Ja, auch das hast du bereits erwähnt.«

»Ich weiß, ich nerve dich, aber ich finde, einer von uns beiden sollte mal ein ernstes Wort mit ihr reden.«

»Das übernimmst sicherlich du«, sagte Gareth und parkte vor Patricias Haus. »Jetzt konzentrieren wir uns lieber mal auf deine Mutter, ja? Und löschen *diesen* speziellen Brand.«

Judith nickte. Gareth hatte immer so einen beruhigenden Einfluss.

»Und vergiss nicht« – er drehte sich nach Judith um – »wenn du das Gefühl hast, sie will dich ärgern, atme einfach tief durch und denk daran, dass wir in ein paar Stunden wieder weit weg sein werden.«

Judith öffnete die Klappe des Schlüsselsafes und gab die Nummer ein. Das Ding öffnete sich nicht. Im Glauben, sich vertippt zu haben, versuchte sie es erneut. Nichts.

»Das tut's nicht«, schimpfte sie und wollte es gerade ein drittes Mal probieren, als die Tür aufging und Adrian Oliver vor ihnen stand.

»Der Code wurde geändert«, verkündete er feierlich.

»Äh?«, machte Gareth.

»Kommen Sie doch erst mal herein.«

Judith folgte misstrauisch seiner Einladung, und Gareth ging hinterher. Patricia saß fein ausstaffiert in ihrem Sessel, die Hände im Schoß gefaltet. Adrian stellte sich neben sie wie eine Art Bodyguard.

Einige Sekunden lang sprach niemand ein Wort, bis Gareth das Schweigen brach. »Alles im grünen Bereich, Pat?« Er zwang sich zu einem fröhlichen Tonfall.

Patricia holte tief Luft, ehe sie zu ihrer offensichtlich einstudierten Rede ansetzte. »Habt ihr irgendeine Ahnung, wie viel Ärger ihr mir bereitet habt?«

»Wie bitte?«, fragte Judith verwirrt.

»Tu jetzt bloß nicht so unschuldig, Fräulein. Dass du deine Nase in die Angelegenheiten meiner Anwälte gesteckt hast, hat mich ein Vermögen gekostet! Warum konntest du nicht einfach alles lassen, wie es ist?«

»Weil, Mutter«, erwiderte Judith und bemühte sich dabei sehr, ruhig zu bleiben, »wie ich dir schon erklärt habe, Steven Dean wegen Betrugs verurteilt wurde. Was Adrian vergessen hat, dir gegenüber zu erwähnen! Und das ist nur ein Grund, weshalb wir glauben, dass es nicht in deinem Interesse ist, ihm eine Vollmacht auszustellen oder dieses Haus in Treuhandverwaltung zu geben. Wir versuchen dich zu schützen!«

»Völliger Quatsch«, antwortete Patricia. »Du willst bloß nicht, dass ich glücklich bin. Was dich angeht, komme ich immer an zweiter Stelle. War mit George genauso. Ihr beiden wart euch gegenseitig immer wichtiger – dabei war er nicht mal dein Fleisch und Blut.«

»Ach, Pat, lass uns jetzt nicht davon anfangen, ja?«, bat Gareth.

»Halt du den Mund!«, fuhr Patricia ihn an.

Und Judith bemerkte, wie ein kleines Lächeln Adrians Mundwinkel umspielte.

»Dann ist das Mittagessen also gestrichen, nehme ich an?«, gab Gareth zurück.

Patricia ignorierte ihn. Stattdessen reckte sie stolz die Brust heraus und verkündete: »Du dachtest, du könntest dich mir in den Weg stellen, hab ich recht? Du könntest mir sagen, was ich tun und lassen soll?«

»Nein, das stimmt so überhaupt nicht.«

»Lüg mich nicht an, du kleine Ratte.«

»Jude, lass uns gehen«, drängte Gareth, der sich weigerte, sich von seiner bösartigen Schwiegermutter herumkommandieren zu lassen. Das hier war keine lösbare Situation.

Als sie bereits in der Tür standen, sagte Adrian: »Ach ja, da ist noch eine Sache, die wir Ihnen sagen wollten.« Er sah Patricia an, die den Faden aufgriff.

»Ja«, sagte sie mit einem boshaften Lächeln, wie Judith es seit vielen Jahren nicht mehr gesehen hatte. »Ich wollte dir das hier zeigen.« Mit diesen Worten öffnete sie die gefalteten Hände und streckte ihrer Tochter triumphierend die linke entgegen. An ihrem Ringfinger steckte ein billiger Glitzerring, der zu eng saß und ihr ins Fleisch einschnitt.

»Oh Gott«, flüsterte Gareth.

»Patricia und ich werden heiraten.« Adrian reckte trotzig das Kinn vor.

»Im Mai!«, fügte Patricia hinzu. »Ob es dir passt oder nicht.«

55

GARETH

Heute hatte er einen eleganten Kranz mitgebracht, mit Stechpalmen-, Tannen-, Mistelzweigen und Efeu. Jetzt, zwei Tage vor Weihnachten, zitterte der Magnolienbaum im frostigen Sonnenschein und die Knospen des Frühlings waren nur ein Glitzern an den stummen Zweigen.

Nachdem er einiges Laub und trockene Zweige weggefegt hatte, legte Gareth den Kranz auf das winzige Grab, ehe er seinen Flachmann herausholte und einen ordentlichen, wärmenden Schluck Whisky trank. Einige Reihen weiter befand sich Solomons Grab, und er konnte sehen, dass es immer noch mit Blumenarrangements bedeckt war. Sechs Monate waren inzwischen vergangen, und Gareth vermisste den Freund mehr, als er es sich je hätte vorstellen können. Sie waren sich im Lauf der Jahre überraschend nahegekommen.

Bei seiner Ankunft auf dem Friedhof hatte er eine Frau gesehen, die Sols Grabstein las. Sie trug eine große Sonnenbrille und war warm eingepackt wegen des beißenden Winds, gegen den selbst die Sonne nichts ausrichten konnte. Sie hatten sich nicht gegrüßt und waren auch zu weit voneinander entfernt, um Blickkontakt aufzunehmen, worüber er froh war.

Im Lauf der Jahre hatte er gelernt, dass Trauernden an den umliegenden Gräbern eine Art seltsamer Respekt entgegengebracht wurde. Wenn er mal an jemandem vorbeikam, nickte er normalerweise nur, als Anerkennung geteilten Kummers. Selten suchte jemand auf dem Friedhof das Gespräch. Irgendwie hätte sich das geschmacklos angefühlt.

Gareth trank noch einen Schluck Whisky, dankbar für die wärmende und aufmunternde Wirkung.

»Wie's aussieht, Georgie, zieht deine Großmutter wieder ihre alten Tricks ab.« Er hatte Judith nie seinen geheimen Namen für sie verraten – Georgie –, weil es sich irgendwie anfühlte wie geschummelt, für ein Baby, das er nur einen Tag lang gekannt hatte, einen väterlichen Spitznamen zu entwickeln. »Ich hab deine Mutter vorhin bei Tante Catrin abgesetzt, damit sie ihr davon erzählen kann. Wir haben Anwälte und Sozialarbeiter und Ärzte und alles Mögliche zurate gezogen. Total nervig, kann ich dir sagen. Und jetzt verlobt sie sich einfach! Mit einem Fünfunddreißigjährigen! Die Frau ist echt ein harter Brocken. Deine Großmutter, meine ich, nicht deine Mutter.« Er lächelte. »Ich glaube, Cat möchte gern alle Details wissen. Wahrscheinlich weil sie sich dadurch mal gedanklich mit was anderem beschäftigen kann. Es geht ihr schon deutlich besser. Die Zeit heilt alle Wunden, sagt man ja.«

Er schwieg einen Augenblick lang, dann fügte er hinzu: »Hey, ich frage mich gerade, ob du wohl schon deinen Onkel Solomon getroffen hast? Ha! Wenn man mich so reden hört – und ich soll Atheist sein!« Er lächelte, als er sich vorstellte, wie Georgias niedlicher kleiner Geist lachend um ihn herumtanzte. »Das Baby deines Bruders kann jetzt jeden Tag auf die Welt kommen. Sie nennen sie Ivy, also Efeu, wegen, du weißt schon, Weihnachten. Sie wäre deine Nichte. Seltsam, oder? Tante Georgia.« Er hielt inne, um Luft zu holen.

Bei seinen Besuchen weinte er selten, vor allem in den letzten Jahren, doch es war immer das Erreichen und Vergehen von Meilensteinen, das ihn öfter mal überrumpelte: die Erkenntnis, dass Georgia ein weiteres Ereignis oder einen Lebensabschnitt verpasste.

»Ich hab dich immer noch lieb«, flüsterte er. »Ob du mich nun hören kannst oder nicht.« Dann küsste er seine kalten Finger, ehe er die Buchstaben des Namens seiner Tochter auf dem Grabstein berührte. »Frohe Weihnachten, meine Kleine.« Es war albern, das wusste er genau. Er küsste damit nur ein Stück Stein. Und doch fand er es tröstlich.

»Gareth?« Die Stimme riss ihn aus seinen Gedanken. »Bist du das?«

Er drehte sich um und erblickte die Frau, die ihm vorhin an Solomons Grab aufgefallen war. Sie hatte die Sonnenbrille abgenommen.

Gareth seufzte.

»Lana.«

***

Gareths dreißig Jahre alter Groll gegen Lana war ein Teil seines Lebensentwurfs geworden. Die Wut brannte nicht mehr in ihm wie einst, und er hatte sich daran gewöhnt, damit zu leben – trotzdem verging selten ein Tag, an dem er nicht an den Vorwurf dachte, den er ihr immer machen würde.

Doch nach Sols Tod war es zunehmend schwierig geworden, so zu tun, als würde Lana nicht existieren, und noch mehr, seine Entschlossenheit zu rechtfertigen, ihr nie zu verzeihen.

Was keinem klar war – und was er sich selbst gegenüber kaum eingestehen konnte –, war, dass er Lana weiterhin die Schuld geben *wollte*.

Weil es ihm einen echten Grund für Georgias Tod gab.

Denn wenn ihr Tod nicht dadurch ausgelöst worden war, dass Lana Judith an Catrins Hochzeit gestoßen hatte, dann handelte es sich tatsächlich nur um einen unerklärlichen, unglücklichen Unfall. Und das würde er nicht ertragen. Die Vorstellung fand er entsetzlich. So etwas kommt einfach manchmal vor, hatte ein Arzt ihm erklärt, und Gareth hätte ihm am liebsten das Licht ausgepustet. Nein. Seine Tochter war gestorben, weil Judiths beschissene Freundin sie umgestoßen hatte, als sie schwanger war.

Diesen Glauben hatte er in eine Tatsache verwandelt. Und die Tatsache wiederum hatte auf düstere Art beruhigend gewirkt. Es gab einen *Grund* für Georgias Tod. Wenn er Lana verzieh, würde sich dieser Grund in Luft auflösen.

Es half natürlich, dass er sie üblicherweise höchstens einmal im Jahr sah und auch das nur aus der Ferne oder in einer Menge anderer Partygäste. Denn auf Distanz konnten Schuldzuweisungen prima gedeihen, den Mythos nähren und damit alles erträglicher machen. Doch spätestens seit der Beerdigung hatte sich Lana Lloyd – oder wie auch immer sie heutzutage hieß – wieder zunehmend in seine Gedanken geschlichen, ihn ihre unwillkommene Anwesenheit deutlich spüren lassen.

Und hier stand sie nun vor ihm, in ihrem teuren Wintermantel. Wie seltsam es sich anfühlte, nicht schockiert zu sein. Als hätte er damit gerechnet, sie zu treffen.

»Ich bin hier, um Catrin und Romy abzuholen«, sagte sie, als wäre Small Talk zwischen ihnen beiden das Natürlichste auf der Welt. »Nach Portsmouth. Also wegen der Kreuzfahrt.«

Er nickte und sah sie an. Dünne, blondierte Haarsträhnen schauten unter dem falschen Pelzbesatz ihrer russisch anmutenden Mütze heraus. Sie trug eine dicke, mit Puder fixierte

Schicht Make-up, das sich in den Falten um ihren Mund und den Krähenfüßen abgesetzt hatte. Die haselnussbraunen Augen, an die er sich erinnerte, strahlten nicht mehr so intensiv, waren dafür mit dunkelbraunem Lidschatten und schwarzer Wimperntusche eingerahmt. Ihre Lippen, schmaler als in ihrer Jugend, waren angemalt – sie sehen buchstäblich angemalt aus, dachte er – mit einem dunkelroten Lipgloss, von dem ein bisschen an ihrem Schneidezahn klebte. Er fand sie nicht attraktiv, aber auch nicht beunruhigend. Wenn überhaupt, dann überraschte es ihn, wie sanft sie wirkte. Ihr Verhalten, trotz des dicken Schutzpanzers aus Schminke und schicken Klamotten, war ziemlich gewöhnlich. Fast schon schüchtern.

»Kaffee?«, fragte sie.

56

LANA

Sie hatte Sol besucht, bevor sie bei Liz und Huw Kelly vorbeischauen würde, um ihnen zu versichern, dass die Weihnachtskreuzfahrt mit Catrin und Romy wirklich eine gute Idee war. Und dann sah sie ihn. An der letzten Ruhestätte seiner geliebten kleinen Tochter, markiert von einem Grabstein, dessen Anblick sie kaum ertrug. Einige Augenblicke stand sie einfach nur hinter ihm, beobachtete ihn, unsicher, ob sie auf sich aufmerksam machen oder sich einfach davonschleichen sollte.

Gareth Metcalf.

Obwohl sie ihn im Lauf der Jahre und im Juni bei der Beerdigung aus der Ferne gesehen hatte, konnte sie ihn hier zum ersten Mal richtig anschauen. Seine breiten Schultern von damals waren im fortgeschrittenen Alter nicht mehr ganz so imposant, unter seiner Motorradjacke aber immer noch zu erkennen. Es fühlte sich falsch an, hier zu sein, an diesem privaten Ort, in einem so privaten Moment, und sie sagte seinen Namen in einem Versuch zu beenden, was sich fast wie Voyeurismus anfühlte. Als er sich umdrehte, hätte sie am liebsten sofort losgeheult. Doch sie schluckte den Impuls hinunter und plapperte drauflos wie immer, wenn sie nervös war.

Zwanzig Minuten später saßen sie in Milza's Café an der Hauptstraße von Coed Celyn und tranken Tee, während sich rings herum Weihnachtseinkäufer tummelten, der Kaffeeautomat zischte und Giovanni sich mit seinen Gästen fröhlich und laut unterhielt. Sie hatten den Platz am Fenster bekommen.

»Irre, dass es diesen Laden hier noch gibt!«, sagte Lana, während sie drei Zuckerwürfel in ihre Tasse rührte.

»Ist auch immer noch dasselbe Geschirr«, stellte Gareth fest.

Sie machten etwas angestrengten Small Talk und blickten dabei beide durchs Fenster auf die Straße hinaus, um sich nicht ansehen zu müssen und das Thema hinauszuzögern, von dem sie wussten, dass sie es schließlich anschneiden mussten.

Gegenüber von Milza's lag der Waschsalon. »Scheint gut besucht wie immer, was?«, sagte Lana, während sie beobachteten, wie ein Mann zwei Müllsäcke voll Wäsche hineinschleppte. »Ich frage mich, wer heutzutage wohl obendrüber wohnt«, fügte sie vorsichtig hinzu, wohl wissend, dass sie sich damit auf gefährliches Beziehungsterrain begab. Wir hatten so viel Sex in dieser Wohnung, dachte sie. Was wir alles angestellt haben! Bei der Erinnerung wurde sie ein bisschen rot.

Falls Gareth ihre Gedanken teilte, ließ er sich zumindest nichts anmerken. »Das ist so lange her«, murmelte er.

Und schließlich drehte er den Kopf und sah sie an.

»Lana.« Er blickte ihr in die Augen.

»Warte«, sagte sie schnell, »lass mich zuerst sagen, wie sehr …«

»Bitte, nicht«, unterbrach er sie. »Wozu? Es kann nichts ändern, oder?«

»Nein. Aber ich würde mich ein winziges bisschen besser

fühlen, wenn ich mich tatsächlich mal entschuldigen dürfte. Denn ich trage das immer mit mir herum, Gareth. Jeden Tag. Und ich werde mich immer verantwortlich fühlen. Egal wie sehr Catrin mich vom Gegenteil überzeugen will.«

Gareth seufzte und schüttelte den Kopf.

»Was passiert ist, ist passiert, Lana. Und dafür bist du ebenso wenig verantwortlich wie die Frau da draußen neben der Post.«

Lana blickte in Richtung Post und sah eine blonde Frau am Handy, umgeben von Einkaufstaschen, die ziemlich gestresst wirkte. »Ich glaube, das ist Geraldine Harper, oder?«

Gareth nahm eine Brille aus der Innentasche seiner Jacke, setzte sie auf und sah genauer hin. »Mein Gott, ja, das ist sie! Jude hat mir erzählt, dass sie inzwischen Großmutter ist.«

»Überrascht mich nicht«, meinte Lana, die zusah, wie Gareth einen Schluck Kaffee nahm. »Das alte Luder.«

Woraufhin Gareth prustend den Kaffee ausspuckte. Was wiederum Lana ebenfalls zum Lachen brachte. Und das Eis war gebrochen.

Nach ein paar Augenblicken sagte er: »Jedenfalls, wenn sich jemand entschuldigen sollte, dann bin ich das. Ich habe einfach … Ich weiß auch nicht, man kommt im Leben in so einen Trott, man strickt sich Geschichten zusammen, oder? Und ich hab mich einfach dran gewöhnt, dir die Schuld zu geben. Das war blöd … hirnrissig …«

»Nein, das war es nicht.«

»Doch, war es. Ich denke einfach, Jude und du, ihr hättet euch vielleicht wieder vertragen, wenn ich nicht gewesen wäre.«

»Ehrlich gesagt weiß ich nicht, ob das stimmt.« Lana starrte wehmütig in ihre Tasse.

»Vermisst du sie?«, fragte er.

Die Frage überraschte sie.

»Nicht mehr.« Die Worte blieben ihr fast im Hals stecken, was darauf hindeutete, dass sie vielleicht nicht ganz der Wahrheit entsprachen. »Es ist einfach so, wir waren jetzt viel länger Feindinnen als Freundinnen, wenn man sich's recht überlegt. Und wahrscheinlich haben wir uns daran inzwischen beide gewöhnt.«

Gareth runzelte die Stirn. »*Feindinnen* ist ein bisschen heftig ausgedrückt, oder?«

»Na ja, du kennst ja meinen Hang zu Dramatik.«

Als er lächelte, fügte sie hinzu: »Ach, Scheiße, Gar. Das, was zählt, ist das Hier und Jetzt, oder? Ich meine, es ist ja nicht so, als könnten wir zu irgendeinem Boss da oben im Himmel sagen: *Oh, Entschuldigung, ich habe einen Fehler gemacht im Jahr neunzehnhundert-was-auch-immer, darf ich bitte noch mal zurück und das wiedergutmachen?* Wir stehen, wo wir stehen, hab ich recht?«

Gareth nickte und ergriff die Gelegenheit zum Themenwechsel. Mehr konnte sowieso nicht gesagt werden.

»Romy hat mir erzählt, dass du inzwischen als Cher-Imitatorin arbeitest!«

»Ja, und Celine Dion.«

Er lächelte. »Cool.«

»Na ja, die Kohle ist einfach unschlagbar gut, und ich darf schöne Perücken tragen.« Sie lachte, obwohl es ihr gleichzeitig ein bisschen peinlich war, dies zu einem Menschen zu sagen, der sie mit achtzehn gekannt hatte, als sie noch voller Ehrgeiz und Hunger auf Erfolg gewesen war.

»Catrin sagt, die Ähnlichkeit sei fast schon unheimlich!«

»In meinem Alter muss man halt die Arbeit nehmen, die man kriegen kann. Diese neue Double-Agentur, bei der ich jetzt bin, hat mich schon für vier Auftritte im neuen Jahr vermittelt, also …«

»Super«, meinte Gareth.

Dann sah er auf die Uhr. »Ich sollte besser zurück. Jude ist in Enkeltochter-Alarmbereitschaft. Kann jeden Tag auf die Welt kommen.«

»Enkelkinder. Mensch, Gar, wo sind all die Jahre geblieben, was? Eine Unverschämtheit.« Dann griff sie über den Tisch hinweg nach seiner Hand und drückte sie.

»Wir sehen uns.« Er lächelte und erwiderte ihren Händedruck.

57

CATRIN

Letzten Endes hatte es nicht viel gebraucht, um sie zu überreden, auf diese Kreuzfahrt zu gehen.

»Das wird dich auf andere Gedanken bringen«, meinte Lana, »und dafür sorgen, dass du nicht dauernd grübelst.«

Doch als Catrin ihren Eltern davon erzählte, stieß die Idee auf eine Menge Widerstand. Wie konnten sie über Weihnachten nicht zu Hause sein? Ihr erstes Weihnachten ohne Sol? Was würden *seine* Eltern dazu sagen?

»Er war *dein* Ehemann«, sagte Lana zu Catrin. »Und Romy ist *deine* Tochter.«

Überraschenderweise musste Romy gar nicht überredet werden. Catrins Befürchtungen, wie ihr kleines Mädchen mit der Aussicht umgehen würde, über Weihnachten nicht zu Hause zu sein, hatten sich als unnötig erwiesen. Romy beschwerte sich nicht darüber, Familientraditionen wie das Öffnen von Geschenken unterm Weihnachtsbaum, den Besuch der Christmette mit Oma und Opa Kelly oder das Rugbymatch am zweiten Feiertag zu verpassen … Nichts davon schien ihr etwas auszumachen.

»Mum! Wir werden am Mittelmeer sein! An WEIHNACHTEN! Das ist doch der Wahnsinn!«

Und Catrin hatte sehr erleichtert gelacht.

Es folgte ein kurzer trauriger Moment, als Romy ihre Mutter umarmte und leise hinzufügte: »Außerdem wäre es sowieso nicht dasselbe, Geschenke auspacken ohne Dad.«

»Nein, mein Schatz, das wäre es nicht.«

»Also, was sagt ihr?«, fragte Lana, um vorsichtig das Thema zu wechseln. Sie war total aufgeregt, dass es ihr gelungen war, so einen tollen Deal rauszuschlagen: Als Gegenleistung für die edle Familienkabine mit eigenem Balkon würde Lana während der fünftägigen Kreuzfahrt jeden Abend einen Auftritt als Cher absolvieren.

»Wir sagen, sehr gern, vielen Dank, liebe Tante Lana!«, antwortete Catrin lächelnd.

Als sie sich an Heiligabend in ihr Kabinenbett kuschelte, verkündete Romy: »Wenn ich mit der Schule fertig bin, will ich auf einem Schiff arbeiten.«

Catrin grinste. »Was, du willst Kreuzfahrtsängerin werden wie deine Tante Lana?«

»Ahhh, das ehrt mich aber«, neckte Lana.

»Nein! Ich will Kapitänin werden!«, kicherte Romy.

Lana und Catrin lachten.

Nachdem sie an ihrem ersten Abend an Bord am Kapitänstisch zu Abend gegessen hatten – eine Überraschung, die ihre »gute Tantenfee« organisiert hatte –, hatte Romy den Kapitän gefragt, ob denn auch Frauen Kreuzfahrtschiffe befehligten. Er erklärte ihr, dass er bisher nur von zwei Schiffsführerinnen gehört habe, er wüsste aber auch nicht, warum. Romy erwiderte, das sei aber doch nicht fair. Er stimmte ihr zu und fragte sie, ob sie mit auf die Kommandobrücke kommen und zusehen wolle, wie er sein Schiff steuerte. Letztlich blieb sie fast den ganzen Heiligabend über dort oben. Sie war fasziniert von der Funktionsweise und Kraft des Schiffs, das von einer einzigen Person am Ruder auf Kurs gehalten wurde.

»Mum, das ist echt unglaublich!«, berichtete sie. »Dieses Schiff wiegt zig Tonnen und wird von diesem einen kleinen Ort aus kontrolliert. Wusstest du, dass im Wasser alles leichter ist?«

»Das ist das archimedische Prinzip«, erklärte Catrin.

»Das was?«

Und plötzlich, ganz ohne Vorwarnung, griff Catrin ins Archiv ihres wissenschaftlich geschulten Gehirns und ratterte die Definition herunter, die sie Jahrzehnte zuvor gelernt hatte: *»Wenn ein Körper ganz oder teilweise in eine Flüssigkeit eingetaucht wird, erfährt er eine nach oben gerichtete Kraft, die gleich dem Gewicht der von ihm verdrängten Flüssigkeit ist.«*

Lana und Romy saßen einen Moment lang mit offenem Mund da, ehe Lana anfing, ihrer schlauen Freundin langsam Beifall zu klatschen.

»Gut gemacht, Cat, gut gemacht!«

»Mum, du bist echt so ein Streber!«

»Das ist der Grund, weshalb Schiffe schwimmen und weshalb du im Meer jemanden tragen kannst, der viel schwerer ist als du. Erinnerst du dich nicht mehr, wie du das mit deinem Dad gemacht hast, als du noch klein warst?«

»Ähhmm ...«

»Du dachtest immer, es wäre Zauberei, dass du ihn im Schwimmbad hochheben und herumtragen kannst, als wäre er leicht wie eine Feder!«

Da war sie wieder, die Traurigkeit. Einer von vielen solchen Momenten, wie sie während der nächsten Tage immer wieder auftauchen sollten, und sicher würde es noch mehr davon geben – sie ließen sich natürlich nicht vermeiden. Doch wenigstens war an Bord der *Princess Eugenie* ihre Umgebung glänzend und neu, eine Welt, die weder Cat noch Romy je zuvor erlebt hatten. Sie barg keine Erinnerungen an Sol.

Am Weihnachtsmorgen wachte Catrin früh auf. Während der ersten bewussten Sekunden vergaß sie, dass Sol gestorben war. Das passierte fast jeden Tag. Sie sah zu Lana hinüber, die noch tief und fest schlief. Romy schnarchte in ihrer Koje. Seufzend stieg sie leise aus dem Bett, wickelte sich in eine Decke und trat hinaus auf den Balkon, wo sie sich auf die kleine Bank setzte und aufs Meer starrte. Der Morgen war kühl und neblig, doch sie konnte die Umrisse von Land in der Ferne ausmachen. Sie versuchte nicht zu weinen – sie wollte so sehr nicht weinen. Wann würde das je aufhören?

Einige Minuten später hörte sie, wie die Tür aufgeschoben wurde, Lana kam für ihre erste Nikotindosis des Tages herausgestolpert.

»Rutsch mal«, sagte sie, steckte sich eine Zigarette an und kroch zu ihrer traurigen Freundin unter die Decke.

»Du stinkst«, sagte Catrin, um die Stimmung aufzuheitern.

»Du riechst auch nicht gerade nach Veilchen.« Lana paffte an ihrer Kippe, obwohl sie wusste, wie sehr Cat es hasste. »Willste mal ziehen?«

»Lana, gerade du solltest wissen, dass ich noch nie in meinem Leben geraucht habe. Warum, um alles in der Welt, sollte ich mit fünfzig damit anfangen?«

»Weil heute Weihnachten ist, du ein gebrochenes Herz hast und ich versuche dich abzulenken, indem ich unglaublich nervig bin.«

»Also alles wie immer.«

Schweigend saßen sie da und ließen sich von der Meeresluft des Weihnachtsmorgens trösten.

»Es wird nie verschwinden«, sagte Lana, während sie beißenden Rauch ausblies. »Es wird immer diesen … diesen fehlenden Teil geben.«

Catrin nickte und drückte die Hand ihrer Freundin, den Blick aufs Meer hinaus gerichtet.

»Aber es ist noch nicht lange her. Eines Tages wird es sich besser anfühlen als jetzt gerade.«

»Ich bin einfach irgendwie nicht in der Lage, einen Fuß vor den anderen zu setzen. Ich kann nicht an die Zukunft denken, immer nur an den nächsten Tag. Manchmal schaffe ich nur eine Stunde, bevor ich wieder zusammenbreche. Ich meine, ich sollte inzwischen eigentlich wieder arbeiten, oder?«

»Es gibt keine Regeln, Catrin. Hör mal auf, so verdammt verkopft zu sein!« Lachend küsste Lana ihre Freundin aufs Haar. »Wie isst man einen Elefanten?«

»Wie bitte?«, fragte Catrin verwirrt. »Ich weiß nicht ...«

»Einen Bissen nach dem anderen. Anders geht es nicht.«

Catrin gelang ein kleines Lächeln. »Was für eine entsetzliche Vorstellung!«

»Er fehlt uns allen, Süße. Es gibt so viele Menschen auf dieser Welt mit einer Solomon-Lücke in ihrem Leben. Er wird nie vergessen werden.«

Dann saßen sie eine gute halbe Stunde lang schweigend da, das Haar feucht von der Gischt, während das sanfte Schaukeln des Schiffs jede in ihre eigenen Gedanken einlullte.

Schließlich wurden sie davon unterbrochen, dass die Balkontür aufging und eine verschlafene, aufgeregte Romy im Pyjama herauskam.

»Können wir jetzt die Geschenke aufmachen?«

Und Lana konterte laut und theatralisch: »Es ist WEE-EIHHHNACHTEN!«

58

JUDITH

Als sie den Anruf bekam, passte sie gerade auf das Baby auf. Die süße kleine Ivy May, inzwischen drei Monate alt, geboren am zweiten Weihnachtsfeiertag, gesunde neun Pfund schwer und der Liebling der ganzen Familie. Da Dominic und Jack seit Anfang März beide wieder zur Arbeit mussten, hatten sie ein Kindermädchen engagiert, das sich normalerweise um die Kleine kümmerte. Heute hatte es sich allerdings krankgemeldet, weshalb sich die beiden hilfesuchend an Judith und Gareth wandten.

»Das ist keine Arbeit, das ist ein Vergnügen!«, hatte Judith Jack versichert, als er seine Tochter morgens bei seinen Eltern vorbeigebracht hatte. »Ich hoffe nur, dein Vater und ich streiten uns nicht darum, wer sie mehr knuddeln darf!« Sie versuchte ihn zu beruhigen, weil sie wusste, dass sowohl Jack als auch Dom ein schlechtes Gewissen hatten, ihre Elternpflicht zu vernachlässigen.

Als eine Stunde später das Telefon klingelte, ging Judith davon aus, dass es einer der beiden nervösen, frischgebackenen, neurotischen Väter war, der sich nach seinem Neugeborenen erkundigen wollte.

»Keine Sorge, uns geht es bestens!«, sagte sie zur Begrüßung. Doch es war nicht Jack. Und auch nicht Dom.

Es war Catrin.

»Ich hab's auf deinem Handy probiert! Jude – du musst kommen, so schnell du kannst.«

Catrin hatte aus der Praxis angerufen, wo sie inzwischen einen Tag die Woche als Vertretung arbeitete – nur um mal auszuprobieren, wie es sich anfühlte.

»Greta Hughes war gerade bei mir«, sagte sie hektisch. »Erinnerst du dich an sie? Hat früher in der Schulkantine gearbeitet.«

»Wir haben sie Garbo genannt! Klar. Was ist mit ihr?« Judith wollte, dass Catrin zum Punkt kam.

»Also, sie war da wegen ihres Diabetes Typ zwei …«

»Zu viele Details, Cat.« Judith hatte das Telefon zwischen Ohr und Schulter geklemmt, während sie ihre schlafende Enkeltochter wiegte.

»Verzeih, natürlich … Also, sie war gerade schon am Gehen, da meinte sie, ob ich schon gehört hätte … Ich habe noch versucht sie abzuwimmeln, denn wir sollen hier nicht tratschen und so …«

»Mensch, Cat! Nun spuck's schon aus!«, rief Judith flüsternd, um Ivy nicht zu wecken.

»Es geht um deine Mutter«, sagte Catrin. »Sie heiratet.«

»Ja, das behauptet sie zumindest!«, erwiderte Jude. »Aber sie hat es schon ein paarmal verschoben.«

»Nein! Sie heiratet *heute*! Um zwei!«

Eine Stunde später brausten Judith, Gareth und Baby Ivy über die A4 Richtung Wales. Gareth saß am Steuer, Judith hinten bei ihrer Enkelin.

»Was zum Teufel will sie damit erreichen, Gar?«, fragte Judith zum x-ten Mal.

Seit Adrians Ankündigung im Dezember versuchten Jack,

Gareth und Judith unermüdlich, Patricia davon zu überzeugen, dass sie einen Fehler beging. Das schien auch gefruchtet zu haben, denn sie hatte den Hochzeitstermin zweimal auf später im Jahr verschoben.

Jack war optimistisch gewesen. »Mum, ich glaube wirklich, dass sie es nicht durchzieht«, hatte er gemeint. »Und diese Frau vom Sozialamt ist meiner Meinung. Die haben nämlich ein wachsames Auge auf die ganze Sache.«

So kam es, dass Judith nachlässig geworden war, was diese Heirat anging. Sie hatte geglaubt, dass es nie passieren würde. Dass Patricia Adrian hängen lassen würde, wie es so ihre Art war.

Und nun saßen sie hier im Auto, auf dem Weg nach Wales, um eine Ehe zu verhindern, die Patricia, wie es aussah, durchaus gewillt war zu schließen.

»Sie ist eine hinterhältige, manipulative Hexe. Und er auch«, sagte sie. »Sie haben uns angelogen und dabei die ganze Zeit geplant, es heimlich zu tun!«

Ihr Handy klingelte. Es war wieder Catrin. »Ich erreiche weder meine Mutter noch meinen Vater!«, brüllte sie über die Freisprechanlage. »Die können also nicht helfen. Und ich habe eine Liste wartender Patienten, die so lang ist wie mein Arm. Ich komme hier auf keinen Fall weg, Jude! Vielleicht musst du einfach akzeptieren, dass du sie nicht aufhalten kannst.«

»Auf gar keinen Fall!«

Im Hintergrund konnten sie hören, wie Catrins Sprechstundenhilfe den nächsten Patienten ankündigte.

»Hör zu, es gibt jemanden, der helfen kann«, sagte Catrin hastig. »Aber du musst selbst anrufen. Ich schick dir noch schnell die Nummer. Und falls ich nach der Vormittagssprechstunde hier irgendwie wegkomme, dann treffe ich euch dort.«

Catrin legte auf. Sekunden später meldete Judiths Handy eine Nachricht:

KONTAKTDATEN für LANA LLOYD.

Judith seufzte.

59

LANA

Sie bereitete sich gerade auf einen Mittagsauftritt in einem Schwulenklub in Cardiff vor. Die Schwulenklubs waren offenbar total begeistert von ihr, aber sie betrachtete ihre jüngste Beliebtheit nicht als selbstverständlich. Wer wusste schon, wann die nächste erstklassige Imitatorin auftauchen würde? Sie hatte Gerüchte über eine *sehr* überzeugende Barbra Streisand aus Pontycymer gehört, die die Szene im Sturm eroberte. Daher musste sie wachsam bleiben – und immer alles geben.

Sie war gerade dabei, ihrer Cher-Perücke noch einige Locken zu drehen, als das Handy klingelte. Die Nummer kannte sie nicht, aber das war nicht weiter überraschend. Vermutlich ein neuer Klub, der sie buchen wollte. Sie meldete sich mit ihrer schönsten, seidigsten Cher-Stimme. *»Hallo, Honey Pie! Was gibt's?«*

»Lana?«

In der Art, wie die Anruferin ihren Namen sagte, lag eine gewisse Vertrautheit, aber Lana konnte sie nicht ganz einordnen. Sie räusperte sich und versuchte normal zu sprechen.

»Ja, am Apparat?«

Einen Moment lang herrschte Stille, dann: »Ich bin's, Judith. Metcalf.«

Scheiße!

»Oh. Hallo.«

Wieder Schweigen, dann: »Hör zu, es tut mir total leid, dass ich dich so aus heiterem Himmel anrufe, und ich würde auch nicht fragen, wenn es nicht ein echter Notfall wäre, aber das ist es. Ich würde dich gern um einen riesengroßen Gefallen bitten.«

60

PATRICIA

Die Kulisse war definitiv nicht romantisch. Und auch in keinerlei Hinsicht majestätisch oder sonst wie beeindruckend. Hätte die Eheschließung in einem Rathaus stattgefunden, wäre die Umgebung wenigstens ein bisschen würdevoll und feierlich gewesen – ein paar Steinsäulen, um die man eine Schleife binden konnte, vielleicht etwas Holzvertäfelung aus den Dreißigerjahren oder da und dort ein Buntglasfenster. Aber in Coed Celyn gab es kein Rathaus. Das völlig unscheinbare Standesamt war in einem nichtssagenden Backsteingebäude der Verwaltung untergebracht, entworfen und erbaut während einer besonders einfallslosen Periode Ende der Sechziger. Es besaß keinerlei besondere Eigenschaften, außer dass es sauber und barrierefrei war. In jeglicher sonstiger Hinsicht war es hässlich – und baufällig. An manchen Stellen bröckelte buchstäblich der Gips. Man hätte das Gebäude schon vor Jahrzehnten von seinem Leid erlösen sollen.

Der kleinere der zwei zweckmäßigen Räume trug unpassenderweise den Namen Richard-Burton-Suite – ein augenzwinkernder Versuch, die dürftige Verbindung der Stadt mit der Welt des Films hervorzuheben: Coed Celyn bedeutete schließlich wörtlich ins Englische übersetzt *Holly Wood*. Das Zimmer war funktional, spärlich eingerichtet und besaß keinerlei Atmosphäre. Helle Neonröhren an der Decke sorgten dafür, dass alle Anwesenden gut sehen konnten, wenn es ums Unterschreiben der Dokumente ging, doch die bescheidenen hohen Fenster ließen weder viel Tageslicht herein noch boten sie eine hübsche Aussicht, um den freudigen Anlass zu umrahmen. Es erinnerte eher an einen Raum beim Bestatter als an einen Hochzeitsort. Ein Tisch, ein Stift und fünf Leute: Steven, der Trauzeuge, Tina, die Trauzeugin, Alison, die Standesbeamtin, und natürlich das glückliche Paar.

Patricia trug Weiß und hielt einen kleinen Strauß Maiglöckchen im Schoß – natürlich Kunstblumen. Echte kamen für sie nicht infrage: Sie durfte schließlich nicht riskieren, Heuschnupfen zu bekommen, nicht an einem Tag wie diesem. Adrian trug die Cordhose, die sie ihm gekauft hatte, und dazu ein schickes dunkelblaues Jackett – keine Krawatte, aber das machte Patricia nichts aus. Sie wollte, dass er es bequem hatte, und er war kein Typ, der sich gern in Schale warf, wie er sie oft erinnerte.

Zugegeben, Patricia hätte eine kleine Kapellenhochzeit vorgezogen oder sogar eine Reise nach Vegas. *Sie* hätte dafür bezahlt! Sie hätten einen dieser Elvis-Priester für die Trauung buchen können – meine Güte, damit hätten sie viel Spaß gehabt! Doch Adrian hatte darauf hingewiesen, natürlich ganz sanft und wie immer vernünftig – denn *ich habe immer nur dein Bestes im Sinn, Patricia* –, dass der Flug zu viel gewesen wäre für sie. Und eine Hochzeit in der Capel Bethesda am Ort hätte zu viel Aufsehen erregt. *Du weißt doch, wie die Leute in Coed Celyn sind, Pat! Nichts als Klatschmäuler, alle miteinander. Sie würden es einfach nicht verstehen*. Und wenn Judith es herausgefunden hätte, dann hätte sie sich natürlich eingemischt und alles ruiniert.

Er hatte recht. Wie immer. Denn, genau wie er sagte, das hier war *ihr gemeinsamer* Tag. Ihr besonderer, *privater* Tag. Da war es besser, alles klein und schlicht zu halten. Und geheim.

Er dachte immer an sie, nie an sich selbst. Sogar heute hatte er ein paar Maiglöckchenzweige an den Griffen ihres Rollstuhls befestigt. Und als er ihr ins Auto half, sah er sie an und sagte: »Denk daran, heute ist *unser* Tag, ja? Wir werden Du-weißt-schon-wen nicht erwähnen, in Ordnung?«

Sie hatte kokett gelächelt. Sie liebte es, wenn er das Kommando übernahm. Er würde sie vor Judith beschützen, daran bestand kein Zweifel.

Ein Stück den Gang runter in der Zeta-Jones Hall (umbenannt nach dem Erfolg von *The Darling Buds of May* Anfang der Neunziger, als Swanseas inzwischen berühmteste Tochter plötzlich bekannt wurde), wurde eine indowalisische Ehe zwischen einem Paar aus Pontydrueni geschlossen. Dieser Raum war ein Meer aus Farben. Hundertzwanzig Gäste (dreißig mehr als die Brandschutzbestimmungen erlaubten) quetschten sich zwischen Luftballons, Blumen, Girlanden und Saris. Die Hochzeit hätte nicht gegensätzlicher sein können. Gedämpfte Sitar- und Tablaklänge drangen aus dem Zeta-Jones-Raum in die Richard-Burton-Suite herüber, wo die Geräuschkulisse lediglich aus dem lauten Ticken der Wanduhr und der feierlichen Stimme der Standesbeamtin bestand.

Nun blickte sie zu Adrian auf, der starr geradeaus sah und aufmerksam zuhörte. Er hatte wieder diese kleine Falte zwischen den Augenbrauen, die sie inzwischen so gut kannte und liebte.

Dann drehte er sich zu ihr, zwinkerte ihr zu und fragte

lautlos: »Alles in Ordnung?« Lächelnd nickte sie. Es hätte ihr nicht besser gehen können.

Die Standesbeamtin wandte sich an ihn und sagte: »Nehmen Sie, Adrian Alan Oliver, Patricia Mary Harris zu ihrer rechtmäßig angetrauten Ehefrau? Werden Sie sie lieben, ehren und schützen, ihr treu sein, bis dass der Tod Sie scheide?«

Adrian holte tief Luft und warf einen kurzen Blick zu Steven, seinem Trauzeugen, hinüber. Steven lächelte ihm ermunternd zu und nickte zustimmend.

Ich fasse es nicht, dachte Patricia. Ihm kommen die Tränen! Ihr Adie, immer besonnen – Adrian der Gelassene, nannte sie ihn! –, nie durch irgendjemanden oder irgendetwas aus der Ruhe zu bringen, der sich jeder Herausforderung stellte: Ihr Adrian, ihr geliebter Adrian, wurde nun von Gefühlen überwältigt. Sie war es nicht gewohnt, ihn so verletzlich zu erleben, so schüchtern: den kleinen Jungen in seinem Gesicht zu sehen.

Er räusperte sich, und sie konnte erkennen, wie er sich körperlich zusammenriss, ehe er ein wenig zu laut antwortete: »Ja, das tue ich.«

Ohne aufzublicken legte Steven die Hand auf Adrians Schulter, drückte sie und flüsterte. »Gut gemacht, Liebster.«

Dann hörte die Standesbeamtin plötzlich auf zu sprechen, abgelenkt von irgendetwas an der Tür. Patricia konnte nichts sehen, denn in ihrem Rollstuhl war sie nicht in der Lage, sich so schnell umzudrehen.

Bei dem Anblick, der sich ihr bot, blieb der Beamtin der Mund offen stehen.

»Oh, mein Gott, sind Sie …?«

»Entschuldigen Sie«, sagte eine Frau atemlos. »Es tut mir leid, aber Sie müssen das hier unterbrechen … Sie müssen sofort abbrechen.«

Es dauerte einige Sekunden, bis Patricia begriff, was vor sich ging.

»Heilige Scheiße! Es ist Cher! Sind Sie Cher?«, kreischte Tina, die Trauzeugin, die bis zu diesem Punkt ziemlich gelangweilt gewirkt hatte.

»Ich bin ein großer Fan von Ihnen«, sagte die Standesbeamtin schüchtern.

»Verdammt, und *ich* erst!« Tina griff nach ihrem Handy, um alles zu filmen – das hier würde ein Megahit auf Instagram werden.

»Nein, ich bin nicht Cher! Ich bin eine Cher-Darstellerin«, rief die Frau. »Ich komme direkt von einem Auftritt und hatte keine Zeit mich umzuziehen, und ich habe versprochen, die anderen draußen zu treffen, die sollten eigentlich schon da sein, aber … Egal, darum geht es jetzt nicht.« Das Ganze war ihr merklich unangenehm.

»Verzeihung, aber Sie sehen ihr wirklich ähnlich.« Die Beamtin wurde rot.

»Das da«, verkündete Patricia, der es endlich gelungen war, sich umzudrehen, »ist Lana Lloyd, eine Bekannte meiner nutzlosen, hirnlosen Tochter, die mir seit dem Tag ihrer Geburt nichts als Kummer bereitet hat und mit der ich nicht länger etwas zu tun haben will.«

»Patricia, hören Sie …« Lana blickte über die Schulter in der Hoffnung auf Verstärkung. »Ich bin mir nicht sicher, was hier abgeht, und ich …«

»Bleib bloß weg von mir!«, kreischte Patricia.

»Aber jetzt mal im Ernst, *sind* Sie Cher?«, beharrte Tina. Sie war nicht der hellste Stern am Himmel. »Kann ich ein Selfie haben? Was machen Sie in Coed Celyn?«

»Tina, halt die Klappe!«, zischte Steven.

»Pat, es tut mir leid«, stammelte Lana, die vor lauter Rennen ganz rot im Gesicht war, »aber Sie dürfen das nicht tun! Bitte – warten Sie doch, bis Judith hier ist!«

»RAUS!«, brüllte Patricia.

»Okay, jetzt beruhigen wir uns alle erst einmal wieder, ja?« Alison besann sich auf ihre Autoritätsrolle. Sie hatten jemanden in ihrer Mitte, der Einspruch gegen die Hochzeit erhob, und ihr wurde vor Aufregung ganz warm. In zwanzig Jahren Dienstzeit war ihr das nicht untergekommen. Zum Glück war sie für solche Vorkommnisse geschult. Sie räusperte sich. »Mein Name ist Alison Booth, und ich bin hier heute die verantwortliche Standesbeamtin. Ich bin mir der Komplikationen bezüglich Mrs. Harris' Wunsch zu heiraten durchaus bewusst, ebenso der Einsprüche ihrer Tochter und jetzt des Ihrigen.«

»Dann wissen Sie auch«, sagte Lana ganz ruhig, »dass diese neunundsiebzigjährige Frau ausgenutzt wird!«

»Oh mein Gott, Pat!«, quietschte Tina, die alle durch die Videokamera ihres Handys betrachtete. »Ich wusste ja gar nicht, dass du neunundsiebzig bist – ich dachte, du bist, was weiß ich, fünfzig oder so, was immer noch echt alt ist, aber neunundsiebzig, das ist ja der *Wahnsinn*!«

»Tina! Ich sagte, halt die Klappe!«, fuhr Steven Dean sie an. »Und mach dieses verdammte Ding aus.«

Tina ignorierte ihn und filmte weiter. Das hier war pures Gold!

»Mrs. Harris hat ein psychologisches Gutachten erstellen lassen und Termine beim Sozialamt wahrgenommen …«

Doch Lana schenkte der Beamtin gar keine Beachtung mehr. Stattdessen starrte sie Steven Dean an.

»Dich kenn ich doch, oder?«

Steven wirkte irritiert. »Das bezweifele ich.«

»Doch, doch. Ich hab dich ein paarmal im Molinski's gesehen. Du wolltest jede Menge Selfies mit mir machen …«

»Wenn wir jetzt bitte fortfahren könnten«, drängte die Standesbeamtin.

Doch Lana war nicht mehr zu stoppen.

»… ja, von mir, dir und deinem Freund – Aden, richtig? Wir haben vor ein paar Wochen Tequila zusammen getrunken, weißt du noch? Ich hatte einen Auftritt als Celine Dion.«

Dann wanderte ihr Blick weiter, und ihre Reaktion hätte selbst Mr. Bean vor Neid erblassen lassen. »Moment mal …«, sagte sie, als sie Adrian entdeckte. »*Du* bist das! Du bist Aden!«

»Sein Name ist Adrian«, korrigierte Patrica streng. »Und jetzt lass uns in Ruhe.«

»Patricia – *den* heiratest du aber nicht, oder?«

»Beachte sie gar nicht, Pat«, drängte Adrian. Dann wandte er sich an die Standesbeamtin und zischte: »Machen Sie endlich weiter!«

Und gerade als diese die Zeremonie wiederaufnehmen wollte, erklang eine Stimme, laut und nachdrücklich und sehr, sehr melodisch. *»If I could turn back time!«*

Lana sang.

»If I could find a way …«

Alle sahen sie an.

Dann, als sie die volle Aufmerksamkeit der Anwesenden besaß, besann sich Lana Lloyd auf ihre Coed-Celyn-Wurzeln und setzte zu einem tief empfundenen Plädoyer an, wie es ein Politiker nicht besser hätte machen können.

»Patricia, Sie können diesen Mann nicht heiraten. Weil er schwul ist. Und er liebt *diesen* Mann dort drüben.« Sie suchte etwas auf ihrem Handy. »Das hat er mir selbst vor zwei Wochen in der Schwulenkneipe Molinski's in Cardiff gesagt. Sehen Sie. Hier ist der Beweis!« Sie zeigte allen ein kurzes Video, auf dem Steven Dean Adrian Oliver sehr leidenschaftlich küsste. »Das kannst du nur schwer leugnen, Adrian, oder?«

»Ähm«, unterbrach Alison Booth. »Ich sollte an dieser Stelle darauf hinweisen, dass Mr. Olivers sexuelle Orientierung nicht zwangsläufig ein Hindernis für eine Heirat mit Mrs. Harris ist, solange Mrs. Harris sich dessen bewusst ist und gerne fortfahren möchte.«

Alle sahen Patricia an.

Den Gang runter in der Zeta-Jones Hall signalisierte ein Trommelwirbel auf der Tabla das Ende der Zeremonie, während einen Augenblick lang die Welt stillstand.

61

LANA UND JUDITH

Vor dem Standesamt hatte sich eine kleine Menschentraube gebildet, zu der Judith, Gareth, Baby Ivy und Catrin gehörten, außerdem Lana und Patricia. Sie sahen ungläubig zu, wie die Polizeiautos davonfuhren, um Adrian Oliver, Steven Dean und Tina Grey zur Polizeiwache von Coed Celyn zu bringen. Zu diesem Zeitpunkt ging es lediglich um eine »Befragung«, doch wie Jack ihnen über FaceTime erklärte: »Sie werden sie festnehmen, sobald sie dort ankommen. Jeder Vorwurf krimineller Machenschaften muss zu einer Festnahme führen. Ich sage damit nicht, dass sie auch angeklagt werden, aber es sieht zumindest danach aus.«

»Sie können sie doch nicht dafür anklagen, homosexuell zu sein!«, meinte Lana lachend, die trotz der Kälte wegen einer Hitzewallung am Kochen war.

»Natürlich nicht, du Quatschkopf!« Jack lachte. »Höchstwahrscheinlich wegen betrügerischer Absichten.«

»Ich werde ihn bis zum Sankt-Nimmerleins-Tag verklagen!«, rief Patricia. »Diese hinterhältige kleine Ratte. Mir den letzten Penny aus der Tasche ziehen zu wollen, meiner Tochter das Erbe wegnehmen. Schon als ich ihn das erste Mal sah, wusste ich, der kann nichts taugen.«

Judith und Catrin starrten sie sprachlos an. Beide dachten dasselbe.

Nur Lana hatte den Mumm, es auch auszusprechen. »Mensch, Pat, Sie sind echt ein flatterhaftes Flittchen. Vor einer Stunde wollten Sie den Kerl noch heiraten.«

»Ich weiß, aber dann hast du ihn entlarvt, den kleinen Scheißer!«

Lana sah Judith an, und Judith erwiderte ihren Blick.

Dann brachen beide in schallendes Gelächter aus.

»Lana, vielen Dank.« Judith war sich nicht sicher, wie ihr Dank aufgenommen werden würde. »Wenn du nicht gewesen wärst …«

»Dann wäre ich jetzt mit einem Monster verheiratet!«, rief Patricia, die inzwischen einen Flachmann mit Whisky aus ihrer Brauthandtasche gezogen hatte. »Für Notfälle.«

»Ich habe gar nicht wirklich was gemacht, wenn wir ehrlich sind.«

»Doch, das hast du«, widersprach Catrin. »Du hast das Ganze verhindert! Ich war ungefähr so hilfreich wie ein drittes Rad am Wagen.«

»Fünftes Rad!«, riefen Judith und Lana im Chor. Es war lange her, seit sie sich das letzte Mal freundschaftlich gegen Catrin hatten verschwören können.

Als danach ein komisches Schweigen einsetzte, ergriff Judith die Gelegenheit.

»Es tut mir echt leid, dass ich mich so bescheuert verhalten habe«, sagte sie.

»Hey, das ist mein Text!«, meinte Lana lachend, die sich wie immer klein zu machen versuchte.

»Heute nicht.« Judith lächelte vorsichtig.

Und Lana lächelte zurück. Dieses Lächeln trug einen kleinen Teil dazu bei, drei Jahrzehnte verlorene Freundschaft zurückzuerobern.

62

CATRIN-KELLY-JUDITH-HARRIS-LANA-LLOYD

»Also, wer will noch mal?«, erkundigte sich Huw Kelly, der mit einer frischen Flasche Sekt ins Wohnzimmer kam. Er war inzwischen zwar nicht mehr ganz so flink unterwegs, aber immer noch munter. »Das Jahr zwanzigneunzehn fängt in weniger als einer Stunde an!«

Sie waren im Haus der Kellys versammelt, wo Liz und Huw wie jedes Jahr ihre Silvesterparty feierten. Es war eine viel kleinere, zivilisiertere Angelegenheit als früher, aber nicht weniger lustig. Catrin saß neben Romy, Huw neben Liz, Jack bei Dominic, Gareth neben Catrins Bruder Tom und seiner Frau. Lana hatte die kleine Ivy auf dem Schoß, die hellwach war und die Party genoss, und neben Judith auf dem Sofa, ganz entspannt und dem Anlass gemäß aufgetakelt, saß Patricia.

Neun Monate waren die dramatischen Ereignisse im Standesamt von Coed Celyn her, doch in gewisser Weise fühlte es sich an, als wären Jahrzehnte vergangen.

Nach dem Hochzeitstag, der keiner war, ging es Patricia plötzlich schlechter, sodass sie zwei Wochen im Krankenhaus bleiben musste. Danach legte man ihr nahe, vorübergehend in eine Betreutes-Wohnen-Einrichtung zu ziehen. Alle dachten,

Patricia würde sich sträuben, doch wie sich herausstellte, war es genau das Richtige. Statt dort einzugehen wie eine Primel und sich in ihr Schneckenhaus zurückzuziehen, blühte sie in der neuen Umgebung auf, nahm an allen Aktivitäten teil und wurde im gemeinsamen Wohnraum bald als das Herzstück von Coed Celyn bekannt. Sie lernte Poker und machte Sitzaerobic, trat einem Buchklub bei und dem Kinoverein. Sie äußerte oft, ihr Leben sei noch nie so gut gewesen, und obwohl sie mehrere Bewunderer hatte, beschloss sie, sich nicht festzulegen. »Man muss sie zappeln lassen!« Als der Zeitpunkt kam, an dem sie in ihr Haus in der Victoria Street zurückkehren sollte, war ihre Antwort ein lautes und nachdrückliches »Auf gar keinen Fall!«

Es dauerte einige Monate, bis Adrian Oliver wegen Betrugsabsichten angeklagt und verurteilt wurde. Er bekam eine zweijährige Haftstrafe, und Steven Dean, sein Partner sowohl in krimineller als auch in amouröser Hinsicht, fünf Jahre aufgrund seiner früheren Verurteilung. Tina Grey musste drei Monate lang Sozialstunden leisten, was sie auf ihrem Instagram-Account als »voll zum Kotzen« beschrieb, begleitet von einer Serie schmollender Selfies. Wäre ihr gemeinsamer Plan aufgegangen, hätte Adrian Oliver als Patricias Ehemann über das Haus und ihre Ersparnisse verfügt.

»Und weiß Gott, was sie dann für ein Leben gehabt hätte«, seufzte Catrin.

»Genau!« Lana konnte ein bisschen Drama selten widerstehen. »Vermutlich hätte er die nächsten paar Jahre damit verbracht, sie anzupumpen. Und eines Tages hättest du einen Anruf bekommen, dass sie auf unerklärliche Weise in ihre Suppenschüssel gefallen und ertrunken ist.«

»Wenigstens ist sie jetzt gut aufgehoben«, sagte Jack, wie immer der ruhende Pol.

Es wurde beschlossen, das Haus zu verkaufen, um Patricias Unterbringung damit zu finanzieren, und sollte »nach meiner Zeit« noch etwas vom Kapital übrig bleiben, dann sollte es ihre Urgroßtochter Ivy May bekommen, in die Patricia ganz vernarrt war.

»Sieht aus, als wärst du auf Platz zwei abgerutscht«, meinte Gareth grinsend zu Jack, der seine Tochter mit grenzenlosem Vaterstolz betrachtete.

In einem erstaunlichen ungestörten Moment zwischen ihr und ihrer Mutter war Judith fast zu Tränen gerührt, als Patricia ihr dafür dankte, was sie getan hatte. Lana und Catrin waren total schockiert, als sie ihnen später davon erzählte.

»Was, sie hat allen Ernstes die Worte *danke* und *dir* benutzt?«, fragte Lana ungläubig.

»Um genau zu sein, hat sie gesagt: *Danke dir, Liebes – wirklich.*«

»Oh mein Gott! Glaubst du, sie wird auf ihre alten Tage noch milde?«

»Garantiert nicht!«, erwiderte Judith lachend. »Im nächsten Satz hat sie mich angemotzt, ich solle gefälligst den Fernseher leiser stellen. Sie sei schließlich nicht taub.«

»Die Katze lässt das Mausern nicht«, sagte Catrin.

Ihre Freundinnen wechselten einen Blick.

»Dieses Sprichwort hast du immer schon falsch drauf!«, meine Judith.

»Nein, hab ich nicht«, widersprach Catrin.

»Doch, hast du! Die Katze lässt das *Mausen* nicht, Doofi.« Lana lachte.

»Aber ich dachte, es hat mit Fellwechsel zu tun, weil eine Katze doch neun Leben hat.«

»Also, erstens mausern sich nur Vögel, und das mit den neun Leben der Katze …« Judith sah Lana an. »Gut, dass sie kein Tierarzt ist.« Und die beiden Freundinnen teilten einen Moment großer Zuneigung für ihre gemeinsame Freundin.

Im Lauf der vergangenen Monate war zwischen Lana und Judith langsam, aber stetig wieder so etwas wie Kameradschaft entstanden. Sie gingen relativ entspannt miteinander um, was sich noch verbesserte, je mehr Zeit sie miteinander verbrachten. Und doch war es nicht mehr so wie früher. Beide akzeptierten inzwischen, dass es das vielleicht auch nie wieder werden würde, nachdem sie dreißig Jahre lang voneinander getrennt gelebt, so wenig miteinander zu tun gehabt hatten. Selbst mit Catrin als Klebstoff, der sie zusammenhielt, war die einstige Nähe traurigerweise nicht wiederherstellbar.

»Zu viel Wasser, das zu viele Bäche hinuntergeflossen ist«, sagte Lana eines Tages.

»Ich dachte, Sprichwortverdrehen wäre Catrins Hobby?«, meinte Judith.

»Ach, sei still, du Besserwisserziege«, gab Lana lächelnd zurück.

Es war inzwischen nur noch eine halbe Stunde bis Mitternacht. Patricia kämpfte gegen den Schlaf, und Huw überprüfte, ob er den richtigen Sender im Fernseher fürs Mitternachtsfeuerwerk eingestellt hatte.

»Mädels«, sagte Catrin. »Kommt mal kurz mit nach oben. Wir müssen gemeinsam was erledigen.«

Verwundert folgten Judith und Lana ihrer Freundin die Treppe hinauf.

Als sie Catrins früheres Zimmer betraten, saß sie bereits triumphierend da, ein zerfleddertes Notizbuch auf dem Schoß.

»Hab ich neulich gefunden, als ich alte Kartons auf dem Dachboden durchgeschaut habe.«

In der Handschrift der siebenjährigen Catrin stand fein säuberlich auf dem Deckel geschrieben:

DAS BUCH DER GEHEIMEN VERSPRECHEN
Von
Catrin Kelly
Judith Harris
&
Lana Lloyd

Auf der ersten Seite befand sich, immer noch mit einem vergilbten Stück Tesafilm befestigt, ein verblasstes dünnes Curly-Wurly-Papierchen – genau jene Süßigkeitenverpackung, auf die sie 1976 ihren Eid geschworen hatten. An jedem einunddreißigsten Dezember in mehreren aufeinanderfolgenden Jahren hatten sie jede einen Entschluss in das Buch geschrieben. 1977 hatte Catrin versprochen, im Ballett die nächsthöhere Klasse zu erreichen, Judith hatte geschworen, mit dem Nägelkauen aufzuhören, und Lana wollte alle Texte von allen je geschriebenen Abba-Songs auswendig lernen, so wie sie in *Smash Hits* abgedruckt waren.

Der letzte Eintrag stammte von 1985, als sie versuchten, den Notendurchschnitt ihrer Abschlussprüfung vorherzusagen, und sich versprachen, einen supertollen Urlaub in Griechenland zu verbringen.

»Das haben wir auf jeden Fall geschafft«, meinte Judith in Erinnerung an jenen Sommer.

Catrin blätterte auf die nächste freie Seite und schrieb in großen Buchstaben:

Silvester 2018

»Okay, wer will zuerst?«, fragte sie, ein strahlendes Lächeln im Gesicht.

»Ich!«, rief Lana. Sie holte tief Luft. »Für 2019 nehme ich mir vor …« Sie dachte einen Moment lang nach, dann legte sie los: »... eine riesige gemeinsame Geburtstagsparty für uns drei zu organisieren. Um unseren Einundfünfzigsten stilvoll zu feiern! Nachdem wir zum Fünfzigsten absolut gar nichts gemacht haben.«

»Finde ich klasse! Tolle Idee!«, sagte Judith.

Cat lachte und reichte Lana das Buch, damit sie ihren Vorsatz hineinschreiben konnte.

»Jude – jetzt bist du dran.«

»Na gut, also mein Plan ist, Gareth davon zu überzeugen, zurück nach Wales zu ziehen, was wahrscheinlich nicht allzu schwierig sein wird.«

»Ernsthaft? Ihr zieht wieder hierher?«, fragte Lana begeistert.

»So ist es! Vielleicht in ein kleines Cottage in den Bergen!«

»Sheesh!«, rief Lana.

Die anderen beiden sahen sie verwirrt an, sodass sie schulterzuckend erklärte: »Das sagen doch die jungen Leute heutzutage alle?«

»Du bist echt bescheuert, weißt du das?« Judith lachte, und Lana streckte ihr die Zunge raus.

»Hey! Wisst ihr, was wir noch tun sollten?«, fügte Lana hinzu. »Nächsten Sommer?«

Judith und Catrin zuckten mit den Schultern.

»Wir sollten wieder nach Griechenland fliegen! Noch mal Inselhopping machen!« Die Begeisterung war ihr deutlich anzuhören.

»Oh Gott!«, kommentierte Judith. »Was, für ’ne Woche oder wie?«

»Wartet mal«, warf Cat leise ein.

»Kommt schon, Mädels, es ist fünf vor zwölf!«, rief Huw Kelly von unten.

»Sind gleich da!«, rief Cat zurück, ehe sie sich an ihre Freundinnen wandte.

»Und Zypern natürlich«, sagte Lana.

»Klar, stimmt, nach Zypern müssten wir auf jeden Fall! Also bräuchten wir vermutlich länger …«, stimmte Judith ihr zu.

»Mädels, ich muss euch was …«

Judith und Lana sahen Cat an.

»Hör zu, ich finde es absolut genial, dass du wieder hierherziehst, Jude«, sagte sie.

»Aber was?«, hakte Lana nach.

»Es ist so …« Catrin suchte vorsichtig nach den richtigen Worten.

Die beiden Freundinnen sahen sie nun ernst und etwas misstrauisch an. »Was denn?«

»Die Sache ist die … Ich werde nicht hier sein«, sagte Catrin und wartete auf den Angriff.

»Verdammt, du stirbst doch nicht etwa, oder?«, wollte Lana wissen.

»Sei still!«, fuhr Judith sie an. »Cat, wovon redest du?«

Catrin hielt inne. Die Entscheidung, die sie vor einiger Zeit für sich getroffen hatte, würde nun offiziell werden.

»Man hat mir einen Job angeboten …«

»Aha«, sagte Judith vorsichtig.

»In Neuseeland.«

»Du machst Witze?«

»Ab Ende Januar.«

Sie schwiegen alle einen Moment lang. Geräusche gedämpften Jubels drangen von unten zu ihnen herauf.

»Warum, um alles in der Welt, willst du nach Neuseeland?«, fragte Judith verständnislos.

»Es ist anfangs nur für ein Jahr, aber mit der Option auf Verlängerung. Eine total nette kleine Praxis in Tauranga an der Ostküste. Nordinsel.«

»Aha, das macht natürlich einen großen Unterschied, dass

es die *Nord*insel ist«, lautete Lanas sarkastischer Kommentar. »Ich meine, stellt euch nur mal vor, die *Süd*insel, Gott bewahre …«

»Ehrlich, Lana, sei still.« Judith war verärgert.

»Nein, ich werde nicht still sein!« Lana steigerte sich hinein. »Du ziehst endlich hierher zurück, Jude, und wir drei haben nach all der Zeit eine Chance, vielleicht wieder richtige Freundinnen zu werden nach über dreißig Jahren Pause, und dann beschließt *sie*, ans andere Ende der verdammten Welt zu ziehen!«

»Jetzt beruhig dich doch mal, ja?« Judith wandte sich an Catrin. »Was sagen deine Eltern denn dazu?«

»Ich habe es ihnen noch nicht gesagt«, gab Catrin kleinlaut zu. »Ich weiß, es ist ein Schock.«

»Das ist noch untertrieben!«

»Und es tut mir leid, dass ich euch nicht schon früher davon erzählt habe, aber ich wollte nicht, dass ihr versucht, es mir auszureden.«

»Was wir ganz sicher getan hätten«, meinte Lana schmollend.

»Lana, jetzt reiß dich mal zusammen!«, schimpfte Judith. »Hier geht es nicht um dich! Erzähl weiter, Cat.«

»Bitte, seid nicht böse. Ich muss das einfach tun. Mal an einem ganz anderen Ort sein. Wo ich mit Sol noch nie war.«

»Dann zieh doch nach Lampeter! Oder an die Küste von Pembrokeshire«, flehte Lana sie an.

»Lana« – Catrin nahm ihre Hand – »das wird *uns* nicht verändern, oder? Unsere Freundschaft. Nur weil wir uns nicht mehr so oft sehen, bedeutet es ja nicht, dass die Verbindung abreißt.«

»Aber es ist so extrem.«

»Ich will ein neues Abenteuer für Romy und mich, das ist alles. Ich will, dass unser Leben weitergeht, nach vorn. Dass wir nicht mehr über die Schulter blicken auf das, was hätte sein können … Hier gibt es so viele Geister, so viel, was uns erinnert …«

»Ich dachte, das findest du tröstlich«, wurde sie von Lana unterbrochen.

»Eine Weile habe ich das so empfunden, ja. Jetzt nicht mehr.«

»Ja, das verstehe ich«, sagte Judith leise.

Einen Moment lang saßen sie schweigend da, um Catrins riesengroße Neuigkeit zu verdauen.

»Nur noch eine Minute!«, rief Liz Kelly.

Niemand rührte sich.

»Also, ich finde, du bist echt unmöglich, dass du mich mit *der* da alleinlässt.« Lana lächelte durch ihre Tränen hindurch.

»Ganz meinerseits«, erwiderte Judith, nun auch mit Tränen in den Augen.

»Ihr werdet schon klarkommen«, meinte Catrin lachend. »Wer weiß, vielleicht tut es euch beiden ja gut!«

Lana verdrehte die Augen.

»Hört zu, wer weiß«, fuhr Catrin fort. »Vielleicht finde ich es dort total furchtbar. Vielleicht bin ich in sechs Monaten wieder da.«

Sie breitete die Arme aus und zog die beiden an sich. »Kommt her«, flüsterte sie, erfüllt von Liebe zu ihren beiden besten Freundinnen. So umarmten sie sich und schaukelten stumm hin und her, während die mitternächtlichen Glockenschläge von Big Ben aus Huw Kellys Fernseher zu ihnen nach oben drangen.

EPILOG

1976

Zweiundvierzig Jahre zuvor

Miss Taylor schätzte an der Schulhofpausenaufsicht lediglich, dass sie an der frischen Luft rauchen konnte. Es ergab nicht wirklich Sinn, das war ihr durchaus bewusst. Doch im Lehrerzimmer zu rauchen war ein bisschen erdrückend, vor allem durch Alan Jones und seine entsetzliche Pfeife. Unter den vierzehn Lehrkräften hier an der Grundschule von Coed Celyn waren acht Raucher. Darum wurde es in den Pausen ein bisschen viel, wenn sie alle im bestuhlten Raum neben dem Büro des Direktors zusammengepfercht saßen, ihre Bensons pafften und Pulverkaffee tranken.

Zugegeben, auf dem Schulhof zu stehen und einem ständigen Beschuss von »Miss Taylor! Miss Taylor! So-und-so hat dies und das gemacht!« von zweihundertfünfzig Grundschülern ausgesetzt zu sein war ein hoher Preis. Ebenso wie ständig »Weg vom Zaun!« brüllen zu müssen. Aber immerhin konnte sie ihre Zigarette genießen und hatte fünf Minuten für sich.

Sie sollte sich vor dem nächsten Gong wirklich noch kurz die Beine vertreten, einmal den Schulhof samt Spielplatz und Rasenflächen umrunden, die nach wochenlanger Trockenheit ganz gelb waren. Noch siebenundzwanzig Tage bis zum Schuljahrsende, dann würde sie mit Jerry nach Devon fahren.

Oh, sie musste sich noch einen neuen Badeanzug zulegen. In ihrem roten war der Gummi schon ganz kaputt.

Miss Taylor spazierte zum oberen Ende der Spielfläche. Zwischen den Schösslingen, die entlang des eingrenzenden Zauns wie Wachposten standen, konnte sie drei Paar gepunktete Strümpfe unter drei Röcken hervorschauen sehen – einer aus Jeansstoff, einer mit Lochstickerei und einer aus grünem Cord –, alle dicht aneinandergedrängt. Sie konnte zuerst nicht erkennen, zu wem die Beine gehörten, da die zusammengesteckten Köpfe von einem roten Regencape verdeckt waren, das die drei wie einen Zaubermantel über sich ausgebreitet hatten. Doch beim Näherkommen hörte sie die selbstbewusste Stimme der achtjährigen Lana Lloyd. »Also sprecht mir nach …«

Miss Taylor lächelte in sich hinein. Wenn das Lana war, dann mussten die anderen beiden Judith Harris und Catrin Kelly sein – das süße kleine Trio, das seit seinem allerersten Tag in Coed Celyn vor drei Jahren unzertrennlich war. Sie hatte sie selbst vergangenes Schuljahr unterrichtet.

»Ich schwöre bei diesem Curly-Wurly-Papier …«

Ein gedämpftes Kichern der anderen beiden ließ Lana innehalten.

»Ihr müsst das ernst nehmen, sonst funktioniert es nicht!«

»Entschuldige. Fang noch mal an«, sagte Judith.

»Und halt das Papier gerade«, fügte Catrin hinzu.

»Also, sprecht mir nach: *Ich schwöre bei diesem Curly-Wurly-Papier …«*

Die beiden Stimmen wiederholten brav die Worte. *»Ich schwöre bei diesem Curly-Wurly-Papier …«*

»… dass ich immer eine royale und echte Freundin sein werde.«

»Das heißt LOYAL, nicht ROYAL!«, verbesserte Judith. »Mit ›L‹!«

»Echt?«, fragte Lana verwirrt.

Catrin und Judith kicherten.

Die lauschende Miss Taylor musste ihrerseits das Lachen unterdrücken.

»Na dann, soll es doch eine von euch machen – Cat, mach du!«

»Okay, gib her.«

Es wurde ein wenig geraschelt und mit dem heiligen Schokopapier geknistert.

»Beeil dich, die Pause ist gleich vorbei!«, drängte Judith.

»Also dann.« Catrin räusperte sich und fing an: »Sagt ›Wir drei sind beste Freundinnen für immer‹ …«

»Wir drei sind beste Freundinnen für immer …«

»Und wir schwören, dass wir immer füreinander da und immer ehrlich zueinander sein werden …«

»Wir schwören, dass wir immer füreinander da und immer ehrlich zueinander sein werden …«

»Scheißegal, was kommen mag!«

»Catrin!«

»Das können wir nicht sagen!«

Lana und Judith waren beide gleichermaßen schockiert und begeistert. Normalerweise fluchten sie nie, was es besonders reizvoll machte.

»Wir schwören hier doch einen Eid, oder? Also dürfen wir das auch. Los jetzt!«

Nach einer kurzen Pause riefen sie gemeinsam voller Inbrunst: *»Scheißegal, was kommen mag!«*

Miss Taylor war gebannt und seltsam berührt von diesem unschuldigen Treueschwur. Sie dachte an Jerry, den sie seit zwanzig Jahren kannte, genauer gesagt, seit sie fünf war. Zwanzig Jahre. Ein halbes Leben. Sie fragte sich, ob die Freundschaft dieser drei kleinen Mädchen genauso lange halten würde.

Ein Blick auf die Uhr zeigte ihr, dass die Pause vorbei war. Sie schüttelte ihren Tagtraum ab und schlüpfte wieder in ihre Lehrerrolle, indem sie die schwere Glocke, die sie in der Hand trug, läutete.

Die drei Freundinnen zuckten bei dem Geräusch erschrocken zusammen und tauchten unter dem Regencape auf, die Gesichter vor Scham gerötet.

»Na los, rein mit euch!«, rief Miss Taylor übers Läuten hinweg. »Pausenzeit ist vorbei.«

Sie rannten los Richtung Klassenzimmer und ließen das Curly-Wurly-Papier einsam im Gras liegen.

»Catrin Kelly! Moment mal. Hier in dieser Schule sind wir keine Dreckspatzen. Heb das bitte auf!«

»Entschuldigung, Miss.«

Catrin tat wie geheißen.

Als sie am Mülleimer neben der Eingangstreppe vorbeikam, wollte sie die Schokoriegelverpackung gerade hineinwerfen, als etwas sie ihre Meinung ändern ließ. Sie faltete das Papierchen zusammen und schob es in die Tasche ihres grünen Cordrocks, ehe sie sich beeilte, um ihre beiden besten Freundinnen einzuholen.

DANKSAGUNG

Seit ich *Nur wir drei* fertig geschrieben habe, hat sich die Welt auf unfassbare Weise verändert. Es kommt mir vor wie eine Ewigkeit, seit ich mich das zweite Mal in die Welt eines Romans hineingewagt habe. Es steckt viel Herz und Arbeit in diesem Buch, und ich habe das Gefühl, dass Catrin, Judith und Lana inzwischen liebgewonnene und geschätzte Freundinnen von mir sind. Ich hoffe, für euch war es ebenso wunderbar, sie kennenzulernen.

So viele Menschen haben dazu beigetragen, *Nur wir drei* zum Leben zu erwecken:

Zunächst einmal wären da die Leser von *Alles Begehren*, deren großzügiges und positives Feedback zu meinem ersten Roman mich dazu ermutigt hat, einen zweiten zu schreiben. Ich danke euch von ganzem Herzen. Ihr seid echt super!

Dann ist da noch Frankie Gray, mein unfassbar talentierter Lektor bei Transworld. Frankie, ich bin so dankbar für deine Geduld und Beharrlichkeit, deinen Optimismus und Glauben an mich und für deine Fähigkeit, das Beste aus mir herauszuholen. Du bist fantastisch. Und ein riesengroßes Dankeschön an das restliche Transworld-Team, das die Romanschreiberei für mich wieder zu einer dermaßen tollen Erfahrung gemacht hat. Besonderer Dank gilt Alison Barrow und Vicky Palmer, die mir zur Seite standen, sobald das Buch veröffentlicht wurde, und die die Herausforderungen des Lockdowns so fabelhaft gemeistert haben. Außerdem möchte ich mich bei Larry Finlay für seine freundlichen Worte nach der Lektüre des Buches bedanken, ebenso bei Bill Scott-Kerr, Hayley Barnes, Kate Samano und Imogen Nelson und natürlich beim erstklassigen Hörbuchteam, vor allem bei Alice Twomey, Chris Thompson und den Cranc Studios in Cardiff.

Lob und Dankbarkeit gehen selbstverständlich auch an meinen wunderbaren Agenten Jonny Geller und das ganze Team bei Curtis Brown. Jonny, es ist ein solches Privileg, deine Klientin und alte Freundin aus Studientagen zu sein. Ich bin ungemein dankbar für deine besonnene und unermüdliche Unterstützung, deine genialen Erkenntnisse und deinen teuflisch guten Sinn für Humor.

Diolch o galon i Dawn French und Jojo Moyes, für euren Zuspruch, eure Weisheit und euer Talent, das mich mit Ehrfurcht erfüllt.

Dank gebührt der fantastischen Autorin Hannah Beckerman, die eine frühe Fassung des Romans gelesen und mir mit unbezahlbarem Rat geholfen hat. (Tausend Dank auch für die *Archers*-Therapie!)

Und ein besonderes *efcharisto* an Harry und Georgia Chacholiades für ihre Hilfe bei allen Fragen zum Thema Zypern und Griechenland. Ich bin euch so dankbar!

Ich habe dieses Buch meinen Freundinnen gewidmet. Ihr wisst, wer ihr seid, und ich habe ein solches Glück, dass ihr Teil meines Lebens seid. Ganz besonders jedoch möchte ich Nicola Merrigan, Carrie Grafham und Mairwen Williams für ihr super Feedback als Erstleser von *Nur wir drei* danken.

Außerdem möchte ich mich bei Fiona Adams-Jones für ihre Hilfe und Reminiszenzen bedanken, ebenso bei Ceri Hartland und Liza Milza dafür, dass sie ihre Interrailgeschichten aus den Achtzigerjahren mit mir geteilt haben. Es tut mir echt leid, dass es die Armenier nicht geschafft haben, aber vielleicht ja in Buch drei …?

An meine Familie: Ich danke euch allen für eure stete Liebe und Unterstützung, vor allem Fi und Lluw, Lula und Andrew, Alex und Selena. An meine Nichten und Neffen – Caelan, Zakk, Isaak, Nousha, Ezra und Flossie –, die wahrscheinlich nie eines von Tante Ruths Büchern lesen werden, an Cerys (*ein chwaer anrhydeddus*), an meine tollen großen Brüder Mark und Julian, deren Liebenswürdigkeit mich immer wieder umhaut, und an meine fabelhafte kleine Schwester Maria, die einen ersten Entwurf gelesen und mich mit Geschichten aus dem Medizinstudium unterhalten hat.

Ich danke meiner wunderbaren Mutter Hanna, die im wahrsten Sinne des Wortes großartig ist. Für mich bist du der Inbegriff von Güte, Mitgefühl und Sanftheit, und ich liebe dich über alle Maßen. Auf unseren nächsten walisischen Roadtrip!

An meinen Vater, Richard. Es ist jetzt drei Jahre her, und ich vermisse dich mehr denn je – doch dein verschmitzter Humor und der Stolz, den du stets auf die Leistungen all deiner Kinder gezeigt hast, leben weiter und bringen uns immer noch zum Lächeln. Dad, ich glaube, dieses Buch hätte dir gefallen.

Und schließlich David – mein geliebter Ehemann, bester Freund und Schreibpartner. Ich kann dir gar nicht genug danken. Auf was für einer wunderbaren Reise befinden wir uns da. Ich genieße bereits unser nächstes Kapitel!

Originaltitel: »Never Greener«
Erschienen bei: Bantam Press

Wahrlich, und ist die Zeit auch unser Element,
so taugen wir nicht für den fernen Blick,
wie er sich in jedem Moment des Lebens öffnet.
Führte er uns doch Verlust vor Augen: schlimmer noch,
er zeigt uns das, was wir jetzt haben, wie es einst war,
so leuchtend ungeschmälert, als hätten wir
durch anderes Verhalten es so bewahren können.

Philip Larkin

1985

PROLOG

Fergus wurde langsam sauer. Die Neue hätte um sechs da sein sollen. Und jetzt war es schon zwanzig nach. Ein Samstagabend mitten im Hochsommer war kein guter Zeitpunkt für zu wenig Personal. Er hatte bereits den armen Callum als Aushilfe eingespannt. Und der wäre ganz offensichtlich auch lieber an einem anderen Ort. Fergus sah zum Ausschank hinterm Tresen hinüber und dachte, wie so oft, wie gut Callum für sein Alter aussah, auf jeden Fall jünger als neununddreißig. Sein kleiner Bruder Callum. Schon lustig, für Fergus würde er immer das Küken bleiben, obwohl er über eins neunzig groß war. Fergus beobachtete, wie Callum sich mit ein paar Stammgästen unterhielt. Typisch Callum: immer völlig locker. Im Umgang mit allen. Egal mit wem er sprach – egal um wen es sich handelte, welcher Herkunft, welchen Alters, Callum klang immer ernsthaft interessiert. Das machte ihn auch zu einem so guten Lehrer. Und einem guten Vater. Fergus beneidete seinen Bruder um dessen unendliche Geduld.

Callum lauschte dem alten Stuey Jameson, der sich über die jüngsten Geschehnisse in den Nachrichten ausließ und entsprechend seinen Senf dazugab: »Also, wenn *der* das Sagen hätte, dann würd die Sache anders aussehen.« Es gehörte zum Job, sich mit den Stammgästen zu unterhalten – den alten Herren, die an der Bar ihr Revier absteckten und sich weigerten, auch nur einen Zentimeter zu weichen, egal wie voll es im Pub wurde; die immer am selben Platz saßen, auf demselben Barhocker, und dieselbe Sorte Bier tranken. Selbst dann, wenn alles in tristen Winterschlaf fiel, wenn sich die Wellen der Nordsee unbarmherzig gegen die Küste warfen und ihren hellbraunen Schaum hoch über die Dächer der Strandhotels schleuderten; wenn die Eis schleckenden Feriengäste längst von der menschenleeren Promenade verschwunden waren, selbst in diesen dunklen Monaten, in denen das Geschäft schlecht lief, kamen Männer wie Stuey mit zuverlässiger Regelmäßigkeit und tranken an der Bar ihre Pints im Takt zur Melodie der spärlichen, inhaltsleeren Unterhaltung. Ja. Außerhalb der Hochsaison waren sie angewiesen auf solche wie Stuey. Darum durfte man sie nie als selbstverständlich betrachten.

Fergus nickte Callum zu und ging hinaus in den Biergarten. Wo zum Teufel blieb diese Aushilfe? Er wusste, es war ein Fehler gewesen, ihr den Job zu geben. Das Mädchen – Kate Sowieso – war vergangene Woche bei ihm aufgetaucht, als er gerade besonders im Stress gewesen war. Die Tochter eines Kumpels von einem Kumpel auf der Suche nach einem Ferienjob. Offensichtlich ein bisschen zu lebhaft, aber waren das heutzutage nicht alle? Hielt sich angeblich für eine begnadete Schauspielerin. Aber taten das heutzutage nicht auch alle? Fergus ging davon aus, dass Schauspielerinnen gut mit Leuten umgehen konnten, also auch mit Typen wie Wheezy Ron und Jackie Legg. Und sie hatte dieses Lächeln gehabt. Ehe er sich's versah, hatte er zu ihr gesagt: »Okay, komm am Samstag um sechs, dann schauen wir, wie's läuft.« Laut seiner Uhr war es inzwischen 18.35 Uhr. Es lief also alles andere als gut.

Er fing an, leere Chipstüten von einem der Tische draußen zu räumen. Die Gruppe Jugendlicher, die den Plastikmüll produziert hatte, klatschte johlend Beifall, als Fergus geübt mit jeder Hand fünf Pintgläser einsammelte. Einer von ihnen, vom Alkohol etwas zu sehr beflügelt, leerte sein Whiskyglas und knallte es mit solcher Wucht auf den Tisch, dass es zerbrach, was weiteres Jubelgeschrei zur Folge hatte.

»Hey! Lasst gefälligst solchen Scheiß, ist das klar?«

Fergus brachte die Gläser nach drinnen zur Bar. »Rede du mal mit denen, Callum. Die gehen mir jetzt schon auf die Eier, und es ist gerade mal halb sieben.« Er reichte ihm eine Kehrschaufel mit Besen. »Und wo zum Teufel bleibt dieses Mädel?«

Auf dem Weg zur Meute der Halbstarken fragte Callum sich wieder einmal, weshalb Fergus Kneipenwirt hatte werden wollen. Er hasste die Arbeitszeiten, hasste die Gäste und trank noch nicht einmal gerne. »Kommt mal etwas runter, Jungs. Mein Bruder ist heut Abend echt schlecht drauf, und das muss ich dann ausbaden.«

»Geht in Ordnung. Alles klar, Cal.«

Callums sanftes, hünenhaftes Auftreten verfehlte nie seine beruhigende Wirkung. Er hätte für die UNO arbeiten sollen, witzelten seine Freunde gerne. Seine unerschütterliche Gelassenheit und seine liebenswerte verbeulte Rugbyspielerseele vermittelte seinen Mitmenschen ein Gefühl von Sicherheit. Er verlor nie die Beherrschung, und doch wollte es sich keiner mit ihm verscherzen. Obwohl seine Rugbyzeit schon lange zurücklag, trug sein Körper noch immer die Kampfspuren aus unzähligen Matches bei Wind und Wetter, wo er im Getümmel Hieb um Hieb eingesteckt hatte, von Tausenden Zweikämpfen zerbeult, geschlagen, gekratzt, geprellt und vernarbt. Er war nie eine Schönheit im herkömmlichen Sinn gewesen, aber was ihn so attraktiv machte, war die Tatsache, dass er sich seiner Attraktivität gar nicht bewusst war, mit seinen Gesichtszügen, die inzwischen zerfurchter waren als die schottische Küste, an der er aufgewachsen war. Und wie es Denise vom Rugbyklub gerne formulierte: Egal wie alt er wurde, Callum MacGregor würde nie seinen Sexappeal verlieren.

»Schaut mal da, Kinder – das ist ja Zauberei!«, ertönte es plötzlich hinter ihnen. Ein fremder walisischer Akzent inmitten des schottischen Stimmengewirrs. »Daddy hat eine Schaufel und einen Besen in der Hand, und er BENUTZT sie sogar!«

Lächelnd drehte Callum sich nach Belinda um, seiner hochschwangeren Ehefrau, die mit sechsunddreißig immer noch strahlend schön war und seine beiden Söhne, Cory und Ben, an den Händen hielt.

»Hey, nicht so frech!«

»Daddy, wir gehen zum Strand.«

Callum beugte sich hinunter, um Ben zu kitzeln, der vor Freude quietschte. »Ich wünschte, ich könnte mitkommen.« Er küsste Belinda sanft auf die Wange. »Wie geht's dir?«

»Ach, du weißt schon, so lala. Das Auto steht vorne an der Straße.« Sie reichte ihm den Wagenschlüssel.

»Bist du sicher, dass es dir nichts ausmacht, zu Fuß nach Hause zu gehen?«

Belinda rieb sich den Bauch. »Ja – die Bewegung wird mir guttun. Vielleicht hilft es dem da ein bisschen auf die Sprünge. Ich glaub nämlich nicht, dass ich das noch vier Wochen so durchhalte.«

»Was du brauchst, ist ein gutes Curry.«

»Keine weiteren Kinder mehr! Das ist es, was ich brauche, Callum MacGregor. Ich werde dafür sorgen, dass du mir nie wieder zu nahe kommst!«

Callum vergrub seine Nase unauffällig an ihrem Hals und flüsterte: »Aber wir wissen doch beide, dass das nicht passieren wird.«

Belinda schnappte nach Luft. Selbst jetzt, nach zehn Jahren, mit Baby Nummer drei unterwegs, löste er noch dieses Kribbeln bei ihr aus. »Benimm dich«, flüsterte sie zurück und errötete. Dann schnappte sie sich Cory, der seinen Eimer samt Schaufel fest umklammert hielt, und rief Callum über die Schulter hinweg zu: »Wann bist du zurück? So gegen zwölf?«

»Ja, später wird's nicht.«

Er sah ihr nach. Zehn Jahre älter als bei ihrer ersten Begegnung. Zehn Jahre klüger – wenn Belinda überhaupt noch klüger werden konnte – und noch hinreißender als damals, mit einem Kind an jeder Hand und einem dritten auf dem Weg. Ja, dachte er mit Blick auf seine Frau, was für ein riesengroßes Glück er doch hatte.

Wenn er sein Leben wie ein Video hätte zurückspulen können, dann hätte er das bis zu dieser Stelle getan, das Band angehalten und dort wieder eingesetzt. An diesem alles verändernden Moment, als er seiner geliebten Belinda hinterhersah und der Wirbelwind namens Kate Andrews in seine sichere kleine Welt hereingestürmt kam.

Sie aß Zuckerwatte.
Sie war einundzwanzig.
Sie war atemberaubend schön.

»Na, alles klar, Jungs?«

Die jungen Kerle am Tisch waren begeistert. »Hallo! Darf ich mal abbeißen?«

»Sorry, aber ich teile nie. Weiß ja nicht, was ich mir da vielleicht einfange.« Sie zwinkerte ihnen zu und verschwand nach drinnen, ohne Callum überhaupt zu bemerken, der immer noch mit Kehrschaufel und Besen in der Hand dastand.

Drinnen in der Kneipe wurde es langsam voller. »Tut mir leid, dass ich zu spät bin. Bin bei den Jahrmarktbuden hängengeblieben!« Kate sah sich nach einem Abfalleimer um und entsorgte ihren Zuckerwattestiel. Fergus' verärgerte Miene wurde vom Dampf aus der Glasspülmaschine verdeckt. Am liebsten hätte er sie gefeuert, bevor sie überhaupt angefangen hatte, aber er brauchte dringend eine Aushilfe an der Bar. Und er wusste, dass Kate das wusste.

»Na gut. Bin nicht gerade beeindruckt. Wenn du noch mal so spät kommst, kannst du den Job vergessen. Jetzt stapel die Gläser da und fang an mit Bedienen. In 'ner Stunde rennen sie uns hier die Bude ein.«

Callum trat hinter die Theke und ergriff eines der vielen leeren Biergläser, die ihm von der anderen Seite aus entgegengestreckt wurden.

»Das Seventy-Shilling-Fass muss ausgetauscht werden …«

»Kann ich machen«, bot Callum an.

»Nein, passt schon, zapf du mir ein Pint für Alec, ja?« Mit diesen Worten verschwand Fergus Richtung Keller.

»Okay, wer ist als Nächstes dran?« Kate strahlte die Gäste an und schien von Fergus' Anpfiff wenig beeindruckt zu sein. Ein Chor durstiger Stimmen behauptete, an der Reihe zu sein.

»Ist der immer so schlecht drauf?«, wollte sie von Callum wissen, während sie die erste Bestellung ausführte. Es waren die ersten Worte, die sie an ihn richtete, und Callum konnte an nichts anderes denken als an die Tatsache, dass ihr nackter Arm seinen berührte, während sie nebeneinander Bier zapften.

Zur Verteidigung seines Bruders versuchte er genervt zu klingen. »Du bist eine Dreiviertelstunde zu spät gekommen!«

»Ha! Du klingst wie ein Lehrer!« Kate lachte.

»Liegt wohl daran, dass ich einer bin.«

»Du machst Witze!« Kate hielt mitten im Zapfen inne, das Glas in der Hand.

»Nein. Das hier ist bloß … Ich helfe Fergus aus, wenn viel los ist.«

Sie drehte sich zu ihm um und sah ihn das erste Mal richtig an. »Wo unterrichtest du?«

»In der Oberstufe am St. Mary's drüben.«

»Ach, gegen die haben wir Korbball gespielt.«

»Auf welche Schule bist du denn gegangen?«

»Andere Seite der Stadt. North Park an der Queensferry Road.« Ihr Lächeln war hypnotisierend. »Ich heiße übrigens Kate.«

»Ich weiß.«

Sie hielt seinem Blick stand.

Fünf Stunden später saß sie rittlings auf ihm. Ihr Spitzenslip lag irgendwo auf dem sandigen Boden zu ihren Füßen, und ihren kurzen Jeansrock hatte sie selbstbewusst hochgezogen. Die Holzbretter der Bank im Unterstand stöhnten bei jedem Stoß, als wollten sie mit einstimmen. Kate saß mit dem Gesicht zu ihm, nahm ihn ganz in sich auf, völlig verzückt, ihn in sich zu spüren, als würde sie zum ersten Mal Sex erleben. Doch sie war viel zu geübt in dem, was sie tat, als dass es ihr erstes Mal hätte sein können. Dann hielt sie einen Moment lang inne, um Luft zu holen, und nahm Callums Gesicht ungläubig in beide Hände – »Wahnsinn!« Sein Lächeln wurde breiter, dann packte er sie ohne Vorwarnung, hob sie mühelos hoch und drückte sie gegen die Wand. »Ja«, flüsterte sie, woraufhin er sie weiter fickte. »Gott, bist du gut.«

Was tust du da? Die Frage schoss ihm durch den Kopf, doch er ignorierte sie.

Sie kamen gleichzeitig. Dann standen sie da, er mit der

Jeans um die Knöchel, sie die Beine um seine Taille geschlungen, während die Wellen an den Strand brandeten. Auf einmal hörten sie über das Rauschen hinweg Gesang: eine betrunkene Stimme, die näher kam. *»I'm ne'er gonna dance again, Guilty feelin' … got no rhythm.«*

»Shit!« Kate kicherte. Callum hielt ihr den Mund zu. Was sie nur noch mehr zum Lachen brachte.

»Stillhalten.«

Sie rührte sich nicht. Ebenso wenig wie Callum. Stattdessen vergrub sie den Kopf an seinem Hals, während der betrunkene Möchtegern-George-Michael auf der anderen Seite des Unterstands um die Ecke bog, seinen Hosenladen öffnete und geräuschvoll pisste. Es schien ewig zu dauern, begleitet von Fetzen wie *»should have known better than to cheat a friend …«*. Kate biss in Callums Hand, um nicht laut loszulachen. Während jeder Sekunde, die verging, warteten sie darauf, dass der Typ den Kopf hob und sie entdeckte, aber er bemerkte nichts. Als er schließlich fertig war, schüttelte er ab, packte alles wieder ein und stolperte davon.

Kate flüsterte. »Meinst du, er …«

»Nein, niemals.«

Aus einiger Entfernung ertönte: »Gute Nacht, mein Freund. Netter Hintern übrigens.« Und Kate verlor vor lauter Kichern beinahe das Gleichgewicht.

Es war schon fast eins, als er sie ins Stadtzentrum fuhr. Auf ihrem Schoß hatte sie diverse Make-up-Utensilien vom Body Shop ausgekippt. Sie hatte den Schminkspiegel in der Sonnenblende heruntergeklappt und band sich gerade die Haare mit einem Gummi nach oben. Ihre braunen Locken waren üppig, dicht und glänzend. Am liebsten hätte er wieder mit beiden Händen hineingefasst, das Gesicht darin vergraben und tief eingeatmet.

Sie bemerkte seinen Blick. »He, schau gefälligst auf die Straße!« Lächelnd tat er wie geheißen.

Kate schüttelte ein blaues Mascarafläschchen und tuschte ihre Wimpern nach, mit vor Konzentration leicht geöffnetem Mund.

»Wie alt sind deine Kinder?«

»Wer sagt, dass ich Kinder habe?«

»Willst du etwa behaupten, du hast keine?«

Er lächelte. »Drei und fünf. Und ein drittes ist gerade unterwegs.«

»Verdammt, da warst du ja ganz schön fleißig. Kein Wunder, dass du die extra Kohle brauchst.« Inzwischen war sie beim Lipliner angekommen. Unauffällig beobachtete Callum, wie sie ihre vollen Lippen mit geübtem Strich sorgfältig umrandete. Sie spürte, dass er sie wieder ansah. »Ich kann das übrigens mit geschlossenen Augen. Ist mein kleiner Partytrick.«

»Ich wette, bei jemand anderem könntest du's nicht.«

Sie lächelte. »Hier kannst du mich rauslassen. Den Rest gehe ich zu Fuß.« Sie packte ihr Make-up zusammen und stopfte es in die kleine perlenbesetzte Tasche, während Callum den Wagen anhielt.

»Bist du sicher, dass ich dich nicht nach Hause fahren soll?«

»Mann, es ist Samstagabend in Edinburgh! Erinnerst du dich noch? Klubs? Currybuden? Kater am nächsten Tag? So alt bist du nun auch wieder nicht.«

»Nächsten Monat neununddreißig.«

Grinsend stieg sie aus. »Danke fürs Mitnehmen!«

Er sah ihr nach, wie sie davonging. Und dann, als wäre ihr noch etwas eingefallen, drehte sie sich um und kam zu ihm an die Fahrerseite zurück. Er ließ das Fenster runter, und sie küsste ihn.

Oh, verdammt, diese Lippen, dachte er.

Sie sah ihm fest in die Augen.

»Du. Wirst mir. Das Herz. Brechen, Callum MacGregor.«

Mit einem Abschiedsklopfen aufs Autodach war sie wieder weg. »Tschüss!« Dieses Mal drehte sie sich nicht mehr um.

Er versuchte zu begreifen, was gerade passiert war. War das eine Art Falle, ein aufwendiger Scherz, den sich einer von den Jungs aus dem Rugbyklub auf seine Kosten erlaubte? Nein. Das hier war kein Scherz.

Und dann kamen sie.

Die Schuldgefühle.

Belinda.

Er holte tief Luft. Was würde er sagen, wo er noch gewesen war? Für den Bruchteil einer Sekunde zog er in Erwägung, es ihr zu erzählen. Wie bitte? Auf keinen Fall! Wie konnte er das nur für eine gute Idee halten.

Ich war noch im Klub, und da ging's ein bisschen länger.

Gary würde ihn decken. In dieser Hinsicht schuldete er Callum mehr als einen Gefallen – schließlich gab er Gary ständig Alibis. Herrgott, war so jemand aus ihm geworden? Einer dieser stumpfen Rugbyklubficker?

In der Ferne sah er, wie Kate lachend zu einer Gruppe von Freunden stieß. Einer von ihnen hob sie hoch und schwenkte sie herum. Callum drehte den Schlüssel im Zündschloss und fuhr los. Nach Hause. Bereit, mit dem Lügen zu beginnen.